टंट्या

(उपन्यास)

भारत का पहला भील क्रांतिपुत्र

टंट्या

भारत का पहला भील क्रांतिपुत्र

बाबा भांड

अनुवाद

निशिकान्त ठकार

राधाकृष्ण प्रकाशन

ISBN : 978-81-8361-045-2

टंट्या

पहला संस्करण : 2006
दूसरा संस्करण : 2012
पहली आवृत्ति : 2023

मूल्य : ₹995

प्रकाशक
राधाकृष्ण प्रकाशन प्राइवेट लिमिटेड
जी-17, जगतपुरी, दिल्ली-110 051

शाखाएँ : अशोक राजपथ, साइंस कॉलेज के सामने, पटना-800 006
पहली मंजिल, दरबारी बिल्डिंग, महात्मा गांधी मार्ग, प्रयागराज-211 001
1, अनमोल सोराबजी सन्तुक लेन, धोबी तलाव, मरीन लाइंस, मुम्बई-400 002

वेबसाइट : www.radhakrishnaprakashan.com
ई-मेल : info@radhakrishnaprakashan.com

मुद्रक
बी. के. ऑफसेट
नवीन शाहदरा, दिल्ली-110 032

TANTYA
Novel by Baba Bhand
Translated by Nishikant Thakar

अपने युग का वास्तविक लोकनायक

इसे बहुआयामीय सुदीर्घ स्तरबहुल भारतीय संस्कृति एवं इतिहास का सौभाग्य कहा जाए या दुर्भाग्य, किन्तु सच तो यह है कि हमारे यहाँ क्रान्ति-व्यक्तित्वों की कमी नहीं रही–उनकी खोज, उनके आकलन एवं मूल्यांकन में कोताही या मसलहत ज़रूर बरती गई और अब भी बरती जा रही है। बर्टोल्ट ब्रेष्ट ने जब यह कहा था कि अभागा है वह देश जिसे नायकों की दरकार होती है तो उसका संकेत इतिहास की उस विडम्बना की ओर था जिसमें जनमत को भ्रष्ट करते हुए जनविरोधी, फ़ाशिस्ट, महत्वोन्माद-ग्रस्त तानाशाह किसी जनता के अस्थायी अथवा अर्ध-स्थायी नियति-निर्णायक बन बैठते हैं। भारत में मामला कुछ विचित्र है–यदि जनता ने एक फ़ाशिस्ट सरकार को उखाड़ फेंका है तो हम मध्य-उच्च-वर्ग के अधिकांश कथित हिन्दी बुद्धिजीवी एक दृष्टिहीन, नैतिकता-रहित सत्ता-चिन्तन के तहत पूँजी, बाज़ार और एवज़ी उपनिवेशवाद के वैस्थानिक ('ग्लोकल' : 'ग्लोबल-लोकल') शूकर देवी-देवताओं के थूथनों और पंजों को स्वर्णमंडित कर चूमते नहीं अघा रहे हैं और अपने असली प्रतिबद्ध स्त्री-पुरुष जननायकों को या तो जानते नहीं हैं और यदि जानते हैं तो उनका फूहड़ीकरण कर रहे हैं।

इसलिए बाबा भांड का यह उपन्यास 'टंट्या' अपने हिन्दी अनुवाद में असामान्य महत्त्व का हो उठा है। कथानायक के नाम पर रखा गया इसका शीर्षक ही अधिकांश हिन्दीभाषियों को तरद्‌दुद में डाल देगा। बाबा को यह अन्दाज़ तक नहीं होगा कि उनके इस उपन्यास ने कम-से-कम मुझे किस कैफ़ियत में पहुँचा दिया है। मेरी पैदाइश गोंडवाना के छिंदवाड़ा शहर की है जहाँ मैंने अपने जीवन के प्रारम्भिक पन्द्रह वर्ष बिताए जबकि मेरे पूर्वजों की जड़ें बुंदेलखंड के भांडेर-हरपालपुर-कोंच इलाके में थीं। फिर 1956 से 1961 के वर्ष मैंने खंडवा (पूर्व निमाड़) में बिताए और 1961 से 1968 के वर्ष मालवा के इंदौर, रतलाम, रामपुरा और महू क्षेत्रों में। खंडवा शहर में तो मैं रहा ही, हेमचन्द्र पहारे, शरद शकरगायन, बालकृष्ण भट्ट, सुरेन्द्र नेगी और जगदीश मंडलोई जैसे मित्रों और विशेषतः उनके परिवारों की बुजुर्ग महिलाओं के सम्पर्क से मैंने निमाड़ी भाषा और संस्कृति को यत्किंचित् जाना। जगदीश और बालकृष्ण तो निमाड़ी परिवेश में पगे हुए थे और हम सब मित्र बातचीत में परिहासीय 'फ़ोक-टच' के लिए कभी-कभी निमाड़ी का प्रयोग करते थे–पहारे और मैं तो अभी-भी कभी-कभार कुछ सन्दर्भबहुल निमाड़ी शब्दों का प्रयोग कर लेते हैं।

निमाड़ और उससे अपने सम्बन्धों का उल्लेख मैं इसलिए कर रहा हूँ कि बाबा के इस उपन्यास का नायक टंट्या निमाड़ का सपूत ही है और यदि मैं ग़लत नहीं हूँ तो निमाड़ की वृहत्त्रयी सन्त सिंगाजी, दादाजी धूनीवाले और टंट्या मामा या टंट्या भील अथवा टंट्या की एक अविभाज्य त्रिमूर्ति है। सिंगाजी और दादाजी धूनीवाले ने एक धार्मिक या आध्यात्मिक स्वीकृति प्राप्त कर ली है किन्तु धर्मनिरपेक्ष क्रान्तिकारी टंट्या को किंवदंतियों के सनसनीख़ेज़ लोकनायक का दर्ज़ा तो मिला है और शायद जनसाधारण का स्नेह भी, किन्तु जनजाति भील का होने के कारण कदाचित् उसे सवर्णों द्वारा उस शूरवीर का दर्ज़ा नहीं दिया गया जिसका वह अधिकारी है। विडम्बना यह है कि भील-बहुल अंचलों में सवर्णों और भीलों के बीच जितना प्रेम है, भले ही वह एकतरफ़ा-सा लगे। उतना शायद भारत में किसी अन्य जनजाति और सवर्णों तथा स्वयं जनजातियों के बीच नहीं है। समूचे भीलांचल में भीलों को कुछ प्यार कुछ परिहास से 'मामा' कहा जाता है और यह विश्वास है कि भील को मामा कह दो तो उससे आजीवन अभय और स्नेह-दान मिल जाता है, फिर उसका मनमाना शोषण करो और धोखा दो। बाबा ने 'टंट्या' में भीलों की इस त्रासद भावुकता का मर्मांतक चित्रण किया है—एक सवर्ण विवाहिता स्त्री से टंट्या का राखी का रिश्ता भोले भाई को बहुत महँगा पड़ता है।

निमाड़ और मालवा की संस्कृतियों का एक विशिष्ट पहलू यह भी है कि बरार और खान्देश से लगे होने के कारण तथा होलकरों, गायकवाड़ों और शिंदे रजवाड़ों का हिस्सा या निकटवर्ती होने से महाराष्ट्रीय संस्कृति का सामंजस्य भी उनमें हुआ है। दरअसल राजस्थान, गुजरात, उत्तरी ख़ान्देश और उत्तरी बरार, मालवा और निमाड़ मिलकर नर्मदा के उत्तरवाले पश्चिमी भारत में एक महान साझा-संस्कृति का निर्माण करते हैं। बाबा के इस उपन्यास के भील नायक का 'असली' नाम तात्या है—सच तो यह है कि हमें नहीं मालूम कि यदि उसका नाम ठेठ भीली भाषा और संस्कृति से लिया जाता तो क्या होता—जो, यदि मैं ग़लत नहीं हूँ तो, मराठी-संस्कृति से उपजा है और जिसका अर्थ 'बड़ा भाई' होता है। तात्या के रॉबिन हुड और बहराम डाकू जैसे, जिनमें स्कॉट और आइरिश बाग़ियों जैसा राजनीतिक रुझान भी था, कारनामों से तंग आकर जब ब्रिटिश सरकार ने उसे टंट्या का नाम दिया क्योंकि वह झगड़ा-टंटा करता था तो यह टंट्या शब्द भी मराठी भाषा की उस परिपाटी के अन्तर्गत निर्मित हुआ है जिसमें मूल नाम या उसके संक्षिप्तीकरण के अन्तिम व्यंजन में हलंत लगाकर और 'या' प्रत्यय जोड़कर उसे स्नेह, छोटेपन या किंचित् अवमानना का द्योतक बना दिया जाता है। मराठी में 'टंटा' को 'तंटा' कहते हैं इसलिए बाबा के मूल मराठी उपन्यास का शीर्षक 'तंट्या' है। खंडवा में ही मैं 'कानगो' तथा 'केर्हाळकर' नामक दो महाराष्ट्रीय वकील परिवारों के गहरे सम्पर्क में आया—कानगो परिवार का तो मैं एक सदस्य-जैसा ही था—और अपने मित्र अवकाश प्राप्त जिला एवं सत्र न्यायाधीश पुरुषोत्तम भास्कर केर्हाळकर को अब भी मैं 'पुष्या' ही कहता हूँ। बहुत सम्भव है कि टंट्या की पैरवी करनेवाले और उस तक

गोपनीय जानकारी पहुँचानेवाले महाराष्ट्रीय वकील और नवयुवक के वंशज अब भी खंडवा में रहते हों। मैं यह नहीं कह रहा कि निमाड़ी-मराठी संस्कृति को जाने बिना टंट्या के वास्तविक जीवन और उस पर आधारित बाबा के इस उपन्यास को समझा और सराहा ही नहीं जा सकता–आखिरकार ग़ैर-बिहारी पाठक भी फणीश्वरनाथ रेणु के गल्प के भक्त हैं–किन्तु यदि आप उसे थोड़ा-बहुत जानते हैं तो बाबा की यह कृति आपको और भी अपनी लगेगी।

मेरे लिए यह एक रहस्य ही है कि बाबा भांड में टंट्या के लिए उत्सुकता क्यों और कहाँ से पैदा हुई। 1956-61 के हम किशोरों और नवयुवकों का साबका टंट्या के मिथक से तब पड़ता था जब हम पहली बार मीटर गेज की ट्रेन से खंडवा से इंदौर जाते थे और मुख्त्यारा-बलवाड़ा के घाट की चढ़ाई से पहले गाड़ी अचानक एक जगह रुकती थी जहाँ कोई फ़्लैग-स्टेशन तक नहीं था। तब हमें मालूम पड़ा कि यहाँ हर सवारी गाड़ी को रुककर भीलों के किसी देव-नुमा आराध्य टंट्या को सलामी देनी ही पड़ती थी वर्ना उसकी आत्मा उस नास्तिक ड्राइवर या गार्ड की गाड़ी का एक्सीडेंट करवा ही देती थी। यह बहुत प्यारा अन्धविश्वास अब तक चला आता है यद्यपि मुख्त्यारा-बलवाड़ा घाट पर कभी-कभार एकाध 'डिरेलमेंट' हो ही जाता है लेकिन उसे टंट्या के साथ जोड़कर नहीं देखा जाता। (जो लोग मार्केस को जादुई यथार्थ का बाप समझते हों वे भारत की ऐसी हज़ारों-लाखों लोक-मिथकों को देखें। वे यह भी देखें कि मुक्तिबोध की कविताओं में ऐसा कितना मिथकीय-यथार्थवाद बिखरा पड़ा है। साथ ही हम इस पर भी दुख प्रकट करें कि रेणु ने ऐसे क़िस्सों में हाथ क्यों नहीं डाला, और विनोद कुमार शुक्ल कब छत्तीसगढ़ के जादुई लोकमिथकीय यथार्थवाद में रची-बसी कोई कृति हमें देना चाहते भी हैं या नहीं ?)

बहरहाल, किन्हीं कारणों से बाबा टंट्या की ओर आकृष्ट हुए। मुझे यह भी नहीं मालूम कि पहले वे टंट्या पर लोककथात्मक-सामाजिक-ऐतिहासिक शोध में प्रवृत्त हुए और उस प्रक्रिया में उनका यह उपन्यास बन गया या फिर वे सीधे टंट्या पर कादम्बरी ही लिखने जा रहे थे और उस कारण उन्हें टंट्या के 'व्यक्तित्व और कृतित्व' पर शोध करनी पड़ी–परिणाम यह है कि 'टंट्या' एक ऐसा उपन्यास बन सका जिसमें (अधिकांशतः) यथार्थ एवं (कलात्मकता के लिए दाल में नमक बराबर) कल्पनाशीलता का दुर्लभ संयोजन है।

यह हैरतअंगेज़ है कि टंट्या पर इतनी बहुमूल्य सामग्री तत्कालीन रियासती और ब्रिटिश अभिलेखों में उपलब्ध है, यहाँ तक कि उसका फोटोग्राफ़ भी, किन्तु मध्यप्रदेश में और निमाड़ में कोई दूसरे-तीसरे दर्जे का भी वृंदावनलाल वर्मा पैदा न हुआ और न किसी ने उनसे सीखा कि टंट्या पर हिन्दी में एक सम्पूर्ण उपन्यास तो क्या, कोई कहानी या छोटा-सा शोध-पत्र ही लिखा जाए। (यहाँ यह देखना दिलचस्प होगा कि स्व. माखनलाल चतुर्वेदी एवं स्व. रामनारायण उपाध्याय ने, जो निमाड़-नर्मदांचल की जागरूकता के प्रतीक हैं, या किसी और ने, क्या टंट्या का उल्लेख अपने किसी भी तरह

के लेखन में किया है या नहीं।)

बाबा भांड ने इस उपन्यास के अतिरिक्त टंट्या पर मराठी और अंग्रेज़ी में जो शोध-सामग्री प्रकाशित की है वह भारत के सिवा किसी भी सभ्य देश के सुप्रतिष्ठित विश्वविद्यालयों द्वारा उन्हें शोध-उपाधियाँ तो दिलवा ही सकती है, वह यह प्रमाणित करने के लिए भी पर्याप्त है कि टंट्या किसी भी तरह मंगल पांडे, तात्या टोपे, बिरसा मुंडा (जिससे वह वरिष्ठ है), भगतसिंह, चन्द्रशेखर आज़ाद, रामप्रसाद बिस्मिल, खुदीराम बोस जैसे क्रान्तिकारियों से महानतर नहीं तो कमतर तो क़तई नहीं है। उन्नीसवीं सदी और उसके पहले के कई कम्पनीकालीन क्रान्तिकारियों के बारे में अर्धपुष्ट अथवा भावुक दावे किए जाते हैं कि वे सचेत रूप से ब्रिटिश शासन के ख़िलाफ़ थे और उन्होंने फ़िरंगियों की नाक में दम कर राखा था, किन्तु टंट्या को लेकर स्वयं ब्रिटिश स्वीकारोक्तियों के मूल दस्तावेज़ मौजूद हैं। फिर यह भी है कि टंट्या की ज़िन्दगी एकायामीय नहीं है, उसका लगभग पूरा रंगारंग जीवन भी पुलिस रपटों के माध्यम से हमें उपलब्ध है।

हमें यह दुखद तथ्य सुविदित है कि एक-दो विधाओं को छोड़ दें तो मराठी लेखन की महान परम्परा हिन्दी से कहीं समृद्धतर है, और यह सिर्फ़ सृजनात्मक साहित्य तक सीमित नहीं है। एक मराठी उपन्यासकार का ध्यान हिन्दी-निमाड़ी प्रदेश की भील जनजाति के महानायक टंट्या के विलक्षण जीवन की ओर गया यह 'राष्ट्र-राजभाषा' लेखकों और पाठकों के लिए एक वरदान है। हिन्दी में वृन्दावनलाल वर्मा, राहुल सांकृत्यायन, रांगेय राघव और यहाँ तक कि चतुरसेन शास्त्री की भी ऐतिहासिक गल्प-परम्परा को विस्मृत और विकृत कर इधर जो पौराणिक, प्राचीन, अथवा आधुनिक भारतीय राजनीति के पात्रों-चरित्रों को सोने के अंडे देनेवाली मुर्ग़ियाँ बनाने का जो निहायत नकली उपक्रम चालू है, जिसके पीछे एक छद्म पावनता (बोगस पाइटी) सक्रिय है, उसके बरक्स मराठी के उपन्यासकार बाबा भांड ने हिन्दी प्रदेश के एक उपेक्षित दलित जननायक को कथा-माध्यम से पुनरूर्जीवित ही नहीं किया है, मराठी के अप्रतिम दलित-लेखन को एक नया प्रेरक अखिल भारतीय आयाम दिया है।

बाबा भांड के सामने इस उपन्यास को लिखते समय तथ्यों और प्रामाणिकता के स्तर पर कई समस्याएँ आई होंगी। टंट्या के जीवन के कितने भी ब्यौरे उन्हें क्यों न मिले हों, रजवाड़ों और अंग्रेज़ों के दस्तावेज़ों का उन्होंने अम्बार भले ही लगा लिया हो, लेकिन जहाँ के वे नहीं हैं और जिसके वे नहीं हैं उस निमाड़ क्षेत्र और उस भील जनजाति का प्रामाणिक चित्रण करने के लिए सिर्फ सूखा शोधजन्य-ज्ञान अपर्याप्त था। इसी तरह उन्हें निमाड़ी भाषा का छौंक-बघार लगाने के बजाय उसकी अनुगूँजें और तत्समाभास देने थे। उन्हें बुरहानपुर से होशंगाबाद तक के भूगोल को प्रस्तुत करना था, तत्कालीन खंडवा शहर और उसके आसपास के गाँव-खेड़ों और अनाम निमाड़ी दृश्यालेखों को पुनर्जीवित करना था। अपनी इस परीक्षा में बाबा लगभग चमत्कारिक प्रावीण्य के साथ उत्तीर्ण हुए हैं। अतिवर्णन और अतिलेखन के आरोपों का जोखिम

उठाते हुए बाबा ने निमाड़ अंचल को ही अपने उपन्यास का एक केन्द्रीय जीवंत पात्र बना डाला है जैसे हार्डी ने वैसेक्स को, वृन्दावनलाल वर्मा ने बुंदेलखंड को, विनोदकुमार शुक्ल ने छत्तीसगढ़ को और फणीश्वरनाथ रेणु ने अपने मैले अंचल और परती को। मैं पहले कह चुका हूँ लेकिन दुहराता हूँ कि मैंने बाबा के खंडवा शहर और निमाड़ के गाँवों के वर्णन और उल्लेखों को अपने लिए एक काल-यात्रा (टाइम-ट्रैवल) की तरह रोमांचक पाया है जो मुझे अतीतमुग्ध (नॉस्टैल्जिक) बना देती है।

बाबा को एक ओर तो निमाड़ की शहराती सभ्यता, फिर सवर्णों की ग्रामीण संस्कृति, फिर निम्न-वर्ग की संस्कृति और अन्त में भील जैसी जनजाति की संस्कृति में जाना पड़ा है। उन्हें व्यापक लोक-संस्कृति, विश्वासों, आस्थाओं, तीज-त्यौहारों, सामान्यजन के लोक-आराध्यों, देवी-देवताओं, पीरों और बाबाओं के मज़ारों, समाधियों, गुफाओं और मन्दिरों से अन्तरंग सम्बन्ध स्थापित कर उनसे एकात्म होना पड़ा है। 'टंट्या' में शोषक बनिये-सेठ-साहूकार, उनके सरपरस्त छोटे-बड़े देसी अफ़सर, मालगुज़ार और ज़मींदार और उनके माध्यम से मज़बूत होते हुए ब्रिटिश साम्राज्य के प्रतिनिधि अंग्रेज़, पुलिस, सेना और न्यायपालिका के अधिकारी अपने प्रामाणिक विकराल अन्यायी अवतारों में उपस्थित हैं। बाबा ने मूल ब्रिटिश दस्तावेज़ों के (मराठी/हिन्दी) अनुवादों को उपन्यास में ऐसे शामिल किया है कि कोई चिपकन, थेगली या सिलाई नज़र नहीं आती बल्कि उनसे उपन्यास का आस्वाद बढ़ जाता है। समाज की अनेक बिरादरियाँ उपन्यास में मौजूद हैं और उनमें मुस्लिम भी शामिल हैं।

किन्तु यदि केवल प्रामाणिक शोध से ही उपन्यास बन सकता तो नृतत्वशास्त्र, समाजशास्त्र आदि के महत्त्वपूर्ण ग्रन्थ कालजयी साहित्य भी कहलाते। बाबा का यह उपन्यास सबसे पहले अत्यन्त पठनीय और त्रासद होते हुए भी एक रोचक कृति है। इसका एकमात्र दोष शायद यह हो सकता है कि यह अपने नायक की तरह कुछ रूखी नहीं है बल्कि शायद अत्यधिक रचाव-बसाव, वर्णनात्मकता और गीतात्मकता लिए हुए है। लोकप्रिय चरित-आधारित उपन्यास के अपने मौलिक बन्धन होते ही हैं। बाबा ने इसे अनेक पात्रों से बसाया है और छोटे-छोटे वाक्यों, पैराग्राफ़ों और घटना-खंडों से कथा में एक गतिशील श्रृंखला और सस्पैंस बनाए रखे हैं। कहीं-कहीं फ़्लैशबैक कठिनाई पैदा करते हैं और अन्त का अप्रत्याशित रक्षाबंधन-प्रकरण बीच-बीच में आता रहना चाहिए था लेकिन जसुदा और टंट्या के बीच जो रागात्मक सम्बन्ध है उसे बाबा ऐन्द्रिकता के बगैर अन्त तक निबाह ले गए हैं। टंट्या के चरित्र के विकास को बाबा ने बहुत सधे हुए हाथों से शिल्पित किया है। निमाड़ी भाषा की लय और संगीतात्मकता को बाबा बहुत सूझ-बूझ से मराठी में ले गए होंगे और निशिकान्त ठकार जैसे निष्णात अनुवादक की प्रतिभा से वह हिन्दी में लौट आई है। मैं यत्किंचित् मराठी बोल और पढ़ लेता हूँ और कुछ विश्वास के साथ कह सकता हूँ कि मराठी गद्य से हिन्दी में अनुवाद के क्षेत्र में निशिकांत ठकार शायद आज के सर्वश्रेष्ठ अनुवादक होंगे। 'टंट्या' जैसे उपन्यास के अनुवाद में तो उन्हें मूल लेखन जैसी कल्पनाशीलता और प्रतिभा का

इस्तेमाल करना पड़ा है। बाबा ने मूल में कई भाषा- रजिस्टरों का प्रयोग किया है जिनमें निमाड़ी, हिन्दी, उर्दू, कहीं-कहीं अंग्रेज़ी और अंग्रेज़ों द्वारा बोली जानेवाली हिन्दुस्तानी, और कहीं-कहीं ठेठ 'अश्लील' पुलिसिया या गाली-गलौज के शब्द भी हैं। निशिकांत ठकार ने अपने इस अनुवाद को मूल हिन्दी जैसा बनाने में कोई कसर नहीं उठा रखी है—कुछेक वैकल्पिक असहमतियाँ तो हमेशा रहती हैं।

बाबा भांड ने अपने उपन्यास के लिए टंट्या-जैसा अल्पज्ञात चरित्र चुनकर ही स्पष्ट कर दिया है कि वे किसी स्वार्थ या फ़ैशन के वशीभूत होकर ऐसा नायक नहीं उठा रहे हैं। उन्हें मालूम था कि उनकी प्रतिबद्धता सिर्फ़ टंट्या पर ही नहीं रुक पाएगी, उसे अपनी वृहत्तर सामाजिक, ऐतिहासिक और राजनीतिक पक्षधरता साफ़ करनी होगी। बाबा जिन्हें अपनी सराहना, प्रशंसा और समर्थन देते हैं उन्हें अतिमानव नहीं बनाते और जिनसे उन्हें वर्ग-घृणा है उन्हें नितांत पाशविक भी नहीं दिखाते। टंट्या को लिखते हुए वे स्वयं भी अपने को 'डि-क्लास' करने की निर्मम प्रक्रिया से गुज़रे होंगे। देखा जाए तो 'टंट्या' लिखकर उन्होंने साहित्य में लगभग वैसा ही काम किया है जैसा स्वयं टंट्या ने अपने समय के सामाजिक-राजनीतिक 'मिल्यू' में किया होगा। टंट्या का जीवन अभी एकाधिक उपन्यासों और शोध-पुस्तकों की माँग करता है। 'टंट्या' प्रतिबद्ध और पक्षधर भारतीय गल्प के लिए एक प्रेरक, आशान्वित करनेवाले दिशा-संकेत की तरह आया है। यह हिन्दी का सौभाग्य है कि वह उसे इतने शीघ्र ऐसे उत्कृष्ट अनुवाद में उपलब्ध हो रहा है।

विष्णु खरे

शिकार निगलकर सुस्त हुए अजगर की भाँति रात बहुत धीरे-धीरे रेंगती हुई गुजर रही थी।

दो वर्षों से निमाड़ प्रदेश में बारिश का नाम नहीं था। दो जून की रोटी के लिए लोग खाली पेट इधर-उधर मारे-मारे भटक रहे थे। मरणोन्मुख जानवर गीधों को न्योता दे रहे थे और कुत्तों-सियारों के झगड़े के कारण बन रहे थे।

और सहसा बारिश शुरू हो गई। आकाश के देवता को दुआ देनेवाले लोगों के मुँह सूख गए एक ही हफ्ते में। मूसलाधार बारिश ने सबकी दुर्गत कर डाली।

विन्ध्य-सतपुड़ा के गिरिशिखरों से तेजी से बहनेवाले पानी से ताप्ती, नर्मदा और सुक्ता नदियों ने बाढ़ की आम सतह को पार कर लिया था। पिछले कई वर्षों में इतनी बारिश कभी नहीं हुई थी और यही एक चिन्ता का विषय बन गया था।

पिछले दो वर्ष सूखा पड़ा था। अकाल की आग ने सबको झुलसा दिया था। जंगल में आग लग जाती तो उसकी आँच कई दिनों तक धधकती रहती। निमाड़ के पहाड़ों-दर्रों में रहनेवाले लोग अब इस बात को अनुभव कर रहे थे।

घने काले बादल नर्मदा मैया को लाँघकर ऊपर की तरफ से चले जा रहे थे। सहसा आकाश में गड़गड़ाहट सुनाई देती। लेकिन बादलों की ओर आस लगाकर देखनेवालों के नसीब में निराशा ही थी। एक अन्तहीन जानलेवा इन्तजार। गरजने के बावजूद बादलों के झुंड निमाड़ से मुँह मोड़कर आगे बढ़ जाते।

निमाड़ के इतिहास के पन्ने-पन्ने पर लिखी थी सिर्फ दुर्गत। मराठों ने कई लड़ाइयों के बहाने उसे लूटा। मुसलमान शासकों ने और नंगा कर दिया। बचा-खुचा पिंडारियों ने लूट-खसोट लिया था। और अब अन्त में आए अंग्रेजों ने तो बहुत ही बुरा हाल कर दिया था। होलकर, सिन्धिया, निजाम और अंग्रेजों के सत्ता के शतरंज में निमाड़ के नसीब में थी सिर्फ खींचातानी।

कड़ाके की सर्दी में जैसे हाथ फट जाते हैं उसी तरह धूप से खेत दरक गए थे। खेतों में बची-खुची सूखी पत्तियों और घास के तिनकों के लिए खाली पेट भटकनेवाले जानवर मरणदशा में पहुँच चुके थे। मटकाभर पानी के लिए लोग चार-चार पाँव तोड़ रहे थे। अँजुरी भर अनाज के लिए दिनभर मारे-मारे घूम रहे थे। चुटकी भर नमक के लिए पंसारी की वहशी, जहरीली नजरें औरत जात को हबक रही थीं।

बारिश की पहली बौछार आ गई। निमाड़ के उजड़े पहाड़ों-दर्रों के तन-बदन पर चेतना की लहर दौड़ने लगी। जर्जर और सूखकर काँटा बन गए मनुष्य के मन ने निराशा की केंचुल उतार दी। गाँव-गाँव में खुशियों का त्योहार शुरू हो गया।

मानो प्रभु ने करुणा की पुकार सुन ली थी।

सारे कीड़े-मकोड़ों, पेड़-पौधों की चिन्ता तो उसी को ही थी। जो सृजन करता है, वही वर्धन करता है और वही उसका नियन्त्रण भी करता है। उसी को सबकी फिक्र थी।

जीवनदायिनी बारिश शुरू हुई और पहले रेले के साथ ही थकान, चिन्ता और परेशानी बह गई। धीरे-धीरे जीने की आशा सिर उठाने लगी।

बरसात की पहली बौछार ने दरकी हुई जमीन के भीतर से सुनी एक हुंकार। परती खेतों से फूट पड़े नए अंकुर। इन अंकुरों से मिल गई संजीवनी जीने की, जानवरों और मनुष्यों को। गिरिशिखर पर हरी मखमल के सपने देखने लगी धरती।

आखिर बारिश शुरू हो गई। खुशियों के त्योहार में सब शामिल हो गए थे।

पन्द्रह दिन बीत गए और अब सबके मुँह सूखने लगे। बारिश के आने से जो चेहरे खिल उठे थे वे धीरे-धीरे स्याह पड़ने लगे।

रात-दिन लगातार बारिश हो रही थी। झरनों-नहरों का कलकल बहनेवाला पानी अब झोपड़ियों और घरों की दीवारों से टकराने लगा था।

धीरे-धीरे बढ़ रही पानी की लहरें कालसर्प बनकर चारों ओर से घेरने लग गई थीं।

सर्द पड़े गाँव के बाहर एक तुन्दिल टीले के स्थान पर टीन की आड़ में महुए के तेल का दिया टिमटिमा रहा था। पूरब की तरफ ढलान थी। उसकी विपरीत दिशा में बेल का एक बड़ा-सा पेड़ अजनबी-सा खड़ा था। थोड़ी दूरी पर गाँव की तरफ इमली का एक छतनार पेड़ था। उसके पीछे से गाँव की सरहद शुरू होती थी। पेड़ के तने से होती हुई चक्करदार पगडंडी गाँव की तरफ चढ़ती चली गई थी।

टीले के ढलान के पास बेम्बली नदी ताम्बई रंग के पानी से उछलती हुई बेतहाशा बह रही थी। घने अँधेरे में नदी की सूऽऽ-सूऽऽ की आवाजों से पूरा परिवेश गूँज रहा था।

टीले की उत्तर दिशा में ऊपर की तरफ बड़ का एक पेड़ था। उसके बरोहों और जड़ों को देखकर पता चलता था कि यह कई बरसों का गवाह है। रात के समूचे अँधेरे को गले लगाकर मानो वह पेड़ निडर खड़ा था। बारिश की बड़ी-बड़ी बूँदें पत्तों पर टप-टप पड़ रही थीं। इन आवाजों के अलावा बाकी चारों ओर नीरव शान्ति थी। टीले के माथे पर थोड़ी-सी लम्बी-चौड़ी सपाट जगह पर नवगजाबाबा का कच्चा मजार था। मजार के तीनों तरफ कमर जितनी लम्बी सफेद मिट्टी की दीवारें थीं। गाँव की दिशा में कोई दीवार नहीं थी।

मजार के ऊपर घास का छप्पर था। लकड़ी के खम्भों पर शहतीर डाल दिए गए थे। उन पर घास-फूस डाला गया था। छप्पर का ढलान नदी की तरफ था। हर साल छप्पर नए सिरे से छवाया जाता था इसलिए पानी की एक बूँद भी नीचे नहीं गिरती थी।

नवगजापीर के सामने महुए का दीया जल रहा था। हवा की लहर से ज्योति दाएँ-बाएँ हिल रही थी और सामने बैठे पाँच-छह लोगों के चेहरों पर पीली मन्द रोशनी का गोल आगे-पीछे सरक रहा था।

आकाश गरज पड़ा। चाँदनी थी मगर बादल छाए हुए थे। उनके बीच सर्पिल छुरी जैसी बिजली चमक उठी। सबने असहाय होकर आकाश की दिशा में देखा, फीकी चाँदनी में नदी किनारे से ऊपर आ रही एक आकृति उन्हें दिखाई दी।

उमड़ती हुई नदी को पार कर ऐसी काली रात में कौन आ रहा होगा ? सबके चेहरे चिन्ता से सूख गए। उत्सुकता तन गई। टीले की फिसलनभरी पगडंडी चढ़कर वह आकृति ऊपर आ गई। नवगजाबाबा के सामने खड़ी रही। पीर के सामने बैठे लोग झटके से खड़े हो गए। खड़े हो गए लोगों में से मंगल्या झट से उसके पास आ गया। दिये की फीकी रोशनी में टीला चढ़कर ऊपर आए उस शख्स के चेहरे को निरखते हुए धड़कते कलेजे से मंगल्या ने पूछा, ''कौन है रे तू ! ऐसे वक्त पर पानी काटकर आने का जोखम क्यों उठाया है तूने ?''

उस आदमी ने औचक इधर-उधर देखा और मंगल्या के सवाल का जवाब दिए बगैर नवगजाबाबा के मजार के सामने मत्था टेक दिया। जमीन पर नाक रगड़ने लगा।

मंगल्या के लिए वह एक पल महाप्रलय जैसा था। वह आदमी कब सिर ऊपर उठाएगा और कब अपनी पहचान बताएगा, सब इसी बात की प्रतीक्षा में थे।

उसने धीरे-धीरे सिर ऊपर उठाया। महुए के दिये की रोशनी उसके चेहरे पर से आगे बढ़ गई। एकटक देखनेवाले मंगल्या ने उसका डरा हुआ चेहरा देख लिया।

''कौन, रग्घू ? इतनी रात गए क्यों आ गया है रे ? और तू अकेला ही कैसे ?''

मंगल्या ने रग्घू कोरकू को धड़कते हुए कलेजे से पूछा। टंट्यामामा के साथ हरदम परछाईं की तरह रहनेवाला रग्घू आज अकेला ही कैसे आ गया ?

''दगा हो गया। धोखा दिया गया। टंट्यामामा को दुश्मन ने धोखा दे दिया।''

पेट की पीड़ा के साथ रग्घू के मुँह से शब्द निकल पड़े और झटका लगे आदमी की तरह बार-बार वह वही बात दुहराने लगा।

''नहीं ऽ नहीं ऽ, ऐसा कभी नहीं हो सकता। टंट्यामामा का कोई बाल भी बाँका नहीं कर सकता। नवगजाबाबा की मेहर है मामा पर। तू कुछ मत बक।'' टंट्या के जिगरी साथीदार मंगल्या ने रग्घू के कन्धों को दोनों हाथों से दबाते हुए कहा। उसे लगा कि उसके हाथ-पैर की ताक़त ही चली गई है।

टंट्यामामा के साथ दुश्मन ने दगा किया।

जंगल में लगी आग की तरह यह खबर चारों ओर फैल गई। अकाल के बाद आई बारिश ने सबकुछ धो डाला था और खुशियाँ खो गई थीं। ऐसे में टंट्यामामा की खबर ने हाहाकार मचा दिया।

पहाड़ों और दर्रों में विलाप होने लगा।

''ऐसा नहीं हो सकता। टंट्यामामा को खुद नवगजापीर का असीस है। बारह बरसों से बाबा का तावीज मामा के साथ है। नवगजाबाबा ने सपने में उसे बता दिया था कि जब तक गले में तावीज है तब तक कोई उसका बाल भी बाँका नहीं कर सकता। इतना

ही नहीं, यह भी कहा था कि वह बारह बरस निमाड़ पर राज करेगा।''

''और भी एक इशारा किया था बाबाजी ने। धरम से राज करने का नेम मत छोड़। तू जब तक सच्चा रहेगा तब तक मैं तेरे पीछे रात-दिन खड़ा रहूँगा। बेइंसाफी को सबक सिखा। और ज़ुल्म को। गरीब-गुरबा का असीस रहेगा तेरे साथ।''

''ऐसे बख़्त पर ये कैसी खबर आ गई बाबाजी ?'' नवगजाबाबा के सामने अपनी नंगी छाती को दोनों हाथों से पीटते हुए मंगल्या विलाप करने लगा।

आसपास के लोग इस खबर से थर-थर काँपने लगे। ऐसा महसूस हुआ मानो नवगजाबाबा का टीला जोर-जोर से हिल रहा है।

कल राखी पूनम थी। हर साल की तरह टंट्या अपनी मुँहबोली बहन के पास राखी बँधवाने आया था। यही पूनम की रात कालरात्रि बन गई। सबने सोचा कि खबर झूठ साबित हो जाए।

हर साल टंट्या दूसरे दिन पोखर के नवगजाबाबा के दर्शन के लिए जरूर आया करता था।

यहाँ इकट्ठा भीलों के मन में आशा थी कि इस साल भी वह आ जाएगा। उनका और भी एक विश्वास था। टंट्यामामा का पकड़ा जाना कहीं अफवाह न हो। निमाड़ के परिसर की रक्षा करते थे नवगजाबाबा। फिर अपने लाड़ले टंट्या का पकड़ा जाना उन्हें कैसे कबूल होगा ?

दोनों हाथों से कानों की पालियाँ पकड़कर मंगल्या नवगजाबाबा के सामने गिड़गिड़ा रहा था।

''हे बाबा, हमसे कुछ ग़लती हो गई हो तो हमें बख्श दे, मेरे बाप। लेकिन मेरे बच्चे को इस तोहमत से बचा ले।''

भीगी रात धीरे-धीरे बीत रही थी। सर्द चाँदनी रात को आकाश के बादलों ने घेर लिया। धुँधले अँधेरे ने पहले विशाल बड़ को और फिर आसपास के पेड़ों को निगल लिया।

असहाय मंगल्या इधर-उधर देखने लगा। हवा के झोंके के साथ दिये की रोशनी लपलपाने लगी। खबर लानेवाला रग्घू डर के मारे काँप रहा था।

''इसका पता तुझे कैसे लग गया ?'' कहीं खबर गलत न हो इस उम्मीद से मंगल्या ने रग्घू से पूछा। इसके पहले भी दो-एक बार इस तरह की अफवाह फैली थी। कभी-कभी तो टंट्या ही गोरी पुलिस को चकमा देने के लिए ऐसी खबरें फैला दिया करता था। आज भी कहीं ऐसी बात न हो।

''मैं भी था मामा के साथ। सबलगढ़ के पासवाले गाँव में। उन्द्री नदी के पास महादेव का मन्दिर है ना, वहाँ गनपत के घर में। बन्हेर के गनपतसिंग ने धोखा दिया मामा को।''

भय की एक विकराल लहर उठी और उसने सबको लील लिया।

रात बीत रही थी और टीले पर लोग पथराई आँखों से नवगजाबाबा के मजार के सामने बैठे थे।

पौ फटने से पहले बारिश थम गई।

दो हफ्तों बाद सूरज के दर्शन हो हुए। पीली सुनहरी किरणें बिखर रही थीं। लेकिन चारों ओर मातम छाया हुआ था।

भीलों के राजा और निमाड़ का शेर टंट्या पकड़ा गया है, यह खबर चारों ओर हवा की तरह फैल गई। टंट्या के पालनहार नवगजाबाबा के दरबार में धरना देने के लिए पहाड़ों और घाटियों से लोगों के झुंड आकर जमा होने लगे।

मंगल्या ने रात ही में ओझा को सँदेसा दिया था।

दिन निकलते ही ओझा ने तैयारी शुरू कर दी। नवगजाबाबा की बगलवाले बड़ के तने के पास की जमीन साफ कर दी गई। कीचड़ पर बड़ के पत्ते फैला दिए। गजा रायमुनी की टोकरी में टोटके का सामान ले आया था। ओझा के सामने टोकरी रखकर गजा खड़ा रह गया। दस-ग्यारह बरस पहले गाँव की सीमा के पास मिले टंट्या ने रेवापुरी महाराज के सपने को साकार कर दिया था। खुद बाबा का साथ होने के बावजूद दगा कैसे हो गया ? बड़ की बरोह को पकड़कर खड़ा गजा सोच रहा था।

नवगजाबाबा के मजार के चारों ओर लोगों की भीड़ उमड़ पड़ी। उनमें हर तरह के लोग थे। भील, कोरकू, कुनबी और अन्य बिरादरियों के लोग भी थे।

ओझा ने पूजा का स्थान मन-हीं-मन निश्चित किया और स्थान तय होते ही दाएँ हाथ की उँगलियों से सिर के पीछे लटक रही चोटी में गाँठ लगा दी। बाएँ कान में लटक रहे कनौती के नीचे लगे मोती को अँगूठे और उसके पासवाली उँगली से छू लिया।

बड़ के तने से ईशान दिशा की ओर करीब साढ़े छह हाथ की दूरी पर बित्ताभर लम्बे तिनके से निशान लगा लिया। मंगल्या ने आगे बढ़कर बड़े भक्तिभाव से निशान के आसपास की ज़मीन को साफ-सुथरा बना दिया।

ओझा ने गजा की ओर देखकर चलने का इशारा किया और वह नदी की तरफ ढलान कर दुलकी चाल से दौड़ने लगा। गजा भी उसके पीछे-पीछे दौड़ने लगा।

बारिश रुक जाने से नदी का पानी अब घटने लगा था। बाढ़ के उतर जाने से नदी के किनारे घास-तिनकों की एक रेखा-सी बन गई थी। पानी में घुसने से पहले ओझा पलभर के लिए रुक गया। बाढ़ की निशानी को देखते हुए उसने गजा से कहा, ''बेम्बली में इतना पानी इससे पहले कभी नहीं चढ़ा था।''

गजा कुछ बोले इससे पहले ही ओझा दोनों हाथों को सिर पर उठाकर हथेलियों को जोड़कर मटमैले पानी में उतर गया। ओझा ने जब अपना सिर पानी से बाहर निकाला तो वह धारा की दिशा में कुछ दूर तक बहता जा चुका था। ओझा के पानी

के बाहर आ जाने पर गजा धीरे से नदी के पानी में उतर गया। कमर तक पानी में धँस, वहीं पर बैठकर अपने सिर को पानी में डुबो दिया और फिर बाहर आ गया।

दोनों फिसलन-भरा टीला चढ़कर फिर बड़ के पास आ गए। मंगल्या ने बड़ के पत्तों की पत्तल बना दी। रायमुनी की टोकरी से सारा सामान निकालकर करीने से रख दिया।

भगत के पास आने पर मंगल्या हट गया।

भगत नदी की तरफ मुँह करके बैठ गया। उसके सामने निशानी के लिए रखा हुआ पत्थर था। पत्तल पर रखा कुमकुम चुटकी में लेकर माथे पर आड़ा लगा लिया। गजा के माथे पर भी ऐसा ही लगा दिया।

दोनों हाथों को जोड़कर आँखें बन्द कर लीं। धीरे-धीरे भगत की साँसों में गति आने लगी। लोग आसपास जहाँ भी जगह मिली, बैठ गए थे।

"बोलो टंट्या देवत की जऽय।" ओझा ने पुकारा किया। आँखें खोलकर पत्रावल पर दाईं ओर रखी कटार की ओर देखा। आसपास की भीड़ पर बड़ी आँखों से देखते ही भीड़ गरज उठी, "टंट्यामामा की जऽय।"

ओझा ने कटार की धार पर दाएँ हाथ की उँगलियों को रख दिया। फिर आँखें बन्द कर वह बुदबुदाने लगा। उँगलियों से कटार को पकड़ लिया। हाथ ऊपर उठाकर कटार की धार को माथे से लगा लिया और झट से दाँतों को भींचते हुए कटार को पत्रावल के बीचोबीच जमीन में रोप दिया। भीगी ज़मीन में कटार मुट्ठीभर धँस गई। कटार से साढ़े तीन हाथ की दूरी पर एक रेखा खींच दी। मंगल्या ने कटार को लाल धागे से लपेटकर रेखा की दूरी तक एक घेरा बना लिया। हाथ के तिनके से निशानी को और पक्का कर दिया।

कटार के दक्षिण में बित्ताभर दूरी नाप ली। पत्रावल पर रख उँगली जितनी लम्बी कुल्हाड़ी कील उठा ली और निशानी की जगह पर उसे ठोक दिया। कील के बाहर की तरफ हाथभर दूरी का एक अधगोल बना दिया। कील की नोक पर लाल धागा बाँध दिया। टोकरी के नीचे रखे मुर्गी के सफ़ेद चूजे को लेकर विठ्ठल ने मंगल्या के हाथ में उसे सौंप दिया। कील से बँधे लाल धागे का दूसरा सिरा चूजे के बाएँ पैर में बाँध दिया। चूजा पहुँच नहीं पाए इतनी दूरी पर ताँबे का गडुवा रख दिया। गडुवे के पास काँच की हरी बोतल रख दी। बोतल में महुए की दारू थी।

पत्तल पर अँजुरीभर उरद के दानों की छोटी-सी ढेरी थी।

ओझा ने इशारा कर गजा को कटार के सामने बिठा दिया। उसका मुँह पूरब की ओर था।

ओझा ने जोर से गर्जना की।

'बोलो टंट्या देवत का बाण।'

सबने भक्तिभाव से हाथ जोड़ दिए। जो जहाँ बैठे थे वहीं पर झुककर ज़मीन को मत्था टेका।

ओझा मन्त्र बोलने लगा–

'बांस खऽ कामठो बांस खऽ तीरऽऽ
खांदऽ राखेज, टंट्या वीऽऽर।'

ओझा ने दाएँ हाथ की बन्द मुट्ठी पूरब की ओर मुक्का मारने के अन्दाज़ में हवा में मार दी। मुँह से फूऽऽस आवाज की।

तब गजा ने चुटकी-भर उरद के दाने उठा लिए और मुर्गी के चूजे को निशाना बनाकर फेंका। दाने गिरते ही लाल डोरे से पैर बँधे चूजे ने उड़ने की कोशिश की।

'ले थारी कुकड़ी, ले थारी धाऽऽर
भगऽ जा भगऽऽ जा
सात समुन्दर पाऽर।'

ओझा ने फिर फूऽस कर दिया। तब उसके पेट का नगाड़ा थर्रा उठा। आँखें बन्द कर बन्द मुट्ठी को उसने पूरब की तरफ और एक बार मार दिया।

गजा ने चूजे को उरद के दानों से मारा।

'मानऽ मानऽऽ टंट्या देव की आनऽ
नइऽ त लगऽ ज छातीऽ म बाण।'

ओझा ने ज़मीन से लगे पेंदे को उठा दिया। दोनों हाथों की बन्द मुट्ठियों का प्रहार कटार की दिशा में किया।

एक आवर्तन हो गया।

ओझा ने पलथी बदल दी।

फिर उसकी आवाज गूँजने लगी। गजा के दाने फेंकनेवाले हाथ में तेजी आ गई। आसपास बैठे लोग भक्तिभाव से जहाँ थे वहीं डोलने लगे।

'बाँस खऽ कामठो बाँस खऽ तीरऽ
खांदऽ राखेज, टंट्या वीरऽ
ले थारी कुकड़ी, ले थारी धारऽ
भगऽ जा भगऽ जा सात समुन्दर पारऽ
मानऽ मानऽ टंट्या देवत की आणऽ
नइ तऽ लगज छाती मऽ बाण।'

सौ आवर्तन हो गए।

ओझा की मन्त्रोच्चार में तेजी आ गई। दोनों ओर लय के साथ डोलते हुए भगत मन्त्र बोल रहा था और गजा चूजे को उरद के दानों से मार रहा था।

एक सौ आठ आवर्तन पूरे हो गए। पसीने से तरबतर ओझा ने लाल आँखों को चारों तरफ घुमाकर 'छोड़ टंट्या देवत को–यह मेरी आण' कहते हुए दोनों हाथों को जमीन पर पटक दिया। ओझा के दोनों हाथ जमीन से चिपक गए। पकड़े गए हाथों को छुड़ाने के लिए ओझा छटपटाने लगा। हाथों के पकड़े जाने की छटपटाहट उसके चेहरे पर दिखाई देने लगी।

'छोऽऽ ड़...छोड़...भग ऽ जा
भग ऽ तू सात समुन्दर के पार'

ओझा अंगों को तानकर छटपटाने लगा। मुँह से अजीबोगरीब आवाजें निकालने लगा।

आसपास की भीड़ में सन्नाटा छाया हुआ था।

मंगल्या झट से आगे बढ़ा। कटार के सामने माथा टेका। आँखें बन्द कीं। दाएँ हाथ से कटार की मुट्ठी को छूते ही ओझा के जमीन से चिपके हाथ छूट गए और वह धड़ाम से पीठ के बल गिर पड़ा।

'बोलो टंट्या देवत की जय !' भीड़ में एक ही घोष गूँज उठा।

तन से सारी शक्ति निकल जाने से थका हुआ ओझा उठ बैठा। माथे पर कुंकुम पसीने से फैल गया। गाँठ लगी चोटी मिट्टी से सन गई थी।

ओझा ने हाथ जोड़ दिए। अपने कान पकड़कर हथेली से गाल पर जोर से चपतें लगा लीं।

मंगल्या ने आसपास से सूखे तिनके, टहनियाँ इकट्ठा कीं। पन्द्रह दिनों की बारिश से वे गीली-सी हो गई थीं। सूखी घास भी सर्द हो गई थी।

मंगल्या ने भीगे तिनकों का एक ढेर बनाया। नीचे की तरफ सूखी पत्तियाँ, घास वगैरह भर दिया। कमर के बटुवे से चकमक और काँटे साँवरा का चुटकी-भर गुल निकाल लिया। चकमक चिनगारी से उसे जला दिया। सूखे कपड़े के टुकड़े पर उसे रखा। जला हुआ कपड़े का टुकड़ा तिनकों के नीचे सरका दिया। ढेर से धुआँ निकलने लगा। धीरे-धीरे धुआँ कम हो गया और आग जल उठी।

पहले से लाकर रखी डेढ़ हाथ लम्बी भीगी छड़ी को मंगल्या ने उठा लिया। एक सिरे पर चूजे के एक पैर को लाल धागे से बाँध दिया। चूजे पर हरी बोतल की कुछ दारू उँड़ेल दी। चूजे के साथ छड़ी को आग पर डाल दिया। एक-दो बार पंखों को फड़फड़ाहकर चोंच को खुली छोड़ चूजा ठंडा हो गया। उसके पंखों के जलने की बदबू फैल गई। अधजले चूजे को बड़ के पत्ते पर रख दिया गया।

ओझा ने चाकू उठाया।

'बोल टंट्या देवत की जय !' कहते हुए चूजे के दो टुकड़े कर दिए। दो टुकड़ों के और दो टुकड़े कर दिए।

एक टुकड़े को उठा लिया। 'बोल टंट्या देवत की जय !' कहते हुए दक्षिण की ओर फेंक दिया। दूसरे टुकड़े को पूरब की ओर फेंक दिया। एक टुकड़ा गजा की हथेली पर रख दिया। गजा ने हथेली को माथे से छुआ और टुकड़े को मुँह में डाल दिया। बचे हुए टुकड़े को डोरी से बाँधकर बड़ के बरोह पर टाँग दिया।

ओझा ने पास रखी दारू की बोतल को उठाया। दो-एक बूँद कटार पर डाल दीं। दो बूँद उँगली पर लेकर आकाश की तरफ उड़ा दिया। बोतल को मुँह से लगाकर दो-एक घूँट दारू पी ली। बोतल मंगल्या के हाथ में थमा दी।

मंगल्या सबको दारू का परसाद बाँटने लगा।

सन् अठारह सौ सत्तावन।

स्वाधीनता संग्राम की चिनगारी मेरठ में भड़क उठी। धीरे-धीरे पूरे उत्तरी भारत में विद्रोह की आग फैलने लगी। जुल्मी अंग्रेजी सत्ता के विरोध में लड़ाई का आरम्भ हो चुका था। इसमें स्वाधीनता के बीज बोए गए।

देश के कोने-कोने में छोटे-बड़े उद्रेक होने लगे। इनमें से कुछ संगठित थे तो कुछ जगहों पर सही ढंग के नेतृत्व का अभाव था। कहीं पर शूरवीरों ने अपनी हिम्मत से अंग्रेजी सत्ता की नाक में दम कर रखा था।

नर्मदा और ताप्ती नदियों की घाटी में बसा निमाड़ का इलाका वैसे तो शान्तिपूर्ण लग रहा था। अंग्रेजों ने पचास वर्षों में साहूकारों और हाकिमों के बल पर निमाड़ का पूरा शोषण किया था। उसके पहले पिंडारियों ने लूटा था और अब अंग्रेज और उनके साथी साहूकारों द्वारा शोषण कार्य जारी था। पटेल-पटवारी और मालगुजार भी इस लूट में शामिल हो गए थे।

विन्ध्य और सतपुड़ा की कतारों के बीच बसनेवाले निमाड़ के सीधे-सादे लोग और जंगल में रहनेवाले, कोरकू आदिम जाति के लोग इसमें पीसे जा रहे थे। वे अत्याचार सह रहे थे। बरसों तक विक्षोभ की आग भीतर-ही-भीतर धुँधुआ रही थी।

इस विक्षोभ के फूट पड़ने की ही मानो उन्हें प्रतीक्षा थी।

सतपुड़ा के मजबूत परकोटे के नीचे बिरडा नाम का गाँव था जिसे प्रकृति के सारे वरदान प्राप्त थे। चारों ओर साग और सलई के घने जंगलों की हरी-भरी चमक थी। बीच में बहनेवाली नदी-नहरों की सर्पिल जाली थी और गाँव के पीछे अपने पैरों को फैलाकर संरक्षक बनी पहाड़ की कतार थी। गाँव के पास युगों से जीवन-साक्षी बनी बेम्बली नदी बह रही थी और पहाड़ के चारों तरफ से झरनेवाले अनगिनत झरनों के कारण धूप के मौसम में भी काफी समय तक घुटनों जितना पानी रहता था।

बिरडा छोटा-सा गाँव था। गाँव में पटेल, राजपूतों और ठाकुरों के घर प्रमुख थे। बढ़ई, सुनार, नाई और बसोड़ के कुछ घर थे। नदी पार भीलों और केवटों के कुछ झुग्गीनुमा घर थे।

पटेल, राजपूत और ठाकुर अमीर थे। गाँव के कारोबार के कारण पटेलों और राजपूतों के बीच बरसों से अदावत थी। कभी ठाकुर पटेलों के साथ हो जाते तो कभी राजपूत ही पटेलों के विरोध में ठाकुरों से मिल जाते।

बरसों तक गाँव पर पटेल-राजपूतों की हुकूमत थी। दुकानदारी और साहूकारी के कारण गाँव के सत्ता-सूत्र इन्हीं लोगों के हाथों में थे। पटेल-राजपूतों के खेतों पर उनके ही गरीब लोग सालदार बनकर काम करते थे। इनमें भील तथा अन्य जातियों

के गरीब लोग भी हुआ करते थे।

नदी किनारे ढालू जमीन पर भीलों की कुछ झोपड़ियाँ थीं। बरसात में नदी में बाढ़ आ जाने पर झोपड़ियों के आगे तालाब बन जाता था। तालाब के किनारे अधगोलाकार क्षेत्र में झोपड़ियाँ बनी थीं।

ईशान के कोने में एक ठिगनी-सी झोपड़ी थी। साल के बल्लों पर घास छाई हुई थी। तीन बरस पहले छप्पर की घास बदली गई थी। बारिश से उसका पहला भूरा रंग बदलकर काला हो गया था। छप्पर की घास सड़ जाने से छप्पर में छेद हो गए थे। उनमें से कभी-कभार आकाश के तारे दिखाई देते थे। बारिश शुरू हो जाने पर टेसू के पत्तों को इन छेदों पर रखकर घास से सी दिया जाता था। बरस में दो बार ऐसा करने पर भी बरसात में दीवारें फूल जाती थीं। सर्द हो जाने से उनकी पपड़ियाँ निकल आती थीं। लगता था दीवारें अपने मालिक की ओर देखकर उपहास में हँस रही हैं।

झोपड़ी की दाईं ओर मुर्गियों का दरबा था। दरबे की मुर्गियाँ उनके लिए धनलक्ष्मी थीं। उनकी आवाजों से सुबह झोपड़ियाँ जाग पड़ती थीं। कुदरत ने यही एक बरकत दी थी। ये मुर्गियाँ जरूरत के वक्त पेट भरने या मुसीबत के वक्त चलन के रूप में काम आती थीं।

झोपड़ी के पीछे खाली जगह थी। वहाँ दो-चार बेलियाँ उग आई थीं। बाईं ओर कमर जितनी ऊँचाई पर एक मचान बनाया गया था। उस पर पानी का मटका रखा हुआ था। मचान के पास ही घुटने भर ऊँचा मिट्टी का एक चबूतरा था जिस पर एक आदमी आराम से सो सकता था। चबूतरे के किनारे रंग-बिरंगी गूदड़ी की एक गठरी अस्त-व्यस्त पड़ी हुई थी। जिन्दगी के भले-बुरे अनुभवों को सहनशील धागों से जिसमें टाँक दिया गया था यह ऐसी गरम गूदड़ी थी। कड़ाके के जाड़े में, लगातार बारिश में और हाय-हाय मचानेवाली गर्मी में उसकी ममताभरी संगत मिलती रहती।

इस झोपड़ी में भाऊसिंग भील रहता था।

अधेड़ उम्र का, ठिगना और छरहरे बदन का भाऊसिंग अपनी उम्र से कुछ ज्यादा ही बूढ़ा लग रहा था। पैदा होने से आज तक चार-पाँच स्थानों पर भटकने पर भी अभी वह कहीं स्थिर नहीं हो पाया था। पोखर में भाऊसिंग का बाप रहता था। उसकी खेती साहूकार के पास गिरवी पड़ी थी। उसे छुड़ाने की कोशिश में बाप की जिन्दगी खर्च हो गई। साहूकार के मारे सड़ाके से भाऊसिंग का बाप पानी-पानी कहते हुए मर गया। पानी के लिए तड़प रहे बाप के मुँह में दो बूँद पानी डालने की हिम्मत नहीं हुई किसी की। भाऊसिंग के मन में आज भी इसकी कसक है। उसी दिन अँधेरी रात में भाऊसिंग ने डरकर गाँव छोड़ दिया। भटकता हुआ बिरडा आ पहुँचा। बारह बरसों का बनवास हो गया था।

भाऊसिंग मामूली आदमी लगता था लेकिन था बड़े जीवट का और बहुत मेहनती। भीलों का पैदाइशी काला रंग और फैली हुई चौड़ी नाक। गालों की हड्डियाँ ऊपर उठी हुईं। छोटा-सा चेहरा था इसलिए भाऊसिंग उम्र से पहले ही बूढ़ा लगने लगा था।

भाऊसिंग की घरवाली थी जीवनी। उसी की हमउम्र, दोहरी हड्डियोंवाली। जीवनी पहाड़ की तरह भाऊसिंग के पीछे खड़ी थी। तात्या उनका इकलौता बेटा था और उसकी कद-काठी बाप जैसी ही थी।

बिरडे में आकर भाऊसिंग भिवा पटेल की ज़मीन पट्टे पर जोतने लगा। भिवा पटेल जमींदार थे। सारी-की-सारी ज़मीन खुद नहीं देख सकते थे, इसलिए खेती करने को दूसरों को दे देते थे। उन्हें पट्टेदार कहा जाता था।

ज़मीन के बदले काश्तकार तयशुदा रकम पट्टे के रूप में हर साल पटेल को दे देते। इस रकम को अनाज के रूप में ही खलिहान पर वसूल किया जाता। हर साल मिलनेवाली इस आय के कारण भिवा पटेल जैसे धनी जमींदार और भी मालदार बन जाते थे।

बारिश कम हो या फसल पर्याप्त न हो तो भी जमींदार को लगान देना ही पड़ता था। दाना तैयार होते ही वह गाड़ी लेकर दरवाजे पर खड़ा हो जाता। मनचाहे मोल पर अनाज ले आता। काश्तकार को भाव पूछने की हिम्मत नहीं होती। किसी ने मुँह से एक शब्द भी निकाला तो पटेल उस पर धावा बोलकर कहता था, ''कर्ज लेते वक्त भाव नहीं पूछा था रे ? तब तेरे पेंदे में दरद नहीं हुआ था। अब मुँह ऊपर उठाकर भाव पूछता है साला।''

''ऐसा नहीं मालिक, ग़लती हो गई जो मेरा मुँह खुल गया। आप थोड़े ही ग़लत भाव करनेवाले।'' काश्तकार बात को सँभालने की कोशिश करता लेकिन जमींदार बोलता ही जाता।

''मैं तेरे दरवाजे पर आकर आधे भाव में अनाज ले जाऊँगा। क्या कहता है तू ? उधर खंडवे में तेरे अनाज को बड़ा भाव मिल जाएगा। जा और बेच दे परदेस की बखार पर। पर जाने से पहले जोत के लिए जो दस सेर अनाज लिया था उसके बीस सेर निकाल दे। तुम्हारे जैसे मुसीबत में फँसे नंगों को छह-छह महीनों के लिए कर्ज दिया, मुझे क्या पागल कुत्ते ने काटा है ?''

''मालिक, आप ही हमारे माय-बाप ! ग़लती हो गई किसी पागल से तो आप क्यों इतना बिगड़ रहे हैं ?''

पड़ोसवाले ने बीच-बचाव किया। मालिक ने कम भाव देकर अनाज उठा लिया। मूल कर्ज बरसों बाद वैसा ही रह गया।

महीने के भीतर भाऊसिंग के घर में तंगी की हालत हो गई। खलिहान के अनाज की राशि मालिक का कर्ज चुकाने में चली गई। कल क्या खाएँगे ?

भाऊसिंग रातभर मन को तैयार करता रहा। सुबह उठकर पटेल के दरवाजे पर पहुँच गया।

''क्या है रे भाया ?'' पटेल ने सामनेवाले ग्राहक को निपटाते हुए पूछा। दोनों हथेलियों को एक-दूसरे पर मलता हुआ भाऊसिंग कुलबुलाता रहा।

"अरे तेरी माँ की ! खलिहान तैयार हुए एक महीना नहीं गुजरा और फिर हाथों को मलते हाजिर हो गया। कैसे लोग हो तुम ?"

"मालिक घर में खानेवाले तीन लोग।"

"यह मत बता ! हमेशा तुम लोगों की यही रामकहानी। घर में दाना नहीं और बाजीराव बन जाते हैं और कुछ बचा नहीं तो हमारे दरवाजे पर आवाज लगाने को तैयार।" कुछ रुककर भाऊसिंग की प्रतिक्रिया देखी और मुँह छोटा करते हुए बोले, "हमारा सारा कारोबार नुकसानी का। तुम्हारे धान को खलिहान से ले गया तो उधर बाजार में भाव गिर गए। तुम्हारा तो कुछ नुकसान नहीं हुआ लेकिन हम तो डूब ही गए ना।"

भाऊसिंग की हथेलियों की हरकतें और बढ़ गईं।

"तो फिर क्या कहना है तेरा ?"

"दस सेर जवारी दे देना मालिक।"

"मैं जानता ही था।" कहते हुए पटेल ने दस सेर का वजन पलड़े में डाल दिया। दाएँ पलड़े में एक सेर का वजन डाल दिया। अनाज उसमें डालने लगे। तराजू का काँटा स्थिर होने से पहले ही एक सेर का वजन उठा लिया और पलड़ा उसके कपड़े में खाली कर दिया। दस सेर अनाज के लिए एक सेर ब्याज बट्टे के रूप में पहले ही वसूल कर लिया।

कर्ज की रकम या अनाज चुकाते समय डंडी मारी जाती। एक मन वजन के पलड़े में ढाई सेर वजन की मोटी रस्सी बाँधी जाती। इसे जोत कहा जाता।

दूर जा रहे भाऊसिंग की ओर देखता हुआ पटेल मन-ही-मन हिसाब लगा रहा था। भाऊसिंग और उसकी बीवी जीवनी सालभर खेत में मरते-खपते थे। पसीना बहाकर भी मालिक के मूल कर्ज की बराबरी नहीं हो पाती थी। एक बेर तो जंगल के कन्दमूल और फलों से पेट भर जाता था लेकिन दो बेर का खाना नसीब नहीं होता था।

बाहर मुर्गे ने बाँग दी तब जीवनी ने गूदड़ी पर करवट बदली। पास के इमली के पेड़ पर गौरैयाँ चहचहाने लगीं। जीवनी उठ बैठी। इस चहचहाट की पृष्ठभूमि में एक कौवा कर्कश सुर में काँव-काँव करते हुए सिर पर से उड़ता गया।

"क्यों रे भाई, आज क्या कोई मेहमान आनेवाला है क्या ?"

कौवे ने एक चक्कर लगाया और पास के बबूल के पेड़ की छोटी-सी टहनी पर बैठकर फिर काँव-काँव करने लगा।

कौए की काँव-काँव सुनकर जीवनी की धड़कन बढ़ गई। मेहमान के आने की खबर देनेवाले कौए पर उसे गुस्सा आ गया। एक मेहमान आया तो भी उसे खिलाने के लिए अनाज का एक दाना नहीं है और ये है कि काँव-काँव किए जा रहा है।

सामने से भाऊसिंग सूखी छिलपियाँ वगैरह लेकर आ रहा था। पति को सामने देखकर जीवनी ने कौए के बारे में सोचना बन्द कर दिया। चूल्हे के पीछे रखे छोटे मटके

से गुल निकालकर चकमक चला दी। घास के तिनकों को जलाकर उन्हें सूखी छिलपियों में रख दिया। आग भड़क उठी। गीली टहनियाँ भी आवाज करती हुई जलने लगीं। गूदड़ी को बदन पर लपेटकर तात्या बाहर आ गया। बाप के पास अलाव के सामने बैठ गया।

सुबह-सुबह बड़े घुँघरू की आवाज सुनकर भाऊसिंग ने पीछे मुड़कर देखा। उसने सोचा कि कहीं गोंठ से भागकर भटकता हुआ कोई जानवर तो इस तरफ नहीं आया। लेकिन नाले का चढ़ाव चढ़कर ऊपर आता हुआ मेढंगी नजर आया। मेढंगी ने कमर में एक घुँघरू बाँधा था। घुटने के ऊपर लटक रहा था। चलता था तो इधर से उधर होकर आवाज कर रहा था।

सुबह ही मेढंगी के दर्शन होने से भाऊसिंग को मन-ही-मन अच्छा लगा लेकिन अपनी झोपड़ी में उसे देने के लिए कुछ भी नहीं है इस बात का खयाल आते ही उसकी खुशी दुख में बदल गई।

'जय भोलेनाथ !' पास में आकर मेढंगी ने कहा। वह खड़ा रह गया तो घुँघरू की आवाज भी थम गई। अलाव के पास बैठा तात्या उठ खड़ा हुआ।

भाऊसिंग दो कदम आगे बढ़ गया और मेढंगी के सामने झुक गया। "बम् बम् भोले जय श्रीशंकर ! भर दे झोली में माल गाड़ीभर !" भाऊसिंग ने हाथ जोड़ दिए। मेढंगी की असीस सुनकर उसका मन-भर आया।

"देवता ! सुबह-सुबह गरीब की झोपड़ी को आपके चरन लगे। हम ऐसे कंगाल ! आपके मुँह में गुड़ की ढेली पड़े।"

"ऐसा क्या बोलता है रे ?" तात्या की ओर नजर जाते ही मेढंगी मुँह बाए खड़ा रहा मानो उसने कोई चमत्कार देख लिया हो।

मेढंगी इतनी देर बच्चे की तरफ ऐसे क्यों देख रहा होगा यह सोचकर जीवनी का कलेजा मुँह को आ गया। मेढंगी के लिए उसके मन में आदर था लेकिन एक अनजान-सा डर भी था। उसने कई बार ऐसी कहानियाँ सुनी थीं कि मेढंगी को जो बच्चा या बच्ची पसन्द आती है उसे कुकुरमाछीवी बनाकर ले जाता है। और अब वह मेढंगी अपने बेटे की तरफ एकटक देखे जा रहा है।

"अहाहा, आज सुबह-सुबह मैं ये क्या देख रहा हूँ ! तुम कुछ नहीं समझोगे। तुम्हारी मुट्ठी में एक हीरा है हीरा। बिलकुल असली हीरा है ये।" भाऊसिंग की ओर मुड़ते हुए उसने पूछा, "तेरा नाम क्या है ? और इस लारा का ?"

"मैं भाऊ–भाऊसिंग और ये तात्या।"

"भाऊसिंग, तू जानता नहीं। ये लारा दुनिया से न्यारा लगता है ! आज तक मैंने ऐसा मुखड़ा नहीं देखा। क्या मुखड़ा बनाया है भोलेनाथ ने। अहा ऽ हा ! गोरा रंग... सीधे सुभाव का। चेहरा लम्बोतरा है न ! इसका मतलब ये कभी किसी का बुरा नहीं सोचेगा। चेहरा कुछ चपटा है, मतलब किसी पर भी झट से भरोसा करनेवाला है। गाल जरा से उतरे हुए हैं और ठोड़ी दबी हुई। ये सेनापति के लच्छन हैं। मूँछ के भूरे बाल

देखो। आँखें छोटी और कंजी, नाक चपटी, भौंहों पर थोड़े-से बाल ये सब राजलच्छन हैं। इसका मुखड़ा छोटा दिखता है, दाँत भी जरूर छोटे होंगे। होंठ देखो, चेहरे से बड़े लग रहे हैं। गरदन छोटी और कान बड़े जैसे चिपकाए गए हों। इसका मतलब ये बहुत बड़ा आदमी बननेवाला है। लोग इसका साथ देंगे। अमीरों, साहूकारों से तुझे बचकर रहना होगा बेटे। लेकिन एक बात ध्यान में रखना, नरमदा और तापतीमाँ के इस इलाके में तेरा नाम रोशन होनेवाला है।''

मेढंगी तात्या के पास आ गया। उसके सिर पर हाथ रखकर बोला, ''इस मुँह से जो शब्द निकलता है वो कभी झूठ नहीं होता बेटे ! आगे कभी मिलेंगे तब इस मेढंगे ने जो कुछ कहा वह सच हुआ कि नहीं, ये देखेंगे। तब याद रखना।''

''देवता, तुम्हें देने के लिए झोपड़ी में कुछ भी नहीं है, अब मैं तुम्हें क्या दे दूँ ?''

''भाऊसिंग, आज तेरे पास कुछ भी नहीं है, ये अच्छी बात है। कल ये बच्चा सारी कमी को पूरा करेगा।'' मेढंगी ने कहा और तेजी से चल पड़ा।

दूर जा रही घुंघरू की आवाज उसके कानों में बज रही थी।

तात्या दूसरे बालकों के साथ बड़ा हो रहा था और उनसे वह अलग लग रहा था। पाँच सवा पाँच फुट लम्बा, लम्बाई के हिसाब से कुछ ज्यादा ही बड़ा लग रहा था। उम्र के हिसाब से समझ भी कुछ ज्यादा ही थी। इसीलिए बिरडा गाँव के भीलों के अन्य बालकों की अपेक्षा तात्या सबका ध्यान खींचने लगा।

भाऊसिंग के साथ तात्या भी खेत में काम करने लगा। हल चलाना, जंगल से ईंधन के लिए लकड़ियाँ लाना, दोस्तों के साथ जंगल में शिकार के लिए जाना जैसे काम करने लगा।

खेती भीलों का पारम्परिक व्यवसाय नहीं था। भील तो जंगल के राजा थे। जंगल ही उनका असीम राज था। मुक्त होकर जंगल में घूमना, भूख लगने पर मौसम में मिलनेवाले कन्दमूल फल खाना, सहजता से मिलनेवाला शिकार कर दो जून पेट भरना यही उनकी दिनचर्या थी।

जंगल में मिलनेवाले महुआ के फूल, फल और उनसे बननेवाली दारू उनके प्रिय खाद्य और पेय थे। महुआ की पहली धार की दारू पीकर रात-भर मदहोश होकर नाचते रहते। बरसों तक ऐसी ही जिन्दगी जी रहे थे ये लोग।

दो-तीन सौ बरस निमाड़ पर हिन्दू-मुसलमान राजाओं ने राज किया। कई राजा आए और चले गए। किसी ने भी भीलों की मुक्त जिन्दगी में दखल नहीं दिया।

अंग्रेज आ गए। उन्होंने बेहिसाब जंगल काटकर वह जमीन जमींदारों को जोतने के लिए दे दी। जमींदार जंगल के आदिम निवासियों को अमानुष रूप से लूटने लगे। उन्हें खेतों पर मजदूर बनाया गया। वे अपना खून-पसीना बहाने लगे। साहूकार जमींदारों का साथ देने लगे। वे भी लूटने लगे। पुलिस अधिकारी और उनकी सहायता करनेवाले पटेल-पटवारी भी इनका शोषण करने लगे।

भाऊसिंग इस माहौल में झुलसा जा रहा था। पटेल फसल को खलिहान से उठा ले जाता था। फिर पटेल के दरवाजे पर ही विवश खड़ा हो जाना पड़ता था। तात्या ने भीलों की परम्परागत बातों को भली-भाँति अपना लिया था। तीरकमान चलाना, अचूक भाला फेंकना, बिना किसी थकान के मीलों नंगे पैर शिकार के पीछे दौड़ते जाना जैसे कामों में तात्या कुशल हो गया।

तात्या आसपास के हमउम्र बालकों का नायक बन गया। उन पर उसकी हुकूमत चलने लगी। कम उम्र में ही तात्या में नेतृत्व के गुण दिखाई देने लगे।

बसन्त का आगमन हो चुका था। चेतना की एक लहर-सी सारे निमाड़ पर फैल गई थी। शाम होते ही अँधेरा चोरी-चोरी पहाड़ों-घाटियों में अपने हाथ-पैर फैलाने लग जाता। दिनभर जंगलों में भटक रहे लोग अपने-अपने घरौंदों की तरफ लौटने लग जाते।

कोने की झोपड़ी के सामने मंगल्या अकेला ही धीमी लय में ढोल पीट रहा था। अँधेरे में ढोल की आवाज आसपास की झोपड़ियों में पहुँचते ही महुए की दारू के अमल में एक-एक भील अपनी झोपड़ी के बाहर निकल पड़ा। आवाज की दिशा में खिंचता चला आया।

मंगल्या तल्लीन होकर ढोल बजा रहा था। वह दूसरे भीलों से कुछ ज्यादा ही लम्बा और हट्टा-कट्टा था। उसके गँठीले शरीर ने धूप और बारिश के कई मौसमों को झेला था।

सिर पर एक पुराना फटा कपड़ा बेतरतीबी से बाँधा हुआ था। कमर में आगे-पीछे छूटा लँगोट। नुकीली सफेद मूँछों के कारण उसका चेहरा हँसमुख लगता था। कमर की करधनी का लाल डोरा काला होकर उसके रंग में घुलमिल गया था।

इस समय उसका ढोल बजाना भिलाटी के सारे भीलों के लिए न्योता था। दोनों हाथों से ढोल को पीटते हुए वह कमर से झुक जाता था। तब गले का काले धागे में बँधा तावीज़ एक लय में डोलने लगता था।

मंगल्या ने ढोल बजाना बन्द कर दिया। अँधेरे में सन्नाटा छा गया। दूर नदी किनारे कुत्ते के भौंकने की आवाज आ रही थी।

वह झोपड़ियों के बीच के खुले स्थान में आ गया। वहाँ किसी ने मैदान के तीन पत्थरों की आड़ में महुए के तेल का दीया रख दिया था

मंगल्या के ढोल बजाना बन्द कर देने के बाद बीच के चौक में एक-एक कर भील जमा होने लगे।

मंगल्या ने ढोल के दोनों तरफ हथेली घिसकर थर्रानेवाली आवाज निकाली। धीमी लय में फिर ढोल बजाना शुरू कर दिया।

विट्ठल भी हाथ में फौलाद की तीन कोनोंवाली कड़ी लेकर आया। लछमन पीतल की थाली बजाता हुआ संगत करने लगा।

झाँझ बजने लगी। डफ गूँजने लगी। कड़ी ने किण-किण करनेवाली लय पकड़ ली।

खुली जगह से अनेक पैर निकल आए। थिरकन के साथ नाच शुरू हो गया।

पूरे इलाके में मंगल्या का नाम था। बुजुर्ग तो था ही, बहादुर भी था। वक्त पड़ने पर चोरी करने और डाके डालने में भी वह माहिर था। पुलिस को चकमा देने में कुशल।

झाँझ और डफ की दुलकी चाल की आवाज आस-पड़ोस की झोपड़ियों में पहुँच गई। झूमते हुए भील उस दिशा में आने लगे। इनमें पुरुष थे, स्त्रियाँ थीं, बड़े हो रहे बच्चे भी थे। मंगल्या पर धुन सवार हो गई थी। सब गोलाकार बन डफ और झाँझ की ताल पर नाचने लगे।

जैसे-जैसे महुए की दारू का खुमार बढ़ता गया वैसे-वैसे नाच में भी रंग भरता गया।

नाच और नशा भीलों की जिन्दगी की दो अहम बातें थीं। डफ, झाँझ, कड़ी और पीतल की थाली की आवाज में मदमस्ती की एक गति आ गई। पूरा समूह एक लय में डोल रहा था। आगे-पीछे झूम रहा था।

आधी रात बीत गई थी। नाचनेवाले थोड़ा आराम कर फिर नाचने लगते। डफ-ढोल बजानेवाले भी कन्धे बदल रहे थे। तब पलभर के लिए नाच की गति धीमी पड़ जाती थी। आराम करनेवाले फिर दुलकी चाल से नाच में शामिल हो जाते थे। इस माहौल में भाऊसिंग, उसकी घरवाली जीवनी, बेटा तात्या और कई लोग थे।

मंगल्या ने नाच बन्द हो जाने की सूचना देनेवाली द्रुतगत शुरू कर दी। पूरी भीड़ नशे में झूमने लगी।

धीरे-धीरे गति कम हो गई। सब लोग मैदान में ही अस्त-व्यस्त ऊँघने लगे। कुछ झूमते-झामते डोलते-गिरते अपनी झोपड़ी की ओर लौटने लगे।

थके हुए भाऊसिंग का माथा अचानक ठनका। चेहरा टेढ़ा हो गया। पलभर पहले जहाँ नाच की खुशी थी वहाँ अब वहशीपन छा गया।

झोपड़ी की तरफ लौट रही घरवाली का झोंटा पकड़कर उसने हाथों और पैरों से उसे पीटना शुरू कर दिया।

भिलाटी में घरवाला शराब के नशे में घरवाली को पीटे यह आम बात थी। इसलिए भाऊसिंग जब जीवनी को पीटने लगा तो किसी ने उस तरफ ध्यान नहीं दिया। लेकिन भाऊसिंग आज कुछ ज्यादा ही बहक गया था। दोपहर में भिवा पटेल ने पट्टे की रकम न देने पर उसे डाँट पिलाई थी। चार लोगों के सामने गालियाँ खाना कोई नई बात तो नहीं थी। भाऊसिंग ने एक शब्द कहा तो पटेल ने उसकी कमर में दो-चार लातें भी जमा दी थीं।

सहनशील भाऊसिंग इस अपमान से दिनभर कुढ़ता रहा था। दिनभर का दबा गुस्सा बाहर निकल आया और वह अपनी घरवाली को पीटने लगा।

जीवनी हमेशा की तरह खुशी से मार खा रही थी। आम तौर पर दो-चार सड़ाके लगाने के बाद भाऊसिंग का जोर कम हो जाता था। जोर कम हो जाने पर वह घरवाली का हाथ पकड़कर उसे घसीटते हुए झोपड़ी की ओर ले जाता था।

लेकिन आज भाऊसिंग का रूप कुछ अलग ही लग रहा था। अब तक हाथ-पैरों से पिटाई करनेवाले भाऊसिंग ने मंगल्या के हाथ की लाठी छीन ली और दो घुटनों के बीच सिर छिपाकर बैठी जीवनी पर जंगली सुअर की तरह टूट पड़ा।

अब तक अलिप्त भाव से बाप की ओर देखनेवाले तात्या से रहा नहीं गया। वह झट से आगे बढ़ गया। माँ को बेतहाशा पीटनेवाले बाप पर उसे गुस्सा आ गया था। एक हाथ से उसने बाप के हाथ की लाठी को हवा में ही रोक दिया। झट से लाठी को खींचकर गुस्से से दूर फेंक दिया। उसकी नजर में माँ के लिए फिक्र थी तो बाप के लिए नफरत।

अधमरी माँ को अपने हाथों का सहारा देकर उसने उठा लिया। पीड़ा से वह फिर नीचे बैठ गई। माँ की ओर पीठ देकर तात्या उसके सामने बैठ गया। उसके दोनों हाथों को पकड़कर आगे ले लिया और उसे पीठ पर बिठाकर झोपड़ी की ओर चल पड़ा।

माँ को गूदड़ी पर डाल दिया। डूबती आवाज में उसने कहा, ''गला सूख रहा है। घूँट-भर पानी...।''

माँ के हाथ में पानी देते हुए धीमी आवाज में तात्या ने कहा, ''कब तक ऐसे मार खाती रहेगी माँ ? उस मारनेवाले हाथ को पकड़ क्यों नहीं लिया ?''

बेटे की इन अभद्र बातों को सुनकर पीड़ा से कराह रही जीवनी पलभर के लिए सिहर उठी।

''तू नहीं समझेगा मेरे बाप ! घरवाले में मस्ती रहती है। वह अपनी औरत को नहीं मारेगा तो क्या उसकी पूजा करेगा ?''

पीड़ा के आवेश में बुझी-बुझी आँखों से देखते हुए उसने कहा। तब उसके होठों के कोनों ने देखी सुख की एक किनारी। यह कहते हुए उसका चेहरा कुछ खिला हुआ लगा।

घरवाले ने पहली बार पीटा था उस वक्त की याद में उसके बदन पर जैसे मयूरपंख फिर गया। इस मार की लत ही पड़ गई थी। कई बरस। उस याद ने उसे पीड़ा में भी सुख का अनुभव दिया।

पहली मार से पीड़ा के बावजूद चाँदनी रात में फुलझड़ियाँ खिल उठी थीं। फिर सिलसिला ही शुरू हो गया। दारू पीकर आया घरवाला तन-बदन को तोड़ देता और उसके बाद बेहोश देह में बसन्त की बहार छा जाती। इस मार ने उसे पागल ही बना दिया था। एक-एक सड़ाका उसे आनेवाले उत्सव की रसीद लगती थी।

लेकिन आज भाऊसिंग ने जो पीटा था वह उसे उजड्ड जैसा लगा। बदन ठनक रहा था। सिर पर जहाँ मार पड़ी थी वहाँ सुन्नता आ गई थी। ग़लत जगह पर लगी लात से पेट में बल पड़ गए थे।

पीड़ा की आँधी में घास के तिनके जैसी हालत हो गई है। ऐसे वक्त पर घरवाले का साथ होना जरूरी है ऐसा सोच उसने डूबती आवाज में पूछा, ''तेरा बाप नहीं आया अभी तक ?''

माँ की बुझी-बुझी आँखों में देखकर तात्या के भीतर डर का दायरा उभर आया। असहाय होकर उसने दरवाजे की तरफ देखा। लड़खड़ाती हुई बाप की आकृति को अँधेरे में देखकर तात्या की जान में जान आ गई।

झोपड़ी के फीके अँधेरे में दीवार पर पड़ी बाप की परछाईं बड़ी दयनीय लग रही थी। घरवाली के पास डरते हुए बैठे भाऊसिंग को अपने अपराध की शर्म खाए जा रही थी।

भाऊसिंग दीवार से लगकर बैठ गया लेकिन उसे लगा कि वह किसी ऊँची कगार के किनारे बैठा हुआ है। सामने गहरी अँधेरी खाई है, पीछे निगलनेवाला वक्त का विकराल जबड़ा है।

बेबस असहाय भाऊसिंग ने आँखें बन्द कर लीं। बन्द आँखों के सामने तरह-तरह की अजीबोगरीब सूरतें नाचने लगीं। उन्हें देखकर भाऊसिंग बेहद घबरा गया। भाऊसिंग ने बुरा ख्वाब देखा। कोई खूनी पंजा गरदन पकड़ने आ रहा है। उसके खून से सने नाखून भाले की शक्ल में बदल गए हैं। भाऊसिंग जोर से चीख उठा। उसकी डरी-सहमी आवाज से झोपड़ी के कोने-कोने सिहर उठे।

डरकर उसने झट से आँखें खोल दीं।

पास में घरवाली कराह रही थी। घरवाले की चीख से वह डर गई थी। अपनी पीड़ा को भूलकर उसकी दशा को देखने लगी।

हवा का एक झोंका धमाचौकड़ी मचाता हुआ झोपड़ी के खुले दरवाजे से अन्दर घुस गया था। टिमटिमाता दीया बुझ गया। भाऊसिंग ने डरते हुए घरवाली का हाथ हाथों में ले लिया। घने अँधेरे में उसके बेहद ठंडे स्पर्श से वह दहल उठा।

अँधेरे में देखता हुआ मंगल्या भीतर आ गया। भाऊसिंग के पास बैठते हुए मंगल्या ने उसके कन्धे पर धीरे-से हाथ रख दिया।

मंगल्या ने तात्या को जगा दिया। पड़ोस की झोपड़ी से ढिबरी लाने को कहा। ढिबरी की रोशनी में मंगल्या ने जीवनी का चेहरा निरखा। अनुभवी मंगल्या ने नहीं का भाव सिर हिलाकर प्रकट किया।

भाऊसिंग निराश होकर मंगल्या की ओर देख रहा था।

"भगत को बुला लूँ ?" भाऊसिंग की बात को नजरअन्दाज कर मंगल्या ने मानो निर्णय कर लिया था।

जीवनी के सिर पर हल्के-से हाथ रखकर मंगल्या ने आँखें बन्द कर लीं। थोड़ी देर बाद आँखें खोल दीं। लम्बी साँस लेकर मानो कह दिया कि सबकुछ खत्म हो गया है। पास जाकर खड़ा हो गया। उसके पास भाऊसिंग कठपुतली बना खड़ा रहा। वह मंगल्या की बात सुनने के लिए अधीर हो उठा था।

मंगल्या झोपड़ी के बाहर आ गया। बिना कुछ कहे पास के चबूतरे पर बैठ गया। पीछे की तरफ आकाश की ओर देखा। भोर होने में अभी काफी समय था।

सुबह होने से पहले ही आसपास की झोपड़ियों में खबर फैल गई। जीवनी का कोई भरोसा नहीं। दिन निकल आने तक आसपास की बस्ती के लोग भी इकट्ठा हो गए।

भाऊसिंग का साला गमतिया नाला पार करता हुआ आ रहा था, उसे देख मंगल्या आगे बढ़ गया। गमतिया के सिर पर अनाज की गठरी थी। मंगल्या ने निर्विकार भाव से मेहमान से गठरी हाथ में ले ली। आठ-दस सेर मक्का ले आया था।

भाऊसिंग के साले ने झोपड़ी में प्रवेश किया। बहन आखिरी घड़ियाँ गिन रही थी। भाऊसिंग दीवार को पीठ देकर बैठा हुआ था। चेहरा सफेद फक् हो गया था। उसके पास ही बेटा तात्या पथराया हुआ बैठा था।

मामा को आते देख तात्या उसके गले से लिपटकर विलाप करने लगा।

मामा के आ जाने से रातभर दबे दुख का विस्फोट हो गया था। भाऊसिंग ने दाएँ हाथ की उँगली की नोक से आँखें पोंछ डालीं। दीवार की तरफ मुँह कर दो-एक बार नाक को छिनक लिया।

मेहमान की लाई हुई गठरी को मंगल्या ने खोल दिया। वहाँ आए बच्चों को अँजुरी से मक्का बाँटना शुरू किया। मंगल्या अनाज बाँट रहा है यह खबर फैल गई और भीड़ बढ़ गई।

आखिरी अँजुरी डालने के बाद मंगल्या उठ गया। कपड़ा झटककर कमोरे से मटकाभर पानी ले आया। दोनों पैरों के नीचे अनाजवाली धोती पकड़कर मटके का पानी उस पर उँड़ेल दिया। भीगा हुआ कपड़ा सूखने के लिए झोपड़ी पर डाल दिया।

''दगड़ी आ गई है।'' बुधिया झोपड़ी के सामने आ गई तो सब किनारे हट गए।

''सब दूर हट जाओ। अब जो कुछ करना है दगड़ी करेगी। उसे जो कुछ चाहिए वह ला देना।'' मंगल्या ने दरवाजे के पास खड़ी भीड़ को दूर हटाते हुए कहा।

दगड़ी भिलाटी की बुढ़िया थी। वह विधवा थी। गाँव में कोई भी मरता तो उसे बुला लिया जाता। किसी ने नहीं बुलाया तो भी वह स्वयं हाजिर हो जाती थी। भिलाटी में उसे हरवानी कहा जाता था। मृतक के सारे सूत्र उसके हाथ में रहते थे।

दगड़ी ने भीतर आते ही बुधिया से कहा, ''सफेद कम्बल ले आना पड़ोस से।''

बुधिया बाहर आ गया। एक-दो झोपड़ियों में पूछताछ कर एक झोपड़ी से काला कम्बल ले आया।

''मैंने सफेद कहा था। सफेद और काले के बीच का फर्क समझता नहीं क्या रे चमरौटे ?''

दगड़ी ने बुधिया को फटकार दिया तो जीभ को दाँतों तले दबाता हुआ बुधिया काला कम्बल उठाकर बाहर भाग गया और सफेद कम्बल लेकर वापस आ गया।

बुधिया ने झोपड़ी के सामने कम्बल को फैला दिया। दो लोगों ने भाऊसिंग की घरवाली को उठाया। उसे बाहर ले आए। उसके हाथ और सिर लटक रहे थे। सफेद कम्बल पर उसे लिटा दिया।

दगड़ी-हरवानी भाऊसिंग के पास आ गई। उसने उसके कानों में कुछ कहा। उसका चेहरा और भी ज्यादा रुआँसा हो गया। उसने हताश भाव से चारों ओर देखा। भगवान के घर चली गई घरवाली की अन्तिम घड़ियों को याद कर वह जड़ से उखड़ गया था।

हरवानी ने उसका हाथ हाथ में लिया और उसे सान्त्वना दी।

''जो पेड़ उग गया है वह कभी-न-कभी गिरनेवाला है। भावड़िया, कभी जल्दी गिरता है तो कभी देर से। लेकिन अपने वक्त को वह टाल नहीं सकता। जो वक्त आ गया उसे मानना पड़ेगा।''

दगड़ी ने सारी जिन्दगी का दर्शन ही मानो बता दिया।

जिसके हाथ-पैर सूखकर हड्डियाँ रह गए हैं और चेहरे पर जो सलवटों के टीले मुस्कराते हुए सँभाल रही है वह हरवानी भाऊसिंग को समझा-बुझाकर उठा ले आई।

हरवानी के हाथ के सहारे ने भाऊसिंग को बड़ी हिम्मत दी। उसने मन को मजबूत किया। दुख को रोककर वह धीरे से जमीन पर बैठ गया।

घरवाली के चेहरे की ओर देखा। हरवानी पास में ही खड़ी थी। उसकी ओर देखा। उसने नाराज होने का भाव व्यक्त करते हुए पूछ लिया कि कितनी देर लगा रहे हो।

भाऊसिंग दिल को थामकर पलभर के लिए घरवाली के पास लेट गया। उसके ठंडे स्पर्श से उसका सारा बदन पथरा गया। लगा कि शिराओं में बहनेवाला खून जम गया है। हरवानी ने उसे हाथ पकड़कर उठा लिया।

मंगल्या ने लोगों में कामों का बँटवारा कर दिया। दो जनों को टोकरी, कुदाली, बेलचा देकर नदी किनारे भेज दिया। एक आदमी बाँस लाने चला गया।

''भावडू, गाँव में जाकर धौला कपड़ा ले आ।'' मंगल्या ने भाऊसिंग से कहा। उसके जाने से पहले मंगल्या ने फिर कहा, ''पाँच गज-ढाई वार कोरा कपड़ा लाना है।''

भाऊसिंग गाँव की तरफ जाने लगा तो लगा कि पाँव में मन-मन का बोझ बाँध दिया है। जिसका मुँह देखने की इच्छा नहीं थी उसके दरवाजे पर लाचार खड़े रहने की नौबत आ गई।

गाँव में भिवा पटेल के अलावा और एक दुकान राजपूत की थी। लेकिन भाऊसिंग पटेल का आदमी है इसलिए राजपूत उसे दरवाजे पर भी खड़ा नहीं रहने देगा।

पटेल की ओर जाते समय भाऊसिंग को लगा कि हाथ-पैरों की ताकत धीरे-धीरे खत्म होती जा रही है। लेकिन दूसरा कोई चारा भी तो नहीं था।

भाऊसिंग भिवा पटेल की दुकान पर कब पहुँच गया उसे पता भी नहीं चला। बित्ते-भर लम्बी बबूल की हरी टहनी दाँतों में चबाता हुआ वह ओटले पर बैठा था।

भाऊसिंग को देखते ही मुँह में जमे कसैले थूक को जमीन पर थूक दिया। बाएँ हाथ के अँगूठे से मूँछें पोंछ दीं।

भाऊसिंग की घरवाली के मर जाने की खबर भिवा पटेल के पास पहले ही पहुँच चुकी थी। इसलिए उसे पता था कि भाऊसिंग क्यों आया होगा।

उसकी तरफ जान-बूझकर ध्यान दिए बिना पटेल दुकान में चला गया। पिछले दरवाजे से आँगन में आ गया। आराम से मुँह धो लिया। भीगे मुँह को धोती से पोंछते हुए बाहर आ गया। चबूतरे पर पालथी मारकर बैठ गया।

"मालिक ऽ" भाऊसिंग का लाचार का शब्द मानो उसके गले में अटक गया था। कल की बेइज्जती और मारपीट के डर के मारे एक शब्द भी बाहर निकल नहीं रहा था।

"हूँ..." पटेल ने बेमुरव्वती से हुँकार दिया। उसने आजिजी से कहा, "घरवाली चल बसी, मालिक ! उसको ले जाना है। तन ढाँकने के लिए पाँच गज धौला कपड़ा चाहिए..."

"दो बरसों से लगान नहीं दिया और ऊपर से कपड़ा उधार माँगता है, मैयत के लिए।" उसकी ओर तिरस्कार से देखते हुए पटेल ने फटकार दिया।

उसकी ओर ध्यान न देकर कमर में बँधे खरके से दाँत साफ करने लगे।

बहुत देर तक भाऊसिंग पटेल के सामने खड़ा था। आखिर झल्लाते पैर पटकते वह खाली हाथ भिलाटी में लौट आया। सब लोग भाऊसिंग के पास फिक्रमन्द खड़े हो गए। टिकठी बँधकर तैयार हो गई थी।

भाऊसिंग कुछ सोचकर झोपड़ी में गया। पीतल का एकमात्र हंडा लेकर बाहर आ गया। साले के हाथ में हंडा सौंपते हुए कुछ बोला और दोनों हाथों से सिर पकड़कर नीचे बैठ गया।

मंगल्या उसके पास आ गया। मंगल्या ने उसके कन्धे पर हाथ रखा तो डूबी आँखों से उसने ऊपर देखा। मंगल्या के सहारे से उसका धीरज बँध गया था।

गमतिया पीतल का खाली हंडा लेकर गाँव की ओर चल पड़ा। हरवानी ने आगे की तैयारी शुरू कर दी। औरतों की सहायता से जीवनी को गरम पानी से नहलाया और पुराने कपड़ों में लाश को बाँधकर अरथी पर रख दिया। मुँह में इकन्नी का सिक्का रख दिया।

भाऊसिंग का साला धौला कपड़ा ले आया। बहन के तन पर जालीदार धौला कपड़ा ओढ़ाते वक्त वह दुख के आवेग से काँपने लगा।

चारों ने मिलकर अरथी को उठाया। सब नाले की ओर चल पड़े। नाले के आधे रास्ते पर बिसराम के लिए अरथी को जमीन पर रखा। हरवानी ने मटके में पकाए मुट्ठी भर चावल तरौड़े के पौधे के पास रख दिए। फिर अरथी को उठाकर चल पड़े।

दो-ढाई हाथ गहरा गड्ढा बनाया गया। दो जन अन्दर उतर गए। अरथी जमीन पर रखी गई। लाश को खोलकर अन्दर उतारा गया। हरवानी ने बासी रोटी और मटकी में बचा चावल गड्ढे में उतरे आदमी के हाथ में दे दिया। रोटी का टुकड़ा और चुटकी भर चावल भाऊसिंग की घरवाली के मुँह में भर दिया। लाश पर जल छिड़का गया। गड्ढे में माटी डालकर सब लौट आए।

जीवनी चल बसी और अब उसकी जगह तात्या की घरवाली भिकी ने ले ली। अब तक पेड़ की छाँव के सहारे रहनेवाली भिकी सास के अचानक चल बसने से जैसे बेसहारा हो गई। उसकी समझ में नहीं आ रहा था कि ससुर को और अपने होनदार मरद को किस तरह सान्त्वना दे। उसे दुख से गुमसुम हुए अपने मरद की बड़ी फिक्र लगी रही।

तात्या झोपड़ी के सामने ओटले पर बैठा रहा। आँखों के सामने पिछली रात के दृश्य लगातार नाच रहे थे।

खेत से वापस आए पिता का भुनभुनाना, सारा गुस्सा घरवाली पर उतारना यह कोई नई बात नहीं थी। लेकिन तात्या को कहीं ऐसा भी लग रहा था कि बाप का यह व्यवहार ठीक नहीं है। कल भाऊसिंग ने घरवाली को लट्ठ से पीटना शुरू किया तब उसने दृढ़ निश्चय से लट्ठ को हवा में ही पकड़कर गुस्से से दूर फेंक दिया था। पीड़ा से कराह रही माँ से पूछा था, "इस तरह कब तक मार खाती रहेगी ?"

जमींदारों-मालगुजारों की जुल्म-जबर्दस्ती इस इलाके का कानून ही था। काश्तकार जमीन जोत, हर साल बिला नागा लगान की रकम चुका दे यह अलिखित नियम ही था। और जमीन जोतनेवाले भीलों को भी यही लगता था कि इस नियम का पालन करने के लिए ही अपना जनम हुआ है।

लगान वक्त पर न चुकाना काश्तकार का गुनाह माना जाता था। गुनाह है तो सजा होगी ही। चार लोगों के सामने बेइज्जत कर देनेवाली गालियों, अपशब्दों की बौछार और गाहेबगाहे मारपीट यह उनकी जिन्दगी का हिस्सा ही बन गया था।

मालिक ने पीटा तो मार खानेवाले यही समझते थे कि यह तो मालिक का अधिकार ही है। मालिक झिड़क दे तो और दूसरा कौन है जो मदद करेगा ? शिकायत करें तो किसके पास करें ? मुसीबत के वक्त इसी मालिक के सामने हाथ फैलाना पड़ता था। और यही मालिक उदार बनकर मुसीबत में देवता की तरह सहायता भी करते थे।

तात्या इन सब बातों को समझ रहा था। तटस्थ भाव से सबकुछ देख रहा था। अनुभव प्राप्त कर रहा था।

अब स्वाभिमान का स्फुल्लिंग सिर उठाने लगा। अनजाने में ही प्रतिरोध के भाव जगने लगे।

मालिक के अत्याचार के परिणामस्वरूप बाप ने माँ को पीटा था। उस उद्रेक ने बेचारी माँ की आहुति ले ली थी।

तात्या इस विचार-चक्र से बाहर आने के लिए छटपटा रहा था।

दस दिन हो गए थे। तात्या की पीड़ा और भी गूँगी होती गई। पथराकर वह बैठ जाता था। उधर बाप दीवार के पास ऐसे बैठा हुआ था मानो किसी ने उसे तोड़ दिया हो। भिकी और मंगल्या पड़ोस से रोटी के टुकड़े माँग लाते थे जिनसे पेट नहीं भरता था।

ग्यारहवाँ दिन निकल आया। तात्या का मामा गमतिया सुबह आ चुका था। कपड़े

में अँजुरीभर मक्के का आटा ले आया था। उसके बीवी-बच्चे भी साथ में आए थे।

गमतिया की घरवाली ने आटे की लोई बनाई। गमतिया ने लोहे की एक गाय बना दी। मंगल्या टेसू के दो पत्ते ले आया था, उनकी पत्तल बनाकर उस पर आटे की गाय को रख दिया। भाऊसिंग को उठने का इशारा करते हुए मंगल्या आगे बढ़ गया। उसके हाथ पर पत्तल रख दी। मंगल्या आगे चलने लगा। सब उसके पीछे चुपचाप चलने लगे।

नदी के बहते पानी में पत्तल के साथ आटे की गाय को बहा दिया गया। हाथ-पाँव धो लिए। कुल्ला किया। मंगल्या लौट आया। कठपुतली की तरह सब लौट आए।

झोपड़ी के सामने फिर सब बिखरकर बैठ गए।

दगड़ी पहले से ही आ बैठी थी। उसके पास बँसोड़ सतिया आ बैठा था। वह सात पायदानों की नसेनी ले आया था। नसेनी झोपड़ी की बाईं ओर की दीवार से लगाकर रखी थी।

गमतिया ने नसेनी को झोपड़ी के उत्तर की ओर की दीवार से लगा दिया। मंगल्या ने नसेनी की पहली पायदान पर हाथ रखा फिर एक-एक कर ऊपर चढ़ते हुए सातवें पायदान पर हाथ रख दिया। तात्या की माँ की आत्मा के स्वर्ग पहुँचने की सूचना उसे मिल गई।

नसेनी बाएँ हाथ से खींचकर जमीन पर आड़ी रख दी गई। नसेनी जमीन पर गिरते ही सबने मुक्ति की साँस ली।

अनुभवी मंगल्या भाऊसिंग की तरफ मुड़ गया। भाऊसिंग की बाँह पकड़कर उसे बाहर ले आया। घरवाली 'सुरग' चली गई। उसे मुक्ति मिल गई।

अकेलेपन का सैलाब उठा। यह उतरा नहीं कि दुख के अगिनछत्ते ने काटना शुरू कर दिया।

दोनों घुटनों में मुँह छिपाकर भाऊसिंग जैसे बचने के लिए छटपटा रहा था। माँ के मरने और बाप के दुख की जड़ को खोजने की कोशिश होनहार तात्या कर रहा था। भौचक भिकी पास में खड़ी थी।

देखते-देखते चलती-फिरती माँ चल बसी।

माँ के चले जाने के दुख को गले से लगाए तात्या झोपड़ी के बाहर बैठा हुआ था। खोए-खोए से तात्या की ओर भाऊसिंग अपराधभाव से असहाय देखता रहता। उसके अविचार ने जीवनी की जान ले ली। पेड़-पौधे पर चहचहानेवाली चिड़िया गुलेल के छोटे-से पत्थर से चोट खाकर पंखों को फड़फड़ाकर उलटी-पुलटी हो जाए वैसी हालत हो गई थी माँ की। माँ तो चली गई जंगल की पगडंडी से डूंगर देवता के पास और पीछे बेसहारा रह गए थे बाप-बेटे और बहू।

तात्या के दिमाग में धीरे-धीरे विचार आने लगे। बाप के गुस्से की जड़ को समझना शुरू किया तात्या ने तो उसमें बाप के प्रति दया और करुणा का भाव जागने लगा।

"पानी ठीक से नहीं बरसा। धरती का पेट नहीं भरा तो यह धरती माँ भी कहाँ से देगी ? अनाज की राशि नहीं भरेगी तो मालिक को लगान कहाँ से देंगे ?" भाऊसिंग ने ऐसे कह दिया मानो सारी दुनिया के बोझ की फिक्र हो।

बाप की फिक्र को तात्या ने जान लिया। डूबनेवाले को तिनके का सहारा दे रहा हो वैसे कहा, "बापू, तुम क्यों अपना खून जला रहे हो ? आदमी की जान से बढ़कर मालिक का कर्ज बड़ा नईं है।"

"ऐसा नहीं बेटे, मुँह मिट्टी भरकर मरना लेकिन दूसरे का रिन रखकर नईं मरना। पेट की आग को सिर की पगड़ी से बाँधा जा सकता पर मरने से पहले रिन का बोझ कैसे उतरेगा ?"

हारे हुए बाप की ओर होनहार तात्या देख रहा था। माँ के गुजर जाने के बाद पहली बार बाप के मुख से पीड़ा बाहर आ रही थी। बाप की घुटन को वह समझ सकता था।

"बेटे, दुनिया का दस्तूर ही है। खाने-पीने और मजे मारने के लिए सब आते हैं लेकिन चुकाने के वक्त..." भाऊसिंग रुक गया। बेटे को भाँपते हुए उसने आगे कहा, "दूसरे का दुख पतला होता है, पानी जैसा। सगे-सम्बन्धी आ गए और उड़ भी गए पंछियों की तरह। अब अपन हैं और अपना दुख है।"

तात्या की आँखों के सामने घटनाएँ गुजरने लगीं। जब से उसको समझ आ गई थी बाप सुबह ही झोपड़ी से चला जाता था। दिन निकल आने पर माँ खेत की ओर चली जाती थी। सिर पर बाप के लिए रोटी-टुकड़ा बाँधे। टोकरी में डेढ़ हाथ डंडेवाली कुल्हाड़ी। गाँव के पास के नाले के किनारे से होती हुई खेत में जाती थी। कभी-कभी भिलाटी की कोई औरत साथ में होती थी और पीछे दुलकी चाल से चलनेवाला तात्या।

घरवाले को रोटी देकर माँ जंगल की तरफ जाती थी। तात्या भी उसके पीछे चला जाता। भूख लगने पर जंगल में अलग-अलग मौसमों में अलग-अलग फल मिल जाते थे। गर्मी में जामुन और बेर। सर्दी में सीताफल। बरसा बीत जाने पर तरह-तरह के कन्दमूल।

दिनभर जो मिलता था उसे कपड़े में बाँध माँ दिन डूबने के समय घर की ओर चल पड़ती थी। रास्ते में दो-चार सूखी टहनियाँ-छिलपियाँ उठाकर ईंधन का गट्ठर बनाकर घर आ जाती थी।

गूलर के पेड़ से हरे-भरे गूलर के टोकरी-भर फल ले आती। साथ-साथ उसके तने पर उग आई सब्जी भी तोड़ लाती। किसी पौधे पर मधुमक्खी की गुनगुन सुनकर माँ की तेज नजर झट छत्ते का पता लगा लेती। टहनी से लटकता हुआ छत्ता हाथ में लेकर घर लौट रहे तात्या को बहुत दिन पहले खाई मक्के की चटपटी रोटी की याद आ जाती।

महुए की दारू पीकर मस्ती में झूमनेवाला बाप और चूल्हे के सामने मक्के की रोटी सेंकनेवाली माँ, झोपड़ी में फैली चटपटी रोटी की गन्ध, तात्या की आँखों के सामने ऐसे दृश्य आ रहे थे।

भाऊसिंग की घोर दरिद्रता पर दुख की काली किनारी थी। हर बार खाने-पीने की तंगी और जमींदार के जुल्म—उसकी जिन्दगी का लम्बे समय तक चलनेवाला हिस्सा था।

साँझ के वक्त महुए की दारू के चार घूँट ले लेने पर आसमान साफ़ हो जाता था। फिर पेट के हवाले चाहे जो करो, कोई फिक्र नहीं रहती थी। कल के बारे में आज नहीं सोचना। आज की बात निभ गई तो बेफिक्र हो गए।

लोगों ने सताया, महाजन ने दुत्कार दिया तो दोनों हाथ फैलाकर जंगल उसे अपनी बाँहों में भर लेता था। सबको जंगल का बड़ा सहारा था। माथे पर माया का छत धारनेवाला आकाश था। जंगल का हर तरह का मेवा बारहों महीने अदल-बदलकर मिल जाता था। करौंदे की हरी-भरी जाली आराम की गुफा बन जाती थी। झिरझिर बहनेवाला साफ-सुथरे जल का झरना प्यास लगते ही पास आ जाता था। जंगल के महुए के फूल, फल और बीजों की चटपटी रोटी। महुए के बीजों का तेल शक्तिवर्धक था। मेहनत करनेवाले शरीरों के जोड़ों के लिए यह अच्छा-खासा ओंगन था।

जंगल में मनचाहा भटकना, थक जाने पर पेड़ की छाँव में आराम से लेट जाना। जो हाथ लगे वह पत्थर सिरहाना बन जाता था।

बाप का चुप बैठना तात्या के लिए असहनीय हो उठा।

“मैं जरा ऊपर की तरफ जाता हूँ। इस तरह बैठा रहूँगा तो हड्डियाँ अकड़ जाएँगी।”

भाऊसिंग ने बेटे की ओर देखा और फिर जैसे सारा आसमान घिर आया।

“गाड़ी का चक्का ही टूट गया। अब बस घिसटते जाना...”

भाऊसिंग ने टूटी-फूटी जुबान से कुछ कह दिया।

तात्या ने कुछ नहीं कहा। माँ-बाप चलती गाड़ी के दो चक्के। एक चक्का टूट गया। दूसरे के भाग में आया घिसटते जाना।

बाप ने भी आगे कुछ नहीं कहा। बचपन बीत गया और चोरी-चोरी आई अकाल प्रौढ़ता ने तात्या पर कब्जा कर लिया। झोपड़ी के कोने में दरार पड़ा कमोरा था। दरार पड़ने के कारण अब वह पानी रखने के काम नहीं आ रहा था। तीरकमान और कुछ अन्य सामान उसमें रखा हुआ था।

तात्या ने दस-बारह दिन से तीरकमान को छुआ भी नहीं था।

कमोरे को देखकर भाऊसिंग को उसमें दरार पड़ने की घटना याद आ गई।

भाऊसिंग फनफनाता हुआ मालिक के घर से बाहर निकल आया था। गुस्से की आग में वह जल रहा था। हाथ-पैरों को इधर-उधर पटकता हुआ वह चल रहा था।

दिनभर खेत में मेहनत की थी। थके-हारे काले शरीर पर पसीने की सफेद नक्काशी जगह-जगह पर बन गई थी। कमरे में मैली-कुचैली धोती और माथे पर बेरंग कपड़े की हालत दयनीय थी।

महुए की दारू पिए बिना ही आज भाऊसिंग झोपड़ी के सामने झूमता खड़ा था।

चूल्हे के सामने जीवनी बैठी हुई थी। घरवाली को देखकर भाऊसिंग का गुस्सा और बेकाबू हो गया।

भाऊसिंग चुप था लेकिन मन में विचारों का तूफान मचा हुआ था।

"कैसी है ये जिनगानी ! जानवर की तरह खेत में काम करना, न किसी बात की सुध, न बखत का ध्यान। बैलों के साथ मिट्टी को बखारना। और यह पेट...इस डेढ़ बित्ते के पेट की खातिर पटेल के सामने हाथ फैलाना।"

जीवनी ने जान लिया कि घरवाला बिगड़कर आया है। मालिक के सामने लाचार होकर आँचल पसारने में उसे कुछ ग़लत नहीं लगता था। मुसीबत में मालिक ही काम आते थे। तीज-त्योहार को उनके दरवाजे जाना पड़ता था। मालिक पहले तो डाँटता-डपटता है, दो-चार गालियाँ भी दे देता है, लेकिन मदद भी करता है।

"रोटी खा लो !" बगैर कुछ पूछे जीवनी ने कहा।

भाऊसिंग ने सोचा कि पेट भरना और उसके लिए लाचार होकर जीना बस इतना ही अपने हाथ में है। यह पेट न होता तो अच्छा होता।

सीधा-सादा और भोला-भाला भाऊसिंग जानवर की तरह मालिक के पास मेहनत करता था और फिर भी कर्ज चुकता नहीं होता था। खेत में फसल अच्छी नहीं होती थी। जो होती थी उसे मालिक उठा ले जाता था। इसके बावजूद मेल नहीं होता था।

आज भी पटेल ने चार लोगों के सामने गालियाँ दी थीं। भाऊसिंग ने कहा कि मालिक जो माल आया वह आपको दे दिया तो मालिक ने गुस्से से उसे पीट दिया। हमेशा की तरह।

मालिक जब चाहे तब गालियाँ दे। एक शब्द से अपनी सफाई देने लगे तो 'उलटा बोलता है' कहकर हाथ उठाने की नौबत आ जाती है। अन्याय की चुभन असहनीय हो जाने से भाऊसिंग घुटन महसूस करने लगा। घुटन के बेकाबू हो जाने से कुड़बुड़ाता हुआ घर आ गया था।

जीवनी ने कहा था रोटी खा लो लेकिन भाऊसिंग का उसकी बात की तरफ ध्यान ही नहीं था। एक बार घरवाले की ओर देखकर और एक आँख से तवे पर जल रही रोटी की ओर देखकर वह थाली की रोटी को थापने लगी।

थाली की रोटी को तवे पर डालने के बाद घरवाले को पानी देने की बात सोचकर उसने चूल्हे में जल रही छिलपी को आगे बढ़ा दिया।

भाऊसिंग नीचे झुक गया। चूल्हे के सामने डेढ़ हाथ लम्बी नीम की बिना छिलके की सफेद लकड़ी पड़ी हुई थी। भाऊसिंग का हाथ लकड़ी की तरफ जाते देख जीवनी सावधान हो गई।

हाथ में हँसिए की तरह लकड़ी पकड़कर भाऊसिंग खड़ा हो गया। लकड़ी को दाएँ-बाएँ घुमा दिया।

लकड़ी हाथ से छूटने के पहले ही जीवनी झट से नीचे झुक गई। उसके पीछे तिपैने पर रखा पानी का कमोरा था। कमोरे की पसली पर लकड़ी जा गिरी और दूसरे ही पल पानी का फव्वारा फूट पड़ा।

जीवनी का हाथ झट से माथे की ओर चला गया। वह अगर झुक नहीं जाती तो वह नुकीली लकड़ी उसके माथे पर लग जाती।

कमोरे के छेद से बह रहे पानी को रोकने के लिए वह तुरन्त उठ गई। कपड़े का फटा टुकड़ा खोज लिया। छोटे-से कंकर को कपड़े में बाँध कमोरे में हाथ डालकर छेद से कपड़े का सिरा अन्दर खींच लिया। छेद में कपड़ा अटक जाने से पानी का बहाव थम गया। सन्तोष से जीवनी फिर चूल्हे के सामने बैठ गई।

घरवाले के ऐसे उजड्ड व्यवहार से वह अनजान नहीं थी। लेकिन उसे कमोरे के फूट जाने और पानी बेकार बह जाने की टीस ज्यादा थी। दूर से आठ-दस हंडे पानी लाते वक्त सिर में गूमड़ पड़ जाते थे। पीठ और कमर की हड्डियाँ बजने लगती थीं।

अब कमोरा ही टूट गया तो पानी किसमें भरेंगे ?

घरवाली ने चालाकी से अपने आपको बचा लिया यह देखकर भाऊसिंग का गुस्सा और भी भड़क उठा। गुस्से में हाथों को पटकते, कुड़बुड़ाते वह और कुछ ढूँढने लगा। गुस्से की आग बेकाबू हो गई थी। उसने दाहिना पैर उठाया और दाँतों को भींचते हुए लात मार दी।

क्या हो रहा है यह समझ में आते ही जीवनी ने झट से आँखें बन्द कर लीं। नीचे बह रहे पानी के ठंडे स्पर्श से वह सिहर उठी। बन्द आँखों को थोड़ा-सा खोलकर उसने देखा भाऊसिंग का पैर कमोरे में अटक गया था। कमोरे का सारा पानी उसके बदन के नीचे से बह रहा था। कमोरे में उलझे पैर को छुड़ाने की कोशिश कर रहे घरवाले की ओर उसने देखा। घरवाले पर उसे दया आने लगी।

दाहिने हाथ से जमीन का सहारा लेकर वह उठने लगी। गीली जमीन से हाथ फिसल गया। उसने अपने आपको सँभाला। चिकनी मिट्टी और फिसलनेवाली पगडंडी पर चलने की बरसों की आदत ने उसे परिस्थिति का मुकाबला करने का सबक सिखा दिया था।

दोनों हथेलियों के सहारे वह सावधानी से उठ गई। घरवाले का पैर कमोरे में किस तरह उलझ गया यह देखा। बाएँ हाथ से दाएँ हाथ की चूड़ियों को पीछे हटाकर हाथ की मुट्ठी बाँधी और कमोरे में जहाँ दरार पड़ी थी वहाँ मुक्का मार दिया। हाथों से घरवाले के पैर को बाहर खींच लिया। पैर को बाहर खींचते वक्त कमोरे के खप्पर से पिंडली में खरोंच आ गई। खरोंच की जगह से काले खून की रेखा उभर आई थी।

जीवनी झट से झोपड़ी के बाहर चली गई। वहाँ पीले फूलवाले टनटनी के पौधे फैले हुए थे। उसके दस-बारह पत्ते तोड़ लिए। दोनों हाथों की हथेलियों पर उनको चूर दिया। पत्तों की सीट्ठी को जख्म पर निचोड़ दिया। हरे रंग के रस का ठंडा स्पर्श होते ही भाऊसिंग ने सन्तोष के साथ आँखें बन्द कर लीं।

दूसरे दिन आँगन का टूटा कमोरा झोपड़ी के कोने में आ गया। वह बेकार सामान रखने के काम आया। तीरकमान भी वहीं पर रखा जाने लगा।

तात्या ने कमोरे के तीरकमान को दाएँ हाथ से उठा लिया। बाएँ हाथ से तीरों का भाथा उठाकर दाएँ कन्धे पर लटका लिया। कमरे में हँसिया लटकाकर वह झोपड़ी के बाहर आ गया।

सुदूर पहाड़ों की कतारें उसे इशारा करने लगी थीं। झोपड़ी से दूर जा रहे तात्या की ओर भाऊसिंग देख रहा था। घरवाली के बाद अब उसे अपने इकलौते बेटे और बहू का ही सहारा था।

तात्या दह के किनारे एक काले पत्थर के पास पहुँच गया। प्रकृति के पल-पल परिवर्तित आकर्षक रूप उसने कई बार देखे थे।

वनदेवता के चमत्कारों को देख उसका मनोमालिन्य कुछ कम हो गया। तीरकमान और भाथा निकालकर पास के सपाट पत्थर पर रख दिया। सिर के कपड़े को पानी में डुबाकर उसे भी एक पत्थर पर डाल दिया। दोनों हाथों को सिर के ऊपर तानकर उसने पानी में छलाँग लगा दी। दह के बीच ऊपर से गिर रही धारा के नीचे आते ही भँवर में नीचे खिंचा चला गया। दूसरे ही पल में उछलकर ऊपर आ गया।

दह के ऊपरी दाईं तरफ पीपली का एक पेड़ झुक आया था। ऊपर से गिर रही धारा से पेड़ की शाखाओं की परछाईं बार-बार बिखर रही थी।

पेड़ के बरोह पानी के ऊपर हाथ-भर की दूरी पर थी। तात्या ने तैरते-तैरते एक हाथ से बरोह को पकड़ लिया और उछलकर पानी के बाहर चला आया। पत्थर पर पैर फैलाकर बैठ गया। धूप से बदन सूख गया। तपे हुए पत्थर की आँच पुट्ठे को और खुले पैरों को लगने लगी।

उसकी नजर ढलान पर खड़े गूलर के पेड़ की ओर चली गई। गूलर के पेड़ की टहनी पके फलों से लहलहा उठी थी। कुछ हरे फल भी दिखाई दे रहे थे। लाल फलों पर काली चींटियों की कतारें चल रही थीं।

तात्या उठा। गूलर के पेड़ के पास आ गया। पका हुआ एक फल तोड़ लिया। दोनों हाथों से फल के दो हिस्से किए, मुँह से फूँककर चींटियों और कीड़ों को उड़ा दिया और फल को मुँह में डाल दिया। फल का मीठा स्वाद मुँह में फैलगया। दाँतों तले फल को चबाते समय कच्-कच् की आवाजें आने लगीं।

घर लौटते समय उसे अपने बाप और भिकी की याद आ गई और वह तेज कदम चलने लगा।

नाले से एक और नाला जहाँ मिलता था वहाँ खैर के एक पेड़ के पीछे से खरगोश का एक नरम जोड़ा भागता हुआ घास में छिपते दिखा।

तात्या ने तीरकमान साधा।

घास में निशाना लगाया। एक-दो छलाँग लगाकर खरगोश ठंडा पड़ गया। तीर की नोक पर खरगोश को लटकाए वह झोपड़ी की ओर चल पड़ा।

बिरडा गाँव में भिवा पटेल की एक दुकान थी।

पटेल और रजपूतों में बरसों से दुश्मनी थी। गाँव के छोटे-बड़े त्योहारों पर अनबन हो जाती थी। तू-तू मैं-मैं पर उतर आए लोग लट्ठ और कुल्हाड़ियों से भिड़ जाते थे।

गाँव की इस राजनीति में भील किसी के भी पक्ष में नहीं थे।

पटेल सोचते कि पटेल की काश्तकारी करनेवाले भीलों को उनका साथ देना चाहिए तो पटेलों पर अंकुश रखने के लिए रजपूत भीलों को फुसलाते रहते।

भिवा पटेल तो सरकारी पटेल भी था। उसका सम्बन्ध ऊपर तक था। तहसील में उठना-बैठना होता था। आने-जानेवाले अधिकारी पटेल से ही रसूख बनाए रखते थे। गाँव के कारोबार में पटेल का ही गाँव पर दबाव पड़ता रहता था।

रजपूतों का भी अधिकारियों से मेलजोल हुआ करता था।

भिवा पटेल हिसाब-किताब की बहियाँ देखने में खोए थे। बीच में ही एक खास टिप्पणी बारीकी से देखने लगे। मन-ही-मन कुछ हिसाब लगाया। दाएँ हाथ की उँगली के पोरों पर उसी हाथ के अँगूठे से गिनती की। एक पोर पर अँगूठा रखकर आँखें बन्द कर लीं। अंकों को गिनते समय उनके होंठ हिलने लगे। मन की गिनती पूरी हो जाते ही होठों की हलचल भी थम गई। बन्द आँखों को खोल दिया। मन की गिनती को बही के अंक से तालमेल बिठाकर देखा।

पटेल को लगा कि दरवाजे पर कोई आया है। दरवाजे में किसी के आने पर बैठक की रोशनी कम हो जाती थी। आँखें खोलने पर उन्हें दरवाजे में किसी की आहट सुनाई दी। मँझली उँगली के पोर पर अँगूठा बरकरार रखते हुए उन्होंने सिर उठाकर देखा। बाईं आँख को कुछ दबा लेने की उनकी आदत थी। आँख छोटी हो जाने पर दोनों होंठ भीतर की ओर दाँतों के नीचे खिंच जाते।

दरवाजे में मंगल्या खड़ा था। बाएँ कन्धे पर पुराना, फटा, मैला कपड़ा। सिर पर हमेशा की तरह एक कपड़ा लपेटा हुआ।

"मंगल्या ?"

"जी मालिक जी..."

"पिछले हफ्ते कहाँ मर गया था ?"

"भुखा का बेटा गुजर गया मालिक ! नदी किनारे केंकड़े पकड़ने गया था। घास में जानवर ने काटा और वहीं पर ढेर हो गया। ओझा के पास ले गया, लेकिन कुछ लाभ नहीं हुआ मालिक। दूसरे दिन भावड्या की घरवाली चल बसी।"

भुखा का नाम सुनकर पटेल की बाईं आँख और छोटी हो गई। दोनों होठ अन्दर खिंच गए। मँझली उँगली के पोर पर अँगूठे की पकड़ ढीली हो गई। अँगूठा उठाकर एक

हाथ की बन्द मुट्ठी बना ली। लम्बी हुँकार भरते हुए दाएँ घुटने पर घूँसा मारने लगे।

"कहाँ है वो भुखिया ? बुला तो बेटे को।"

पटेल के आदेश से मंगल्या की चुलबुलाहट बढ़ गई। पटेल का हुक्म न मानना सम्भव नहीं था। ऐसा ही खड़ा रह गया तो दो-चार गालियाँ मिल जाएँगी। इसलिए भारी कदमों से वह मुड़ गया और चलने लगा।

पटेल ने बुलाया है इस बात को सुनते ही सुननेवाले का मुँह सूख जाता था। पटेल ने जब मंगल्या से भुखिया को बुलाने के लिए कहा तब मंगल्या भारी कदमों से नदी किनारे की तरफ झोपड़ी की ओर मन का बोझ मानो सिर पर लादकर धीरे-धीरे चलने लगा।

झोपड़ी के सामने खूँटे के पास दोनों कुहनियों को घुटनों पर रख हथेलियों पर गालों को टिका भुखिया अपने में डूबा हुआ बैठा था। सामने खड़े मंगल्या की ओर उसका ध्यान भी नहीं था।

हँसता-खेलता बच्चा नदी किनारे साँप लग जाने से परिन्दे की तरह उड़ गया था। भुखिया के दिमाग में एक बात कौंध रही थी। मरी माता की मर्जी नहीं रही तो हम कुछ नहीं कर सकते। ऐसा ही उसने मान लिया था। दुख को पी गया और जब पेट में चूहे दौड़ने लगे तब दुख की पपड़ी भी गिर गई।

"भुखाऽ" मंगल्या की पुकार भुखिया को आज कुछ अलग ही लगी। आवाज सुनते ही भुखिया ने घुटनों पर रखी कुहनियाँ हटा लीं। गाल पर से हाथ को हटा लिया।

"तुझे बुलाया है बाड़े पर," मंगल्या के बोलने पर भुखिया सिहर उठा। पेट की आग झट ठंडी पड़ गई।

बाड़े पर बुलाया जाना मतलब कोई मुसीबत आनेवाली है। भुखिया ने असहाय होकर मंगल्या की ओर देखा। मंगल्या के झुलसे चेहरे पर सारी दुनिया की फिक्र और हमदर्दी देखकर उसमें कुछ हिम्मत आ गई। हाथ-पैरों में कुछ ताक़त आ गई।

मुसीबत में सहारे के लिए भुखिया ने आगे-पीछे देखा। मंगल्या को छोड़ और कोई भी उसके पास नहीं था।

"उठ भाई भुखा ! अपने नसीब का चक्कर है।" मंगल्या ने धीरे से कहा और सिर को आगे-पीछे करते हुए उसे धीरज बँधाने लगा।

इसी वक्त तात्या जंगल से लौट आया। तीर की नोक पर खरगोश लटक रहा था। उसे नोक से खींच लिया।

खरगोश को देखकर भाऊसिंग के पेट की आग भड़क उठी। तात्या ने तीरकमान टूटे कमोरे में रख दी। कमर का हँसिया निकाल छप्पर के बाँस में घोंप दिया। भिकी ने खरगोश ले लिया था।

भुखिया अब भी झोपड़े के सामने अटका था। भुखिया का काला चेहरा फिक्र से और भी काला पड़ गया था।

"भुखाबा, क्या परेशानी है ?" तात्या ने पूछा तो उसने डूबी आवाज में कह दिया, "बाड़े पर बुलाने का सन्देसा लाया है मंगल्या।"

"ऐसी बात है।" झट से निश्चय करते हुए तात्या ने कहा, "चल ! मैं आता हूँ साथ में।" और वह उसके साथ चलने लगा। मंगल्या काफी आगे चला गया था। भुखिया के साथ तात्या भी आ रहा है यह देख मंगल्या ने फिर कदम बढ़ाना शुरू किया।

पटेल और मुसीबतों में फँसे लोगों के बीच की कड़ी था मंगल्या।

पिछले इतवार की बात है। सोनिया बढ़ई सुबह से ही मंगल्या को पकड़े बैठा था।

"मंगल्या भौ, बहुत जरूरी है। तुम्हारे बगैर मालिक के सामने जाने की हिम्मत नहीं है मेरी।" सोनिया ने मंगल्या को पटाना शुरू किया।

ना-नुकुर करते-करते मंगल्या तैयार हो गया। पटेल की बैठक के सामने आकर घोंघा बनकर खड़ा रह गया। सोनिया को देखकर पटेल बेकाबू हो गया।

"मंगल्या, साले आजकल तुझे कोई काम नहीं है। तुम सब मिलकर क्या मेरा दीवाला निकालना चाहते हो ? आँ ? सोनिया की बूढ़ी चल बसी तब पाँच आढ़ अनाज ले गया। पाँच के अब दस हो गए हैं और इस साल के बीस ! तुम लोग ऐसा करोगे तो मैं किसके पास भीख माँगने जाऊँगा ? आँ ? ऊपरवाली गली के भाऊसाहब के पास ?

मंगल्या ने देखा कि पटेल के पहले हमले का जोर कुछ कम हो गया है।

"वह कहाँ इनकार करता है मालिक ! गाँव का आदमी आपके कदमों में आया है। आपने सहारा नहीं दिया तो छुट्टे मवेशी की तरह इधर-उधर जाएगा।" मंगल्या ने फिर जोर लगाकर कहा, "मालिक, सोनिया की बेटी के लिए पाहुन आ गए हैं। लड़की बड़ी हो गई है, उसे घर में रखकर माँ-बाप को नींद कैसे आएगी ? मैंने ही कहा कि कर डालो ब्याह।"

सोनिया के आने का मकसद पटेल के ध्यान में आ गया। मन-ही-मन झट निश्चय कर लिया। मामूली ब्याह हो तो भी बीस-पच्चीस रुपयों का माल देना पड़ेगा। सोनिया से बीस आढ़ आने बाकी हैं।

"मंगल्या, तेरी बात तो ठीक है। सोनिया की बेटी अपनी ही बेटी है। गाँव की इज्जत हम नहीं रखेंगे तो कौन रखेगा ? आँ ?" पटेल ने मंगल्या की ओर झूठी हँसी हँसते हुए कहा। पटेल की चालबाजी मंगल्या के लिए कोई नई बात नहीं थी। झूठी हँसी हँसते वक्त पटेल के दाएँ गाल में गुल पड़ जाता था। ऐसे गुल का पड़ जाना पटेल की नई चाल की निशानी थी।

क्या करते ? सोनिया की जरूरत सही थी। वयस्क लड़की को घर में रखने का मतलब आग के गोले को आँचल में बाँधना था।

"सोनिया, जा ऽ बिलाशक ब्याह की बात पक्की कर। ऐसी धूमधाम से ब्याह करेंगे कि पाहुन को कहना पड़ेगा ऐसा ब्याह पहले कभी नहीं हुआ था।"

पटेल के धीरज बँधाने से सोनिया की मुद्रा बदल गई। सहानुभूति, कृतज्ञता और

अन्ततः लाचारी से उसने झट पटेल के पाँव पकड़ लिए। पटेल ने दोनों कन्धे पकड़कर उसे उठा लिया।

"मंगल्या, ये काम तेरे कहने से हो गया।" पटेल ने मंगल्या की तरफ देखकर आखिरी खूँटी को मजबूत किया।

मंगल्या ने हाथ जोड़कर सिर हिला दिया।

"सोनिया, एक बात पूछने की रह गई। खेत में आम के कित्ते पेड़ हैं ? और गोठ में बैलों की जोड़ी ?"

"आम के छोटे-बड़े आठ पेड़ हैं और बैल की जोड़ी एक ही है मालिक।" सोनिया ने बता दिया और पटेल की प्रतिक्रिया के लिए रुका।

पास के ताक में रखी लाल बही को पटेल ने हाथ से उठा लिया। उलट-पुलटकर धूल झटकने का हावभाव किया हालाँकि उस पर धूल बिलकुल नहीं थी। बही का बँधा धागा खोल दिया। उँगली को थूक लगाकर एक-एक पन्ना उलटने लगा। बीच में ही कुछ पढ़ लेता। फिर पन्ना पलटता।

एक स्थान पर रुक गया। दवात में कलम को डुबाकर बही में नीचे की तरफ एक आड़ी रेखा खींच दी।

"इधर आ..." सोनिया से कहा।

सोनिया ने अँगूठा सामने किया। स्याही लगा अँगूठा रेखा के सामने छाप दिया। फिर और एक कोरे कागज़ पर अँगूठा लगा लिया। उसके पास ही मंगल्या को अँगूठा लगाने को कहा।

"अब बिलाशक जाओ और ब्याह की तैयारी शुरू कर दो।"

सन्तोष से सोनिया की आँखों की कोरों में पानी आ गया। पटेल के उपकार से वह दब गया था। आँखों की कोरें पोंछकर उसके हाथ जोड़ दिए और घर की तरफ चल पड़ा।

पटेल ने आदत के मुताबिक आँखें बन्द कर लीं।

सोनिया पहले पाँच आढ़ अनाज लौटा नहीं पाया था। पाँच के अब बीस हो गए थे। अब बैल-जोड़ी और आम के पेड़ गिरवी रखे बीस रुपयों के बदले। यह रिन वह कब चुकाएगा ? कल खेत में काम करने के लिए उसके पास बैल नहीं होंगे। उसके बैल तो हमारे पास गिरवी रहेंगे। फिर उसी के बैल एक मन अनाज के किराए पर उसे दे देंगे। छह महीने के लिए उस अनाज पर छह महीनों का ब्याज चढ़ जाएगा। आम के पेड़ों पर तो अब अपना ही स्वामित्व हो गया। पेड़ों की रक्षा लेकिन सोनिया को ही करनी पड़ेगी। आम को गिरे हुए भाव में पेड़ से उतार लेंगे। हिसाब में जमा कर लेंगे। फिर भी मूल बीस रुपए का ब्याज वह कभी भी चुका नहीं पाएगा। आखिर उसे जमीन का टुकड़ा लिखना पड़ेगा। उसी जमीन के टुकड़े पर काश्तकारी करेगा। मूल कर्ज कभी चुकता नहीं हो सकेगा।

भिवा पटेल ने सन्तोष से आँखें मूँद लीं।

भिवा पटेल ने सामने से आ रहे भीलों को देखा। मंगल्या भुखिया को लेकर आ रहा था।

"राम ऽ राम मालिक जी..." दरवाजे के दाईं ओर के ओटले पर उकड़ूँ बैठते हुए मंगल्या बुदबुदाया। हाथ का लट्ठ दोनों घुटनों के बीच पकड़ लिया। बाएँ कन्धे से लट्ठ को टिका सिर को उसका आधार दिया था। पटेल आज भुखिया की लानत-मलामत करेंगे, यही सोचते हुए दाएँ पैर के अँगूठे से जमीन कुरेदने लगा।

सिर झुकाकर भुखिया गुनहगार की तरह खड़ा था। पटेल ने बुलाया है इतना सुनकर ही वह अधमरा हो गया था।

पटेल से नजरें मिलते ही भुखिया के साथ आए तात्या ने हाथ जोड़ दिए।

"राम ऽ रामजी मालिक।"

तात्या के शब्दों को पटेल ने बदन पर चढ़े तिलचट्टे की तरह झटक दिया।

"तेरा बाप क्या करता है घर बैठकर ? झोपड़े में बैठकर माटी खाएगा क्या ? आँ ? दो हफ्ते हो गए घरवाली का सूतक अभी तक खत्म नहीं हुआ ?"

"मालिक, मैं हूँ न उसका बेटा। वही बताने आया हूँ। आज से मैं खेत पर जाऊँगा। बाप अभी बाहर नहीं आ रहा। घुटनों में सिर डाले पड़ा रहता है।"

तात्या ने धीरज से और जिम्मेदारी के अहसास से पटेल के सामने शान्ति से बात की।

"सबके घर में कोई-न-कोई कभी-न-कभी मर जाता है। कोई अपने को इस तरह घर में गाड़कर नहीं बैठ जाता। भूखा नहीं रह जाता। आँ ? मेरी बूढ़ी ने परान छोड़ दिए तब भी हमने मन को मारा और दुकान को ताला नहीं लगाया। पका हुआ पत्ता झड़ गया।" बात कहीं-से-कहीं जा रही है यह ध्यान में आते ही पटेल सँभल गया।

भुखिया सामने है और बातें तात्या के साथ हो रही हैं।

धीरे-धीरे गिरगिट की तरह पटेल के चेहरे का रंग बदल गया। गुस्से से उसने बाईं आँख को छोटा किया। होठों को भीतर खींच लिया, बाईं ओर की मूँछ काँपने लगी।

"भुखिया ऽ," पटेल की आवाज फटी-फटी-सी थी।

मंगल्या ने सिर ऊपर उठाया। अब आगे क्या होगा इस डर से उसकी गर्दन लटपटाने लगी। अनुभवी मंगल्या जानता था कि पटेल का गुस्सा बेकाबू हो जाने पर उनकी आवाज फट जाती है और उनके क्रोध का विस्फोट हो जाता है। असहाय होकर सिर झुकाकर वह 'नहीं-नहीं' का भाव व्यक्त करने लगा।

"जी मालिक," भुखिया इतनी ही बात किसी तरह कह सका। जैसे उसके सिर पर मनों का बोझ हो और मुँह से शब्द भी न निकलता हो। "तुम सब भिलटे मुझे डुबाने चले, आँ ? पिछले साल कपड़ा ले गया था। वो कपड़ा क्या तेरे खेत में उगता है ? खंडवे का मेरा बाप वो दुकानदार उधारी के कारन मेरे सिर पर बाल नहीं रखनेवाला ?"

पटेल ने बाईं ओर से बही निकाली, अँगूठे के पासवाली उँगली को जीभ पर रखकर गीला किया। थूक लगी उँगली से बही के पन्ने पलटने लगा।

भुखिया का नाम दीख पड़ते ही रुक गया।

बही की तारीख पढ़ ली।

"एक बरस होकर ऊपर से आधा बरस हो गया। कपड़ा डेढ़ रुपए का उधार लिया था। कीमत लिखी थी तीन रुपए, तीन रुपयों का सालभर का ब्याज। दूसरा साल शुरू हो गया था उसका ब्याज।" भुखिया को यह भी याद नहीं था कि कपड़ा कितने रुपए का था। पटेल ने काम पड़ने पर कपड़ा उधार दिया था। इसी उपकार से वह दब गया था।

"सारा धान हाथ से निकल गया था मालिक, सिर्फ एक डाली हुई थी वह भी खादगी देनेवाला ले गया।" भुखिया की बात खत्म होने से पहले ही पटेल ने बीच में टोक दिया, "किसने खादगी दी थी तुम्हें ? आँ ?

"रावसाब ने पंसेरी-भर जवार दी थी।"

रावसाहब का नाम सुनते ही पटेल के बदन को मानो बिच्छू डस गया।

गुस्से से वह बेकाबू हो गए।

"तुम साले ऐसा ही करनेवाले हो। जाओ निकल जाओ यहाँ से और मेरे कपड़े के पैसे ले आओ रावसाब के पास से। अरे, हम क्या मर गए थे ? हमें छोड़...नहीं हमें बेइज्जत करने के लिए तुम जान-बूझकर रजपूतों के पास जाते हो, है ना ?"

"मालिक, आप गुनाह माफ करना। उसकी गलती हो गई तो भी आप ही माय-बाप हैं। पैरों की जूती काटती है तो क्या हम उसे फेंक देते हैं। निभा लेते हैं। ऐसे ही निभा लेना।"

मंगल्या की बात से पटेल की परेशानी सुलझ गई।

पटेल तात्या की ओर मुड़ गए।

"दिन निकल आने पर मैं जाऊँगा खेत में। आप बिलकुल फिकिर ना करना। मालिक, अब मेरे बाप का रिन मैंने अपने सिर पर ले लिया आज से।" तात्या संजीदा हो गया।

आज से उसका सारा बचपन खतम हो गया। वह एक परिवार का जिम्मेदार कर्ता बन गया। रातभर तात्या ठीक तरह से सो नहीं सका।

झोपड़े के दरवाजे पर बाप भाऊसिंग गूदड़ी पर हाथ-पैर खींचकर लेटा हुआ था। बाईं करवट पर घुटनों को पेट से लगाए सोने की उसकी आदत थी।

आधी रात में तात्या उठ गया। कोने में महुए के तेल की ढिबरी जल रही थी। तेल खतम होने को था। ज्योति मन्द पड़ने लगी थी। झोपड़े में धुँधली-सी रोशनी फैली हुई थी।

तात्या ने बाईं ओर मुड़कर देखा। दीवार की तरफ मुँह बनाकर सोई हुई माँ का आभास हो गया। तन सिहर उठा। बाईं ओर देखा। भाऊसिंग झोपड़े के छप्पर की ओर देखता हुआ अभी भी जाग रहा था।

तात्या के जाग जाने की आहट लगते ही भाऊसिंग ने बेटे की ओर देखा। दोनों ने एक-दूसरे की ओर असहाय नजरों से देखा।

बच्चे के रोने की आवाज से दोनों सामान्य हो गए।

भिकी ने बालक के मुँह में स्तन दे दिया। बालक चुक-चुक आवाज करते हुए माँ का दूध पीने लगा। तात्या झोपड़े के बाहर आ गया।

घने काले आकाश में ढेर सारे सितारे टिमटिमा रहे थे। अँगड़ाई लेकर तात्या ने आकाश की ओर देखकर समय का अनुमान लगाया।

मृगशिरा अभी ढला नहीं था।

घरवाली भिकी और बेटा किसनिया की याद से तात्या का गला भर आया। माँ ने इस बात का कभी अहसास होने नहीं दिया कि वह एक बच्चे का बाप है। सब काम वही करती थी। माँ का चेहरा बार-बार आँखों के सामने आने लगा।

भिकी का पाँव जब से भारी हो गया तब से माँ उसका खास ध्यान रखने लगी थी। बच्चे के नाम के बारे में भी उसने सोच लिया था। बेटा हो गया तो किसनिया और बेटी हो गई तो किसनी।

तात्या का ब्याह हुए तीन-चार बरस हो चुके थे। बहू की गोद भरी नहीं थी इसलिए जीवनी ने नवगजाबा और शिवाबाबा की मनौती मानी थी मन-ही-मन में।

बहू का पाँव भारी हो जाने पर उसे बड़ी खुशी हुई थी और उसका सारा समय फिर बहू की देखभाल में ही बीतने लगा था।

किसनिया के नामकरण के लिए महाजन से सामान उधार लाया था और उसके बाद बीस दिनों के अन्दर माँ चल बसी थी।

तात्या सोच रहा था और विचारों का चक्र रुकने का नाम नहीं ले रहा था।

अभी काफी रात बाकी है ऐसा सोचकर पेशाब करके तात्या फिर झोपड़े में लौट आया और सपने में खो गया।

किसी बुरे सपने से उसकी नींद टूट गई। पसीने में तर होकर वह उठ गया। पौ फट रही थी। बाहर चला आया।

भाऊसिंग अभी सोया हुआ था। हँसिया कमर में लटकाकर तात्या बाहर निकल पड़ा।

झोपड़े के पीछे नाले की ढलान थी। नाले के दोनों तरफ नीम के छोटे-बड़े पेड़ थे। एक कच्ची टहनी को तोड़कर तात्या ने उससे एक दातौन बना लिया और उसे चबाने लगा।

चबाते-चबाते रात के सपने को याद करने लगा। आजकल उसे ऐसे सपने बहुत आने लगे थे। सपने में वह दह के पानी में दिनभर बिना हाथ-पाँव हिलाए तैरता रहा। कभी डुंगर के ऊपर से पंछी की तरह उड़ जाता। कभी अनाज की राशियों से भरे खलिहान को देखता। मालिक गाड़ियाँ भर-भर ले जा रहा है फिर भी राशियाँ ज्यों-की-त्यों। मालिक थककर उसे कहता है–

''बस भई तात्या। तू तो अपने बाप से भी भारी निकला। डुंगर के पासवाली मरीमाँ जमीन मैंने तुझे आज से इनाम में दे दी।''

तात्या इनाम लेने से इनकार कर देता।

"मालिक, आपकी जमीन आपको लाभ हो। मुझे तो अपने पसीने की रोटी से काम है।"

नीम के दातौन के कड़ुवे रस के साथ सपनों की स्मृति चलती रहती।

पेड़ों के पीछे जाकर निपट आने तक वह सपनों को याद करता रहा। नाले के पानी से हाथ-मुँह धोने पर उसमें ताज़गी आ गई।

वह मालिक के खेत की ओर चल पड़ा।

दिन काफी निकल आया था। सुबह का मीठा जाड़ा जा चुका था। धूप गरमाने लगी थी। हल को रोककर उसने देखा। आधा खेत जोता जा चुका था।

तात्या ने आकाश की ओर देखा। अभी थोड़ी देर के बाद हल खोल दिया जा सकता है। बैलों को नाले के पास चराने के लिए छोड़ देंगे। करौंदे की बेल ढूँढ़ेंगे। उस खट्टे-मीठे स्वाद की याद से उसके मुँह में पानी भर आया। मोड़ पर गूलर का फलों से लहलहानेवाला पेड़ है। छककर फल खाएँगे और पानी पी लेंगे तो दिनभर की चिन्ता नहीं रहेगी।

वह बाँध तक पहुँच गया।

दूर से चीख-पुकार सुनाई दी। तात्या के कान खड़े हो गए। बाएँ हाथ की रस्सी को झट से ऊपर उठाकर नीचे झटक दिया। रुकने का इशारा मिलते ही बैल रुक गए। हल को उठाकर बाजू में रख दिया। गाँव की दिशा में शोरगुल बढ़ गया था।

दूर पेड़ों की भीड़ में आम के पेड़ों की ढलान पर कुछ सफेद धब्बे हिलते हुए दिखाई दिए। लोग भाग रहे थे। शोर की धुँधली आवाजें सुनाई दे रही थीं।

तात्या ने सोचा कोई जंगली जानवर मवेशियों के गोठ में घुस गया होगा। गाय-बैलों को चराने के लिए ले जाते हैं तब गोठ में बछड़े ही रह जाते हैं। ऐसे में जंगली जानवर मौका साध लेता है।

तात्या ने बाएँ हाथ की मुट्ठी बाँध ली। मुट्ठी के बीच में एक छेद जितनी खाली जगह छोड़ दी। बन्द मुट्ठी को दाईं आँख के सामने धर दिया। बाईं आँख मूँद ली। मुट्ठी के छेद से आवाज की दिशा में देखा। नीचे के बाँध की ओर से एक लड़का भागता हुआ आ रहा था।

भागते चले आ रहे बच्चे को निकट आने पर उसने पहचान लिया।

सोनिया बढ़ई का बाल्या था।

"तात्या, तात्या, भैंसा बेकाबू हो गया है। पागल की तरह दौड़ रहा है।" सोनिया के मुँह से बात साफ नहीं निकल रही थी। डर के मारे अधमरा हो चुका बाल्या हाँफ रहा था।

तात्या ने बैलों के गले से रस्सी निकाल दी। दोनों बैल सिर हिलाते ढेलोंवाली मिट्टी को रौंदते हुए पानी पीने के लिए नाले की ओर चल पड़े।

तात्या के हाथ में बैलों को हाँकने के लिए ली हुई बबूल की टहनी थी।

"चल बाल्या..." कहते हुए तात्या दुलकी चाल से गाँव की ओर दौड़ने लगा।

गाँव सामने आ गया। पहाड़ की तरफ नीम के चार पेड़ थे। इन पेड़ों के घेरे में हनुमानजी का मन्दिर था। मन्दिर के पीछे खँडहर बना टूटा-फूटा परकोटा था। परकोटे और मन्दिर के बीच थोड़ी-सी खाली जमीन थी। नीम की छाँव में सुबह-शाम गाँव के जानवर आराम करते थे। मन्दिर के चबूतरे पर गाँव के लोग गपशप करते बैठ जाते।

तात्या गोठ के सामने से दौड़ रहा था। अब उसकी नजर की सीमा में मन्दिर आ गया। गाँव के लोगों का शोरगुल भी सुनाई देने लगा।

तात्या परकोटे के पास पहुँच गया। उस पार हाथ में लट्ठ, कुल्हाड़ी, हँसिया लिए लोगों की भीड़ थी। बेकाबू हुआ भैंसा एकदम से परकोटे से बाहर आकर इधर-उधर भागने लगा। भीड़ झट से पीछे हट गई। लोगों के मुँह से डर और विरोध के चीत्कार निकल पड़े। अनियन्त्रित भैंसा चारों पैरों पर उछल-कूद कर रहा था। आगे के खुरों से जमीन खोद रहा था। भैंसा परकोटे से बाहर निकला तो भीड़ की दीवार उसकी तरफ खिंच गई। भैंसे ने जोर से गर्दन पीछे मोड़ ली। भीड़ की ओर देखकर चुनौती देते हुए गरज उठा। भीड़ की दिशा में झपट्टा मारा। हथियारों से लैस होने के बावजूद लोगों के छक्के छूट गए।

सिर को झुकाकर फुसफुस करते हुए भैंसे ने दो-एक जने को गिरा दिया। गिर पड़े दोनों लोग उठ गए। कुछ ज्यादा नहीं लगा यह देख फिर सबके साथ भैंसे के पीछे दौड़ने लगे।

बिगड़ा भैंसा गाँव की सँकरी गलियों से बेतहाशा दौड़ रहा था। लोग भी उसके पीछे भाग रहे थे।

पूरे गाँव में डर की लहर फैल गई। खुले दरवाजे झटपट बन्द हो गए। बाल-बच्चों को घर में रखकर लोग हाथ आए हथियार को लेकर मानो लड़ाई के लिए निकल रहे थे।

एक तरफ एक अकेला मस्त भैंसा था तो दूसरी तरफ पूरा गाँव।

गाँव में ख़तरे के ऐसे मौके दो-तीन बार आए थे। पाँच बरस पहले पटेल और रजपूतों के बीच ठन गई थी। झगड़ा शुरू में मामूली था। पटेल के लड़के ने राजपूत के लड़के को पत्थर मारकर उसका सिर फोड़ दिया था। बच्चों के साथ बड़े भी सड़क पर उतर आए। लट्ठ चल गए। पथराव शुरू हो गया। पुलिस थाने में रपट दर्ज कराने पर भी दोनों गुटों में सुरसुरी पैदा हो जाती थी।

लेकिन आज की बात कुछ अलग थी।

मदमस्त भैंसा एक तरफ तो पूरा गाँव दूसरी तरफ था। एक अकेले भैंसे ने सबको बेहाल कर दिया था।

कोने पर रजपूतों के घरों के सामने भैंसा रुक गया था। सामने के खुरों से जमीन खोदने लगा। सिर को झुकाकर भैंसा जोर से डकार पड़ा। पहले दो कदम पीछे हट

गया फिर सनसन करता जोर से आगे बढ़ा और सामने की मिट्टी की दीवार से टकरा गया। दीवार अरराकर गिर पड़ी। सफेद धूल का बादल ऊपर उठा।

अप्रत्याशित हमले से नारायण रजपूत पलभर के लिए चौंक गए। आँख-नाक में जा रही धूल को हटाते हुए घर के बाहर आ गए। बाहर लोगों की भीड़। हाथों में हथियार ! शोर की आवाजें। इस सबसे बेखबर नारायण की समझ में कुछ नहीं आया। दूसरे ही पल दीवार के खँडहर से फुरफुराता हुआ भैंसा दुकान में घुस गया। पिछले दरवाजे से चौक में आ गया। भैंसे को देख रजपूत के बड़े बेटे ने कोने से लकड़ी उठाई और भैंसे के माथे पर दे मारी। बचने के लिए भैंसा पलट गया और दुकान से बाहर निकलकर मन्दिर की ओर दौड़ने लगा।

मन्दिर के कोने पर तात्या तैयार ही था।

पहुँच के भीतर आते ही तात्या ने भैंसे के दोनों सींगों को पकड़ लिया। सींगों के पकड़े जाने से भैंसा जैसे और भी ताव में आ गया।

चुनौती के लिए डकारते हुए अपनी पूरी ताकत से उसने 'फुऽस्' की आवाज की। उसकी पूँछ ऊपर उठ गई। हमले का पैंतरा लेते हुए उसने गरदन को जोर से हिलाकर तात्या को नीचे गिराने की नाकामयाब कोशिश की।

तात्या की पकड़ और मजबूत हो गई। पैर जमीन पर दृढ़ हो गए। तन कुछ आगे झुक गया। जवाबी हमले से भैंसा भौंचक हो गया। दूसरे ही पल बचने का पैंतरा अपनाकर वह पीछे हटने लगा।

ज़मीन में गाड़ दिए मजबूत खूँटे की तरह तात्या अविचल था। भैंसे को उसने उसी जगह जैसे कीलित कर दिया था। पीछे हटते हुए भैंसे ने फिर सिर को झुका लिया। उसका यह पैंतरा भी बेकार गया।

भैंसे ने सिर ऊपर उठाया। उसकी आँखों में अंगार जल रहे थे। गुस्से में टक्कर देने के लिए वह पीछे हट गया। तात्या होशियार था। कुहनियों के पास हाथों को मोड़कर उसने भैंसे की टक्कर को रोक दिया। आसपास की भीड़ में अब स्फुरण आ गया। डर को छोड़कर अब तात्या का साथ देने के लिए नारे शुरू हो गए।

''भले बहादुर, तात्या !'' मंगल्या खुशी से नाचने-कूदने लगा।

मंगल्या की आवाज से तात्या को हाथी की ताकत मिल गई जैसे।

मुँहजोर भैंसे के सामने तात्या ने चुनौती रख दी थी।

अन्तिम जोरदार प्रतिरोध के लिए भैंसा सर्सर् पीछे हटने लगा। तात्या भैंसे के सींगों को पकड़कर उसे आगे खींच रहा था। जान की बाजी लगाकर मानो भैंसे ने दहाड़ की आवाज़ लगाई। भीड़ में फिर एक बार भय की लहर दौड़ गई। भैंसा एक झटके में पाँच-छह कदम पीछे हट गया। तात्या जमीन पर गिरकर घसीटता जाने लगा।

पास खड़े मंगल्या ने हँसिए पर हाथ रखा।

भैंसा फिर आगे बढ़ने लगा। घिसटता जा रहा तात्या झट से दोनों पैरों पर खड़ा हो गया। शरीर को आगे दबाकर भैंसे को वहीं पर रोक दिया। जगह से हिलना

मुश्किल होता देख भैंसे ने चारों पैरों से जमीन खोदते हुए उछलना शुरू किया।

फुफकारता हुआ भैंसा पलभर के लिए स्थिर खड़ा रहा। भीड़ से खुशियों की आवाज़ें आ गईं। दूसरे ही पल भैंसे ने झट से चारों ओर चक्कर लगा दिए। जमीन पर खड़ा तात्या हवा में उठ गया। सींगों को पकड़े तात्या हवा में घूमने लगा।

भीड़ में फिर डर की चीखें उठीं।

अपने चारों ओर दूसरा चक्कर काटकर भैंसा रुक गया। तात्या के पैर जमीन से लग गए—चीते की-सी चपलता से तात्या ने दाईं ओर जोर लगाया और भैंसे के सींगों को मरोड़ दिया। थका हुआ भैंसा बाईं तरफ गिर पड़ा। उसके चारों पैर ऊपर उठ गए। सींगों को दृढ़ता से पकड़कर तात्या ने भैंसे को जकड़ लिया। जमीन को पीठ दिए भैंसे पर सारे लोग टूट पड़े। कुल्हाड़ियों और हँसियों की मार में खून से लथपथ भैंसे ने तात्या की ओर देखा। उसकी गरदन ढीली पड़ गई। तात्या ने सींगों को छोड़ दिया।

तात्या पीछे मुड़ गया।

मंगल्या की आँखों में पानी भर आया था।

भीड़ के भील लड़कों ने तात्या को सिर पर उठाकर जोर-जोर की आवाजें लगाईं।

भीड़ का जोश थमा तो तात्या ने आसपास देखा, भीलों के दो-चार लड़के और बस मंगल्या अकेला रह गया था। तात्या की बहादुरी के चर्चे घर-घर में होने लगे।

मंगल्या को तात्या की बहादुरी ही नहीं दिखाई दे रही थी। वह तात्या में कल का भील वीर देख रहा था। कई गर्मियों और बारिशों की मार खाए बहादुर मंगल्या की आँखों से आनन्दाश्रु बहने लगे।

तात्या ने मंगल्या को गले लगा लिया। मंगल्या का खुरदुरा पंजा चौबीस बरस के तात्या की पीठ पर बड़े सन्तोष से फिर रहा था।

मंगल्या को लगा कि अकाल चल बसा। अपना बेटा उसे वापस मिल गया। कितने बरस बीत गए ? मन-ही-मन मंगल्या ने हिसाब लगाया।

एक-दो-तीन—नौ बरस हो गए।

चारों ओर टोपीवाले गोरे साहब ने खून-खराबा शुरू कर दिया था। कहते हैं इन्दौर से होलकर सरकार का फतवा आया था। गोरे साहब ने पहले ही सारा मुल्क छीन लिया था। जंगल छीन लिया था, उसे बेचिराग कर रहा था।

पहले जंगल में अपना राज था। बरसों तक किसी ने जंगल को छुआ भी नहीं था। गोरा साहब आ गया और बेशुमार पेड़ कटने शुरू हो गए। बचे हुए पेड़ों को जलाया जाने लगा।

जंगल ही हमारा घर। जंगल को ही जला डालेंगे तो हम कहाँ जाएँगे ?

इतवार। खंडवे का बाजार का दिन। बीस-बीस कोस दूर से लोग बाजार के लिए आ जाते। धान-अनाज बेचकर नमक-मिर्च, कपड़ा-वपड़ा खरीदकर ले जाते।

मंगल्या बाजार के लिए आया था। साथ में बेटा झाड़िया भी था। अठारह-बीस बरस का झाड़िया दोहरी हड्डियों के कारण बड़े आदमी जैसा लगता था।

बाजार में अफवाह फैल गई और लोगों में भाग-दौड़ शुरू हो गई। भागते हुए एक लड़के ने कहा–

"गाँव की गंगथड़ी के पिपरी के पेड़ के पास पंचकमेटी का दरबार भरनेवाला है। सब लोग हाजिर रहें हो ऽ।"

दिन डूबते-डूबते पेड़ के नीचे लोग इकट्ठा होने लगे। अपनी-अपनी गठरियों को सँभालते हुए पंचकमेटी में क्या होनेवाला है, इस बात का अनुमान करने लगे।

"बोलो मरीमाता की ऽ जय !" मामलेश्वर से आए हालिया ने पुकारा तो सबके कान खड़े हो गए।

हालिया भील का नाम इस टापू में काफी उजागर हो गया था।

हालिया ने बोलना शुरू किया तो सब चुप हो गए।

"भाइयो, अब हमें-तुम्हें पेड़-पौधों के पत्ते भी मुफ्त में नहीं खाने देने का हुक्म टोपीवाले गोरे साहब ने बनाया है। अपने सारे जंगल को काटकर सात समुन्दर पार ले जा रहे हैं। बचे-खुचे जंगल में रात में चिनगारी लगाकर ये शैतान मुर्दे की आग पर हाथों को सेकते हुए दाँत दिखाकर हँस रहा है।

"ऐसा तो पहले कभी नहीं हुआ था सौ-पाँच सौ बरसों में। रजपूत-मुसलमान हमारे दयालु माँ-बाप जैसे थे। उनके जमाने में घास का तिनका भी नहीं टूटा। वैसे ही होलकर मायबाप सरकार ने जंगल के राजा को ऐसा दुख कभी नहीं दिया। लेकिन ये फिरंगी राजा सबको जलाए बगैर ठंडा नहीं होनेवाला। तो भाई मेरे, जिन्दा रहना है तो इस आग में कूद पड़ो। इस आग से दूर-दूर भागोगे तो ये गोरे टोपवाले तुम्हें खरगोश के बच्चे की माफिक भून डालेंगे।

"उधर खानदेश में अपने बहादुरों ने मजा चखाना शुरू कर दिया है। भीमा नाईक है सेन्धवा का बहादुर जवान। उसको कजारसिंग का साथ मिल गया। खानदेश की सड़क सेन्धवा की घाटी के ऊपर से जाती। होलकर सरकार का बड़ा खजाना जा रहा था बम्बई गोरे साहब को। बहादुर कजारसिंग ने घाटी में ही झटका दिया। कहते हैं सात गाड़ी दौलत थी। कजारसिंग ठहरा कर्ण का औतार। सारा खजाना सतपुड़े की घाटी में गरीब-गुरबा में बाँट दिया।

"फिर खबर आई नरमदा मैया पार से झाँसी की रानी ने मराठा बहादुर को अपनी मदद के लिए भेज दिया है। ताँतिया टोपे आ रहा है ताँतिया। धौली बादी घाटी की तरफ ताँतिया बहादुर ने दो दिन पहले ही सेन्धवा के पास के करगुन्द को लूट लिया।

"ऐसी ही खबर है भागोजी बहादुर की। भागोजी का नाम सुनते ही साहब की चड्डी पीली हो जाती है। असीरगढ़ में उसने ठेसन साहब को वहीं पर धमकाया।

"अपना भी वक्त आ गया है, भाइयो ! इस तरह मुर्दा बनकर दूसरों के हाथों मर

जाना है ? इससे तो औरतों की तरह चूड़ियाँ पहन लो तो अच्छा है। नईं-नईं मर्दों, बाघ की तरह अब झुरमुट से बाहर आ जाओ।

"ये सरकार अब हमें जीने भी नहीं दे रही है, न मरने दे रही है। ऐसे बखत पर तुम क्या करोगे ? डरपोक की तरह चूड़ीवाले के घर जाकर चूड़ियाँ पहनोगे या श्यामिया, कजरसिंग और भीम की तरह जंगल के शेर बनोगे ? अब तुम कुछ भी करो, ये गोरे तुम्हें छोड़नेवाले नहीं। कुत्ते की मौत मरोगे ?

"पहले मैं बाहर निकलता हूँ। जो शेर के बच्चे होंगे, मेरे पीछे चले आएँगे।"

हालिया ने बातों ही बातों में चिनगारी लगा दी थी। देखते-देखते जैसे आग भड़क उठी। भीलों की एक बड़ी टोली उसके पीछे निकल पड़ी।

'जय ऽ मरीमाता की जय' का नारा लगाता हुआ हालिया खंडवे के बड़े बाजार में आ गया। सामने महाजन की हवेली थी।

"अरे ए साहूकार, बाहर आ जा ! बस हो गया गरीबों का खून चूसना और गोरे साहब के पैर चाटना।"

सड़क का शोर सुनकर साहूकार गुस्से से बाहर आ गया। घर के सामने भीलों की भीड़ ! भीड़ के आगे हालिया। साहूकार के पैरों की आग मस्तक में पहुँच गई। डेड़ दमड़ी के भीलटे। छूऽऽ किया तो मुँह ऊपर उठाए कुत्ते की मौत मर जाएँगे।

हालिया की ओर जाती नजर से देखकर साहूकार ने डाँटते हुए कहा–

"कौन है रे तू ? दिन लद गया क्या तेरा ?"

"इसकी जबान सी डालो रे, भौत बकबक कर रहा है उधार की हिम्मत पर।"

हालिया साहूकार के चबूतरे पर चढ़ गया। हालिया को ऊपर आते देख तुन्दिल साहूकार ने गुस्से से मुट्ठियों को भींच लिया। अब तक किसी ने उसे इस तरह बेइज्जत करने की हिम्मत नहीं की थी। कोई इस तरह की कोशिश करता तो उसकी जबान काट दी जाती। आँखें उठाकर किसी ने देखा तो उसमें मुट्ठीभर मिर्च भर दी जाती। ऐसे साहूकार ने हालिया की बात सुनी तो गुस्से से वह दहाड़ उठा। उसकी आवाज से हवेली थर्रागई। घर के लोग बाहर आ गए।

हालिया शान्ति से साहूकार के पास आ गया। सहजता से उसके कन्धों को पकड़ लिया। झल्लाता हुआ साहूकार पीछे हट गया। खींचे जाने से उसकी मलमल की कमीज फट गई। साहूकार की गर्दन पर हाथ रखकर झटके में उसे जमीन पर गिरा दिया।

"घुस पड़ो रे दुकान के अन्दर। निकालो सारा माल बाहर।" हालिया के इशारे पर सब शिकारी कुत्ते की तरह टूट पड़े।

बड़े बाजार में 'हल्ला बोल' हो गया।

भीलों ने साहूकार की कोठी लूट ली। खबर पुलिस थाने पहुँच गई। थानेदार तुरन्त दौड़ता हुआ आ गया। पुलिस नजर आते ही भील चारों दिशाओं में चम्पत हो गए।

हालिया के पास मंगल्या का बेटा झाड़िया खड़ा था। हालिया की बहादुरी देखकर उसे लगा कि भागना नहीं चाहिए।

"साहूकार, याद रख, अभी तो शुरुआत है। नरमदा पार सारा इलाका जल उठा है। दिल्ली-इन्दौर से खबर आई है। अब बस हो गए तुम्हारे धन्धे। जंगल में आग लग जाएगी तब कीड़ा-मकौड़ा भी नहीं बचेगा तुम्हारी दवा-दारू के लिए।"

हालिया ने आवाज की दिशा में मुड़कर देखा। हाथों में बन्दूक लिए दो सिपाही सीढ़ियाँ चढ़ रहे थे। हालिया झट से दूर हट गया।

"अपने मालिक को खबर कर दो। फूँकनी के एक धमाके से एक ही की जान ले सकोगे। हम तो जंगल के हज़ार पेड़ों की टहनियाँ हैं। एक टहनी टूट गई तो भी पेड़ नहीं गिरता।"

पुलिस ने निशाना साधकर बन्दूक चला दी। चपल हालिया झट से नीचे झुक गया। बेखबर झाड़िया नीचे गिर गया।

"अरे साले कुत्ते।" कहते हुए हालिया सिपाही पर टूट पड़ा। उसके हाथ से बन्दूक छीन ली और उलटी पकड़कर दो प्रहार कर दिए। पास के पत्थर पर बन्दूक को पटककर उसके दो टुकड़े कर दिए। हाथ का एक टुकड़ा फेंकते हुए वह झाड़िया के पास दौड़ गया।

होनहार झाड़िया आखिरी घड़ियाँ गिन रहा था। भाग गए भील लौट आए थे। उनमें मंगल्या भी था। झाड़िया को देखकर मंगल्या बिलख पड़ा। हालिया ने मंगल्या के पास आकर कहा–

"बाप मेरे, ऐसे औरतों की तरह रोना नहीं। तेरा एक बेटा आज देस के काम आ गया। उसकी चाँदी हो गई। यह सारी मरीमाता की किरपा है। एक पेड़ को तोड़ने से जंगल बाँझ नहीं होता। मेरे बाप ! उसने यहाँ का काम किया। आगे जमीन से और भी अँखुवे फूटनेवाले हैं। उन सबको सँभालने का काम तुझे करना है।"

मंगल्या दुख के आवेग से काँप रहा था।

हालिया ने साहूकार के गोठ के छप्पर के दो बाँस खींच निकाले। दो भीलों के सिर का कपड़ा बाँसों में बाँध दिया। कपड़े की झोली में झाड़िया को डालकर गाँव की ओर चल पड़े।

झाड़िया ने झोली में ही दम तोड़ दिया था।

उसे गाँव लाया गया। बदहवास मंगल्या पीछे चल रहा था।

कलेजे का टुकड़ा ! आनन-फानन गुलेल से पंछी को उड़ा दिया गया हो जैसे–वैसे उड़ा दिया गया था।

नौ बरस बीत गए इस घटना को।

मंगल्या तात्या की पीठ पर ममता से हाथ फेर रहा था। तात्या के रूप में उसे अपना बेटा वापस मिल गया था।

तात्या ने ऊपर देखा। मंगल्या के झुलसे काले गालों पर धाराएँ बहने लगी थीं। तात्या ने मंगल्या का हाथ अपने हाथ में लिया और झोपड़े की ओर चल पड़ा।

तात्या की बहादुरी से पूरे गाँव में धूम मची हुई थी। उसमें कौतुक, होड़, डर, डाह जैसी मिश्रित प्रतिक्रियाएँ थीं।

भैंसा गाँव में आए कितने बरस हुए होंगे ? भिवा पटेल ने हिसाब लगाने की कोशिश की लेकिन ठीक तरह से हिसाब नहीं लगा पाया। जनम-जनम के दुश्मन रजपूतों ने भैंसे को खुला छोड़ दिया था। यह उन्मत्त जानवर पटेल को फूटी आँख नहीं सुहाता था।

जब पटेल को पता चला कि मदोन्मत्त भैंसा खत्म हो गया है तो इस खबर से उन्हें खुशी ही हुई। लेकिन जब पता चला कि भैंसे को तात्या ने मारा है, उसकी जबान कड़वी हो गई। भाऊसिंग के बेटे की इस बहादुरी में उसने आनेवाले कल का संकट देखा।

भाऊसिंग झोपड़े के सामने मिट्टी के ओटले पर बैठा हुआ था। हाथ-पाँव समेट लिए थे। आँखें गाँव की ओर लगी हुई थीं। खबर भाऊसिंग तक पहुँच गई थी कि तात्या ने मस्त हुए जानवर को आसमान दिखा दिया है। बेटे की बहादुरी की अपेक्षा, उसने जो जोखिम उठाया उसी से भाऊसिंग दहल गया था। कुछ इधर-उधर हो गया होता तो ?

बुरी बात मन में आने से भाऊसिंग डर से काँपने लगा।

जोखिम उठाना भीलों के लिए रोजाना की बात थी। लेकिन मस्त हुए भैंसे का बगैर कोई हथियार लिए सामना करना पागलपन ही था। पानी चढ़े नाले से खिलवाड़ करने जैसी ही बात थी।

बेटे ने खाली हाथ भैंसे का मुकाबला किया था।

तात्या झोपड़े के सामने खड़ा हो गया। पास में मंगल्या था। लँगड़ा भुखिया लट्ठ टेककर तिरछा खड़ा था।

भाऊसिंग ने घुटनों से सिर ऊपर उठाया।

तात्या के चेहरे पर मासूम हँसी देखकर डूबी और काँपती आवाज में भाऊसिंग ने कहा–

"सँभलकर बेटे, गाँव की आग से बचके रहना मेरे बेटे !" एक-एक शब्द मन-भर का बोझ बनकर निकल रहा था।

धीरे-धीरे भिलाटी की भीड़ तात्या के आसपास इकट्ठा हो गई। सोनिया बढ़ई, उसका बेटा, दो-चार रजपूत लड़के और इन सबकी ओर उमंग से देख रहा मंगल्या भी था। मंगल्या की आँखों से खुशी के आँसू बह रहे थे। किसनिया को गोद में लेकर भिकी भर आई आँखों से चोरी-चोरी देख रही थी।

तात्या को याद आया कि खेत में बैलों को ऐसे ही छोड़ आया है। वह उठा और "जानवरों को खुले छोड़ आया हूँ।" कहते हुए दुलकी चाल से खेत की ओर चल पड़ा। दूर जा रहे बेटे की ओर भाऊसिंग सन्तोष-भाव से देख रहा था।

दिनभर पटेल की बेचैनी बढ़ती गई। घरवाली ने खाना खिला दिया। उसके बाद पटेल बिना कुछ बोले दालान में बैठे रहे।

बाईं आँख सिकोड़कर दूर शून्य में देखते रहे। अभी उनकी आँखों में चौराहे पर बना रजपूतों का पक्का मकान चुभ रहा था। पटेल ने पाँच बरस पहले दालान बनवा ली थी। उसी बरस उनको नीचा दिखाते हुए रजपूतों ने नया मकान बनाना शुरू किया। पटेल के घर से बड़ा और ऐसे मौके की जगह पर जो पटेल के घर के बराबर सामने पड़े।

पटेल ने आसपास देखा। घर के भीतर से चक्की पीसने की आवाज आ रही थी। उनकी घरवाली को दिन में आटा पीसने का बड़ा शौक था। चक्की की आवाज की लय पहले अच्छी लगती थी लेकिन आज उस आवाज को सहना मुश्किल हो गया।

पटेल उठ गए। भीतरवाले दरवाजे में जा खड़े हुए। कमरे में अँधेरा छा जाने पर घरवाली ने चक्की पीसना बन्द कर दिया।

बाएँ हाथ से पसीना पोंछकर वह उठ गई। कोने में रखे कमोरे में लोटा डुबाकर पानी पटेल के सामने धर दिया। प्यास न होने पर भी पटेल ने गटगट पूरा लोटा पानी पी डाला। पेट में पानी जाते ही पेट भारी हो गया। कुछ अच्छा लगा। बेचैनी कम हो गई।

दिन डूबने को था और घरवाली इस वक्त चक्की पीस रही थी। पटेल को कुछ अजीब-सा लगा। लेकिन इसके बारे में घरवाली से बात करने की हिम्मत नहीं हुई।

घरवाला बेचैन है इस बात को औरत ने पहचान लिया।

बाहर दरवाजे पर आहट हुई। पटेल ने मुड़कर देखा। मंगल्या खड़ा था।

''कहाँ मर गया था दोपहर से ?'' पटेल का संचित गुस्सा उबल पड़ा।

पटेल दालान में चले आए।

चतुर मंगल्या की आँखें चमक उठीं। हाथ जोड़कर झूठी लाचारी से मंगल्या ने कहा–

''जी ऽ मालिक, हम कहाँ जाएँगे ? दोपहर में तनिक सोया था सो नहीं आ सका।''

मंगल्या बात सच ही कह रहा था लेकिन पटेल का गुस्सा और चिड़चिड़ बाहर आने के लिए धक्के मार रही थी।

''भावड्या के छोरे ने भैंसे को गिरा दिया। तुम क्या समझते हो, बहुत बहादुरी का काम किया ?'' पटेल की मुद्रा धीरे-धीरे बदलने लगी। बाईं मूँछ काँपने लगी।

''मालिक, इस तरह आपे से बाहर होना...''

''मुझे पाठ पढ़ाता है क्या तू ?'' पटेल की आवाज ऊँची हो गई। ''साले, जहाँ खाते हैं वहीं हग देते हैं। तुम सारे भीलड़े ऐसे ही हो। आँ ? मैं पूछता हूँ, क्या तुम्हें ऐसा लगता है कि भावड्या के छोरे ने बहुत बड़ा काम किया ? दो-तीन बरसों से खेती का लगान नहीं चुकाया। बहुत ताक़त बढ़ गई है तो बोलो उसे कि खेत में कुआँ खोदे।'' पटेल रुक गए। कुछ सोचा।

''जा भावड्या को बुला ला।''

मंगल्या के मन में बुरे की आशंका उठी। उसने पटेल की ओर देखा। कभी-कभी पटेल अपनी बात को पलट भी देते थे।

"सुना नहीं क्या ?" पटेल की बात पर मंगल्या वहाँ से निकल पड़ा। मंगल्या भिलाटी में आ गया।

"बाड़े पर बुलाया है।"

भाऊसिंग का मुँह सूख गया। वह मंगल्या के पीछे पैरों को घसीटता हुआ चल निकला। मंगल्या और भाऊसिंग को आते देख पटेल सँभलकर बैठ गया। उसकी बेचैनी और बढ़ने लगी। बेचैनी बढ़ जाने पर सीने की धड़कन तेज हो जाती थी। मन में तरह-तरह के विचारों का तूफान चलने लगता।

भाऊसिंग सिर झुकाए खड़ा रहा।

"बहोत बहादुरी की रे तेरे बेटे ने। गाँव-भर में डंका बज गया। अब तेरा पेट भर गया होगा। पर मैं पूछता हूँ अब हम क्या करें ? दो-तीन बरसों में एक कौड़ी नहीं दी लगान के नाम पर—हम क्या अपने दाँतों को तोड़कर खंडवे के दुकानदार की उधारी चुका दें ?"

"मालिक, फसल ही नहीं हुई। बारिश नहीं हुई। हमने तो जंगल के ही फलपत्ते खाकर अपने दिन गुजारे हैं।" अपने बल को समेटते हुए भाऊसिंग ने कहा। एक वाक्य पूरा करने में ही जैसे वह थक गया। उसे लगा कि पहाड़ की खड़ी चट्टान चढ़ रहे हैं।

"वही रोना-धोना मैं कब तक सुनता रहूँ ? तेरा बेटा बहुत बहादुर निकला। उसे कह दे कि डाका डाल और लगान चुकता कर। नहीं तो जमीन छोड़ दे।"

पटेल की बात से भाऊसिंग के पैर तले की जमीन ही मानो खिसकने लगी।

"मालिक, आप ही हमारे पालनहार। इतने दिनों तक सँभाल लिया, इस साल भी सँभाल लीज्यो।" आकाश की ओर देखते हुए भाऊसिंग ने कहा, "खेत में फसल पकेगी तब खलिहान का सबकुछ बाड़े पर ले आऊँगा।"

"कल के सपने मत दिखा मुझे। रकम का इन्तजाम कर नहीं तो खैर नहीं।" पटेल ने अन्तिम बात कह दी और उठ गए।

भाऊसिंग घर की ओर चल पड़ा। लगा कि हाथ-पैरों में मन-मन बोझ की साँकलें बाँध दी गई हैं।

तात्या देर से खेत से लौट आया। झोपड़े में अँधेरा था। अँधेरे में पाँच-छह लोग बैठे हुए थे, मानो गठरियाँ पड़ी हुई हों।

"बेटे, तेरी बहादुरी से बाड़े के पेट में दर्द शुरू हो गया है।" मंगल्या ने पते की बात कह दी।

तात्या झोपड़े के खम्बे के पास बैठ गया। खेत पर जाने के बाद इधर कुछ हो गया है इस बात को वह जान गया।

पूछा नहीं तात्या ने कि क्या हो गया है। उलटे दूर आकाश में टिमटिमानेवाले तारों की ओर देखने लगा। असहाय होकर भाऊसिंग ने लम्बी साँस भरी और डूबी आवाज में बोला—

“बेटे, क्यों आग से खेलने गया ? हम गरीब लोग छिलपट जैसे। कोई चिनगारी पड़ गई तो फुर्र से खाक़ हो जाएँगे।”

भाऊसिंग इस तरह पहेली में बोल गया।

भुखिया ने कहा, “क्या करेंगे। भूखी गाय काँटे खाय। उसके बिना कुछ नहीं होता और वो ऊधमी जानवर की तरह लात मारे बिना रहता नहीं।”

“लातें खाना या पैरों तले रौंदना इतना अपने हाथ में है।” तात्या ने निश्चय से कह दिया। अनुभवी मंगल्या चकित हो गया। उसे लगा यह तो अपने भीतर का हुंकार है। लाचारी, बेहाली, पीड़ा को पेट की आग की खातिर सहते रहते हैं जरूर लेकिन बुझी राख के ढेर में कोई चिनगारी दबी ही रहती है। तात्या की निश्चय-भरी बात में उसे ऐसी चिनगारी दिखाई दी जो जंगल की आग को न्यौता देनेवाली होगी। उसमें अन्याय को आग लगा देने की ताकत थी।

मंगल्या अपनी खुशी को छिपा नहीं सका। शब्दों में व्यक्त भी नहीं कर सकता था। वह दो कदम आगे बढ़ गया। खुशी से उसने अपना हाथ चुपचाप तात्या की पीठ पर फेर दिया।

भाऊसिंग अब भी अपने अंगों की पोटली खोलने को तैयार नहीं था।

“बाड़े पर किसलिए बुलाया ?” तात्या ने सीधे सवाल किया।

भाऊसिंग मंगल्या की ओर देखने लगा, मंगल्या तात्या की ओर। कोई कुछ नहीं बोल रहा था। अदृश्य डर ने मानो सबकी बोलती बन्द कर दी थी। तात्या के लिए यह खामोशी असहनीय हो उठी।

“पटेल ने बता दिया है, लगान की रकम भर दो, नहीं तो जमीन छोड़ दो।” भाऊसिंग ने डूबी आवाज में बता दिया।

“कहाँ से लाएँगे रकम ?”

“कहा, डाका डालो।”

“हूँ। जो करना नहीं चाहते, वही करने के लिए कहते हैं।” तात्या ने कहा और फिर दूर टिमटिमाते तारों को देखने लगा।

“बेटे, गाँव छोड़ देंगे और पोखर चले जाएँगे। चार कोस पर है अपना गाँव। वहाँ अपनी तीन बीघा जमीन है। सदिया शिवबा पटेल जोतता है। यहाँ तकलीफ उठाने से अच्छा अपनी माँ काली जमीन के पास चले जाएँ।” भाऊसिंग ने कहा। इतना बोलने से उसकी साँस फूल गई थी।

तात्या को लगा कि भोर होनेवाली है। काली रात खत्म हो गई और पूरब की तरफ से प्रकाश की किरणें नजर आने लगीं। जो सुना उससे ऐसा ही आभास हुआ।

रातभर तात्या नई भूमि पर पहुँच जाने के सपने देखता रहा था। पास में भाऊसिंग रातभर खाँसता रहा था लेकिन उसकी तरफ उसका ध्यान नहीं गया ! बाप को रातभर नींद नहीं और तात्या सपने में खोया हुआ था। भाऊसिंग सुबह उठा ही नहीं। दो

गूदड़ियाँ ओढ़ ली थीं फिर भी कँपकँपी कम नहीं हो रही थी। किसनिया को गोद में लेकर पास ही में भिकी बैठी हुई थी।

मंगल्या ओझा को बुला लाया। जड़ी-बूटी की दवा दे दी। भाऊसिंग की तबियत और भी बिगड़ गई। तात्या झोपड़े के सामने टूटा-सा बैठा रहा। किसी काम में मन नहीं लग रहा था।

रात को थोड़ा-सा आराम मिले तो गाँव छोड़ देंगे, यही एक बात उसके मन में थी–

दोपहर के बाद मंगल्या देख गया। भाऊसिंग ने आँख नहीं खोली। एक कौर गले के नीचे नहीं उतरा। गला सूख जाने पर लोटी-भर पानी पी लेता और पोटली बनाकर सो जाता। पेट-पीठ दोनों एक हो गए थे। गालों की हड्डियाँ बाहर आ गई थीं। छोटा चेहरा और भी सिकुड़ गया। आँखों की चमक मन्द पड़ गई।

मंगल्या, भुरिया, भुखिया बैठे रहे।

यही सोचकर मंगल्या झोपड़े के दरवाजे के पास बैठा रहा कि आज की रात ठीक से कटती है या नहीं। तात्या को कुछ नहीं सूझ नहीं रहा था कि क्या करे जिससे बाप को चैन आ जाए।

मंगल्या ने मन-ही-मन इच्छा की कि सूर्यनारायण के दर्शन होने तक दम ना निकले। नए दिन में मरना अच्छा होता है। रात के मरने को घर के लोग ठीक तरह से जान नहीं पाते।

पूरब की लालिमा हरे-भरे जंगल के माथे पर धीरे-धीरे फैलने लगी। लाल रंग में पीलापन बढ़ता गया। दूर नीम की चोटी से चमकती किरणें बाहर आ गईं तो मंगल्या ने हाथ जोड़ दिए।

मंगल्या झोपड़े में आ गया। भाऊसिंग के माथे पर हाथ रख दिया। भाऊसिंग ने आँखें खोल दीं। डूबी आवाज में टूटे शब्दों में उसने पूछा–

"नारायण के दरसन हो गए ?"

"भावड्या, तू जीत गया।" मंगल्या ने कहा।

भाऊसिंग का चेहरा पलभर के लिए चमक गया। आँखों में रोशनी बढ़ गई। गर्दन मोड़कर तात्या की ओर देखा। भाऊसिंग ने कहा, "मेरा कोई भरोसा नहीं है अब मंगल्या।" उसकी डूबी आवाज और बुझ रही आँखों में तात्या की चिन्ता दिखाई दे रही थी।

भाऊसिंग निढाल हो गया।

मंगल्या तात्या को लेकर बाहर आ गया। बारह दिनों तक तात्या पागल की तरह बैठा रहा। माँ चल बसी थी तब बाप की छत्रछाया थी। बाप चला गया तो जैसे घर का बीच का खम्भा ही काल ने खींच लिया। तात्या निराधार हो गया।

अड़ोस-पड़ोस के जातभाई आते रहे। दो कौर खाने की जबर्दस्ती करते रहे। मामा-मामी भी आकर चले गए। मंगल्या लगातार तात्या के साथ रहा।

एक दिन तात्या ने मंगल्या से कहा, "यहाँ मन नहीं लगता। दम घुट जाता है।

बैठे-बैठे क्या करूँ ? बाप ने कहा था, पोखर में जमीन है। वहाँ जाएँगे। तुम आते हो मेरे संग ?''

मंगल्या ने सिर हिलाकर हाँ कर दी। वह तात्या को अकेला छोड़ना नहीं चाहता था। भिकी को उसके भाई के पास पहुँचा देने का काम मुखिया को सौंप दिया।

रात में तात्या ने सामान की गठरी बाँध ली। मंगल्या तैयार ही था। दिन निकलने से पहले तात्या-मंगल्या ने गाँव छोड़ दिया।

मंगल्या के पीछे तात्या चल रहा था।

पीठ पर सामान की गठरी। उम्र हो जाने पर भी मंगल्या तेज गति से चल रहा था। उसके कदम-से-कदम मिलाकर चलने में तात्या को जोर लगाना पड़ रहा था।

मंगल्या रुक गया। पीछे मुड़कर तात्या की ओर देखा।

तात्या ने भौंहें ऊपर उठा दीं। मंगल्या क्यों रुक गया होगा !

''जब से तेरी माँ चल बसी, भावड्या ने रट लगा रखी थी।'' मंगल्या बोलते-बोलते रुक गया।

माँ की बात से तात्या भीतर से गद्‌गद् हो उठा। जैसे कठोर चट्टान के भीतर से अनजाने में ममता का झरना झरझर बहने लगा।

मंगल्या ने फिर कहा, ''अब यह गाँव अपना नहीं रहा। दूसरे के टुकड़ों के लिए खून-पसीना बहाने से अच्छा है कि अपने गाँव चले जाएँ। यही उसकी रट लगी रहती थी। मैंने ही उसे दबा रखा था। कहा करता था, भावड्या एक-एक पत्ता गिरने लगा है, टहनियाँ सूखने लगी हैं। एक दिन जब जड़ों से मिट्टी उखड़ जाएगी तब सारा खेल खलास हो जाएगा। इसलिए कहता हूँ गाँव छोड़ने की जल्दबाजी मत कर। लेकिन बात उसके मन में घर कर गई थी ! एक ही बात की रट लगाए रहता था। पोखर जाना है। बचे हुए दिनों को अपनी ज़मीन में गाड़ना है।'' सड़क के किनारे एक चौकोने पत्थर पर बैठकर मंगल्या ने भाऊसिंग की बात तात्या को सुनाई।

बाप की आस रह गई थी। तात्या के मन में पीड़ा होने लगी। वह दूर सर्पीली सड़क की ओर देखता रहा।

''और क्या कहा था बाप ने ?''

घरवाली के चल बसने के बाद भाऊसिंग चुप ही रहता था। कुछ नहीं बोलता था। सारा व्यवहार खामोश चल रहा था। शरीर से सूखता जा रहा था। मन को मार रहा था। घुटन असहनीय हो जाने पर मंगल्या से कुछ कहता था। मंगल्या के साथ बात करने पर उसे लगता था कि मनों बोझ हल्का हो गया है।

पटेल का बढ़ता कर्ज, लगान के रुके हुए हफ्ते और चार लोगों के बीच होनेवाली बेइज्जती। ऐसे में मंगल्या ही था डूबते को तिनके का सहारा।

''तात्या, तेरी फिक्र लगी रहती थी उसे रात-दिन। इधर जमीन पकड़ने के बाद एक

ही बात को रटता था, मेरे बच्चे का क्या होगा ? पर मैं उससे कह देता कि अरे, मैं जिन्दा हूँ अभी। तेरा बेटा मेरा बेटा है। तू क्यों फिकिर करता है ?''

तात्या ध्यान से सुन रहा था। बाप के साथ कभी ठीक ढंग से बातें नहीं कीं। मन की बात नहीं की। माँ के सामने सबकुछ कह देता था। वह सहारा थी। उसके जाने के बाद सहारा छूट गया। अब तो बाप भी नहीं है।

तात्या की बेचैनी बढ़ गई। अकेलेपन का अहसास कुरेदने लगा। उसका दम घुट गया। वह बदहवास हो गया। आँखों में पानी आ गया।

उसने मंगल्या की ओर देखा। तात्या की मुश्किल हालत को मंगल्या ने जान लिया। उसका चेहरा गम्भीर हो गया। तात्या के स्थान पर उसे अपना बेटा झड़िया दिखाई देने लगा।

''तात्या, नसीब के आगे अपना कुछ नहीं चलता। बेटे, जंगल का देव सब करनी करता है। अपने को बस उसके इशारे पर नाचना है। चल, आँखें पोंछ डाल। ऐसे हिम्मत हारने से कैसे चलेगा।'' मंगल्या ने धीरे-से तात्या के दाएँ कन्धे को थपथपा दिया।

तात्या की पीठ का बोझ हल्का हो गया। मंगल्या के स्पर्श ने जादू कर दिया।

मंगल्या फिर चलने लगा। तात्या भी चुपचाप उसके पीछे चलने लगा।

थोड़ी दूरी पर झाड़ी में गाँव दिखाई दिया। पेड़ों की भीड़ में घरों की मटमैली दीवारें भी दिखाई दे रही थीं।

दाईं ओर नवगजाबाबा का टीला दिखाई दिया। टीले पर सफेद कपड़े से ढँका मजार दिखाई दिया। मज़ार के पास लम्बे बाँस पर सफेद झंडा सुबह के वक्त मुक्त रूप से फहरा रहा था। दूसरी तरफ पहाड़ की दिशा में एक बड़ा बड़ का पेड़ छाते की तरह खड़ा था। पेड़ का काफी हिस्सा पहाड़ की दिशा में झुका था इसलिए लग रहा था कि पेड़ कमर से झुककर कुछ ऐंठकर खड़ा है। टीले का ढलान पूरब की ओर था। ढलान के बाद बेम्बली नदी थी। लगता था कि टीले ने नदी में पैर डाल दिए हैं। नवगजा पीर के मजार पर चार बाँस डालकर घास से छवाकर छप्पर बनाया गया था। छप्पर का ढलान पीछे की तरफ था।

मंगल्या टीले की ओर बढ़ गया। उसके पीछे तात्या भी ऊपर चला आया।

नवगजाबाबा के मजार के सामने घास के सूखे तिनकों से बनी झाड़ू से कोई बूढ़ा बुहार रहा था। मंगल्या और तात्या को देख कमर से झुका बूढ़ा खड़ा हो गया। आँखें सिकोड़कर देखा कि कौन आए हैं। अजनबियों को देख वह परे हट गया। मंगल्या ने पीर के सामने मत्था टेका।

''भावड्या को बड़ी फिकर थी। हमेशा तेरा नाम लेता था। उसके बेटे को ले आया हूँ तेरे पैरों के पास।'' मंगल्या ने सिर ऊपर उठाया। मुड़कर तात्या की ओर देखा।

तात्या ने आँखें मूँदकर हाथ जोड़ लिए थे।

तात्या ने आँखें मूँद लीं और उसकी आँखों के सामने सफेद घोड़े पर सफेद कपड़ों में हँसती हुई एक आकृति दौड़ती हुई चली गई।

तात्या ने आँखें खोल दीं। आसपास देखा।

मंगल्या के अलावा वहाँ और कोई नहीं था।

नवगजाबाबा के सामने सफाई करनेवाला बूढ़ा कहाँ चला गया ? तात्या ने खड़े होकर आसपास देखा। कुछ भी नजर नहीं आया। चारों ओर धूप-अगरबत्तियों की गन्ध फैली हुई थी।

मंगल्या के पीछे तात्या टीले से उतरने लगा।

सफेद घोड़ा और सफेद घोड़े पर बैठा सफेद कपड़ोंवाला घुड़सवार उसकी आँखों के सामने से हट नहीं रहे थे।

गाँव की ढलान की तरफ कुछ छोटी झोपड़ियाँ थीं। एक झोपड़े के सामने मंगल्या रुक गया।

झोपड़े के सामने गुदड़ी पर हड्डियों के पिंजर जैसे बूढ़े ने आँखों पर दायाँ हाथ रखकर आँखों को भींचते हुए पूछा–

''कौन है रे ? दिखता नहीं है आँखों को।'' एक वाक्य बोलने में भी उसकी साँस फूल गई थी। छाती की धौंकनी ऊपर-नीचे हो रही थी और पसलियाँ ऐसी लग रही थीं मानो उन पर चमड़ी चढ़ाई गई हो।

''विट्ठल, मैं मंगल्या हूँ बिरडे का, और ये है भावड्या का बेटा।'' मंगल्या ने तात्या की ओर देखा।

बूढ़े विट्ठल ने शायद पहचान लिया हो। लम्बी साँस भरकर वह दीवार की ओर सरककर बैठ गया।

मंगल्या पास में ही बैठ गया।

तात्या ने अपनी गठरी जमीन पर रख दी।

धुँधली नजर से मंगल्या की ओर देखते हुए विट्ठल ने कहा, ''भावड्या के चल बसने की खबर आई तो थी पर तन में जोर नहीं रहा अब।''

''भावड्या ने पोखर जाने की रट लगा रखी थी।''

मंगल्या ने तात्या की ओर देखा।

तात्या सोच में डूबा हुआ था।

''भावड्या का बेटा–तात्या–बड़ा नेक लड़का–उधर जान को चैन नहीं इसलिए मैं आया हूँ उसके साथ।''

विट्ठल ने 'अच्छा किया' के भाव से सिर हिला दिया। झोपड़े में चक्की की घर्र-घर्र थम गई थी। धूप की एक किरन अँधेरे झोपड़े के कोने में पहुँच जाने से झोपड़े में उजाला हो गया था।

बूढ़े की बहू ताड़ी बाहर आ गई। उसने मंगल्या और तात्या को लोटे में पानी दिया।

सुबह का समय। कुछ लोग खेत की ओर जाने लगे थे। पास के मैदान में बड़ का बड़ा

पेड़ था। वहाँ मवेशी इकट्ठा हो गए थे। धोबी का गजा उनकी देखभाल कर रहा था।

मंगल्या के पीछे-पीछे तात्या गाँव की तरफ चल पड़ा। भीलों की बस्ती पीछे रह गई। पोखर गाँव की बस्ती शुरू हो गई। नए लोगों को आते देख गजा ने आदत से झट कह दिया, "राम राम भाई।"

गजा के अनपेक्षित नमस्कार से मंगल्या अपनी जगह पर रुक गया। कोई उसे नमस्कार करे ऐसा कभी होता नहीं था क्योंकि वही पहले झुककर सबको राम-राम कहा करता था। यहाँ मवेशी चरानेवाले लड़के ने राम-राम कह दिया।

मंगल्या ने कृतज्ञ भाव से दोनों हाथ जोड़ दिए। कमर से झुककर कहा, "राम राम देवा !" मंगल्या की दीनता को देख गजा खिलखिलाकर हँस पड़ा।

"सुबह-सुबह पाहुन कहाँ से आ गए ?" गजा ने पूछ लिया ! गजा का खुलकर बात करना तात्या को पसन्द आ गया। बहुत दिनों बाद दोस्त से मिलने जैसा आनन्द हुआ। कहाँ देखा होगा इसे ? पहले कभी पहचान हुई थी ? तात्या ने याद करने की कोशिश की।

"भूल गए क्या पाहुन जी ? मेले में बैठे थे झूले में संग-संग।"

गजा ने याद दिलाया तो तात्या ने झट से आगे बढ़कर गजा के हाथ हाथों में ले लिए।

"दो बरस हो गए। मैं भूल गया।" तात्या ने स्वीकार कर लिया।

"कहाँ चले ?"

"यहीं आए हैं रहने के लिए।"

"मतलब ?"

"बिरडा छोड़ दिया। बाप ऊपर चला गया। गाँव में चैन नहीं था। सोचा, जहाँ जान को चैन नहीं वहाँ क्यों रहना। यहाँ थोड़ी-सी जमीन है बाप की। शिवबा पटेल जोतता है।" तात्या ने जानकारी दी।

गजा के चेहरे पर जो सामान्य भाव थे वे स्थिर पानी पर सहसा कंकर गिर जाने की तरह बदल गए लेकिन उसने कुछ कहा नहीं। गाँव से जानवरों को लेकर दो-एक जन और आ गए।

"गजा, जानवरों को छोड़ रहे हैं। देखना।" लड़की के साथ आए एक लड़के ने पतली आवाज में चिल्लाकर कहा।

"हाँ ऽ जी। मैं देखता हूँ।" गजा ने बेफिक्री से कह दिया।

लड़का एकटक देखता खड़ा था। पास में अठारह-उन्नीस बरस की लड़की। मँझोले कद की। उम्र से बड़ी लगनेवाली। कुछ स्थूल-सी। साधारण कान्ति।

"अच्छा पाहुन, मैं अब जाता हूँ पहाड़ों में। सारे जानवर आ चुके हैं ! पटेल के आनेवाले थे। सो वह भी आ गए।" गजा हाथ की छड़ी से जानवरों को हाँकने लगा। छड़ी को ज़मीन पर पटकर इशारा करने लगा।

जानवरों का झुंड धूल उड़ाता हुआ आगे बढ़ गया। गाय-भैंसों के गले की

लुटियानुमा घंटियाँ गूँजने लगीं। सारा परिसर उन आवाजों से भर गया। जानवरों के खुरों से धूल उड़ने लगी। धूल में जानवर आँखों से ओझल होते गए। उनके गले के घुँघरुओं और घंटियों की आवाजें देर तक आती रहीं।

सुबह के समय जानवरों के गले के घंटानाद से सारा गाँव जीवंत हो गया था। धीरे-धीरे वह लुप्त होता गया।

"चल बेटे," जानवरों ने नाला पार कर लिया तब मंगल्या ने तात्या से कहा।

तात्या का ध्यान ठिकाने पर आ गया। तल्लीन होकर तात्या गजा की ओर देख रहा था।

गली के बीच जरा-सी उठान पर शिवबा पटेल का घर था। घर की चौखट के ऊपर लकड़ी में गणेशजी की मूरत उकेरी हुई थी। दरवाजे मजबूत थे। बड़े दरवाजे में खड़े होकर मंगल्या ने आवाज दी–

"मालिक हैं क्या घर में ?" उसकी आवाज दबी हुई थी। मंगल्या ने तात्या को अन्दर आने का इशारा किया। तात्या सीढ़ियाँ चढ़कर ऊपर आ गया।

दोनों दरवाजे के पास की जगह पर टँगे हुए-से खड़े थे। दरवाजे के दोनों तरफ कमर तक ऊँचाई पर बैठक थी। आगे चौक था। चौक के पार बाएँ कोने में एक औरत फुँकनी से फूँ-फूँ कर आग जलाने की कोशिश कर रही थी। दो-एक बार जोर से फूँक मारने पर चूल्हे में आग भड़क उठी। चूल्हे में लकड़ियों को आगे सरकाकर वह औरत चौक के खम्बे के पास आ गई। सहारे के लिए बायाँ हाथ खम्बे पर रख दिया।

दरवाजे पर आए लोग भील हैं, यह उसने पहचाना। सुबह-सुबह ही ये लोग जरूर कुछ माँगने आए होंगे यह जानकर उसने मन-ही-मन उन्हें कोसा। धुएँ से आँखों में आया पानी पोंछते हुए पूछा–

"क्या काम है ? वो नहा रहे हैं।"

"हम बिरडे से आए हैं। मैं हूँ मंगल्या और ये है भावड्या का बेटा तात्या।"

औरत ने पहचाना और उसका माथा ठनका। अब बोलने में हिकारत और बेफिक्री के भाव आ गए।

"बैठो बाहर ओटले पर। नहाने-पूजापाठ के बाद आ जाएँगे बाहर।"

नफ़रत से पल्लू को झटकते हुए वह औरत चूल्हे की तरफ मुड़ गई और लकड़ी की कठौत पर गुस्सा उतारती हुई रोटियाँ जोर-जोर से थापने लगी।

मंगल्या और तात्या तनाव में ओटले के कोने पर टिके हुए थे।

खाँसने की आवाज आते ही दोनों झट से खड़े हो गए। जहाँ से आवाज आई थी उसी तरफ देखा। लम्बा कुर्ता पहनते हुए पटेल सामने आ गए।

कुर्ते में सिर डालने से पहले रुककर उन्होंने दोनों को परखा। मंगल्या के साथ तात्या को देखकर अवसरानुकूल तैयारी उन्होंने मन-ही-मन कर ली। जिस दिन भाऊसिंग मरा था, पटेल खंडवे के बाजार गए थे। पड़ोसवाले ने खबर कर दी थी। भाऊसिंग के

चल बसने से पटेल ने पलभर के लिए मुक्ति का एहसास किया था और अब उसका बेटा ही सामने खड़ा था।

शिवबा पटेल ने ऐसे कई अवसरों को हजम कर डाला था।

कुर्ता धीरे-से पहन लिया। खूँटी पर टँगी पगड़ी सिर पर बाँध ली। पगड़ी ठीक से बँध गई है इसका इत्मीनान हाथ लगाकर कर लिया। दाईं तरफ से कानों पर खींच ली। बाईं तरफ से थोड़ी-सी ऊपर कर ली।

मुस्कराते हुए सामने आ गए। चेहरे पर खुशनुमा मुस्कराहट और माथे पर तिलक के बीच काले अबीर की बिन्दी। बाएँ कान की बाली में चमकता हुआ सफेद मोती।

''राम राम मालिक,'' मंगल्या ने कमर से बहुत झुककर नमस्कार किया। तात्या ने भी मंगल्या का अनुकरण किया।

''कब आए तुम लोग ?'' जानते हुए भी पटेल ने पूछा और भीतर देखते हुए कहा, ''सुनना, भाऊसिंग का बेटा आया है। दो-चार कप गुड़पानी रखियो चूल्हे पर।''

पटेल कम्बल पर विराजमान हो गए।

''बुरी खबर का पता चला मुझे। भाऊसिंग चल बसा। अरे ऽ तुम दोनों इस तरह पराए मेहमान जैसे खड़े क्यों हैं ? मंगल्या, आ ऊपर आ, सामने बैठ। और तात्या, तू कुछ भी फिकर मत कर।'' पटेल ने सहज ही स्वाँग रचा। पटेल की बात से तात्या का दिल भर गया। तात्या ने झट से ऊपर आकर पटेल के पैर पकड़ लिए। तात्या के हाथ के गर्म स्पर्श से पटेल का बदन भय से सिहर उठा।

आठ बरस पहले की घटना उसकी आँखों के सामने आ गई। जाड़े के दिनों में पटेल दालान में सोए हुए थे। भोर में जाग पड़े। दोनों पैरों पर अदृश्य बोझ महसूस हो रहा था। पैरों पर कम्बल था। पटेल उठ गए। दिये की धुँधली रोशनी में दाएँ हाथ से पैरों पर पड़ी चीज को उठाया। भोर के जाड़े में गर्म स्पर्श होते ही हाथ को झटक दिया। छोटा-सा साँप दहलीज की दरार से रेंगता हुआ जा रहा था। घबराई नजरों से पटेल बिछौने पर बैठे रहे। साँप के बाहर चले जाने के बाद वे जोर से चीख पड़े। सब लोग आ गए। भाग-दौड़ मच गई। साँप कहीं नजर नहीं आया।

आठ बरसों से यह डर पटेल के मन में घात लगाए बैठा था।

आज तात्या के हाथ का गर्म स्पर्श होते ही बिल से उस साँप के अपने पैरों पर आ जाने का आभास हुआ। पटेल ने दोनों पैरों को झट से पीछे खींच लिया।

तात्या के मुँह से एक शब्द भी नहीं निकल रहा था। पटेल ने तात्या के कन्धों को पकड़कर उसे उठा लिया। दो कदम चलकर मंगल्या के पास बिठा दिया। पटेल फिर कम्बल पर आकर बैठ गए। पटेल का मन भटक गया। शरीर में भय भर गया। जिस बात को हम भुलाने की कोशिश करते हैं उसे भूल नहीं सकते और जिस बात को हम चाहते हैं कि हो जाए तो उसका होना हमारे हाथ नहीं होता।

पटेल के मन में उथल-पुथल मची हुई थी। लेकिन पलभर में ही उन्होंने अपने आपको सँभाला।

"भाऊसिंग बड़ा ही नेक आदमी था। भीलों में इतना ईमानदार आदमी इस इलाके में ढूँढने पर भी नहीं मिलेगा। आजकल अच्छे लोग देवता को प्यारे हो रहे हैं और हमारे जैसे धरती का बोझ बने हुए पीछे रह जाते हैं। लेकिन हम क्या कर सकते हैं ? जैसा ईश्वर ने रखा है, वैसा रहना है।" पटेल की ज़बान चलती रही।

पटेल की बातों से भोला तात्या प्रभावित हो गया। पटेल बाप के बारे में प्यार से बोल रहा था। मंगल्या और तात्या कृतज्ञ भाव से एकटक देखते हुए सुनते जा रहे थे।

दस-बारह बरस का एक लड़का पीतल का लोटा लेकर बाहर आ गया। गुड़पानी का लोटा गरम होने से उसने एक कपड़े के टुकड़े से उसके कोने को पकड़ रखा था। लड़के ने लोटा कम्बल के पास रख दिया। एक बार अपने बाप की ओर देखा फिर मंगल्या और तात्या की ओर। लड़के की आँखों में पराएपन का भाव था।

"देखता क्या है ? दे दे गुड़पानी।" पटेल ने डाँटते हुए कहा। उनके चेहरे पर झुँझलाहट थी। झूठी हँसी अब गायब हो गई थी।

लड़के ने अन्दर देखा। जसुदा बाहर आ गई। पीतल की छोटी थालियाँ उसके हाथ में थीं। गेहुँए रंग की कान्ति। मँझोला कद। भरी हुई काठी। जसुदा की आँखों में सारी दुनिया की करुणा नजर आ रही थी। एक बार बाप की तरफ देखकर एक थाली भाई के हाथ में देकर बाकी दो थालियाँ मंगल्या और तात्या के सामने रख दीं और पीछे हट दीवार से सटकर खड़ी हो गई।

तात्या ने ऊपर देखा। जसुदा एकटक मंगल्या और तात्या को देख रही थी। बरसों पहले देखी हुई छोटी-सी छोरी अब कितनी बड़ी हो गई है !

नवगजाबाबा के मेले में देखा था। माँ के साथ थी। दरम्यान के दिन फुर्र-से उड़ गए थे। जसुदा अब बच्ची नहीं थी।

जसुदा की दी हुई गुड़धानी की याद आज भी ताजा थी। तात्या का अनाम बचपन पाँव-पाँव चलता हुआ सामने आ गया। लगा कि बढ़ी हुई उम्र की केंचुली अनजाने में उतर गई है।

पटेल ने गुड़पानी पीकर थाली नीचे पटक दी। पीतल की थाली की ठन आवाज से जसुदा होश में आ गई। लोटे-थालियाँ लेकर भीतर चली गई।

पटेल का बेटा जालम बाप के सामने ही फसकड़ा मारकर बैठ गया।

मंगल्या ने चौक में जाकर दोनों थालियाँ धो दीं। खम्बे के पास खड़ी रख दीं। फिर अपनी जगह पर आकर बैठ गया। पटेल घुटनों पर हाथ रखकर दरवाजे की ओर देखते हुए खामोश बैठ गए।

इस खामोशी से तात्या का दम घुँटने लगा।

"मालिक," शान्ति भंग करते हुए मंगल्या ने धीरे से कहा और पटेल की ओर

देखा। पटेल ने शायद नहीं सुना या जानबूझकर ही ध्यान नहीं दिया। फिर से बात करने की हिम्मत मंगल्या को नहीं हुई।

कुछ देर बाद फिर मंगल्या ही बोला, ''मालिक, भाऊसिंग ने जाने से पहले एक ही रट लगा रखी थी। जाने से पहले वह अपने बेटे को आपके पैरों पर डालना चाहता था। उसने जमीन पकड़ ली तब से यही कहता रहा। लेकिन बात रह ही गई।''

पटेल ने सुन लेने का भाव जताया।

मंगल्या ने फिर जोर लगाकर कहा, ''बड़ी मुश्किल से दिन काटे भावड्या ने। पर क्या करता ? घरवाली चल बसी और वह सूखने लगा। शेर जैसा बच्चा सामने होने पर भी...''

''मंगल्या, तुम दोनों आज रुक जाओ। दोपहर में खाना खाओ। आराम करो। मुझे दोपहर में सरकारी काम से खंडवा जाना है। तीसरे पहर तक लौट आऊँगा।'' मंगल्या की बात को बीच ही में काटते हुए पटेल ने कहा और उठ गए। पीछे चले गए।

घरवाली ने कपड़े में रोटी-चटनी बाँधकर पोटली हाथ में रखने के लिए हाथ आगे बढ़ाया। फिर कहा, ''कितने दिनों से आपको बता रही हूँ कि इस झंझट को मिटा दो। छोटी-सी किरिच गलती से कपड़े में रह गई तो हरदम चुभती रहती है। यहाँ तो भावड्या का छोरा पूरा बबूल का काँटा है।''

घरवाली की बात सही थी। लेकिन पटेल को गुरूर था और वह बेफ़िक्र भी थे। घरवाली उन्हें समझदारी की दो-चार बातें बताए यह उनकी इज़्ज़त के खिलाफ था। घरवाली पैरों की जूती है। उसे अपनी औकात में रहना चाहिए।

''तुम अब हमें पढ़ाने की तकलीफ न करो।'' पटेल के बदले हुए सुर को सुनकर घरवाली ने बात बदल दी। पटेल के गिरगिट की तरह रंग बदलनेवाले स्वभाव से वह अनजान नहीं थी। बीस-इक्कीस बरसों की सोहबत में उसने कई बारीकियाँ जान ली थीं।

''गाँव में रहकर आप कितने लोगों से बैर मोल लोगे ? सगा भाई मुँह नहीं देखता। ठाकुर-रजपूतों ने मन्नतें मनाई हैं। इसीलिए कहती हूँ, जो कुछ करना है, सोच-समझकर कीजिए।'' घरवाली की चिन्ता ग़लत नहीं थी।

''हाँ,'' पटेल ने लम्बी हुँकार भर दी। उनका मन दाँव-पेंचों का नक्शा रचने लगा।

''क्या तय किया है आपने ? जो कुछ किया होगा उसे साफ-साफ कह डालिए। क्यों बेकार लटकाए रखना ?'' पटेल की घरवाली ने दो टूक बात कह दी।

''तू क्यों फिक्र करती है ? पिछले हफ्ते मैंने सारी बातें कर ली हैं। आज पटवारी के हाथ से कागज़ मिल गया तो बस काम हो गया। भावड्या की सारी ज़मीन अपने नाम पर कराने की कार्रवाई पहले ही की जा चुकी है। नक़ल मिलना बाकी है।'' पटेल की बात से घरवाली का चेहरा खिल उठा। घरवाले की करतूत पर उसे सन्तोष हो गया। पटेल घर के बाहर चल पड़े।

मंगल्या और तात्या भिलाटी की ओर निकल पड़े।

हरदम बकबक करनेवाला मंगल्या आज खामोश था। तात्या ने मंगल्या की ओर देखा। कई धूपों और बारिशों को देख चुके मंगल्या का चेहरा सोच में डूबा हुआ था।

अनुभवी मंगल्या के मन में शंका का भाव जाग गया था। शिवबा पटेल ने घरवाली से जो कानाफूसी की थी उसे मंगल्या के तेज़ कानों ने भाँप लिया था। गाँव के पटेल साहूकारों की धूप-छाँव की चाल उसके लिए नई नहीं थी।

उसे फिक्र थी तात्या की। तात्या सीधा-सादा था। ज्यादा भोला था। जानकार मंगल्या के ध्यान में आ गया कि पटेल के सहानुभूति और कृतज्ञता के नाटकीय व्यवहार के जाल में तात्या उलझ रहा है। मंगल्या और तात्या विट्ठल के झोपड़े के पास कब पहुँच गए, पता ही नहीं चला।

''ताडे, मेहमानों को पानी दे।'' उंकार ने कहा और दोनों को बैठने का आग्रह किया। दोनों के सामने उकड़ूँ बैठते हुए बोला, ''तुम्हारे आने की खबर दी थी बूढ़े ने। तुम बाड़े पर गए और मैं लौट आया।''

उंकार तात्या का हमउम्र था। उजला रंग, तगड़ी काठी। चमकदार आँखें। चेहरे पर मुस्कराहट–देखनेवाले को अपना बना लेनेवाली।

''मिल गया बाड़े पर ?'' उंकार को तात्या के आने के कारण का पता था इसलिए उसने सीधे पूछ लिया।

''हाँ, मिल गया।'' मंगल्या ने कह दिया।

''बूढ़े ने बताया था। अच्छा हुआ तात्या, तुम यहाँ चले आए।''

कमर से झुका विट्ठल सामने से आ रहा था। झोपड़े के सामने आकर वह सीधा खड़ा हो गया। चलने से साँस फूल गई थी। कपड़े के टुकड़े में महुए के फूल बाँध लाया था। पोटली उंकार के सामने डाल दी। उंकार ने गाँठ खोल दी।

तलुवे जितने बड़े महुए के पत्ते और हिरनी की पिंडली के रंग के फीके पीले फूल। पत्ते कड़े और करारे।

मंगल्या ने पत्तों की पत्तल बनाना शुरू किया। महुए के फूल रात में खिलते हैं और सूर्योदय से पहले फूलों की बौछार होती है। आज विट्ठल को फूल लाने में कुछ देरी हो गई थी।

उंकार ने फूलों की पोटली ताडी को दे दी। चूल्हे पर मटके में मक्का पक रही थी। फूल उसमें डालकर उसने खप्पर का ढक्कन रख दिया। चूल्हे की लकड़ियाँ आगे सरका दीं। फिर फूल उबल जाने की प्रतीक्षा करने लगा।

जरमन की दो थालियों और दो कटोरों में सालन डाल दिया। थाली-कटोरा उंकार के सामने रख दिया।

विट्ठल झोपड़े में गया। अँधेरे कोने में बाँस से लटकाया दारू का कद्दू बाहर ले आया। उंकार ने नारियल की कटोरी विट्ठल के सामने रख दी। विट्ठल ने कटोरी में दारू उँडेल ली। मेहमानों के साथ बाप-बेटे ने दारू खत्म कर दी। खाना हो गया। मंगल्या

और उंकार का बाप दोनों पास के इमली के पेड़ के नीचे लेट गए।

तात्या और उंकार भिलाटी से बाहर आ गए। दोनों चुप थे। लेकिन मानो भीतर से बातें हो रही थीं। सहसा तात्या ने उंकार के चेहरे की तरफ देखा। उंकार के होंठ हिल रहे थे। वह कुछ बुदबुदा रहा था। क्या चल रहा होगा उंकार के मन में ?

वे नदी की दाईं ओर से चलने लगे। बाईं ओर नवगजापीर का टीला और टीले के माथे पर ममता की छाँव देनेवाला बड़ का बड़ा पेड़। बाँस पर फहराती सफेद धुजा अब बाँस से लिपटकर नीचे लटक रही थी।

वे टीले से आगे बढ़ आए। नदी हँसिए की तरह मुड़ गई थी। मोड़ के बीच में एक नाला आ मिला था। नाले और नदी के बीच की झाड़ी से चक्कर खाता हुआ धुआँ ऊपर आकाश की ओर जा रहा था।

नाला पार करके पगडंडी के रास्ते दोनों चलने लगे। दोनों तरफ जामुन के बन थे। करौंदे के झुरमुटों ने जामुन के तनों को घेर लिया था। इस भीड़ में कैथे और बेल के दो पेड़ खड़े थे। रंग-बिरंगी रायमुनी के झुरमुट से पगडंडी टेढ़े-मेढ़े मोड़ों से ऊपर जा रही थी। पगडंडी के किनारे पीले फूलोंवाली घनी घास थी।

पगडंडी की उठान खत्म हो गई। अब बड़ी अमराई शुरू हो गई। नीचे सूखे पत्तों की परत थी। समतल भूमि समाप्त हो गई, वहाँ से टीले का चढ़ाव शुरू होता था। तलहटी पर मिट्टी का एक ओटला था। दो बाँस डालकर एक झोपड़ा बनाया गया था। झोपड़े के पीछे टीले में एक गुफा थी।

उंकार ने तात्या की ओर देखकर कहा, "रेवापुरी के महाराज रहते हैं। गुफा में एक बार एक ही आदमी जा सकता है। तुम पहले हो आओ। तुम्हारे आने के बाद मैं भीतर जाऊँगा।"

उंकार ओटले के पास पत्थर पर बैठ गया।

रेवापुरी के महाराज सिद्ध पुरुष हैं। तात्या ने मंगल्या से सुना था कि महाराज गुफा से बाहर बहुत कम निकलते हैं। हरदम धूनी रमाकर बैठ जाते हैं।

गुफा के मुहाने पर कमर जितनी लम्बाई का एक त्रिशूल जमीन में रोपा हुआ था। त्रिशूल के मध्य में गेरुए कपड़े की एक गाँठ बाँधी गई थी। तात्या ने उंकार की तरफ मुड़कर देखा। उंकार ने इशारे से बता दिया कि आगे बढ़ो, मैं हूँ यहाँ पर।

तात्या गुफा के मुहाने पर आ गया। चट्टान में एक हाथ चौड़ी और डेढ़ पुरुस लम्बी दरार थी। दोनों हाथ चट्टान पर रखकर मुँह दरार की ओर किया। बायाँ पैर बाईं तरफ सरकाते हुए वह गुफा के भीतर जाने लगा। पैरों के नीचे ठंडे पानी की झिरझिर धारा बह रही थी।

तात्या आठ-दस कदम भीतर चला गया। बाईं ओर देखा। सिर्फ अँधेरा था और चट्टान का ठंडा स्पर्श। दाईं ओर रोशनी की धारी। दूर बैठा हुआ उंकार नजर आ रहा था।

तात्या फिर दाईं ओर धीरे-धीरे आगे बढ़ने लगा। दरार अन्दर अधगोल होकर मुड़ रही थी। दूर कोने में ढिबरी टिमटिमा रही थी। तात्या रुक गया। धीमी रोशनी में चट्टान के भीतर की गुफा नजर आने लगी। तात्या ने बाईं ओर से दाहिनी ओर देखा। दाएँ कोने में ढिबरी की धीमी रोशनी में एक आकृति को देखकर वह काँपने लगा। पसीने-पसीने हो गया।

महाराजजी के शरीर के टुकड़े पड़े हुए थे। सिर कबन्ध से अलग पड़ा था। हाथ-पैर टूट गए थे। तात्या की घिग्घी बन्द गई। वह गिरता-पड़ता, ठोकरें खाता गुफा की दरार से बाहर आ गया।

घबराहट से तात्या के मुँह से एक शब्द भी नहीं निकल रहा था। उंकार के कुछ कहने से पहले ही गुफा से 'हरि ओम्' की आवाज आई। पीछे से स्वयं रेवापुरी महाराज बाहर आ गए।

उंकार ने आगे बढ़कर महाराजजी के दर्शन किए। वे तात्या की ओर देख रहे थे। हँसते हुए उन्होंने पूछा, "कुछ देखा तो नहीं ?" तात्या ने सिर हिलाते हुए 'नहीं' कहा। महाराजजी के पैर पकड़ लिए।

क्या देखा था मैंने ? सपना था या आभास ? महाराजजी के शरीर के टुकड़े देखे। आभास ही होगा।

महाराजजी ने तात्या को ऊपर उठाया।

तेजस्वी चेहरे पर सन्तोष के दर्शन कर लिए तात्या ने। सारा डर और बेचैनी चली गई। मन निर्मल हो गया।

"कहाँ से आए हो ?"

"बिरडा से।"

"यहीं का है। बाप बिरडा में रहता था। बाप मर गया इसलिए आ गया। यहीं पर रहना चाहता है।" उंकार ने बता दिया।

"बच्चा बड़ा नसीबवान दिखता है। एक दिन राज करेगा निमाड़ पर।" तात्या की आँखों में झाँकते हुए महाराजजी ने कहा।

"बेटा, एक बात ध्यान में रखना। सच्चाई तेरे साथ है। दस साल तक तू राज करेगा। सच्चाई बिना कुछ नहीं चलेगा, बेटा ! तू तो जंगल का राजा है। तेरी राह देख रही हैं चट्टानें, नरमदा मैया और सतपुड़ा।"

तात्या की समझ में कुछ नहीं आ रहा था। महाराजजी ने ऐसा क्यों कहा ? राज करेगा याने क्या ?

"और एक बात। तूने जो कुछ देखा है, उसका जिक्र नहीं करेगा किसी से ! जा सब तेरे साथ हैं।" महाराजजी ने कहा और जंगल की पगडंडी पर चलने लगे।

काफी देर बाद तात्या ने होश सँभाला। जो देखा वह सपना तो नहीं था ?

काफी देर तक दोनों नदी की बहती धारा में पैर डालकर चट्टान पर बैठे रहे।

संझा हो जाने पर उठ गए। जिस रास्ते से आए थे उसी रास्ते से झोपड़े की ओर लौटने लगे।

अँधेरे ने चुपके से प्रवेश किया। इमली का पेड़ सफेद बगुलों से छा गया था। अँधेरे के काजल ने पूरे इलाके को धीरे-धीरे ढँकना शुरू कर दिया।

नवगजाबाबा का टीला, पास का बड़ा बड़, उसको लपेटकर आगे बढ़ी नदी, रेवापुरी महाराजजी का आश्रम, सब अँधेरे में डूब गए।

डूबती दिशा में पोखर गाँव के घर चित्र जैसे दिखने लगे।

शिवबा पटेल की दमनी ने नदी का पाट पार किया। पटेल ने दाईं ओर देखकर नवगजाबाबा को हाथ जोड़ दिए। खंडवा से लौट रहे पटेल सोच में डूबे हुए थे।

दमनी रुक गई। गाड़ीवान के नीचे उतरते ही बैलों की गर्दन का बोझ हल्का हो गया। गर्दनें ऊपर हो जाने से दमनी हिल गई। पटेल की विचारमाला थम गई। उन्होंने आसपास देखा।

घर आ गया था। वे नीचे उतर पड़े।

कपड़ों पर से धूल झटक दी। सुबह निकले थे तब जो बेचैनी थी वह अब नहीं थी। मनचाहा काम हो गया था। इससे बेफिक्री बढ़ गई थी।

बाड़े के सामने का दरवाजा बन्द था। साँझ के वक्त दरवाजा बन्द नहीं करना चाहिए ऐसा कई बार बताया था फिर भी आज दरवाजा बन्द था। बचपन में सुना था कि इस वक्त लक्ष्मी चुपके से घर में प्रवेश करती है।

बन्द दरवाजे के पट पर हथेली से दो-चार दस्तक दी। दरवाजे को भीतर ढकेला। साँकल को पट पर खटकाया। भीतर से सिटकनी सरकाने की आवाज आई।

कुर् ऽऽ की आवाज के साथ दोनों पट खुल गए। दरवाजे में जसुदा खड़ी थी। चेहरे पर संशय और अलिप्तता का भाव था। बिना कुछ बोले वह किनारे हट गई। पटेल भीतर आ गए। घरवाली पानी का लोटा ले आई थी। पगड़ी को बगल में दबा लोटा उठाया तो लोटे के टूटे किनारे में उँगली जाने से दर्द हुआ। गुस्सा भर आया। इस लोटे को खंडवे के पुराने बाजार में बेचने का कह भी दिया था लेकिन घरवाली किसी काम को ना नहीं कहती और जैसा बताया वैसा करती भी नहीं।

घरवाली पर गुस्सा बढ़ गया।

पटेल ने मन को रोका। बाहर से आते ही गुस्सा उतारना ठीक नहीं। बादल छँट गए। पटेल ने सावधानी से लोटा उठाया। हाथ-मुँह धो लिए। कुल्ला किया। पगड़ी से ही भीगा चेहरा पोंछ लिया। ठंडे पानी के स्पर्श से उन्हें अच्छा लगा। जैसे बरसात के गँदले पानी को हंडे में रखने पर धीरे-धीरे मिट्टी-कचरा तल में चला जाता है और साफ़ पानी ऊपर रह जाता है, उसी तरह दिनभर के अस्त-व्यस्त विचार शान्त हो गए।

घरवाली पटेल की हर बात को बारीकी से देख रही थी। उसने उनके हाथ से लोटा लेकर चूल्हे के पास रख दिया।

"काम का क्या हुआ ?" थाली परोसते हुए उसने सीधे पूछ लिया।

पटेल ने मुँह उठाकर देखा। जवाब देने से पहले थाली का मुआयना किया। लाल दाल देखकर कहा, "फते हो गया।"

"ये तो आप ही पिछले बरस से बताते आ रहे हैं।" घरवाली की ज्यादती से उन्हें पलभर के लिए गुस्सा तो आ गया लेकिन फिर मन को रोक दिया। घरवाली की बात सही थी। इस काम के लिए एक साल से वे खंडवा के चक्कर लगाते रहे हैं। हर बार यही बताते आ रहे हैं कि काम हो रहा है।

दाहिनी जेब के कागज़ों को टटोलकर देखा कि ठिकाने पर हैं या नहीं।

"भावड्या का बेटा, मंगल्या दोपहर में आए थे ?"

घरवाली ने गर्दन हिलाकर ही 'नहीं' कह दिया।

"घाटी की भावड्या की ज़मीन का काम तमाम हो गया। अब चिल्लाने दे गाँव-भर को।" कहते हुए पटेल ने थाली की रोटी को दोनों हाथों से रगड़ना शुरू किया। धीरे-धीरे उनके चेहरे पर हिंसा के भाव उभरने लगे। प्रतिद्वंद्वी पर टूट पड़ने की तरह रोटी पर टूट पड़े।

रात पल-पल आगे बढ़ रही थी। शिवबा पटेल ने सामनेवाला बड़ा दरवाजा बन्द कर दिया। मजबूत दरवाजे का निचला हिस्सा दहलीज के पास जमीन से घिस रहा था। पट को थोड़ा-सा उठाकर दरवाजा बन्द कर दिया। पटेल ने भीतर से सिटकनी चढ़ा दी।

दरवाजा बन्द होते ही उन्होंने सुरक्षा का अनुभव किया। दिनभर की घटनाओं को दरवाजे के बाहर छोड़कर आराम पाने का सुख बहुत देर तक नहीं टिक सका।

शिवबा पटेल पीछे मुड़ गए। दाएँ हिस्से में जसुदा और जालम बिछौने पर सोए हुए थे। बीच के चौक को पार कर पटेल बाईं ओर आ गए। नर्मदा ने दरी बिछा दी थी। अनाज के कोठे से पीठ लगाकर वह पति की राह देख रही थी।

पति के बड़ा दरवाजा बन्द करने की आवाज के साथ ही उसने इधर बिछौना बिछा दिया था।

पटेल के लेट जाते ही नर्मदा सँभलकर बैठ गई। बाएँ हाथ की कुहनी कोठे से लगते ही बद् से आवाज हुई। दाएँ हाथ से कोठे को बजाकर देखा। हाथ-भर की ऊँचाई तक का अनाज बचा होने का अनुमान हो गया। चार मन। नर्मदा ने मन-ही-मन हिसाब लगाया।

दाएँ हाथ को कनपटी पर रख दाएँ पैर को बाएँ घुटने पर डाल सोचते रहने की पटेल की आदत थी। पति के सोच में डूब जाने से पहले नर्मदा ने तुरन्त पूछा, "कल क्या बताओगे भावड्या के बेटे को ?" दिनभर की खबरों की तह में जाने की अपेक्षा घरवाली ने सीधा सवाल किया तो पटेल ने हाथ हटा लिया। किसी भी वक्त दो टूक बात करने की नर्मदा की आदत से वे सचेत हो गए।

किस सीमा तक खबर को बताना है, इसके बारे में मन में सोचकर बोले, "कल की

बात कल देखेंगे।'' उन्हें पता था कि इतने-से जवाब से घरवाली को समाधान नहीं होगा इसलिए फिर धीरे-से बोले, ''मैं सोचता हूँ, ज़मीन की बात किए बिना ही उसे लटकाए रखेंगे।'' विषयान्तर करते हुए घरवाली से पूछा, ''तुझे भालू की कहानी मालूम है ?''

पति की चाल ध्यान में न आने से उसने सहज ही पूछा, ''नहीं तो। कौन-सा भालू ?''

''बावली जैसा क्या पूछती है, कौन-सा भालू ? कोई भी भालू होगा। जंगल में भालू जब मनुष्य को देखता है तब सहसा हमला नहीं बोल देता। उसकी एक खुराफात होती है।''

पटेल रुक गए। किसी बात को बताते समय बीच में ही रुककर सुननेवाले की उत्सुकता को बढ़ाने की उनकी पुरानी आदत थी।

उतावली में नर्मदा ने पूछा, ''कौन-सी ?''

''भालू पहले मनुष्य को गुदगुदाता है। गुदगुदाने से मनुष्य शुरू में हँसने लगता है। वह भालू से डरना भूल जाता है। प्रतिरोध थम जाता है। ऐसे असावधान क्षण में भालू आदमी को नोंच-खसोटकर लहूलुहान कर डालता है। पता ही नहीं चलता कि भालू कब सीने पर सवार हो गया है।''

घरवाले की ऐसी बातें नर्मदा को अजीब लगीं।

जसुदा और जालम सफेद कम्बल पर सोए हुए थे। कम्बल मैला हो जाने से पीला हो गया था। कम्बल के नीचेवाले छोर में एक छेद था। शायद किसी ने चिलम जलाते वक्त अंगार गिरा दिया होगा। छेद की जगह पर काले कम्बल के टुकड़े से रफू कर दिया था। वह काला दाग उभरकर दिखाई देता था। कम्बल पर लेटते ही जालम सो गया था।

बिछौने पर लेटी जसुदा छत की ओर एकटक देख रही थी। अँधेरे में अजीबोगरीब सूरतें नाचती हुई दिखाई देने लगीं। छत के बाँसों, शहतीरों को देखते हुए सहसा उसका मन छत की लोहे की कड़ी में उलझ जाता।

आज सुबह से ही वह चुपचुप थी लेकिन बिल्ली की तरह चौकन्ना उसका मन हर घटना को शिकार की तरह ताड़ रहा था।

चौक में बरतन के गिरने की आवाज आई। विचारों की शृंखला पलभर के लिए खंडित हो गई। उसने आवाज की दिशा में दाईं करवट ली। बरतन की आवाज से घबराई बिल्ली चौक के एक किनारे बैठी हुई थी। अँधेरे में उसकी आँखें चमक रही थीं। जसुदा ने सिर उठाकर चूल्हे की तरफ देखा।

चूल्हे के ऊपर के ताक में मन्द ढिबरी टिमटिमा रही थी। सो जाने से पहले माँ ने बाती को खींचकर ज्योत कम कर दी थी। रोशनी ताक के बाहर भी नहीं आ रही थी। बाड़े में चारों ओर अँधेरा था। चाँदनी रात में चौक में चाँदनी छा जाती थी और अँधेरा उतना कम हो जाया करता था।

चारों ओर से बाड़े को अँधेरा निगल जाए और बीच में चाँदनी की बाँबी ज़मीन

से ऊपर आ जाए वैसी यादें जसुदा के मन में उभरने लगीं। यादों की बाढ़ से जसुदा की साँसें फूल गईं।

आज सुबह वह जालम के साथ गाँव के बाहर गई थी। मवेशियों को चरवाहे के पास छोड़ जाने का काम घर का नौकर तुक्या किया करता था लेकिन कल ही वह एक दिन के लिए अपनी बेटी के गाँव चला गया था इसलिए वह काम उसे करना पड़ा।

मंगल्या और तात्या को देख जसुदा की पुरानी यादें उमड़ पड़ीं। वक्त की पपड़ी उतर गई और पुराना जख्म फिर से हरा हो गया।

दस वर्ष बीत गए। एक-एक वर्ष उसके लिए एक-एक तप जैसा था। आनेवाला हर दिन पिछले वर्षों का हिसाब सामने रख देता।

तेरह बरस की जसुदा कुएँ से पानी लेकर गागर कमर पर रख घर की ओर जा रही थी।

बाएँ हाथ से गागर के गले को पकड़ रखा था। पानी-भरी गागर के बोझ से शरीर दाईं ओर झुक गया था। गागर से छलकनेवाला पानी कमर से, पिंडलियों से होता हुआ एड़ी तक पहुँच गया था।

सहसा एक ताँगा रुका। ताँगे पर रंग-बिरंगी झालरें थीं। उतरनेवाले मेहमान की ओर देखती हुई वह घर के अन्दर चली गई। गागर को कमोरे में उँड़ेल दिया। मेहमान दरवाजे पर खड़े थे।

''लगता है मेहमान आ गए हैं। जसुदा, अन्दर चली जा।'' पिता की आवाज सुनते ही वह आँखों से ओझल हो गई।

एक मास के भीतर ब्याह हो गया। बचपन का कुँवारापन खत्म हो गया और वह अकाल बालिग बन हल्दी-लगे अंगों से ससुराल आ गई। ससुराल के नए बाड़े में अपने अंगों को सिकोड़कर एक कोने में बैठी जसुदा सपनों के राज में परी बनकर कल्पना में ही राजकुमार के चारों ओर मँडराने लगी।

बाहर के आँगन में सहसा लोगों की भागदौड़ मच गई। दबी आवाज़ में कुछ बातें होने लगीं। पलभर के लिए जसुदा की समझ में कुछ नहीं आया। हकबकाकर इस अजनबी घर में वह इधर-उधर देखने लगी।

''भूतनी...मरी काले पैरोंवाली। खुशहाल घर में राकसी आ गई। और..'' अगले शब्दों को सुनने से पहले ही एक हाथ उसके गले तक पहुँच गया। जसुदा कुछ जाने-समझे इससे पहले ही एक झटके में उसके मंगलसूत्र को तोड़कर काँपती वह औरत चीख पड़ी।

''उठ ! चल निकल जा काले पैरोंवाली। जा, नहीं तो पत्थर से मारकर चटनी बना दूँगी तेरी।''

जसुदा डरकर खड़ी हो गई। सपने चूर-चूर हो गए थे। चचेरे भाई ने गाड़ी जोड़ दी।

फूफी ने बाईं बगल में कपड़े की गठरी पकड़ ली। दाएँ हाथ से जसुदा के बाजू

को पकड़कर घर के बाहर आ गई। गाड़ी में बैठने से पहले ही जसुदा गिर पड़ी। चचेरे भाई ने उसे बिठा दिया। फूफी की गोद का सहारा मिलते ही वह दहाड़ें मारकर रोने लगी। चचेरे भाई ने बैलों को इशारा किया। बैल दुलकी चाल से चलने लगे।

गाड़ी पोखर की ओर जा रही थी। विवाह एक घाव में बदल गया था। ब्याह के सपने से बाहर आने से पहले ही वक्त ने सबकुछ छीन लिया। इस आघात से जसुदा अचेत हो गई थी।

ऊबड़-खाबड़ सड़क से गाड़ी खड़खड़ाती जा रही थी। जसुदा ने आँखें खोल दीं। चारों ओर अँधेरा था। आकाश में चमकनेवाले सितारों ने भी आज बादलों में अपने मुँह छिपा लिए थे।

जसुदा फूफी से लिपट गई। फूफी का ममताभरा हाथ उसके सिर को सहलाने लगा।

ब्याह के दिन ही दूल्हा साँप के काटने से मर गया। इसमें मेरा क्या दोष ? दस बरस से इस कर्म का पातक जसुदा के सिर मढ़ा जाता रहा था।

कलेजे पर पत्थर रखकर पुरानी यादों की बाँबी के मुँह को बन्द करने की कोशिश वह कर रही थी। लेकिन दूल्हे को डँसनेवाला साँप जहरीली यादों की फूत्कारों से उसका पीछा छोड़ने को तैयार नहीं था।

सुबह तात्या को देखते ही दस बरस पहले का जख्म फिर से रिसने लगा।

सामने से उंकार आ रहा था।

तात्या ने उससे कहा, ''आज भी पटेल घर पर नहीं है। तुक्या ने कहा।'' तीन दिनों से वह पटेल से मिलने के लिए रुका था। पहले दिन के बाद रोज यही कहा जा रहा था कि पटेल गाँव गए हैं।

''मंगल्या लौटकर बिरडा चला गया। बुढ़वा से ठहरने को कह रहा था दो-चार दिन लेकिन नहीं माना। 'अगले हफ्ते में फिर आऊँगा' कहकर चला गया।'' उंकार ने बताया तो अकेलेपन का भाव मन में भर गया तात्या के। बाप के चल बसने के बाद मंगल्या का ही बड़ा सहारा था। शिवबा पटेल से ज़मीन के बारे में बात करने के लिए वह होता तो अच्छा होता। पहले दिन अधूरी-सी बातें हुईं और आज तो वह लौट भी गया।

''खेत की तरफ चलेंगे। बाप कहता था कि नदी के ऊपर की तरफ घुमाव में खेत है। बचपन में एक-दो बार गया था। अब नहीं पहचान सकूँगा।'' तात्या को ज़मीन देखने की उतावली थी।

''मैं दिखा दूँगा तुम्हारा खेत, वो ही न जो नुक्कड़ पर नीमपट्टी है। आश्रम के आगे जाने पर एक बड़ा गोरख इमली का पेड़ है भुंडा। पेड़ के सामने है तुम्हारे बाप का खेत।''

गजा की बात को काटते हुए तात्या ने कहा, ''तो फिर मैं आता हूँ तेरे साथ।''

गजा के बेर की छड़ी जमीन पर पटकते ही उसकी आवाज सुनकर सारे मवेशी आदत के अनुसार धूल उड़ाते चलने लगे। उनके साथ गोबर-मूत की गन्ध भी आगे सरकने लगी। जानवरों के गले की घुँघरुओं से सारा माहौल गूँज उठा।

उन्होंने नवगजापीर का टीला पार कर दिया। रेवापुरी महाराज के मठ के सामने से नदी किनारे जानवरों के पीछे चलने लगे।

बकबक करनेवाला गजा अब चुप था। तात्या के साथ उंकार भी था।

गजा ने जानवरों को 'हाँक-हाँक' कह दिया तो जानवर नदी किनारे गरदन झुकाकर चरने लगे।

''यह देखो नीमपट्टी,'' नदी पार हाथ से दिखाते हुए गजा ने कहा।

तात्या और उंकार नदी पार कर खेत में आ गए।

नदी किनारे लम्बी-सी नीमपट्टी थी। गाँव की तरफ शुंडाकार ऊपर की तरफ पीपल के पत्ते जैसी गोल। मक्के की फसल काटी जा चुकी थी। मक्के की खुखड़ियाँ और सूखे पत्ते बिखरे पड़े थे।

ज़मीन को पैर लगते ही दरकी जमीन की ममता का ऊबड़-खाबड़ स्पर्श तात्या के तलुवों ने अनुभव किया। वह झट से नीचे झुक गया। मुट्ठीभर मिट्टी हाथ में ले ली। बहुत दिनों के सपने को मुट्ठी में बन्द कर लेने की साध पूरी हो गई। उसने सन्तोष के साथ उंकार की ओर देखा।

काँव-काँव करता कौओं का एक जोड़ा सिर पर से उड़ता जा रहा था। ज़मीन के बीच में मोटापा लिए किसी बौने आदमी जैसा छतनार नीम का पेड़ था। नीम के पेड़ का एक गोल चक्कर लगाकर कौओं का जोड़ा नीचे उतर आया।

अनुभवी उंकार के पीछे-पीछे तात्या नीम के पेड़ की तरफ चल पड़ा। छतनार नीम का पेड़ सफेद फूलों से लद गया था। छोटी मधुमक्खियों का झुंड फूलों पर मँडरा रहा था।

उंकार तने के पास आ गया। तने की बगल से कलाई जितना मोटा पीपल उससे लिपटकर ऊपर तक चला गया था।

''तात्या, यह बड़ा अच्छा सगुन है। देख।'' नीम के पास उग आए पीपल को दिखाते हुए उंकार ने कहा, ''खेत में नीम और पीपल की दोस्ती का मतलब यहाँ वनदेवता का ठिकाना है।''

उंकार पेड़ की शाखाओं को देखने लगा। पुराने नीम के दुसाख में कौओं ने घोंसला बनाना शुरू कर दिया था।

''देख, देख,'' हाथ ऊपर उठाते हुए उंकार ने बड़े आनन्द से कहा, ''कौए घोंसला बना रहे हैं। इसका मतलब बड़ी बरकत होनेवाली है। बापू हमेशा कहा करता था। और ये मौसम तो और भी अच्छा है।''

तने से एक शाखा फूट निकली थी। उसमें लसलसा पानी देखकर उसने फिर कहा, ''कुछ भी कह, तात्या, ये सफेद पानी देख। ऐसा सफेद पानी बहने का मतलब और

भी सुभ है। तेरा यहाँ आना और इन सब बातों का दिखाई देना, सब भाग की बात है।"

तात्या सोच में डूब गया। क्या भाग और क्या कुभाग। इनके भेद को वह ठीक तरह से समझ नहीं सका। लेकिन उंकार जो कह रहा था उसका भी एक अर्थ है। नीम की पकी निंबोलियों को मुँह में रखने पर उनका स्वाद आता था। वह जानता था कि पके रसीले फल कौओं को बड़े पसन्द आते हैं। लेकिन कौओं के घोंसले और नीम से निकलनेवाले द्रव में उसे नई जानकारी मिल गई।

अभिभूत तात्या ने खेत का चक्कर लगाया। अपने पिता के स्वामित्ववाला यह टुकड़ा उसे बड़ा सहारा लगने लगा।

खेत के किनारे कई तरह के पेड़ों की भीड़ थी। हर पेड़ मानो उसके साथ मौन संवाद कर रहा था।

तात्या फिर नीम की छाँव में लौट आया।

"वह देख टेसू। तीन हफ्ते पहले लगता था कि पेड़ जल रहा है। अब फूल सूख गए हैं। सूखे फूल काले पड़ जाते हैं। चैत में सारे पत्ते झड़ जाते हैं और पेड़ भुंडा बन जाता है और एक-एक टहनी पर ये इतना बड़ा आग का गोला फूट पड़ता है। कहते हैं कि इस पेड़ में अग्निदेवता बसते हैं। तभी तो टोटके के लिए टेसू की लकड़ियाँ लगती हैं।"

आकारहीन टेसू पेड़ की ओर तात्या देख रहा था। आम, नीम जैसे छतनार पेड़ों के सामने टेसू छरहरा लगता है।

नीम से उड़कर मधुमक्खियाँ नदी की तरफ जा रही थीं। कुछ लौट भी रही थीं। उंकार मधुमक्खियों का पीछा करता हुआ एक पेड़ के पास आ गया। चींटों की एक कतार ज़मीन से तने पर जा रही थी। दूसरी ऊपर से नीचे आ रही थी। पेड़ की शाखा पर एक बुलन्द छत्ता लटक रहा था।

उंकार ने कमर से हँसिया निकालकर एक प्रहार में शाखा तोड़ दी। अचानक हुए हमले से मधुमक्खियों का छत्ता नीचे गिर गया। दाहिने हाथ में शाखा पकड़े उंकार दौड़ता हुआ नीम के पास आ गया। मधुमक्खियों के अंडे और फालतू भाग निकाल दिया। बड़े पत्तों की एक पत्तल बना दी। उस पर छत्ता रख दिया।

"लो।" उंकार ने कहा।

तात्या आगे बढ़ा। दाएँ हाथ की तर्जनी को टेढ़ी कर शहद के छत्ते में घुसा दिया। शहद की बूँदें चारों ओर से बाहर निकल पड़ीं। उँगली को बाहर निकालने पर छत्ते का भीतरी हिस्सा लिपटकर बाहर आ गया। उसे मुँह में डाल दिया। नीम के पत्तों की जरा-सी कड़वाहट मिली मिठास उस शहद में थी।

दोनों ने मिलकर शहद का छत्ता खत्म कर दिया। शहद से हाथ चिपचिपे हो गए थे। महीन मिट्टी से दोनों ने हथेलियाँ पानी की तरह धो डालीं। हथेलियों को थपथपाकर मिट्टी झटक दी।

हथेलियों को नाक के पास ले जाकर तात्या ने लम्बी साँस खींची। पहली बारिश से भीगी मिट्टी की सोंधी खुशबू आ रही थी। तात्या ने पलभर के लिए आँखें मूँद लीं। धरती की पुकार सुनाई दे रही थी। बहुत दिनों के बाद लगा कि माँ की गोद में बैठे हैं।

दूर नदी किनारे गजा बुला रहा था।

तात्या ने आँखें खोल दीं। उंकार उठ गया। नदी की ओर चलने लगा। तात्या भी उसके पीछे चल पड़ा।

तात्या सोच में डूबा हुआ था।

बारिश से पहले खेत में हल चलाना होगा। खेत को साफ करना होगा। शिवबा पटेल से फिर मुलाक़ात नहीं हुई थी। खेत का जिक्र नहीं हुआ। आज रात पटेल से हर हाल में मिलना होगा। हाँ, पटेल बहुत कामवाला आदमी है। सारे गाँव का कारोबार देखता है। बाप हमेशा कहता था कि पटेल बड़ा अच्छा आदमी है। पूरी बस्ती में ऐसा आदमी नहीं है।

गजा से रात में पीर के टीले पर मिलने की बात कर उंकार और तात्या नदी किनारे के रास्ते से लौट पड़े। घुटने जितनी बड़ी घास में कुछ हलचल हुई। उंकार ने झट कमर के हँसुए की तरफ हाथ बढ़ाया। तात्या ने उसे रोक दिया।

खरगोश का एक जोड़ा घास में फुदक रहा था।

घास को खूँदते हुए मुक्तभाव से खेल रहा जोड़ा उंकार के खाँसने की आवाज से सतर्क हो गया। कान ऊपर उठ गए। दोनों की ओर शक की निगाह से देखकर वे पिछले पैरों पर खड़े हो गए और झट से कूदते हुए झुरमुट में गायब हो गए।

हाथ का शिकार चले जाने से उंकार बेचैन था। लेकिन खरगोशों को भाग जाने दिया, इस बात से तात्या खुश था।

चलते हुए तात्या फिर सोच में डूब गया। खरगोश का जोड़ा आँखों के सामने नाच रहा था। घास की ओट में खेल रहा जोड़ा अपनी आहट से चौंक पड़ा। रंग में भंग हो गया। आदमी के डर से वह झुरमुट में भाग गया।

अपराध भाव से तात्या का मन-भर आया। इसी समय उसे अपने बेटे किसन की याद आ गई। किसन को मामा के पास छोड़े बहुत दिन हो गए थे। घरवाली भी दूसरी बार पेट से थी। उसकी भी कुछ खबर-बात नहीं थी।

"क्यों रोक दिया मुझे ?" कुछ दूरी पार करने के बाद उंकार ने तात्या से पूछा।

कारण बता नहीं सका तात्या लेकिन फिर भी कहा, "एक तो पेट भर गया था। दूसरे वह जोड़ा रम गया था। उनको एक-दूसरे से अलग करना अच्छा नहीं लगा।"

नदी किनारे अंजन का एक पेड़ था। छतनार पेड़ के तने की छाल साफ और मुलायम थी। लेकिन उस पर सीने तक की ऊँचाई पर खरोंच के निशान दिखाई दे रहे थे। अंजन के पेड़ पर भालू चढ़ जाता है इसलिए तने पर उसके पंजे के नाखूनों की नक्काशी बनी हुई थी।

अंजन के पेड़ के निचले भाग में नदी किनारे की जमीन कंकरीली थी। दोपहर की ढलती धूप में दो-तीन औरतें कपड़े पछीट रही थीं। एक औरत घुटनों जितने पानी में नदी किनारे की ओर मुँह कर पानी से भीगी भारी गुदड़ी एक लय में चट्टान पर पटक रही थी। उसकी छप्-छप् की आवाज की प्रतिध्वनि पास के टीले से आ रही थी।

नदी के किनारे तात्या और उंकार चल रहे थे। सामने नवगजाबाबा पीर का टीला था।

तात्या पीर की ओर चल पड़ा।

नदी लाँघते समय पैरों के नीचे की रेत गुदगुदा रही थी। नदी की धारा के बीच तात्या रुक गया। झुककर अँजुली से पानी पीने लगा।

दाएँ पैर की एड़ी के पास मछलियाँ काटने लगीं तो उसने पैरों को हिलाया। उसे पता नहीं था कि टखने के पास कब जख्म हो गया है। वह जानता था कि मछलियाँ जख्म के ठिकाने पर काटती हैं। भरपेट पानी पीने के बाद वह खड़ा हुआ था। तब तक उंकार नदी पार पहुँच गया था।

तात्या पानी के बाहर आ गया। उंकार टीले के माथे पर पहुँच गया था।

अंजन के पेड़ की आड़ से जसुदा सामने आ गई। उंकार की तरफ देखता हुआ तात्या आगे बढ़ रहा था। आहट सुनकर रुक गया। दाईं ओर मुड़कर देखा। पहले लगा आहट का आभास हुआ होगा।

तात्या के पास आते ही कपड़े में बँधी रोटियाँ देते हुए उसने कहा, ''रोटियाँ हैं। दो दिन कहाँ खाया ?''

उसके प्रश्न से तात्या पलभर के लिए असमंजस में पड़ गया। बिना कोई जवाब दिए झट से उसके हाथ से रोटियाँ लेते हुए कहा, ''उंकार है न साथ में। उधर ही मवेशियों के साथ खा ली रोटी।'' और जल्दी से टीला चढ़ने लगा। कुछ कदम चलकर फिर रुक गया। पीछे मुड़कर पूछा, ''पटेल गाँव से आ गए ?''

''हाँ, बापू आ गया है गाँव से।'' उसकी आवाज गिरी हुई थी। तात्या ने उसकी आँखों में देखी अपार करुणा।

तात्या झट मुड़ गया। जैसे भागते हुए टीले के शिखर पर पहुँच गया। उंकार पीर के सामने पालथी मारकर बैठा हुआ था। तात्या ने हाथ की पोटली को ज़मीन पर रखते हुए पीछे मुड़कर देखा। जसुदा अब भी उसकी ओर देखती खड़ी थी।

तात्या उंकार के पास बैठ गया। सामने नवगजापीर का मजार। पत्थर की कटोरी में ठंडी राख। काई के रंग का लम्बा कपड़ा मजार पर बिछाया हुआ था।

तात्या ने आँखें मूँद लीं।

अपना खेत, नीम की पट्टी, बड़ा पेड़, खेत में पड़े खंखोड़, नदी किनारे चरनेवाले जानवर, अंजन के पेड़ के पीछे से आकर रोटी देनेवाली जसुदा–सबकुछ साफ दिखाई देने लगा।

तात्या ने आँखें खोल दीं। उंकार उसकी ओर देख रहा था। उंकार के चेहरे पर सन्तोष का भाव था।

टीले से उतरकर दोनों नीचे आ गए। हाथ की रोटी की पोटली उंकार को देते हुए तात्या ने कहा, ''तू चल आगे। मैं पटेल के बाड़े से होकर आता हूँ। पटेल घर पर हैं।''

टीले की तलहटी से बाईं ओर जा रही पगडंडी से उंकार चलने लगा। दाईं पगडंडी गाँव की तरफ जा रही थी। उंकार नदी के ढलान से आगे ओझल हो गया। तात्या गाँव की तरफ चल पड़ा।

बाड़े का दरवाजा खुला था।

दहलीज पर कदम रखते ही तात्या के मन में बेचैनी बढ़ गई। एक बार पीछे एक बार आगे देखकर दबी आवाज में उसने कहा, ''मालिक।''

''कौ ऽ ऽ न,'' बेसुरी, आधी नींद में जैसी आवाज़ होती है, ऐसी आवाज आई।

''मैं हूँ। भाऊसिंग का बेटा, मालिक, तात्या।'' दो कदम आगे बढ़ते हुए तात्या ने कहा।

बाईं ओर की सदर में कम्बल पर सोए शिवबा पटेल बाईं करवट पलट गए। फिर उठ गए। दोनों हथेलियाँ मुँह पर फेरीं। दाएँ हाथ की बन्द मुट्ठी से दोनों आँखें मलीं। अँगड़ाई लेते हुए तात्या की ओर देखा।

''बैठ, ओटले पर।'' पटेल की आवाज में रूखापन था।

पटेल कुल्ला करके फिर कम्बल पर बैठ गए। मूँछों पर रुके पानी को अँगूठे और पासवाली उँगली से झटक दिया।

सोने से पहले पगड़ी उतार दी थी। उसका एक सिरा पकड़कर आराम से सिर पर लपेटने लगे।

''मालिक, मंगल्या वापस चला गया। जाते हुए आपको राम-राम बोलने को कहा।''

''हूँ'' कहकर पटेल ने सुन रहा हूँ का संकेत किया। लेकिन मन में कुछ और ही चालें चल रही थीं।

''खेत पर गया था।''

''कौन-से ?''

''नीम पट्टीवाले।''

पटेल सतर्क हो गए। सँभलकर तुरन्त नाटकीय ढंग से मुस्कराते हुए बोले, ''तेरा बाप बहुत मेहनत किया करता था। तेरे बाप के बाप ने यानी कि तेरे दादा ने उसके ब्याह में बीस रुपए लिए थे मेरे दादा से। मूल चुका नहीं सका तेरा दादा। तेरा बाप सूद नहीं चुका सका। बैल बेच दिए। फिर हमने ही बैल उधार दे दिए। लेकिन वह भी एक दिन भाग गया। तब से वो कर्ज और उसका सूद बढ़ता ही गया। खेत तो तेरे बाप का है लेकिन हमारी मूल रकम और उसका सूद कौन चुकाएगा ?''

पटेल रुक गए। उनकी चालबाज नजर भौंचक बने तात्या को भाँप रही थी।

''मालिक आप ही हमारे मायबाप ! रिन चुकाना हमारा काम। दादा गया, और बाप

भी गया लेकिन मैं तो हूँ। आपकी एक-एक पाई चुकाए बिना नहीं रहूँगा।''

''वो तो ठीक है तात्या।'' शिकार पहुँच के अन्दर आ गया है यह देख पटेल ने आगे कहा, ''तू खेती करने की बात करता है। लेकिन अब तेरे पास क्या है ? न हल है न बैल। बीज क्या बेचकर खरीदेगा ?''

''आप हैं न मालिक, फिर मुझे किस बात की फिकिर है ?''

पटेल ने कम्बल के नीचे एक पीला कागज़ आगे बढ़ा दिया।

''आज से ये जमीन मैं तेरे कब्जे में दे रहा हूँ। अब तू सँभाल अपनी ज़मीन। तू पक्का मालिक बन गया। इस कागज पर अँगूठा लगा देने के बाद तू है और तेरी ज़मीन।''

तात्या का भोला मन पटेल के प्रति कृतज्ञ भाव से भर गया। पटेल ने दवात की स्याही अँगूठे को लगा ली। कागज़ पर अँगूठे की छाप लगाकर वह अपनी जगह पर आकर बैठ गया।

अँधेरे में पूरा गाँव डूब गया था।

टीले पर इकलौता एक दिया टिमटिमा रहा था। मजार के पीछे बेल का एक लम्बा-सा पेड़ खड़ा था। चार लोगों में एक बुजुर्ग जैसा। पीले और हरे फलों से लद गया था। पेड़ के पत्ते पीले पड़ गए थे। झड़ जाने के लिए मानो वे नवगजापीर के आदेश की प्रतीक्षा में थे। बेल से आगे ऊपर की तरफ एक इमली का विशाल वृक्ष था। पूरे गाँव पर जैसे इस महारूख का दबाव था। बड़ से कुछ दूरी पर एक झोपड़ा था। झोपड़े में पीर का मुसलमान पुजारी रहता था। अकेला ही।

नौ गज लम्बा मजार मटमैले हरे रंग के कपड़े से ढँका हुआ था। तीनों ओर कमर तक लम्बी मिट्टी की दीवारें थीं। उन्हें सफेद मिट्टी से पोता गया था। दक्षिण की तरफ अन्दर आने की जगह थी।

पहाड़ों की कतारों की दिशा में मजार आड़ा था। सामने कनेर का पेड़ था। तीन टहनियों में से एक पर सफेद फूल झूम रहे थे। कनेर के पीछे आकाश-नीम का लम्बा पेड़ मजार पर मानो छत्र धारण किए हुए था। उसकी बगल में बड़ का विशाल वृक्ष किसी व्रतस्थ युगपुरुष की तरह सबकी ओर तटस्थ नजरों से देख रहा था। गाँव की तरफ बीच में एक उखड़ा हुआ पेड़ ओंधा पड़ा था। उसकी टूटी जड़ें किसी मरे मवेशी के खुले जबड़े जैसी दिखाई दे रही थीं। सिर्फ तना रह गया था। छाल झड़ गई थी। इतने बरसों में किसी ने उसे हटाया नहीं था। तने की बगल में डेढ़ हाथ लम्बा हरे सब्जे का पौधा सर ऊपर उठा रहा था।

नवगजापीर के सामने गजा, उंकार और तात्या बैठे हुए थे।

अँधेरे में गाँव की तरफ से कोई आ रहा था।

''कौन है भाई ?'' गजा ने आवाज दी।

''मैं हूँ।'' दिये की धुँधली रोशनी में सामने आते हुए निहाल बोला।

लम्बे, छरहरे बदन के निहाल को देखकर गजा ने कहा, "निहाल भाई, ये है तात्या। अपने ही गाँव का है। लेकिन उधर बिरडे में रहता था।"

"राम-राम निहाल भाई।" तात्या ने कहा।

"पता चला मुझे। वो नीम-पट्टीवाली ज़मीन तेरे बाप की है। तू यहाँ रहने आया है।"

"माँ के बाद बाप भी चल बसा। बिरडे में मन नहीं लगता था। आखिर बीवी-बच्चे को साले के पास छोड़ आया हूँ इधर।"

"सँभलकर रहना दोस्त, तू जितना समझता है दुनिया उतनी सीधी नहीं है।" निहाल बोल गया। लेकिन उसकी बात से तात्या उलझन में पड़ गया।

दिन बीत रहे थे।

तात्या के मन की उधेड़बुन बढ़ती जा रही थी। सुबह उठना, उंकार के साथ नदी किनारे भटकना, नीमपट्टी के चारों कोनों में घूम आना। जो मिले उसका शिकार करना, नहीं तो जंगल में जाकर कन्द-फल निकालना। दोपहर को उंकार के झोपड़े के पास इमली के पेड़ के तने से पीठ लगाकर बैठे रहना। कभी-कभार गजा के साथ मवेशियों को चराकर शाम को लौट आना।

शिवबा पटेल के घर का चक्कर लगाया। पटेल तहसील गए हैं। हमेशा का जवाब आज भी मिल गया।

नवगजापीर के टीले के दक्षिण में गाँव है। गाँव और टीले के बीच एक बड़ा मैदान है। सुबह वहाँ मवेशी आ जाते हैं। वहीं पर एक बड़ का पेड़ है।

मैदान के पार गाँव के घर शुरू होते हैं। गाँव कुल्हड़ जैसा एक टीले पर फैला हुआ था।

नवगजा के मजार के सामने से एक सर्पिल पगडंडी गाँव की तरफ जाती है। सफेद मिट्टी से पुती दीवारोंवाला कोने पर जो घर है वह निहाल का है। गाय के गोबर से आँगन कल ही पोता गया है। घर पर मिट्टी के खपरैल तीन साल पहले खंडवे के बाजार से लाकर बदल दिए गए थे। घर पश्चिम की तरफ झुका-सा लगता है। पगडंडी भी जैसे झुककर आगे बढ़ गई है।

गाँव के बीच से अंडे के आकार की सड़क जाती है। गाँव में जाने का यही एक रास्ता है। एक तरफ से गए तो दूसरी तरफ से वहीं पहुँच जाते हैं। सड़क को कई एक पगडंडियों ने जकड़ रखा था। उनमें से ही एक पगडंडी नवगजाबाबा की तरफ से गाँव की ओर चली आई थी।

गाँव की पश्चिमोत्तर दिशा में प्रवेश द्वार था। इस खंडहर के बीच डेढ़ हाथ लम्बा पत्थर ज़मीन में गाड़ा हुआ था। उसे सिन्दूर लगाया हुआ था। द्वार के बाईं तरफ एक

इकलौता घर ब्राह्मण का था। यहाँ से शिवबा पटेल के घर की तरफ मुड़ती हुई सड़क जा रही थी।

पटेल के घर के पास छोटा कुआँ था। कुएँ के पास नीम का पेड़ और उसकी बगल में चौपाल। सामने पटेल के भाई और बिरादरीवालों के दस-बारह घर थे।

पटेल के घर के आगे सड़क थोड़ा-सा मुड़कर बढ़ती थी। वहाँ सीधी सड़क पर राजपूतों के घर थे।

तात्या पटेल के बाड़े के सामने खड़ा था। सामनेवाला दरवाजा अधखुला था। उतरी धूप में दीवार की छाँव में एक भूरा कुत्ता बैठा हुआ था। उसके आगे के दोनों पैर कीचड़ से सने हुए थे। ज़मीन पर पैर फैलाकर उसने अपना मुँह उन पर रख दिया था। बित्ताभर लम्बी जीभ बाहर निकालकर वह हाँफ रहा था। पीठ से लगा पेट लोहार की धौंकनी जैसा चल रहा था। तात्या को देख कुत्ते ने कान ऊपर कर दिए। पैरों पर से मुँह हटाकर बन्द कर लिया। उसका पैंतरा देख तात्या सतर्क हो गया।

पुचकार कर उसने कुत्ते से दोस्ती की बात की। कुत्ते के बर्ताव में झट बदलाव आ गया। आँखों में शक की जगह दोस्ती का भाव पैदा हो गया। झट खड़ा होकर कुत्ता पूँछ हिलाता हुआ तात्या के पैरों से लिपटने लगा।

सामनेवाला अधखुला दरवाजा बज उठा।

तात्या ने दरवाजे की तरफ देखा।

दरवाजे में जसुदा खड़ी थी।

तात्या ने फिर कुत्ते की ओर देखा। कुत्ते ने भी आवाज की दिशा में देखकर फिर पूँछ हिलाना शुरू किया।

जसुदा ने दरवाजे के पट और खोल दिए। दोनों हाथ चौखट पर रखकर असमंजस में खड़ी रह गई। नजरें दूर शून्य में डूबी हुईं। दुनिया की फिक्र से मानो चेहरे पर परेशानी थी।

"पटेलजी हैं ?" घुटन को तोड़ते हुए तात्या ने पूछा।

चौंककर जसुदा होश में आ गई। अपने हाल को जानकर वह तुरन्त सँभल गई। चौखट पर से हाथों को हटा लिया। बाईं तरफ के पट को टेककर उसने कहा, "बापू आज भी घर में नहीं हैं। हमेशा की तरह जल्दी ही बाहर गाँव चले गए हैं।"

"मालकिन माय ?"

"माय गई है पड़ोसन के पास। अभी आ जाएगी।"

तात्या लौट जाने के लिए मुड़ गया।

"रात के लिए रोटी बाँध ले जाना।" जसुदा की बात पर वह रुक गया। जसुदा की आवाज फ़िक्रमन्द थी।

"नहीं। खा लूँगा कहीं भी।"

"भूखे रहकर पेट को मारने से..." जसुदा बोलते-बोलते रुक गई। फिर उसने कहा,

"माँ हमेशा कहा करती है कि सामने आए अन्न को 'नहीं' नहीं कहना चाहिए।"

"तुम ऐसा कहती हो तो फिर मैं 'नहीं' कैसे कह सकता हूँ ?" माँ के चल बसने के बाद से किसी ने साधिकार खाने के लिए नहीं कहा था। माँ की याद से तात्या गद्‌गद् हो गया। पलभर के लिए उसे लगा कि कहीं माँ ही तो दरवाजे में खड़ी होकर बोल नहीं रही है ?

उसने ऊपर देखा।

दरवाजे में जसुदा नहीं थी।

नर्मदाजी पड़ोस के घर से बाहर आ गईं। तात्या को देखते ही उनके चेहरे के भाव बदल गए। उनमें तिरस्कार था, घृणा थी और एक अदृश्य डर भी था।

जसुदा कपड़े में लपेटकर रोटी ले आई। माँ दरवाजे में खड़ी थी। एक नजर माँ को देखा और निश्चयपूर्वक एक-एक सीढ़ी उतरकर वह नीचे आ गई। तात्या को रोटी दे दी। फिर ऊपर आकर खड़ी हो गई। माँ के चेहरे के भावों को देखकर निर्विकार खड़ी रही। तात्या रोटी हाथ में लेकर असमंजस में खड़ा रहा।

"खाली रोटी खाकर इधर-उधर भटकने से अच्छा कि कुछ कामवाम करो।" अब तक का दबा गुस्सा एक वाक्य में नर्मदाजी ने उतार दिया।

"उसी के लिए तो मैं चक्कर काट रहा हूँ। पर पटेलजी मिलते ही नहीं हैं, माँ जी।"

तात्या की बात पर उन्हें और गुस्सा आ गया।

"मिलते ही नहीं का क्या मतलब ? वो क्या तेरी तरह निठल्ले हैं जो घर पर बैठे रहेंगे ?"

उनकी आवाज ऊँची हो गई है, यह देख तात्या असमंजस में पड़ गया।

"मैं ऐसा कैसे कहूँगा, मालकिन जी।"

नर्मदाजी ने मन में निश्चय कर लिया। एक बार दो टूक निर्णय करना ही होगा। उनकी बेचैनी बढ़ गई थी।

"तू हमारे घर के चक्कर क्यों काट रहा है ?" उन्होंने पूछा तो तात्या हकबका गया। उनकी तरफ देखता रह गया। ऐसे सवाल पर क्या कहा जा सकता है ?

उन्होंने फिर हिम्मत से कहा, "मैं पहले दिन से इनको बता रही थी कि फट से कह डालो उसको। लेकिन इनका सुभाव घिचपिच करनेवाला, रेंट में गिरी मक्खी जैसा।" बाईं तरफ के पल्लू को दाईं तरफ खींचकर कमर में खोंसते हुए आखिरी बात बताने का पैंतरा लेकर कहा, "उन्होंने तुझे बेकार ही उलझा रखा है। अरे बावले, कहाँ है तेरी ज़मीन ? तेरी ज़मीन इस गाँव में कभी थी ही नहीं। हमने ही तेरे दादा को जोतने के लिए दी थी। वो तेरी ज़मीन कैसे हो सकती है ?" नर्मदाजी खामोश हो गईं। उनके तन का सत ही मानो चला गया था।

तात्या के मन में तूफान मच गया। चक्रवात में फँसे हुए पत्ते की भाँति घूमने लगा। नर्मदाजी भौंचक्के तात्या की ओर और फिर जसुदा की ओर देखती रहीं।

तात्या का बदन काँपने लगा। हाथ थर्राने लगे। सिर चकराने लगा। पता ही

नहीं चला कि हाथ से रोटी कब गिर गई। दूसरे ही पल अचेत होकर वह नीचे गिर गया।

"तात्या ऽ ओ तात्या ऽ," उंकार आवाज दे रहा था। तात्या ने आँखें खोल दीं। पास में उंकार, निहाल, विट्ठल, ताड़ी और गजा बैठे हुए थे। इमली के पेड़ की छाँव में कैसे आ गए ?

घनी टहनियों के बीच से सिर पर आए सूरज का बिम्ब चमक रहा था।

"तुम सब ऐसे क्यों बैठे हो ?" पलभर के लिए तात्या मोहग्रस्त हो गया।

"बेटा, पेट में कुछ नहीं होता तो आग का गोला उठता है और ऐसा हो जाता है कभी-कभी। एक बार आदत पड़ गई तो फिर उसका भी कुछ नहीं होता। पर एक बात ध्यान में रख, पेट में आग लगी तब मटकी-भर पानी गले में डाल देना। आग अपने आप कम हो जाएगी। पूरी बुझ तो नहीं जाती कभी लेकिन ऐसा वक्त तो टल जाता है।" विट्ठल ने तात्या के पास आते हुए कहा।

तात्या उठ गया। पटेल के घर गए थे इतना उसे साफ याद आ गया। लेकिन यहाँ कैसे आ गए ? ये सारे लोग अपने पास बैठे हुए हैं। ताड़ी उठकर चली गई। जर्मन का भगोना और दो थालियाँ ले आई। भगोने में बेर के आकार के उदुम्बर के फल उबाले हुए थे। दोनों थालियों में अँजुरी-भर उदुम्बर के फल उँडेल दिए। विट्ठल ने तात्या और उंकार के सामने थालियाँ रख दीं।

"तुम भी ले लो मुट्ठी भर," तात्या ने बाकी सबसे कहा।

"हमारा हो गया। तुम खा लो तात्या।"

नमक के साथ उबाले कच्चे फल दोनों ने स्वाद लेकर खाए। कुछ उदुम्बर पेट में जाने पर दोनों तरोताजा हो गए।

बाड़े की याद आते ही उसके मुँह में फिर कड़वाहट भर गई। खाना रोककर वह उठा। कमर के कपड़े से हाथ पोंछा।

"क्या कहा पटेल ने ?" निहाल ने सीधे पूछ लिया।

"उनसे मिलना कहाँ हुआ ? लेकिन..." बोलते हुए तात्या के गले में शब्द अटक गए। घिग्घी बँध गई और सिर्फ होंठ हिलने लगे।

"क्या हो गया तात्या ?" निहाल ने अनुमान किया कि क्या हुआ होगा इसलिए धीरज बँधाते हुए उसने कहा, "अरे भाई, इस तरह हिम्मत हार जाना ठीक नहीं।"

"मालकिन ने कहा, मेरी ज़मीन ही नहीं है। मतलब अब तक वो झूठ बोल रहे थे।"

"देख, तात्या, ज़मीन तो कोई चुरा नहीं ले गया है। वो चाहे जो कहें। ज़मीन तुम्हारे दादा की है। तुम फिकर मत करो।"

"वो नहीं कहते हैं। अब मैं क्या करूँगा ? फिर जंगल में भटकना।"

"बेटे, हम जंगल के राजा हैं। सबने धता बता दिया तो भी नसीब को तो कोई

नहीं ले जा सकता। जब तक पहाड़ के देवता हैं तब तक किसी का डर नहीं।'' विट्ठल ने समूची जिन्दगी का दर्शन कह दिया और तात्या के तन में फिर ताक़त आ गई।

''पहले दिन से ही पटेल ने झूठ क्यों बोला होगा ?''

''सामनेवाले को लटकाए रखने का रिवाज है गाँववालों का और पटेल तो इसमें पूरा माहिर है।'' विट्ठल ने हाथ के लट्ठ को ज़मीन पर पटकते हुए कहा। तब उसकी आँखों के सामने पटेल की कई बातों की यादें रेंगती हुई चली गईं।

''दोस्त, और एक रास्ता है।''

''कौन-सा ?'' भोले तात्या की आँखों में आशा का कमल फिर पानी के बाहर निकल आया।

''हम खंडवा तहसील में दावा करेंगे। वहाँ जरूर इंसाफ मिल जाएगा।''

''निहाल भाई, हम ऐसे गरीब लोग ! कचहरी में हमें कौन पूछेगा ?'' तात्या ने मन का डर बता दिया।

''पटेल के खिलाफ कचहरी जाना ? नहीं, नहीं, बच्चो, ये तो आग से खेलने जैसा होगा।'' निहाल की बात सुनकर आनेवाली आफत के डर से विट्ठल का कलेजा मुँह को आया। पटेल से दुश्मनी का मतलब सारे गाँव से दुश्मनी मोल लेना था।

उंकार बिना कुछ बोले चुपचाप बैठा हुआ था। अभी उसके मन में तात्या को लेकर करुणा और निहाल के लिए कृतज्ञता के भाव थे।

उंकार ने छह महीनेवाली कबरी बकरी छेगाँव के कसाई को तीन रुपए आठ आने में बेच दी। कमर में पैसे बाँध तीनों खंडवा पहुँच गए, तब दिन डूबने लगा था।

तहसील कचहरी में लोगों की भीड़ और निहाल के पीछे चल रहे थे तात्या और उंकार। पहचान का आदमी मिला तब निहाल ने उसे पेशी के बारे में बताया। निहाल की बातें सुनते हुए वह आदमी तात्या को देखे जा रहा था।

''ठीक है। आ गई बात मेरे ध्यान में। तुम लोग थोड़ी देर यहाँ बैठ जाओ पेड़ के नीचे। मैं दरख्वास्त लिखवा लाता हूँ। इसका अँगूठा लेकर दाखल कर दूँगा। पेशी की तारीख माँग लेंगे।'' कहते हुए भीड़ में चला गया।

''बहुत अच्छे हैं राजाभाऊ। गोरगुरबा के तो माईबाप ही हैं।'' निहाल ने बताया तो उंकार ने धीमे से पूछा, ''पैसे का नहीं पूछा भाई तुमने ?''

तात्या की समझ में कुछ नहीं आ रहा था। निहाल कौन है अपना ? पटेल के खिलाफ मदद करने के लिए हिम्मत से आगे आया। उंकार अकेली बकरी बेचकर पैसा ले आया।

राजाभाऊ जल्दी-जल्दी लौट आ रहे थे, तीनों खड़े हो गए। तात्या ने कागज़ पर अँगूठा लगाया। वे फिर भीड़ में गायब हो गए।

तीनों काफी देर तक कचहरी के सामने पेड़ के नीचे बैठे रहे। कचहरी बन्द होने का वक्त हो रहा था। एक-एक आदमी लौट रहा था। दोपहर की भीड़ छँट गई थी।

राजाभाऊ को फिर आते देख तीनों तुरन्त खड़े हो गए।

"अगले सोमवार को पेशी होगी। तुम लोग अब जाओ। सोमवार सुबह जल्दी ही आ जाना। तब मैं सारी बातें समझा दूँगा।"

"भाऊ, ये पूछ रहा था कि कितने पैसे देने होंगे ?"

"अभी कुछ नहीं। अर्जी लिखने के और पेशी की तारीख के पैसे मैं नहीं लेता। पेशी हो जाने दो, फिर पैसे की बात देखेंगे। हाँ...और एक बात ध्यान में रखना," राजाभाऊ ने रुककर पूछा, "तेरा क्या नाम है रे ?"

"तात्या," झट से निहाल ने बता दिया।

"घबराना नहीं ! अब सम्मन निकलने पर पटेल को पता चल जाएगा कि तूने अर्जी दे दी है, तो वह धमकाएगा शायद। तुम्हें सोमवार को इधर न आने देने के लिए दबाव डालेगा। लेकिन पेशी को हाजिर रहना जरूर।" राजाभाऊ ने बता दिया और बगल की गली में जल्दी से चले गए।

मृगशिरा सिर पर आ गया तब तीनों पोखर गाँव के पास पहुँचे। उनकी आहट पाकर नाले के पासवाले खलिहान में बैलों के सामने बैठा कुत्ता भोंकने लगा। उंकार ने अँधेरे में इधर-उधर टटोलकर एक बड़ा-सा पत्थर हाथ में ले लिया।

कुत्ते का भौंकना बढ़ता ही जा रहा है यह देख खलिहान की खटिया से सरदार पटेल उठ बैठे। ओढ़े हुए कम्बल को पैर की ओर सरकाकर खड़े हो गए। सिरहाने रखा लट्ठ उठा लिया।

पिछले हफ्ते पड़ोस के गाँव से रस्सी से बँधे बैलों की चोरी हो जाने की खबर के बाद वे खलिहान में सोने आ गए थे। खलिहान में नौकर सोता ही था लेकिन दिनभर काम करने के बाद वह मुर्दे की तरह सो जाता था। आफत को टालने के लिए सरदार पटेल स्वयं उसके पास सोने लगे।

कुत्ते का भौंकना बढ़ता ही गया तो तीनों वहीं पर खड़े रह गए। उनके रुक जाने पर कुत्ता भी खामोश हो गया। कोई भटका जानवर आ गया होगा यह सोचकर पटेल फिर से खटिया पर बैठ गए। कुत्ते ने फिर भोंकना शुरू किया।

पास में सोए नौकर की पसली में लट्ठ चुभाते हुए पटेल ने कहा, "मर गया क्या साले ? कुत्ता जब से भौंक रहा है और तू घोड़े बेचकर सो गया है ?"

नौकर उठ गया। दिनभर के कामों से थका-हारा जवान मन-ही-मन पटेल को गालियाँ देने लगा। अच्छे-खासे घर पर सोते रहते थे वो छोड़ यहाँ नींद खराब करने आए हैं।

नौकर के जाग जाने से पटेल को सोहबत का सहारा हो गया। कुत्ते के भौंकने की दिशा में देखते हुए उन्होंने कहा, "कौन है बे उधर ?"

"हम ही हैं मालिक," उंकार ने दूर से ही कहा।

"हम मतलब कौन ? तुम्हारे बाप ने कुछ नाम-वाम रखा है या नहीं तुम्हारा ? और इतनी रात गए क्या करने आए हो ?"

"गाँव गए थे मालिक।" उंकार ने कहा।

नौकर को साथ लेकर सरदार पटेल झाड़बन्दी तक डोलते हुए आ गए। चलते वक्त बाएँ पैर को बाहर निकाल घसीटते हुए चलने की उनकी आदत थी। इसलिए बौने और मोटे सरदार पटेल का शरीर बाईं ओर से दाहिनी ओर हिचकोले खाता रहता था।

"उंकार हूँ मैं, भिलाटी के इट्ठल का।"

"तीसरा कौन है साथ में ?"

"निहाल।"

सरदार पटेल अपने मोटे बदन को सँभालते हुए पैरों को घसीटते लौट आए। खटिया पर लेट गए। अपनी छपरी मूँछों पर हाथ फेरते हुए आकाश के सितारे गिनने लगे। सुबह तक उनको ठीक ढंग से नींद नहीं आई।

इतनी रात गए तात्या, उंकार और निहाल कौन-से गाँव से लौटे होंगे ? इसी एक प्रश्न का जवाब वे अलग-अलग तरीके से ढूँढ़ रहे थे।

पाँचवें दिन तुक्या विट्ठल के झोपड़े के सामने आया। आसपास देखा। झोपड़े में सन्नाटा देख अपने बाहर आए दाँतों पर आदत से जीभ फेरकर उसने होंठ बन्द कर लिए।

"कहाँ चले गए होंगे सब ?" अपने आपसे बुदबुदाते हुए तुक्या ने कहा।

तुक्या के मन में एक नटखट विचार आ गया कि चलो, अच्छा हुआ, कोई नहीं मिला। पटेल ने बुलाया है, मतलब आज जरूर डाँट-फटकार होगी। उससे यह ठीक है। बता देंगे कि नहीं मिले तो लोहा ठंडा होने के लिए उतना ही वक्त मिल जाएगा।

बूढ़ा विट्ठल झुककर नाले की तरफ से लाठी टेकता हुआ धीरे-धीरे आ रहा था। सामने आकर रुक गया। कमर की बाँक को तह की तरह खोलकर सीधा हो गया। लम्बी साँस भरी। छोटी आँखों को और छोटी बनाते हुए तुक्या की ओर चिन्ता की नजर से देखने लगा।

शिवबा पटेल का नौकर आया है मतलब कुछ-न-कुछ झमेला जरूर है। अनुभवी बूढ़ा इस बात को जानता था। ऐसा कुछ न हो इसलिए उसने मन-ही-मन पहाड़ के देवता की मन्नतें मनाना शुरू किया और थक जाने से झट नीचे बैठ गया। चलकर आया था इसलिए उसकी आँखों के सामने अँधेरा छा गया था।

"इट्ठला, मेहमान कहाँ चला गया ?" तुक्या एक-एक शब्द पर जोर देते हुए बोला और बोलना खत्म होते ही उसने सामने आए दाँतों पर जीभ फेरी।

विट्ठल ने आँखें खोल दीं। ताक़त बटोर ली। जो सामने आया है उसका सामना किए बिना छुटकारा नहीं था। ये लड़के नाहक पटेल के कँटीले पेड़ से उलझ रहे हैं। दूसरी ओर उसके मन में चुभन थी कि जिन्दगी-भर तुमने जूते खाए, अब लड़कों को अपनी बात देखने दो।

''होंगे यहीं कहीं। जंगल में गए होंगे। खाली पेट पैरों को चुप बैठने नहीं देता।''

''आने के बाद उनसे कह देना। मालिक ने तात्या को बाड़े पर बुलाया है।'' इकहरे बदन का तुक्या अँखफोड़वे की तरह छलाँग लगाता हुआ चला गया। विट्ठल के हाथ में खुरदरी लाठी थी जिस पर उसकी पकड़ मजबूत हो गई। उसने आँखें मूँद लीं। आनेवाली आफत को वह कल्पना में देखने लगा। हाथ की लाठी की पोरें हथेलियों को चुभ रही थी।

जब तात्या बाड़े के दरवाज़े पर खड़ा हुआ, तब कुएँ के पास के नीम की परछाईं रास्ता पार कर आगे मैदान में लम्बी फैल गई थी। दिन डूबने लगा था इसलिए वह और भी लम्बोतरी हो गई थी।

''मालिक...'' मनों बोझ सिर पर लदा हो जैसे, ऐसी आवाज़ में तात्या ने कहा।

''कौन ?''

''तात्या हूँ, मालिक।''

डँसने की ताक में बैठा साँप जिस तरह फुफकारता है, उस तरह की आवाज निकाली पटेल ने। शिवबा पटेल के पास बैठे सरदार पटेल ने बेचैन होकर अपना आसन बदल लिया। हाथ के अँगूठे और पासवाली उँगली से छपरी मूँछों को दबा दिया। शिवबा पटेल ने सरदार पटेल को आँखों से ही इशारा किया कि शुरू हो जाओ।

ताक में बैठी बिल्ली की तरह पैंतरा लेते हुए सरदार पटेल ने कहा, ''आओ, इधर सामने पधारो, पाहुन हमारे। बड़े उपकार हुए आपके हमारे सिर पर। जहाँ टुकड़े तोड़े वहीं पर हग दिए। लेकिन उसमें तेरी क्या ग़लती। तेरी जात का ही यह गुण है। तू उससे अलग कैसे होगा ?'' सरदार पटेल ने पालथी बदलकर पटेल की ओर देखा। शिवबा पटेल की आँखों में सन्तोष देखकर उन्हें और जोश आ गया। छपरी मूँछों को फिर दबाकर आक्रमण शुरू किया।

''गाँड़ में इतना दम कहाँ से आ गया रे तेरे ?''

पटेल के शब्दों से तात्या काँप उठा। यह शब्द उसके लिए अनजाना नहीं था। पटेल, महाजन, पटवारी हरदम उसको काम में लाते थे। लेकिन शिवबा पटेल और सरदार पटेल को लेकर तात्या के मन में आदर और कृतज्ञता के भाव थे। इसलिए उनके मुँह से ऐसा शब्द उसे अजीब लगा। उसने दोनों पटेलों की ओर ठंडी नजर से देखा। शिवबा पटेल की आँखों में जैसे अंगारे जल रहे थे।

''अब इसके बाद क्या करनेवाला है ?'' अब तक चुप बैठे शिवबा पटेल ने तात्या की ओर जहरीली नजर से देखते हुए पूछा।

''मुझे क्या पता मालिक ? मालकिन ने कहा कि जमीन मेरी नहीं है। मैं अपनी जमीन माँगने गया सरकार के पास।'' दबी आवाज में तात्या ने कहा। फिर थोड़ा-सा रुककर हिम्मत से बोला, ''उससे तो आप ही मेरा जमीन का टुकड़ा मुझे दे डालो। आप ही तो हमारे मायबाप हैं।''

तात्या के भोलेपन को देख पटेल झूठ-मूठ ही खिलखिलाकर हँस पड़े।

"ज़मीन तो तेरी ही थी। सवाल था सिर्फ हमारे कर्ज का। लेकिन तुझे बहुत जल्दी हो गई। इतना भी दम नहीं था ?" पटेल ने कहा और फिर झट से पूछा, "खंडवा जाने और अर्जी वगैरा देने को किसने बताया ?"

तात्या चुप रहा।

"तूने नहीं बताया तो हमें पता नहीं चलेगा ऐसा समझता है क्या करे भिलट्या ? तुम्हारी जात ही है शैतानों की। हाथ-पैरों को तोड़कर कुत्ते के सामने डाल देंगे तब पता चलेगा। तहसील जाकर अर्जी देने की हिम्मत आई कहाँ से ?" सरदार पटेल का चेहरा गुस्से से लाल हो गया था। छपरी मूँछें तनकर थर्राने लगी थीं।

"जिन्दा रहना चाहता है तो आज शाम तक इस गाँव को छोड़ कहीं भी जाकर अपना मुँह काला कर।"

शिवबा पटेल के अन्तिम आदेश से लगा जैसे तात्या को चारों ओर से मधुमक्खियों ने सारे बदन को काट लिया।

जमीन तो चली गई अब गाँव भी छोड़ देने के लिए कह रहे हैं।

"और देख, सोमवार को पेशी के लिए खंडवा नहीं जाएगा तू। अगर जाने की हिम्मत की तो..." सरदार पटेल रुक गए। शिवबा पटेल की ओर देखने लगे।

तात्या ने ऊपर देखा। उसके हाथ-पैर की ताक़त ही मानो चली गई थी। शिवबा पटेल और सरदार पटेल लाल आँखों से मानो उसकी ओर देखकर आग बरसा रहे थे।

तात्या पीछे मुड़ गया। पहली बार उसे लगा कि तन में कोई जान नहीं है। चार-पाँच कदम आगे बढ़कर मुड़कर देखा। सरदार पटेल की विकट हँसी कानों में गई। इसी समय घर के दाएँ कोने में एक रुआँसा चेहरा बाहर आ गया। उसकी आँखों में सहानुभूति और अपार चिन्ता के भाव थे। तात्या के तन में फिर हाथों की ताकत का संचार हो गया। मुड़कर वह तेज कदम चलने लगा।

"ये ऐसा ही होनेवाला था। मैंने तुझे खंडवा से चलते वक्त ही कहा था। राजाभाऊसाब ने भी कहा था।" नवगजापीर के सामने निहाल ने तात्या से कहा।

तात्या की समझ में कुछ नहीं आ रहा था। पटेल के बारे में उसके मन में आदर और कृतज्ञता थी। गाँव का कर्ता पुरुष होने के नाते उसकी जिम्मेदारियों को देखते तात्या जो कुछ हुआ उसे स्वीकार करने को तैयार नहीं था।

पटेल ने पहले दिन से ही अच्छा व्यवहार किया है। मीठी बातें की हैं। उसके ध्यान में नहीं आ रहा था कि यह उनका दाँव था और वे उसे छकाना चाहते थे।

दूसरा मन उससे कहता, 'पटेल की क्या ग़लती ? बल्कि उन्होंने तो दादा को कर्ज दे दिया। उस कर्ज को दादा और बापू चुका नहीं सके। पटेल तो आज भी जमीन देने को तैयार है। सवाल यही है कि इस कर्ज को कैसे चुकाया जाय ?'

इस पर उसे निहाल की बात याद आ गई। यह पटेल की चालबाजी है। एक के मारने का नाटक करना और दूसरे के रोने का नाटक करना। इस नाटक में भोले-भाले लोग काँटे में फँसनेवाली मछली की तरह अपने आप धोखा खा जाते हैं। पटेल के इस दोहरे व्यवहार की निहाल की बात को तात्या कुछ-कुछ समझने लगा।

राजाभाऊ की खंडवा की बैठक में लोगों की काफी भीड़ थी। निहाल को देख वे उठकर पास के कमरे में चले आए। दीवार से लगे तकिए से उकड़ूँ बैठकर बोले, "बैठो यहाँ।"

"वकीलसाब हैं क्या ?" बाहर से आवाज आई। "पोखर से आया हूँ। मिलना था।"

निहाल के कान खड़े हो गए। तिरछा होकर देखा। सरदार पटेल का बेटा चबूतरे पर खड़ा था।

राजाभाऊ उठकर बाहर चले गए। अजनबी की ओर देखकर पूछा, "क्या काम है ?"

"बापू का सन्देस है। भील की पेशी को गैरहाजिर रहिए। आपका जो कुछ होगा दिया जाएगा।" नीची आवाज में बीस-बाईस के उस नौजवान ने कहा। लेकिन,जैसे कि कोई कुत्ता पीछा कर रहा हो, घबराई-सी टूटी आवाज निकल रही थी उसकी।

"तुम्हारी हिम्मत कैसे हो गई यहाँ मेरे घर तक आने की ?" राजाभाऊ की आवाज सहसा ऊँची हो गई।

चबूतरे से वह जवान गली में भाग गया।

राजाभाऊ अन्दर आ गए। गुस्से से उनका गोरा चेहरा लाल हो गया था। कुछ देर आँखें मूँदकर बैठे रहे। फिर चेहरे की लाली धीरे-धीरे उतर गई।

हँसकर स्वाभाविक आवाज में तात्या से बोले, "दोपहर बाद अपनी पेशी है। साहब के सामने मैं तुम्हारा नाम, उम्र, गाँव, धन्धा वगैरह के बारे में पूछूँगा। पटेल तुम्हें अपनी जमीन में आने नहीं देता, इतना ही बता देना। साहब और दूसरे वकील ने और कुछ भी पूछा तो कहना कि मुझे नहीं मालूम। बाकी चिन्ता की कोई बात नहीं। कचहरी में मिलेंगे।"

राजाभाऊ फिर अन्दर के कमरे में चले गए। निहाल के पीछे तात्या और उंकार खंडवा की गलियों से होते हुए तहसील कचहरी की ओर चल पड़े।

निहाल ने सरदार पटेल के बड़े बेटे मोहन को राजाभाऊ के चबूतरे पर सरसरी नजर से देखा था। उंकार और तात्या कोने में बैठे थे इसलिए उन्हें वह नहीं दिखाई दिया।

निहाल के साथ तात्या शहर के मध्य बसी तहसील कचहरी में पहुँच गए। कचहरी के सामने छाते के आकार के नीम के पेड़ के नीचे शिवबा पटेल, मोहन और रजपूतों के दो-एक आदमी बैठे हुए थे। काला चोगा पहने एक वकील उनसे बातें कर रहा था।

तात्या के कान में विट्ठल की बातें अटकी हुई थीं, "बच्चो, क्यों खेलते हो अगिनछत्ते से। अपने हाथों आग लगाने की दुरमत हो गई है तुम्हें..."

तात्या रास्ते में खामोश ही था। निहाल की बकबक चल रही थी। वह धीरज बँधा रहा था और उंकार हाँ-हाँ कहकर उसकी हामी भर रहा था।

"तात्या," पेड़ के पीछे से आई आवाज से तात्या चौंक पड़ा। सरदार पटेल उसे बुला रहा रहा था।

तात्या ने निहाल की ओर देखा।

"वो क्या तुझे जिन्दगी-भर काम आएगा ?" टेढ़े पाँवों से सरदार पटेल उसके पास आ गए। गिरगिट की तरह रंग बदलते हुए झूठी हँसी हँसकर बोले, "देख, शिवबा पटेल को हमने मना लिया है।" निहाल और तात्या के कान खड़े हो गए। "वो जमीन देने को तैयार है। लेकिन एक शर्त है। आज की अर्जी को वापस ले लेना।"

तात्या ने उम्मीद की नजरों से निहाल की ओर देखा। पटेल के बारे में सहानुभूति और कृतज्ञता के भाव उसके मन पर हावी होने लगे। निहाल ने पटेल की चालाकी को तुरन्त पहचान लिया। बिना कुछ बोले तात्या को किनारे ले गया।

निर्लज्ज की तरह टेढ़े कदमों से सरदार पटेल फिर आ गया। तात्या की ओर आँखें तरेरकर पलभर के लिए रुक गया। फिर झूठी हँसी हँसते हुए तात्या से नीची आवाज में बोला। अब उसकी आवाज में जोर नहीं था लेकिन छपरी मूँछों के पीछे चालबाजी छिपी हुई थी।

"तात्या, तू नादान है। कुछ समझता नहीं। और यह निकम्मा इसमें रोड़े अटका रहा है। बारह के भाव जाएगा तब तेरी आँखें खुल जाएँगी।" सरदार पटेल ने आखिर निहाल के प्रति अपनी तीखी प्रतिक्रिया जाहिर कर दी।

मैले, ढीले पैजामे और घुटने तक लटक रही कमीज पहने, दाढ़ी की सफेद खुखड़ियों को खुजाता, दुबला-पतला बूढ़ा चपरासी बाहर आ गया। जोर से हवा चलेगी तो उड़ जाएगी ऐसी कद-काठी। सिर की टोपी का नाप ग़लत हो जाने से वह दोनों कानों पर बेतरतीबी से लटक रही थी। पैरों और जूतों पर धूल का अमल इतना कि दोनों में फर्क करना मुश्किल था।

चपरासी कचहरी के बरामदे में आ गया। सफेद खम्बे लोगों के हाथ बार-बार लग जाने से चीकट काले हो गए थे। ऐसे ही एक खम्बे पर चपरासी ने बाएँ हाथ को टिका दिया।

"राजाभाऊ वकील साब हा ऽ ऽ जर।" दो पुकारा। उसकी आवाज से सिर्फ राजाभाऊ शब्द साफ सुनाई देता था, बाकी के शब्द लम्बी पुकार बन गए थे।

पास के दालान से राजाभाऊ तेजी से आ रहे थे। उन्हें देखते ही चपरासी अदब से दूर हट गया। उसने झुककर सलाम किया। कचहरी के पिछले कमरे में पुरानी लम्बी-चौड़ी मेज के पीछे गंजे सिरवाले बुजुर्ग साहब बैठे हुए थे। सारी दुनिया की तकलीफ उनके चेहरे पर मानो संचित हो गई थी।

सामने रखा कागज़ हाथ में लेने से पहले साहब ने राजाभाऊ की तरफ तिरछी नजरों से देखा। तात्या की ओर भी उसी तरह रूखी नजरों से देखकर वे अर्जी पढ़ने लगे।

अर्जी पढ़ लेने के बाद साहब ने आँखों से ऐनक उतारकर मेज पर रख दी। धीमे से हुँकार भरते हुए राजाभाऊ से बोले, "हूँ...बोलिए।"

राजाभाऊ ने झुककर बोलना शुरू किया।

"यह तात्या है। हमारा मुवक्किल। पोखर का रहनेवाला..."

उन्हें बीच में ही रोकते हुए साहब ने कहा, "वो सब आपकी दरख्वास्त में आ गया है। जमीन मुवक्किल की है इसके लिए कौन-से सबूत पेश करेंगे ?"

"अगली तारीख को दाखिल करूँगा।"

"महाराज, मुद्दई ने झूठा बखेड़ा किया है। वह रहनेवाला बिरडा गाँव का है। बिरडा घाटाखेड़ी के पास है। उसका मूल दस्तावेज दाखिल कर दिया है। पोखर में उसकी मिल्कियत कभी थी ही नहीं। हमने पटवारी के दस्तखत दाखिल किए हैं। मुद्दई पैदा भी नहीं हुआ था तब से यह ज़मीन हमारी है। हम ही उसे जोतते हैं। हमारे नाम से अमल है। गाँव के दो जिम्मेदार लोगों की गवाही हम इस मामले में पेश करना चाहते हैं। हुजूर की इजाज़त हो।" शिवबा पटेल के वकील ने बड़े जोरदार तरीके से अपना पक्ष पेश किया।

साहब ने अनुमति दी।

"यह सरासर नाइंसाफी है मेरे मुवक्किल के लिए। मुझे इस पर एतराज है महाराज।" राजाभाऊ ने कहा। साहब ने ठंडी नजरों से उनकी तरफ देखा।

चेहरे की रेखा को बिना हिलाए साहब ने शिवबा पटेल के वकील से कहा, "अपने गवाहों को पेश करो।"

"कहो, ईश्वर की शपथ, सच कहूँगा, झूठ नहीं कहूँगा।"

सुभानसिंग ने शपथ ले ली।

"तुम पोखर में कितने बरसों से रहते हो ?"

"मेरी पैदाइश से, साहब।"

"गाँव के ऊपर की तरफ नीमपट्टी नाम की ज़मीन है ?"

"जी, है साहब।"

"उस ज़मीन का मालिक कौन है ? कौन जोतता है ?"

"शिवबा पाटिल, साहब।"

"इस आदमी को," तात्या की तरफ इशारा करते हुए साहब ने पूछा, "तात्या को पहचानते हो ?"

"नहीं जी, ये पोखर का नहीं है। इधर गाँव में नजर आने लगा है। पटेल के घर पर रोटी-टुकड़ा तोड़ते हुए देखा है दो-एक बार।"

"तात्या कहता है नीमपट्टी उसके बाप की है। पटेल ने उस पर कब्जा कर लिया है। देता नहीं है।"

"ये आदमी इस गाँव का नहीं। न ज़मीन ही इसकी है, साहब।"
साहब ने राजाभाऊ की ओर देखा।
"जिरह करेंगे ?"
लम्बी साँस छोड़ते हुए राजाभाऊ ने कहा, "नहीं महाराज।"
सरदार पटेल की भी इस तरह गवाही हो गई।
तात्या सब सुन रहा था। उसकी समझ में आ गया कि यह सब झूठ चल रहा है। उसकी बेचैनी बढ़ने लगी।
"मुद्दई के खिलाफ पेश किए कागजों को देखने की इजाजत दीजिए।" राजाभाऊ ने साहब से कहा।
"ख़ुशी से।"
साहब ने फाइल राजाभाऊ के सामने धर दी। घाटखेड़ी के पटवारी की चिट्ठी कि तात्या बिरडा गाँव का रहनेवाला है। बिरडा के पटेल का भी वैसा ही कागज़। पोखर की ज़मीन शिवबा पटेल की है उसका दस्तावेज। तीस बरसों की ज़मीन के स्वामित्व के दस्तावेज सब देखकर फाइल साहब को लौटा दी। राजाभाऊ अपनी बेचैनी छिपा नहीं सके।

निहाल और तात्या राजाभाऊ के घर की सीढ़ियों पर बैठे राह देख रहे थे। उंकार बाजार में ही रह गया था। बकबक करनेवाला निहाल आज दोपहर से चुप था। चेहरा उतरा हुआ था। सुभानसिंग और सरदार पटेल की झूठी गवाहियों से तात्या को धीरे-धीरे गुस्सा आने लगा था।
राजभाऊ को आते देख दोनों अदब से खड़े हो गए।
"आओ। मैं अभी आया।" कहते हुए भीतर चले गए। कपड़े बदलकर हाथ-पाँव धोकर फिर बैठक में आ गए।
"निहाल, ऊपर की कचहरी में फिर अर्जी करनी पड़ेगी। उनके दस्तावेजों की असलियत का पता लगाना होगा। अपनी अर्जी तहसीलदार ने खारिज कर दी। आठ दिन के अन्दर हम ऊपर के साहब के पास अपील कर देंगे। तुम लोग चिन्ता न करो। मैं हूँ तुम्हारे साथ !" राजाभाऊ ने तात्या के चेहरे की ओर देखकर कहा।
"मतलब वो ज़मीन मेरी नहीं ?" तात्या की आवाज काँप रही थी।
"अरे, इस कोर्ट ने नहीं कहा तो क्या हुआ ? हम ऊपर फरियाद कर सकते हैं।"
"मालिक, हम गरीब लोग। कैसा इंसाफ है ये। सारी दुनिया गरीब के ख़िलाफ़ हो गई तो फिर हमारा जंगल ही अच्छा। वहाँ कोई नहीं आएगा रोकने-टोकने।" तात्या की बात की कसक से राजाभाऊ का कलेजा टुकड़े-टुकड़े हो गया।
निहाल ने आँखों की कोर में भरा पानी पोंछ लिया। तात्या की बेचैनी को वह देख नहीं सकता था।

उंकार के दिए तीन रुपए राजाभाऊ के सामने बढ़ाते हुए निहाल ने कहा, "भाऊ साहब, ये रहा आपका मेहनताना। हम चलते हैं। इतना बता दीजिए कि फिर कब आना है।"

"तात्या की अर्जी खारिज हो गई ! मैं खारिज हो चुकी अर्जी का मेहनताना नहीं लेता। ये पैसे अपने पास ही रख लो और देख तात्या, इस तरह घबराने से काम कैसे चलेगा ! तुम तो बहादुर मर्द हो। ऊपर के कोर्ट में इंसाफ होगा ही। अगले सोमवार को सुबह चले आना। तब तक मैं अपील बना देता हूँ।"

निहाल ने राजाभाऊ के पाँव पकड़ लिए।

भोले-भाले तात्या के मन में अपने साथ हुई नाइंसाफी के खिलाफ तूफान मँडराना शुरू हो गया था।

गाँव के बाहर भीलों के झोपड़ों में सन्नाटा छाया हुआ था।

दूर से भालू की आवाजें बीच-बीच में सुनाई देती थीं। फिर खामोशी फैल जाती थी।

विट्ठल के झोपड़े के बाहर गुदड़ी पर तात्या सोया हुआ था। उसके पास उंकार और उंकार के पास तन को समेटकर बूढ़ा सोया हुआ था। रात देर तक वह खाँसता रहा। खाँसी आने पर उठकर दोनों पैरों और दोनों हाथों से पेट जोर से दबा देता और खाँसता।

तात्या की आँख नहीं लग रही थी। आकाश के तारों की टिमटिमाहट और इमली के पेड़ के चमगादड़ों की फड़फड़ाहट से उसके मन की बेचैनी बढ़ जाती।

पटेल ने ऐसा बर्ताव क्यों किया ? इसी एक सवाल से उसकी मति कुंठित हो जाती थी। पहले दिन मीठी-मीठी बातें करनेवाले पटेल धीरे-धीरे गिरगिट की तरह रंग कब बदलते गए, तात्या के ध्यान में आया ही नहीं। जब ध्यान में आ गया तब बात हाथ से निकल चुकी थी।

कल इस गाँव को छोड़कर और कहीं चले जाएँगे। तात्या के मन में तरह-तरह के विचार आ रहे थे। जनमगाँव बिरडा को भी इसी तरह छोड़ना पड़ा था। पोखर में बाप-दादाओं की ज़मीन है। भटकना छोड़ यहाँ बसने की बात सोची थी तो यहाँ भी टिकने से पहले ही पराए बन बैठे !

तात्या को किसन की बड़ी याद आई। यहाँ आने से पहले उसने भिकी को उसके भाई के पास भेज दिया था। जाने से पहले उसने कहा था, "मैं पोखर जाकर ज़मीन का मामला देखता हूँ और फिर आ जाता हूँ तुम लोगों को ले जाने ! तू किसन के साथ, भाई के साथ रह जा।"

किसन अब कुछ समझने लगा था, साथ में आने के लिए जिद कर बैठा। मामा ने उसको समझाया-बुझाया और खींचकर ले गया। दूर तक रोते जानेवाले किसन का चेहरा आज फिर तात्या को याद आया।

कल खंडवा से लौटते वक्त निहाल ने तात्या की खामोशी को तोड़ने की कोशिश की थी लेकिन तात्या चुप ही था। अपने को किसी सोच में डुबाकर वह उंकार और निहाल के पीछे-पीछे चल रहा था।

निहाल ने रास्ते में एक बार कहा भी, "तात्या, अरे इस तरह हिम्मत हारने से क्या होगा ? राजाभाऊ ने कहा है ना ! हम सोमवार को ऊपरवाली कचहरी में दरख्वास्त कर देंगे। वहाँ जरूर इंसाफ होगा।"

अब तक चुपचाप चल रहा तात्या रुक गया। निहाल की ओर देखकर तिलमिलाकर बोला, "वहाँ अपना कौन है ?"

तात्या के सवाल पर निहाल चौंक पड़ा। तात्या को कैसे समझाए ? तात्या के सवाल से उसकी बेचैनी जाहिर हो रही थी और निहाल को लगा कि तात्या ने जो कुछ कहा वह गलत तो नहीं है।

तात्या गूदड़ी पर से उठा। जो अपना है उसे भी खसोटकर लेना पड़ता है। पिछले साल मंगल्या ने जो कहा था उस बात से उसमें जोश आ गया। मंगल्या ने आगे यह भी कहा था कि जंगल में कोई कुछ खाने नहीं देता। उसके लिए झगड़ना पड़ता है। यही जंगल का कानून है।

तात्या को राह दिखाई देने लगी।

पूर्व दिशा लाल हो गई तो वह उठ गया। उंकार भी जग गया था। कल से तात्या की तिलमिलाहट देखकर वह भी बेचैन हो गया था। लेकिन समझ में नहीं आ रहा था कि क्या करें।

"खेत की तरफ जाता हूँ।" तात्या ने तंग्या कमर में लटकाते हुए कहा और नदी किनारे चलने लगा।

उंकार और बूढ़ा विट्ठल उसकी ओर फिक्रमन्द होकर देखने लगे। उसकी फिक्र से परेशान विट्ठल बुदबुदाया, "इस लारा को कैसे समझाएँ ?"

तात्या सुबह से अपनी नीमपट्टी की ज़मीन में झाड़-झंखाड़ साफ कर रहा है यह खबर गाँव-भर में फैल गई लेकिन हमेशा की तरह सुबह ही खंडवा गए शिवबा पटेल इससे बेखबर थे।

दोपहर तक आधे खेत को साफ कर दिया था। झाड़ी पर तंग्या से प्रहार करते वक्त तात्या का गुस्सा और आवेश उबल पड़ता था। आक्रमण करनेवाले जंगली जानवर को एक ही वार से ज़मीन पर गिरा देने की तरह वह खेत के झाड़-झंखाड़ को धराशायी कर रहा था।

आधा खेत साफ हो जाने पर वह विजयी वीर की तरह मुंड-टूटे झाड़-झंखाड़ की ओर देखने लगा। मानो उसने आधी लड़ाई जीत ली थी। बची हुई झाड़ी को देखकर उसकी आँखों में पटेल के अस्तित्व की झाड़ी चुभने लगी।

फिर तन में ताकत का संचार हो गया। तात्या ने हाथ के तंग्ये से बचे झाड़-झंखाड़ को काटना शुरू कर दिया।

दिन डूबने लगा तब खेत साफ हो चुका था। मरे पड़े झाड़-झंखाड़ की ओर सन्तोष से देखने पर उसकी सारी थकान दूर हो गई।

मैदान मारनेवाले पहलवान की तरह डोलते हुए वह नदी किनारे आ गया। नदी के ठंडे पानी में डुबकी लगा दी।

ठंडे पानी से माँ के स्पर्श की याद आ गई। रात से जो बेचैनी-परेशानी थी वह शान्त हो गई। दोनों हाथों की अँजुरी में पानी लेकर वह उसे गटगट पी गया। दो-चार अंजुरियाँ पेट में जाते ही पेट की आग भी ठंडी हो गई।

पानी से बाहर आकर तात्या ने देखा, ऊपर की तरफ से जानवरों के गले की घंटियों और घुँघरुओं की घटांऽग-घटांऽग आवाजें आ रही थीं। जानवरों की भीड़ से राह बनाते हुए गजा उसकी तरफ जल्दी-जल्दी आ रहा था।

''कितने दिन हो गए, तुम्हारा कुछ पता ही नहीं है दोस्त ! पूछता हूँ तब तक तो पट्ठा गायब।'' पास आते ही गजा ने झूठे गुस्से से पूछा।

उसके बात के खुलेपन से तात्या को धीरज बँध गया। अकेला होने पर तात्या के दिमाग में तरह-तरह के सोच-विचारों की भगदड़ मच जाती थी, गायों के झुंड में ऊधम मचानेवाले साँड़ जैसी।

''खेत साफ कर आया।'' तात्या ने अपनी जीत की बात कह डाली।

''मतलब ? मैं कुछ समझा नहीं।''

''नीमपट्टी के बारे में बता रहा हूँ।''

''लगता है, तुम्हारा खंडवेवाला काम हो गया है।''

खंडवा की याद से तात्या के मुँह में कड़वाहट भर गई।

''अपना इंसाफ तो अब हमें ही करना होगा !'' नीमपट्टी की तरफ देखते हुए तात्या ने एक-एक शब्द को धैर्य के साथ कहा।

गजा ने सन्तोष से तात्या की ओर देखा। तात्या में आए बदलाव से वह खुश हो गया।

''तात्याबा, चलो अब रोटी के दो कौर खा लेंगे।''

''आज भूख ही नहीं है और सच कहूँ ? अपने खेत में काम करने से तो मेरा पेट जैसे भर ही गया है।''

गजा ने प्यार से उसका हाथ पकड़ लिया। पेड़ की छाँव में उसे ले आया। बँधी हुई पोटली खोलकर उसके हाथ पर रोटी रख दी। कहा, ''वह देखो, तने पर चींउटों की कतार जा रही है। उन्हें भी अपने पेट में कुछ डालना पड़ता है।''

''चींउटों की एक बात अच्छी है गजा, उनकी मालकियत के तने से उन्हें कोई हटाता नहीं।''

तात्या की बात सुनकर गजा चौंक पड़ा।

"गजा, आज महाराजजी की याद आ रही है। दरसन करने को जी चाहता है।"

गजा ने गरदन हिलाकर हाँ कर दी। चलने का इशारा करते हुए वह ऊपर की तरफ चल पड़ा। तात्या भी उसके पीछे चलने लगा।

सिन्दूरी आम के तने के पास महाराज बैठे हुए थे। अभी-अभी नदी से नहा आए थे। सिर के भीगे बाल कन्धे के आगे खुले पड़े थे। कमर पर ईंट के रंग का कपड़ा। निपट गोरी कान्ति पर गले में रुद्राक्ष की माला शोभा दे रही थी।

तात्या ने महाराजजी के सामने मत्था टेक दिया।

"कैसे हो ?" महाराजजी ने मुस्कराते हुए पूछ लिया। उस वक्त तात्या को महाराजजी की तेजःपुंज आँखों में अपना आधार दिखाई दिया।

"कल खंडवा हो आया, महाराजजी !"

"मुझे सब पता है !" तात्या के कन्धे पर धीरे-से हाथ रखते हुए महाराजजी ने उसे नीचे बिठा दिया और वे तात्या की मुद्रा को निहारने लगे।

"दो बीघा जमीन में क्या रखा है बेटा ? पूरी जमीन तेरी ही है।" चारों तरफ हाथ को फैलाते हुए महाराजजी बोले। कुछ रुककर, दूर शून्य में ताकते हुए फिर जैसे तन्द्रा में बोलने लगे, "तूने आज जो किया है, वही ठीक है ! हक माँगे बिगर मिलता नहीं। तेरी जंग की यह शुरुआत है बेटा और जंग में न्याय हमेशा सत के साथ ही होता है !"

"महाराजजी, आपका असीस..."

"बेटा, खाली असीस क्यों माँगता है ? हम हैं तेरे साथ !"

तात्या ने झट से महाराजजी के चरण पकड़ लिए।

"और एक बात ध्यान में रख ! सच्चाई छोड़ कहीं भी झुकना नहीं ! यही तेरी शक्ति है।"

महाराजजी ने तात्या के कन्धों को पकड़कर उसे खड़ा किया। तात्या की आँखों में वे देख रहे थे आनेवाले कल के निमाड़ का सपना। उन्होंने उसे झट अपने गले लगा लिया और उसकी पीठ पर प्यार से हाथ फेरने लगे।

इस बात के लिए कितने बरस प्रतीक्षा करनी पड़ी ? एक-दो-चार–दस बरस। दस बरसों की अवधि–यानी करीब-करीब एक तप हो गया। वाल्मीकि ने इतने बरसों में तपश्चर्या की और अपने पाप की जड़ों को खोज लिया। मुझे भी दस बरस तक साधना करनी पड़ी।

रेवापुरी के महाराजजी उन घटनाओं की याद नहीं करना चाहते थे। लेकिन दुख था कि इन यादों को रोका भी तो नहीं जा सकता था। अच्छा है कि मनुष्य को विस्मरण की देन है। बहुत सारी बातों को भूलकर हम यादों के बोझ को हल्का करते रहते हैं; लेकिन कुछ बातें ऐसी होती हैं जिन्हें भूलना चाहें तो भी भूल नहीं पाते। तन से चिपकी खून पीनेवाली जोंक की तरह वे हमारा पीछा नहीं छोड़तीं।

रेवासिंग खरगोन के मिशन स्कूल में पढ़ने आया था। खरगोन के दक्षिण में पाँच कोस पर उसका गाँव था बन्हेर। गाँव के पीछे उन्दरी नदी बहती थी। नदी किनारे महादेव मन्दिर का खँडहर था। मन्दिर के पास से नदी किनारे से होता हुआ घना जंगल था। नदी पार रामपुर गाँव था। रामपुर के पीछे छोटी टेकड़ियों की नक्काशी थी और उसके पीछे तीन-चार कोस पर सतपुड़ा की एक-दूसरे के कन्धे पर चढ़े पहाड़ों की कतारें थीं।

रेवा के पिता खरगोन के आढ़तिये के पास कुली थे। दिनभर अनाज के बोरे उठा-उठाकर थक जाते थे। रात में पेढ़ी के चबूतरे पर ही लेट जाते। इतवार को पेढ़ी बन्द रहती थी तब बन्हेर गाँव जाकर अपने बीवी-बच्चों के साथ रह लेते। मिशन स्कूल में पढ़नेवाला रेवा भी बाप के साथ खरगोन जाता।

टूटे महादेव मन्दिर के पास झोपड़े में उसकी माँ और दो भाई-बहन रहते थे। रेवा और पिता सोमवार को लौट जाते तब मन्दिर की सफाई करना, इधर-उधर मजूरी करना यही उनका काम होता था।

सहसा खलबली मच गई। गोरे साहब के खिलाफ बगावत शुरू हो गई और एक दिन खबर आ पहुँची कि मराठों का सेनापति तात्या टोपे खरगोन के मिशन स्कूल मैदान पर आ पहुँचा है।

मिशन स्कूल के कुछ अध्यापकों के साथ कुछ बच्चे भी मैदान पर आ गए। उनमें रेवासिंग भी था। टोपे के तूफान से खरगोन गाँव में सनसनी फैल गई थी।

दूसरे दिन गोरों की और भी कुमक आ गई। पुलिस और फौज ने मिशन स्कूल को घेर लिया ! मैदान पर गए अध्यापकों और बच्चों को पहचानने के लिए सबको खुले में खड़ा किया गया।

मिशन स्कूल के प्रधानाध्यापक ने सबकी ओर से मायबाप सरकार से मुआफी माँग ली। सबसे प्रार्थना की कि सार्जंट के सामने एक-एक जाकर दया की भीख माँगे।

पन्द्रह-बीस बच्चे बचे थे। उनमें रेवासिंग भी था। उसका नम्बर आ गया। चौदह-पन्द्रह बरस का रेवासिंग जमीन में गड़ा-सा वहीं खड़ा रह गया।

"जा, साहब के सामने माफी माँग।"

अपनी जगह पर खड़े रेवासिंग से प्रधानाध्यापक ने कहा, "मेरी कोई ग़लती नहीं है, तो फिर मैं माफी क्यों माँगूँ ?'"

रेवासिंग के जवाब से प्रधानाध्यापक चौंक पड़े। बच्चा नासमझ है उसे समझाना पड़ेगा, यह सोचकर फिर बोले, "रेवा, अरे सार्जंट दयालु हैं इसलिए सिर्फ माफी माँगने पर चेतावनी देकर छोड़ रहे हैं। वर्ना तुम क्या जानो। बड़ी सरकार के खिलाफ बगावत करनेवाले से मिलने के अपराध के लिए..."

"माफ कीजिए मास्टरजी, आप ही ने तो हमें निमाड़ के इतिहास की उज्ज्वल परम्परा का पाठ पढ़ाया था और आज आप भी..." रेवासिंग रुक गया। उसके हाथ-पाँव गुस्से से काँपने लगे। "यह मुल्क किसका है ? इस मुल्क को आजाद कराने कोई

देशप्रेमी आ जाता है तो उससे मिलने का अपराध जरूर किया है मैंने।''

रेवा की बात सुनकर प्रधानाध्यापक काँप उठे। आनेवाली विपदा सर पर मँडराने लगी। सार्जंट होलकर सरकार के मातहत था और होलकर गोरों के मांडलिक !

रेवा की खुद्दारी की बात सुनकर सार्जंट के मन में प्रशंसा और सहानुभूति के भाव उभर गए। रेवा को पास बुलाकर धीरे से उसने कहा, ''शाबाश बेटे। आज तेरे जैसे लड़कों की हमें जरूरत है। सिर झुकाकर पाँव पर लोटनेवालों की अपेक्षा तेरे जैसा होना गर्व की बात है।'' सार्जंट ने रेवा की पीठ थपथपा दी।

सुबह सूरज उगने से पहले छात्रावास को गोरे सिपाहियों के घोड़ों ने घेर लिया। दो सिपाही रेवा के पिता को घसीटते हुए छात्रावास ले आए।

''कौन-सा तुम्हारा लौंडा ?'' एक गोरा सिपाही फुरफुराया।

बिछौने से आँखें मलते हुए रेवासिंग उठ गया। सामने डरे हुए पिता थे।

''बेटे, क्यों इस झमेले में पड़ गया। हम गरीब लोग। तू पढ़े इसलिए मैं जान जाने तक बोझ उठाता रहा। बेटे तूने ये क्या किया ?''

''दाजी, मेरी कोई ग़लती नहीं है।''

''ये और साले की मस्ती ! कौन सिखाता है रे तुझे ?'' रेवासिंग को पकड़कर एक गोरे सिपाही ने लातों-मुक्कों से मारना शुरू किया।

मुँह से एक शब्द भी निकाले बिना रेवासिंग चुपचाप मार सह रहा था। बच्चा पक्का दिखता है, यह देखकर दूसरा सिपाही भी उस पर टूट पड़ा।

बेटे की रक्षा के लिए रेवा के पिता बीच में पड़ गए।

''गलती हो गई बेटे से। आप भी हमारे माईबाप हैं। मत मारिए। दया कीजिए सरकार।'' रेवा के पिता के शब्द धीरे-धीरे डूबते गए। दोनों के मुँह और नाक से खून बहने लगा। पिता अचेत हो गए।

रेवा सबकुछ सहता जा रहा था। पीड़ा असह्य हो जाने पर उसने पलकें मूँद लीं। आँखों के सामने अँधेरा फैलने लगा।

''बेटा, कितने सालों से मैं तेरी राह देख रहा हूँ।'' रेवा महाराजजी तात्या की आँखों में झाँकते हुए बोले, ''अब मेरी प्रतीक्षा समाप्त हो गई। अन्याय के विरोध में जो यज्ञ हो रहा है उसमें कइयों की आहुति देनी होती है, बेटे।''

महाराज की पहेलीनुमा बातें तात्या के पल्ले कुछ पड़ी नहीं किन्तु उनके शब्द बुझे हुए अंगारों को फूँकनेवाले थे।

तात्या ने फिर महाराजजी की आँखों में देखा। उसमें हाथी का बल संचरित हो गया और वह लौट पड़ा।

प्रभावित गजा तात्या के पीछे भक्त की लीनता से चलने लगा।

जानवरों के गले की घंटियों की घटांग-घटांग की आवाज से वह फिर सामान्य

हो गया।

"मैं यहीं रुक जाता हूँ, ढोरों के साथ।"

सामने नवगजापीर की टेकरी दिखाई दे रह थी। तात्या के पाँव अनायास ही टेकरी चढ़ने लगे। रेवापुरी महाराजजी के दो-चार शब्दों ने जादू कर दिया था। उस सम्मोहित दशा से तात्या अभी पूरी तरह बाहर नहीं आया था।

महाराजजी की खूब उजली मूरत, तेजःपुंज आँखों की प्रेरणा और शब्दों में बसी ममता की नमी। भीतर की आवाज प्रोत्साहित करने लगी थी।

ऐसी ही अभिभूत दशा में तात्या को पता नहीं चला कि वह कब पीर के सामने पहुँच गया। उसने सामने देखा। जसुदा पीर के मुखातिब बैठी हुई थी। पाँव की आहट सुन ली थी उसने।

उठने के इरादे से उसने हाथ जोड़ दिए। आँखें बन्द थीं। उठने से पहले यह देखने के लिए कि कौन आया है, उसने आँखें खोल दीं। गर्दन झुकाकर देखा।

नवगजाबाबा के दर्शन से शान्त मन में तात्या को देखते ही भावों की उथल-पुथल मच गई। नीरव जल के दोह में कूदने से जैसे सारा पानी ऊपर-नीचे हो गया था। बेचैनी की अनगिनत लहरों ने उसे घेर लिया। डर, असहायता, चिन्ता और अन्ततः सहानुभूति के भावों से वह विकल हो उठी।

उसने तात्या की ओर देखा।

पलभर के लिए वह असमंजस में पड़ गई। विकलता की लहरें धीरे-धीरे शान्त होती गईं और बाकी रही सिर्फ चिन्ता–तात्या के बारे में।

जसुदा परेशान-सी खड़ी रही। बाईं तरफ हट गई। पीछे की दीवार से सटकर खड़ी रह गई।

तात्या ने एक बार जसुदा की ओर देखा। उसकी आँखों में उसे दिखाई दी सारी दुनिया की फिक्र।

तात्या ने नवगजाबाबा के सामने घुटने टेक दिए। आँखें बन्द कर लीं। सामने साक्षात् जसुदा दिखाई दे रही थी। सफेद घोड़े पर बैठकर आनेवाला मसीहा आज नहीं दिखाई दिया। तात्या ने आँखें खोल दीं। मजार पर बिछी काई जैसे रंग की चादर हवा पर लहरा रही थी और उस लहर को वह भीतर तक महसूस कर रहा था।

"आगे क्या सोचा है ?" काँपते शब्दों में मानो जसुदा की विकलता का विस्फोट हो गया था।

उसके प्रश्न से अब तक रुकी हुई पानी की धारा का बाँध टूटकर खुल गया था। पानी के पहले आवेग के उतर जाते ही तात्या सँभल गया। बेतरतीब फैले हुए भावों को समेटकर कर्तव्यभाव से बोला, "धरती माँ का रिन चुकाने की इच्छा है बाबा की।"

"तुम जितना समझते हो उतना आसान नहीं है सबकुछ।" जसुदा के शब्दों में डर था। "मुझे लगता है कि तुम्हें इस झमेले में नहीं पड़ना चाहिए।"

जसुदा की बात अनजाने में तात्या को चटका गई।

"तुम इस गाँव में रहोगे तो..." जसुदा ने अटके हुए शब्दों को निगलकर कहा, "तुम आज नीमपट्टी में काम करने गए थे यह बात सारे गाँव में फैल गई है। दाजी जब रात घर आएँगे तो आग में तेल पड़ जाएगा।"

"तो मुझे क्या करना चाहिए ?"

"तुम उस ज़मीन और गाँव का खयाल छोड़ दो।"

एक-एक शब्द कलेजे के टुकड़े-टुकड़े कर रहा था। तात्या का दुखी मन धीरे-धीरे प्रतिरोध के भाव से जल उठा।

"मेरी जान से बढ़कर धरती माँ की पुकार है। और अब मेरे भीतर की आवाज मुझे चुप नहीं बैठने दे रही है।" पास के बेल के पेड़ की तरफ देखते हुए निश्चय के स्वर में तात्या बोल गया।

उस समय जर्द पीले बेलफलों की डालों से सुग्गों का एक जोड़ा उड़ गया। मजार के चारों ओर चक्कर काटते हुए आकाश में मुक्त घूमनेवाले जोड़े की ओर देखते हुए चिन्ता के स्वर में जसुदा ने कहा, "अपनी जान बचाओ। तुम्हारे आने से पहले मैंने नवगजाबाबा से यही मानता मानी थी।" आँखों की कोरों को पल्लू से पोंछती हुई वह झट से मुड़ गई। तात्या की ओर बिना देखे गाँव की तरफ जानेवाली ऊबड़-खाबड़ पगडंडी पर चलने लगी।

अब तक सूखेपन से बोलनेवाले तात्या के भीतर का एक कोना नम होने लगा था।

शिवबा पटेल के ऊँचे बाड़े का बड़ा दरवाजा बन्द था। गाँव से देर से लौट आए पटेल को गाँव में आते ही खबर मिल गई थी। घर में कदम रखते ही उन्होंने सरदार पटेल को बुला भेजा।

"लगा नहीं था कि वह इस कदर आगे बढ़ेगा।" सरदार पटेल ने बैठक में आसन जमाते हुए कहा। इधर उनके शरीर का वजन बढ़ जाने से चलते वक्त टेढ़ा पैर दुखने लग जाता था। खास कर नीचे बैठते वक्त दुमची की हड्डी के स्थान पर सुइयाँ चुभने जैसा दर्द होता था।

शिवबा पटेल ने लम्बी हुँकार भरी।

"भाऊसाब, इस तरह चुप बैठे रहेंगे तो कल नादान बच्चा भी बात नहीं मानेगा। इस साल तो अभी तक आठ आने की मालगुजारी भी वसूल नहीं हुई है।" रामनिवास पांडे ने बीच में बोल दिया तो पटेल को गुस्सा आ गया। लेकिन अपने गुस्से को चेहरे पर न दिखाते हुए उन्होंने सीधे सरदार पटेल से मुद्दे की बात की।

"आप क्या कहते हैं दादा ?"

सरदार पटेल का षड्यन्त्र-कुशल दिमाग तरह-तरह के विचारों को ढूँढने लगा था। एक निर्णय कर उन्होंने कहा, "कल नीमपट्टी में हल चला देंगे। देखेंगे क्या होता है !"

"हल चलाने से क्या होगा ?"

"देखेंगे वह क्या करता है।" धीरे-धीरे सरदार पटेल ने कहा, "कुछ कम-ज्यादा करेगा तो सीधे धुलाई करवा डालेंगे। इतने से नहीं हुआ तो शाखें काट डालेंगे।"

दीवार की ओट में जसुदा बैठी हुई थी। माँ चूल्हे के आगे काम में उलझी हुई थी। सरदार पटेल के शब्द उसके कानों में गर्म तेल जैसे पड़े थे।

पिता के इस षड्यन्त्र पर उसे धीरे-धीरे क्रोध आने लगा। लेकिन बोले तो कैसे बोले ? और किसके आगे ? तात्या अपना कोई नहीं फिर उसके बारे में हमदर्दी क्यों ? वह समझ रही थी कि उसके हृदय का पलड़ा उसकी दिशा में झुकता जा रहा है।

हाथभर दिन निकल आया और पटेल के कारिन्दों ने हल बैलगाड़ी पर चढ़ा दिया। हल लेकर जानेवाली पटेल की गाड़ी को गजा ने देखा और उंकार को खबर कर दी।

रात देर तक नींद न आने से भोर में तात्या की आँख लग गई थी। तन पर सूरज की धूप तपने लगी तो उसने करवट बदल ली। उंकार आवाज देता हुआ आ गया।

"उठो, तात्याबा..."

तात्या झट से उठ गया। रात के सपनों का असर अभी बाकी था। पूरब की ओर देखा। जागने में देर हो गई यह बात उसके मन को चुभ गई।

"गजा ने खबर भेजी है। पटेल की गाड़ी खेत की तरफ चली गई है। गाड़ी पर हल भी है। सरदार पटेल का नौकर भी था साथ में।" उंकार ने जो सुना था, कह दिया !

तात्या ने तुरन्त बिस्तर छोड़ दिया। आनेवाले संकट की आहट से शिकारी जानवर जिस तरह अपने तन को सिकोड़ लेता है, उस तरह तात्या का बदन तन गया। हाथ की मुट्ठियाँ बँध गईं।

दूसरे ही पल उसने निश्चय किया। उठकर खड़ा हो गया। झोपड़े की ओरी में खोंसा तंग्या खींच लिया। उंकार और विट्ठल को बिना कुछ बताए नदी किनारे तेज कदम चल पड़ा।

दो फलांग की दूरी आज कोसों की दूरी लगने लगी। नीमपट्टी का छतनार नीम दिखाई दिया, तो वह रुक गया। किनारे के पेड़ से तंग्या से एक लम्बी सख़्त डाल काट ली। तंग्या को फिर कमर में लटका लिया। नीम की लम्बी हरी लाठी ज़मीन के समान्तर पकड़कर चलने लगा।

नीमपट्टी की मेड़ पर पहुँच कर उसने देखा, पटेल के कारिन्दे ने खेत के एक हिस्से पर हल चला दिया था। हरी-भरी फसल में जानवर घुस जाने पर किसान के तलुवे की आग मस्तक में पहुँच जाती है। तात्या की दशा ऐसी ही हो गई।

तात्या के पूरे बदन में क्रोध की लहर दौड़ पड़ी। रगों में खून वेग से बहने लगा। साँसों की गति तेज हो गई। दाएँ हाथ की लाठी पर हाथ की पकड़ मजबूत हो गई।

बैलों और हल को हाँकनेवालों के चेहरे उलटी दिशा में थे। पीछे से झपट्टा मारने आ रहा तात्या उनको नहीं दिखाई दिया।

''मैं आ गया हूँ...'' तात्या ने जोर से दहाड़कर कहा। अपनी ही धुन में हल हाँकनेवाले तुक्या और गण्या हल के फल में उलझनेवाली जड़ की तरह रुक गए। तुक्या ने हल पर से हाथ हटाने से पहले जमीन में गड़े हल को थोड़ा-सा ऊपर उठाया और दाहिनी ओर ज़मीन पर टिका दिया।

एक लय में हल को खींचनेवाले बैलों की गति अनायास बढ़ गई। खाली हल को लेकर वे जोर से मेड़ की तरफ दौड़ने लगे।

आक्रामक जंगली सुअर से कैसे बचें, इस असमंजस में तुक्या और गण्या अपनी जगह पर निश्चल खड़े हो गए।

दोनों हाथों में कलई जितनी बड़ी लकड़ी पकड़कर तात्या उन दोनों पर टूट पड़ा। तुक्या और गण्या चीखते-चीखते रहे और तात्या उन्हें पीटता रहा।

मिट्टी के ढेलों में गिरता-पड़ता तुक्या टेढ़ा-मेढ़ा भागने लगा। तात्या ने मेड़ तक उसका पीछा किया। इधर गण्या उलटे पाँव भाग गया।

कुछ दूर जाकर तुक्या खड़ा हो गया। पीछे मुड़कर पीठ की मार को सहलाते हुए बोला, ''हमें पीटकर क्या फायदा भाई, जिसे मारना चाहिए वो तो वाड़े में बैठे हैं और यहाँ मार पड़ रही है दो कौड़ी के चाकरों पर। हम गरीब, इसलिए कोई भी सताएगा। तुम्हारी गाँड़ में जोर हो तो...''

गुस्से से दौड़ते आ रहे तात्या को देख तुक्या फिर भाग गया।

तात्या लौटकर खेत पर आ गया। गुस्से से होठों को चबाकर लातों से ढेले तोड़ने लगा। तन-तन करता हुआ मेड़ के पास खड़े हल के बैलों के पास आ गया। दोनों हाथों में लाठी पकड़कर बैलों की पीठ पर सड़-सड़ वार करने लगा। बैल हल से जुते हुए थे, मार से बचने के लिए खींचातानी करते हुए कूदने लगे।

किसी देवता के वेग में आने की तरह तात्या फड़क उठा था। उसे किसी बात का भान नहीं था। गजा ने उसके हाथ की लाठी ऊपर ही पकड़ ली। हाथ को झटका लगा तो तात्या ने मुड़कर पीछे देखा !

''बेजुबान जानवरों ने तुम्हारा क्या बिगाड़ा है ? क्यों इन्हें इस तरह पीट रहे हो ?'' तात्या को लगा कि हाथ-पैरों की ताकत ही चली गई। सारा गुस्सा, आवेश, चिढ़ समाप्त हो गए और मन साफ हो गया।

''ये अगर बोल सकते तो कहते कि हमारी क्या ग़लती है ? मालिक ने गले में हल बाँध दिया, 'चल' बोले तो हम चल पड़े।'' गजा ने हँसते हुए कहा। लेकिन तात्या के मन में अपराध भाव ने जगह बनाना शुरू कर दिया था।

तुक्या और गण्या का क्या दोष है ? हुक्म के ताबेदार लोग, मालिक ने हुक्म किया तो बेचारों ने चुपचाप हल पकड़ लिया।

तात्या को अपनी ग़लती का एहसास हो गया। वह चलते हुए बैलों के पास आ

गया। उनकी पीठ पर प्यार से थपकियाँ देने लगा।

बैलों की आँखों में तात्या को लेकर भय और सन्देह के भाव नजर आ रहे थे।

फिर बेजुबान जानवर भी मनुष्य के व्यवहार में आए अन्तर को समझ गए।

तुक्या और गण्या मार खाकर चीखते-चिल्लाते गाँव में लौट आए।

तात्या ने अगिनछत्ते पर पत्थर फेंका था। पोखर के घर-घर में खबर फैल गई। भील के लड़के ने पटेल के कारिन्दों को बेतहाशा पीट दिया।

"अच्छा हुआ। बड़ी मस्ती चढ़ गई थी। एक तो माई का लाल निकला हिम्मत दिखानेवाला !" दबी जुबान में कुछ लोग तात्या की तारीफ कर रहे थे।

उंकार का बूढ़ा पिता विट्ठल इस घटना से काँप उठा। उसे लगा कि लड़के ने कुछ ज्यादती से ही काम लिया है।

गजा, निहाल और उंकार जरूर तात्या की हिम्मत देखकर हरख गए थे।

उंकार के झोपड़े के सामने रात में सब सोए हुए थे। तात्या दिन में हुई घटना के सपने देख रहा था। उसने हल हाँका, खेत तैयार किया, बारिश हो गई, बोआई हो गई। हरी-भरी फसल हवा पर शान से डोलने लगी। हर एक तांट लहलहाकर उससे बातचीत करने लगा था।

पसली में लाठी चुभ जाने से तात्या का सपना टूट गया। आँखों को मलते हुए उसने ऊपर देखा।

"उठ बे, साले, सो रहा है आराम से।" कहते हुए एक ने उसकी कमर में लात मार दी। बूटोंवाली लात से उसकी कमर में दर्द हो गया। उसे सहते हुए तात्या उठ गया। खाकी वर्दी की धूसर आकृति सामने दिखाई दे रही थी।

उंकार-विट्ठल भी हड़बड़ाकर उठ गए।

"माईबाप, सरकार, दया करो। लड़का नासमझ है। फिर ऐसी हरकत नहीं करेगा, जी।" विट्ठल ने हवलदार के पैर पकड़ लिए।

हवलदार ने पैर को झटका दिया तो विट्ठल औंधा गिर पड़ा। लाचारी से उठकर फिर गिड़गिड़ाने लगा।

"क्यों रे साले, कुत्ते की मौत मरना है क्या ?" चौड़ी मूँछों और लाल आँखोंवाले हवलदार ने जोर से पूछा।

तात्या उठ खड़ा हो गया।

"मेरी क्या ग़लती है, सरकार ?"

"मुँह उठाकर फिर पूछता है ?" हवलदार के साथवाले अगड़धत्त काले सिपाही ने तात्या की पसली में और एक लात जड़ दी।

असावधान तात्या गिर पड़ा। अपने आपको सँभालते हुए फिर खड़ा हो गया।

"माई बाऽप ग़लती हो गई बच्चे से ऽ," उंकार बार-बार यही आज़िज़ी से कहता जा रहा था।

तात्या ने आँखें खोल दीं। कहाँ हूँ मैं ? पूरा बदन कसमसा रहा था। सामने जालीवाला बन्द दरवाजा। रात में हवलदार उसे थाने लाया था। थाने पर पहुँचते ही तीनों सिपाही उस पर कुत्ते की तरह टूट पड़े थे। धीरे-धीरे बदन अचेत होता गया। आँखों के सामने अँधेरा छा गया। फिर आगे कुछ समझ में नहीं आया।

छेगाँव पुलिस थाने की कोठरी में तात्या दीवार से पीठ लगा बैठा हुआ था। पसली की पीड़ा की कसक दिमाग तक पहुँच गई थी। दोनों होठों को दबा दिया। पैरों को लम्बा किया। घुटने की हड्डी में चिलक उठी।

तात्या को पुलिस ने कोठरी में डाल दिया। उंकार पुलिस थाने के सामने बन्द कोठरी की ओर देखता हुआ बैठा था। दोनों पैरों को हाथों से बाँध दिया था। नजर कोठरी की तरफ। अब तात्या का क्या होगा ? उंकार की समझ में कुछ नहीं आ रहा था। पुलिस तात्या को लेकर रात में चल पड़ी तो उंकार भी उनके पीछे चला आया था।

"तात्या..." निहाल ने कोठरी के बाहर से आवाज दी।

अपने ही सोच में डूबे तात्या ने निहाल की ओर देखा। जाली के बाहर खड़े निहाल को देखकर तात्या का भटका हुआ मन पलभर के लिए शान्त हो गया।

तात्या जाली के पास आ गया। निहाल ने उसके हाथ को धीरे-से थपथपा दिया। निहाल के हाथ के स्पर्श ने तात्या को बड़ा सहारा दिया।

"निहाल, तू बता माई-बाप सरकार को। सरकार गरीब के साथ इंसाफ करेगी।" भोलेपन से तात्या ने कहा।

"तू अब शान्त हो जा, तात्याबा, जो होगा उसे मैं देख लूँगा। आज मैं साहब से मिला। आज इतवार है, कचहरी बन्द है। कल खंडवा ले जानेवाले हैं। मैं आज रात राजाभाऊ साब से मिलकर सबकुछ बता देता हूँ।" निहाल ने तात्या के चेहरे की ओर फिक्र से देखकर कहा।

"राजाभाऊ साब को देने के लिए अब अपने पास कुछ भी नहीं है।"

"तात्याबा, तू कुछ भी फिकिर मत कर। हम तेरे लिए अपनी जान को भी गिरवी रख देंगे।"

उंकार बोल गया और तात्या उंकार की तरफ अभिभूत होकर देखता रह गया।

विट्ठल शिवबा पटेल के बन्द दरवाजे के सामने बैठा रहा था। रात में पुलिस आकर तात्या को ले गई और विट्ठल घिसटता हुआ पटेल के दरवाजे पर आ गया था।

दरवाजा बन्द होने से आवाज देने की उसे हिम्मत नहीं हुई। हाथ की लाठी को माथे से टेक दरवाजा खुलने की राह देखता रहा था।

दरवाजे के भीतर की सिटकनी हटाने की आवाज आ गई। विट्ठल ने धड़कते

कलेजे से दरवाजे की ओर देखा। दरवाजा खोलकर पटेल बाहर आ गए। झट उठकर विट्ठल ने दोनों हाथ जोड़ दिए।

"मालिऽक।"

विट्ठल की ओर नफरत से देखते हुए पटेल ने गुस्से से कहा, "तू क्यों आया है अब वकीली करने ? उस साँड़ को खिलाया-पिलाया और उसके कान फूँककर छोड़ दिया हम पर। अब नाटक करने आया है।" सहसा पटेल रुक गए। उंकार की याद आई तो उससे पूछा, "तेरा बेटा कहाँ है ?"

"होगा यहीं कहीं।"

"ऐसी बात है ? बुड्ढे, एक पाँव श्मशान में है तो भी झूठ बोलता है ? पूरे गाँव में डौंडी पीटने का काम किया है तेरे बेटे ने और उस निहाल ने। तुझे बताकर होगा भी क्या ! तुम लोगों को उलटा टाँगकर एक-एक की पीठ की चमड़ी उधेड़ देनी चाहिए, तब समझ में आ जाएगा।" पटेल के हमले से झुका विट्ठल और भी सिटपिटा गया। आनेवाले संकट के डर से नीचे गिर पड़ा।

खंडवा तहसील कचहरी में दो सिपाहियों के साथ तात्या बैठा हुआ था। दाएँ हाथ में हथकड़ी थी और हथकड़ी की रस्सी तगड़े काले पहाड़ जैसे सिपाही के हाथ में थी। दो दिन पहले तात्या को पकड़ने जो पुलिस गई थी उसमें यह भी था।

साढ़े दस बजे थे। कचहरी में लोगों की आवाजाही बढ़ जाने से पहले सुस्त लगनेवाली कचहरी में अब जान आ गई थी। सुबह जल्दी ही उठकर दो सिपाही तात्या को लेकर छेगाँव से यहाँ आ पहुँचे थे। थाने का बड़ा हवलदार बाद में आनेवाला था।

राजाभाऊ साब के साथ निहाल को जाते हुए तात्या ने देखा।

"राम राम, सरकाऽर जी।" हाथ जोड़कर तात्या अदब से उठकर खड़ा हो गया। राजाभाऊ साब से क्या बात करें ! अब आगे क्या होगा ?"

"क्यों, मारपीट कर दी है शायद ?" मुस्कराते हुए राजाभाऊ ने पूछा।

"नहीं मालिक, हम ग़रीब लोग ठहरे। मेरे खेत में पटेल ने हल चला दिया। फिर मैं क्या करता जी ? दो-दो धौल जमा दिए तो भाग खड़े हो गए।" भोले तात्या ने वकील साब को सीधे बता दिया।

"अच्छा किया।" हँसते हुए राजाभाऊ ने कहा। "लेकिन अब एक बात ध्यान में रखना। मैं जितना कहूँगा उतना ही बताना। जो पूछा उससे अलग कुछ नहीं बोलना। पुलिस आज केस दायर कर देगी। रात तक मुझे नकल मिल जाएगी। कल साहब के सामने केस चलेगा। मैं कल सुबह फिर मिलूँगा।" उसे धीरज बँधाकर राजाभाऊ कचहरी चले गए।

निहाल उनके साथ चला गया इसलिए तात्या अकेला ही रह गया। उंकार भी गाँव में चला गया था, वह अभी तक लौटा नहीं था। छेगाँव पुलिस थाने के बड़े हवलदार आ चुके थे। उनके पीछे शिवबा पटेल, सरदार पटेल, तुक्या, गन्या और दो-चार लोग

थे। तात्या को लगा कि वह अकेला पड़ गया है।

हवलदार ने तगड़े-लम्बे सिपाही से बेफिक्री से कहा, ''मुजरिम को लेके आओ।'' और वह कचहरी की ओर चल पड़ा।

कचहरी के बीच खुली जगह थी। उसके चारों ओर के कमरों में लोगों का आना-जाना चल रहा था। कचहरी के बड़े दरवाजे के सामने इस जगह से आगे एक लम्बा-चौड़ा कमरा था। उसके दरवाजे में सफेद पोशाक में एक अधेड़ उम्र का चपरासी खड़ा था। उसकी कमर में लाल रंग की चपरास थी। सिर पर शानदार पगड़ी बँधी हुई थी। बीच-बीच में पगड़ी को छूकर टटोलने की उसे आदत थी।

लम्बे-चौड़े कमरे में एक युवा गोरा साहब लकड़ी की बड़े मेज के पीछे बैठा हुआ था। साहब जिस कुर्सी पर बैठा हुआ था उस कुर्सी की पीठ उसके सिर से एक हाथ ऊपर उठी हुई थी।

हवलदार ने काली पोशाकवाले वकील के हाथ में कागज़ दे दिए। उन पर नजर डालकर वे गोरे साहब के सामने आ गए, झुककर सलाम किया। अदब के साथ कागज़ साहब की मेज पर दिए।

गोरे साहब ने मेज पर रखी पीतल की घंटी बजाई। दरवाजे में खड़ा चपरासी अदब से सामने झुक गया। साहब कुछ बुदबुदाए।

''तात्या वल्द भावसिंग साकिन गाँव मौजा पोखर हाजिर है ऽ,'' चपरासी ने पुकारा।

राजभाऊ ने तात्या को पीछे चले आने का इशारा किया। अभिभूत तात्या साहब के सामने खड़ा हो गया। साहब को झुककर सलाम किया। गोरे साहब ने चश्मे के भीतर से तात्या की ओर देखा। माथे पर शिकन उभर आई।

''टंटा-बखेड़ा करटा है क्या ?'' साहब ने एकदम से पूछा तो तात्या चुँधिया गया। वह कुछ बोले इससे पेशतर राजाभाऊ ने कहा, ''हुजूऽर झूठ इल्जाम लगा दिया है, गरीब मुवक्किल पर। पहले से ही एक दरखास्त हुजूर की कचहरी में दाखिल पड़ी है। उस पर फिर और एक तोहमत लगा दी गई है।''

गोरे साहब ने मीठी हँसी हँस दी। लेकिन उसकी हँसी में राजाभाऊ को समूचे षड्यन्त्र की बू आ गई।

''मुझे दस्तावेज देखने के लिए वक्त दिया जाए हुजूर।'' राजाभाऊ ने गोरे साहब से अवधि की माँग की।

''कल हम शुरू करेगा। तुम्हारा विटनेस और जो कुछ दाखिल करना है, हाजिर करो।'' गोरा साहब उठ गया। पीछे के कमरे में गायब हो गया।

खंडवा पुलिस थाने की अँधेरी कोठरी में तात्या अन्य गुनहगारों की भीड़ में सहमकर बैठा हुआ था। उंकार की दी हुई रोटी गले के नीचे उतर नहीं रही थी।

''तात्या भावसिंग भील कौन है ?'' कोठरी के दरवाजे पर आकर एक सिपाही ने

चिल्लाकर पूछ लिया।

अँधेरे से तात्या सामने आ गया। जाली के पार राजाभाऊ वकील साब और निहाल आए हुए थे।

"मैंने सारे कागज़ देख लिए हैं। धींगामुश्ती, बदमाशी और चोरी के इल्जाम लगाए गए हैं तुझ पर।"

"सरकाऽर, मैंने चोरी नहीं की है।..."

उसको रोकते हुए राजाभाऊ ने कहा, "मैं सबकुछ जानता हूँ। निहाल से पता चला है। अब तू सिर्फ 'नहीं' कह दे। धींगामुश्ती नहीं की। चोरी नहीं की। तुक्या-गन्या को नहीं पीटा। पटेल और पुलिस गवाहों को हाजिर कर देंगे। तेरी तरफ से निहाल और उंकार की गवाही होगी।"

उसे धीरज देकर राजाभाऊ चले गए और कोठरी के अँधेरे में तात्या फिर खामोश हो गया।

यह सच है कि मैंने तुक्या और गन्या को पीटा। लेकिन चोरी नहीं की। धींगामुश्ती और बदमाशी तो बिलकुल ही नहीं। फिर पटेल और पुलिस ने यह इल्जाम क्यों लगाए हैं ?

रातभर ऐसे ही विचार उसके दिमाग में आते रहे।

सुबह शिवबा पटेल पुलिस थाने आ गए।

"तात्याबा," पटेल की आवाज सुनकर तात्या लोहे की जाली के पास आ गया।

"राम राम मालिक।"

"तात्या, अरे ये क्या झंझट तूने अपने पीछे लगा लिया है, बेटे ? तेरा बाप होता तो उसे कितना बुरा लगता, तुझे इस तरह कोठरी में देखकर। बेटे ये दुनिया न घोड़े पर बैठने देती है न पैदल चलने देती है। भावसिंग मेरे भाई जैसा था और तू उसका बेटा मेरे लिए पराया थोड़े ही है ?" पटेल की बातों ने भोले-भाले तात्या के चारों ओर जाल बुनना शुरू किया। हाथ की पोटली में बँधी रोटी उसे देते हुए पटेल ने फिर कहा, "ले, तेरे लिए जसुदा की माँ ने रोटी बाँध दी है। निकलते वक्त उसने कहा था, 'माँ नहीं है बेचारे की। दूसरों के बहकावे में आकर अपने पैरों पर कुल्हाड़ी मार रहा है। ग़लती हो गई तो भी आखिर अपने गाँव का बच्चा है। दो दिन से कुछ खाया नहीं होगा, हमें देखना-भालना होगा। माँ के तन पर उसके बच्चे ने हग दिया तो वह उसके हाथ नहीं काट देती।' "

पटेल रुक गए। तात्या के मन में पटेल और पटेलन के बारे में कृतज्ञता और सहानुभूति के भाव उभरने लगे।

"देख तात्या, गाँव के लोग हमेशा दूसरों का तमाशा देखा करते हैं और शहर के वकील और साहब तो मरे हुए जानवर का कौर चबानेवाले गिद्ध होते हैं सब। तुझे झूठी अर्जी देने को कहकर धोखा दिया न ? तो बेटे..." पटेल फिर रुक गए। तात्या की

आँखों में झाँककर उसके भावों का अनुमान करने लगे।

"मालिक, मुझसे ग़लती हो गई। तब मुझे अपनी ग़लती समझ में ही नहीं आई। अब आप ही बताओ मैं क्या करूँ ?"

पटेल ने जान लिया कि शिकार जाल में उलझ रहा है। "तेरा वकील तुझे उलटी पट्टी पढ़ाएगा। लेकिन तात्या सच है वो सच ही रहेगा और झूठ है वो कभी छिप नहीं सकेगा और फिर ऊपरवाला भगवान तो देखता ही है सबकुछ। अब भी वक्त नहीं गया है, तात्या।"

पटेल रुक गए। तात्या की बेचैनी देख उन्हें खुशी हो रही थी। हमला आगे जारी रखते हुए फिर बोले, "तेरी ज़मीन है न नीमपट्टी में ?"

तात्या भरमा गया।

"अरे, जो सच है वही मैं बता रहा हूँ। ज़मीन तेरी है। उस जमीन पर मैंने हल चला दिया इसलिए तूने तुक्या-गन्या को मारा-पीटा। इस सच्चाई को तू साहब के सामने कह दे। तूने कबूल किया तो साहब माफ़ कर देगा और तुझे छोड़ देगा। तूने अगर सच नहीं बताया, तो..." पटेल ने बोलना बन्द कर दिया। बाहर का सिपाही शिवबा पटेल को दूसरी तरफ ले गया।

तात्या फिर पसोपेश में पड़ गया। शिवबा पटेल जो कह रहे हैं वह सब सच है। निहाल और राजाभाऊ कुछ अलग ही बता रहे हैं। धीरे-धीरे उसकी सहानुभूति का पलड़ा पटेल की बातों की ओर झुकने लगा।

तात्या ने गुनाह कबूल किया, यह सुनकर राजाभाऊ और निहाल चकरा गए।

"तात्या, तूने आज ऐसा क्यों कहा ?" कचहरी से बाहर आते ही निहाल ने फिक्रमन्द होकर पूछा। तात्या भीतर सिकुड़ गया। पटेल के शब्द उसे याद आ गए। वकील और निहाल उसको अलग खेल खिला रहे हैं।

तात्या ने कुछ नहीं कहा। चुप रह गया। राजाभाऊ तात्या के इस व्यवहार की पहेली को सुलझा नहीं सके।

तात्या को एक साल की सजा सुनाई गई यह सुनकर निहाल बेहाल होकर नीचे बैठ गया। उंकार सिटपिटा गया। राजाभाऊ को बहुत बुरा लगा। मेरे कहने के बावजूद इस लड़के ने सब उलटी बात क्यों की ?

खंडवा की पुलिस कोठरी में तात्या रातभर दीवार के सहारे बैठा रहा। उसकी नींद उड़ गई थी। अब वह समझने लगा था कि शिवबा पटेल ने सच कहने के लिए उकसाकर उसे जाल में फँसा दिया था।

सुबह साढ़े पाँच बजे जेल की घंटी बजी।

बैरक के सारे कैदी उठकर कतार में एक के पीछे एक उकड़ूँ बैठ गए। तात्या अभी

अपनी ही जगह पर दिशाहीन-सा बैठा हुआ था।

बैरक का दरवाजा खोलकर लम्बा-चौड़ा वार्डन अन्दर आ गया। एक-दो-तीन-चार गिनती शुरू हो गई। तात्या हक्का-बक्का-सा अपनी जगह पर ही बैठा रहा।

वार्डन ने तात्या की तरफ जलती हुई नजरों से देखा।

''मादरचोद, नया दिखता है। चल उठ भड़वे सीधे कतार में बैठ जा।'' कहते हुए वार्डन ने पैर के मजबूत काले बूट की लात तात्या की पसलियों में दे मारी। अनमना तात्या लड़खड़ाकर गिर पड़ा। ''उठ साले, नहीं तो हड्डी तोड़ दूँगा।''

ये शब्द सुनते ही तात्या मारपीट के डर से उठ खड़ा हुआ। कैदियों की कतार में सबके पीछे आकर बैठ गया।

''लगता है, रात में आया है। ऐसा एक जमालगोटा मिल जाने पर तू जेल के एक-एक कानून को समझ जाएगा।''

तात्या के सामनेवाले कैदी ने कहा और सिर झुकाकर खी ऽ खी हँसने लगा।

वार्डन का चक्कर पूरा हो गया। कतार में बैठे कैदी खुल गए। एक बुजुर्ग सफेद दाढ़ीवाला दुबला-पतला कैदी तात्या के पास आया।

''कहाँ से आया, बेटा ?''

कैदियों ने बैरक में ऐसे शब्द सुनकर तात्या का दिल भर आया।

''खंडवे से।''

''कौन-सी दफा ?''

तात्या कुछ समझा नहीं कि क्या पूछ रहा है। उसकी भौचक दशा को देखकर उसने कहा, ''तू बिलकुल नया दिखता है। यह भी ठीक ही है। यहाँ आनेवाला हर कोई ऐसा ही होता है। बाद में उसे एक-एक दफे का मतलब समझ में आने लगता है।'' उस बुजुर्ग कैदी ने तात्या के कन्धे पर प्रेम से हाथ रख दिया।

''बेटे, तेरा नाम तो पूछा ही नहीं।''

''तात्या भील।''

''लगता है, कहीं टंटा-बखेड़ा करके आया है।''

''मेरी कोई ग़लती नहीं थी। पटेल ने मेरी ज़मीन हड़प ली। मैंने उसके कारिन्दों को खेत से भगा दिया। कचहरी में सरकार ने झूठे इलजाम लगा दिए।'' तात्या ने अपनी भीतर की पीड़ा को जाहिर किया।

''बेटा, कानून अन्धा होता है और वह हमेशा बड़ों का साथ देता है। तू तो बिलकुल ही नया दिखाई देता है। मुसीबतों को झेल जाएगा तो धीरे-धीरे सबकुछ समझने लगेगा।''

''मैंने सरकार के सामने सच बता दिया। पटेल ने कहा ऐसा कहो तो सरकार छोड़ देगी तो मैंने ऐसा ही बता दिया और सरकार ने मुझे यहाँ उलझा दिया।''

''अब एक साल यहाँ शान्ति से रह। तेरे जैसे यहाँ और भी हैं। कुछ सच बोलने की सजा काट रहे हैं तो कुछ झूठ बोलकर भी गिट्टी तोड़ रहे हैं। सच कहूँ बेटे,'' दूर

शून्य में देखते हुए वे बोले, "यहाँ एक बार आ गया तो सूखे के साथ गीला भी जलने लगता है। चल बच्चे, तू धीरे-धीरे सबकुछ समझ जाएगा।" तात्या को साथ लेकर वह बैरक के बाहर आ गए।

"मैं मास्टर हूँ यहाँ का...मास्टर...जो काम बताऊँगा वो करने का। काम में कसूर करेगा तो दो दिन का खाना बन्द और ऊपर से हंटर के दस सड़ाके।" दोपहर में हाथ पर एक मोटी रोटी रखते हुए बौने, चिपकी नाक और बड़े सिरवाले आदमी ने कहा। रोटी लेते हुए तात्या ने कुछ नहीं कहा।

बौना आदमी दाएँ पैर से पेट पर ठोकर मारते हुए मुँह टेढ़ा करते हुए बोला, "गूँगा है क्या ? मास्टर बोल रहा है और ये कुछ बोलता ही नहीं। सुन, मैंने कुछ भी कहा तो कहना 'जी, मास्टरजी'। आ गई बात भेजे में ?"

औचक पेट पर पड़ी लात से तात्या लड़खड़ा गया था। सुबह खी ऽ खी ऽ हँसनेवाला कैदी पीछे ही था। अपने घिने दाँतों को दिखाते हुए वह बोला, "मास्टर जी, नया बछड़ा है। मार पड़ेगी तो दो-चार दिन में सीख जाएगा।"

हाथ की रोटी को पेट से लगाकर तात्या दीवार की तरफ सरक गया। पेट में हूक उठ रही थी। भूख और मार की पीड़ा एक हो रही थी। बिलावजह उस बौने ने लात मारी थी।

बिना रोटी खाए तात्या काफी देर तक बैठा रहा था।

घनू-घनू घंटी बजने लगी।

"कैदी नम्बर ग्यारह सौ पचास तात्या भील, कैदी नम्बर अठारह सौ बीस ठाकुर नारायण इधर आओ।" डेढ़ हाथ लम्बा और कलाई जितना मोटा हंटर कमर में लटकानेवाले पहरेदार ने पुकारा।

तात्या और ठाकुर नारायण बाहर आ गए।

"आओ मेरे पीछे।" पहरेदार ने कहा और बाईं तरफ चलने लगा। एक बड़ी दीवार का दरवाज़ा पार कर वे उस तरफ आ गए। पहरेदार ने एक दरवाजा खोल दिया। सामने लकड़ियों का ढेर था।

"दो दिन के अन्दर इन लकड़ियों को तोड़ना है।" पिंडली जितना टुकड़ा उठाकर कहा, "इस तरह की खपचियाँ होनी चाहिए। न बहुत छोटी न बहुत बड़ी। चलो, शुरू करो।"

तात्या ने कुल्हाड़ी उठाई। आवेग में एक-एक वार करने लगा। कुल्हाड़ी के एक-एक आघात से प्रहार तेज़ होता जा रहा था। सामने लकड़ियों का ढेर की जगह उसे लोगों की भीड़ दिखाई देने लगी। उसमें शिवबा पटेल, सरदार पटेल, छेगाँव पुलिस थाने के मगरूर पुलिस-सिपाही और एक साल की सजा सुनानेवाले खंडवा के सरकारी साहब भी थे। और अन्त में था पेट में लात मारनेवाला बौना मास्टर। तात्या लकड़ियों पर टूट पड़ा। उसके साथ आया ठाकुर उसके वेग को देखकर दंग रह गया। सारी लकड़ियाँ काटी गईं। पसीने से तर तात्या ने गुस्से से कुल्हाड़ी को दूर फेंक दिया।

ठाकुर नारायण तात्या के पास आ गया। प्यार से उसे गले लगाते हुए बोला, ''भैया, तूने तो कमाल कर दिया। मेरे हिस्से का भी काम कर डाला।'' ठाकुर नारायण के भैया सम्बोधन ने जादू कर दिया। तात्या का गुस्सा, चिढ़, आवेश कुछ कम हो गए।

''तू कब आया ? कहाँ से ?'''

''कल सुबह। तुम शाम को आए। मैं बुरहानपुर के पास टाकली गाँव का कुनबी।''

''कितनी सजा हुई ?''

''एक साल।''

''तो फिर अपने को एक साल की फिकिर नहीं।'' तात्या की अकेलेपन की चिन्ता दूर हो गई।

''अरे ओ ऽ ग्यारह सौ पचास..'' रामनारायण आवाज दे रहे थे। ''क्या सोच रहा है बेटे ? यहाँ चहारदीवारी के अन्दर आकर रात में बिस्तर पर पड़ जाने पर सोचने के लिए बहुत वक्त मिलता है। लेकिन दिन में इस तरह सोच में नहीं डूबना चाहिए।''

तात्या होश में आ गया। दुबले रामनारायण जी उसकी तरफ एकटक देख रहे थे। सूखा गोरा चेहरा। बीच में ऊपर उठी तलवार-सी नाक। सफेद धौली दाढ़ी में बाईं ओर काले बालों की एक टेढ़ी-मेढ़ी रेखा। काले बालों से दाढ़ी और भी उभरकर दिखाई देती थी और पैनी आँखों में थी सारी दुनिया की फिक्र।

तात्या खड़ा हो गया। अतीत की जड़ों को काट डालने की कोशिश करने लगा।

''क्या काम किया आज ? पहले कुछ दिन खाली समय काटने दौड़ता है लेकिन आदत हो जाने पर यहाँ के वक्त के मुताबिक शरीर काम करने लगता है।''

तात्या को बोलने का अवसर दिए बिना रामनारायण बोलते गए। सहसा उनके ध्यान में आ गया था कि उन्होंने एक सवाल किया था और उसका जवाब पाने से पहले ही अपनी बातें जारी थीं।

''हाँ बेटा ऽ। ये तो उम्र का तकाजा है। सवाल मैंने किया और मैं ही बकबक करता रहा।''

''दो गाड़ी लकड़ी तोड़ दी।''

''हाँ ऽ ये अच्छा किया। अपना मन चंचल होता है हवा जैसा। जहाँ खालीपन होता है वहाँ दौड़ता जाता है। ऐसे वक्त शरीर को काम में लगा देना चाहिए। मन पर अंकुश रह जाता है। इसमें दो लाभ होते हैं। शरीर की मेहनत से मन का खालीपन बेचैन नहीं कर सकता और दूसरी बात, कहते हैं न खाली भेजा शैतान की बस्ती।''

तात्या को रामनारायणजी की बातें अच्छी लग रही थीं लेकिन कुछ बातें समझ में नहीं आ रही थीं।

''आइए ठाकुरजी।'' पास आए नारायण ठाकुर की ओर देखते हुए रामनारायणजी ने कहा।

''बाबा, आपको मेरा पता कैसे पता ?'' अचरज से ठाकुर ने पूछा।

"अरे बेटा, मुझे यहाँ और दूसरा काम ही क्या है ? जब नए खिलाड़ी यहाँ दाखिल हो जाते हैं तब पहले उनसे पहचान कर लेता हूँ।"

"आप कहाँ से आए ? यहाँ कब से हो ?" ठाकुर नारायण ने पूछा तो रामनारायणजी खिलखिलाकर हँस पड़े। दाएँ हाथ से सफेद दाढ़ी को सहलाते हुए बोले, "बस, बाहर से आ गया जेल की इन चार दीवारों के पार से और जब तक जान में जान है यही जेल की बस्ती है नसीब में।" बैरक की खिड़कियों की सलाखों की ओर इशारा करते हुए बोले, "यहाँ की अँधेरी कोठरी को सहारा है इस झरोखे का। वहाँ से आनेवाली प्राणशक्ति से ही अपने जीने की उम्मीद कायम है।" वे कह रहे थे। तात्या और ठाकुर अबूझ नजरों से उनकी ओर देख रहे थे।

"चलो मास्टरजी ! आज का स्कूल हुआ या नहीं अभी तक ?" गिनती के वक्त जिसने तात्या को लात मारी थी वह वार्डन रामनारायणजी से पूछ रहा था।

"मालिक, आपके जैसे दिलेर वार्डन और मेरे जैसे कैदी जब तक हैं, तब तक स्कूल चलता रहेगा।"

रामनारायणजी ने वार्डन को मालिक कहा तो वार्डन का अपराधबोध उसे कुतरने लगा। रात में बिस्तर पर सो जाने पर वार्डन को दिनभर की घटनाएँ घेर लेती थीं। उस जैसे जो काम कर रहे हैं वह पापी पेट के लिए। मन के खिलाफ बेशर्म होकर जो काम करते थे उससे दम घुट जाता था और मन की इस बेचैनी को दूर करने के लिए शराब का अद्धा जरूरी था। बहनेवाले जख्म पर तात्कालिक मरहम-पट्टी जैसा काम।

उसका गुनहगार मन अकेलेपन में उसे मानो खून से लथपथ कर देता। अन्दर की उथल-पुथल के प्रतिरोध के लिए जो दिखे उस कैदी को फिर गालियाँ देना, ऊधम मचाना, मारपीट करना।

यह दशा पार होने पर फिर पछतावा छा जाता। तब वह रामनारायणजी के पास आ जाता। दो-चार बातें करने पर ठंडक महसूस होती। इसीलिए रामनारायणजी ने मालिक कहा तब उसे लगा कि पछतावे के बिच्छू ने काट लिया है।

तीन-चार दिन से शिवबा पटेल और सरदार पटेल के बाड़े पर खुशियों की महफिलें सज रही थीं। तात्या को एक साल की सजा हो गई और अपने मोटे तन को सँभालते हुए सरदार पटेल ने भरी कोर्ट में शिवबा के हाथ पर जोश से हाथ मार दिया। खंडवा से वे दोनों धुत्त होकर पोखर लौट आए थे। रात में भाईबन्दों के साथ बकरे की दावत खाते हुए उनके चेहरों पर एक लड़ाई जीत लेने की खुशी छाई हुई थी।

दूसरे दिन छेगाँव के पुलिस अमलदार और सिपाहियों के लिए बड़ा खाना रखा था। महुए की पहली धार के दो कद्दू भरकर तैयार थे।

खाने के बाद अमलदार ने झूमते हुए कहा, "पटेल, सोने जैसा जमीन का टुकड़ा निगल गए और हमें दो-चार बोटियों और दो घूँटों पर ही बिदा कर रहे हो..."

"नहीं, नहीं, सरकार, आपको ग़लतफहमी हुई है। आप तो हमारे माईबाप। अजी, दिन-रात आप ही के सहारे तो जिन्दगी गुजारनी है।"

"अरे ओ ऽ पटेल !" गोलमाल मस्का लगाने की बातें मत करो। उस गरीब की ज़मीन हड़प ली और ऊपर से उस बेचारे को गिट्टी तोड़ने नागपुर भेज दिया। हम कब तक साथ दें तुम्हारा ? वो लड़का जब छूटकर आ जाएगा तब..."

"आप हैं ना साहब जी। और एक साल में आगे की तैयारी कर लूँगा। तब तक के लिए इसे रखिए पेशगी के तौर पर। अगले हफ्ते में और इन्तज़ाम कर दूँगा।" कुर्ते की जेब से कुछ नोट अमलदार के हाथ में थमाते हुए पटेल ने लाचारी से कहा।

इतना बड़ा काम करने पर भी पटेल की कंजूसी देख अमलदार के चेहरे पर नाराजी झलक गई। रकम जेब के हवाले करते हुए उसने कहा, "हमारे आदमियों को भी देख लेना।"

"उनकी फिकर ही मत कीजिए मालिक।" लीपापोती करते हुए सरदार पटेल ने कह दिया।

तात्या को एक साल की जेल हो जाने की खबर शिवबा पटेल के बाड़े में पहुँच गई और जसुदा का कलेजा काँप उठा। पिता, सरदार पटेल और माँ को लेकर सन्ताप और क्रोध उमड़ आया। अपनी बेचैनी को वह छिपा नहीं सकी। जसुदा में आए बदलाव को देखकर नर्मदा ने गुस्से से कहा, "तुझे क्या हो गया जो मुखड़ा अरंडी का तेल पिए जैसा बना लिया है। मनहूस मरजानी। जाने कहाँ का भीलड़ा। अपनी औकात भूलकर सीनाजोरी करने लगा था।"

"मैं पूछती हूँ, मिल गया सन्तोष आप लोगों को ? उसकी जमीन हड़प ली। ऊपर से झूठा इलजाम लगा जेल भेज दिया।"

बेटी का पैंतरा देखकर नर्मदा पलभर के लिए अवाक् रह गई। आश्चर्य, डर और बेटी की उद्‌दंडता से तलुवे की आग मस्तक में पहुँच गई।

"दैया री दैया। तभी मैं सोच रही थी कि ये दिन-रात क्यों कुढ़ रही है। कौन लगता है री वो तेरा ? छिनाल, हमारे मुँह पर कालिख पोतना चाहती है तू ?"

"माँ, हो गया तुम लोगों का दिल ठंडा। इतनी परती जमीन पड़ी हुई है। गोखरू निकालना नहीं होता और अब उस टुकड़े को निगलकर क्या करनेवाले हो ?"

"चुड़ैल कहीं की। हम सीने पर आग का गोला रखकर जी रहे हैं और तू हमें ग्यान पढ़ा रही है। असगुन के लच्छन तेरे। हमारी जान का खतरा बन जाने से तो..."

"क्या हो रहा है ननद जी ?" नर्मदा की बात अधूरी ही रह गई। सरदार पटेल की घरवाली गजरी को आते देख नर्मदा को बड़ा सहारा मिल गया।

"अच्छा हुआ तुम आ गईं। इस लड़की ने तो हमारी जान को जोखम में डाल दिया है। पैदा हुई तभी मर जाती तो ऐसे नसीब नहीं होते।"

गजरी के कानों में भनक तो पड़ी थी फिर भी वह चालाक थी। उड़ते पंछी के पंख कतरनेवाली।

झूठ-मूठ जसुदा का पक्ष लेते हुए गजरी ने जसुदा की पीठ पर ममता से हाथ फेरा। चाची की चालाकी को भाँपकर जसुदा बदन चुराने लगी।

''बेटी ये काँच का भाँडा है। जिसके घर में होता है उसे दुनिया की फिक्र होती है। कब चटक जाएगा कोई भरोसा नहीं। इसीलिए तेरी माँ को फिक्र लगी है। अरी, उसने तुझे जनम दिया तो वह क्या तेरी बैरन हो जाएगी ?''

''चाची, मैं पूछती हूँ, उस गरीब को जेल में डालकर इन लोगों को क्या मिल गया ? उसकी ज़मीन का टुकड़ा हड़प लिया और ऊपर से...''

''हम सुनते हैं, इसलिए जबान बहुत लम्बी हो रही है तेरी, वाह री वाह ! मैंने कहा, लड़की है, समझदार है, चार लोगों के सामने तमाशा खड़ा न हो इसलिए सुन लिया तो ये बहुत ही बोलने लगी। मैंने अभी तक तेरे बाप को कहा नहीं है कुछ। उन्होंने सुन लिया तो जिन्दा काट डालेंगे।''

''माँ, कई बार तूने यह कहा है। मैं अगर तुम लोगों के लिए बोझ बन गई हूँ तो उठा लो पत्थर, दे मारो मेरे माथे पर और हो जाओ बेफिक्र।'' कहती हुई जसुदा भीतर चली गई।

अब इस लड़की का क्या होगा इस सोच में नर्मदा और गजरी परेशान-सी बैठी रहीं।

छेगाँव पुलिस थाने के लोग जा चुके थे। शिवबा पटेल और सरदार पटेल ने कोने में रखा दारूभरा कद्दू बाहर निकाल लिया। जैसे-जैसे महुए की दारू का नशा चढ़ता गया, महफिल में रंग भरता गया।

इधर बाड़े के पिछले दरवाजे में अँधेरे को ओढ़कर जसुदा अनमनी-सी बैठी हुई थी। माँ-बाप, चाचा-चाची सबको लेकर गुस्सा भर गया था। पीपल के पत्तों की सनूसनू में वह चेतना की आहट महसूस कर रही थी।

यह क्या हो रहा है मुझे ? धीरे-धीरे अकेलेपन की आग फैलती जा रही है। कब तक इसे बर्दाश्त करें ?

तात्या कौन है मेरा ? उसको लेकर मुझे इतनी फिक्र क्यों लगी रहती है ? माँ-बाप की ममता क्षीण हुई तो यह अनहोना झरना कहाँ से आ गया ? क्यों ?

खून के रिश्ते कितने झूठे होते हैं। स्वार्थ से सच और झूठ की सीमारेखाएँ भी धुँधली पड़ जाती हैं।

इस यात्रा का अन्त क्या होनेवाला है ?

जसुदा का विचारचक्र एक जगह पर रुक गया। बेचैनी, तड़प और एक अनाम खिंचाव मन में अटके पड़े थे।

''कब तक जागती रहेगी ?'' माँ की आवाज सुन जसुदा उठ गई। बाड़े का

पिछला दरवाजा बन्द करते समय फिर पीपल की सनूसन् सुनाई पड़ी।

मन को मजबूत कर दरवाजा बन्द करके दरवाजे को पीठ देकर खड़ी रह गई जसुदा। आँखें मूँद लीं।

चार नम्बर की अँधेरी बैरक में तात्या फटे टाट पर सोया हुआ था। बैरक के बाहर गश्त लगानेवाले पहरेदार के बूटों की टप्-टप् की आवाज से कीलों को ठोंके जाने का आभास हो रहा था।

दिनभर का वक्त तो काम करने में, कैदियों के साथ रहने-बोलने में बीत जाता था, लेकिन रात काटने लगती थी। बैरक की अँधेरी छत की ओर खुली आँखों से देखने पर अजीबोगरीब सूरतें सामने दिखाई देने लगती थीं। इनमें से कुछ जानी-पहचानी भी होती थीं। शिवबा पटेल, सरदार पटेल, सहायता करनेवाले निहाल और उंकार, मायके चली गई घरवाली, उसका हाथ पकड़कर दूर जानेवाला बेटा किसन। बुलन्द बाड़े की दरार से झाँकनेवाली, भौचक नजर से देखनेवाली जसुदा भी दिखाई देती थी।

बीच में पहरा देनेवाला सिपाही डाँट देता, ''क्या गड़बड़ है रे अन्दर ? मादरचोद, चुपचाप सोता क्यों नहीं ?''

कानाफूसी बन्द हो जाती और फिर घुटन-भरी खामोशी छा जाती।

तात्या का स्वप्न-चक्र फिर से शुरू हो जाता। नवगजाबाबा का मजार, नीमपट्टी और नीम के पेड़ पर छाया बड़ा-सा छत्ता। नदी किनारे चरनेवाले जानवरों के गले के घुँघरुओं की घटांग ऽ घटांग आवाज की धुन में उसकी आँख लग गई।

एक के बाद एक सपनों की माला शुरू हो गई। तात्या के पंख निकल आए। जेल की चारदीवारी के बन्धन को तोड़कर सामने के झरोखे से वह बाहर निकला। जेल के बाहर आते ही खुली साँस लेकर वह तरोताजा हो गया।

उसे अपनी मिट्टी खींच रही थी। दूसरे ही पल उसने आकाश में लम्बी उड़ान भरी। पहाड़-नदियों-जंगल को लाँघता हुआ वह उड़ता जा रहा था। पहाड़ों की पहचानी कतारें दिखाई देने लगीं। हरी-भरी झाड़ियों की भीड़ में सुक्ता बह रही थी।

और एक कतार लाँघकर वह गाँव के पास आ गया। माथे पर उभरे गूमड़ की तरह गाँव दिखाई दे रहा था। बगल में नवगजाबाबा की टेकरी। टेकरी की बगल से होती हुई बेम्बली नदी और बेम्बली नदी के दुसाख की घनी अमराई में महाराजजी का आश्रम दिखाई देने लगा।

''कौन बकबक कर रहा है ? अबे ओ आखरी लाइन के चौथे,'' हाथ के डंडे से बैरक की लोहे की जाली पर ठनठन आघात करते हुए पहरेदार दहाड़ पड़ा।

स्वप्न भंग होने पर तात्या धड़ाम् से ज़मीन पर गिर पड़ा।

जाली के पार की आकृति देखकर उसे होश आया कि वह कोठरी में है। सहसा उसका हाथ पसलियों पर चला गया। पिछले हफ्ते और एक लात लगाई गई थी जिसकी टीस महसूस हो रही थी।

सुबह होने तक फिर वह सो नहीं सका।

गिनती से पहले ही बिस्तर पर बैठे तात्या को देख रामरायणजी बोले, ''आज पहला नम्बर लगाया, तात्याबा।''

''रातभर आँख नहीं लगी, बाबा, सपने आते रहे और बीच ही में टूटते गए।''

''सपने देखना अच्छा होता है बेटे। ये सपने नहीं होते तो रात काटना दूभर हो जाता। सपनों से ही आनेवाले दिनों की उम्मीद बढ़ती है और इस पल का मनों बोझ अनायास उतर जाता है।'' रामनारायणजी ने फिर पूछा, ''कैसा सपना देख रहा था ?''

''मेरे पंख निकल आए हैं और मैं जेल की चारदीवारी को लाँघकर आकाश में उड़ रहा हूँ।''

''बड़ा अच्छा लच्छन है, तात्याबा ! ऐसे सपने तो तेरे आनेवाले कल की आहट हैं।''

''मैं कुछ समझा नहीं, बाबा।'' तात्या भौंचक जैसा पूछ रहा था।

''यही तो मजे की बात है बेटे ! अपनी बात को खुद नहीं समझ सकते कभी-कभी।'' और वह उठ गए। सुबह की गिनती के लिए सब एक कतार में बैठे हुए थे और वार्डन ने तात्या के और उनके नाम को पुकारा।

मुँह कुचल दिए गए साँप को मरा समझकर छोड़ देने पर जब हवा पीकर वह जिन्दा हो जाए और फन उठाकर दरवाजे पर खड़ा हो जाए, ऐसा ही लगा तात्या के जेल के छूट जाने की खबर से। सुनकर शिवबा पटेल और सरदार पटेल की नींद ही उड़ गई।

खंडवा से लौट आया रजपूत सुभानसिंग मिलनेवाले हर आदमी को यह बताए जा रहा था। रेल से आकर तात्या खंडवा स्टेशन पर उतर पड़ा था। उसके साथ एक पहलवाननुमा साथी भी था।

''दाजी, भुईफल का रिश्तेदार मिला कल छेगाँव पुलिस थाने पर।'' शिवबा पटेल को बात करने के लिए उकसाने हेतु सरदार पटेल ने मुँह खोल दिया।

अब तक खामोश रहने से शिवबा का तनाव कुछ कम हो गया था। उन्होंने झट से पूछा, ''भुईफल का कौन भाई ?''

''अपना वो हिम्मत पटेल।''

''हाँ...क्या कह रहे थे हिम्मतजी ?'' बचपन का साथी और इधर रिश्तेदार बना हिम्मत जोशीला, साहसी और स्वभाव से अक्खड़ के रूप में इस इलाके में मशहूर था। भुईफल से छेगाँव पुलिस थाना दो मील की दूरी पर था। हिम्मत पटेल मुखिया था और उसका भाई लंगी में मालगुजार था।

''प्रतापसिंह नाम का नया थानेदार आया है तबादला होकर। हिम्मत का अच्छा-खासा दोस्त बन गया है। हिम्मत ने पहले ही थानेदार को तात्या के बारे में आगाह किया है।''

''हूँ...'' शिवबा पटेल ने हुँकार भर दी। उनके दिमाग में जब दूसरी बातें चलती रहती हैं तब वे सिर्फ हुँकार भरते हैं। उनकी इस आदत से सरदार पटेल वाकिफ थे।

पटेल का ध्यान खींचने के लिए उन्होंने फिर टोका, ''मैं क्या कह रहा हूँ, भाऊ ? सुना क्या ?''

''हाँ...बोलो ना।'' सँभलकर शिवबा पटेल ने कहा।

''उसके गाँव में आने से पहले ही पुलिस थाने में उस पर एक और केस दायर कर देंगे। क्या केस करना है इसे हिम्मत और थानेदार देख लेंगे।''

सरदार पटेल की योजना शिवबा पटेल को कुछ खास पसन्द नहीं आई। कुछ असमंजस में पड़ गए। बिना कुछ बोले सरदार पटेल की ओर देखने लगे।

राजाभाऊ बैठक में थे। सीढ़ियाँ चढ़कर आनेवाले तात्या को देखकर उठकर सामने आ गए। उनके मन में काँटा चुभ रहा था कि एक बेकसूर आदमी को सजा से बचा नहीं सके।

''क्यों तात्याबा, कब आए खंडवा ?''

''मालिक, अभी-अभी आया हूँ। मैंने पेशी के बखत आपकी बात नहीं मानी, ग़लती हो गई मुझसे।''

''अच्छा...अच्छा...'' हँसते हुए राजाभाऊ ने कहा, ''तुम अपनी ग़लती समझ गए इसमें सबकुछ आ गया। कई बार आदमी को अपनी ग़लती कभी ध्यान में ही नहीं आती। यह कौन है साथ में ?''

''मैं ठाकुर नारायण, साहब। बुरहानपुर के पास रहनेवाला। मुझ पर मालगुजार ने झूठा मुकदमा दायर किया था। सालभर मैं भी जेल की हवा खा आया हूँ। वहीं तात्या से मुलाकात हो गई।

राजाभाऊ उन दोनों को लेकर भीतर आ गए।

''कल ही निहाल आया था। उसने तुम्हें याद किया।'' नीचे बैठते हुए राजाभाऊ ने कहा, ''आज फिर आनेवाला है। अब तुम कहाँ जाओगे ?'' राजाभाऊ के सवाल पर तात्या इधर-उधर देखने लगा।

कहाँ जाएँगे ? पोखर जाकर फिर जमीन के टुकड़े के लिए झगड़ा करें ? या कहीं भी पेट भरने के लिए काम ढूँढ़ते हुए भटकते रहें ? तात्या को उंकार और विट्ठल की याद आ गई। इकलौती बकरी बेचकर उंकार ने पुलिस थाने और तहसील कचहरी के चक्कर काटे थे। निहाल ने भी मदद की थी। गाँव जाकर मजदूरी करे, बीवी-बच्चे को लेकर इस झंझट से दूर चला जाए ? फिर रेवासिंह महाराजजी क्या कहेंगे ?

''तुम अभी छूटकर आए हो। शान्ति से सोच लो। निहाल और वो...क्या नाम उसका ? हाँ...उंकार ! तुम्हारे लिए जान न्योछावर करनेवाले हैं। उनसे बातचीत करके फिर तय करो।''

''मालिक, क्या मुझे अपनी जमीन वापिस मिल जाएगी ?'' तात्या के मूल प्रश्न से राजाभाऊ सँभल गए।

''जरूर मिल जाएगी। तेरी मौरूसी जायदाद है वो। झूठा रिकार्ड बनाकर पटेल ने

हड़प ली है। हम उसके लिए ऊपर के कोर्ट में झगड़ेंगे। लेकिन एक बात ध्यान में रखो, तात्या। पटेल और हाकिमों की एक पक्की साँकल है, ऊपर से नीचे तक और उसमें तुम्हारे जैसे गरीब-अनाड़ी बाँधे जाते हैं, यही बदकिस्मती है।"

"मैं इस साँकल को तोड़ने का काम करना चाहता हूँ, मालिक। कल ही रेवापुर के महाराजजी सपने में आए थे। वे भी यही कह रहे थे।"

तात्या बोल गया और राजाभाऊ अभिभूत होकर उसकी ओर देखते रह गए।

"मैं यही चाहता हूँ कि तुम्हारा सपना सच हो जाए। जानता हूँ कि यह काम इतना आसान नहीं है बेटे ! लेकिन किसी-न-किसी को तो यह करना ही होगा। काम शुरू करने से पहले उस काम का मन में संकल्प लेना उस काम की शुरुआत ही होती है। मैं तुम्हारे साथ हूँ।" राजाभाऊ कह गए और तात्या कृतज्ञ भाव से उनकी ओर देखने लगे।

बहुत देर तक चारों रेलवे स्टेशन के पास बैठे हुए थे। बोलने का काम निहाल और ठाकुर नारायण कर रहे थे। सुकटा उंकार खामोश था।

"बूढ़ा कैसा है ?"

"हरदम तेरा नाम लेता रहता है। जब से तू गया है, बूढ़ा सूखता गया है, तात्याबा। पहले कहता है–तुम लोग खामखा साँड़ से भिड़ गए हो। लेकिन अब उसे तेरा काम ठीक लगता है।" काफी देर तक चुप बैठे उंकार ने मन की बात कह डाली।

"तात्या, पेशी के वक्त राजाभाऊ साब ने जैसा कहा था वैसा तूने क्यों नहीं कहा ? बिलकुल उलटी बात करके हमें मुसीबत में डाल दिया।" तात्या के बर्ताव के रहस्य का पता न चलने से निहाल ने पूछ लिया।

"मेरे नसीब का चक्कर था, दोस्त, तूने और राजाभाऊ साब ने भी अच्छा ही कहा था। बीच में पटेल आया और मिट्टी मिला के चला गया। मेरा भेजा खराब हो गया। उसी ने उलटी बात करने के लिए कहा। बोला, इससे सरकार छोड़ देगी।"

"जो हो गया सो हो गया, तात्याबा। लेकिन आगे ध्यान में रखना।" ठाकुर नारायण ने कहा, "मैं कल अपने गाँव जाऊँगा। घर की बातें देख-भालकर एक हफ्ते के बाद मिलूँगा।"

तात्या का गला भर आया। कौन कहाँ से आया ठाकुर, जेल में मिलता है और जिगरी दोस्त बन जाता है। उम्र में छोटा होने पर भी नागपुर जेल में बड़ा भाई बन गया।

ठाकुर नारायण अपने गाँव चल दिया और बाकी तीनों भी चल पड़े।

हमेशा बकबक करनेवाला निहाल आज चुपचाप था। तात्या को लगा कि निहाल उससे एक साल की जेल के बारे में पूछताछ करेगा।

छेगाँव की पगडंडी से लकड़ी का बोझ उठाकर दूर से घर की ओर जा रही औरत को देखकर तात्या रुक गया। वह एक छोटे बच्चे का हाथ पकड़कर घर की राह चल रही थी।

तात्या को लगा, भिकी और किसन तो नहीं हैं ? बीवी-बच्चे की याद से उसका

कलेजा फटने लगा।

निहाल तात्या की हालत को समझ गया। उसके कन्धे पर धीरे-से हाथ रखकर बोला, "मैंने तेरे साले के पास सन्देसा भेज दिया है, तेरे आजकल में लौट आने के बारे में।"

निहाल की तत्परता और मदद के बोझ से तात्या दब गया। लकड़ी का बोझ उठाकर चलनेवाली वह औरत और वह छोटा बच्चा आँखों से ओझल हो गए तो भी किसन आँखों के सामने से हट नहीं रहा था।

बेम्बली की बहती धारा में हाथ-पाँव धो लिए। मुँह पर ठंडा पानी छिड़क लिया। चार-पाँच अँजुरी पानी पेट में भर लिया। ठंडा पानी पेट में जाते ही ताजगी महसूस हुई।

नवगजाबाबा की मजार की सफेद धुजा फड़ककर तात्या को मानो पुकार रही थी। टेकरी चढ़ते समय मन के सारे विचार धीरे-धीरे गल गए। निर्मल मन से वह मजार के सामने घुटने टेककर बैठ गया। मजार पर पड़े मखमल का हरा कपड़ा हवा घुस जाने से काँप रहा था। उसमें जगह-जगह उभार पैदा हो रहे थे। लगता था शान्त जल पर लहरें पैदा हो रही हैं।

तात्या ने भक्तिभाव से आँखें मूँद लीं।

अगरबत्तियों की महक नाक में भर गई। सफेद उम्दा घोड़ा और उसी रंग के कपड़ोंवाला घुड़सवार दौड़ता हुआ आ रहा था। जैसे-जैसे घोड़ा नजदीक आने लगा वैसे-वैसे उसकी टापों की आवाज साफ़ सुनाई देने लगी। घोड़ा बिलकुल सामने आकर खड़ा हो गया। सफेद झक्‌ दाढ़ी, पानीदार आँखें, सिर पर पगड़ी के बीच मयूरपंख और दाएँ हाथ में स्फटिक की माला दिखाई दे रही थी।

तात्या ने आँखें खोल दीं। आसपास देखा अगरबत्तियों की महक फैली हुई थी। वह घोड़ा और घुड़सवार गायब हो गए थे।

अजीबोगरीब तसल्ली से तात्या उठा। मन में संचित गुस्सा, चिढ़, बेचैनी सब साफ हो गए। वह पीछे मुड़ा। गजा ने खुशी से उसे गले लगा लिया।

"दोस्त, हम कब से तेरी राह देख रहे थे, एक-एक दिन गिन रहे थे और नवगजाबाबा से मन्नत माँगते थे।"

बहुत दिनों बाद दोस्त के मिल जाने की खुशी गजा महसूस कर रहा था। इसलिए वह दिल खोलकर बोल रहा था।

बेम्बली का पाट लाँघकर वे सब भीलों के फालिया की ओर चल पड़े। उंकार के झोपड़े के सामने सब उसकी राह देख रहे थे। विट्‌ठल हाथ की लाठी पर अपना बोझ डालकर दाएँ हाथ को आँखों पर उठा बेम्बली की चढ़ान चढ़ रहे बच्चों की ओर कातरभाव से देख रहा था। पास में झाड़ी खड़ी थी। फालिया के सब कच्चे-बच्चे जमा हो गए थे। मंगल्या झट सबके आगे आ गया। उसके पैरों में अनायास ही हिरन की गति का संचार हो गया। जल्दी-जल्दी बेम्बली के किनारे-किनारे चल पड़ा।

पास आ रहे मंगल्या को देख तात्या का मन बेचैन हो उठा। तात्या सीधे मंगल्या

के गले लगा। मंगल्या का ममताभरा खुरदरा हाथ उसकी पीठ पर फिरने लगा। तात्या के चेहरे को दोनों हथेलियों से उठाकर मंगल्या ने उसकी आँखों में देखा। मंगल्या की आँखों में अन्याय के खिलाफ लावा भड़क रहा था।

"बेटे ऽ क्या मन में सोचा था और क्या उलट हो गया। हमें खबर होने से पहले ही खेल खतम हो गया था।" गहरी धँसी आँखों की पनीली कोरों को मुट्ठी से पोंछ लिया मंगल्या ने। आफतों का पहाड़ टूट जाने पर भी वह खुले दिल से मिलना जानता था। जो बीत गई उन बातों पर पछताना भीलों की आदत नहीं थी। इसीलिए अपने आपको सँभालकर निश्चय के सुर में मंगल्या ने कहा, "अस्मान के देवता का कोप हो गया इस कारन पहाड़ की ममता कम नहीं होती, बेटे ! जो हो गया वह तेरे माथे पर सेवाबाबा का गोदना था। सटीमाता ने उसका काम किया। अब हमें अपना काम करना है।"

मंगल्या बोल तो गया लेकिन उसके शब्दों ने जादू की छड़ी का काम कर दिया। गिरते आसमान को मानो उसकी बात ने सहारा दे दिया।

तात्या को बूढ़े विट्ठल की याद आ गई।

झटपट कदमों को बढ़ाता वह झोपड़े की ओर चलने लगा। विट्ठल टूँगा-सा बुझी हुई नजरों से राह की ओर नजरें लगाकर बैठा हुआ था। नजर की सीमा में तात्या को देखते हुए उसने कहा, "मरीमाय परसन्न हो गई बेटे, चोरी और उठाईगिरी के कारन हवालात की हवा खाना अपने लिए कोई नई बात नहीं है लेकिन तात्याबा, तू तो बहादुर निकला रे। पटेल के आदमियों पर हाथ उठाना बाघ के बच्चे के दाँत गिनने जैसा है रे लारा ! शाबाश, भले बहादुर, जिन्दगानी तो चाँदी हो गई रे बाबा।"

तात्या सोचने लगा। मैं अकेला कहाँ हूँ ? ये सारे पहाड़ जैसे लोग मेरे साथ हैं तो किसी बात की फिकिर करने की क्या जरूरत ?

"तात्याबा, झाड़ी ने मक्के की राबड़ी बना दी है। सब कटोरी-कटोरी पी लेंगे।" उंकार ने कहा तो झोपड़े के खम्भे से टिकी झाड़ी झट से अन्दर चली गई। चूल्हे पर रखा मटका लेकर बाहर आ गई। मंगल्या ने बिरडा से लाया कद्दू खूँटी पर से नीचे उतार दिया। तात्या के लौट आने की खुशी में वह सबको महुए की शराब बाँटने लगा।

तात्या के लौट आने की खबर गली-कूचे में फैल गई। दो दिन में जसुदा की बेचैनी और बढ़ गई। तात्या के छूटने की बात के साथ-साथ अपने पिता और हिम्मत पटेल के आगे के मंसूबों के सुनने से उसके दिल की बेचैनी और भी बढ़ गई।

दो दिन माँ की नजर का सख्त पहरा था जसुदा पर। माँ ने ऐसे तो कुछ नहीं कहा था लेकिन माँ का शकभरा बर्ताव और गजरी के साथ चल रही कानाफूसी ने जसुदा को सबकुछ बता दिया था।

हस्बमामूल जसुदा जब कपड़े पछीटने के लिए नदी पर जाने लगी तो नर्मदा ने जसुदा से कहा, "जसुदे, नदी पर जाने से अच्छा है ये टोकरी-भर कपड़े यहीं धो डाल।"

सुनते ही जसुदा को लगा कि पैरों में ताले पड़ गए हैं। उसे पता था कि यह क्यों कहा जा रहा है।

कमोरे का पानी लोटे से निकालकर गंगाल में डाला और भीगे कपड़ों को सूखे रीठों से रगड़ने लगी। बीज निकाले रीठों का पीला-सा फेन फूलता गया। अँजुरीभर फेन की ओर देखती हुई वह धीरे-धीरे अपने आपको भूलती गई।

भिकी का बाप सरदार पटेल के पास काम करता था। भिकी जसुदा हमउम्र थीं। डूबती धूप में घर की छाँव में करंजुवे और इक्कल-दुक्कल खेलते समय जात-पाँत की दीवारें आड़े नहीं आती थीं। बेर, आम और कैथे के पेड़ पर भिकी बिल्ली की तरह सरसर ऊपर चढ़ जाती। नदी के घुटने-भर पानी में मछली की तरह डुबकी लगाती।

खेलने-कूदने की उम्र में भिकी की शादी निश्चित हो गई तब जसुदा को भी देखने मेहमान आए थे। मेहमानों का भोजन हो गया। जूठे बरतनों को धोते हुए भिकी तिरछी नजरों से दरवाजे में बैठी जसुदा की ओर देखकर मुस्करा रही थी। अपनी आँखों का नटखट भाव और चेहरे की खुशी को वह छिपा नहीं पा रही थी।

बेजुबान भिकी के चेहरे के नटखट भाव को जसुदा ने पहचान लिया। साफ की हुई थालियों को उठाकर अन्दर ला रही भिकी की पीठ पर झूठ-मूठ मुक्का मारते हुए उसने कहा, "इस होली में तेरा भी बाजा बजनेवाला है ना ?"

"हाँ री, हमारा क्या है, चिड़ा-चिड़िया की शादी !" भिकी ने यूँ ही कह दिया।

भिकी उड़ गई अपने चिड़े के साथ। और मैं बैठी हूँ बिखरे घोंसले के तिनकों की यादों को सँभालती हुई। यादों का एक-एक तिनका सुई की चुभन की पीड़ा दे रहा था।

बरसों पुराना जख्म पपड़ी जमने के बावजूद फिर जोर से रिसने लगा था। वह दुख को भूलने की कोशिश कर रही थी तो सहसा वह चिड़ा एक दिन टहनी पर आ धमका और फिर सारा दुख अँधेरा बनकर छाने लगा।

जसुदा जानती थी कि तात्या अपना नहीं है।

उसके भिकी जैसी पत्नी और किसन जैसा बेटा है, फिर भी तात्या के बारे में मैं ऐसा क्यों महसूस करती हूँ ? बचपन की सहेली की गिरस्ती में अपने स्वार्थ से झाँकना...और स्वार्थ भी कैसा है ?

तात्या को लेकर मैं क्या सोचती हूँ ? माँ-बाप के खिलाफ कुछ करने का मतलब है अपने हाथों अटाले में चिनगारी डालना। पिता का बर्ताव दुनिया के रिवाजों के मुताबिक ही है फिर तात्या की बलि क्यों दी जाए ?

जसुदा उल्टा-सीधा सोच रही थी। उलझन सुलझने के बजाय और भी उलझती जा रही थी।

उंकार की झोपड़ी के सामने तात्या, विट्ठल, मंगल्या और गजा बैठे हुए थे। गजा ने

जानवरों को अपने छोटे भाई के हवाले कर दिया था। निहाल काम से दूसरे गाँव चला गया था।

तात्या का साला हरचन्द कपड़ों की गठरी सिर पर लादे नदी किनारे से ऊपर चला आ रहा था। पीछे-पीछे भिकी और किसन थे। घरवाली और बेटे को देख तात्या उठकर खड़ा हो गया।

दो कदम आगे बढ़कर उसने झट से किसन को उठा लिया। बाप से मिलते ही किसन ने दोनों हाथ उसके गले में डाल दिए और उससे चिपक गया। तात्या के माथे से अपना माथा भिड़ाकर एकटक उसकी ओर देखने लगा।

तात्या ने भिकी की ओर देखा। जमीन पर बैठी भिकी हाथ के तिनके से मिट्टी पर रेखाएँ खींच रही थी। उसका चेहरा थका हुआ था और नजरें शून्य में डूबी हुई थीं।

''देर कर दी रे हरचन्द तूने आने में।'' मंगल्या ने तात्या के साले से कहा। ''बेटे, कल रात से तात्या की जान परेशान थी। हरदम राह तक रहा था।''

भिकी ने भाई की ओर देखा। हरचन्द को अपराध की चुभन होने लगी। बहन दो दिन से पीछे पड़ी थी लेकिन मैंने ही देर कर दी।

दम घुट गया भिकी का। असहनीय हो गया था।

''तात्याबा, घरवाली की कुछ पूछताछ करेगा कि नहीं ? लारा गले से चिपक गया तो सबकुछ भूल गया क्या ?'' गजा ने मजाक में कहा तो भिकी का दिल भर आया। उसने अपने आपको रोक लिया। मन को कठोर बनाकर गले तक आई आह को निगल लिया।

गरदन उठाकर चोरी-चोरी भिकी ने तात्या को देखा। जब उसे पता चला कि तात्या एकटक उसी की ओर देख रहा है तो सहसा उसका कलेजा थर्रा उठा। अपने आपको सँभालकर उसने आसपास देखा।

किसन की मुस्कराहट में उसने घरवाले की छिपी हुई मुस्कान देखी। इसका उसे बहुत दिनों से इन्तजार था।

पूरब की ओर पहाड़ के माथे के पीछे से लाल प्रभा फैल गई और पंछियों के चहचहाने से अमराई जैसे बौरा गई। तात्या ऐसे चल रहा था मानो सपने में चल रहा हो।

कुटिया के सामने बेल के पेड़ के तने से पीठ लगाकर रेवापुरी महाराज बैठे हुए थे पालथी लगाए। दाहिने पैर का तलवा जाँघ पर उलटा रखा हुआ। दोनों हाथ मुद्रास्थिति में घुटनों पर टिके हुए। गले में बड़े रुद्राक्षों की माला। निर्मल कान्ति। ध्यानमुद्रा में महाराज को देखकर तात्या थोड़ी-सी दूरी पर बैठ गया। बाईं ओर से पत्तों की सरसराहट हुई। भूरे रंग का चूहे का पिल्ला झट से कूदकर महाराज की जाँघ पर चढ़ गया। सामनेवाले पैरों से अपने मुँह को धीरे-से छू लिया। गरदन उठाकर महाराज के चेहरे की ओर देखा। फिर झट से कूदकर मुड़ गया। सामने तात्या को देख सहमकर

आँखों को झपकाता हुआ पत्तों में गुम हो गया।

रेवापुरी महाराज ने दोनों हथेलियों को परस्पर रगड़ा। चेहरे पर हाथ फेर दिया। जाँघ से पैर हटा लिया। धीरे से आँखें खोल दीं।

"कितनी देर हो गई तात्या ?"

महाराज के शब्दों को सुन अपनी ही धुन में खोया तात्या चौंककर होश में आया। झट से महाराज के सामने आ गया। बिलकुल इसी समय पूरब के पहाड़ से सूर्यनारायण का तेजस्वी बिम्ब बाहर आ गया। सुनहरी किरणों की हल्की-सी धूप महाराज के चेहरे पर पड़ गई।

तात्या ने महाराज के सामने मत्था टेका।

उसे लगा कि महाराज की ओर देखने से कुछ ऊर्जा मिल रही है। एकटक देख रहे तात्या के कन्धे पर महाराजजी ने हाथ रखा तो तात्या फिर होश में आ गया।

"तेरे आने की खबर थी हमें।" उठते हुए महाराज ने कहा, "बीवी-बच्चे कैसे हैं ? सालभर बेचारों की बहुत दुर्गत हो गई !"

"कल ही साला उनको ले आया। किसन के लिए जान निकली जा रही थी।"

"ये प्रपंच के पाश जगह-जगह पर मोर्चे बाँधकर नाकाबन्दी करते हैं, बेटे। उन्हें छोड़ भी नहीं सकते, न झट से तोड़ सकते। नंगे पैरों से पहचानी छापों का पीछा करते हैं तब पैर तले की मिट्टी शिकायत नहीं करती। क्योंकि कल आनेवाली बारिश की आहट उसे लग चुकी होती है। जगत् के नियन्ता ने उसे सहनशीलता बख्श दी है। यही उसकी पूँजी है।" महाराज रुक गए। अपने बोलने की असंगति उनके ध्यान में आ गई।

"मैं कुछ भी बकता रहता हूँ। है ना बेटे ?"

अपनी धुन में महाराज जो बोले उसका मतलब तात्या की समझ में नहीं आया। फिर भी ममता का भीगा सुर उसके मन को छू गया।

"अब मैं क्या करूँ, महाराज जी ? बापू ने कहा था इसलिए बिरडा छोड़ यहाँ आ गया। यहाँ अब ये रामायन हो गया। पाटिल ने जेल में भेज दिया। जमीन भी निकल गई और..."

तात्या को बीच में ही रोकते हुए महाराज ने कहा, "बेटा, अब आइन्दा जेल और जमीन की बात नहीं निकालना। हर एक घटना-प्रसंग मनुष्य को एक पाठ पढ़ा जाता है जिन्दगी में। अनुभव को उसी क्षण जैसा है वैसा स्वीकार करने पर दुख नहीं होता। अतीत को भूल जाने और कल की चिन्ता को छोड़ देने से बहुत सारी समस्याएँ सुलझ जाती हैं।" तात्या की ओर एकटक देखते हुए वे उसके अन्तरंग को भाँपने लगे।

उन्होंने तात्या की परेशानी को पहचान लिया।

"तेरी जगह पर मैं होता तो यही होता। अब इस पल तूने क्या सोचा है ?" महाराज के सवाल पर तात्या फिर विचारों में उलझ गया।

"जो मन मानेगा, वही करना है।"

"शाबाश ! धीरे-धीरे मन का कौल मिल जाता है आदमी को।" महाराज ने कहा, "जैसे-जैसे भीतर की आवाज साथ देने लगेगी वैसे-वैसे हम समझने लग जाते हैं।" महाराज उठ गए। "एक बात गाँठ बाँध ले। समय ही अपना गुरु होता है। वह क्षण आते ही भीतर से सूचना मिल जाती है कि कैसा बर्ताव करना है। ऐसे समय में हम निमित्तमात्र हो जाते हैं।" महाराज ने मुस्कराते हुए उसकी ओर देखा और प्रातः कार्यों के लिए चल पड़े।

राह देखकर भिकी झाड़ी को लेकर बेम्बली नदी की ओर नहाने के लिए निकली। किसन छोटा-सा तीर-कमान लेकर माँ के पीछे उछलता-कूदता भाग रहा था।

"ससुरजी ने कहा कि तात्याजी बड़ी सुबह को ही बाहर चले गए हैं। वैसे ही खेत की तरफ चले गए होंगे।" बाँस की खपच्चियों की टोकरी को नदी किनारे के एक पत्थर पर रखते हुए झाड़ी बोली।

भिकी के मन में भी यह खयाल आया था लेकिन उसने बताया नहीं।

बेम्बली की उपरली ओर गाँव की औरतें कपड़े धो रही थीं तो कुछ नीचे की तरफ भिलाटी और दूसरे लोग कपड़े धो लेते थे। बरसों से इस बँटवारे का सख्ती से पालन हो रहा था।

झाड़ी ने आसपास देखा। जहाँ तक नजर जाती थी, कोई दिखाई नहीं देता था। उसने अपने कपड़े उतार दिए और झट पानी में घुस गई। पानी में एक डुबकी लगाकर बाहर आ गई और वो ही कपड़े फिर लपेट लिए। भिकी कपड़ों के साथ पानी में घुस पड़ी। फिर बाहर आकर भीगे कपड़ों को सुखाने के लिए एक अंडाकार काले पाषाण खंड पर बैठ गई। झाड़ी ने आसपास के बेल की पत्तियों को तोड़कर टोकरी में भर लिया। किसन ने मिट्टी के बैल बना लिए थे। बबूल के काँटे से बैल की नाक में छेद करने की कोशिश कर रहा था। घास के तिनके की नकेल डालने में कामयाब हो जाने पर उसके चेहरे पर काम पूरा हो जाने की खुशी छा गई। दूसरे एक तिनके से जुआ बना दिया। बैल डंठल की गाड़ी खींचने के लिए तैयार हो गए।

"झाड़ी, कौन है री तेरे साथ ?"

पीठ पीछे से आई आवाज की तरफ मुड़कर भिकी ने देखा। जसुदा को देखकर उसके बदन में भय की लहर दौड़ पड़ी। फिर गुस्सा आया। लगा कि बदन तप रहा है। पत्थर से ऐसे उठ गई मानो आँच लग गई हो। बचपन के खेलों की सहेली, मेले की सखी, इमली और कच्चे आम खुले हाथ से देनेवाली पटेल की बेटी और...भिकी का सोचना थम गया। आसपास की सुध नहीं रही।

जसुदा को देखने मेहमान आ गए थे तब जूठे बरतनों को माँजते हुए फूली न समाई थी भिकी लेकिन आज सहम गई।

जसुदा ने भिकी को पहचान लिया।

"भिकी है ना तू ? कितने साल बीत गए। जब से गाँव छोड़ा तब से तू मिली ही नहीं। बेटा बड़ा सलोना है री !"

किसन की ओर देखते हुए जसुदा ने कहा तो उसका कलेजा काँप उठा।

किसन की ओर देखते ही उसका मन सँभल गया। बदन के गीले कपड़ों की ठंडक महसूस होने लगी।

"माथे की रेख को कोई बदल नहीं सकता री। दादी आकाश की ओर देखकर हमेशा कहा करती थी। ऐसा ही हो गया। दादी यह भी कहती थी कि सनी एक बार घर में घुस गया तो सबकुछ सत्यानास करके पीछे के दरवाजे से दाँत दिखाता हुआ बाहर चला जाता है। तब सूखे के साथ गीला भी जलने लगता है। औरत की जिन्दगानी की तरह।"

भिकी जसुदा की ओर पागल की तरह देख रही थी। यह क्या बोल गई वह ? उसके चेहरे की फिक्र और वेदना से भिकी का दुख कम हो गया।

"माँ," किसन की आवाज सुनकर भिकी ने उसकी ओर देखा। माँ ने उसकी बैलगाड़ी देख ली यह सोचकर किसन कल्पना में ही बैलगाड़ी को भगाने लगा।

पटेल ने उसके घरवाले को जेल में डाल दिया इसमें जसुदा का क्या अपराध है ? उसके मन में कपट होता तो बिना कुछ पूछताछ किए चली जाती।

जसुदा सोच रही थी कि बाप ने तात्या के साथ अन्याय किया। उसकी जमीन छीन ली। झूठा इलजाम लगाकर उसे जेल में डाल दिया लेकिन बाप का विरोध करे तो कैसे करे ? बर्ताव में आए बदलाव को माँ ने तो पहचान लिया लेकिन बाप के कानों तक यह बात अभी पहुँची नहीं थी।

तात्या के बारे में मैं ऐसा क्यों महसूस करती हूँ ? और इसका अन्त क्या होगा ?

जसुदा के अन्तर में तूफान उठ गया था।

तात्या और जसुदा दो-चार बार मिले थे इसको लेकर गाँव-भर में कानाफूसी होने लगी।

इस कानाफूसी से पटेल का पित्त खौल उठा। उसे लगा कि उसकी धोती का छोर जल उठा है।

"अपने ही अलाव का अंगारा अपने ही घर को आग लगाने लगा है।" कुढ़ते हुए शिवबा पटेल ने डूबती आवाज में कहा।

"भाऊ, आग को अगर वक्त पर नहीं बुझाएँगे तो यह आग भड़कती जाएगी। फिर अपना मामला भी नाजुक है। मुँह उठाकर जोर से बात भी नहीं कर सकते।" सरदार पटेल मन से कह तो रहा था लेकिन अपने चचेरे भाई को लेकर मन में जो गाँठ पड़ी थी वह पूरी तरह से गई नहीं थी। इसीलिए जब उसने सुना कि जसुदा और तात्या चोरी-चोरी मिलते हैं, तब उसे पहले खुशी ही हुई लेकिन उसे खुलकर स्वीकार न कर शिवबा पटेल को वह झूठी सहानुभूति दिखा रहा था।

शिवबा पटेल के मन में अतिवादी विचार आया, "कल नाक कट जाने से पहले ही दुख की जड़ को उखाड़ दें तो...जो अपनी इज्जत का ही पंचनामा करने जा रही है उस बेटी का ही नामोनिशाँ मिट जाए तो ?"

"नहीं भाऊ, इस तरह सिर पर खाक डालने से काम नहीं चलेगा। यह बीमारी की जड़ की खोज करने से पहले बीमार को मिटा देने जैसी बात होगी। इससे असली सवाल का हल तो निकलेगा नहीं। काँटे से ही काँटा निकालना होगा।" छपरी मूँछों के पीछे से काँइयाँपन का जाल फैलाना शुरू कर दिया सरदार पटेल ने।

शिवबा पटेल की सारी इज्जत को बेटी ने दाँव पर लगा दिया था और मूल समस्या से दूसरी बातें ही निकलने लगी थीं। "इस सवाल को मुझ पर छोड़ दीजिए। लगता है कि तात्या को इस गाँव से बाहर निकाल देने के अलावा दूसरा कोई रास्ता नहीं है अभी।"

सरदार पटेल का हल आसान लग रहा था। फिर भी इस काम को अंजाम कैसे दिया जाएगा ?

नवगजाबाबा के सामने जलनेवाला दिया बुझ गया था और चारों तरफ अँधेरा फैल गया था। दिया जलता था तो गाँव में सबको टिमटिमाती जोत दिखाई देती थी। कई बार महुए का तेल खत्म हो जाने पर दिया बुझ जाता था या कभी सहसा जोर से हवा चलने पर भी। हर रोज याद से तेल डालनेवाला बूढ़ा किसी को बिना बताए गाँव चला जाता था तब फिर इस काम में विघ्न पड़ जाता था।

अँधेरी टेकरी पर चढ़ते समय मानो उनके पैरों में आँखें निकल आई थीं। गड्ढों और पत्थरों को पीछे छोड़ते हुए निहाल, तात्या, गजा और उंकार एक के पीछे एक अँधेरे में चले जा रहे थे।

"खंडवा से लौटते वक्त साहब ने छेगाँव थाने पर बुला लिया था।" नवगजाबाबा के दर्शन कर पास की खाली जगह पर बैठते हुए निहाल ने कहा। "थानेदार साहब ने बताया, पटेल ने तुम्हारे खिलाफ शिकायत की है। गाँव में तुम्हारा बर्ताव ठीक नहीं है। गाँव छोड़कर अगर चला नहीं गया तो भला-बुरा कुछ..." निहाल रुक गया।

"मेरे बर्ताव में क्या बुरा है ? मुझे यहाँ रहने देने का उनका इरादा ही नहीं है।"

"बात तो सच है, तात्या। इधर उन लोगों ने तुम पर जसुदा का नाम लेकर तोहमत लगा दी है। धीरे-धीरे सब लोगों को उकसाने का काम शुरू किया है उन्होंने।"

"हाँ, जसुदा जरूर मुझसे मिली थी दो-एक बार। मैंने ही उसे कह दिया कि मैंने तेरे बाप के खिलाफ जिन्दगी-भर की दुश्मनी मोल ली है। ऐसे में तू मुझसे मिलकर आग में घी क्यों डालना चाहती है ?"

"तात्याबा," निहाल ने रुककर अँधेरे में तात्या ने मन की बात की थाह लेते हुए कह दिया, "मुझे लगता है, तुम्हें इस बात से सँभलकर ही रहना चाहिए।"

"कैसे समझाऊँ उसे ? सच कहूँ निहाल, उसको लेकर मेरे मन में कोई बात नहीं

है। हाँ, लेकिन इधर मुझे उसकी फिक्र होने लगी है।'' तात्या ने मन की पीड़ा कह डाली। ''भिकी तो बार-बार कहती है कि इस उलझन को बढ़ाने से अच्छा कि गाँव को ही छोड़ दिया जाए।''

''मैं भी भिकी जैसा ही सोचता हूँ, तात्या। उधर होलकरों के मुल्क में हिरापुर में मेरा मामू है। छोड़ दे इस गाँव को और बस जा हिरापुर में।'' निहाल ने कह दिया और उसके पैर के तलुवे में खुजली होने लगी। खुजाने पर कम हो गई।

''तात्या, तलुवे में खुजली हो गई, इसका मतलब तुम्हारा आगे का सफर अच्छा होनेवाला है, तो अब कब निकलना है यही तय करो।'' निहाल की बात से तात्या फिर सोच में डूब गया।

''दूसरे गाँव में जाकर क्या करोगे तात्या ? खेत में खटना तो होगा ही और फिर काम के लिए किसी-न-किसी के आगे हाथ फैलाना पड़ेगा। इससे बेहतर है कि यहीं क्यों नहीं रह जाते ?'' उंकार को अच्छा नहीं लग रहा था कि तात्या गाँव छोड़कर चला जाए।

''हम सबके होते फिक्र किस बात की करते हो भाई ? जिनका कोई नहीं वे भी रह ही लेते हैं ना, जो मिले उससे पेट भर लेते हैं ना ?'' गजा ने बीच में कह दिया।

''नहीं तो हममें और मवेशियों में फर्क ही क्या है ? मालिक ने गर्दन पर जुआ रख दिया कि आँखों पर पट्टी बाँधकर गर्दन झुकाकर चलते रहना। जो देगा उसे चुपचाप चुभलाते रहना।''

''ऐसा नहीं है दोस्त ! हममें और मवेशियों में बड़ा फर्क है। हम सोच सकते हैं, भावों को प्रकट कर सकते हैं। सुख-दुख एक-दूसरे को बता सकते हैं। यह फर्क है या नहीं ?''

''दूसरे के दुख को बाँटकर ले नहीं सकते। रेवापुरी के महाराजजी ने कहा है कि जिसका बोझा है उसी को उठाना पड़ता है। आगे फिर ऐसा भी बोले कि यही अच्छा है कि दूसरे दुख बाँटकर नहीं ले सकते, नहीं तो आदमी अपना बोझ दूसरे के कन्धे पर जरूर डाल देता।''

''बिलकुल ठीक कहा है महाराजजी ने। इसीलिए मैं कहता हूँ कि तात्या, हमारे साथ रहने पर भी अपना बोझ तो तुम्हीं को उठाना होगा।''

रात बढ़ने लगी। हनुमानजी के चबूतरे पर एक-एक व्यक्ति आने लगा। मोहन चौधरी की गड़बड़ चल रही थी। जो नहीं आए उनके लिए सन्देसे भेजे जाने लगे। मोहन का मन अशान्त था। पिछले तीन-चार दिनों से वह गाँव के जवानों को बहकाने का काम कर रहा था।

मोहन तीस के आसपास का था। बाप सरकारी पटेल। घर में सब आबाद। कोई जिम्मेदारी नहीं। काम न होने पर छेगाँव, पन्धाना, खंडवा के चक्कर काटना घोड़े पर

बैठकर। मेले में नाच-गाने सुनना उसका शौक था और गाने की महफिलों में जाया करता था। पिता ने दो घोड़े पाल रखे थे। एक घोड़ा हमेशा मोहन की जाँघों के नीचे रहा करता था।

शिवबा के साथ मोहन चौधरी की कुछ खास बनती नहीं थी। शिवबा पटेल मालगुजार तो मोहन के पिता सरकारी पटेल। सरकार के दरबार में दोनों का रसूख था। फिर भी दोनों घरानों के बीच एक अदृश्य-सा तनाव था। इधर मोहन ने रजपूतों के लड़कों के साथ दोस्ताना बढ़ाया था। रजपूत और शिवबा पाटिल के बीच साँप-नेवले की दोस्ती थी।

गाँव के कारोबार का यह चौखटा अपने-अपने कोनों को खींचता रहता था। ठीक इसी मौके पर रजपूत उदय ने हो-हल्ला मचा दिया, ''पटेल की छिनाल बेटी और भीलड़े के उस लौंडे को मैंने खलिहान में देखा।''

मोहन चौधरी कई दिनों से इस तरह के मौके की ताक में था। अपने घर के पड़ोस में रहनेवाली जसुदा की उसे चाहत थी। भरी-पूरी जसुदा दिन-रात आँखों के सामने आ जाती थी। एक-दो बार थाह लेने की कोशिश की। एकान्त पाकर मोहन ने उसे छेड़ा भी। नागिन की तरह फूत्कारते हुए उसने कहा, ''क्यों रे, भाई, घर की दूध देनेवाली गाय को छोड़कर दूसरे के घर झाँकने का शौक क्यों चर्राया है ? कुछ शरम नहीं तुझे ?''

''हममें उस भीलड़े से क्या कमी है ?''

''उसकी बराबरी मत कर ! मोहन, एक बात और गाँठ बाँध ले, अपनी चादर बिस्तर की सोच ले। उसे अगर सबके सामने सूखने टाँग दिया तो सारी इज्जत मिट्टी में मिल जाएगी।'' जसुदा ने उसकी दुखती रग पर उँगली रख दी थी। उसे लगा कि किसी ने मुट्ठी-भर लाल जर्द मिर्च आँखों में झोंक दी है। उसका तन-बदन जल उठा।

''याद रख, हमसे पाला पड़ा है ! छिनाल कहीं की। गधे पर बिठाकर तेरा जुलूस गाँव में नहीं निकाला तो मोहन नाम नहीं मेरा।''

'अरे जा रे ! थू है तुझ पर ! मैं तो विधवा हूँ ही। जो मर गया उसके नाम का सिन्दूर मैंने पहले ही पोंछ डाला है। तू क्या सोचता है, तुम लोगों के पापों-कुकर्मों का पता मुझे नहीं है ? जा, जाके अपना मुँह देख ले आईने में ठीक तरह से।''

जसुदा का यह दुस्साहस ! एक लड़की ने इस तरह से उसका पानी उतार दिया। इस घटना से मोहन की खोपड़ी सरक गई थी। दो-चार दिनों से गाँव के आवारागर्दी करनेवाले लड़कों के दिमागों को भड़का रहा था। एक ही बात सबको बताता गया।

''दूसरे गाँव से आए भीलड़े ने अपने गाँव में आकर अपनी माँ-बहन के साथ छेड़खानी की है। और हम हैं कि औरतों की तरह चूड़ियाँ पहन खुली आँखों से चुपचाप देख रहे हैं। अरे, ये लफंगा एक दिन मेरे और तुम्हारे घर में भी घुस जाएगा, तब क्या करोगे ?''

सब इकट्ठा हो गए थे। सभा में एक अदृश्य तनाव था। पटवारी श्रीनिवास पांडे

नम्बरदार के कान में धीरे-से फुसफुसाया।

‘‘भाऊसाहब, शुरू करना ? आनेवाले तो सब आ चुके हैं।’’

नम्बरदार से सटकर बैठे रघुवीर रजपूत की तरफ उन्होंने देखा। रघुवीर ने सिर हिलाकर स्वीकृति दे दी।

‘‘भाइयो, पंचायत की सभा क्यों बुलवाई गई है इसे आप सब जानते ही हैं।’’

श्रीनिवास पांडे बोल ही रहा था कि नम्बरदार बीच में बोल उठे, ‘‘हाँ, खुजली करके गजकरन दिखाने जैसा मामला होगा। भाइयो, प्यार-झगड़े-टंटे जो भी हों बरसों से अपना गाँव मिल-जुलकर रहता आया है। आप सब इसे जानते हैं। अब हमारे और रघुवीर रजपूत के बीच खेत की मेड़ को लेकर बरसों से झगड़ा चल रहा है। दस बरस हम एक-दूसरे से कचहरी में टकरा रहे हैं। कानून से जो होगा सो होगा लेकिन जहाँ गाँव की इज्जत का सवाल आ जाता है...’’ नम्बरदार रुक गए। समझ में नहीं आया कि आगे क्या बोलें। सहायता के लिए उन्होंने रघुवीर की ओर देखा।

‘‘पटेल साहब ने ठीक ही कहा। हमारी उनके साथ अदावत जगजाहिर है। पर जब गाँव की नाक कट जाती है तब...हमें क्या करना चाहिए ?’’ रघुवीर ने सहायता के लिए आसपास देखा !

‘‘मैं सोचता हूँ कि क्यों न हम सीधे मुद्दे से ही टकराएँ ? शिवबा पटेल अपने मालगुजार हैं। उनकी बेटी हमारी बेटी है। हमारी बेटी अगर हमारी नाक के नीचे जेल में सजा काटकर आए भील के साथ...’’

‘‘बात ऐसी है, भाऊ साहब, आप जो कहते हैं वह ठीक ही है लेकिन मुझे लगता है कि बच्चे ने अगर गोद में हग दिया तो क्या हम गोद को काट देते हैं ?’’

बाप का इस तरह वाक्य को सँभालना मोहन को पसन्द नहीं आया। गुस्से से उसकी मुट्ठियाँ तन गईं। बाप की भाषा उसे अच्छी नहीं लगी। रघुवीर का बेटा बीच ही में बोल उठा, ‘‘इस तरह की गोल-गोल बातें करने के लिए आप गाँववालों को नहीं बुलाया गया है।’’

रघुवीर और पटेल ने एक-दूसरे की ओर देखा। दोनों को लगा कि बेटा ठीक ही बोल रहा है।

‘‘अपने गाँव में ऐसा पहले भी हो चुका है। मेरे दादाजी कहा करते थे। तब उस घर को गाँववालों ने बिरादरी से बाहर कर दिया था।’’

‘‘इस बार भी ऐसा ही होना चाहिए।’’ रघुवीर ने बात को पकड़कर आगे बढ़ाया। ‘‘शिवबा और उसकी बेटी को आज से...’’

‘‘मुझे लगता है कि ऐसा करने से पहले कुछ और इलाज खोजना ठीक रहेगा। बिरादरी से बाहर निकालने के बदले...’’ पटवारी पांडे ने कहा। उन्होंने सोचा कि यदि शिवबा के पक्ष में नहीं बोलेंगे तो जनम-जनम की दुश्मनी मोल लेनी पड़ेगी।

‘‘अपनी बेटी को झोंटा पकड़कर समझा दे और पंचायत का दंड भर दे।’’ अब तक खामोश बैठा महादेव बोल उठा। महादेव फारेस्ट महकमे में गार्ड था। अंटी में पैसे

छनूछनू बोलने लगे तो पत्थर की नींव पर ईंटों की दीवारें चढ़ा दीं और खंडवा से खपड़े लाकर नया घर बना लिया था। मालदार पटेल और रजपूतों को नीचा दिखाते हुए मकान बनवाकर महादेव इतरा रहा था।

"महादेव का सुझाव अच्छा है। तानकर तोड़ देने से यह बेहतर है कि पटेल से दंड लें। कितना दंड देने को कहें ?" दंड पर मामला सुलझता है यह देखकर नम्बरदार ने कहा।

दो-चार आँकड़े सामने आए। आगे-पीछे होते हुए आखिर सौ का आँकड़ा पक्का हो गया।

"भाऊसाहब, पटेल को फैसला सुनाने और दंड वसूल करने का काम आपको करना होगा। आप उनके भरोसे के आदमी हैं और पटेल आपकी बात मान भी जाएँगे।" नम्बरदार ने पटवारी के जिम्मे काम सौंप दिया।

पांडे ने थोड़ी हिचकिचाहट दिखाई। बिल्ली के गले में घंटी बाँधने का काम। चलो इस बहाने पटेल को समझा भी देंगे। उनके विरोधियों के बारे में नमक-मिर्च लगाकर बातें बता देंगे और खूँटा पक्का कर डालेंगे।

अपने सिर का बोझ दूसरे पर डाल देने के सन्तोष के साथ सब अपने-अपने घर चले गए।

गजा ने रात में भिलाटी में खबर पहुँचा दी। गाँव का फैसला बता दिया। मोहन चौधरी के जोर देने पर शिवबा पटेल और जसुदा को बिरादरी से बाहर कर देने की बात हो गई थी। आखिर सौ रुपए के दंड पर बाहर कर देने की बात को टाला गया।

"गाँववालों की हिम्मत इतनी बढ़ गई ?"

"एक-एक बात अब बढ़ती ही जाएगी तात्या इस गाँव पंचायत की। इन भैंसों की टक्कर में गरीबों को बचकर ही रहना होगा। नहीं तो हम चूर-चूर हो जाएँगे।" उंकार ने कहा।

"बात सच है उंकार, पर तिल का ताड़ करने की बात है। मैं खेत से वापस आ रहा था, पटेल के खलिहान के पास आवाज आई। देखा तो जसुदा लकड़ियाँ लेकर घर लौट रही थी। मैं उसके साथ था। बताया कि गाँव छोड़कर जा रहा हूँ, इतने में किसी के खखारने की आवाज आई। चुपके से झाड़ी की तरफ भाग गया डरपोक साला।"

"तेरी बात सच है रे बेटे लेकिन ताड़ के पेड़ के नीचे बैठकर तू दूध पी रहा था इस बात को कौन मानेगा ? अगिनछत्ते को छेड़ने से कोई फायदा नहीं, तात्या। शहद तो मिलता नहीं उलटे मक्खियों का झुंड पीछे पड़ जाता है।" अब तक गुमसुम बैठा विट्ठल बोल गया।

"गाँव तो छोड़ना ही है। लेकिन एक-एक का हिसाब चुकता किए बिना नहीं।" तात्या ने कहा तो उंकार और विट्ठल फिक्रमन्द हो गए।

''अरे, ऐ मोहन्या, बाहर आ तो जरा।'' सुबह-सुबह कौन पुकारकर आवाज दे रहा है यह देखने के लिए मोहन चौधरी ने आँखों को मलते हुए दरवाजा खोलकर देखा तो बाएँ हाथ में रक्त से सना तंग्या और दाएँ हाथ में भैंसों के कटे चार कान लेकर तात्या खड़ा था।

''याद रख, अब तात्या से मुकाबला है। आज तुझे सजा के तौर पर भैंसे के कान काटकर दिखाने लाया हूँ। कल तेरे कान काटकर तेरे हाथ पर रख दूँगा। तब देखता हूँ कौन माई का लाल आता है सामने...और हाँ, इन चार कानों में से दो कान उस रजपूत के भैंसे के हैं। वह जो तेरे इशारे पर नाच रहा है। उसको भी यह बात बता देना।

''और एक बात कह देता हूँ। मैं आज गाँव छोड़कर जा रहा हूँ। जसुदा मेरी कोई नहीं लगती लेकिन अगर पता चला कि उसको कुछ तकलीफ हो रही है तो इस तंग्या से मुकाबला होगा।'' हाथ के लाल-लाल तंग्या को दिखाते हुए तात्या बोला।

तात्या तूफान की तरह आया और चला गया। देहली पर रक्त से सने भैंसों के कानों की ओर देखता मोहन खड़ा था। सहसा उसके हाथ अपने कानों के पास चले गए। उसका तन-बदन काँप उठा। मोहन ने सोचा, चलो, भैंसों के कान पर निभ गया।

तात्या ने गठरी सिर पर रखी। बाएँ हाथ से झोपड़ी के खम्भे को पकड़कर झाड़ी बेबस खड़ी थी। भिकी विट्ठल के सामने खड़ी थी। और मंगल्या सूखी नजरों से यह सोचते हुए खड़ा था कि बच्चे की भाग-दौड़ कब खत्म होगी।

बोरिया-बिस्तर पीठ पर लाद लिया है। पता नहीं कब कहाँ नीचे रखना होगा।

''तात्याबा, जब तक जान में जान है, मिलता जा बेटे। उंकार तेरे बारे में बहुत कहता रहता है।''

''मंगल्या दादा,'' तात्या मंगल्या के पास आ गया।

''मैं क्या करूँ बेटे, यहाँ रहकर। भाऊ को मैंने बचन दिया था। मेरे पीछे अब कोई नहीं है।

''बिरडा जाने को मन नहीं करता। उस गन्दगी में बार-बार उलझने से अच्छा है कि कहीं और चला जाय।''

''कहीं भी नहीं मंगल्या। अब तू ही मेरे बापू की जगह है। तेरे बिना भिकी और किसन्या कैसे रहेंगे ?'' तात्या ने मंगल्या का हाथ अपने हाथ में ले लिया। बाघ के मुँह से शिकार को खींचकर लानेवाले बहादुर मंगल्या के हाथ काँपने लगे। दोनों हाथों से उसे प्यार से दबाते हुए तात्या ने कहा, ''अब मैं हूँ ना साथ में। चल, मंगल्या दादा, अँधेरा छा जाने से पहले गाँव पहुँचना होगा, चल।''

झरने के किनारे से वे एक के पीछे एक चलने लगे। सबके आगे मंगल्या, उसके पीछे निहाल, फिर तात्या, भिकी और बार-बार पीछे मुड़कर देखनेवाला किसन।

निहाल का मामू खेत में पेड़ों की छाँव में बैठ चिलम फूँक रहा था। मेड़ पर बैल चर रहे थे। पाँच-छह बकरियों के झुंड में से अभी-अभी प्रसूत एक बकरी का भूरे रंग का बच्चा चटचट दूध पी रहा था। मामू के दो बेटे पास में ही पेड़ के नीचे बैठ रोटी खा रहे थे।

सिर पर बोरियाँ लादकर अपनी तरफ आनेवाले चार-पाँच लोगों को देखकर मामू ने चिलम की राख को ज़मीन पर उलटा दिया। सामने आ रहे लोग अब नजर की सीमा में आ गए थे।

निहाल को पहचानते ही मामू की उत्सुकता भी खत्म हो गई कि कौन लोग आ रहे हैं।

उकड़ूँ बैठे मामू ने दोनों पैर सीधे कर तान लिए। निहाल के साथ आए लोगों को देखने लगा। तात्या ने सिर पर रखी गठरी नीचे रख दी। मंगल्या ने मामू को राम-राम कहा। किसन का हाथ पकड़कर भिकी टँगी-सी खड़ी रह गई।

''मामू, ये तात्या है और उसके साथ ये मंगल्या दादा है। आपके आसरे ले आया हूँ। मेरी अच्छी जान-पहचान के लोग हैं। काम करेंगे और आपके साथ रह लेंगे।''

''तात्या, यानी कौन लोग हो तुम ?''

''भील हैं हम, मालिक।'' झट से मंगल्या ने बता दिया।

''और गाँव कौन-सा ?''

''घाटाखेड़ी के पास बिरडा गाँव के। अब वहाँ कोई नहीं है। कहीं भी काम करना और पेट भरना। आपके जैसों के पास, मालिक।''

मंगल्या की बात उसके हमउम्र मामू ने सुन ली।

''अरे तो रहो ना मजे में। इतना बड़ा खेत है। कहीं भी काम मिल जाएगा। चार लोग बोझ थोड़े ही बनेंगे।''

मामू ने गाँव के पासवाले खेत के कोने में झोपड़ी के लिए जगह बता दी। मंगल्या और भिकी ने शाम तक झोपड़ी बना दी। तीन पत्थरों का चूल्हा बनाकर भिकी ने तुअर की घुघरी पकाई।

''कल नदी किनारवाले खेत से काँटों का झंखाड़ तोड़ना है। बच्चों के साथ तुम भी शुरू कर दो काम।'' रात में घर की तरफ जाते हुए मामू ने तात्या को काम बता दिया।

सुबह तात्या से विदा लेकर निहाल गाँव की ओर लौट गया।

अतीत के जालों को झटककर तात्या ने काम शुरू कर दिया। कुल्हाड़ी के प्रहार से कँटीली झाड़ी टूटकर बेजान होने लगी। झाड़ी में उलझी कुल्हाड़ी को खींच निकालते समय उसे काँटों के स्थान पर मोहन, रघुवीर, उदय और नम्बरदार के लुच्चों का चेहरा दिख पड़ता। फिर आवेश से वह कँटीली झाड़ी पर टूट पड़ता।

''अजी ओ मेहमान, अब बस भी करो काम। दिन चढ़ गया।'' मामू के बड़े बेटे

ने आवाज दी।

तात्या ने अधकटी बेर की टहनी पर आखिरी आघात कर दिया।

"क्या भाई ! कैसा ये तुम्हारा काम करना ! तुम्हारे बदन में शैतान तो नहीं घुस गया ? मैं सुबह से देख रहा हूँ, न पानी पीना न पेशाब करना।"

"काम तो मन से करना ही होगा ना मालिक, नहीं तो हमारा निहाल भाई क्या कहेगा ?"

अपने हमउम्र तात्या को फकीरा ने मन-ही-मन सराहा।

"ऐसे बाघ के माफिक काम करनेवाले आदमी को भला कोई कुछ कहेगा ?" फकीरा ने दिल से कहा।

"सच कहूँ भाई, इस दुनिया में कौन किसका है ? लेकिन सग्गे भाई से बढ़कर काम किया है निहाल ने मेरे लिए। मैं कौन लगता हूँ उसका ? उसके एहसानों का बदला मैं इस जनम में नहीं चुका सकता।" तात्या भावुक हो गया।

रात हो गई थी। आसमान में सितारों ने डेरा जमा लिया था। मानो जवार का ढेर बिखरकर दाना-दाना हो गया। मन्दिर से मृदंग आवाज दे रहा था। मंगल्या किसन को पेट से लगाकर सो गया था। भिकी और तात्या देर तक बिना बोले संवाद कर रहे थे। भिकी क्या सोच रही होगी ! जेल जाने पर वह कितनी परेशान हुई होगी। जेल से छूट आने पर तो गौरैया जैसी लग रही थी जिसका घोंसला बिखर गया हो।

"भिके," तात्या की आवाज से वह सहम उठी। अपने ही खयालों में खोई भिकी ने तात्या की ओर देखा।

तात्या के उसके सिर पर हाथ फेरते ही कई दिनों से अवरुद्ध धारा फूट पड़ी। आवेग से वह उसके गले लग गई। रोना किसी को सुनाई न दे इसलिए उसने अपने मुँह में कपड़ा ठूँस लिया और सिसक-सिसककर रोने लगी।

तूफान का जोर कम हो गया। बाहर का आसपास साफ हो गया। देर तक झोपड़ी थर्रा रही थी।

"आज हिरापुर का बाजार है। दोपहर की रोटी खाने के बाद गाँव में आ जाओ। बनिये को जवार बेचनी है।" मामू ने सुबह ही तात्या से कह दिया। "अपने लिए भी नर्म मिर्च ले आना। आढ़ धान ले जाना।"

दोपहर में पूरे होनेवाले काम को वक्त से बहुत पहले पूरा होते देख मंगल्या ने कहा, "दम से काम करना बेटे, कपड़ा ज्यादा तानोगे तो बीच में ही फट जाएगा।"

मंगल्या की बात को तात्या ने मान लिया।

"क्या होता है मंगल्या दादा, जब मैं काम करता हूँ तो मेरे बदन में जोश आ जाता है। फिर किसी चीज का ध्यान नहीं रह जाता। आँखों के सामने बस काम का पहाड़ होता है।"

"हाँ रे बेटे, इस पहाड़ को तोड़ने के लिए पूरी जिन्दगी पड़ी है।"

"बापू की बात को मानना चाहिए। नहीं तो हमेशा..." भिकी की बात सुनकर तात्या के दिमाग में नटखटपने का खयाल आया। बिना बोले ही उसकी मुस्कराहट को देखकर भिकी सबकुछ भाँप गई।

"मैं गाँव की तरफ जाता हूँ। सुबह मामू कह गया था।" जाते हुए तात्या ने कहा।

मन्दिर के आसपास के मैदान में दुकानें सजी हुई थीं। अनाज खरीदनेवाले दुकानदारों ने जमीन पर सफेद कपड़ा फैला रखा था। तीन पैरोंवाली बाँस की घोड़ी खड़ी कर दी थी। बीच में तराजू टाँग दिया था। परली ओर मिर्च, दाल, गुड़ आदि सामान की दुकान थी। एक रंग-बिरंगी कपड़ों की दुकान थी।

तात्या मामू के दरवाजे पर आ गया। मामू ने कोने में रखी जवार की बोरी तात्या की पीठ पर रख दी। उसके पीछे-पीछे बाजार चले। एक दुकान के पास थम गए। तात्या को बोरी नीचे रखने को कहा।

"राम-राम साहूकार !" कान साफ करते हुए दुकानदार से मामू ने राम-राम किया। कनखोदनी को जेब में डालते हुए वह जल्दी से उठा।

"राम-राम, मामू" कहते हुए पास आ गया। "क्या लाए हो मामूसाब ?"

"जवार।"

"अरे ऐ सुक्कड़, ऐन काम के वख्त कहाँ चला जाता है ? जब काम नहीं रहता तब सामने बैठा रहता है। काम के वख्त गायब हो जाता है।" आसपास देखते हुए दुकानदार ने नौकर को पुकारना शुरू किया।

"यह देखा, उधर से आ रहा है।"

लम्बा-चौड़ा, मोटा-ताजा मानो काला पहाड़ ही चलकर आया है। उसकी सुर्ख आँखें जैसे अंगारे बरसा रही थीं। पास आकर उसने एक बार मामू की ओर देख फिर दुकानदार की ओर देखा। तमाखू की पीक थूक पैर से उस पर मिट्टी डाल दी।

"मामू की तोलाई कर।" दुकानदार ने आदेश दिया।

तात्या ने जवार की बोरी उठा ली। काले पहाड़ ने दाएँ हाथ से तराजू का पलड़ा जमीन की ओर दबा दिया। तात्या ने बोरी पलड़े के बीचोबीच रख दी।

काला पहाड़ दूसरे पलड़े में वजन डालने लगा। दस सेरवाला रस्सा पलड़े की कड़ी में लटका दिया। बोरेवाला पलड़ा धीरे-धीरे नीचे आने लगा।

दुकानदार वजनवाले पलड़े के पास आ गया। मन-ही-मन हिसाब लगाया।

"एक मन पाँच धड़े हुए, मामा।"

"कम कैसे हो गया ?"

"देखो ना, सब आपके सामने ही तो है।" लाल आँखों को घुमाते हुए काले पहाड़ ने कहा। दुकानदार काँइयाँपन से मुस्करा रहा था।

मामा चकरा गए। अपने हाथ से तौलकर रखा था। इतना कम कैसे होगा ?

चार-आठ सेर इधर-उधर हो सकता है लेकिन पचास सेर एकदम कम कैसे हो रहे हैं ?

तात्या तराजू की तरफ देख रहा था। उसका ध्यान पलड़े को लटकाए मोटे रस्से की तरफ चला गया। अनाज की खरीद में दुकानदार की चालबाजी ध्यान में आ गई। सबको लूटनेवाले दुकानदार के प्रति गुस्सा उबल पड़ा।

''यह पलड़े में क्या लगा रखा है ?'' तात्या ने मोटे रस्से को कड़ी से निकालते हुए पूछा।

''ऐ, उसे हाथ मत लगाना। जोत लगाए बिना कोई भी अनाज नहीं खरीदता।'' तात्या की ओर दौड़ते हुए काला पहाड़ चिल्लाया।

तात्या के हाथ से रस्सा छीन लेने के लिए उसने हाथ आगे बढ़ाया तो उसकी कलाई पकड़कर तात्या ने कहा, ''यह ठीक नहीं है।''

तात्या द्वारा मजबूती से पकड़ी कलाई को छुड़वाने के लिए काला पहाड़ झगड़ने लगा। दुकानदार ने गालियों की बौछार लगा दी। काले पहाड़ को कसकर पकड़े पीछे ढकेलते हुए तात्या ने पूछा, ''इसमें तेरा हिस्सा कितना है ?''

काला पहाड़ पलभर के लिए ठिठक गया। सहमकर आसपास देखने लगा।

''कौन है रे तू अक्ल का दुश्मन ? मामा, अनाज नहीं देना है तो घर ले जाओ वापस। मैंने ऐसे दो कौड़ी के छप्पन नौकर देखे हैं।'' आस्तीनों को पीछे हटाते हुए दुकानदार बड़बड़ाने लगा।

तात्या और मंगल्या झोपड़ी के सामने बैठे हुए थे। किसन रेत से घरौंदा बनाने में खोया हुआ था। सामने से काला पहाड़ आता हुआ नजर आया।

''मैंने तुम्हारा लोहा मान लिया, दोस्त। तुम्हारे एक सवाल ने मेरी आँखें खोल दीं। मेरे दिमाग में ये बात आई ही नहीं थी।''

तात्या को खुशी हुई। मंगल्या की ओर मुड़कर उसने कहा, ''मंगल्या दादा ये...''

तात्या को उसके नाम का पता ही नहीं था।

''मैं बिजन्या हूँ। खजूरी का बाशिन्दा।''

''मैं तात्या। उधर घाटाखेड़ी के पास बिरडे का रहनेवाला। बाप मर गया और पटेल ने जमीन से बेदखल कर दिया। पोखर में बाप की जमीन थी। वहाँ भी उन लोगों ने बसने नहीं दिया। झूठा इल्जाम लगाकर जेल में भेज दिया। एक हफ्ता हुआ, जेल से छूटकर आया हूँ। कहीं तो बसना था, सो यहाँ आ गया।''

''अपनी एक जैसी ही कहानी है दोस्त। सब काम करवा लेते हैं और फिर निकाल देते हैं।'' बिजन्या ने मन का दुखड़ा बता दिया और तात्या खुश था कि और एक जिगरी दोस्त मिल गया।

''भिके, सुन, आज साँझ को बिजन्यादादा अपना मेहमान है,'' तात्या ने कहा तो भिकी ने तीन पत्थरोंवाले चूल्हे में सूखी टहनियाँ डालना शुरू कर दिया।

जो पूरे गाँव को फाड़कर खा सकता था उस बली पटेल को गाँव पंचायत के फैसले ने अपाहिज कर डाला था। दो दिन बहुत बेचैन थे। घर से बाहर निकलने को जी नहीं चाहता था। बिरादरी को काला मुँह कैसे दिखाए ?

भुईफल में खबर फैल गई तब हिम्मत पटेल गाँव में नहीं थे। दूसरे दिन लौटने पर घरवाली ने खबर सुना दी तो उलटे पाँव पोखर आ धमके।

हिम्मत पटेल को दरवाजे पर देख पटेल को धीरज बँधा। कल से चचेरा भाई सरदार भी कहीं गायब हो गया था। ऐसे अवसर पर हिम्मत पटेल ने दालान में कदम रखा तो शिवबा पटेल ने उनकी ओर असहाय नजरों से देखा।

''सारी बातें तो आपके कानों पड़ी ही होंगी ?''

''हाँ ! मालूम नहीं था कि उलझन इस तरह बढ़ जाएगी। इसलिए जरा गाफ़िल रह गए। इतने में जो कुछ होना था वह हो गया। अब यह कैसे हो गया इसे दोहराने से कोई लाभ नहीं।''

''वह गाँव छोड़कर चला गया, लेकिन...''

''उसका बन्दोबस्त करना होगा पहले। फिर गाँव के लोगों को भी एक-एक करके देख लेंगे।'' हिम्मत पटेल के दिमाग में एक खयाल कौंध गया। ''तात्या ने जिसके भैंसे के कान काटे हैं, उसी को उकसाएँगे अभी। काँटे से काँटा निकल जाएगा।''

''हाथ-पैर धो लीजिए। थालियाँ परोस दी हैं।''

खम्बे के पास खड़ी नर्मदा ने कहा।

पटेल उठ गए। हिम्मत पटेल के हाथ में लोटा थमा दिया।

दोनों चूल्हे के सामने दीवार के पास बैठ गए। नर्मदा ने दोनों के सामने थालियाँ रख दीं।

''जसुदा कहीं दिखाई नहीं दे रही है।'' भोजन खत्म करते हुए हिम्मत पटेल ने पूछा।

''होगी यहीं कहीं। कहाँ जाएगी ?'' नर्मदा ने दुनियाभर की परेशानी को चेहरे पर जाहिर करते हुए कह दिया। ''जालम, देख तो, बैठी होगी पीछे सीढ़ियों पर।''

हाथ धोकर हिम्मत पटेल पिछले दरवाजे पर आ गए। पत्थर की आखिरी सीढ़ी पर जसुदा बैठी हुई थी। हाथ के रहठे से जमीन पर नदी की तस्वीर बनाई थी और बहते पानी की लहरों का चित्र बना रही थी।

''जसुदा...'' हिम्मत पटेल की आवाज से रहठे को जमीन पर स्थिर रखकर उसने ऊपर देखा। चेहरा फीका पड़ चुका था। सारी दुनिया के प्रति उपेक्षा और गुस्से का भाव उसकी काली पानीदार आँखों में दिखाई दे रहा था।

जसुदा को जमीन पर पानी की रेखाओं को खींचते देख हिम्मत पटेल सहम गए। यह कैसे दुर्मति सूझ रही है बेटी को !

उसके हाथ से रहेठा दूर फेंक दिया उन्होंने।

''उठ बेटी, चल घर के भीतर। ऐन दुपहर में पानी की रेखाएँ खींचना शुभ नहीं

होता। खाते-पीते घर में चारों दिशाओं से पानी भर गया तो सत्यानास होने में देर नहीं लगेगी।''

हिम्मत पटेल की बातें उसे अच्छी नहीं लगीं। मजबूर होकर वह उठ गई। दोनों हाथों की हथेलियाँ एक-दूसरे पर झाड़ दीं।

हिम्मत पटेल भीतर आ गए। काले कम्बल पर बैठ गए। पास में पटेल भी बैठ गए। नर्मदा कान लगाकर सुन रही थी। जसुदा अनमनी-सी खम्बे के पास खड़ी थी। सब चुपचाप थे। कोई बोल नहीं रहा था। यह खामोशी पूरे घर को जैसे निगलती जा रही थी।

''बेटी, जो हो गया सो हो गया। अब इसके आगे सँभलकर रहना।''

''क्या था और क्या हो गया ? तुम सब लोगों ने यह क्या बावेला खड़ा कर दिया है ?'' भड़ककर अंगार जैसे उसके शब्द निकल पड़े और वह जलती नजरों से सबकी ओर देखने लगी। ''क्या किया है मैंने ? उसके साथ बात की तो क्या आसमान टूट पड़ा ! उसका हाथ पकड़कर भाग तो नहीं गई ना ! तुम सब लोग उसकी जान के दुश्मन बने हो...मुझे बहाना बना रहे हो।...'' गले में आई हिचकी को वह निगल गई।

''तू क्यों उसकी तरफ से बोल रही है ? कौन लगता है तेरा ?'' बाहर आते हुए नर्मदा ने कहा, ''इतना बड़ा रामायन हो गया, मुँह उठाने को जगह नहीं रही गाँव में और फिर सिर उठाकर हमीं से देखो कैसे पूछती है जोर-शोर से।''

''गाँव के मुए खारिशी कुत्ते सब पीछे पड़े हैं। एक-एक की कमर में साँटी लगा देनी चाहिए। मैं रँडापा भोग रही हूँ तो क्या इसलिए इन निगोड़ों को लावारिस लगती हूँ कि कोई भी आए और झकझोर डाले ! एक-एक की अँतड़ियाँ बाहर निकाले बिना नहीं रहूँगी।''

जसुदा का दुर्गावतार देख सब सकते में आकर उसकी ओर देखते रह गए।

बाजार खत्म हो रहा था। तात्या की राह देखता हुआ बिजनिया पीपल के नीचे बैठा हुआ था। एक बार झोपड़ी की ओर भी हो आया लेकिन वहाँ कोई नहीं था।

आठ दिन पहले बाजार में तात्या से मुलाक़ात हो गई थी और पहली ही मुलाक़ात में दोनों में दोस्ती हो गई। ऐसी बातचीत हो रही थी मानो बरसों पुरानी पहचान हो।

पेड़ की लम्बी परछाइयों की ओर देख रहा था तो सामने से तात्या आता हुआ दिखाई दिया।

''कब आया दोस्त ?''

''दिन सिर पर आया तब पहुँचा। पर तुम्हारा पता ही नहीं।''

''खेत में काम चल रहा था ना।''

''मंगल्यादादा भी नहीं था झोपड़ी में।''

''हाँ, वो किसन को लेकर जंगल में गया और भिकी भी गई है काम पर। बिजनिया, बहुत याद आती रही तुम्हारी।''

"फिर क्यों नहीं आए मिलने ? दो कोस पर तो है बारी गाँव।"

"तुम अब क्या कर रहे हो ? उस बनिए का काम या..."

"तुमने कहा, उसी दिन बनिए का काम छोड़ दिया मैंने और नहीं तो क्या। उसके लिए लोगों के अनाज में डांडी मारना और फिर उसकी झिड़कियाँ भी सहना।"

"फिर क्या कहते हो ? मैंने एक-दो दिन काम किया खेत में लेकिन सच कहूँ तात्या, इस काम में दिल नहीं लगता। इससे बेहतर कि जंगल में जाकर रहें। जो मिलेगा कच्चा-वच्चा उसे खा लें, नहीं तो शिकार कर लें। लोगों की यह गुलामी..."

"मुझे भी कभी-कभार ऐसा ही लगता है दोस्त, मामू जैसा भलमानस बिरला, बाकी सब तो चूसते हैं।"

सामने एक साथ दो सिपाहियों को देख बिजनिया चेत गया। तात्या के पेट में शक की धाराएँ बहने लगीं। सिपाहियों के साथ बारी गाँव का कोटवार भी था।

"क्या रे साले बिजनिया, ये धन्धा शुरू किया ?" एक सिपाही ने जोर से पूछा।

"क्या हो गया सरकार ?"

"फिर मुँह उठाकर पूछता है ? तुम भीलड़े बाज नहीं आओगे ? हंटर के बगैर नहीं मानोगे। बनिए के घर चोरी तुम लोगों ने नहीं की तो क्या तुम्हारी परछाईं ने की ? बदमाश, बेशरमी से पूछता है ?"

"सरकार, हम जाति के भील हैं। चोरी करना नहीं जानते हम लोग। हम खुलेआम मारपीट करके डाका डालेंगे लेकिन इस तरह गुपचुप चोरी का इलजाम..."

"साले, सरजोरी करता है। चलो, थानेदार साब ने तुम्हें थाने पर बुलाया है।"

"हमने कोई चोरी नहीं की है। हम नहीं आएँगे थाने पर।"

"नहीं आएँगे तो हथकड़ियाँ पहनाकर ले जाएँगे।" एक सिपाही आगे बढ़ रहा है यह देख बिजनिया ने उसकी पसलियों में एक घूँसा दे मारा।

दूसरा सिपाही लाठी लेकर आगे बढ़ा। बिजनिया ने चीते की-सी गति से उसके हाथ से लाठी छीन ली और वह दोनों पर टूट पड़ा।

कोटवार चिल्लाने लगा। बिजनिया सिपाहियों को पीटकर उनका कचूमर निकाल रहा था। आवाज सुनकर बाजार के लोग इकट्ठा हो गए। अलग खड़ा रहकर मारपीट को चुपचाप देखनेवाला तात्या झट से बीच में घुस पड़ा। बिजनिया के हाथ की लाठी पकड़ ली।

"छोड़ो मुझे तात्याबा। एक बार सालों को दिखा ही देता हूँ।" बिजनिया गुस्से से लाल हो गया था।

कोटवार ने नम्बरदार और कुछ दूसरे लोगों को बुला लिया। भील ने पुलिस को पीटा इसको लेकर एक साथ ही प्रशंसा और भय की भावनाएँ भीड़ में फैल गईं। पुलिस की मदद करना नम्बरदार का काम था। पुलिस को पीटा गया। पटेल समझ नहीं रहा था कि थानेदार साहब अब क्या करेंगे ?

खंडवा की कोर्ट के सामने नीम के पेड़ के नीचे तात्या और बिजनिया पुलिस पहरे में बैठे हुए थे। दोनों के हाथों में हथकड़ियाँ और उनसे बँधी रस्सी सिपाहियों के हाथों में थी।

कैसा है यह नसीब का चक्कर। जो नहीं चाहा था वही सामने आ गया। गरम दिमाग के बिजनिया ने सिपाहियों पर हाथ उठाया। मैं तो सिर्फ वहाँ हाजिर था। पुलिस ने इस मामले में दोनों को गिरफ्तार किया। बिजनिया थाने में बता रहा था कि उसने चोरी नहीं की। लेकिन दोनों को जानवरों जैसा पीटा गया। साहब के सामने दो दिन मुकदमा चला। आज फैसला सुनाया जाएगा। क्या होगा फैसला ? फिर जेल की हवा।

मात्र कल्पना से ही तात्या काँप उठा।

''तात्या...'' तात्या ने आवाज की दिशा में देखा। सामने राजाभाऊ खड़े थे। साथ में निहाल भी था।

''मालिक, मेरी वजह से आपको फिर तकलीफ।''

''अरे तकलीफ़ काहे की। हम वकीलों का काम ही है यह। दोपहर बाद फैसला सुनाया जाएगा। देखेंगे क्या होता है।'' और वे कचहरी की ओर चल पड़े।

''दो दिनों से हिम्मत पटेल क्यों आने लगा है ? उसका क्या सम्बन्ध है बारी के बनिए के साथ ?''

''शिवबा पटेल, सरदार पटेल और भुईफल का हिम्मत पटेल ही इस खेल के पीछे हैं। किसी तरह तुम्हें अन्दर डालने की साज़िश है। मुझे पिछले हफ्ते ही हिम्मत पर शक हो गया था। गजा ने पटेल की बैठक में उनकी बातें सुन ली थीं। तुम्हें होशियार करने से पहले ही यह वाकया हो गया।'' निहाल ने तात्या को बताया।

''बिजनिया ने बनिए के घर चोरी नहीं की है।''

''वह सब तो ठीक ही है। झूठा इलजाम लगाकर तुम्हें पकड़वा देने के लिए कोई भी इलजाम चल सकता है ऐसा राजाभाऊ ने कहा था। आरोप में कोई दम नहीं। कोई सबूत नहीं दे पाए। लेकिन मारपीट का मामला तूल पकड़ सकता है। फिर जिस साहब के सामने पेशी हुई वह बड़ा घाघ है।''

''चल रे, बस हो गई फुकट की वकीली। बड़ा साब आ गया तो हमारी नौबत बजेगी।'' हथकड़ी की रस्सी पकड़े पुलिस ने निहाल को हटा दिया।

निहाल दूर हो गया। राजाभाऊ को खोजने कचहरी की ओर चल पड़ा। तात्या ने बिजनिया की ओर देखा। वह पेड़ के तने से पीठ टिका घोड़े बेचकर सो गया था। सारी दुनिया की चिन्ता छोड़ बेफिक्र सोए बिजनिया से उसे जलन होने लगी।

''चोरी के इल्जाम से तो बरी हो गए लेकिन पुलिस पर हमला करने का इल्जाम लगा दिया है साहब ने।'' राजाभाऊ ने बता दिया।

''मतलब ?''

''दोनों को तीन-तीन माह की सजा हो गई है। साहब ने ऑर्डर निकाला है, तुम्हें खंडवा रखेंगे और बिजनिया को जबलपुर जेल में। मेरा कोई बस नहीं चला।'' राजाभाऊ

के वचन में तात्या ने हमदर्दी और फिक्रमन्दी को महसूस किया।

''तीन माह की सजा दी ना साहब ने। कोई बात नहीं। तीन माह बाद एक-एक को देख लूँगा।'' उछलकर बिजनिया ने कहा। ''लगता है उनका इरादा हमसे भिड़ने का है।''

तात्या बिजनिया की ओर चुपचाप देख रहा था।

इस तरह से सवाल कैसे हल होगा ? एक बात से छुटकारा नहीं पाया तो फंदे में फिर पैर उलझ गया। जाते हुए तात्या ने कहा—''मंगल्या को बताना भिकी-किसन का खयाल रखे। ऐसा ही सन्देसा बिजनिया के घर भी पहुँचा देना।''

''तुम बिलकुल फिकर मत करो। मैं हूँ, मामू है, उंकार भी जाएगा।'' निहाल ने कहा।

तात्या और बिजनिया को लेकर पुलिस चल पड़ी। पीठ पीछे उन्हें निहाल देखता रहा।

खंडवा पुलिस थाने के दो सिपाही तात्या को और तीन सिपाही बिजनिया को लेकर थाने से निकल पड़े। बिजनिया को रेल से जबलपुर ले जानेवाले थे और तात्या को खंडवा जेल में। बिजनिया को तीन सिपाहियों समेत रेलवे स्टेशन पर छोड़कर दो पुलिसकर्मी बुरहानपुर रास्ते से चल पड़े। तात्या उनके साथ था।

जेल का कमानी दरवाजा दिखाई देने लगा। कमानी पर बना खपरैल का कमरा था। उस मीनार पर अंग्रेजों का झंडा फहरा रहा था।

जेल का बड़ा दरवाजा उत्तर की तरफ था। दोनों ओर मजबूत पत्थरों की चौड़ी दीवार थी। अठारह-बीस फुट ऊँची। दरवाजे के बीच लोहे की जाली के दो पटों का दरवाजा था। ऊपर पत्थर की कमान पर 1873 खोदा हुआ था।

बड़े दरवाजे के दोनों तरफ दो मकान थे। एक में जेल का दफ्तर और दूसरा कोठी घर। दोनों मकानों के उत्तर में दो बँगले थे। दाएँ बँगले में प्रधान जेलर और बाएँ बँगले में डॉक्टर का निवास था।

पुलिस के सिपाही तात्या को दफ्तर में ले आए। कागज़ बाबू को दे दिया। ''क्या नाम लिखा है—टंट्या भील।'' रजिस्टर में नाम दर्ज करते हुए बाबू ने कागज़ देखते हुए पूछा।

''गुनाह क्या है ?''

''टंटा-बखेड़ा और बदमाशी।'' साथवाले सिपाही ने बता दिया। दफ्तर का बाबू बाहर आ गया।

''अरे ओ श्यामसिंग, टंट्या को ले जाओ। उसके कागज़ साथ में भेज रहा हूँ।''

बड़े लोहे के दरवाजे में लगा छोटा दरवाजा अन्दर से खुल गया। तात्या झुककर भीतर आया। साथवाले सिपाही बाहर ही रुक गए। चौकीदार ने ताला लगा दिया। पहरेदार श्यामसिंग तात्या को लेकर बाएँ कमरे में आ गया। हाथ का कागज़ लम्बे

हट्टे-कट्टे मुच्छड़ जेलर के हाथ में दे दिया।

"कपड़ा उतारो।" श्यामसिंग ने तात्या की ओर मुड़कर कहा। मुच्छड़ जेलर ने बड़ा रजिस्टर निकाला। कागज़ पर लिखा नाम रजिस्टर में दर्ज किया।

"हाँ, शुरू कर..." जेलर ने श्यामसिंग से कहा।

"टंट्या, बाप का नाम भावसिंग, जात भील, साकिन गाँव पोखर तहसील खंडवा, जिला निमाड़।"

"हाँ, लिख लिया। आगे बोल।" जेलर ने टंट्या का हुलिया लिखना शुरू किया। श्यामसिंग बताने लगा।

"रंग गोरा, लम्बा चेहरा व चपटा दाग। पेशानी दबी हुई। ऊँचाई पाँच फुट साढ़े तीन इंच। गाल उभरे हुए और ठुड्डी दबी हुई। मूँछ भूरी। आँखें छोटी व नीली। नाक चपटी। भव पर बाल थोड़े, पपनी डेढ़ इंच बारीक। मुँह छोटा व होंठ छोटे व दाँत छोटे, कान लम्बे, टुचे हुए। गर्दन लम्बी व पतली। छाती 32 इंच व साफ। पीठ साफ। पेट साफ। काला निशान सीधे छाती के तले व कंधे साफ। घुटने पर एक दाग दोअन्नी बराबर।" श्यामसिंग वर्णन करते हुए रुक गया।

"उस दीवार तक चलकर दिखाओ।" श्यामसिंग ने तात्या से कहा। तात्या उसकी ओर अचरज से देखने लगा।

"अरे बाबा, क्या नाम है तुम्हारा...टंट्या, सुनाई देता है ना। गूँगा तो नहीं है ना ? वो लिखना बाकी है।"

तात्या दीवार तक चलता गया, फिर लौट आया।

"हाँ साब, लिखिए, चलते वक्त पाँव चट्चट् बोलते हैं। बस, हो गया तुम्हारा काम। यहाँ अँगूठे का निशान लगा देना।"

श्यामसिंग ने उसके अँगूठे को काली स्याही लगा दी। अँगूठे की छाप साहब के सामनेवाले रजिस्टर के पन्ने पर लगा दी।

"पाँच नम्बर की बैरक में डाल दो।" जेलर द्वारा आदेश मिलते ही श्यामसिंग ने तात्या से कहा, "चलो।"

पाँच नम्बर की बैरक के दरवाजे का ताला खोला गया। चौकीदार ने दरवाजे का डंडा निकाला तो ठन की आवाज हुई। आवाज की दिशा में भीतर के कैदी झाँकने लगे।

तात्या को भीतर ढकेलकर श्यामसिंग ने दरवाजा बन्द कर दिया और ताला लगा दिया। चाभियों का गुच्छा चौकीदार से लेकर कमर में लटका लिया और काम पूरा हो गया इस खुशी के साथ बड़े दरवाजे की तरफ चल पड़ा।

तात्या ने आसपास के कैदियों की ओर देखा। अजीबोगरीब चेहरों ने उसको घेर लिया था। वे हँस रहे थे, चिल्ला रहे थे, नाच रहे थे। धीरे-धीरे उनकी हँसी विकट होती गई और वहशी चेहरे हाथों में तीर-कमान और भाले लेकर उसकी ओर बढ़ने लगे।

तात्या झट से नीचे बैठ गया। दोनों हाथों से सिर पकड़, आँखें मूँद लीं।

"अरे ऐ साले, नाटक करता है क्या रे ? लगता है पहली बार हवा खाने आया है।"

"जाने दो दादा, धीरे-धीरे तुम्हारे नाम का गंडा बाँध लेगा।"

"चलो, तो मैं अब इसे दीक्षा देता हूँ। एक बार ये मेरा चेला बन जाएगा तो फिर आगे कोई फिक्र नहीं।" दोहरे भरकम बदन के, साँवले रंगवाले दादा ने तात्या को बाएँ हाथ से ऐसे उठा लिया जैसे किसी मेमने को उठा लेते हैं। उठाकर दन से नीचे जमीन पर पटक दिया।

बेखबर तात्या की आँखों के सामने अँधेरा छा गया। बिना किसी गुनाह के यहाँ आते ही अत्याचार शुरू हो गया था। तकलीफ़ की लहर कम होने पर दाँतों तले होठों को दबाकर उसने मन में सोचा–हम कितना भी भला व्यवहार करें आसपास के लोग पीछा नहीं छोड़ते। सब तरफ से जुल्म हो रहा है। कब तक सहेंगे इसे। और क्यों ? जैसे को तैसा के बिना दूसरा कोई चारा नहीं है।

उसकी आँखों के सामने रेवापुरी महाराजजी की मूरत आ गई। "उठ बेटे, तुझमें अद्‌भुत ताकत है लेकिन तू उससे अनजान है।" उसके कानों में महाराजजी की आवाज सुनाई देने लगी। तात्या जमीन पर उठकर खड़ा हो गया। उसकी आँखों में प्रतिशोध के अंगारे जल उठे।

तात्या सावधान हो गया। सहसा उसके अन्दर एक अद्‌भुत शक्ति का संचार हो गया। जिस हाथ ने उसे पकड़ा था उस पर दाएँ हाथ से उसने हथियार की तरह वार किया और अपने को छुड़ा लिया।

अनपेक्षित आक्रमण से दादा की आँखें चमक उठीं। चेहरे पर अचरज और गुस्से के भावों को रोकते हुए वह दोहरे बदन को जोर-जोर से हिलाता हुआ ठठाकर हँसने लगा।

दादा के हाथ को नए पंछी ने फटकारा यह देखकर आसपास के कैदियों की आँखों के सामने तारे चमकने लगे। अब हादसा होगा इस खयाल से उन्होंने आगे का खेल देखने के लिए अपने को तैयार कर लिया।

दादा ने बाएँ हाथ की मुट्ठी बाँधी। तात्या की कनपटी पर जोर से दे मारा। तात्या गश खाकर गिर पड़ा। किसी तरह अपने को सँभालते हुए जमीन पर बैठ गया। उसकी सहनशीलता का अन्त हो गया। हाथ-पैरों की रगों में खून दुगने वेग से दौड़ने लगा। तात्या तुरन्त उठ खड़ा हो गया।

जंगली सुअर की तरह झपट्टा मारकर तात्या उस पर टूट पड़ा। उसके तन में दस गुना ताकत बढ़ गई थी। जमीन पर औंधे गिरे दादा को वह लातों और मुक्कों से पीटने लगा।

आसपास के कैदी दौड़ पड़े। तात्या को खींचकर दूर हटाया। बदन को झटकते हुए दादा उठ गया। आँखों से अंगारे बरसानेवाले तात्या के पास गया। खुशी से अपने हाथ को आगे बढ़ाते हुए बोला, "मान लिया दोस्त तुमको। इस दादा को आज एक उस्ताद

मिल गया। आज से मैं तुम्हारा चेला। अच्छा, दोस्त, अपना नाम तो बता दो सबको।''

''मैं टंट्या भील। पीर के पोखर का हूँ।''

''वाह ! वाह ! क्या नाम है। टंट्या, बहुत अच्छा। मैं हूँ दौल्या।'' दौल्या दादा ने बड़े प्यार से टंट्या को गले लगा लिया।

सारे कैदी अवाक् होकर देखने लगे।

बड़े जेलर साहब शाम का चक्कर लगाने के लिए बैरक के सामने खड़े थे। दौल्या की पिटाई की खबर बाहर खड़े पहरेदार द्वारा जेल में फैल जाने से सन्नाटा छा गया था।

दाभी के दौल्या ने पिछले साल से खंडवा तहसील में आतंक फैला दिया था। लूटमार और मारपीट तो उसके बाएँ हाथ का खेल था। साढ़े छह फुट लम्बे दौल्या के सामने आते ही लोगों के हाथ-पैर ठंडे पड़ जाते थे। सालभर में वह तीसरी बार जेल में आया था। जेल में भी उसकी अलग ही हैसियत थी। इसीलिए सबका दादा बन बैठा था।

ऐसे दादा को मामूली और उसके सीने तक लगनेवाले नए कैदी ने मज़ा चखा दिया था और वह उसके सामने सीधा बन गया था, इस खबर पर कोई भी भरोसा करने को तैयार नहीं था।

इसके पहले दौल्या ने जेल में दो-चार बार मारपीट करके बखेड़ा कर दिया था। उसको रोकने में सिपाहियों का हौसला टूट गया था। फिर आज वह कैसे घोंघा बन गया ?

''टंट्या कहाँ है ?'' बन्द दरवाजे की जाली से श्यामसिंग आवाज दे रहा था।

पीछे कोने में बैठा टंट्या सामने आ गया।

''और वो दौल्या बांगर भील ?''

''क्यों रे कुत्ते, क्या काम है दौल्या से ? पिटाई करेगा ? सालो तुममें जितना दम है उतनी पिटाई करो। लेकिन याद रखो, मैं एक न एक दिन इस जेल से छूटनेवाला हूँ। बाहर आ जाने पर मुझसे पाला पड़ेगा। हाथ तोड़कर गले में बाँध दूँगा।'' दौल्या की दहाड़ से वार्ड की दीवारें काँप उठीं। श्यामसिंग ने बड़े जेलर की ओर देखा।

''ऐ साब !'' बड़ा जेलर अगले वार्ड की तरफ जाने लगा था तब दौल्या की पुकार सुनकर रुक गया। ''तुम सबको बड़ी खुशी हुई होगी ना, खबर सुनकर कि इस टंट्या ने मेरी पिटाई की। है ना ? सच कहूँ साब, तुम लोगों में जो हिम्मत नहीं वो टंट्या में है। इसीलिए मैंने उसको गुरू मान लिया। पर याद रखना साब ! टंट्या और मैं दोनों एक ही हैं। हम सब कैदी एक हैं।''

दौल्या के कथन से जेलर के दिमाग में चींटियाँ चलने लगीं। सब कैदी अगर एक हो गए तो ? बेचैन होकर वह अपने दफ्तर में जा बैठे।

सारे कैदी प्रशंसा और आदर से दौल्या की ओर देखने लगे।

''सबर से काम लेना दौल्या भाऊ।'' तात्या ने भाऊ कहा तो दौल्या का गुस्सा ठंडा हो गया। उसके भाई नहीं था। उसकी माँ ने तीन बच्चियों को जनम दिया था। चौथी

बार माँ चल बसी। महीना होते न होते बाप ने पड़ोसन को घर बैठा लिया। बहनें बीमार होकर एक के बाद एक चल बसीं। दवा-दारू काम न आई। दौल्या दुनिया में अकेला रह गया। उसे भाई कहनेवाला कोई बचा नहीं था।

तात्या ने 'भाऊ' कहा और जंगल में उगे इस नागफनी के काँटे झड़ गए।

''अपनी ही तकदीर में यह खींचातानी क्यों टंट्या दादा ?'' अपने ही सोच में डूबे दौल्या ने दुखभरे स्वर में टंट्या से पूछा।

''हर एक की बात तय करती है। रेवापुरी के महाराजजी कहते थे कि इसे हम नहीं बदल सकते। हमें उसका सामना करना है। मुझे एक बात बता दो दौल्याभाऊ इस वक्त तुम कहाँ हो और तुम्हें क्या करना चाहिए ?''

टंट्या के सवाल पर दौल्या हकबकाकर उसकी ओर देखता रह गया।

''अभी हम खंडवे की जेल में हैं। जेल में रहना, जितने दिनों की जेल है, उतने दिन काटना। दूसरा क्या सोच सकते हैं ?''

''ऐसा क्यों नहीं समझते तुम कि हम जेल में हैं ही नहीं।''

''जेल में हैं तो ऐसे कैसे समझेंगे कि जेल में नहीं हैं ? इस सबको तोड़-फोड़कर मैं बाहर जाना चाहता हूँ।'' दौल्या ने कहा।

टंट्या ने दौल्या के कन्धे पर सहानुभूति से हाथ रख दिया।

''कुछ भी करने से पहले करने की चाह ठीक ही है दौल्या। लेकिन इस खयाल के भीतर तक गए बगैर हम कुछ नहीं करेंगे।''

रात के खाने का वक्त हो जाने से बैरक का दरवाजा खुल गया। एक-एक कैदी बाहर जाने लगा। सबके बाद दौल्या और टंट्या बाहर आ गए।

''टंट्या भावसिंग, चल, मिलने आए हैं।'' श्यामसिंग ने पुकारकर कहा।

टंट्या दरवाजे के पास आ गया। कौन आया होगा मिलने ? एक साल नागपुर में था तब तो कोई नहीं आया था। खंडवा नजदीक होने से आने में सुविधा थी।

''टंट्याभाऊ, मैं भी साथ आ जाऊँ ?'' हँसते हुए दौल्या ने कहा।

टंट्या ने श्यामसिंग की ओर देखा।

''उसकी फिकर मत कर। वो छोड़ेंगे मुझे।''

''फिर मुझे क्या हर्ज है ! दरवाजे से टंट्या और दौल्या बाहर आ गए। श्यामसिंग ने बैरक को ताला लगा दिया। बड़े दरवाजे के पासवाले कमरे की खिड़की के पास ले आया।

जाली के पार ठाकुर नारायण खड़ा था।

''राम-राम ठाकुर भाऊ।''

''तात्या, तुम्हारी याद आ गई और कल पोखर चला गया। वहाँ तुम्हारे दोस्त से सब पता चल गया। वह बड़ा दुखी है बेचारा।'' ठाकुर नारायण रुँधे गले से बोल रहा था, ''तुम्हें किसलिए अन्दर डाला गया है ?''

सिपाहियों ने बिजनिया पर झूठा इल्जाम लगाया। मैं उसके साथ था। उसने

सिपाहियों पर हाथ उठाया। साहब ने फिर अन्दर डाल दिया।

"वह सब निहाल ने बता दिया। ये कौन है ?"

"ये दौल्या। अपना एक और दोस्त।"

"राम-राम दौल्याभाऊ। मैं ठाकुर नारायण। मैं तात्या के साथ जेल में था। तात्या बिलकुल सीधा आदमी है। बेचारे को दुबारा जेल में डाल दिया गया।"

"मैं तुमको बताऊँ ठाकुरभाऊ ? आज की दुनिया में सीधे आदमी की नहीं चलेगी। जैसे को तैसा बर्ताव नहीं करोगे तो लोग तुम्हें नहीं मानेंगे। टंट्या ने मुझे इसकी परतीत पहले ही दिन करा दी।"

दौल्या की बातों में ठाकुर नारायण ने देखा कल का एक भरोसेमन्द साथी। तात्या शान्ति से सोचनेवाला तो दौल्या जैसे को तैसे की बात करनेवाला।

"तुम कब तक सरकारी मेहमान बने हुए हो ?" ठाकुर ने दौल्या से पूछा। "तात्या के बारे में मैं जानता हूँ।"

"टंट्या दादा के एक हफ्ते पहले मैं बाहर आ जाऊँगा।"

"माघ पंचमी को शिवबाबा के मेले में मिलेंगे हम लोग। मेला दस दिन तक चलता है। नारायणभाऊ तुम भी आ जाना। मैं दौल्या को लेकर पहुँच जाऊँगा। हो सके तो तुम उंकार और निहाल को खबर कर दो। वो मंगल्यादादा को बता देंगे। जब से मैं यहाँ आया हूँ, सोचता जा रहा हूँ। सब अपने साथ एक जैसा ही बर्ताव कर रहे हैं। झूठा इल्जाम लगाकर जेल भेज रहे हैं। तुमको भी मालगुजार ने उलझाकर नागपुर जेल में भेज दिया था। अब बिजनिया को दूर जबलपुर भेज दिया है। मुझे आज रेवापुरी के महाराजजी की याद आ रही है। वे कहा करते थे, गरीब का कोई रखवाला नहीं होता। जब तक गरीब हाथ में हथियार नहीं उठाता तब तक ये भेड़िये हमारा शिकार किए बिना नहीं रहेंगे। इसलिए जो शोषित हुए हैं उन्हें एक होना होगा। दूसरा कोई रास्ता नहीं दिखाई देता मुझे।" तात्या ने दूर देखते हुए कहा और ठाकुर ने अचरज से उसकी ओर देखा। मानो टंट्या का एक नया पुनर्जन्म देख रहे हों।

"चलो, टंट्या। टाइम खतम हो गया। चल रे दौल्यादादा।" श्यामसिंग ने कहा।

ठाकुर नारायण ने खिड़की के बाहर से हाथ हिला दिया। टंट्या, दौल्या के खिड़की से ओझल हो जाने पर वे मुड़ गए। उनके कदम तेजी से चलने लगे।

सतपुड़ा के शिखर पर खानदेश का पाल है। उसकी उत्तर दिशा में घने जंगलों में पहाड़ के माथे पर अम्बा है। यहाँ से खंडवा जिला शुरू हो जाता है। अम्बा के उत्तर-पश्चिम में होलकरों के खरगोन की सरहद है तो दस कोस पर बुरहानपुर के पार निजाम का बराड़ प्रदेश है। चार जिलों और चार प्रदेशों की सरहदों ने मानो अम्बा के आसपास हाथ मिलाए हैं।

अम्बा गाँव की दस-बीस झोपड़ियों और उनमें बरसों से रहनेवाले लोगों ने

जंगल से रिश्ता कायम किया था। बाहर की दुनिया से उनका सम्बन्ध नहीं के बराबर था।

अम्बा की उत्तर दिशा में हाथी के सूँड़ जैसी पहाड़ों की एक कतार थी। यह राजपीपला नाम से जानी जाती थी। दो कोस सीध में चलनेवाली इस कतार को बीच में ही मानो छुरी से काटकर दो रेखाएँ बनाई गई थीं और इन दो कतारों के बीच सुक्ता नदी बह रही थी। सुक्ता की धारा से माटी बह जाने से बड़ी गहरी घाटियाँ बनी हुई थीं। दोनों किनारों पर घने जंगल का आच्छादन था। घने जंगल में छोटी-छोटी पहाड़ियाँ छिप गई थीं।

सात कोस घाटी जहाँ समाप्त हो जाती है वहाँ पहाड़ों ने तश्तरी का आकार धारण किया था। बीच की गहराई में पेड़ों से आच्छादित सुक्ता नदी बह रही थी।

माघ सुदी पंचमी बसन्त पंचमी का दिन होने से सुबह से ही दर्रेघाटी के लोग सुक्ता के किनारे गम्भीरपुरा आने लगे थे। आसपास की पहाड़ियों के लोग एक-दो दिन की रोटियाँ बाँधकर पहाड़ी चढ़ाई-ढलान पार करते हुए आ रहे थे। दूर गाँव के लोग बैलगाड़ियों, छकड़ों में बैठकर आ रहे थे।

आज से शिवबाबा का दस दिनों का मेला शुरू होता है। चींटियों की कतारों की तरह निमाड़ के हर क्षेत्र से लोग सुक्ता के किनारे आने लगे। रातभर की यात्रा कर लोग सुबह शिवबाबा के दरबार में हाजिर हो रहे थे। सुक्ता के छलछलाते पानी में डुबकी लगाते ही यात्रा की थकान मिट जाती थी। तीन पत्थरों के चूल्हे बनाकर औरतों ने रसोई शुरू कर दी थी। कच्चे-बच्चे खाली जगह में दिल खोलकर खेल रहे थे।

दोपहर तक पूरा परिसर रंग-बिरंगे कपड़ोंवाले लोगों से खिल उठा। नदी से शिवबाबा तक के रास्ते पर छोटी-बड़ी दुकानें सजी हुई थीं।

इमली के पेड़ के नीचे मिट्टी के ओटले पर जगदम्बा का सिन्दूरी पाषाण खड़ा था। कुछ दूरी पर आम के पेड़ के नीचे शिवबाबा की पत्थरों की समाधि थी।

शिवबाबा सिद्ध पुरुष थे। सौ वर्ष पूर्व जन्मे शिवभक्त थे। माता जगदम्बा का वरदान उन्हें प्राप्त था। समूचे निमाड़ पर उनका कृपाछत्र था। सभी जाति-धर्मों के लोग उनके भक्त थे।

निमाड़ पर अनेक विपत्तियाँ आईं लेकिन शिवबाबा की कृपा से सब दूर हो गईं। उन्होंने लोगों को विपत्तियों का सामना करने की शक्ति दे दी। स्वयं विपत्तियों को सहा। निमाड़वासियों की यह श्रद्धा थी। इसीलिए किसी भी नए काम की शुरुआत करनी हो तो लोग बाबा के दरबार में हाजिर होकर इजाजत माँगते। बाबा का कौल मानते। संकट आने पर बाबा से अभय माँगते। संकट में बाबा भक्तों की सहायता के लिए दौड़े चले आते। ऐसी अनेक कहानियाँ लोगों में प्रचलित थीं।

बाबा के सामनेवाले बड़ के पेड़ के पास से एक पथरीली बैलगाड़ी-सड़क ऊपर पहाड़ की ओर जाती है। दर्रे से आगे वह खंडवा की ओर चली जाती है। सड़क की एक शाखा

बाईं ओर सबलगढ़ की ओर जाती है तो दूसरी दाईं ओर असीरगढ़ की ओर।

तीसरे प्रहर आम के पेड़ के नीचे तात्या की राह देख रहे ठाकुर नारायण की बेचैनी बढ़ने लगी। अनुमान था कि दोपहर तक तात्या आ जाएगा। ऐसा ही तय हुआ था।

''मास्टरजी, कुछ गड़बड़ तो नहीं हो गया होगा ?'' ठाकुर नारायण ने अधीर होकर रामनारायण से पूछा।

''न तात्या आया, न उसके साथी आए।''

रामनारायणजी के मन में भी शक पैदा हुआ। दूसरे ही पल उन्होंने इस अभद्र विचार का त्याग किया। धीरज बँधाते हुए ठाकुर नारायण से बोले, ''आ जाएँगे। निकलने में देर हो जाती है। कुछ रुकावट होती तो क्या हमें खबर नहीं करते ?''

ठाकुर नारायण ने मन-ही-मन शिवबाबा को दुहाई दी। ऐसा-वैसा कुछ न होने देना। अगले साल बकरे की कन्दूरी लेकर हाजिर हो जाऊँगा। जहाँ बैठे थे वहीं से पीछे की ओर देखकर उन्होंने हाथ जोड़ दिए।

''फिकर मत करो।''

''मास्टरजी, समझता हूँ कि फिकर नहीं करनी चाहिए। लेकिन भीतर कोने में कहीं धकधक होती है। इसीलिए सारी जिम्मेदारी शिवबाबा पर डाल दी। मुझे यकीन है, शिवबाबा तात्या को लेकर जरूर आ जाएँगे।''

सफेद दाढ़ी पर हाथ फेरते हुए मुस्कराकर रामनारायणजी ने कहा, ''हम मनुष्यों की यह बात अच्छी है कि विपत्ति आ गई तो उसे भगवान के भरोसे कर देना। उसको याद करना। एक तरह से यह भी ठीक ही है। भगवान का अस्तित्व हमें शक्ति दे जाता है। इस कल्पना से कि वह है, निराशा के बादल छँट जाते हैं। प्रयास से बन्द दरवाजे झट खुल जाते हैं।

''मास्टरजी, वो देखो, सब आ गए।'' पाँच-छह लोगों के झुंड के बीच ठाकुर ने तात्या को पहचान लिया।

''चलो, आखिर तुम्हारे शिवबाबा ने तुम्हारी बात मान ली।'' मुस्कराते हुए रामनारायणजी ने कहा।

''कितनी देर कर दी दोस्त ! फिक्र होने लगी थी।'' ठाकुर नारायण ने चिन्ता के स्वर में कहा।

''राम-राम मास्टरजी,'' तात्या ने रामनारायणजी के चरण छू लिए। ''ठाकुरजी ने बताया था कि आपने चिट्ठी भेज दी है। आप कब आए इधर ?''

''दो दिन हो गए। वकील साहब के पास खंडवा में तुम्हारे बारे में पूछताछ की। पता चला कि तुम अपने गाँव चले गए हो। फिर ठाकुर के गाँव चला आया।''

''मास्टरजी, ये है मंगल्या दादा। मेरे लिए बाप जैसा। बाप के गुजर जाने पर मंगल्या ने ही हमारी देखभाल की। पहले नागपुर और अब खंडवा जेल में था तब घर को देखनेवाला यही था।''

''राम-राम मालिक। आपके बारे में तात्या बहुत कुछ कहता था। देवता आदमी

हैं मास्टरजी ! मालिक, बच्चों को सँभालना !" हाथ जोड़कर मंगल्या ने कहा।

"मैं खजूरी का बिजनिया। टंट्या दादा का छोटा भाई। और ये दौल्या। अपना एक और भाई।" बिजनिया ने अपनी और दौल्या की पहचान करा दी।

"तात्या का टंट्या नाम कब से हो गया ? टंट्या, पसन्द आया यह नाम मुझे।" ठाकुर नारायण ने हँसते हुए कहा।

"खंडवा जेल में सब टंट्या कहते थे। सिपाही ने टंट्या लिख दिया और बिजनिया ने उसी नाम को पकड़ लिया।"

"हम टंट्या ही कहेंगे। अच्छा है।"

शाम हो गई थी। सब शिवबाबा की समाधि के पास इकट्ठा हो गए थे। मंगल्या झट से सबके आगे चला गया। शिवबाबा के सामने पेट के बल लेटकर दंडवत किया। जमीन पर नाक रगड़ी।

"सेवाबाबा, क्या ग़लती हो गई पता नहीं पर अब ये चक्कर मत भेज मेरे बच्चे के लिए। हम ठहरे गरीब और अनाड़ी। तेरी किरपा है इसलिए दरवाजे पे आए हैं।" मंगल्या ने दोनों हाथों से कानों की लवें पकड़ लीं। फिर एक बार नाक रगड़कर खड़ा हो गया। उसके पीछे टंट्या खड़ा था।

"बेटे, बाबा का असीरवाद है पूरे मुल्क पर। उसको दुहाई देने पर काम फतह हो जाता है। तेरी जो चाह होगी उसे बाबा के सामने बोल दे। कुछ भी मत छिपा। सबके मन की बात सेवाबाबा देखता है।"

टंट्या ने शिवबाबा के सामने हाथ जोड़ दिए। आँखें मूँद लीं। आँखों के मूँद लेते ही बीती घटनाओं की शृंखला आँखों के सामने से गुजरने लगी। माँ-बाप के बेचारगी-भरे चेहरे दिखाई दिए। बिरडा गाँव के लोग दिखाई दिए और पोखर के लोग। पुलिस के सिपाही। निहाल के मामू। धीरज बँधानेवाले खंडवा के वकील साहब।

"मेरा क्या अपराध शिवबाबा ? मैंने शिवबा पटेल को बाप की इज्जत दी। उस पर भरोसा कर कागज पर अँगूठा लगा दिया। अदालत में उसके कहने मुताबिक बयान दिया। क्या हो गया इसका ? साहब ने गुनहगार बताकर जेल भेज दिया। छूटकर आया तो वह जमीन भी नहीं मिली। जसुदा के बहाने गाँव से निकाल दिया। फिर झूठा इलजाम लगाकर जेल की यात्रा करा दी।

"मेरी क्या ग़लती थी ? क्या मैंने जमीन का हक माँगा, यह ग़लत किया ? फिर रेवापुरी के महाराजजी जो कहते हैं उसका क्या मतलब ? महाराजजी ने बताया कि मुझे यह काम करना है। क्या मैं सचमुच कर सकता हूँ ? मुझमें वह ताकत कहाँ है ? और इन सबको सबक सिखाना हो तो मैं अकेला कैसे इन सबका मुकाबला कर सकता हूँ ?"

"अरे ओ दादा, कब तक इस तरह खड़े रहोगे सेवाबाबा के सामने रास्ता रोककर ? जरा हट जाओ ना। दूसरे लोग रुके हुए हैं पीछे।" पीछे से किसी ने जोर से आवाज दी।

टंट्या होश में आ गया। दोनों हथेलियाँ गालों पर मार लीं। पीछे मुड़कर देखा। उसकी वजह से लोग रुके हुए हैं यह देखकर किनारे हट गया।

''ठाकुरजी हम यहाँ बेफिक्र होकर नहीं बैठ सकेंगे। बाबा के दरसन कर ऊपर जाएँगे जामुनबन में। यहाँ बैठेंगे तो मेले के लोग सूँघ लेंगे। जब से मैं, बिजनिया और दौल्या जेल से छूट आए हैं, गाँव में खबर फैल गई है। हो सकता है उन्होंने हमारे पीछे मुखबिर लगा दिए होंगे। इसलिए मुझे लगता है, हमारा यहाँ बैठना ठीक नहीं होगा।'' टंट्या ने कहा।

''तुम ठीक कहते हो टंट्या। मैं भी यही सोच रहा था अभी आम के नीचे बैठकर तुम्हारी राह देख रहे थे तो दो-चार लोगों ने बेकार की पूछताछ की थी, तभी मुझे शक हो गया था।''

''उंकार, तू आगे जा। नदी किनारे ऊपर की ओर जगह देख ले। हम बाबा को मत्था टेककर आ जाते हैं।'' टंट्या ने उंकार को आगे भेज दिया।

अब भीड़ बढ़ गई थी। शिवबाबा के सामने मत्था टेककर एक-एक आदमी वहाँ से ऊपर की ओर जाने लगा।

सबके बाद रामनारायणजी आ गए। शिवबाबा के सामने हाथ जोड़कर मित्रसंवाद की तरह शिवबाबा से कहने लगे, ''शिवबाबा तुझ पर श्रद्धा है इसलिए सब इस दरबार में हाजिर हो गए। तेरे पास जो भी आता है अपने लिए कुछ माँगने आता है और तू किसी को 'नहीं' कहता नहीं। शिवबाबा ! यह अच्छी बात नहीं है। क्योंकि जो सम्भव नहीं है उसकी भी जिम्मेदारी तू ओढ़ लेता है।

''मैं मास्टर हूँ। आज मैं अपने लिए कुछ भी माँगने नहीं आया हूँ। सबकी शिकायत तुझे सुनाने आया हूँ। जो बली हैं वो दुर्बलों को कब तक सताते रहेंगे ? ये जंगल के लोग इसी तरह घिसटते रहेंगे तो इसका अन्त क्या होगा ?

''मुझे अभी इन बातों का जवाब नहीं चाहिए। न ही मैं कोई उपाय चाहता हूँ। बस, अगर तेरी अदृश्य शक्ति होगी तो इन लोगों को धीरज दे दे और दे दे अपनी ममता की छाया। और दे दे अन्याय और जुल्मों के खिलाफ एक हो जाने की ताकत।

''सबकी यही श्रद्धा है कि तेरे असीस से यह काम हो।'' रामनारायणजी अभिभूत होकर माँग रहे थे।

सब जामुनबन में बैठे पीछे रह गए रामनारायणजी की राह देख रहे थे। रामनारायणजी के साथ निहाल भी था।

''मास्टरजी, शिवबाबा से क्या माँग लिया ?'' पास आए रामनारायणजी से ठाकुर नारायण ने पूछा।

''मैंने बाबा से प्रार्थना की कि मेरी ताक़त इन नौजवानों को दे दे।''

''मास्टरजी, आपकी ताक़त हमारी ताक़त है।'' टंट्या ने कहा।

''तुमने क्या माँगा शिवबाबा से टंट्या ?'' नीचे बैठते हुए रामनारायणजी ने पूछा।

"मैंने अकेले के लिए कुछ नहीं माँगा बाबा से। इधर मैं जब-जब सोचता हूँ तब-तब मेरी खातिर जान देने को तैयार दौल्या, बिजनिया, उंकार, ठाकुरजी और आपकी ही याद आती है। ये लोग मेरे कौन लगते हैं ? और क्यों मेरे काम आ रहे हैं ? इसलिए मैंने बाबा के सामने एक ही माँग रख दी। मुझे कुछ नहीं चाहिए लेकिन मेरे इन साथियों को अच्छा काम करने के लिए ताक़त दे दे।"

टंट्या की बात सुनकर रामनारायणजी चकित रह गए।

"क्या करोगे ताक़त माँगकर ?"

"मैं ठीक तरह से बता नहीं पाऊँगा मास्टरजी, लेकिन मुझे लगता है कि अपने अकेले के बारे में सोचने से कुछ नहीं होगा। मेरा इस तरह उजड़ जाना, ठाकुरजी की परेशानी और इस बिजनिया का क्या गुनाह है ? सबका एक ही कारण मुझे नजर आ रहा है। ये बड़े लोग हमें निचोड़े बगैर नहीं छोड़ेंगे और उनकी बात नहीं मानी तो साहब के कुत्ते हमारे पीछे पड़ने को तैयार हैं।"

टंट्या की बातों को मंगल्या ध्यान से सुन रहा था। टंट्या के एक-एक शब्द से ठूँठ में मानो नए पत्ते फूट पड़ रहे थे।

"मालिक," आवेश में मंगल्या ने रामनारायणजी के सामने हाथ जोड़कर कहा, "शिवबाबा के सामने इस माँग को रखिए। हम कब तक इस दुरगत को सहते रहेंगे। कहीं भी गए तो कुत्ते पीछे पड़ जानेवाले आदमी जैसी हालत हो जाती है।"

"काटनेवाले कुत्ते का मुँह बाँध देना चाहिए या फिर उसकी दौड़नेवाली टाँग तोड़ देनी चाहिए।" ठाकुर नारायण ने कहा।

"इस तरह गोलमोल बोलने से अच्छा है, यह बताओ कि तुम क्या करनेवाले हो ?"

"अच्छा पूछ लिया मास्टरजी। दो दिन पहले मैंने सुना था। दौल्या का बहनोई बता रहा था। साहब ने जंगल की लकड़ी-जलावन लेने से जंगल के लोगों को मना कर दिया था। रातभर चौकी पर बिठा रखा, दोपहर छोड़ दिया। तब चौकीदार ने बताया कि अब जंगल की लकड़ी वगैरह को हाथ नहीं लगाने का, नहीं तो पकड़ ले जाएँगे।"

"फिर जंगल के लोग खाएँगे क्या, टंट्या ?"

"काँटे डाल लेना पेट में। साहब का ऐसा ही इरादा दिखाई देता है। और मैंने यह भी सुना है कि अपने लोग जंगल से लकड़ी वगैरह तो लाते नहीं, इस पर नजर रखने का काम पटेल और मालगुजारों पर सौंप दिया है। पहले से ही इन भेड़ियों ने गरीबों को बेजार कर दिया है और अब जंगल में रहनेवाले हमारे भाइयों को घर से बेदखल करने लगे हैं। कहाँ जाएँगे ये लोग ?" टंट्या के चेहरे पर सबकी चिन्ता दिखाई दे रही थी।

"लेकिन टंट्या, आज तक जिनके आसरे से रहे उन्हीं के साथ तू दुश्मनी कैसे मोल लेगा ?"

"मंगल्यादादा, इतने बरसों तक उसी का फल भुगत रहे हैं ना। इन सबके साथ

एकबारगी झगड़ा मोल लेना मुश्किल है। शुरुआत के तौर पर हम सब एक साथ तो आ गए हैं। एक साथ आकर मुकाबला किए बगैर जी नहीं सकेंगे। नहीं तो, ये लोग हमें फिर जेल की हवा खाने भेजे बगैर नहीं मानेंगे।''

''इतना बता दो कि हमें क्या करना है। एक-एक का कचूमर निकाले बगैर नहीं मानेंगे ये लोग।''

बिजनिया की बात पर रामनारायणजी ने शान्ति से कहा, ''दोनों तरह के काम करने होंगे। जहाँ सिर कटाना है वहाँ वो भी करेंगे, लेकिन उसके साथ ठंडे दिमाग से काम लेने की भी जरूरत है।

''आज हम एक बात करेंगे। टंट्या ने जो निश्चय किया है उसके लिए शिवबाबा की साक्षी में शपथ लेंगे। जहाँ भी अन्याय और अत्याचार होगा वहाँ उसके मुकाबले के लिए हम सब एक साथ खड़े होंगे। हम सबके दुश्मन एक जैसे ही हैं।'' ठाकुर नारायण ने आखिरी बात कह दी।

सब जैसे अभिभूत हो गए। शिवबाबा की समाधि को हाथ लगाया। शिवबाबा की आरती शुरू हो गई। सब वर्तमान को भूलकर बाबा की लीला गाने लगे।

गाँव के बाहर बरगद के पेड़ की बरोह को पकड़कर गजा खड़ा था। कल ही निहाल ने तात्या के आने की खबर दी थी। खंडवा से वह सीधे हिरापुर चला गया था। बसन्त पंचमी के दिन सब शिवबाबा के दरबार में मिलनेवाले थे।

तात्या से मिलने के लिए गजा बेताब था। दो दिन के लिए कोई जानवरों की देखभाल करता तो अच्छा होता लेकिन कोई मिला नहीं।

''गजा,'' टोकरी में उपले लेकर घर लौट रही जसुदा ने पुकारा।

बरोह से हाथ छूटकर गजा होश में आ गया। सामने जसुदा थी।

''तात्या की कोई खबर ?''

पिछले हफ्ते निहाल खंडवा जाकर मिल आया। शिवबाबा के मेले में सब मिलनेवाले हैं।

''छूटकर कब आ गया ?''

''हो गए पाँच-छह दिन। उंकार भी हिरापुर हो आया। मुझे भी जाना था लेकिन इन जानवरों में उलझ गया। शिवबाबा के मेले में जाना चाहता था। लेकिन जसुदा, तुम क्यों पूछ रही हो ?''

''वह मिले तो उसे एक सन्देसा देना है। कहना सँभलकर रहो। हिम्मत पटेल और सरदार पटेल को बोलते हुए मैंने सुना। उनकी कोई बुरी साजिश चल रही है। पहले भी दो बार उन्होंने धोखा किया था।''

''तात्या को सबकुछ पता है। अच्छा जसुदा, और कोई सन्देसा है तात्या के लिए ? उंकार जा रहा है शाम को।''

''मुझे अपनी जान की फिकर नहीं है। मेरे बाप ने मुझे काट डाला तो भी कोई

डर नहीं। लेकिन परेशानी इस बात की है कि तात्या के साथ कोई धोखा न हो।" पल्लू को मुँह से लगाते हुए उसने कहा और झट से घर की ओर चल पड़ी।

"भोला गजा भर्रा गया। कौन कहाँ का तात्या ? सबको उसकी फिकर क्यों लगी हुई है ? इतना महाभारत हो गया फिर भी जसुदा को उसी की फिकर है।

शिवबाबा के मेले में जगह-जगह अलाव जलने लगे थे। सड़क के किनारे मिट्टी के तेल की ढिबरियाँ टिमटिमाने लगी थीं। कुछ स्थानों पर महुए के तेल के दीए जल रहे थे।

पश्चिम की दिशा में आसमान में चन्द्रलेखा धीरे-से झाँकने लगी थी। जगह-जगह चूल्हों पर बकरे का साग खदबदा रहा था। उसकी गन्ध सर्वत्र फैली हुई थी।

शिवबाबा मन की मुराद पूरी करता है। मुराद पूरी हो जाने पर बाबा के लिए कन्दूरी बनाई जाती है। परिसर के लोगों को इस पुराने रिवाज की जानकारी थी। जिनकी मुराद पूरी हुई वे बकरा लेकर बाबा के दरबार में हाजिर हो रहे थे।

बसन्त पंचमी से पूनम तक चलनेवाले मेले में बाबा के सामने बकरे की बलि दी जाती है। बकरे की मुंडी और अगली दाईं टाँग बाबा को चढ़ाई जाती है। बाकी के बकरे को काटकर साथ आए लोगों को मांस का खाना खिलाया जाता है।

आज मेले का पहला दिन था फिर भी भीड़ काफी थी।

ठाकुर नारायण के परिवार के खाने का बन्दोबस्त किया था। मक्के की रोटी और बकरे के मांस का आयोजन था।

झाँझ और डफ की आवाजें सुनाई देने लगीं। शिवबाबा के सामने आँगन में बड़ा अलाव जल रहा था। अलाव की लपटें अँधेरे से आसमान की ओर झपट रही थीं।

शुरू में एक ही झाँझ और डफ की आवाज आ रही थी। अब चारों ओर से आवाजों का जंगल फूट पड़ा। हाथों में मशाल लेकर डफ, झाँझ, कड़ी और मंजीरे की आवाज के साथ छोटे-छोटे समूह अलाव की दिशा में आगे बढ़ने लगे।

पूरे मैदान में पलीते जल रहे थे। डफ और झाँझों की ताल पर नाच रहे थे। लगता था कि आसमान से सितारे नीचे उतरकर नाच रहे हैं।

झूमते हुए लोग पलीतों के साथ अलाव की ओर आ रहे थे। पूरा मेला ही जैसे आवाज की ताल पर नाच रहा था। देखते-ही-देखते हज़ार-पाँच सौ लोगों के समूह ने लय में कदम बढ़ाते हुए एक गोलाकार घेरा बनाया। इसमें स्त्री, पुरुष, बच्चे, बूढ़े सब थे। अनेक बाजे लेकिन ताल एक। नाचनेवाले बेहोश होकर नाच रहे थे। आसपास खड़े लोग भी पैरों से ताल दे रहे थे।

पूरा मेला बाजों की संगत में झूम रहा था। सारी भीड़ पर एक तरह का नशा-सा छा गया था।

देर रात अलाव के चारों ओर गाना-नाचना धीरे-धीरे कम होता गया और लोग

इधर-उधर लेट गए।

सुक्ता नदी के पानी में पूरब की लालिमा दिखाई देने लगी। पंछियों के चहचहाने से परिसर जागने लगा। लोग रात का नशा छोड़कर जागने लगे।

सुक्ता की धारा पूरब की ओर बह रही थी। वहाँ सँकरी घाटी बन गई थी। वहाँ से पानी की धारा नीचे गिर रही थी। गिरनेवाले पानी से नीचे की तरफ एक छोटा-सा प्रपात बन गया था।

सूर्यनारायण के आगमन का संकेत सुक्ता की सँकरी धारा की लालिमा में दिखाई देने लगा। कुछ देर बाद तेजःपुंज किरणें झाँकने लगीं।

नदी के दोनों किनारों पर लोगों की भीड़ लगी हुई थी।

कमर में मटमैला कपड़ा लुंगी की तरह बाँधकर रामनारायणजी नहाकर लौट आए थे। गोरी कान्ति और सफेद दाढ़ी के राजनारायणजी तरोताज़ा लग रहे थे। ठाकुर नारायण पहले ही आ चुके थे। धीरे-धीरे सब इकट्ठा हो गए।

''मैं आज चला जाऊँगा। कल होशंगाबाद में कुछ लोगों से मिलना है। दो माह बाद कहाँ मिलना है, इसे आज ही तय करेंगे।''

''हमारे गाँव आ जाना।'' ठाकुर नारायण बोले।

''हमारे खजूरी में आओ तो भी ठीक रहेगा। एक अच्छा-सा बकरा देख लेता हूँ।'' बिजनिया ने न्योता दिया, ''क्यों, टंट्या दादा, तुम्हारा क्या खयाल है ?''

''सबकी सुनेंगे।''

''बात तुम्हारी ठीक है टंट्या, लेकिन कोई भी निर्णय सब एक साथ एक समय नहीं ले सकते। कुछ लोग तय करते हैं और बाकी मान लेते हैं।''

''दो माह तक क्या करेंगे ?'' दौल्या ने पूछा। बीच-बीच में मिलते नहीं रहेंगे तो आगे की बातों को हम कैसे जान पाएँगे ? मैं तो टंट्या दादा के साथ ही रहूँगा। वह जहाँ रहेगा वहीं पर मैं भी रहूँगा।''

''तुम क्या करनेवाले हो बिजनिया ?''

''बीवी-बच्चे खजूरी में हैं। उनके खाने-पीने का इन्तजाम कर देने पर मैं टंट्या के साथ घूमने के लिए खाली रहूँगा।''

''ठीक है। तुम सब साथ में ही रहनेवाले हो। मैं अपना खेतीबाड़ी का काम देखकर तुम लोगों से सम्बन्ध रखूँगा। अभी यह तय कर लेंगे कि कब कहाँ मिलना है।'' ठाकुर ने कहा।

''मुझे लगता है, गोरों का मुल्क छोड़कर और किसी गाँव में बस्ती करेंगे। निहाल ने मुझसे कहा था कि इन पुलिसवालों की परेशानी से बचने के लिए उधर होलकरों के मुल्क में जाना ठीक रहेगा।'' अब तक सबकी बातें ध्यान से सुननेवाले टंट्या ने अपनी बात कह दी।

''मेरी ससुराल में रहेंगे, टंट्या दादा। बिरडे के पार आठ-दस कोस दूरी पर है। सिओरा गाँव में साले की जगह है। आसपास भीलों के भी काफी घर हैं।''

''मुझे कोई हर्ज नहीं है।''

''ठाकुरभाऊ आनेवाली पूर्णिमा को तुम सब सिओरे आ जाना।''

''आनेवाली नहीं, उसके बाद की, दौल्या। दोपहर तक मैं ठाकुर नारायण के साथ पहुँच जाऊँगा। बीच में अपने दोस्तों से मिलते रहना, बात करना। पूर्णिमा के दिन उन्हें भी लेते आना।'' रामनारायणजी ने कार्यक्रम पक्का कर दिया।

रामनारायणजी जाने के लिए निकले। सबकी ओर देखकर हाथ जोड़ दिए।

''मालिक, आप भगवान जैसे मिल गए। आपकी वजह से ही ये हुड़दंगी बच्चे रस्सी बाँधे जानवर की तरह सीधे हो गए हैं। उनके लिए बिखर जाने से पहले आ जावो मालिक।'' थके हुए मंगल्या के चेहरे पर उम्मीद थी और कल की फिक्र भी।

''मंगल्या, तुम हो न साथ में सबके। उम्र से, तजुर्बे से बड़े हो। बच्चे भी तुम्हें मानते हैं।''

''हम ठहरे ऐसे अनाड़ी, जंगल के जानवर जैसे। कुछ नहीं समझता कि क्या करना, नहीं करना। किसी ने कुछ भी बताया तो...''

रामनारायणजी मंगल्या के पास आ गए। हाथ जोड़कर खड़े मंगल्या के हाथों को अपने हाथों में ले लिया। मंगल्या की आँखों में आज का डर और कल की विपदा की चिन्ता देख उन्होंने कहा, ''मंगल्यादादा, अरे तुम तो जंगल के राजा हो। जंगल का राजा बाहरवालों से डरने लगा तो क्या होगा ? इसी जंगल में तुम्हारा बाप रहता था। तुम्हारे दादा-परदादा इसी जंगल में बड़े हुए। जंगल ने कभी तुम्हें दूर किया ? जोर की बारिश होती है। जाड़ा पड़ता है। फिर धूपकाल आ जाता है। तुम यहीं रहते आए। आसपास के लोगों ने कभी जंगल से निकाला ?

''लेकिन इधर कुछ दूसरी ही बात हो रही है। वे तुम लोगों का जंगल में रहना मुश्किल कर देंगे। और उनका साथ देंगे वे कुत्ते जो तुम्हारे बलबूते पर साहूकार और मालगुजार बने हुए हैं और गोरी चमड़ी के कुत्ते...''

''उनकी अन्तड़ियाँ बाहर निकालने का काम हम करेंगे।'' बीच में ही टंट्या बोल पड़ा।

रामनारायणजी जरा मुस्करा दिए और बोले, ''हाँ, वह काम भी तुम्हें करना है लेकिन जरा सब्र से काम लेना होगा। यह अकेले-दुकेले का काम नहीं है। धीरे-धीरे एका बढ़ाकर काम करने से कुछ असर दिखाई देगा।''

रामनारायणजी के हाथों से अपने हाथों को छुड़ाकर मंगल्या उनके चरण छूने के लिए नीचे झुकने लगा।

रामनारायणजी ने उसकी बाँह पकड़कर उसे रोक दिया। अपने सीने से लगाकर बोले, ''मंगल्यादादा, अब सिर्फ भगवान के सामने झुकना। किसी के भी आगे झुकने की आदत को जबरन छोड़ दो। तुम सीना तानकर खड़े नहीं रहोगे तो ये बाघ के बच्चे भी नहीं बदलेंगे।''

मंगल्या ने आँखों की कोरों का पानी कलाई से पोंछ डाला।

"और देखो मंगल्यादादा, मन को मजबूत बनाकर आँखों के पानी को रोकना सीखना होगा।"

"मालिक, यह पानी तो दिल भर आने का है। फिर ऐसा नहीं होगा।" मंगल्या की सफेद नुकीली मूँछें खुशी से फड़कने लगीं।

उसके चेहरे पर हँसी देखकर रामनारायणजी ने विदा ली। उनके पीछे-पीछे ठाकुर नारायण भी चल पड़े।

दूर जा रहे रामनारायणजी की ओर सब देखने लगे।

ब्रिटिश सरहद में नहीं रहना है।

यही सोचकर टंट्या ने हिरापुर छोड़ दिया। एक स्थान पर टिकने की उम्मीद से आए नहीं कि उस गाँव को छोड़ने की बारी फिर आ गई।

हर जगह वह एक नई आशा लेकर आता था। पुरानी यादों और बातों को भूल जाने की कोशिश कर रहा था। अब नई उम्मीद से टंट्या सिओरा गाँव आ गया। झोपड़ी बनाने में भिकी खो गई थी। मंगल्या किसन को लेकर आसपास के जंगल की पगडंडियाँ ढूँढ़ते चला गया था।

बिजनिया अपने बीवी-बच्चों से मिलने चला गया। दौल्या साथ में था। "जाते वक्त मास्टरजी ने जो कहा वही दिमाग में चलता रहता है। पर लगता है कि अपनी छोटी-सी जान, कहाँ पहाड़ से टकराना ?" टंट्या ने कहा।

"पहाड़ तो बहुत बड़ा होता है टंट्यादादा, लेकिन उँगली जितनी छेनी से धीरे-धीरे सेंध पड़ जाती है। एक बार सेंध पड़ गई तो एकाएक खपची उड़ने लगती है। छेनी को जब तक कोई पकड़ता नहीं, तब तक ऊपर से हथौड़े को मार नहीं सकते। इसलिए मैं कहता हूँ दादा, कि तुम यह काम करो। मैं हूँ ऊपर से हथौड़ा मारने के लिए।" दौल्या की बात भीतर तक घुस गई। नदी किनारे कीचड़ में फँसे पैर की तरह।

"यह करते वक्त पेट के लिए भी तो कुछ करना पड़ेगा। दो जून की रोटी का जुगाड़ हो तो बाकी वक्त में छेनी चला सकेंगे।"

"तुम क्यों फिकिर कर रहे हो दादा ? तीन-चार मुँह भरने की ही तो बात है। धीरज से काम लो।"

दौल्या की बात टंट्या को ठीक तो लगी लेकिन एक मन यह भी कहता रहा कि दूसरों के लिए कुछ करने से पहले अपने पेट का कुछ तो इन्तजाम करना चाहिए।

"अच्छा दौल्या, इस माह में पाँच-छह बाजार जाएँगे। बाजार में लोग भी आ जाते हैं एक जगह पर। पहचानें होती हैं। इससे कोई-न-कोई रास्ता निकल आएगा।" टंट्या ने मन में योजना बनाई।

"दो दिन बाद हिरापुर का बाजार है। चक्कर लगा आएँगे।" दौल्या ने कहा।

हिरापुर का नाम सुनते ही टंट्या को निहाल के मामू की याद आ गई। खंडवा से छूटने के बाद मामू से मिले। तब उन्होंने कहा था कि यहीं बस जाओ, अपने खेत में। लेकिन दौल्या और टंट्या ने उस गाँव को छोड़ने का मन बना लिया था।

सुबह दौल्या के साथ टंट्या चल पड़ा। सिओरा के परे पहाड़ों की दो कतारों को लाँघकर हिरापुर की सरहद शुरू होती थी। पहली पहाड़ी के माथे पर दोनों गाँवों की सीमा थी। सीमा के पार खंडवा जिला था और इस पार खरगोन जिला। खंडवा में ब्रिटिशों का राज था तो खरगोन पर होलकरों का अमल।

''टंट्या दादा, आज का दिन सुभ दिशाई देता है। वह देख दाईं तरफ झाड़ी के पास नेवले की जोड़ी खड़ी है और दोनों अपना लाल-लाल मुँह दिखा रहे हैं।'' दौल्या ने झाड़ी की तरफ इशारा किया।

''तुम्हारे मुँह में मधु के छत्ते ! दौल्या, नेवले दिखाई दिए ये तो अच्छा हुआ लेकिन कल रात से मेरी बाईं आँख भारी हो गई है। लगता है जैसे भारी पत्थर रख दिया गया हो।'' टंट्या ने अपनी बेचैनी कह डाली।

गहरे नाले के रास्ते से वे दोनों जाने लगे। कुछ दूरी पर रास्ता बाईं तरफ मुड़ रहा था। उस मोड़ पर पलाश का एक सुक्कड़ पेड़ खड़ा था। उसके पास ही एक छतनार आम का पेड़।

''देख दौल्या, आम के पेड़ के साथ टेसू का पेड़ कैसा दिखाई देता है। टेसू के फूल आँखों में आग के गोले जैसे लगते हैं।''

दोनों पलाश के नीचे आ गए। इस पेड़ को टंट्या ने पहले कभी इतनी बारीकी से नहीं देखा था। केशरी फूलों के गुच्छों में छोटे-छोटे कोमल पत्ते दिखाई देने लगे थे। उसे याद आया इसी पेड़ के लाख से भिकी ने अपने नाखून रँगे थे। इसके फूलों को मटके में उबालकर जर्द पीले रंग की होली गाँव के लोग खेला करते थे।

पहाड़ की ढलान को पार करने के बाद दूर झाड़ी में हिरापुर दिखाई देने लगा। टंट्या की आँखों के सामने लाल पगड़ी पहने निहाल के मामू की सूरत झलक गई। इसी खयाल में वे मामा की हवेली पहुँच गए।

टंट्या-दौल्या को देख मामू सामने आ गए। दालान में बैठे तीन-चार लोगों के चेहरों पर फसल में जानवर घुस जाने जैसा डर दिखाई देने लगा।

''राम-राम, मामा साब,'' टंट्या मामू के सामने झुक गया।

अगड़धत्त दौल्या की ओर देखते हुए मामा ने राम-राम कबूल किया। लम्बे-चौड़े छह फुटवाले राक्षस जैसे दौल्या की ओर वे देखते रहे।

''मामा, ये दौल्या है। हमारा साथी। उस पार सिओरा का जमाई है।''

''अच्छा ! अच्छा ! निहाल ने बताया था मुझे।'' मामू ने दौल्या को सिर से पाँव तक देख लिया। टंट्या की ओर मुड़कर बोले, ''बेटे, तेरे पीछे ये झंझट किसने लगा दिया ? उस दिन तू बिजनिया के साथ था। उसने पुलिस पर हाथ उठाया और तुझे भी

इस झंझट में उलझा दिया।''

''मामा, आपका आशीर्वाद लेने आए हैं हम। शिवबाबा के दरबार में हम सबने तय किया है। पटेल-मालगुजारों ने सबकुछ छीन लिया और बनिए-साहूकार भी गरीबों का खून चूस रहे हैं। इन पुलिसवालों और उनका साथ देनेवालों को सबक सिखाना है।'' टंट्या शान्ति से बात कर रहा था और मामू डर से काँपने लगा था। मामू ने आसपास देखा। दालान के लोग रफूचक्कर हो गए थे। आसपास कोई नहीं है इसका अन्दाजा लेकर मामू ने धीरे से कहा, ''निहाल ने रात में खबर भेजी है। तू आएगा तो तुझे होशियार रहने के लिए कहा है।''

''मामू, अब ये गोरे कुत्ते सब तरफ हमारा पीछा करेंगे। हम इस बात को अच्छी तरह जानते हैं। और क्या कहा निहालभाई ने ?''

''कहते हैं कि सुबान भील के घर चोरी हो गई। पुलिस तलाश करके थक गई। कुछ भी सुराग नहीं मिला। भीलखेड़ी के जेलीम के घर के पीछे पुलिस को कुछ माल मिल गया। छेगाँव की पुलिस उसे पकड़कर थाने ले गई। हिम्मत पटेल ने जेलीम को तेरा नाम लेने को कहा। जेलीम ने पुलिस में बयान दे दिया। यह माल टंट्या ने उसके घर में रखा।'' मामा रुक गए। या खुदा, यह कैसा इंसाफ है ? पसीने से भीगे चेहरे को उन्होंने हाथ से पोंछ डाला !

''तो उनकी ऐसी साजिश है। मामा, झूठा इल्जाम लगानेवालों और उनका साथ देनेवाले पुलिस सिपाहियों की टाँगें तोड़ दिए बगैर अब मैं...''

दौल्या को रोकते हुए मामू ने कहा, ''बात तो तेरी ठीक है रे बेटे, लेकिन तुम लोग अगर उनके हाथ पड़ जाओगे तो फिर पहले जैसा ही हाल होगा। मुझे अभी उस आदमी ने खबर दी है। पुलिस टंट्या को ढूँढ़ रही है। तुम्हारे बाजार आने की भनक उनको लगी है। पटेल अपना आदमी है, उसने बता दिया।'' मामू ने दबी आवाज में जानकारी दे दी।

''अब तक मैं गाफिल रहता था मामाजी। सब पर भरोसा करता था। दो-तीन बार ठोकरें खा चुका हूँ। तीसरी बार ध्यान में आ गया मेरे। अब एक-एक को मजा चखाऊँगा।''

मामू का बेटा हाँफता हुआ आ गया। जैसे बाघ पीछे लगा हो। डर के मारे बोल नहीं पाता था। टंट्या और दौल्या को देख वह और भी घबरा गया।

''देवल के सामने सिपाही ने मुझे पूछा कि क्या टंट्या और बिजनिया आए हैं ? मैंने कह दिया नहीं। सिपाही पटेल के घर की ओर चल दिए।'' मामू के बेटे ने बताया।

''तुम चल पड़ो बेटे। जिनका डर था वो ही लोग दरवाजे तक पहुँच गए।'' मामू ने कहा।

दौल्या और टंट्या पीछे जाने के लिए मुड़ गए। सामने से कोतवाल और दो सिपाही मामू के घर की ओर आते हुए दिखाई दिए।

टंट्या होशियार हो गया।

"दौल्या, देख, साहब के कुत्ते आ गए। चल पीछे की दीवार से कूदकर भाग जाएँगे।"

"रुक जाओ टंट्यादादा। कब तक भागते रहेंगे इनसे डरकर ? इनको मजा चखाए बिना अब कुछ नहीं होगा।" दौल्या ने मुट्ठियाँ भींच लीं। दुश्मन को सामने देख साही जिस तरह मन को फुलाकर आक्रमण की मुद्रा में आ जाता है उसी तरह उसने लम्बी साँस लेकर बदन को फुला दिया।

"ठहर जा दौल्या, इस बार मैं ही देख लेता हूँ इन सबको। ऐसे भी गुनाह किए बगैर ही इन्होंने मुझे गुनहगार बना दिया है। टंट्या का झटका क्या है इसका पता चल जाएगा इन्हें।" टंट्या ने दौल्या को रोका और खुद आगे बढ़ गया।

"हवलदार साहब, आप क्यों हमारे लिए परेशान हो रहे हैं। आपने सन्देसा भेजा होता तो ये टंट्या अपने हाथ-पाँव बाँधकर थाने हाजिर हो नहीं जाता ?"

टंट्या की बात से सिपाही चकरा गए। टंट्या इतनी सीधी बात करता है। हमने बेकार ही उसे छँटा हुआ गुनहगार माना। उम्र में बड़े सिपाही के मन में इस तरह की बात आ गई।

"अच्छा, टंट्या तू तो समझदार है। झंझट बढ़ाने से ठीक होगा कि तू थाने पर आकर साहब से मिल ले।"

"चलो, हम आते हैं तुम्हारे साथ।" टंट्या ने कहा और दोनों सिपाहियों के साथ चलने लगे। मन्दिर के सामने दोनों को देखनेवालों की भीड़ लग गई। गाँववाले और बाजार के लिए आए लोग। भीड़ के बीच चोरी को पकड़ने की खुशी में दोनों सिपाही बैलगाड़ी की राह देखते खड़े थे। पटेल और कोतवाल भी बाजू में खड़े थे। मामू के मन में खटका था कि टंट्या को होशियार करने के बावजूद वह भाग क्यों नहीं गया।

पटेल इसलिए खुश था कि अपने गाँव में दूसरी बार गुनहगारों को पकड़ने में कामयाबी मिली। पिछली बार बिजनिया को यहीं पर पकड़ा गया था और आज टंट्या और उसका साथी अनायास हाथ लग गए।

लोगों की भीड़ के बीच टंट्या और भीमकाय दौल्या खड़े थे। दौल्या झुँझला रहा था। शिकार को देखते ही बाघ जिस तरह पैंतरा लेता है उसी तरह झपट्टा मारने को तैयार था लेकिन टंट्या ने उसे चुप रहने का इशारा किया था। दोनों सिपाहियों को चित करके भाग जाना आसान होने के बावजूद टंट्या उनके साथ मन्दिर तक चलता हुआ आ गया था। बाजार के लिए आए लोग और गाँव के तमाशाई लोग उसके चारों ओर इकट्ठा हो गए थे। इतने लोगों के बीच भाग जाने में खतरा बढ़ गया था।

"पटेल, आपकी बैलगाड़ी कब तक आएगी ?" दोनों में उम्र में बड़े और आरामपसन्द सिपाही ने नाराजगी का भाव दिखाते हुए शिकायत के स्वर में पूछा।

पटेल ने इधर-उधर देखा। इतने लोगों के सामने सिपाही से इस तरह बेइज्जत होना उसे अच्छा नहीं लगा। बाजू में खड़े कोतवाल पर गुस्सा उतारते हुए बोला, ''तुम क्यों मेरा मुँह ताकते खड़े हो ? गाड़ी लाने जो गया है वह कहाँ अटक गया है इसे देखना क्या मेरा काम है ?''

कोतवाल जानता था कि आसपास लोग खड़े हों तो रौब दिखाने में पटेल को जोश आता है। मुँह फेरकर वह दबी हँसी हँस गया, ''अरे, मैं थोड़े ही गाड़ी को सिर पर लादकर लानेवाला हूँ।'' कोतवाल ने मन-ही-मन पटेल को गालियाँ दीं और वह भीड़ में गायब हो गया।

दो सिपाहियों में से एक पास में ही पड़े पत्थर पर बैठ गया था। उसने दोनों पैरों में लाठी रख दी थी। जेब के बटुए से तमाखू निकालकर चुटकी-भर तमाखू उसने बाएँ हाथ के तलुवे पर रख दिया। बटुआ फिर जेब के हवाले कर दिया। तमाखू साफ किया। तमाखू को चूना लगाकर दाएँ हाथ के अँगूठे के पास की उँगली से रगड़ने लगा। सूप के धान की तरह बाएँ पंजे की हरकत करते हुए दाएँ हाथ की चुटकी में तमाखू ले लिया और बाएँ गाल को उँगली से जरा-सा तानकर उसमें चुटकी खाली कर दी। जीभ से तमाखू को बाईं तरफ ढकेलकर सिपाही ने आँखें मूँद लीं। ब्रह्मानन्द में लीन होकर जैसे वह तमाखू के रस में डूब गया।

टंट्या बारीकी से उसका निरीक्षण कर रहा था।

पास में खड़ा दौल्या बेचैन होकर विचलित होने लगा था। मन्दिर के पीछे की सड़क पर गाड़ी की खड़खड़ सुनाई दी।

''लगता है, गाड़ी आ गई...'' किसी ने कहा।

टंट्या ने धीरे-से पत्थर पर बैठे सिपाही के पैरों में खड़ी लाठी निकाल ली। ऊपर उठाकर आसपास देखा। 'जय शिवबाबा की जय।' कहते हुए पलक झपकते ही दोनों सिपाहियों को मारने लगा। अचानक हुए इस हमले से भीड़ में आवाजों का शोर मच गया। उसमें सिपाहियों की आवाजें डूब गईं।

क्या हो रहा है इसका अनुमान होने से पहले ही सिपाही लाठी की मार से जमीन पर लोट गए। सहायता के लिए पुकारने लगे।

''अरे, अरे, यह क्या है ? सिपाहियों को मार रहे हो ? देखते क्या हो ? पकड़ो बदमाशों को।'' पटेल ऐसे चिल्ला रहे थे मानो किसी ने गला दबा दिया हो। अपनी जगह पर ऐसे नाच रहे थे जैसे बिच्छू ने डंक मार दिया हो। कोतवाल छुपकर खुश हो के देख रहा था। उसे लग रहा था कि मानो वही पटेल और सिपाहियों की हड्डी नरम कर रहा है।

''पटेल, पिछली बार हमसे ग़लती हो गई। हम गफ़लत में पकड़े गए। अब होगा कोई माई का लाल तो आ जाय सामने। उसका सर चकनाचूर नहीं कर दूँगा तो टंट्या नाम बदल डालना।''

''अरे, देखते क्या हो ? पकड़ो सालों को।'' पटेल आवेश में आसपास देखकर

बार-बार चिल्ला रहे थे।

''बस हो गया टंट्या दादा ! आज इनके लिए इतना बहुत है।'' दौल्या ने कहा। टंट्या ने हाथ की लाठी सिपाहियों की ओर फेंक दी। उनकी ओर तिरस्कार से देखकर जमीन पर थूक दिया।

''आज यह टंट्या की शुरुआत है।'' कहते हुए टंट्या तेजी से घूम गया। सामने हनुमानजी की मूरत मानो उसकी ओर एकटक देख रही थी। मन्दिर की निचली सीढ़ी को दाएँ हाथ से छूने के लिए वह नीचे झुक गया।

''चल दौल्या'' कहते हुए दंगल में जीते पहलवान की तरह भीड़ में से आगे बढ़ गया। जमीन पर गिरे सिपाही जब तक कपड़ों को झटक उठने लगे तब तक दोनों चम्पत हो गए थे।

टंट्या-दौल्या की खबर से खंडवा शहर में खलबली मच गई। छेगाँव पुलिस थाने का थानेदार इस बदनामी से घबरा गया। गुनहगार नहीं मिलते तो भी ठीक था लेकिन गुनहगारों ने दिन-दहाड़े सिपाहियों को पीटा, डेढ़-दो सौ लोगों ने देखा, किसी ने प्रतिरोध नहीं किया, न गुनहगारों को पकड़ने का साहस ही दिखाया।

खंडवा के बड़े साहब ने छेगाँव के थानेदार को बुलाकर डाँट पिला दी, ''और अधिक बदनामी होने से पहले टंट्या-दौल्या को गिरफ्तार कर लो।'' छेगाँव पुलिस थाने के आसपास के पटेलों-कोतवालों को टंट्या की खबर लाने के आदेश दिए गए।

थानेदार स्वयं थाने की हद के गाँवों में हो आया।

''साहब, जैसे ही टंट्या पकड़ा जाता है, मैंने गवाहों को तैयार रखा है। गवाह बताएँगे कि सुभान भील के घर की चोरी का सामान टंट्या ने ही रखा है।'' हिम्मत पटेल पुलिस थाने में थानेदार को बता रहे थे।

''पटेल, इसमें तुम नई बात कौन-सी बता रहे हो ? गवाहों से पहले टंट्या का सुराग लगाओ। कोतवालों को होशियार करो। अब तक किसी आरोपी ने पुलिस पर हाथ उठाने की हिम्मत नहीं की थी। पिछली बार बिजनिया की और अब टंट्या की हिम्मत इतनी बढ़ गई, यह फिक्र करने की बात है। खंडवा के नए साहब तकाजा कर रहे हैं कि आरोपी पकड़ में क्यों नहीं आते ?'' थानेदार ने अपनी परेशानी को हिम्मत पटेल के सामने कह दिया।

''टंट्या अब खुलकर सामने नहीं आएगा, साहब। आसपास के पहाड़ों-जंगलों में छिप जाएगा।''

''इसमें तुम खास क्या बता रहे हो ? वह कहीं भी हो, आसपास के गाँव में आएगा ही। सब पटेलों को ध्यान देकर खबर करने को बोल दो।'' थानेदार ने कुछ याद करके फिर कहा, ''हिम्मतजी, हमने जो सुना अगर ठीक होगा तो टंट्या पोखर का चक्कर जरूर लगाएगा। टंट्या का शिवबा पटेल की लड़की के साथ कुछ झमेला है, ऐसा सुना है। अगर सच होगा तो वह उससे मिलने आए बगैर नहीं रहेगा।''

हिम्मत पटेल की सूरत ऐसी हो गई जैसे किसी ने जख्म पर नमक छिड़का हो।

"बात ऐसी है, साहब कि गाँव में घरानों की दुश्मनी चलती आई है। किसी को बदनाम करने के ये आसान तरीके हैं।"

"हमने जो सुना वह कह दिया। हो सकता है बात ग़लत हो लेकिन उसकी मदद करनेवाला निहाल पोखर का ही रहनेवाला है। वहीं पर भील ओंकार रहता है। उनका इस्तेमाल फिर कभी करना पड़ेगा इतना ध्यान में रखो।"

थानेदार ने हिम्मत पटेल को तड़पनेवाली मछली की तरह झट से पानी में छोड़ दिया।

मंगल्या, भिकी और किसन सिओरा में रह रहे थे। टंट्या उनसे मिलने आएगा इस खयाल से पुलिस सिओरा के चक्कर लगाती रही।

टंट्या की बहादुरी से मंगल्या का सीना तन गया था। रात में मिलने आए टंट्या से मंगल्या ने कहा, "बेटे, सारी बस्तियों में तेरा नाम हो गया। पुलिस को पीटनेवाला तू ही एक बहादुर निकला। अच्छा किया बेटे। लोगों की लातें खाने से अच्छा तूने उनको मजा चखा दिया। तेरे जाने के बाद बहुत लोग आए थे मिलने। सब कह रहे थे कि वे तेरे साथ हैं। टंट्या अब तू अकेला नहीं है, मेरे बेटे।"

मंगल्या की आँखों के सन्तोष से टंट्या की उम्मीद बढ़ गई।

"मंगल्या तू अब भिकी और किसन की देखभाल कर। अच्छी जगह मिलते ही मैं तुम सबको अपने साथ ले जाऊँगा।"

"और एक बात, बेटे। कल उंकार आया था।" बोलते-बोलते मंगल्या चुप हो गया।

"क्या बताया उसने ?"

मंगल्या टंट्या की तरफ देखता खड़ा रह गया मानो उसके गले में शब्द अटक गए हों। मंगल्या के चेहरे की पीड़ा को टंट्या ने जान लिया।

"चुप क्यों हो गया, मंगल्या ?"

भिकी ढीठ बनकर सामने आ गई। कमर में खोंसा तावीज टंट्या को दिखाते हुए बोली, "नवगजाबाबा का तावीज है।"

नवगजाबाबा का नाम सुनते ही टंट्या का मन हुलस गया। दोनों हाथों को जोड़कर उसने आँखें मूँद लीं। उसको आभास हुआ कि सफेद घोड़े पर और सफेद पोशाक पहने सवार उसकी ओर दौड़ता आ रहा है और चारों ओर अगरबत्तियों की महक फैल गई है।

टंट्या ने आँखें खोल दीं। भिकी के सामने हाथ फैलाकर तावीज अपने हाथ में ले लिया। माथे से लगाकर फिर आँखें बन्द कर लीं।

"ला, मैं तेरे हाथ में बाँध देती हूँ।" भिकी ने कहा।

"और क्या कहा उंकार ने ? इट्ठलदादा कैसा है ? निहाल की क्या खबर ?"

"इट्ठल मामा ठीक है और निहाल भी दो-एक दिन में आनेवाला है। जसुदा ने तावीज भेजा और बोली कि सँभलकर रहना।

टंट्या ऐसे चौंक गया जैसे अंगार छू गया हो। भिकी के सामने रखी बाँह अचानक हटा ली।

''ऐसा क्या करते हो ? बेचारी ने नवगजाबाबा का मंतराया तावीज भेज दिया है। उंकार से कहा तेरी फिकर करती है। बाबा के परसाद को इस तरह हटाना अच्छा नहीं है।'' टंट्या की आँखों में उसे बड़ा तूफान दिखाई दिया।

जसुदा ने बाबा का तावीज भेज दिया और उतने ही साफ मन से भिकी उसका पक्ष ले रही थी।

''औरत के कलेजे बिना नहीं समझेगा तू इसे।''

भिकी की बात में सारी दुनिया की उदारता महसूस हो रही थी। निश्चय से उसने कहा, ''बाँह आगे बढ़ा।'' उसने तावीज बाँध दिया। कहा, ''जसुदा ने सन्देसा भेजा है कि जब तक यह तावीज तू बाँधेगा तब तक कोई तेरा बाल भी बाँका नहीं करेगा।''

तावीज से जैसे अभिभूत होकर टंट्या भिकी की ओर देखने लगा था।

''ऐसे क्यों देख रहा है मुझे ? कभी देखा नहीं क्या ?''

''भिके, तुझे कुछ नहीं लगता ?''

''क्यों भला ?''

''उसने तावीज भेज दिया। सँभलकर रहने को बोली।''

''मेरा तुझ पर भरोसा है और उस पर भी है। वह मेरे छुटपन की सहेली है।''

टंट्या के सिर का बोझ उतर गया। भिकी के सीधे-सरल और पाक-साफ़ बर्ताव से वह अपने आपसे शर्मिन्दा हो गया। नाराज भी हो गया। सोच में डूबा हुआ देख भिकी ने कहा, ''चल जल्दी कर। सूरज निकलने से पहले जाना होगा। अपनी जान को और तावीज सँभालकर रखना।''

टंट्या ने दाएँ हाथ से बाईं बाँह पर बाँधे तावीज को हलके से छू लिया।

''चलता हूँ, मंगल्यादादा'' कहकर वह बाहर निकल गया।

पुलिस और टंट्या के बीच छुप-छुपौवल का खेल शुरू हो गया। छेगाँव के बाजार में खबर उड़ी कि टंट्या-बिजनिया को बनिए की दुकान के सामने देखा। थोड़ी ही देर में थानेदार वहाँ हाजिर हो गया।

''टंट्या आया था ? आदमी ने खबर दी।'' बनिए के मुँह पर ताला।

''सुनता नहीं, मोटे, कान में गोले डाल लिए हैं ? उठाओ इस गठरी को और डाल दो लॉकप में, तब मुँह खोलेगा। थानेदार के डाँटते ही बनिए ने रोती सूरत बनाकर कहा, ''साब बाजार में सैकड़ों खरीददार आते हैं। मैं किस-किसकी पहचान रखूँ ?''

''ज्यादा होशियारी मत दिखाना। तुमने पैसे लिए बिना उसको सामान दिया है। सच है कि नहीं ?'' थानेदार के डाँटते ही बनिया हकलाने लगा।

चारों दिशाओं में सिपाही भेजे गए। अँधेरा होने से पहले ही सब खाली हाथ लौट

आए। टंट्या का कहीं कोई पता नहीं था।

छेगाँव के बनिए से लाया हुआ सामान आठ-दस दिन के भीतर ही खत्म हो गया। दौल्या ससुराल से मक्का पीसकर लाया था। टंट्या-दौल्या-बिजनिया एक गाँव से दूसरे गाँव भटक रहे थे। नए साथियों को खोज रहे थे। दिनभर जंगल में छिप जाना, रात होने पर दूसरी जगह चले जाना। खबर देनेवाले खबरें पहुँचा रहे थे। पुलिस के पहुँचने से पहले ही टंट्या के वहाँ से चले जाने की खबर पुलिस को मिल जाती थी। पुलिस हाथ मलती हुई लौट रही थी।

शिवबाबा के पीछे अमराई से सुक्ता नदी के किनारे से होते हुए ऊपर की तरफ जाने पर जामुनबन आता है। उसे पार कर जाने पर ही करौंदे की जाली के पीछे पहाड़ में एक गुफा थी। वह बाहर से नजर नहीं आती थी लेकिन गुफा में बैठनेवाले को नदी की छल-छल धार और दाईं ओर की पगडंडी से आनेवाला आदमी दूर ही से दिखाई देता था।

दौल्या ने इस जगह को ढूँढ़ा था।

कल पूनम की रात थी। सब दौल्या की ससुराल जानेवाले थे। लेकिन इस बात की भनक पुलिस को पड़ गई इसे किसी ने उंकार को बता दिया। ऐन वक्त पर ठाकुर नारायण से मिलने का स्थान बदल दिया।

ठाकुर नारायण होनहार फूलसिंग बंजारे को लेकर घाटाखेड़ी की घाटी उतर रहे थे। रास्ते में एक पेड़ की छाँव में बैठे रामनारायणजी दिखाई दिए।

''जय शम्भो, मास्टरजी ! कल आपकी राह देखी। फिर आज सुबह निकल पड़ा।'' ठाकुर नारायण ने कहा।

''जय भोलेनाथ !'' रामनारायणजी ने जवाब दिया।

''तुम्हारे पास आना चाहा लेकिन नहीं हो सका। रास्ते में घाटाखेड़ी के महाराज का सन्देसा आया कि मिलकर जाना।''

''घाटाखेड़ी के महाराज ?''

''हाँ, ठाकुर तखतसिंग महाराज। घाटाखेड़ी रियासत के राजा। रात में उनके अनुरोध पर मुकाम करना पड़ा। अपने साथ आए ठिगने मोटे आदमी की ओर इशारा करते हुए कहा, ''ठाकुर जी, यह है रेंगू कोरकू। होशंगाबाद जिले के सोनखेड़ी गाँव का। अपना नया साथी।''

''जय भोलेनाथ, रेंगूभाई।'' ठाकुर ने नए साथी का स्वागत किया। अपने साथ ले आए नौजवान फूलसिंग के हाथ को पकड़कर उसे रामनारायणजी के सामने लाकर कहा, ''और मास्टरजी, यह है फूलसिंग बंजारा। मेरे गाँव के पास मांजरोद का रहनेवाला।''

चारों चल पड़े। हमउम्र फूलसिंग और रेंगू पुराने दोस्तों की तरह बातें करते हुए चलने लगे।

''घाटाखेड़ी के महाराज भले आदमी हैं। कल रात देर तक हम कई विषयों पर

बोलते रहे। उनकी रियासत के सत्तर गाँवों में से चालीस गाँव फिरंगियों ने कम कर डाले हैं। और भी कई बन्धन डाले गए हैं। मुझे लगता है कि महाराज की सहानुभूति और मदद आगे चलकर हमें मिल सकेगी।''

ठाकुर ध्यान से रामनारायणजी की बातें सुन रहा था। होलकर-अंग्रेजों के बीच घाटाखेड़ी रियासत थी। उसकी मदद जरूरी होगी।

शिवबाबा के पास सबका दिनदहाड़े मिलना टंट्या को खतरनाक लगा। दिन में खबर जा सकती है। असीरगढ़, सबलगढ़ और घाटाखेड़ी इन तीनों रास्तों पर टंट्या ने एक कोस की दूरी पर अपने आदमी बिठा दिए हैं। शिवबाबा के दरबार में न आकर दूसरे रास्ते से सुक्ता के किनारे जामुनबन में आने का सन्देश देने का काम उनको सौंपा गया था। अजनबी से राम-राम न कहकर 'जय शम्भो' कहना। वह यदि 'जय भोलेनाथ' कहेगा तो समझना कि अपना आदमी है।

सबको सन्देश पहुँच गया था।

दौल्या का साला लछमन सबलगढ़ के रास्ते पर तेंदू के पेड़ के नीचे बैठा हुआ था। उंकार घाटाखेड़ी के रास्ते पर जंगली हनुमान के पासवाली झाड़ी के पीछे था।

लोगों की आहट सुनकर उंकार के कान खड़े हो गए। चारों निकट आने लगे तो उंकार का सीना धड़कने लगा। क्या ये अपने ही लोग होंगे। आज पूनम को शिवबाबा के दर्शन के लिए दूसरे लोग भी आ सकते हैं।

उनके पास आते ही उंकार ने कहा, ''जय शम्भो।''

चारों ऐसे खड़े हो गए जैसे चलती गाड़ी पत्थर आड़े आने से रुक जाती है। ठाकुर ने आवाज की दिशा में मुड़कर झट से कह दिया, ''जय भोलेनाथ।''

उंकार झाड़ी से बाहर आ गया।

''मैं उंकार हूँ। दौल्यादादा ने कहा है कि जामुनबन में मिलना है। शिवबाबा के सामने से नहीं जाना।''

''लगता है, टंट्या ने काफी सोच रखा है।'' प्रशंसा में मुस्कराते हुए रामनारायणजी बोले।

''मै यहीं रुक जाता हूँ। और जो भी आएँगे, उनको बताना होगा।''

''दिन डूबने से पहले सबको सन्देसा पहुँच जाने की बात हो गई है। बाद में तुम भी आ जाना।'' ठाकुर नारायण ने कहा और चल पड़े।

जामुनबन में सफेद चाँदनी की परछाइयों की नक्काशी बनी हुई थी।

ठाकुर नारायण मक्के की रोटियाँ और चटनी ले आए थे। रोटी खाने के बाद कुछ याद करते हुए रामनारायणजी ने कहा, ''टंट्या, अरे 'सुबोध सिन्धु' अखबार में तुम दोनों का नाम छप गया है।''

''दोनों क्यों मास्टरजी ?'' दौल्या ने पूछा।

"दो सिपाहियों की सरे बाजार में पिटाई की इसलिए।"

"हम ठहरे अनाड़ी लोग। लिखा-पढ़ी करनेवालों को अब पता चल जाएगा।"

"काफी लम्बी-चौड़ी खबर छाप दी है। पहले जेल में थे, राजाभाऊ वकील थे, जमीन का मुकदमा हार गए वगैरा, सारा विस्तार से छाप दिया है।"

"मास्टरजी वह सब सच है लेकिन छपने से अपना क्या लाभ ? हम तो अनाड़ी लोग हैं। हमें इससे क्या लेना-देना ?"

"ऐसा कहना ठीक नहीं, टंट्या। खंडवा में पढ़नेवाले कुछ लोग हमारे साथ हैं। तुम्हारी मदद करनेवाले वकील राजाभाऊ अपने हैं। सुबोध सिन्धु के मालिक और सम्पादक राजाभाऊ के मित्र हैं। अन्दर से सहानुभूति रखनेवाले और भी लोग सामने आ रहे हैं। रात में मैं घाटाखेड़ी के ठाकुर तख्तसिंग महाराज से मिल आया हूँ।"

"मास्टरजी, घाटाखेड़ी के महाराज मिल गए ?" अधीर होकर टंट्या ने पूछा।

"हाँ ! रात में वहीं पर मुकाम करने को कहा। उनको योजना सुना दी।" रामनारायणजी रुक गए। सब उत्सुक थे जानने के लिए महाराज की क्या प्रतिक्रिया होगी ? "महाराज ने साफ-साफ तो कुछ नहीं कहा लेकिन नाराज भी नहीं हुए। उन्होंने स्वीकार किया कि मालगुजार और सिपाही ज्यादतियाँ कर रहे हैं। आगे चलकर हमारे काम के लिए उनसे सहानुभूति जरूर मिलेगी।"

"टंट्याभाई, महीने में सिर्फ पाँच-छह ही नए साथी बने हैं। इनकी तादाद बढ़नी चाहिए। और दो-चार महीनों में यह तीन-चार गुना होनी चाहिए। एक पुराने के साथ दो नए साथी आने चाहिए। दौल्या, बिजनिया और तुम्हारे पीछे पुलिस पड़ी है। तुम लोग पुलिस का सुराग लेते रहो। हर गाँव का कोटवार आगे चलकर अपने काम आनेवाला आदमी होगा। उससे पहचान बढ़ाओ। दोस्ती पटेल की आँखों में नहीं आनी चाहिए। मंगल्यादादा और भिकी को सिओरा में ही रहने दो। सन्देसे का वही ठिकाना रहेगा।" ठाकुर नारायण ने आगे की योजना बता दी।

"मास्टरजी, दो-एक सिपाहियों की पिटाई करने से क्या हाथ लगा ?"

"बिजनिया, सारी बातें एक साथ हाथ नहीं आतीं। इस सुक्ता की धारा को देखो। यहाँ जितनी चौड़ी है उतनी अम्बा गाँव के पास नहीं है और आगे खंडवा के पास छोटी तवा नदी से मिलकर देखो कितनी बड़ी हो जाती है। हर बात का ऐसा ही होता है। पुलिस की पिटाई करने से तुम लोगों की हिम्मत तो बढ़ी। हौसला तो बढ़ा।" रामनारायणजी ने समझाते हुए आगे कहा, "एक बात ध्यान में रखो। पुलिस हमारी दुश्मन नहीं है। सिपाही हममें से ही कुछ लोग हैं। पेट के लिए गोरों की नौकरी कर रहे हैं। वास्तव में गोरे साहब और उनको हुक्म देनेवाले और बड़े गोरे साहब बदमाश हैं। लेकिन हमारे हाथ वहाँ पहुँचते नहीं इसलिए उनके हाथ-पाँव की उँगलियाँ को पहले तोड़ देना है।

"टंट्या ने कहा था कि साहूकार-मालगुजार हमें लूटते चले आ रहे हैं। सच बात है। वे जोंक की तरह हमारा खून धीरे-धीरे पी रहे हैं। लेकिन गोरे साहब ने तो हमारे

मुँह से रोटी ही छीन ली है और कमर में लात मारकर घर से बाहर करने की साजिश रची है।''

रामनारायणजी ने रुककर सबके चेहरों को निरखा।

''यह जंगल किसका है ?'' सहसा उन्होंने पूछा और जवाब तलब करने लगे।

''अपना है।''

''नहीं दौल्या, अब जंगल अपना नहीं रहा। साहब ने हुकुम किया है। जंगल का मालिक अब साहब बन गया है। जंगल के पेड़ साहब के हो गए हैं। अब हम एक डाली भी काट नहीं सकते। काटेंगे तो गुनाह होगा और जेल की हवा खानी पड़ेगी।'' टंट्या ने कहा।

''हम रहेंगे कहाँ ? खाएँगे क्या ?''

''अपना घर-बार उजाड़ने का ही इरादा है इस सरकार का।''

''इतना ही नहीं, जंगल में रहनेवाले सबको हफ्ते में एक बार पटेल या मालगुजार के पास हाजरी देनी पड़ेगी। वो पुलिस को रपट देंगे।''

''ये तो हाथ-पाँव बाँधकर मुँह को मुहार लगाने जैसी बात हो गई। अब अड़गोड़ा लगाना बाकी रह गया।''

''मुसका बाँधे जानवर समझते हैं हमें।'' टंट्या ने कहा।

''इसीलिए हमें जंगल के लोगों को यह सब समझाना पड़ेगा। शुरू में नहीं समझेंगे। लेकिन धीरे-धीरे जैसे ही समझने लगेंगे, हमारा साथ देने को तैयार हो जाएँगे। कल से आधे लोग पहाड़ की तरफ सेन्धवा तक जाएँगे और बाकी नीचे कालीभीत तक।'' ठाकुर नारायण ने योजना बता दी।

''अगली मुलाक़ात माह के आखिर में होगी। असीरगढ़ के पासवाले बरगद के पेड़ के नीचे।''

चाँद बाईं ओर झुक गया और सब निकल पड़े।

पोखर के भीका पटेल का भाई कालू तीन दिन से घर वापस नहीं आया था। पास की पहाड़ी में गोंद निकालने गया था। दो दिन घर के लोगों ने सोचा कि गया होगा आसपास के किसी रिश्तेदार के यहाँ।

कालू लौट नहीं आया तो घर के लोगों को फिक्र होने लगी। चौथे दिन सुनार के चम्पा ने सिबान के पास आने-जानेवालों को बताना शुरू किया, ''कालू पटेल को टंट्या ने बाँध रखा है। यह भी कहा है कि एक-एक का बन्दोबस्त करनेवाला हूँ। जिन्होंने मेरी जान लेने की कोशिश की, उन सबको पकड़कर टाँग तोड़कर हाथ में रख देनेवाला हूँ।''

नाराज़ टंट्या मौका देखकर पगडंडी से जा रहे कालू पटेल को पकड़कर जंगल में ले गया। पोखर के लोगों से वह खफा था ही। उन्हीं की वजह से उसे यहाँ से वहाँ भटकना पड़ रहा था। पुलिस से पीछा छुड़ाने के लिए उसे पहाड़ों, घाटियों का आसरा

लेना पड़ा था। जंगल में खाने-पीने की परेशानी थी। सूखी रोटी खाकर झरने का पानी पीकर भटक रहा था।

कालू पटेल का भाई भीका टंट्या के दोस्त निहाल के पास आया।

"निहाल, हमारा पंचायत से न लेना न देना। हम गरीब लोग। न ऊधो का लेना न माधो को देना। टंट्या ने कालू को बाँध रखा है। दूसरे का गुस्सा हम पर क्यों उतार रहे हो ? तुम उसके साथी हो। कह दो।"

"भीकाभाई, बात सच है कि टंट्या से मेरी जान-पहचान है लेकिन इधर हीरापुर छूट जाने के बाद मेरी उससे मुलाकात नहीं। अब तो पुलिस उसके पीछे पड़ी है तो एक जगह पर थोड़े ही मिलेगा ? मैं उसे कहाँ ढूँढूँगा ?"

"ऐसा मत कहो, तुम जाके देखो तो सही।"

"टंट्या कालू को यों ही नहीं छोड़ देगा। उसे सजा के तौर पर कुछ रकम देकर मैं उसको समझाता हूँ।" निहाल ने कहा।

भिका पटेल गाड़ी पर छेगाँव अनाज बेच आया। शाम को निहाल के पास सौ रुपए देकर बोला, "हमारी इतनी मदद करो भाई, बहुत एहसान होगा। और टंट्या से कहना कि पोखर के सब लोग उसके दुश्मन नहीं हैं। तुम्हारा जिन पर गुस्सा है उन्हें देख लो। हम उनके भाई हैं, यह क्या हमारा गुनाह है ?"

निहाल ने गजा को साथ ले लिया। चम्पा जहाँ की खबर लाया था उस ओर निकल पड़ा। उस रात टंट्या मिला नहीं। दूसरे दिन पड़ोस के गाँव में टंट्या ने सन्देशा छोड़ा था।

पहाड़ के तले करंज के पेड़ के नीचे टंट्या का मुकाम था।

निहाल को देखकर टंट्या को खुशी हुई। बहुत दिनों से मुलाकात नहीं हुई थी। उंकार के मार्फत एक-दूसरे की बातों का पता चल जाता था।

"राजाभाऊ के पास तुम्हारी हलचल का पता चला हमें। रामनारायणजी और ठाकुर उनसे मिले थे..."

"निहाल भाई कहते हैं सरकार ने नया कानून बनाया है। जंगल के लोगों से जंगल ही छीन लिया है।"

"सच है। वकील साब ने ऐसा ही बताया। अब तक किसी राजा ने ऐसा नहीं किया था।"

"जंगल के लोग कहाँ जाएँगे ? पेड़ नहीं काटना, न पत्ता तोड़ना।"

'सब लोगों को मिलकर विरोध करना पड़ेगा। इसके बगैर दूसरा रास्ता नहीं है टंट्या। यही तो तुम लोगों ने तय किया है न ?" निहाल ने कहा। टंट्या को अकेला देखकर उसने पूछा, "तुम अकेले कैसे ? दौल्या और बिजनिया तुम्हारे साथ थे ना ?"

"हैं उधर। उस नीम से कालू पटेल को बाँध दिया है। उसकी रोटी का जुगाड़ करने गए हैं।"

"टंट्या, बेचारे कालू की क्या ग़लती है ?"

''कालू से मेरी कोई दुश्मनी नहीं है। मैंने उसे इसलिए बाँध रखा कि पोखर के लोगों को पता चले। पटेल और रजपूत पुलिसवालों की मदद कर रहे हैं ना ! उन्हें मजा चखाने के लिए करना पड़ा।''

''भीका पटेल ने सजा के तौर पर सौ रुपए भेज दिए हैं। रकम देते हुए उसने कहा कि वह न ऊधो के लेने में है न माधो के देने में। मुझे लगता है टंट्या कि कालू को रिहा कर देना चाहिए। छह दिन रखा उतना काफी हो गया।''

टंट्या ने दोनों हाथों के अँगूठे के पासवाली उँगलियों को जोड़कर जीभ को पीछे मोड़ते हुए जोर से सीटी बजा दी। दूसरे ही क्षण उधर से सीटी का जवाब आया। एक छोटी और फिर एक लम्बी सीटी टंट्या ने फिर बजाई।

दौल्या-बिजनिया कालू पटेल को ले आए।

''पटेल, निहालभाई तुम्हें ले जाने आ गया है। अब तुम हमारे मेहमान नहीं हो। आइन्दा इस गरीब टंट्या की याद रखना।''

निहाल को देख कालू पटेल ढाढें मारकर रोने लगा।

''अरे, अरे ! हमने तुम्हें कुछ किया ? हमारे आदमियों ने तो तुमको छुआ भी नहीं और तुम इस तरह रोने लगे ?''

कालू रोने को रोक नहीं पाया। निहाल की ओर एहसान की नजरों से देख उसने आँखें पोंछ डालीं।

''कालू पटेल, तुम्हें छुड़वाने के लिए तुम्हारे भाई ने सौ रुपए भेज दिए। उसको बताना, टंट्या मुफ्त में कुछ भी नहीं लेता। निहाल के वचन पर रकम रख लेता हूँ लेकिन उससे कहना कि पंचायत ने शिवबा पटेल पर जुर्माना किया था। जिन लोगों ने ये जुर्माना लगाया उनसे अपने सौ रुपए वसूल कर लेना। भाई को बताना कि उसके बदले में ये रकम रख ली है मैंने। अब तुम जाओ।'' टंट्या ने कहा।

निहाल कालू पटेल को लेकर जाने लगा तो टंट्या ने आवाज दी। टंट्या निहाल के पास आ गया। वह बेचैन दिखाई दे रहा था।

''निहाल, जसुदा ने उंकार के साथ नवगजाबाबा का तावीज भेजा है।''

''जानता हूँ टंट्या। उंकार ने कहा था मुझसे। मेरी उससे मुलाकात हो गई थी। तुमने कुछ कहा नहीं इसलिए मैं चुप रहा। पिछले इतवार को उसने गजा के साथ भिकी और किसन के लिए दो आढ़क जवार भी भेज दी।''

''निहाल, इतना सब होने के बावजूद वह अपने हाथों को आग में क्यों जला रही है ?''

''टंट्या, उसे तुम सबकी फिकर लगी रहती है। मुझसे भी कहा कि टंट्या को सँभलकर रहने को बोलो।''

भिकी, किसन और मंगल्या की याद से वह बेचैन हो उठा। और बीच में ही जसुदा की सूरत झाँकने लगी।

शिवबा पटेल के मन में टंट्या को लेकर बेहद गुस्सा था। गुप्त स्थान की बीमारी दिखाई भी नहीं देती और चुप भी बैठने नहीं देती। टंट्या ने गाँव के सामने बेइज्जती की। फिर अपने आपको ही समझाता कि ढाक के पात तीन। यहाँ किसका दामन पाक है ? चार दीवारों के अन्दर के झमेलों का चर्चा रहता है। नया सामने आ जाने पर पुराने को भूल जाते हैं। फिर भी इधर जसुदा की ढिठाई से पटेल बेचैन हो गए थे।

टंट्या ने गाँव छोड़ दिया। उसे सजा हो गई। उसके पीछे पुलिस लगी। पंचायत ने इल्जाम लगाकर जुर्माना वसूल किया। शिवबा को लगता कि अब किसी तरह यह झमेला खत्म हो जाए।

दिन-ब-दिन खामोश रहनेवाली जसुदा अपने में ही खोई-खोई रहने लगी। एक-दो बार गजरी ने छेड़कर देखा।

''जसुदे, बेटी, माँ-बाप की जान को फिकर रहती है इसीलिए बोले होंगे। लेकिन माँ से बोलना बन्द करना...''

''बुआ, तुम सब लोगों का क्या इरादा है ? मैं सीने पर पहाड़ रखकर चुप बैठ गई हूँ। सालभर में एक सबद भी निकाला मैंने अपनी जबान से ? मैं बोझ बन गई हूँ तो एकबारगी मुझे कुएँ में धकेल क्यों नहीं देते ! मैं मर जाऊँगी तो तुम लोगों के सिर से भूत तो उतर जाएगा।''

''ऐसा कहने से क्या होगा बेटी ? कलेजे का टुकड़ा है तू। माँ का दिल टूटता है इसीलिए वह घुल रही है। जब से ये बात हुई तब से बेचारी तिनके की तरह सूख गई है।''

''कितनी बार मुझे वही बातें सुनाएगी ? मैं अपना मुँह काला कर लूँ ?'' बेबस होकर जसुदा ने पूछा। फिर अपने को सँभालकर बोली, ''मैं ऐसा नहीं करूँगी। मैं चाहती तो पहली बार ही उसका हाथ पकड़कर भाग जाती। आज भी मुझे कोई नहीं रोक सकता। लेकिन बुआ, मैं यह नहीं करूँगी। मैं ऐसा करूँगी तो टंट्या को दाग लग जाएगा। इसलिए मैंने अब तय किया है, यहीं पर अपने आपको गाड़ लूँगी। पंचायत की नाक के नीचे।''

नर्मदामाई ने दरवाजे के पीछे से जसुदा की बात सुनी। बेटी का सोच सुनकर उसका मन आकाश की तरह भर आया। माँ की ममता उमड़ पड़ी और वह झट से सामने आ गई। जसुदा को छोटी बच्ची की तरह पेट से लगाकर सिसकती हुई बोली, ''जसुदे, बेटी, मैंने तुझे नौ माह पेट में पाला। इसलिए भीतर आग जलती है री। अब मैं तुझे कुछ नहीं कहूँगी। जो करना है सो कर। मैं तेरे साथ हूँ।''

जसुदा ने माँ की ओर अचरज से देखा। सारी दुनिया अब उसे छोटी नजर आ रही थी।

नम्बरदार के घर पर सरदार पटेल, रघुवीर रजपूत के पिता और पटवारी के बीच मन्त्रणा होने लगी। ''मुँह पीटकर छोड़ दिया गया सँपोला दिन-दहाड़े खेत में घूमने लगा।

उसका पूरा बन्दोबस्त करना होगा। कब दरवाजे की दरार से अन्दर घुस जाएगा इसका कोई भरोसा नहीं।'' रघुवीर के पिता ने टंट्या के बढ़ते आतंक को वाणी दी।

''कल मेरी मोहन से बात हुई। सीधेपन से अब कुछ नहीं होगा। उँगली टेढ़ी किए बिना काम नहीं चलेगा। फिर एक बार साजिश करनी होगी। टंट्या को जाल में उलझाए बिना अपने सिर से यह संकट टलनेवाला नहीं।''

सरदार पटेल की गोलमोल बातें सुनकर मोहन बोला, ''टंट्या काँइयाँ नहीं है। बहुत सीधा सरल है। जरा-सा नाटक करेंगे तो वह भरोसा कर लेगा। मैं उसके पास जाता हूँ। कुछ दिन उसकी सोहबत में रहूँगा। मीठी बातें करके उसे पोखर ले आऊँगा।''

मोहन ने साहसपूर्ण योजना सबके सामने रख दी।

''शिवबा पटेल को बता दिया ?'' पटवारी ने पूछा। ''उनका कोई भरोसा नहीं है। मुझसे और रघुवीर से नाराज ही है।''

''जो कुछ करना हो बेटे, सँभलकर करना। इन भीलड़ों की जात बड़ी खराब होती है। भरोसा हो तो अपने लिए जान भी दे देंगे नहीं तो ककड़ी की तरह काटकर फेंक देने में आनाकानी नहीं करेंगे।''

रघुवीर के पिता की अभद्र बात सुनकर सरदार पटेल मन-ही-मन नाराज हो गए लेकिन उन्होंने अपनी जबान को लगाम दे दी।

सरदार पटेल के मोहन के आ जाने की खबर पर टंट्या को भरोसा नहीं हुआ।

''क्यों मजाक कर रहा है उंकार ? सुबह-सुबह क्या मैं ही मिला तुझको ?''

''टंट्यादादा, तू ही देख ले अपनी आँखों से। वह देखो वहाँ मोड़ पर उसे खड़ा किया है। लछमन है उसके साथ। तूने हाँ कहा तो ले आऊँगा।''

''उंकार, यह पटेल का बच्चा किसलिए आया होगा।''

''मुझे कुछ पता नहीं लेकिन मुँह सूखा हुआ है उसका।''

''ले आ उसे।''

उंकार ने इशारे की सीटी बजाई। मोहन के आने तक टंट्या के मन में तरह-तरह के खयाल आते रहे।

''टंट्या, मुझसे बड़ी ग़लती हो गई। अपने मन की और रघुवीर की सुनकर मैंने तेरे खिलाफ काम किया। लेकिन जब मुझे पता चला कि मेरे बाप की नजर तुम्हारी जमीन पर गड़ी थी तो मुझे उस पर गुस्सा आ गया। पुलिस पटेल भी ऐसा ही है। टंट्या, मेरी वजह से तुम्हें बहुत तकलीफ हुई। मुझे माफ़ कर दो।'' मोहन झट से जमीन पर बैठ गया। दिल भरकर रोने का नाटक करके सिर ऊपर उठाकर बोला, ''मैंने अब पक्का इरादा किया है कि मैं अपने घर में कदम नहीं रखूँगा। बाप का मुँह भी नहीं देखूँगा। मैंने तुम्हारे साथ रहने का इरादा किया है।''

टंट्या सुन रहा था और सुनते-सुनते उसके मन की गाँठ खुलती जा रही थी। मोहन

से उसे हमदर्दी होने लगी। हो सकता है, सरदार पटेल का अपनी जमीन के प्रति लोभ मोहन को नहीं भाया होगा।

मोहन ने बाप के साथ झगड़ा मोल लिया है और वह अब घर नहीं जाना चाहता, यह सुनकर टंट्या को बुरा लगा।

''नहीं मोहन, तुम्हारा यह इरादा ठीक नहीं। मेरे साथ जंगल में भटकना ठीक नहीं। तुम लौट जाओ।''

''क्यों लौट जाऊँ ? तुम्हें मुझ पर भरोसा नहीं ? मैंने तुम्हारे साथ ग़लत व्यवहार किया तो तुम मेरा सिर काट डालो। लेकिन मैं अब उस घर का मुँह भी नहीं देखना चाहता।''

टंट्या इस अजीबोगरीब संकट से अचम्भे में पड़ गया। क्या निर्णय करे ? मोहन की ईमानदारी उसे झूठ नहीं लग रही थी। दौल्या-बिजनिया खजूरी गए थे। उंकार, लछमन साथ थे।

''अच्छा मोहन, तुम चाहते हो तो रहो हमारे साथ खुले जंगल में लेकिन देखो, जब चाहो लौट जाना।'' टंट्या ने कहा।

''टंट्या, मुझसे तुम्हें कोई तकलीफ नहीं होगी।''

''किसी से किसी को कोई तकलीफ़ नहीं होती मोहनभाई। मैं इसे अपनी किस्मत की बात मानता हूँ। तुम्हारी किस्मत में हमारे साथ भटकना है तो मैं क्यों नहीं कहूँ ?'' टंट्या की बात से मोहन के मन में शक पैदा हो गया। लेकिन उसे जाहिर न होने दिया। अपना नाटक उसने जारी रखा।

''मोहनभाई, मुझे लगता है अब तुम घर जाओ तो अच्छा।'' तीसरे दिन टंट्या ने मोहन को समझाते हुए कहा, ''तुम गाँव में रहकर भी हमारी मदद कर सकते हो। निहाल देखो कितना काम करता है मेरे लिए। गजा भी है गाँव में। क्या तुम सचमुच दिल से हमारा साथ देना चाहते हो ?''

''अभी भी भरोसा नहीं है क्या ?''

''ऐसी बात नहीं। खूँटा पक्का कर रहा हूँ। तो फिर तुम गाँव में ही रहो।''

मोहन रुक गया। जाल को कैसे फैलाए ? सहसा मन का कोना रोशन हुआ। उसने कहा, ''मैं तुम्हारी बात मान लेता हूँ। जाऊँगा मैं लौटकर। गाँव में रहकर निहाल के साथ तुम्हारी मदद करूँगा। दो दिनों में तुमने मुझे जो बताया उससे मेरी आँखें खुल गईं। तुम रामनारायणजी के साथ बहुत बड़ा काम कर रहे हो। गाँव के डबरे में छोटे-बड़े झगड़े करना ठीक नहीं। तुम लोगों की मदद करने में मुझे खुशी ही होगी। लेकिन मेरी एक शर्त है।''

''कैसी शर्त ?''

''मेरा बाप मुझे घर में घुसने नहीं देगा। एक रात के लिए तुम मेरे साथ पोखर चले चलो। बापू से दो बातें कर लो। सुबह होने से पहले चले आना। गाँव में किसी

को खबर नहीं होगी।''

टंट्या फिर सोच में पड़ गया। दाल में कुछ काला तो नहीं है ? फिर लगा कि तीन दिन से वह दिल खोलकर बातें कर रहा था। गाँव के घपले-घोटाले उसने सब खुलकर बता दिए। फिर उस पर शक करना क्या ठीक होगा ?

''तुम्हें मुझ पर भरोसा न हो तो मैं जोर नहीं दूँगा। जो कुछ करना है मैं कर लूँगा। क्या होगा, कि बाप मुझसे कहेगा, घर के अन्दर कदम मत रखना। तो यही सही।'' मोहन ने निराशा से कहा।

''ऐसी बात नहीं है मोहन। एक बार किसी को दोस्त मान लिया तो टंट्या फिर आगे-पीछे नहीं देखता। ठीक है, मैं जाऊँगा तुम्हारे साथ।''

मोहन के साथ टंट्या को देख सरदार पटेल चौंक गया। अचानक बाघ को सामने देखकर हाथ-पैरों से ताक़त निकल जाने जैसी हालत हो गई उसकी।

''मालिक, गुस्से में मोहन से ग़लती हो गई। दोस्तों की संगत से ऐसा हो जाता है। आपके गुस्से से घर आने के लिए डर रहा था।''

टंट्या की बात सुनकर सरदार पटेल तो चकरा ही गए। क्या टंट्या सचमुच भोला है या भोलेपन का स्वाँग रच रहा है ?

''टंट्या, हम सबसे ग़लती हो गई। इतने से स्वार्थ के लिए मुझे मोह हो गया। उसमें फिर बिरादरी ने मौका साध लिया और तेरे पीछे यह झंझट लगा गया। मुझे पछतावा हो रहा है। जब से मोहन घर से गया, मैं तुम्हारे बारे में ही सोच रहा था। मेरे बेटे पर ऐसी गुजरती तो मैं क्या करता ? मैं अपने आपसे यही सवाल पूछता रहा। आखिर मुझे इसका इलाज मिल गया।''

पटेल का इलाज क्या होगा ? मोहन-टंट्या एक-दूसरे की ओर देखने लगे।

''बेटे, मैंने तय किया कि तुम्हारे पीछे जो झंझटें हैं उन्हें मिटा देना। पुलिस की पूछताछ, कोर्ट-कचहरी का आना-जाना सब मिटा देना। खंडवा में मैंने राजाभाऊ से बात की। शिवबा पटेल भी सारी शिकायतें वापस लेने को तैयार है। पटवारी ने सारे दस्तावेज बना दिए हैं। शिवबा पटेल के दस्तखत के बाद तू उन पर अँगूठा लगा ले। फिर बाकी मैं देख लूँगा।'' सरदार पटेल टंट्या की प्रतिक्रिया उसके चेहरे पर भाँपने लगे।

भोले-भाले टंट्या को पता नहीं चला कि और एक फन्दा उसके लिए तैयार हो रहा है। टंट्या ने यह सोचकर दालान में कदम रखा कि पटेल जैसा कहते हैं वैसा हुआ तो अच्छा ही है।

जाली के पीछे घात लगाए बैठे भेड़ियों ने शिकार पर झपट्टा मारा। सिपाहियों ने टंट्या को वहीं पर जेलबन्द कर दिया।

भीतर के दरवाजे से हिम्मत पटेल सामने आ गए। बाँध दिए टंट्या की ओर देखते हुए मोहन से बोले, ''मोहन, बेटे शाबाश ! तूने काम फतह किया। अब पीटता रहे अपना सिर जेल की दीवारों से। अपने आपको जंगल का शेर समझता है। टंट्या, अब

हम भी देखते हैं कि कौन आता है तुझे छुड़ाने।"

टंट्या ने हिकारत से हिम्मत पटेल की ओर देखा। फिर नजर मोहन की ओर डालते हुए उसने शान्ति से कहा, "मोहन, तो तुम्हारी ये साजिश थी। मैंने तुम्हारे और तुम्हारे बाप की बातों का भरोसा किया। टंट्या को अभी भी सच और झूठ की पहचान नहीं इसलिए यह वक्त आ गया। लेकिन पटेल, इतना याद रखना कि एक बार के दर्शन से भगवान बूढ़ा नहीं हो जाता। हम जब फिर मिलेंगे तब मुझ पर टूट पड़नेवाले ये सिपाही तुम्हारे साथ नहीं होंगे।"

सरदार पटेल और मोहन के कलेजे टंट्या के इन शब्दों से काँप उठे। अभी तो उनका डर दूर हो गया था कि टंट्या पकड़ गया है।

जानी-पहचानी खंडवा पुलिस थाने की कोठरी का दरवाजा खुल गया। सामने दौल्या को देख टंट्या को साजिश की बू आ गई।

"इस तरह से घात लगाया इन लोगों ने।" पुलिस कोठरी में कदम रखते हुए टंट्या ने मन-ही-मन कहा। फिर दौल्या से कहा, "हमारे पीछे पड़ने से ये अभी भी बाज नहीं आए।"

"नहीं टंट्यादादा ! ग़लती अपनी ही है। इन केकड़ों के हाथ-पाँव तोड़कर इन्हें फेंक देना चाहिए था। उनको छोड़ दिया इसलिए उन्होंने घात लगाया दूसरी बार।" दौल्या के शब्दों से अंगार बरस रहे थे।

"इन्होंने हमें पकड़ लिया है तो अब हमेशा का नाटक शुरू होगा। गोरा साहब बरस-छह माह के लिए जेल भेज देगा।" टंट्या ने कहा।

"एक बात अच्छी है कि बिजनिया बाहर है। ठाकुर नारायण सारा काम सँभाल लेंगे।"

टंट्या की बात खत्म नहीं हुई कि जाली के बाहर से दरोगा खुशी के मारे गरज पड़ा, "टंट्या, साले, अब तोड़ते रहो गिट्टी जेल में। अभी तार से खबर आई है कि तुम्हारे उस राक्षस को–क्या नाम है उसका–हाँ बिजनिया–बिजनिया को गिरफ्तार किया गया है। कल सुबह तक हाजिर कर देंगे। चलो अब ब्रह्मा, विष्णु, महेश की महफिल सजेगी जेल के अन्दर !"

दरोगा की बात से दोनों को सदमा पहुँचा। दोनों हाथों से लोहे की जाली के दरवाजे को जोर-जोर से पीटकर दौल्या अपने गुस्से का इज़हार करने लगा।

"अरे ओ शैतान, दरवाजा टूट जाएगा साला। ताक़त ज्यादा हो गई क्या ? पत्थर तोड़ने भेज देना पड़ेगा।" अगड़धत्त मुच्छड़ लाल-लाल आँखोंवाला दरोगा जाली के सामने आ गया।

"कुत्ते, मुझे बाहर निकाल। सबकी चटनी बनाकर गाँव-भर में बाँट नहीं दी तो नाम बदल दूँगा।" दौल्या और भी आवेश में आ गया।

टंट्या ने उसके कन्धे पर हाथ रखकर कहा, "दौल्या, अभी हम उनके हाथों में

हैं और वो बाहर हैं इसलिए बोलने में जोर है। बाहर आ जाने पर सबका हिसाब चुकता करेंगे। अभी चुप रहना है।''

टंट्या के पकड़े जाने की खबर खंडवे के बाजार में सब तरफ फैल गई। दूसरे दिन बिजनिया को भी पकड़कर और कहीं रखा गया।

राजाभाऊ मिलने आए तो टंट्या ने कहा, ''मालिक इस बार आप कचहरी मत आइए। जो होना है सो होगा।''

''नहीं टंट्या, जज साहब को जो करना है करने दो। हम अपने हक के लिए झगड़ेंगे। एक दिन हमें इंसाफ मिल ही जाएगा।''

''लगता नहीं कि इस जनम में वह दिन आएगा। आपका बहुत एहसान है। अपनी चमड़ी के जूते बना दूँ तो भी बदला नहीं चुका सकूँगा।''

टंट्या की बात से राजाभाऊ पलभर के लिए विचलित हो गए।

''आप मेरी मदद क्यों करते हैं?''

''सन्तोष के लिए, जो तुम्हें दिखाई नहीं देगा। लेकिन टंट्या, जब से तुम और निहाल मिले हो तब से मुझे लगता रहा है कि तुम पर अन्याय हो रहा है। मुझसे जितना बन पड़ेगा, मैं करूँगा। अब जो होगा उसका सामना करो। भगवान यदि है तो तुम्हारे साथ होगा।'' फैसले का अनुमान होने से ही शायद राजाभाऊ ने भगवान का सहारा लिया।

चौबीस दिसम्बर अठारह सौ अठहत्तर का काला दिन निकला।

टंट्या रातभर जागता रहा था। पास में दौल्या खर्राटे भर रहा था। अपने भोलेपन के बारे में सोचता हुआ टंट्या एकटक छत की ओर देख रहा था। भोलेपन की वजह से वह फिर मुसीबत में फँस गया था। दुश्मनों की साजिश को पहचानने का काँइयाँपन उसमें नहीं था बल्कि उनके बारे में उसके मन में इंसानियत का झरना सहसा बहने लग जाता था।

जनम-जनम की मेहनत, गरीबी और भुखमरी ने उसकी सहनशीलता को बढ़ा दिया था। लेकिन उसे लगा कि अब अन्याय के खिलाफ़ भड़क उठने का वक्त नजदीक आ गया है।

टंट्या के पकड़े जाने की खबर सुनकर आधी रात में आसपास के गाँवों से भील खंडवा आने लगे।

कल टंट्या को अदालत के सामने पेश किया जाएगा।

कुछ ही दिनों में टंट्या का नाम चारों ओर गूँजने लगा था। भीलों में उसने बहुत जल्दी नाम कर लिया था। सरकार और पुलिस के खिलाफ वह बोलने लगा था।

सिपाहियों की पिटाई करने की बहादुरी से सब भीलों को वह अपना नायक लगने लगा था। दूसरी बिरादरियाँ भी उसकी तारीफ करने लगी थीं।

इस बहादुर के साथ सरकार क्या इंसाफ करती है यह देखने तथा टंट्या के दर्शन करने आसपास की पहाड़ियों से भीलों ने कचहरी के पास भीड़ लगा ली थी। तीर-कमान लिए ये अधनंगे लोग शान्ति से धूप में बैठे थे। दुपहर बाद सिपाही टंट्या, दौल्या और बिजनिया को ले आए। उन्हें देखने के लिए भीलों ने हल्ला मचाया। टंट्या को देखकर सब खुश थे।

भीलों की भीड़ देखकर दरोगा ने सिपाहियों से कहा, "इन भीलड़ों को कचहरी के बाहर निकाल दो।"

सिपाही लाठी लेकर आगे बढ़ गए।

"चलो भागो, यहाँ क्या मेला लगा है देखने का ? हटो नहीं तो अन्दर कर दूँगा।"

भीड़ पीछे हट गई और लोग दूर जाकर नीचे बैठ गए।

मुकदमे का नाटक शुरू हो गया। पुलिस के पहरे में टंट्या, बिजनिया, दौल्या हथकड़ियों में थे।

चोरी, लूटमार, डाका और पुलिस पर हमला—वही हमेशा के इल्जाम लगाए गए। गवाह थे हिम्मत पटेल, सरदार पटेल और मोहन।

"टंट्या, तुमको कुछ कहना है ? तुमने जो बदमाशी की है, उसके सबूत गवाहों ने दिए हैं।" गोरे साहब की बात से टंट्या फैसले को भी भाँप गया।

"नहीं साहब, मुझे पक्का मालूम है कि टंट्या को इस जनम में इंसाफ नहीं मिलेगा। साहब, ये टंट्या कभी झूठ नहीं बोलता। सिपाही को मैंने जरूर पीटा लेकिन सरकार ने कभी पूछा कि क्यों पीटा ? मुझ गरीब की सारी जमीन लूट ली। झूठे इल्जाम लगाकर दो बार जेल की हवा खाने भेज दिया। फिर मैं क्या करता ? सिपाही को तो सिर्फ पीटा है। टंट्या अगर चाहता तो सूखी लकड़ी की तरह उसके हाथ-पैर भी तोड़ देता। मुझे मालूम है आप क्या इंसाफ देनेवाले हैं।" टंट्या रुक गया। फिर हिम्मत पटेल और दूसरे लोगों की ओर देखकर बोला, "हिम्मतदा, भगवान का नाम लेकर कितनी झूठी कसमें खाओगे ? लेकिन हिम्मत पटेल, ध्यान में रखो, मैं भील हूँ। तुमने आज अदालत में झूठा बयान दिया है और तुम जानते हो कि मेरा नाम टंट्या है। टंटे करनेवाले टंट्या से ही अब तुम्हारा मुकाबला होगा।"

टंट्या की बात से अदालत में खलबली मच गई। हिम्मत और सरदार पटेल को आनेवाले कल का भूत दाँत दिखाने लगा। आरोपी के कठघरे से टंट्या झपट्टा मारकर गला दबाने में आगे-पीछे नहीं देखेगा इस डर से हिम्मत पटेल सरदार पटेल के पीछे छिपने लगा।

"ठीक है, हम कल फैसला सुनाएगा।" गोरे साहब ने उठते हुए कहा, "मुजरिम को जेल कस्टडी में रखो आज की रात..." और वह भीतर के दालान में चले गए।

टंट्या, बिजनिया और दौल्या को पुलिस बाहर ले आई। आगे-पीछे बन्दूकधारी पुलिस के बन्दोबस्त में जुलूस खंडवा जेल की तरफ जाने लगा। कचहरी के बाहर से देखनेवाले भीलों को टंट्या और उसके साथियों पर नाज़ था। जेल जाना उनकी नजरों में सरकार का दिया हुआ सम्मान था।

सबके आगे छरहरे बदन का टंट्या था। उसके पीछे बिजनिया और दौल्या। कुछ अन्तर छोड़कर सारे भील भी पीछे-पीछे डरे हुए सहमे-से चल रहे थे।

टंट्या के साथ सब जेल के रास्ते चले। सिपाहियों के एक हवलदार ने पीछे देखा और भीलों की टोली को देख बन्दूक तानकर उनकी तरफ गया।

''क्यों बे सालो, तुम्हें भी जेल जाना है ? पीछे-पीछे क्या देखने आ रहे हो ?''

बन्दूक का निशाना बनी भीड़ के लोग घबराकर भागने लगे। उनकी ओर देखकर हँसते हुए हवलदार लौट गया।

''और आए हैं ये हमारे मेहमान,'' मुच्छड़ बाबू खतौनी में हर एक जानकारी दर्ज करते हुए बोला।

''श्यामसिंग, देखो तुम्हारे दोस्त दौल्या और उसका उस्ताद टंट्या।''

श्यामसिंग ने बिजनिया की ओर देखा।

''ये नया नहीं है। पिछली बार था जेल में।'' टंट्या ने बताया।

''अब कौन-सी बहादुरी दिखाई ?'' कागजों को देखते हुए श्यामसिंग ने पूछा, ''तुम लोगों को क्या बाहर चैन नहीं आता ?'' टंट्या ने उसकी ओर देखा। श्यामसिंग ने ऐसा क्यों पूछा होगा ?

''तुम लोगों को काम नहीं चाहिए ?'' दौल्या ने पूछा।

''ऐसा काम करना कुछ ठीक नहीं। रात में सोते वक्त एक-एक चेहरा आँखों के सामने आ जाता है।''

''श्यामसिंग, क्या बकवास कर रहे हो ? साले, तुम ड्यूटी करते हो या रेल टेसन पर बातें छाँट रहे हो ?'' मुच्छड़ बाबू ने श्यामसिंग को डाँट दिया।

''हाँ, हाँ, बोलता हूँ। लिखो बाबूजी।''

''चलो टंट्या।'' श्यामसिंग के पीछे तीनों वार्डन के साथ चल पड़े।

''कौन-सा वार्ड ?'' दौल्या ने पूछा।

''पाँचवाँ।''

फिर उसी बैरक में आज की रात। पता नहीं कल साहब क्या सजा देगा। शायद एक साल या ज्यादा भी। पता नहीं किस जेल में भेज देंगे। नागपुर-जबलपुर जेल के बन्दोबस्त का पता था। खंडवा जेल में आज की रात सुनहरा मौका था। टंट्या का विचारचक्र चलता रहा।

उसने आसपास देखा। अर्धगोलाकार में पाँच बैरकें थीं। एक जैसे आकार की। पाँचवीं बैरक के पास तीन और छोटी बैरकें थीं। बड़े दरवाजे के पास बाईं ओर

भटियारखाना था। आठों बैरकों के चारों ओर पहरा देने के लिए काफी खुली जगह थी। जेल के चारों ओर बीस फुट की पत्थर की दीवार थी।

श्यामसिंग ने पाँच नम्बर की बैरक का दरवाजा खोल दिया। तीनों को अन्दर डालकर श्यामसिंग ताला लगाने लगा।

''श्यामसिंग भाई, एक बात पूछने की रह गई। पिछले सोमवार को छह लोग आए, उन्हें कहाँ रखा है ?''

''कौन ? भावल्या और हीरा भील ?''

''हाँ, वही।''

श्यामसिंग ने याद कर कहा, ''आठ नम्बर में।'' ताला लगाकर चाभियों का गुच्छा कमर में लटकाए वह बड़े दरवाजे की ओर चल दिया।

टंट्या ने आसपास के कैदियों को देखा। कुछ पहचाने चेहरे थे।

बैरक की पत्थर की दीवार से पीठ लगाए टंट्या सोच में डूब गया था। बिजनिया और दौल्या दूसरे कैदियों के साथ बतिया रहे थे।

आज की रात ही अपनी अकेली रात है। कल दिन निकलते ही अदालत में पेश किया जाएगा। फिर साहब सजा सुनाएगा। फिर जेल भेज देंगे। कहाँ ? नागपुर, जबलपुर या और कहीं ?

आज रात में ही यहाँ से भाग जाएँगे तो कल की सजा टल जाएगी। भाग जाने की कल्पना से टंट्या को रोमांच आ गया। उसने आसपास देखा। बन्द दरवाजे का बड़ा ताला और बाहर पहरा लगानेवाले सिपाही दिखाई दिए।

शाम को भोजन के वक्त सबको बाहर लाया गया। टंट्या का मन खाने में नहीं था। आसपास देख रहा था। जाने से पहले भावल्या और हीरा से उसने कहा, ''रात में होशियार रहना। देखें शिवबाबा क्या करता है।''

भावल्या-हीरा कुछ समझे नहीं। लेकिन उन्होंने हाँ कह दिया।

पाँच नम्बर की बैरक में अँधेरा फैल गया था। बैरक के सामने आँगन में मिट्टी के तेल का दीया भभरकर जल रहा था। रात अँधेरी होने से सब तरफ अँधेरा था। दस के टोल बजे। बड़ा वार्डन हाथ में कन्दील लेकर बैरक के सामने आकर जाली से देखने लगा।

''कौन बैठा है रे साला, कोने में ?'' गार्ड की आवाज सुनते ही चार नम्बर की बैरक का कैदी झट से लेट गया। गार्ड की आवाज सुनकर टंट्या ने दौल्या के कान में कहा, ''उसकी फेरी जाने के बाद काम शुरू करेंगे।''

''कौन-सा काम रे ?'' दूसरी कतार के कैदी ने पूछा।

आवाज की दिशा में जाकर दौल्या ने उसकी कमर में लात जड़ दी।

''अम्मा री, मर गया मर गया।'' कैदी की आवाज सुनकर चक्कर लगानेवाले गार्ड ने बैरक के सामने खड़े होकर पूछा, ''कौन है रे साला ? क्यों चिल्ला रहा है ? चुपचाप सो नहीं सकता ?''

दौल्या ने धीरे-से चिल्लानेवाले कैदी से कहा, "मुँह खोलेगा तो जीभ निकालकर रख दूँगा। एकदम चुप हो जा।"

भीतर से कोई प्रतिवाद न मिलने पर वार्डन आगे बढ़ गया। दौल्या ने उस कैदी को डाँटते हुए कहा, "आँखें बन्द करके चुपचाप सो जा। मुँह खोला तो सिर के खरबूजे को दीवार पर पटककर फोड़ दूँगा।"

दीवार की तरफ मुड़कर कैदी चुप हो गया। बारह के टोल बजे। बैरक की तरफ से वार्डन चले गए। अब दो-ढाई घंटे वार्डन इधर का मुँह नहीं करेंगे। टंट्या-बिजनिया ने अँधेरे में हाथ से छूकर इशारा किया। दोनों खड़े हो गए। टंट्या बैरक की दक्षिणी दीवार के पास आ गया। वहाँ से उत्तर की तरफ के मैदान में जलनेवाला दिया दिखाई दे रहा था। पहरेदार तमाखू रगड़ते हुए बातों में खो गए थे।

"तुम ऊपर चढ़ो," टंट्या ने बिजनिया से धीरे-से कहा।

टंट्या दीवार से सटकर आगे झुक गया। बिजनिया उसके कन्धे पर खड़ा हो गया। टंट्या सीधा हो गया। पास खड़े दौल्या को इशारा किया। टंट्या ने दोनों हाथों की उँगलियों को एक-दूसरे से गूँथ दिया। दौल्या ने उस पर पैर रख दिया। बिजनिया ने एक हाथ से आधार देकर उसे ऊपर खींच लिया। बिजनिया ने कन्धे पर दौल्या खड़ा हो गया। उसका सिर खिड़की के बीचोंबीच आ गया। बाएँ हाथ से खिड़की की छड़ को पकड़कर दाएँ हाथ से काम शुरू किया।

दौल्या के नाखून भाले की नोक की तरह चूने की दीवार को कुरेदने लगे। चूने की बुकनी बिजनिया और टंट्या के बदन पर गिरने लगी। खिड़की का कोना खुल गया। हाथ जाने जितना छेद बन गया। बाएँ हाथ से खिड़की को पकड़कर दाएँ हाथ से पत्थर को खींच लिया। दस-बारह सेर वजन का चपटा पत्थर हाथ में आ गया। उसे तोलते हुए उसने धीरे-से उसे बिजनिया के हाथ में दे दिया। बिजनिया ने टंट्या के हाथ में सौंप दिया। टंट्या ने दाएँ पैर के सहारे दीवार से लगाकर उसे धीरे-से जमीन पर रख दिया।

एक बज गया। दौल्या ने गार्डों के हँसने-बोलने की आवाजें सुनीं। कोई खतरा नहीं यह देखकर फिर उसके नाखून चलने लगे। दूसरा चौकोर पत्थर निकल गया। पहले की तरह वह भी नीचे पहुँच गया। तीसरे को निकालने में देर नहीं लगी। बड़ा सूराख बन गया।

"बिजनिया, मैं ऊपर जाता हूँ। फिर तुम्हें हाथ देता हूँ। टंट्या तुम्हारे पैरों को पकड़ लेगा।" दौल्या ने बताया।

दोनों हाथों से खिड़की की छड़ों को पकड़ दौल्या ने पहले अपने पैरों को सूराख के बाहर निकाला। फिर गले तक बाहर आ गया। बिजनिया को हाथों से पकड़कर ऊपर खींच लिया। खिड़की के पास आते ही बिजनिया ने छड़ों को पकड़ लिया। दौल्या ने बिजनिया को कमर तक ऊपर खींच लिया।

"टंट्या, मैं और आगे बढ़ता हूँ।" बिजनिया ने कहा।

दौल्या के साथ वह बाहर की दीवार से लटक गया। टंट्या ने उछलकर सूराख को पकड़ लिया।

दौल्या ने नीचे देखा। जमीन कमर तक की दूरी पर थी। दौल्या ने कहा, ''छोड़ दो मेरे हाथ।'' बिजनिया ने हाथ छोड़ दिए तो दौल्या झट जमीन पर कूदकर खड़ा हो गया।

बिजनिया के दोनों पैर सूराख में थे और मुँह जमीन की ओर। टंट्या ने उसके पैरों को पकड़ रखा था। दौल्या नीचे आ खड़ा हुआ। टंट्या ने बिजनिया के पैरों को छोड़ दिया तो दौल्या ने उसे आहिस्ता से लोक लिया। बिजनिया के खड़े होते ही टंट्या ने कहा, ''होशियार, मैं आ रहा हूँ।'' और वह गिरगिट की तरह लपक पड़ा। बिजनिया-दौल्या ने उसे अधर में ही उठा लिया।

जमीन पर पैर पड़ते ही तीनों को पलभर के लिए मुक्ति का आनन्द हुआ। अँधेरे में दीवार से चिपककर उन्होंने देखा कि कोई आता-जाता तो नहीं है।

छह और सात नम्बर की बैरकों को पार कर वे आठवीं बैरक के पास पहुँच गए। सामने दरवाजे पर सिपाही बैठे हुए थे।

दौल्या ने सफेद कपड़े उतार दिए। सिर्फ काला लंगोट पहने दौल्या दीवार से सटकर अँधेरे में आगे सरकने लगा। काले अँधेरे में वह जैसे खो गया था।

आगे-पीछे देखकर दौल्या बैरक के दरवाजे पर आ गया। तगड़ा ताला हाथ में लेकर उसने कुछ सोचा। दोनों हाथों से उसे मरोड़ दिया तो ताले के साथ सिटकनी हाथ में आ गई। आवाज होते ही वह फिर अँधेरे में छिप गया।

अब खतरा नहीं, यह देखकर दरवाजा खोल दिया। हीरा-भवल्या राह देख ही रहे थे। उनके साथ चार और कैदी भी बाहर आ गए। दौल्या ने फिर दरवाजा बन्द कर दिया। दीवार से सटकर वे तब अँधेरे में पीछे की तरफ आ गए।

दक्षिण की ओर काफी खुली जगह थी। यहाँ कैदियों के नहाने-पाखाने की जगह थी। लकड़ियों के एक बड़े ढेर के पीछे वे छिप गए। सामने बीस फुट का परकोटा था।

दौल्या और हीरा दीवार को पीठ देकर खड़े हो गए। दूसरे उनके कन्धों पर चढ़ गए। तीसरे को हाथ से ऊपर चढ़ा दिया। चौथा तीनों के सहारे दीवार पर ऐसे चढ़ गया जैसे पेड़ पर चढ़ा हो। एक-दूसरे को ऊपर खींच लिया।

आठों जेल के परकोटे की दीवार पर खड़े हो गए। बिजनिया ने दीवार को पकड़कर शरीर को नीचे छोड़ दिया। उसके शरीर से होते हुए दूसरा नीचे चला गया और उसके पैरों को पकड़कर लटकने लगा। इस तरह एक सीढ़ी बन गई। सब नीचे उतर गए। सिर्फ टंट्या दीवार पर खड़ा था।

रात की खामोशी में टंट्या की आवाज ने कँपकँपी फैला दी।

''होशियार, मैं टंट्या अपने साथियों को लेकर जा रहा हूँ। कोई माई का लाल हो तो आ जाए हमें पकड़ने के लिए। जय शिवबाबा।'' ऐसा कहकर टंट्या ऐसे कूद पड़ा जैसे पानी में छलाँग लगा रहा हो।

दौल्या, बिजनिया और बाकी साथियों ने हाथों का झोला बना लिया था। टंट्या को उन्होंने ऊपर से ही लोक लिया।

टंट्या की गर्जना सुनकर खंडवा की जेल का कोना-कोना थर्रा उठा। बड़े दरवाजे की खतरे की घंटी जोर-जोर से बजने लगी। जेल की चारों ओर की दीवारें काँप उठीं।

टंट्या के पोखर आने की खबर जसुदा को सच नहीं लगी। जो गाँव उसका बैरी बन बैठा है उस गाँव में टंट्या दिन-दहाड़े कैसे आएगा ? उसे परेशान करने के लिए ही इस अफवाह को उड़ा दिया गया होगा।

चौक में बरतन माँजते हुए वह अनमनी हो गई थी। उदासी बढ़ने लगी। अकेलापन जान का दुश्मन बन गया था। बाईं आँख की पलक फड़कने लगी। किसी तरह बरतन धोकर वह उठी और चूल्हे के सामने रखने लगी। चूल्हा जलाने की तैयारी में माँ ने कहा, ''जसुदा, दोपहर से तेरा बाप घर नहीं आया। गजरी बुआ कह रही थी...''

जसुदा को लगा कि माँ आगे कुछ न बोले। जसुदा का फीका चेहरा देख माँ के मन में चिन्ता की आग उठी। चूल्हा जल उठा।

''पुलिस उसे पकड़कर ले गई।'' जसुदा ने कहा, ''यही तू कहना चाहती है ना ?'' बेटी के मुँह से यह बात सुनकर माँ की फिक्र कुछ कम हो गई।

''उसको भी अब क्यों गाँव में आना चाहिए ? उसकी जान के दुश्मन हैं यहाँ। आग पर चलने जैसी बात क्यों करता है बेटा।''

नर्मदा मानो अपने से ही बात कर रही थी। माँ की बात सुनकर जसुदा उठकर चलने लगी।

''कहाँ जा रही है ?''

''नवगजाबाबा के पास।''

नर्मदा बेटी की ओर देखती रही। जसुदा से पहले माँ ने मन-ही-मन नवगजाबाबा से मन्नत माँगी थी, ''बेटी की परेशानी को दूर कर दे।''

अँधेरे को ओढ़कर सोया हुआ शहर घन-घन घंटानाद से हड़बड़ाकर जाग पड़ा। किसी की समझ में नहीं आ रहा था कि क्या हो गया है। अपनी-अपनी छतों पर जाकर लोग आवाज की दिशा में देखने लगे। रेलगाड़ी की सीटी से लोग परिचित थे। लेकिन यह आवाज दूर से आ रही थी। लोग डरकर तर्क-वितर्क करने लगे।

सिपाहियों की दौड़-धूप शुरू हो गई। चारों दिशाओं में तलाश जारी हो गई। पुलिस का रिसाला सक्रिय हो गया। जेल में हड़बोंग मच गई थी। वार्डन बैरक के कैदियों को जानवरों की तरह पीटने लगे। हो-हल्ला मच गया। जोश कुछ कम हो जाने पर जेलर और गार्ड होश में आ गए कि देखें तो कितने कैदी भाग गए हैं।

मशाल की रोशनी में दो-चार गिनती हो गईं। टंट्या के साथ आठ कैदी फरार हो चुके थे।

श्यामसिंग काँप रहा था। कल टंट्या और उसके साथियों को अन्दर डालते हुए उसके मन में ऐसा कुछ खयाल आया था और अब सचमुच संकट सामने था।

जेल की दीवार से टंट्या ने छलाँग लगा दी और वे सब अँधेरे में तीर की तरह दौड़ने लगे। बिना रुके तीन घंटे दौड़ते रहे। सुबह होते-होते शिवबाबा के दरबार में पहुँच गए। बाबा के सामने सिर झुकाकर टंट्या ने कहा, ''जैसा तूने कहा था, वैसा कर दिया, बाबा। अब आगे का तू ही देख ले।''

शिवबाबा के दर्शन कर टोली सुक्ता के किनारे से ऊपर की दिशा में फिर भागने लगी।

दिन निकल आने तक चालीस मील से ज्यादा दूरी काट चुके थे ये लोग। दर्रे के मुहाने पर आराम के लिए जगह थी। दौल्या ने जमीन साफ़ की। सबने जेल के कपड़े पास की झाड़ी में छिपा दिए।

''अब बदन पर जेल की निशानी क्यों हो ?''

कपड़ा निकालते ही टंट्या ने खुलापन महसूस किया। कपड़े जला डालने की बात उसके मन में आ गई। लेकिन एक तो चकमक पत्थर नहीं था दूसरे अब दिन में जलाने से धुआँ निकलेगा जिससे दूसरों को पता चल जाएगा।

भावल्या-हीरा कहीं से फल ले आए। सब फल खाकर पेड़ के नीचे लम्बी तानकर सो गए। आम के हरे-भरे पत्तों से चमकनेवाले सूर्यबिम्ब को टंट्या देख रहा था।

''टंट्यादादा, मैं हीरा को साथ लेकर पहाड़ी से उतरता हूँ। कुछ खाने का और कपड़ों का देखना होगा।'' दौल्या निकल पड़ा। दो नालों को पार करने के बाद बकरियों का झुंड दिखाई दिया। दौल्या-हीरा बूढ़े के पास गए।

''राम-राम बाबा, कौन-से गाँव का सगवार है ?''

''सामपुरा है जी।'' धुँधली नजर से दौल्या की ओर देखकर बूढ़े ने बकरियों को आवाज दी।

सामपुरा का नाम सुनते ही दौल्या को नाना चमार की याद आ गई। हीरापुर के बाजार में पहचान हुई थी।

''नान्या चमार है ना सामपुरा में ?''

बूढ़े ने हाँ कहा। दौल्या-हीरा गाँव की ओर चल पड़े। सिवान के पास लकड़ी का हल लेकर जानेवाले हलवाहे से पूछा, ''नाना चमार कहाँ रहता है, भाई ?''

''वो वहाँ उस बाड़े के कोने पर।'' पीपल के पेड़ की तरफ इशारा करते हुए हलवाला बैल के पीछे चलने लगा।

दौल्या नाना की झोपड़ी के पास आ गया। जमीन पर मोट को फैलाकर नाना उसकी फटी सूँड को टाँके लगाने में खोया हुआ था। दौल्या ने खखारा। सामने दौल्या को देख हाथ का काम छोड़ नाना झट खड़ा हो गया।

''दौल्याभाई, आज इधर कहाँ राह भूल गए ?''

"उधर टंट्यादादा आ गया है।"

टंट्या का नाम सुनते ही नाना हुलसा गया।

"नाना, गाँव में कपड़े की दुकान है ?"

"है ना, ऊपर के टोले में।"

"मैं उधर हो आता हूँ।"

"जल्दी आ जाना भाई। घरवाली को रोटियाँ सेंकने के लिए कहता हूँ। कितने लोग हैं साथ में ?"

"पाँच पांडव और चार कौरव।" दौल्या ने हँसकर कहा और बनिए की दुकान की तरफ चल पड़ा।

हरक कपड़े का तागा लकड़ी की तख्ती पर लपेट रहे माँगीलाल बनिए ने दौल्या को देखा। उसने काम को रोक दिया। उसके तन पर जेल के कपड़े देख उसे कुछ शक हुआ।

"मैं दौल्या हूँ। टंट्या का साथी। हमें नौ आदमियों के लिए कपड़ा चाहिए। आज हमारे पास पैसा नहीं है और कपड़ा देने की बात किसी को नहीं बताना। नहीं तो दौल्या से मुकाबला है।"

माँगीलाल ने टंट्या का नाम सुन रखा था। बिना हील-हवाले उसने हरक के दो थान दौल्या के सामने रख दिए। उसकी घरवाली ने कपड़े का सामान बाँध दिया।

"जाते हैं हम मालिक। मैं और टंट्यादादा तुम्हारे एहसानों को नहीं भूलेंगे।"

दौल्या फिर नाना के घर आया। नाना की घरवाली ने ढेर सारी जवार की रोटियाँ बना दी थीं। लाल मिर्च की चटनी थी। नाना भीतर जाकर ओलती में छिपाई एक तलवार और छुरा ले बाहर आया।

"ये चीजें रखना अपने साथ। यहाँ मेरे काम की नहीं। और एक बात यह जूतों की जोड़ी ले जाना टंट्यादादा के लिए।" नए कोरे जूते उसने सामने धर दिए।

दौल्य-हीरा लौट आए। सामान पेड़ के नीचे रख दिया। नए जूते देख टंट्या ने पूछा, "पनहियाँ क्यों लाए हो ?"

"नाना ने तुम्हारे लिए दी है।"

"हम नौ हैं। जब तक और आठ जूते नहीं मिल जाते टंट्या इनको नहीं पहनेगा।"

दौल्या टंट्या की ओर देखता रह गया।

सुबलगढ़ की तलहटी में जंगलों से घिरा सुन्दरेल गाँव था। गाँव के बाहर एक बरगद की छाँव में टंट्या लेटा हुआ था।

"टंट्यादादा, मैं सुन्दरेल हो आता हूँ। वहाँ मैं जसु पटेल को जानता हूँ।" बिजनिया भावल्या को लेकर चल पड़ा।

जसु पटेल घर पर ही थे। पड़ोस गाँव के मेहमान झापू पटेल भी आए हुए थे। बिजनिया को देख पटेल उठ गए।

''पटेल, टंट्या ने आपको राम-राम कहा है।''

जसु पटेल बिजनिया को अच्छी तरह से पहचानते थे। चेहरे पर कुछ डर तो कुछ हमदर्दी के भाव थे।

जसु पटेल ने बाहर आकर बिजनिया के हाथ में सोलह रुपए रख दिए। ''अभी घर में इतने ही हैं। आगे कुछ और चाहिए तो सन्देशा भेज देना। तुम नहीं आए तो मैं अपना आदमी भेज दूँगा।'' जसु पटेल मन से बोल रहे थे।

''मालिक, टंट्या कहता था कि बन्दूक लेनी है। कहाँ मिलेगी, कुछ पता है ?''

''खरगोन से पहले जांभली है। कल उस गाँव का बाजार है। वहाँ नबीबक्श मिस्त्री हर तरह के हथियार बेचता है।''

बिजनिया जाने लगा तो झापू पटेल ने भी जेब में हाथ डालकर कुछ रुपए दे डाले। पटेल की घरवाली ने कुछ सामान बाँध दिया। उसे लेकर बिजनिया-भावल्या मुकाम पर लौट आए। बरगद के पेड़ के नीचे आग पर हिरन भूना जा रहा था।

''शिकार कैसे किया ? न तीर-कमान, न तंग्या अपने पास।'' बिजनिया ने हिरन को पलटा रहे दौल्या से पूछा।

''पानी पीने आया था नाले के पास। पत्थर मार दिया सिर का निशाना साधकर।''

''अरे ऽ रे, पानी पीते हुए जानवर को कभी नहीं मारना चाहिए।'' सामान रखते हुए बिजनिया ने कहा। ''टंट्यादादा, कल जामली का बाजार है। वहाँ नबी मिस्त्री हथियार बेचने आता है। बन्दूक भी बेचता है।''

''हम कल सुबह जल्दी ही निकल पड़ेंगे। जामली पहुँचने तक दुपहर ढल जाएगी।''

बरगद के पत्ते के पत्तल बनाए गए। सब हिरन की भुनी बोटियाँ खाने लगे।

खरगोन के रास्ते पर बाजार लगा हुआ था। आसपास के गाँव के लोग माल बेचने-खरीदने आ गए थे।

गाँव के उस पार पांडू लुहार की झोपड़ी थी। वहाँ नबी मिस्त्री की दुकान थी। तगड़ा घनी काली दाढ़ीवाला नबी खाट पर बैठकर पांडू से बातें कर रहा था।

''सलाम, आप नबी मिस्त्री हो ?'' टंट्या ने पूछा। नबी बक्श ने तीनों को देखा। टंट्या से नजर हटाकर फिर दौल्या और बिजनिया की ओर देखा। उसने सोचा कि यही खरीददार होंगे।

''हाँ। हूँ। बोलो क्या हुक्म है ?''

टंट्या और उसके साथी बैठ गए।

''हम चीज़ खरीदने आए हैं।''

''उसी के लिए तो मैं हाजिर हूँ।'' हँसते हुए मिस्त्री ने कहा। ''क्या लेना है ? भाला, छुरा, तलवार या बर्छी ?''

''बन्दूक।'' टंट्या ने कहा। नबीबक्श ने समझा कि अच्छे खरीदार आ गए हैं। खाट से उतरा और उन्हें भीतर ले गया।

बिछी हुई धोती हटाकर दिखाया। चार बन्दूकें, कुछ तलवारें, बर्छी और भाले रखे हुए थे।

''हम कुछ नहीं समझते। भरोसे से अच्छा नग देना। और मोल क्या होगा एक का ?'' टंट्या ने पूछा।

''हम आपसे ज्यादा थोड़े ही लेनेवाले हैं ?''

''ऐसा नहीं। पता नहीं आपको देने जितनी रकम हमारे पास है या नहीं।''

नबीबक्श ने बाईं तरफ से दूसरी दुनाली बन्दूक उठाई। खाकी कपड़े का अस्तर हटा दिया।

''अव्वल माल है। अब तक बीस में बिकता था। आप उन्नीस दे दो।''

''अव्वल माल है तो बीस का उन्नीस मत करना नबीभाई। अव्वल के साथ सौदा नहीं होता।''

''ऐसी बात नहीं। हमने जबान दे दी। अब उससे ज्यादा कौड़ी भी नहीं लेंगे।''

बिजनिया ने रुपए दे दिए। नबीबक्श ने गोली डालने और घोड़ा दबाने की बात समझा दी।

टंट्या ने हाथ में बन्दूक पकड़ ली। बगल में दबाकर निशाना साधने लगा। उसे लगा कि पूरी ताकत दो हाथों में आ गई है।

''अच्छा मिस्त्री, चलते हैं।''

''और कुछ चाहिए होगा तो बताना। बाजार के दिन यहीं होता हूँ। और किसी दिन आना हो तो केलवन गाँव आ जाना कभी भी।'' नबी बक्श ने पूछा, ''क्या बन्दूक के मालिक का नाम हम जान सकते हैं ?''

''ये अपना टंट्यादादा है। मैं बिजनिया और ये दौल्या।''

नबीबक्श आँखें फाड़कर तीनों की ओर देखने लगा।

मुकाम पर पहुँचने में काफी रात हो गई। सब राह देख रहे थे। भावल्या और हीरा पास के गाँव से महुए की शराब का तुम्बा ले आए थे। कल का भूना हिरन बाकी था।

बहुत दिनों बाद आराम मिल रहा था। नशे में डर और मन का बोझ उतर गया। खाली तुम्बे पर हीरा ने ताल दे दी। अलाव के चारों ओर पैर ताल देने लगे। तीर-कमान की जगह पर बन्दूक तलवारें आ गई थीं।

पेट की आग को शान्त कर सब खुले बिछौने पर सो गए।

सीने से बन्दूक लगाए टंट्या को नींद नहीं आ रही थी। आँखों के सामने मंगल्या, भिकी और किसन आ रहे थे। क्या अपने छूट जाने की उन्हें खबर होगी ? मंगल्या कितना खुश होगा !

अगला पड़ाव हरबंसपुरा के सगवारे में था। हीरा गाँव में रोटियाँ लाने गया था। बाकी सब उदुम्बर के पेड़ के नीचे उदुम्बर के पके हुए फल खा रहे थे। तीर-कमान लिए बोध्या उनके पास पहुँचा। भावल्या ने पहचान दी तो बोध्या सामने आ गया। तीर-कमान

जमीन पर रखकर दौल्या के सामने हाथ जोड़कर खड़ा हो गया।

"मैं राह देख रहा था कि आप लोग कहाँ मिलेंगे। भगवान ने सुन ली। मैं बावरिया का बोध्या हूँ।"

टंट्या बोध्या की ओर देखने लगा। नौजवान बोध्या के कन्धे पर हाथ रखकर टंट्या ने कहा, "तेरे जैसे जवानों की आज जरूरत है। चल बोध्या, आज हम तेरे मेहमान।"

बोध्या खुश हो गया। सब उसकी झोपड़ी की ओर चले। बोध्या की घरवाली गाँव में जाकर एक आढ़क मक्का ले आई। उसे कूटकर मिट्टी के बरतन में उबलने के लिए रख दिया। बोध्या के बूढ़े ने उसमें महुए के फूल डाल दिए। मीठी खुशबू फैलने लगी।

खाना हो गया। बोध्या टंट्या के पास ऐसे बैठा था जैसे कोई भक्त अपने भगवान के चरणों के पास बैठ जाता है।

दो दिन के मुकाम में तीर-कमान बनाए गए। दो तंग्ये भी मिल गए। मंडली असरगढ़ की ओर आगे बढ़ गई।

खंडवा जेल से भागे दो माह बीत चुके थे। टंट्या एक स्थान से दूसरे स्थान पहाड़ों जंगलों के आसरे भटक रहा था।

पुलिस ने टंट्या के सम्बन्धियों के गाँव सिओर पर नजर रखी थी। उसे आशा थी कि टंट्या बीवी-बच्चे से मिलने आएगा लेकिन पुलिस के हाथ कुछ नहीं लगा।

ठाकुर नारायण और निहाल बाहर रहकर सहायता करनेवाले थे। लछमन, फूलसिंग, उंकार और रेंकू टंट्या के साथ मिल गए।

दो माह में टंट्या का आत्मविश्वास बढ़ गया था। टोली में अब चौदह सदस्य हो गए थे। हर रोज नए गाँव में मुकाम। टोली के दो-एक लोग गाँव में जाकर रोटियों का जुगाड़ करते थे। नए साथी की तलाश भी होती थी।

खंडवा के दक्षिण में बारेगाँव के पास सुक्ता नदी के किनारे भवानी माता का मन्दिर था। पास में एक कुटी थी। धूनीबाबा धूनी रमाकर बैठे हुए थे। मन्दिर के सामने से बुरहानपुर-खंडवा सड़क जाती थी। सड़क पर पक्का पुल नहीं था। फर्शी पुल पर बारिश में पानी आ जाता तब यातायात ठप हो जाता था। सड़क से कुछ दूर रेल का पक्का पुल था। सड़क पर पानी भर जाने पर लोग रेल के पुल से नदी पार करते थे।

टंट्या और उसके साथी नदी किनारे रुक गए। टंट्या बिजनिया के साथ मन्दिर पहुँच गया। बिजनिया बन्दूक बाहर रखकर दर्शन करके आया। उसके बाद टंट्या ने दर्शन किए।

जटाधारी बाबा ध्यान में थे। आहट सुनकर अधखुली आँखों से पूछा, "कौन ?"

"मुसाफिर हूँ बाबा।"

धूनीबाबा मुस्करा दिए। "इतनी रात सफर कर रहे हो !" बाबा ने टंट्या के बोलने से पहले ही कह दिया, "रामनारायण दो दिन पहले आकर गया। ठाकुर मिला था। महीने बाद फिर आएँगे। बोरगाँव का दरोगा अपना आदमी है, रामनारायणजी ने बताया।

अगला कार्यक्रम क्या है ?''

''कल खंडवा का बाजार है। राजाभाऊ से मिलूँगा। हिम्मत पटेल से मिलना चल रहा है।'' टंट्या ने कहा और उठ गया। ''इधर आ जाने पर दर्शन के लिए आ जाऊँगा।''

दोपहर का वक्त था। बाजार में भीड़ बढ़ने लगी। दो-दो की जोड़ी बनाकर टंट्या और उसके साथी घूमने लगे।

खंडवा जेल से भाग जाने के बाद टंट्या का कहीं ठिकाना नहीं था। सभी भीलों को पता था कि टंट्या जेल से भाग गया है। लोगों को पता चले इसलिए टंट्या दिन-दहाड़े बाजार में घूमता रहा। लोग उसकी इज्जत करने लगे। जवान बच्चे उसके पीछे चलने लगे।

टंट्या के बाज़ार आ जाने की खबर पुलिस को लग गई लेकिन उनके आने के पहले ही टंट्या साथियों के साथ गायब हो गया।

खंडवा बाज़ार में टंट्या के आ जाने के बाद से पुलिस ने तलाश की रफ़्तार बढ़ा दी। आसपास के गाँवों के पटेलों को सख़्त ताकीद दी गई कि जो कोई टंट्या की मदद करेगा, खाने को देगा उनके खिलाफ़ कड़ी कार्रवाई की जाएगी।

तीन दिन टंट्या खंडवा जिले की दक्षिणी पहाड़ियों में छिपा रहा। गाँव में जाकर रोटियाँ नहीं ला सके इसलिए जंगल के फलों पर ही गुजारा करना पड़ा। लेकिन अब गाँव में जाना जरूरी हो गया।

सूरज डूबे काफी वक्त हो गया था। पूर्व के आकाश में चाँद उगा। टंट्या ने दौल्या से पूछा, ''आज पूनम तो नहीं है ?''

''आज नहीं, कल पूनम है।''

नौ अप्रैल की रात थी। कल पूनम होने से स्वच्छ चाँदनी फैली हुई थी। रास्ते से जा रही गाड़ी के बैलों के गले की घंटियाँ सुनाई पड़ीं। खंडवा की ओर से आनेवाली गाड़ी दिखाई दी। गाड़ी सामान से लदी हुई थी। एक गाड़ीवान था और एक साथी। टंट्या गाड़ी के सामने आ गया।

''राम-राम गाड़ीवान ! कौन-से गाँव के ? और गाड़ी में क्या है ?''

टंट्या के सहसा पूछते ही गाड़ीवान ने रास को खींच लिया। पूछनेवाला अकेला है यह देखकर गाड़ीवान के साथी ने कहा, ''सोनखेड़ी के धनु साहूकार की गाड़ी है।'' साहूकार की बेटी का ब्याह है बिस्तरवार को। उसका माल है गाड़ी में।''

टंट्या पीछे मुड़ गया। दो दिन से उसके और साथियों के पेट में कुछ नहीं था। गरीबों को लूटनेवाले साहूकार की गाड़ी जा रही थी। क्या करें ? इस गाड़ी को लूट लें ? गरीबों का खून चूसकर बेटी की शादी धूमधाम से करेगा। गाड़ीवान को तकलीफ होगी। मालिक मारपीट भी करेगा। उसका क्या गुनाह ? टंट्या के मन में तरह-तरह के विचार आते रहे। आखिर मन को कठोर बना अन्याय और अत्याचार के प्रतिनिधि साहूकार

की गाड़ी लूटने का उसने निश्चय किया। टंट्या ने दौल्या से कहा, "अपनी पहली बहादुरी आज दिखानी है तुम्हें। साहूकार की गाड़ी जा रही है। बिजनिया और हीरा को साथ में ले लो।"

दौल्या की दो चोटें पड़ते ही गाड़ीवान साथी के साथ भाग गया। टंट्या गाड़ी के पास आ गया। तीनों ने सामान निकाला। बैलों की पीठ पर प्रहार होते ही खाली गाड़ी लेकर वे भागने लगे।

"बिजनिया ने खाने का सामान छोड़कर बाकी माल के एक जैसे चौदह हिस्से कर हर एक को दे डाला।"

सामने पूरब की ओर असीरगढ़ दिखाई दे रहा था। जैसे बड़े परिवार का एक भाई जायदाद का अपना हिस्सा लेकर अलग हो जाता है वैसे ही सतपुड़े की कतारों में असीरगढ़ अलग नजर आ रहा था। तलहटी से एक रास्ता शिवबाबा से होते हुए रावलगढ़-सेन्धवा तक जाता था।

असीरगढ़ से पाँच-छह कोस पर ठाकुर नारायण का टाकली गाँव था। पहाड़ी-जंगल और नदी-नालों से घिरा हुआ।

ठाकुर नारायण ने मंडली का स्वागत किया। खेत में उनके खाने-पीने का बन्दोबस्त किया।

"ठाकुरजी, जैसा कि कहा था, कागज़ ले आए ? सरकार को हुकुम करना है।" ठाकुर को अनुमान नहीं था कि टंट्या क्या सोच रहा है। "घर पर कागज़-रोशनाई है ना ?" ठाकुर लिखने की सामग्री ले आया।

"किसे लिखना है टंट्याभाऊ ?"

"निमाड़ की सरकार को। जिसने हमें जेल में डाल दिया। हमारे पीछे पुलिस लगा दी। और जो कहती है कि जंगल हमारा नहीं है, उससे कहना है मुझे। वो साहब मिल गया तो उसके मुँह पर पूछूँगा मैं।"

टंट्या की बात से ठाकुर रोमांचित हो गया। आनन्द और भय से रोंगटे खड़े हो गए। फिर बोले, "हाँ, तो तुम निमाड़ के साहब को लिखना चाहते हो। ठीक है, मैं सिरनामा लिख देता हूँ। फिर तुम जैसा कहो वैसे लिखता जाऊँगा।"

ठाकुर नारायण ने बही का कोरा पन्ना खोल लिया। दवात का लकड़ी का ढक्कन हटाकर कमर में खोंसी कलम की नोक को उसमें डुबो दिया, रोशनाई को झटककर लिखने लगे :

॥ श्री शिवबाबा प्रसन्न ॥

मे. हुजूर जनाब डिप्टी कमिश्नर साहब
निमाड़ इलाका
खंडवा।

अर्जदार टंट्या वल्द भावसिंग भील साकिन पोखर, जि. निमाड़, सरकार के कदमों

में अर्जी पेश करता हूँ कि सरकार हम गरीबों की जान की दुश्मन हो गई है। जंगल के लोगों को बाहर खदेड़ देने का सरकार का इरादा अच्छा नहीं है। अब तक किसी भी माय-बाप सरकार ने हम पहाड़ों में बसनेवालों को हाथ नहीं लगाया था न उन्हें कोई तकलीफ दी थी। होलकर सरकार, असीरगढ़-बुरहानपुर सरकार और दूसरी रियासतों ने जंगल के लोगों को सँभाला। फिर गोरी सरकार ही हमें क्यों सता रही है ? अब तक पटेल-पटवारी-साहूकारों ने हमें निचोड़ा-लूटा लेकिन मुसीबतों के वक्त काम भी आते रहे। लेकिन अब आपके हुकुम से इन्होंने ज्यादा जुल्म शुरू किया है। इसीलिए टंट्या की आपसे दरखास्त है।

माय-बाप सरकार ने नहीं मानी बात तो निमाड़ की पहाड़ी और जंगलों में रहनेवाले लोग तुम्हें मज़ा चखाए बिना नहीं रहेंगे। इससे होनेवाली बातों की जिम्मेदारी आपकी होगी। इसीलिए यह अर्जी सरकार के कदमों में पेश कर रहा हूँ।

अर्जदार टंट्या वल्द भावसिंग भील
जंगल का राजा
हाल मुकाम सिवना
निशानी अँगूठा
दस्तुर खुद ठाकुर नारायण

ठाकुर ने लेखन पूरा किया। टंट्या की मुद्रा गम्भीर थी। अर्जी में लिखे भाव उसके चेहरे पर मौजूद थे।

''पढ़कर सुनाऊँ ?'' ठाकुर नारायण ने पूछा।

''आपने लिखा तो ठीक ही होगा।''

''मैंने तो लिखा ही है। कुछ छूट गया हो तो पता चल जाएगा और दूसरे भी सुन लेंगे।''

सबके कान खड़े हो गए। अपने टंट्या की अर्जी सरकार के पास जा रही है इस खयाल से ही सब रोमांचित हो गए थे।

आखिरी वाक्य सुनकर टंट्या ने कहा, ''ठाकुरजी, टंट्या जंगल का गरीब आदमी है। गरीब कभी राजा नहीं हो सकता। आपने जंगल का राजा कैसे लिख दिया ?''

''टंट्यादादा, जंगल जितना धनी दूसरा कोई नहीं। इस जंगल ने सबको दिया है। जंगल के बूते ही राज्य चले। यह असीरगढ़ अपनी बदौलत खड़ा है तनकर लेकिन राज किसका था ? सब राजा बाहर से आए। किसके बूते पर ? हम जंगल के लोगों के बलबूते पर। अब तक दूसरे इलाके के राजाओं ने राज किया अब सात समुन्दर पार से आए मुट्ठीभर गोरों ने हमें जकड़ रखा है। अपने इस जंगल को, पहाड़ियों, घाटियों को वह हड़पना चाहता है।''

''तो फिर हम जाएँगे कहाँ ?'' बिजनिया ने उछलकर पूछा।

"ठाकुरजी, भेज दो इस कागज को सरकार के पास। कहना अब टंट्या के साथ मुकाबला है।" टंट्या के स्वर में निश्चय था।

राजाभाऊ वकील खंडवा के अपने कार्यालय में बैठे हुए थे। डाकिया डाक दे गया। खाकी कागज़ में लिपटा सेंट्रल प्रॉविंस की गजट का अंक दिखाई दिया। फरवरी 1879 का अंक इस बार वक्त पर आ गया था।

राजाभाऊ पन्ने पलट रहे थे कि उन्हें एक चौंकानेवाला मजमून देखने को मिला ! वे पढ़ने लगे।

NOTIFICATIONS
नोटिफिकेशंस
JUDICIAL DEPARTMENT : ज्युडिशिअल डिपार्टमेंट

Notice offering rewards for the arrest in the Durbar territory of Tantya Bheel who is committing robberies in the Durbar territory.

टंट्या भील कुछ आरोप में खंडवा जेल में कैद था जो फरार हो गया है। पता चला है कि आजकल वह चोरियाँ करता हुआ भटक रहा है। इस नोटिस के एक महीने के अन्दर इस आदमी को इलाके में जो कोई पकड़वा देगा उसे 300 रुपए और दो महीने के भीतर पकड़वा देगा तो 200 रु. इनाम दिए जाएँगे। जो कोई इनाम चाहता है वह मुल्की फौज या मुखत्यार मुल्की फौज या नीचे दस्तखत करनेवाले के सामने हाजिर हो।

—मुखत्यार न्याय विभाग

राजाभाऊ ने अंक रख दिया। आँखें बन्द कर सोचने लगे। क्या होगा अकेले बेचारे को पकड़कर ? जिन पर बरसों से जुल्म ढाए जा रहे हैं उन्हें इंसाफ का एक अवसर भी नहीं दिया जाता। उल्टे उन्हीं को पकड़ने के लिए पुरस्कार घोषित किए जाते हैं।

बाजार की चहल-पहल कम हो जाने से छेगाँव पुलिस थाना सुस्ता गया था। बाजार के दिन कुछ ज्यादा ही काम हुआ करता था। लेकिन आज कोई शिकायत दर्ज नहीं हुई थी इसलिए थानेदार बेचैन था। शिकायत नहीं तो कमाई का मौका भी नहीं।

पिछले दो-तीन सालों में छेगाँव पुलिस थाने का दबदबा बढ़ गया था। कोई बड़ा डाका नहीं पड़ा था बल्कि टंट्या और उसके साथियों को दो-तीन बार पकड़ने में यहाँ की पुलिस कामयाब हो गई थी। खंडवा जेल से फरार टंट्या को पकड़ने की उनकी कोशिश जारी थी।

तीन बार पकड़नेवाली पुलिस और उसकी सहायता करनेवाले हिम्मत पटेल तथा मोहन के प्रति टंट्या के मन में गुस्सा था। टंट्या ने अदालत में जो चुनौती दी थी उसे

पूरा करने के इरादे से टंट्या निकल पड़ा।

आज अमावस थी। छेगाँव से डेढ़ कोस दूर भुईफल गाँव अँधेरे में डूब गया था। भुईफल के मालगुजार हिम्मत पटेल, हनुमानजी के मन्दिर में नारियल चढ़ाकर अभी-अभी घर लौटे थे।

छेगाँव के नए दरोगा के साथ हिम्मत पटेल की दोस्ती हो गई थी। बाजार से लौटते वक्त थाने में जाकर उनसे मिले और रात के भोजन का न्योता दे आए।

हिम्मत पटेल का छोटा भाई लुंगी बैलगाड़ी लेकर साहब को लाने गया था। पटेल कोतवाल को भेजकर शब्बीर के घर से दरोगा का नाम बताकर एक मुर्गा लेकर आया। महुए की दारू का इन्तजाम कर वे दरोगा की राह देखने लगे।

दरोगा को लेकर गाड़ी भुईफल की ओर चल पड़ी। छेगाँव की दिशा में कुछ दूरी पर एक नाला था। दोनों ओर ऊँची डगर थी। दोनों किनारों पर ताड़ का बन था।

नाले में बैलगाड़ी आते ही बैल चौंक उठे। बैलों ने कुछ देखा होगा ऐसा सोचकर लुंगी ने बैलों की पूँछ मरोड़कर पीठ पर मार दिया।

गाड़ी नाले से ऊपर आ गई।

टंट्या ने छकड़े में बैठे आदमी की आवाज पहचान ली। ''वह हिम्मत पटेल का भाई है।'' उंकार ने दबी आवाज में बता दिया।

''और कौन होगा छकड़े में ?''

''और दो होंगे। बैल चौंक पड़े तब जो बोला वह पटेल का भाई था और दूसरा बेसुरी आवाज में बोला। तीसरा दबी आवाज में खाँसा।''

''उंकार, तू उनके पीछे जा। दूर से देख कि छकड़ा कहाँ रुकता है और गाँव के बाहर इमली के पेड़ के पास लौट आ।'' टंट्या ने उंकार को काम बताया।

ताड़ बन से टंट्या का कारवाँ भुईफल की ओर खेतों को पार करता हुआ चल पड़ा।

बैलों के गले में घुँघरुओं की आवाज सुनकर हिम्मत पटेल दरोगा के स्वागत के लिए बाहर आ गए। उनका बेटा गोविन्द हाथ में कन्दील पकड़कर खड़ा था।

''राम-राम साहब ! काफी देर हो गई। कुछ झंझट खड़ा हो गया क्या ?''

''कैसी हमारी जिनगानी पटेल ! चौबीसों घंटे कुछ-न-कुछ चलता ही रहता है।''

दालान में भोजन का प्रबन्ध था। साहब, पटवारी, पटेल और हिम्मतराव की महफिल सजने लगी। महुए के ढर्रे के तीन फेरे हो गए और दरोगा बड़बड़ाने लगा।

''साले पटेल, पिछली बार तुमने टंट्या को पकड़वाया तो बड़ा साब हमसे खुश हो गया। तुमको पाँच सौ का इनाम मिल गया। फिर वो साला जेल तोड़कर भाग गया। कुछ भी कहो, ये टंट्या है बड़ा खतरनाक। उसका बन्दोबस्त किए बिना हमें चैन नहीं।''

हिम्मत पटेल ने उसके गिलास में और दारू डाल दी। इनकार करते हुए साहब ने

कहा, ''बस-बस, पटेल बड़ा मजा आया। अब खाने का देखो जल्दी।''

मुर्गे पर हाथ साफ कर दरोगा छकड़े में बैठ झूलते हुए छेगाँव रवाना हो गया और उंकार लौट आया।

छतनार इमली के पेड़ के नीचे साथियों के साथ टंट्या बैठा हुआ था। उंकार ने आकर सारी जानकारी दे दी।

रातभर टंट्या की आँखों में नींद नहीं थी। रात गुजर रही थी। साथ में कोई बात कर रहा हो तो वक्त का पता नहीं चलता। अकेला होने पर वक्त जैसे थम जाता है। आँखें मूँदकर टंट्या सोचता रहा।

अचानक यह क्या हो गया। जानी-पहचानी खुशबू कहाँ से आ रही है ? इधर हम तो इसे भूल-से गए थे। अगरबत्तियों की खुशबू पास आने लगी। उसके पीछे दौड़ते आ रहे घोड़े के टापों की आवाजें थीं धुन्ध में से सफेद घोड़ा दौड़ता हुआ आ रहा था। बिलकुल सामने आकर घोड़ा खड़ा हो गया। टंट्या की ओर देखकर घुड़सवार मुस्कराया।

टंट्या उठ खड़ा हुआ। आँखें खोलकर देखा। पूरब में लालिमा फैल रही थी। टंट्या ने आँखें बन्द कर हाथ जोड़ दिए। उंकार के आवाज देते ही सब तैयार हो गए।

सत्रहों का समूह भुईफल की ओर जाने लगा। सामने उंकार था। हिम्मत पटेल के घर के सामने उंकार खड़ा हो गया। टंट्या ने उंकार को इशारा किया। पत्थर की सीढ़ियाँ चढ़कर उंकार दरवाजे के सामने खड़ा हो गया। हाथ से दस्तक दी।

''हिम्मत पटेल, दरवाजा खोलो। मेहमान आए हैं मिलने।'' उंकार ने आवाज दी। पटेल अभी नींद में थे। पटेल के बेटे गोविन्द ने दरवाजा खोला, ''कौन है ?''

''पटेल को बुला। कहना मेहमान आए हैं।'' टंट्या ने बाहर से कह दिया।

गोविन्द ने घबराकर बाहर देखा। लाठियाँ, तीर-कमान, तलवार और बन्दूक के साथ आए लोगों को देखकर उसकी घिग्घी बँध गई।

उंकार ने उसका कुर्ता पकड़ लिया।

''पटेल कहाँ है ?'' बेटे की बोलती बन्द हो गई थी। क्या शोर है यह देखने गोविन्द की माँ दरवाजे पर आ गई। टोली को देखकर एकदम चिल्लाने लगी। उंकार ने गोविन्द को थप्पड़ दे मारा।

''मैं पूछ रहा हूँ, पटेल कहाँ है ?''

टंट्या झट से सामने आ गया।

''उंकार, तुम यह क्या कर रहे हो ? मैंने जो कहा था वह भूल गया ? बच्चों-कच्चों और लड़की-लुगाइयों को हाथ नहीं लगाना।''

टंट्या की डाँट सुनते ही उंकार ने गोविन्द का कुर्ता छोड़ दिया। बाहर का शोर-शराबा सुनकर झूमता-गिरता हिम्मत पटेल दरवाजे पर आ गया।

''आओ पटेल। हम तुम्हारी ही राह देखते खड़े हैं। साहब के साथ पार्टी कैसी रही ?'' टंट्या को सामने देख उसका नशा काफूर हो गया। वह फौरन दरवाजे के पीछे छिप गया।

"अरे ऐ बहादुर, कब तक दरवाजे के पीछे छिपा रहेगा ?" कहता हुआ दौल्या अन्दर घुस गया। पटेल के मोढ़े को पकड़ बाहर खींच ले आया।

"तो फिर पटेल, सरकारी इनाम के पाँच सौ रुपए हजम हुए कि नहीं ? तुमने बड़ा अच्छा काम किया। अब टंट्या उसका हिसाब चुकाने आया है।" टंट्या ने पटेल की कमर में लात दे मारी।

दौल्या-हीरा पटेल पर टूट पड़े। उधर पूर्व में सूर्यनारायण उग रहे थे इधर टंट्या के साथी हिम्मत पटेल का कचूमर निकाल रहे थे। शोर सुनकर गाँव के लोग आने लगे।

"पटेल, उठो और घर के अन्दर माल, पैसा कहाँ रखा है बता दो।" टंट्या ने हिम्मत से कहा। "झूठ फरेब से काफी रकम इकट्ठा की है तुमने। उसमें हमारा भी हिस्सा है।"

दिन-दहाड़े डाका डाला जा रहा है यह देख आसपास के घरों से जवान लाठियाँ, कुल्हाड़ी लेकर आने लगे। उनको देख टंट्या जोर से गरज उठा, "तुम लोग क्यों हमारे झंझट में पड़ रहे हो। हमारा टंटा गाँववालों से नहीं है।"

"कुछ भी हो, गाँव का मामला है। दिन दहाड़े डाका डालने की हिम्मत ! कल हमारे भी घर पर..." बोलनेवाले की आवाज गले में ही अटक गई। रस्सी तोड़कर भागनेवाले बैल की तरह हीरा उस पर टूट पड़ा। लोगों ने पथराव शुरू किया।

"टंट्या का आप लोगों से झगड़ा नहीं है। क्यों बेकार खून-खराबा कर रहे हो ?" लेकिन टंट्या की बात कोई सुन नहीं रहा था। लाठी से लाठी भिड़ गई। मारो-पीटो की आवाजें आने लगीं। भुईफल में हो-हल्ला मच गया। बहादुर भीलों के हमले के आगे गाँववाले भाग गए। अपने-अपने घरों में छिप गए।

पटेल के भाई लुंगी ने कहा, "टंट्या, जो चाहो ले जाओ। खून-खराबा करने से क्या लाभ ?"

"अच्छा पटेल, टंट्या को पकड़वाने में तुमको क्या मिला ? कचहरी में झूठी गवाही देने में जोर मार रहा था।" उंकार की ओर देखकर टंट्या ने कहा, "देखना जरा इसको। रात में दरोगा की बड़ी आवभगत कर रहा था।" टंट्या के इशारे पर साथी लुंगी पर टूट पड़े।

"उठो पटेल, हमारे पास वक्त नहीं है।" दौल्या ने फिर पटेल को झपट दिया।

"वह ऐसे बोलेगा नहीं। उसका खात्मा ही कर डालता हूँ।" कहकर बिजनिया ने हिम्मत पटेल पर बन्दूक तान दी।

जान को खतरे में देख पटेल जोर से चीख पड़ा। उसे सुनकर उसकी घरवाली ने दहाड़ लगा दी। लुंगी काँपता हुआ गिड़गिड़ाने लगा।

"पटेल क्या मिल गया तुमको ? मेरी दो जून की रोटी मेरे मुँह से छीन ली तुमने। कचहरी में झूठा बयान दिया। शिवबा पटेल को बिरादरी के बाहर करवाया। जसुदा के नाम ले मेरी बदनामी की।

"नहीं, नहीं, टंट्या, मुझसे ग़लती हो गई। अब इसके बाद..."

"पटेल, गया वक्त फिर कभी नहीं आता। तुमने मुझे पकड़वाया, जेल में उलझाया। इन बातों को कैसे बदलोगे ? तुम नहीं बदल सकते। अब जो कुछ करना है, ये टंट्या ही करेगा।"

पटेल, कल का कोई भरोसा नहीं। मुझे पता नहीं शिवबाबा इस जनम में मुझसे क्या-क्या करवानेवाला है। लेकिन पटेल, मेरी जगह पर होते तो तुम क्या करते इस वक्त ?"

टंट्या रुक गया। भीषण खामोशी छा गई।

पटेल के चेहरे पर मनहूसी छा गई।

"अब मुझे अपना काम करना ही चाहिए।" टंट्या ने जिम्मेदारी से कहा। बिजनिया की ओर देखा। बिजनिया ने कर्तव्यभाव से घोड़ा दबा दिया।

हिम्मत पटेल जोर-जोर से चिल्लाते हुए धराशायी हो गए।

हिम्मत पटेल की कोठी का दरवाजा तोड़ा गया। सत्रह आदमी जितना सामान ले जा सकते उतना ले गए।

एक जिम्मेदारी पूरी करने के सन्तोष के साथ टोली जंगल में गायब हो गई।

नारायण कोतवाल चीखता हुआ पुलिस थाने में पहुँचा। रात की पाली के सिपाही के होश खबर सुनते ही उड़ गए। दरोगा पर अभी भी रात का खुमार चढ़ा था। सिपाही ने बताया, "साहब भुईफल में झमेला हो गया।"

दरोगा ने उसी को डाँटा, "रात में ज्यादा पी ली है क्या ?"

सिपाही के पीछे कोतवाल को देख पूछा, "क्या झमेला है रे ?"

"साहब, टंट्या ने घात लगाया। बहुत बुरा हो गया। डाका तो डाला ही पर..."

"साफ-साफ कहो क्या हो गया ? कब आया था टंट्या ? रात बारह बजे तक तो हम खुद भुईफल में थे। रात में खबर क्यों नहीं कर दी।"

"दिन उगने पर आए थे।"

"कितने आदमी थे ?"

"पन्द्रह-बीस होंगे।"

"किसको पीटा ?"

"हिम्मत पटेल को गोली मार दी," कोतवाल ने कहा और दोनों हाथों में मुँह छिपाकर रोने लगा।

रात की पार्टी और सुबह की खबर से दरोगा का मुँह कड़वा हो गया।

"टंट्या तो मुझे बरबाद करने पर तुला है," कहते हुए वे थाने की ओर चल पड़े।

खंडवा डिप्टी कमिश्नर के कार्यालय में भुईफल की ख़बर पहुँच गई। डिप्टी कमिश्नर ने बड़े बाबू को टंट्या की फाइल ले आने को कहा। जिला पुलिस अधीक्षक तेजी से डिप्टी कमिश्नर के कार्यालय में दाखिल हुए। डिप्टी कमिश्नर टंट्या की अर्जी देख रहे थे।

पुलिस अधीक्षक के सामने फाइल रखते हुए बोले, ''यह अर्जी आई थी तभी मुझे उसकी गम्भीरता का एहसास हो गया था। आपको यह अर्जी किसी पागल की लगी। टंट्या जेल तोड़कर भाग जाता है और हमें चुनौती देता है, इसका क्या मतलब है ? और आपका पुलिस विभाग...।

''सर, सबको आदेश दे दिए हैं, गश्त बढ़ा दी है। निजी खबरियों को काम पर भेज दिया गया है।''

''इसके बावजूद टंट्या आपके छेगाँव पुलिस थाने से एक कोस की दूरी पर डाका डालता है। क्या करते हैं आपके हाकिम ?''

''सर।''

''मुझे कोई बहाना नहीं चाहिए। रिज़ल्ट चाहिए मुझे। अभी होशंगाबाद से विभागीय कमिश्नर का तार आया है। खबर वहाँ तक पहुँच गई और मुझे ग्यारह बजे रपट देना है। खंडवा से छेगाँव कितनी दूर है ? पाँच कोस, है ना ?'' डिप्टी कमिश्नर ने फाइल बन्द करते हुए आदेश दिया, ''डिसमिस दैट फूल एंड हैंड ओवर चार्ज टू द न्यू वन।''

पुलिस अधीक्षक टंट्या को भला-बुरा कहते हुए बाहर आ गए। डिप्टी कमिश्नर ने असिस्टेंट कमिश्नर को बुला भेजा।

''छेगाँव के दरोगा की जानकारी शाम तक मँगा लो।''

''जानकारी मिल गई है सर,'' सुनकर डिप्टी कमिश्नर ने सन्तोष से उनकी ओर देखा। ''कोतवाल ही ले आया है। सर, दरोगा कल रात भुईफल में ही था।''

''मतलब ?''

''देर रात तक मालगुजार हिम्मत पटेल के घर पर पार्टी चल रही थी और सुबह दिन निकलते ही डाका डाला गया।''

''अब आप ध्यान दीजिए। जब तक टंट्या को गिरफ्तार नहीं किया जाता, मुझे चैन नहीं आएगा। वर्ना यह हम सबके लिए सिरदर्द बन जाएगा।''

शाम तक जिले के सभी पुलिस थानों के लिए सन्देश रवाना हो गए। छेगाँव पुलिस थाने के दरोगा को तुरन्त नौकरी से निकाल दिया गया। काम में कोताही बरतने के आरोप में पूछताछ शुरू हो गई।

अकाल का दूसरा साल गुजर रहा था। निमाड़ पर वर्षा की कृपा नहीं हो रही थी। संचित अनाज पर गुजारा हो रहा था। जानवरों के पीठ-पेट एक हो गए थे। वे मरने लगे थे। बारिश की उम्मीद में सतपुड़ा की पहाड़ी लाँघकर जानेवाले बादलों को लोग निहार रहे थे।

मई के पहले हफ्ते में बारिश शुरू हो गई। धुआँधार।

भुईफल की कार्रवाई के बाद टंट्या और साथी जंगल में छिपे हुए थे। बारिश उनकी सहायता के लिए आ गई। बारिश की वजह से पुलिस की खोज की मुहिम ठंडी पड़ गई।

ताप्ती, नर्मदा, छोटी तवा, सुक्ता, उन्द्री आदि नदियों में बाढ़ आ गई। कीचड़

से भरी सड़कों से बैलगाड़ियों की आवाजाही भी ठप हो गई। दो वर्षों बाद बारिश आई थी। लोग खुश हो रहे थे। मन्दिरों में रामायणादि के पाठ होने लगे।

नागपुर से पुलिस महासंचालक का नाराजी-भरा पत्र आया। जुलाई 1884 में आई. जी.पी. ने ज्युडिशियल कमिश्नर से प्रार्थना की। भुईफल डाके के आरोपी टंट्या को पकड़वाने के लिए दो सौ का पुरस्कार पाँच सौ रुपए तक बढ़ाइए। टंट्या के साथियों को पकड़वाने के लिए दो सौ के पुरस्कार रखिए।

डिप्टी कमिश्नर ने पुलिस अधिकारियों की त्वरित बैठक बुलाई।

''आई.जी.पी. ने पुलिस के काम के प्रति नाराजी जाहिर की है। हमें बारिश में भी टंट्या को पकड़ने के लिए योजना बनानी चाहिए। इस मौसम में टंट्या बाहर नहीं निकलेगा। लेकिन उसके बाद उसकी हरकतें शुरू हो जाएँगी जिसके लिए हमें तैयार रहना होगा।''

पुलिस अधीक्षक ने कहा, ''सर हमने पूरी तैयारी की है। सब थानेदारों को कड़े आदेश दिए गए हैं। खबरियों से उसकी हलचल का पता चल जाएगा। टंट्या की मदद करनेवाले मालगुजारों के खिलाफ कार्रवाई करने के लिए तहसीलदारों से सिफारिश की जाएगी। टंट्या को खाने-पीने का सामान पहुँचानेवालों को कड़ी सजा दी जाएगी।''

''योजना कागज़ पर तो ठीक है लेकिन मुझे रिज़ल्ट चाहिए।''

''सर, इस काम में होलकर पुलिस से पर्याप्त सहायता नहीं मिल रही है। टंट्या अपने यहाँ अपराध कर होलकरों की हद में आसरा लेता है। इस सन्दर्भ में उनके वरिष्ठ अधिकारियों से फिर प्रार्थना करनी होगी।''

''हाँ, यह भी एक समस्या है। होलकर टंट्या की सहायता तो नहीं करते लेकिन हमदर्दी रखते होंगे। मैं लिखूँगा इस बारे में।''

जसुदा घर के पिछवाड़े बैठी थी। बारिश की खुशी के साथ जो खबर आई थी उसने मुरझाए पौधे को पानी सींचने का काम किया था। उसने वहीं से नवगजाबाबा के नाम हाथ जोड़ दिए। टंट्या ने हिम्मत पटेल का जो न्याय किया था उसे सुनकर भी वह खुश हो गई थी। टंट्या की सहायता के लिए आई बारिश को उसने दुआएँ दीं।

सुक्ता में बाढ़ आ गई थी। कूदते-फाँदते रहनेवाले नटखट बालक की तरह उसका पानी रास्ते की रुकावटों को पार करता हुआ बड़े जोर से गहरी घाटी में गिर रहा था और उस आवाज की प्रतिध्वनि आसपास की पहाड़ी पर गूँज कर एक निरन्तर नाद पैदा कर रही थी। प्रकृति की क्रीड़ा को एक लय का पार्श्वसंगीत मिल रहा था।

जामुनबन के पार सुक्ता किनारे की गुफा में बैठा हुआ मंगल्या जामुन के पेड़ पर चढ़नेवाले किसन की कसरत देख रहा था।

दूर से सीटी की आवाज आई। मंगल्या के कान खड़े हो गए। यह कौन नया पंछी आ गया ? टंट्या भी सँभलकर बैठ गया। गुफा के मुहाने पर आकर उसने छोटी सीटी

की आवाज निकाली। कुछ देर बाद तीन बार सीटी बजी। फिर रुककर फिर बजी। टंट्या ने भी उसी तरीके से जवाब दिया।

टंट्या उठकर जाने लगा तो मंगल्या ने कहा, ''रेंकू को साथ ले ले।''

मंगल्या की फिक्रमन्दी देख टंट्या ने कहा, ''कोई खतरा नहीं है। जानी-पहचानी आवाज है।''

''इतना भरोसा अच्छा नहीं बेटा। फिक्र होती है।''

''मंगल्यादादा हम कितनी फिक्र करेंगे ? शिवबाबा और नवगजाबाबा हैं, देख लेंगे।''

जामुनबन के पार रामनारायणजी दिखाई दिए। टंट्या जल्दी-जल्दी करौंदे की जाली से होते हुए उदुम्बर के पेड़ का चक्कर काटकर जामुनबन पहुँच गया। रामनारायणजी ने उसे गले लगा लिया।

''कब से खबर नहीं मिली आपकी।''

''हमारा ध्यान था। बोरगाँव के महाराज से पता चल जाता था। एक बार ओंकारेश्वर में राजाभाऊ मिले थे।''

''संग में कोई नहीं ?''

टंट्या के पूछने पर रामनारायणजी ने आकाश की ओर देखा, ''उसका साथ है। और जब तक अन्दर की आवाज साथ देती है, तब तक बाहर के साथी की दरकार नहीं होती।''

भुईफल की कार्रवाई खत्म हो गई।

सामग्री और रकम साथियों में बाँट दी गई। अब पुलिस कार्रवाई जोर पकड़ेगी। सबका एक साथ रहना खतरे से खाली नहीं होगा। इसलिए टंट्या ने गिरोह के चार गुट बना दिए। परस्पर सम्पर्क बनाए रखते हुए अलग-अलग स्थानों पर छिपने की योजना बनाई। दौल्या, बिजनिया, ठाकुर नारायण और टंट्या के चार गुट बन गए।

दौल्या के साथ लछमन और हीरा थे। दौल्या की घरवाली बच्चे के साथ अपने बाप के गाँव में थी। हीरापुर के बाजार में पहचान के आदमी के साथ दौल्या ने सन्देशा भेजा कि मान्धाता में मिलेंगे।

चोरी-छिपे दौल्या मान्धाता पहुँच गया और दो-तीन दिन छिपकर प्रतीक्षा करता रहा। लछमन सन्देशा लाया कि दौल्या की घरवाली पन्धाना गई है।

बीवी-बच्चे से न मिलने के कारण दौल्या की बेचैनी बढ़ गई। फिर चोरी-छिपे पन्धाना की ओर चल पड़ा। बारिश और बाढ़ के कारण रास्ते बन्द हो गए थे। ले-देकर पन्धाना पहुँच गया तो पता चला कि घरवाली राह देखकर पाँच-छह दिन पहले ही निकल गई।

दौल्या बाओरिया पहुँच गया। नाना पाटिल से उसकी दोस्ती थी। नाना ने उसे रुकने के लिए कहा। बारिश का जोर और भी बढ़ गया।

अक्तूबर खत्म होते-होते बारिश का जोर कुछ कम हो गया। चिंचखेड़ के मालगुजार को खबर मिली। खबरिया की जानकारी पक्की थी। टंट्या अपने साथियों के साथ अंजनी के पाटिल की बस्ती में मुकाम कर रहा है।

चिंचखेड़ के मालगुजार छेगाँव पुलिस थाने पहुँच गए।

"साहब, जाने-पहचाने आदमी की खबर है कि टंट्या नाना पाटिल के सम्बन्धी की बस्ती में है।"

"नाना पाटिल कौन-से गाँव के ?"

"बाओरिया के।"

"पिछले एक गुनाह में उनका नाम था ना ?"

नए दरोगा ने टंट्या की पुरानी फाइल पलटते हुए पूछा।

मालगुजार ने हाँ कह दिया। दरोगा ने खंडवा सन्देश भेजकर दस सिपाहियों की कुमुक मँगा ली। दुपहर में पार्टी ने बाओरिया की तरफ कूच किया। वहाँ पहुँचने में पाँच घंटे लगनेवाले थे। अँधेरा हो जाने के बाद छापा मारने का इरादा था।

बाओरिया को चक्कर लगाकर पुलिस नीचे की ओर एक नाले में आधी रात होने पर छिप गई। तब तक खबरिया के साथ एक सिपाही ने जाकर नाना पाटिल की बस्ती की राह का मुआयना किया।

पाटिल के बाग की झोपड़ी में दौल्या, लछमन और हीरा सोए हुए थे। पुलिस के झपट्टा मारते ही दौल्या हड़बड़ाकर जाग पड़ा। सिरहाने रखी लाठी उठाने का अवसर भी उसे नहीं मिला। दौल्या की आवाज सुनते ही लछमन और हीरा झोपड़ी के सामने आ गए और लाठियाँ लेकर पुलिस पर टूट पड़े।

दौल्या को पुलिस ने घेर लिया था। सिपाहियों की तादाद देखकर लछमन-हीरा भाग गए।

"कौन हो तुम ?" दौल्या के सीने पर बन्दूक रखते हुए थानेदार ने पूछा।

"मैं टंट्या हूँ। तुम क्या करोगे कुत्तो।" दौल्या ने एक झटके में पास के दो सिपाहियों को गिरा दिया। सब एक साथ उस पर टूट पड़े। हाथ-पाँव बाँधकर उसे बैलगाड़ी में डाल दिया और गाड़ी छेगाँव के बदले सीधे खंडवा की ओर बढ़ा दी। बन्दूकधारी सिपाहियों के पहरे में सुबह तक वह खंडवा पहुँच गया।

टंट्या के पकड़े जाने की खबर खंडवा में पहुँच गई थी। बड़े थाने पर टंट्या को देखने के लिए अधिकारी आ गए। पुलिस कोठी में देखकर बोले, "अरे, यह तो दौल्या है। ऐसा नाटक करता है ?"

दौल्या के पकड़े जाने की खबर मिल जाने पर टंट्या शिवबाबा के पास की गुफा से बाहर आ गया। बिजनिया के पास सन्देश पहुँच चुका था।

खंडवा के कोर्ट में कड़े बन्दोबस्त के साथ दौल्या को लाया गया। डाका, लूट और खून के आरोप लगाए गए।

भुईफल के हिम्मत पाटिल का भाई और बेटा गोविन्द मुख्य गवाह थे। गवाही देने और कोई सामने नहीं आया। नारायण कोटवार और पटवारी भी मुकर गए।

सरकारी वकील ने नारायण कोटवार से पूछा, ''सुबह हिम्मत पाटिल के घर पर डाका पड़ा, तब तुम कहाँ थे ?''

''मैं नींद में था मालिक। रात सोने में देर हो गई थी सरकार।''

''देर होने की वजह ?''

''गाड़ी के साथ छेगाँव गया था दरोगा साब को बिदा करने...'' गैरजरूरी जानकारी सामने आ रही है यह भाँपकर वकील ने पूछा, ''इस आरोपी को तुम पहचानते हो ?''

''जी सरकार।''

''क्या नाम है इसका ? यह टंट्या का साथी है ना ?''

''ये दौल्या है। टंट्या का आदमी है।''

''उस दिन हिम्मत पाटिल पर दौल्या ने गोली चलाई ?''

''मालूम नहीं सरकार। पर उस डाके में टंट्या के साथ ये भी था।'' दौल्या ने खून किया इस बात का सबूत नहीं मिला। डाका डालने और खून करने में मदद करने के आरोप में दौल्या को आजन्म कारावास की सजा सुनाई गई और उसे जबलपुर जेल भेज देने का आदेश दिया गया।

साहब खंडवा में दौल्या का फैसला सुना रहे थे उसी वक्त बिजनिया और टंट्या चिंचखेड़ी पहुँच गए थे। खेत से लौट रहे एक बच्चे से पूछा, ''अरे ए लारा, गाँव के मुखिया कहाँ हैं ? मालगुजार के मेहमान का सन्देश लाए हैं।''

''घर पर ही हैं। मैंने जाते हुए देखा था।''

''उनसे कहना, गाँव के बाहर बुलाया है।''

''वो देखो, मुखियाजी जंगल जा रहे हैं।''

''अच्छा हुआ। बाहर ही मिल लेंगे। तू जा अपना काम कर।'' बिजनिया ने बच्चे को भगा दिया।

मालगुजार झाड़ी के पीछे शौच के लिए गए। बिजनिया, फूलसिंग, देवल्या गाँव की तरफ चले गए। मालगुजार निपटकर गाँव की दिशा में चलने लगे।

देवल्या ने दाएँ पैर के एक प्रहार में लोटा उड़ा दिया। मालगुजार भौचक रह गए। सामने तीनों को देख पसीना निकल आया।

''पुलिस का भाड़खाऊ साला।'' बिजनिया ने उसे एक घूँसा जड़ दिया।

फूलसिंग ने नीचे गिर पड़े मालगुजार को खड़ा किया। बिजनिया ने सिर की पगड़ी खींच ली। दोनों हाथों को पीछे बाँध दिया। पगड़ी के दूसरे सिरे से मुँह बन्द कर दिया।

''देवल्या, हम इसको लेकर आगे चलते हैं। तू जाकर इसके घर खबर कर दे। कहना, टंट्या ले गया।''

''क्यों बे साले, दौल्या को तूने पकड़वाया ना ?'' बिजनिया ने मालगुजार को आगे

ढकेलते हुए कहा। नीम की टहनी तोड़कर उसकी पिंडलियों पर मारते हुए आगे चलने लगा।

दौल्या के पकड़े जाने की खबर से टंट्या आगबबूला हो गया था। पुलिस दौल्या को जबलपुर ले जा रही थी तो टंट्या दौल्या की खबर देनेवाले मालगुजार की मुश्कें बाँधकर जंगल ले जा रहा था।

इस खबर से पुलिसवाले चकरा गए।

दौल्या के पकड़े जाने की खुशी खत्म हो गई। टंट्या जिस दिशा में गया उस तरफ तलाश शुरू हो गई।

चिंचखेड़ी के मालगुजार का साला हारसवाड़ का रहनेवाला था। बहनोई को छुड़ा लाने की चिन्ता में था। गर्म दिमागवाला टंट्या पाटिल की हत्या करने में भी हिचकिचाएगा नहीं।

हारसवाड़ के मालगुजार को सुबह ही दरवाजे पर देख निहाल समझ गया।

"मेरे पास आने से कुछ नहीं होनेवाला।"

"ऐसा मत कहो निहालभाई, आप मदद कर सकते हैं।"

"पहले से पुलिस मेरे पीछे पड़ी है। मैं इस झंझट में नहीं उलझना चाहता।

"आपके बहनोई को ये काम करने को किसने कहा था ?"

"आप ठीक कह रहे हैं। मैंने बहुत समझाया भी पर माने नहीं। निहालभाई ग़लती हो गई। जो कुछ चाहिए मैं देने का इन्तजाम कर दूँगा। लेकिन उन्हें छुड़ा लाओ। जान को खतरा है..."

"देखता हूँ। लेकिन याद रखना, कहीं कुछ बोलना नहीं। वर्ना टंट्या तुम्हें भी नहीं छोड़ेगा।"

चार दिन बाद आने को कह दिया। मगरूर मालगुजारों की अकड़ उतर गई थी।

निहाल का आदमी चौथे दिन लौट आया।

"दौल्या जैसे टंट्या के सरदार को तुम्हारे रिश्तेदार ने पकड़वा दिया। उसकी जबरदस्त कीमत माँगी है टंट्या ने।" निहाल ने रकम बता दी।

"निहालभाई, हमारी सारी जायदाद बेच डालने पर भी इतनी रकम नहीं होगी। इतनी बड़ी फिरौती की रकम माँगना..."

"टंट्या नहीं कहता कि तुम दे दो..." उसको रोकते हुए निहाल ने कहा, "दौल्या के बदले में किसी ने उसे निमाड़ का राजा बना दिया तो भी नहीं चाहिए टंट्या को। शेर जैसे साथी को तुमने जेल भेज दिया और ऐसी बात कहते हो। जाओ यहाँ से।"

"चार-पाँच दिनों में जितना होगा जमा करूँगा।"

"और एक सन्देश है। रकम असीरगढ़ के पास टाकली के ठाकुर नारायण को देनी है। दगा हो गया तो टंट्या देख लेगा।"

बागमेर के जंगल से चिंचखेड़ी का मालगुजार बिजनिया की कैद से भाग निकला। अपने

साले के गाँव हारसवाड़ आ गया। साले को अच्छा नहीं लगा कि टंट्या की फिरौती दिए बगैर ही वह भाग आया।

एक माह बाद की घटना। जनवरी की सत्रह तारीख। अठारह सौ अस्सी के आरम्भिक दिन। एक घोड़े पर सवार दरोगा साहब और आठ-दस सिपाही हारसगाँव आ पहुँचे। काला कोट और लाल पगड़ी पहने सिपाहियों को देखकर पुलिस पाटिल को खबर पहुँचाई गई। पाटिल और मालगुजार की दौड़-धूप शुरू हो गई।

छेगाँव के दरोगा तो जाने-पहचाने थे। नए साहब और सिपाहियों को देख पाटिल चकरा गए।

''हम खंडवा से आया है। तुम्हारे छेगाँव का साब टंट्या की मदद करता है। वहाँ के सिपाही बेकार हैं। इसलिए बड़े साब ने टंट्या की गिरफ्तारी का काम हम पर सौंपा है।'' दरोगा बोले, ''पाटिल, तुम्हारे गाँव का मालगुजार कौन है ?''

''दादा पाटिल है साब।''

''वो चिंचखेड़ी के मालगुजार का रिश्तेदार ?''

''हाँ साब, उसका साला है।''

''ये है क्या साला...'' दरोगा ने मूँछों को ऐंठते हुए कहा, ''मैंने सुना है, वो टंट्या का दोस्त है।''

''ऐसा नहीं है साब। टंट्या ने उसको अगवा किया था। किसी तरह उसके शिकंजे से भाग निकला है।''

''वाह, बड़ा बहादुर पटेल है। हमें खुशी होगी उससे मिलकर।'' कोतवाल भागता हुआ दादा पाटिल के घर गया।

''राम-राम जी मालिक, खंडवा से बड़े दरोगा साब आए हैं। आपको पाटिल के घर बुलाया है। साले साब को भी ले आओ बोले।''

दादा पाटिल साले के साथ पुलिस पाटिल के घर पधारे।

''राम-राम साब !'' मालगुजार ने झुककर नमस्कार किया।

''पाटिल...''

दरोगा की रोबदार आवाज सुनकर पाटिल ने हाथ जोड़ दिए।

''जी ऽ सरकार।''

''टंट्या को कितनी खंडनी भेजी ?''

मालगुजार की घिग्घी बँध गई।

''क्यों चुप हो गए ? कुछ नहीं भेजा ? टंट्या ने ऐसे ही छोड़ दिया ?''

मेहमान कुलबुलाने लगा।

''साब, भाग आया।''

''ऐसा !'' आश्चर्य से दरोगा ने कहा, ''शेर के मुँह से भाग निकले। बड़ी बहादुरी दिखाई तुमने। मैं बड़े साब के पास तुम्हारे नाम की सिफारिश करूँगा।'' अपने एक सिपाही की ओर मुड़कर दरोगा ने कहा, ''शेरसिंग, दोनों पटेलों को लेकर तुम खंडवा

चलो। मैं खाना खाकर आता हूँ।''

उनके चले जाने के बाद दरोगा ने कहा, ''बनिए को बुलाओ।''

''गरीब है वो साब, वो और उसका कारोबार।''

''हाँ, तो तुम उसके साथी हो ? कोटवार...''

''जी हुजूर...'' कहकर कोटवार झुककर खड़ा हो गया।

''वो साहूकार, बनिया, क्या है उसका नाम ? पटेल और मालगुजार का दोस्त है...उसे हाजिर करो।''

कोटवार गया और साधुराम को ले आया।

''क्यों बे साले, मगरूरी करता है ? तुझे बुलाने को कोटवार को भेजना पड़ेगा ?'' बाहर खड़े सिपाही से कहा, ''फूलसिंग साहूकार की तेल मालिश करना जरा।''

फूलसिंग के दो-चार हाथ चलाते ही साधुराम साहब के पैरों पर गिरकर गिड़गिड़ाने लगा, ''सरकार, आप हुकुम कीजिए। बन्दा सेवा के लिए हाजिर है। आप जैसे सरकार मुझ गरीब पर हाथ उठाएँगे ?''

''बस, आवाज और नाटक बन्द। घर जा और सिपाही के साथ मालपानी भेज दे। और देख, गरीबों का जरा खयाल रखा कर, नहीं तो एक दिन टंट्या आकर छप्पर फाड़कर ले जाएगा।''

''तौबा-तौबा ऽ। उस हैवान का नाम मत लेना सरकार। कहीं से सुन लेगा तो मेरी खैर नहीं।'' साधुराम ने आसपास देखते हुए कहा।

दो सिपाहियों को साधुराम के साथ भेजकर दरोगा ने बाकी सिपाहियों से कहा, ''दादा पाटिल के घर की तलाशी ले लो।''

साधुराम के घर से दो सिपाही लौट आए। दादा पाटिल मालगुजार के घर की धुलाई कर सिपाही निकल पड़े।

पाटिल ने अदब से कहा, ''सरकार, खाना तैयार है, थोड़ा-सा खा लीजिए।''

''आज नहीं पटेल, फिर कभी, हम खाना जरूर खाएँगे। आज मुझे जल्दी है। बड़े साब को रपट देनी है। आज इतना ही काफी है।'' कहते हुए दरोगा साहब निकल पड़े।

खंडवा सिविल लाइन के सिरे पर मंसाराम धोबी दो दिन से परेशान था। रात में दुकान के पतरे निकालकर किसी ने इस्तरी किए हुए धुले कपड़ों की दो गठरियाँ चुरा ली थीं। उसे लगा कि जब चोर देखेगा कि इसमें पुलिसवालों की ड्रेस है तो सड़क पर फेंक देगा। खंडवे के आसपास की सड़कों पर वह खोजता भी रहा। लेकिन तीसरा दिन निकल आया तब मंसाराम अधीर होकर पुलिस अधीक्षक के भंडार में घुस गया।

बाबू हमेशा की तरह मजाक के मूड में था लेकिन मंसाराम ने जब कहा कि इस्तरी किए पुलिस के कपड़े चोरी हो गए हैं तो वह उसे सीधे सहायक अधीक्षक के सामने ले गया।

''साहब, यहाँ दाल में कुछ काला है।''

साहब ने झुँझलाकर कहा, ''तू और क्या झमेला ले आया है ?''

''झमेला नहीं साहब, आप सुबह कह रहे थे न कि टंट्या को पुलिस की ड्रेस कहाँ से मिली होगी, मैंने आपकी बात सुन ली थी, अब ये धोबी नाटक करता है कि उसकी दुकान से अपने कपड़े चोरी हो गए हैं।'' क्लर्क की बात सुनते ही साहब के कान खड़े हो गए।

''अन्दर कर दो साले को। टंट्या पिछवाड़े से हमारे ऑफिस में घुस गया।'' झल्लाकर साहब उठ खड़े हुए और चक्कर काटने लगे।

''मैं गरीब हूँ साब, मैंने किसी को कपड़े नहीं दिए। सच कहता हूँ। चोरी हो गई दुकान में।'' मंसाराम के चिल्लाने की ओर किसी ने ध्यान नहीं दिया।

दौल्या जबलपुर जेलखाने गया, उसी दिन टंट्या ने पुलिसवालों को झाँसा दिया। टंट्या ने बिजनिया पर जिम्मेदारी सौंप दी।

''देवल्या को साथ लेकर दौल्या के ससुराल जाओ। दौल्या के बीवी-बच्चों को माल पहुँचा देना। दौल्या जब तक अन्दर है तब तक उनकी देखभाल करना हम सबका काम है।''

दौल्या का हिस्सा बिजनिया के साथ भेज देने पर टंट्या ने सन्तोष की साँस ली। ठाकुर नारायण और एक जवाँमर्द को ले आए थे।

''टंट्याभाऊ और एक नया साथी ले आया हूँ।''

टंट्या ने देखा। औसत लम्बा, छरहरा महाद्या टंट्या को इज्जत से देख रहा था। ठाकुर नारायण ने कहा, ''महादू, ये अपने राजा हैं।''

टंट्या ने झट से कहा, ''ठाकुरजी गरीब का मजाक क्यों उड़ाते हो ? राजा इस तरह जंगल में मारा-मारा भटकता नहीं रहता।''

''भाऊ ऐसी बात नहीं है, जिनके पास है वो खुद उसे छोड़ना नहीं चाहते। बिना माँगे कोई कुछ नहीं देता। जब कोई देता नहीं तब छीनना पड़ता है। इसलिए तुम ऐसा मत कहो कि मैं नहीं, मैं नहीं। तुममें क्या कमी है ? ये पूरा इलाका तुम्हारा है। जंगल के सब लोग तुम्हारे कहने पर मर-मिटने को तैयार हैं। दौल्या, बिजनिया, उंकार जैसे जान की बाजी लगानेवाले सरदार हैं। राजा को और क्या चाहिए ?

''टंट्याभाऊ, तुम तो राजाओं के राजा हो। तीन दिन पहले घाटाखेड़ी के महाराज ने मुझे बुला लिया था। सत्तर गाँववाले तखतसिंग महाराज तुम्हारी तारीफ के बुल बाँध रहे थे। कह रहे थे कि हम तो हाथ-पाँव बँधे मांडलिक राजा हैं अग्रेजों के। असली राजा तो टंट्या है। उसका नाम सुनते ही कचहरियों की दीवारें भी धड़कने लगती हैं।''

टंट्या सुदूर देखते हुए सोच रहा था, घाटाखेड़ी के महाराज ने क्या सचमुच ऐसा कहा होगा ? अगर कहा होगा तो...। टंट्या रोमांचित हो गया। उसे लगा कि उसके तन में शक्ति संचार हो गया है।

''ठाकुरजी, सरकार को समझने दो कि एक दौल्या के अन्दर कर देने से टंट्या

झुकनेवाला नहीं है।" महाराज को सीने से लगाते हुए उसकी आँखों में देखकर टंट्या ने कहा, "महादू, अब तू दौल्या की जगह पर आ और उनको मज़ा चखा।"

हिरापुर के बाजार में खबर फैल गई थी कि गोरे साहब ने मिशनरियों की मदद से गरीबों को मुफ्त में दवा देना शुरू किया है। वो लोगों की कुकुरमाछी बनाकर सात समुन्दर पार ले जाएँगे। रामनारायणजी हनुमान मन्दिर के चबूतरे पर बैठकर सोच रहे थे कि ऐसे अनाड़ी लोगों को सेठ-साहूकारों और पटेल-पटवारियों के चंगुल से कैसे छुड़ाया जाए ? उनके साथ श्रीगोपाल था।

हिरापुर के बाजार में बकरी बेचने के लिए गुलाब आया हुआ था। श्रीगोपाल ने उसे "राम राम" कहा तो उसकी तरफ वह सन्देह से देखने लगा। उसे लगा कि बला बकरी पर आ गई।

"रुपयों की जरूरत है ना ! इसलिए बकरी बेचने आए हो। किसकी रकम चुकानी है। पाटिल की या साहूकार की ?"

"तुम्हें क्या करना है भाई। बेकार की पूछताछ।"

"मामा, बकरी मत बेचो..."

गुलाब मुँह बाए श्रीगोपाल की ओर देखने लगा। "कितने रुपए चाहिए थे ? मैं न साहूकार का आदमी हूँ न बनिए का। मामा, तुमने टंट्या का नाम सुना है कभी ?"

गुलाब का चेहरा खिल गया। आँखों में चमक झाँकने लगी।

"मैं टंट्या का आदमी हूँ। टंट्या ने कहा, मामा को जरूरत है। बकरी बेचने आया है। उसको बताओ कि बकरी मत बेचो। उसका दूध बच्चे के मुँह में जाने दो। वह देखो, वहाँ हनुमानजी के मन्दिर के पास रामनारायणजी बैठे हैं। वह तुम्हें रकम देंगे।"

"बकरी लिए बगैर ?"

"हाँ, बकरी लिए बगैर। क्योंकि बकरी तुम्हारी है। तुम्हें रुपए की जरूरत है। टंट्या अपना ही है। टंट्या ने अपने लोगों की मदद करने की ठानी है।"

गुलाब श्रीगोपाल के पीछे हो लिया मानो टोना किया हो। रामनारायणजी को आठ-दस लोगों ने घेर लिया था।

"मास्टरजी..." श्रीगोपाल ने आवाज दी। "गुलाब मामा आया है। बकरी बेचना चाहता है।"

रामनारायणजी ने उसकी तरफ मुस्कराकर देखकर पूछा, "जय श्रीहरि ! कितने में बेचोगो मामा ?"

गुलाब चकरा गया। श्रीगोपाल की ओर देखने लगा।

"मैं क्या कहूँ मालिक, आपकी रकम है, आप ही समझकर दे दो।"

"कितने में खरीदा इसे ?" पास खड़े रेशमी साफेवाले से रामनारायणजी ने पूछा, जो उसके साथ आधे घंटे से बातचीत कर रहा था।

"तीन साढ़े तीन रुपए में महँगी नहीं।"

"रामनारायणजी ने कमर की अंटी से एक रुपए के पाँच सिक्के निकाले।

"मामा, तुम्हारी बकरी टंट्या ने पाँच रुपए में खरीद ली।" उसके सामने रकम धरकर बोले।

"गरीब का मज़ाक क्यों उड़ा रहे हैं मालिक ?" गुलाब दो कदम पीछे हट गया।

"मज़ाक नहीं कर रहा हूँ। सचमुच पाँच रुपए में खरीद ली है। बाजारभाव से एक डेढ़ रुपया ज्यादा दिया है और देखो अगले महीने टंट्या खुद आएगा और अपनी बकरी ले जाएगा। तब तक तुम इसकी देखभाल करोगे। इस बीच इसने बच्चा पैदा किया तो वह तुम्हारा होगा।" मुस्कराते हुए रामनारायणजी ने उसे रकम दे दी।

एक हाथ में बकरी और दूसरी मुट्ठी में रकम सीने से लगाकर हैरान गुलाब बाजार से बड़बड़ाता चला गया।

काम की शुरुआत तो अच्छी हो गई यह सोचकर रामनारायणजी भी चल पड़े।

खंडवा बाजार में भील तीर-कमान लेकर निडरता से घूमने लगे थे। उनके चेहरों पर नई हिम्मत जाग गई थी। टंट्या के लगातार डाके डालने की खबरें गाँव-गाँव में पहुँच गई थीं। लोगों को लगा कि अपनी मुक्ति के लिए ही टंट्या की यह लड़ाई है।

कानून और पुलिस की धाक को टंट्या ने मिट्टी में मिला दिया था। पुलिस अधिकारियों की दशा दयनीय हो गई। टंट्या के गिरोह में हर रोज नए साथी शामिल हो रहे थे। पुलिस अधीक्षक ने टंट्या के ऊधम से परेशान होकर रपट लिखी :

"अब टंट्या और उसके साथी अपने आपको आज़ाद समझने लगे हैं। गाँवों में झगड़ा मोल लेते हैं। किसी भी सरकारी हाकिम को नहीं मानते। राष्ट्रीय चेतना बढ़ती जा रही है। साहूकार, बनिए और मालगुजारों की गुलामी से मुक्त होने की उम्मीद जाग उठी है। टंट्या की इधर की कामयाबी से उसकी और उसके साथियों की हिम्मत बढ़ गई है। उसने अपने आपको राजा घोषित किया है। टंट्या जहाँ भी जाता है उसे राजा का सम्मान दिया जाता है।

"हमारे ध्यान में है कि डाकुओं के नायकों को पकड़ना मुश्किल हो गया है। चिन्ता की बात है कि पुलिस को जनता का साथ नहीं मिलता, बल्कि छिपे तौर पर विरोध ही होता है।

"टंट्या ने भीलों के जासूसों का संगठित जाल बुना है। टंट्या हर एक मालगुजार को धमकी-भरा इशारा करता है। जो कोई मालगुजार पुलिस या सरकार के किसी भी अधिकारी को डाकुओं की हलचल के बारे में सुराग देगा उन पर टंट्या के लोगों की कड़ी नजर होगी। टंट्या के पास ऐसी खबरें तुरन्त पहुँच जाती हैं। परिणामस्वरूप टंट्या के डर से कोई भी जानकारी देने सामने नहीं आता। पुलिस को चकमा देकर टंट्या का ऊधम मचाना जारी है।"

पुलिस अधीक्षक की रपट आइ.जी.पी. को मिल गई और उन्होंने डाकुओं के बन्दोबस्त के लिए इंस्पेक्टर इब्राहीम बेग की विशेष नियुक्ति की।

पुलिस दल में इब्राहीम बेग का नाम एक कर्त्तव्यपरायण अधिकारी के रूप में विख्यात था। पिछले कुछ वर्षों में उसने होशंगाबाद जिले के डाकुओं में दशहत पैदा की थी। अब टंट्या पर काबू पाने की नई जिम्मेदारी उस पर डाली गई।

सुक्ता के किनारे गुफा में टंट्या, बिजनिया, महाद्या अलाव के सामने बैठे हुए थे। महाद्या ने पुलिसवालों को परेशान कर रखा था। टंट्या उस पर खुश था। भिकी और बिजनिया की बीवी कोने में रसोई बना रही थीं। महुए की शराब के दो-दो दौर हो चुके थे। बहुत दिनों से कोने में पड़े डफ को मंगल्या ले आया। उसकी थाप गूँजने लगी। महादू ने जरमन की थाली पर ठेका लगाया। जामुनबन में समूह झूमने लगा, डोलने लगा। मंगल्या के हाथ ने जादू किया था। सब बेहोश नाचने लगे।

सहसा टंट्या को नकल उतारने की झुनझुनी हो गई।

''कौन है रे ऊधर ? आँ...क्या बोला ? सुनता नहीं, मैं इंस्पेक्टर इब्राहीम बेग हूँ। नाम नहीं सुना मेरा ? मेरा नाम सुनकर होशंगाबाद के डाकुओं की चड्डी पीली हो जाती है। भाग गए साले जंगल में। अब मैं इधर आ गया हूँ। बदतमीज टंट्या को बताने के वास्ते। हाँ...टंट्या...होशियार, इंस्पेक्टर इब्राहीम बेग आ रहा है।...'' दोनों हथेलियों से ठुड्डी को दाढ़ी की तरह सहलाते हुए टंट्या नकल उतार रहा था और आसपास के लोग हँस-हँसकर लोटपोट हो रहे थे।

टंट्या ने कोने से तलवार उठा ली। तलवार को पकड़कर फिर शुरू किया ''ये लो बेग साब ऽ खाली हाथ क्या लड़ोगे ? ये तलवार लो और करो हमला जोर से।'' टंट्या हवा में तलवार भाँजने लगा। उछलने लगा। मंगल्या का डफ बोलने लगा। सब जोश में आकर टंट्या के चारों ओर नाचने लगे।

खंडवा जेल के बड़े दरवाजे के सामने दो खपरैलवाले बँगले थे। बाईं ओर के बँगले में जेल के डॉक्टर सदाशिव राऊत का निवास था। दाईं ओर के बँगले में जेलर का।

बाईं ओर का बँगला थोड़ा नीचा था। बँगले के पीछे सौ डेढ़ सौ कदमों की दूरी पर इमली का एक पुराना सूखा हुआ पेड़ था। दो-चार टहनियों में अभी जान बाकी थी और उस पर बित्तेभर लम्बी इमली की फलियाँ लटक रही थीं।

बँगले के सामने पीपल था जो युवा डॉ. सदाशिव राऊत का साथ दे रहा था। उसके पास लाल पत्थरों का बना तुलसी वृन्दावन था। तुलसी की मंजरियाँ सूखने लगी थीं। उनकी जामुनी झलक के स्थान पर अब फीकी पीली रंगत दिखाई देने लगी थी।

बँगले के अहाते में युवा डॉ. सदाशिव कन्दील की पीली रोशनी में रॉबिंसन क्रूसो की जीवनी पढ़ने में खो गए थे।

डॉक्टर राऊत को जीवनी के पन्नों में अपना बचपन झाँकता हुआ नजर आने

लगा था। पुस्तक को बन्द कर आँखें मूँद वे अपने बीते दिनों की याद में खो गए थे।

''डॉक्टर साब हैं घर पर ?'' बँगले के बन्द गेट के बाहर से आवाज आ गई। पुस्तक को हटाकर डॉक्टर ने उस दिशा में देखा ! बाहर साफ चाँदनी छिटकी हुई थी।

औसत लम्बाईवाला, छरहरे बदन का, खाकी कपड़े पहने हुए एक आदमी बाहर खड़ा था। उसके सिर पर शंकु के आकार की टोपी थी।

''हाँ, आओ अन्दर,'' डॉक्टर कुर्सी पर से उठ गए। आदत के मुताबिक हाथ में कन्दील लेकर वे बन्द गेट तक चले गए।

पाँच फुट लम्बे गौरवर्ण डॉक्टर का चेहरा साफ था। आँखों में चमक थी और चलने में आत्मविश्वास।

डॉक्टर ने लकड़ी का गेट खोल दिया।

''डॉक्टर साब, मेरी बहन की जचगी हो रही है। बच्चा आड़ा आया है। देर हो गई तो...'' बाहर का आदमी घबराए स्वर में बोल रहा था।

बहन शब्द को सुनते ही डॉक्टर काँप उठे। पुरानी यादों का जख्म फिर हरा हो गया। डॉक्टर साहब ने अपनी बड़ी बहन का अन्त इसी तरह की घटना में देखा था।

''डॉक्टर साब...'' बाहर के आदमी ने फिर से पुकारा। ''जल्दी कीजिए साब वर्ना मेरी बहन..''

''तुम रुको। मैं अभी दवाइयों का बक्सा लेकर आता हूँ। मेरा गाड़ी चलानेवाला आज छुट्टी पर है।''

''आप उसकी फिकर मत करो डॉक्टर साब...''

डॉक्टर भीतर चले गए। कपड़े बदलकर दवाइयों का बक्सा ले बाहर आ गए। बक्सा उस आदमी के हाथ में थमा दिया।

''चलो, अब और देर नहीं होनी चाहिए।''

वह आदमी डॉक्टर के सामने बैठ गया।

''आप बैठ जाओ मेरी पीठ पर साब।'' डॉक्टर को पीठ पर लेकर वह आदमी दुलकी चाल से दौड़ने लगा।

घंटा डेढ़ घंटा वह दौड़ता रहा था।

कुत्ते के भौंकने की आवाज सुनकर उसने डॉक्टर से कहा, ''गाँव आ गया, डॉक्टर साब...''

एक मिट्टी के घर के सामने वह रुक गया। डॉक्टर को नीचे उतार दिया।

''जल्दी कीजिए डॉक्टर साब,'' उस आदमी के चेहरे पर चिन्ता के भाव थे। डॉक्टर को लेकर वह भीतर आ गया।

टिमटिमाती ढिबरी की रोशनी में लकड़ी की खटिया पर एक युवती पीड़ा से तड़प रही थी।

पलभर के लिए डॉक्टर को लगा कि वह अपनी बड़ी बहन को ही देख रहा है।

डॉक्टर ने अपनी सारी कुशलता को दाँव पर लगा दिया। आड़े गर्भ को सीधा कर दिया। युवती की प्रसूति हो गई। छोटे शिशु के रोने की आवाज सुनकर डॉक्टर ने खुशी के आँसू पोंछ लिए। साफ-सफाई होते-होते भोर के चार बज गए।

डॉक्टर बाहर आ गए। दीवार के पास वह आदमी परेशान-सा खड़ा था। डॉक्टर को देखकर उसने कहा, "डॉक्टर साब, आपका एहसान मैं जिन्दगी-भर नहीं भूलूँगा। आपने मेरी मुँहबोली बहन की जान बचाई।"

उस आदमी ने मिट्टी के कुठले में हाथ डालकर अँजुरी-भर रुपए के सिक्के डॉक्टर के सामने धर दिए।

"डॉक्टर साब, ये आपकी फीस।"

अँजुरी में से एक सिक्का लेते हुए डॉक्टर ने कहा, "आज मुझे इतनी फीस भी नहीं लेनी चाहिए। तुम्हारी बहन मेरी भी बहन ही है। तुम्हारी बहन के लिए जो ममता है, उसे देखकर एक ही सिक्का ले रहा हूँ।" उसके चेहरे की खुशी देखकर डॉक्टर को खुशी हो रही थी। उन्होंने कहा, "चलो अब हम चलेंगे। साढ़े पाँच तक मुझे घर पहुँचना होगा, नहीं तो माँ और बीवी परेशान होंगी।"

वह फिर डॉक्टर के सामने झुक गया। डॉक्टर को पीठ पर बिठाकर खंडवा की ओर दौड़ने लगा।

डॉक्टर को बँगले के सामने छोड़ दिया तब तड़का हो चुका था। दवा का बक्सा डॉक्टर के हाथ में सौंपते हुए उसने कहा, "डॉक्टर साब, मैं जिन्दगी-भर आपके कर्ज में रहूँगा। कभी आपकी सेवा करने का मौका इस गरीब टंट्या को दे दीजिए। आपके हुकुम करते ही बन्दा आपकी सेवा में हाजिर होगा।" उसने डॉक्टर के पैर पकड़ लिए, झट से मुड़ गया और टेढ़ी-मेढ़ी सड़क के पास की झाड़ी में गायब हो गया।

डॉक्टर जा चुके टंट्या की ओर देखते ही रह गए।

निमाड़ के मशहूर डाकू में छिपे इंसान ने उनको दरवाजे में ही कील दिया था।

"बेटा, रातभर हम तेरी चिन्ता में जाग रहे थे। कहाँ गया था ? जाते वक्त कहकर तो जाते।" माँ ने परेशान होकर पूछा तब डॉक्टर को होश आ गया।

"माँ, आज बहुत दिनों के बाद ताई के ऋण से मुक्त हो गया।" माँ के सामने बैठते हुए डॉक्टर ने कहा।

डॉक्टर जेल की नौकरी कर रहे थे लेकिन इस सरकारी नौकरी में उनका मन नहीं लग रहा था। अपने ज्ञान का लाभ गरीबों को देने के लिए वे रेलवे स्टेशन के पासवाली धर्मशाला में बीमारों को जाँचकर मुफ्त में दवा-पानी करते थे।

डॉक्टर को शिकार का भी शौक था।

आज रविवार था। डॉक्टर ने शिकार की तैयारी की। खंडवा से नौ कोस दूरी पर घाटाखेड़ी रियासत थी। महाराज ठाकुर तख्तसिंग से डॉक्टर की मित्रता थी। महाराज को भी शिकार का शौक था।

ठाकुर तख्तसिंग की बग्गी बँगले के सामने खड़ी हो गई। डॉक्टर ने उनका स्वागत किया।

"अब देर न कीजिए डॉक्टर साहब। पहले ही मेरी वजह से देर हो गई है। असीरगढ़ के जंगल में जाने के लिए एक घंटा लगेगा।"

"हाँ, चलते ही हैं। माँ ने नाश्ता बनाया है। खा लेते हैं और चलते हैं।"

डॉक्टर साहब के पास आए आदमी ने बताया कि एक जानवर के मुँह को मनुष्य का खून लगा हुआ है। दो-एक बच्चे भी गायब हो चुके हैं। महाराज ने कहा, "सन्देशा मिल गया है। खबर सच्ची है। आज एक शेर से दूसरे शेर की मुलाक़ात होगी।"

ठाकुर साहब के मज़ाक पर सब हँस पड़े।

असीरगढ़ के पास सुक्ता के किनारे घना जंगल फैला हुआ था। डॉक्टर की गाड़ी रास्ते में छोड़कर दोनों जंगल में घुस गए। साथ में तीन रहनुमा थे। जंगल की एक तरफ सतपुड़ा की एक-दूसरे से मिली हुई कतारें थीं। जंगली जानवर पानी पीने के लिए सुक्ता के किनारे आते थे। शिकार के लिए यह मौके की जगह थी।

वे पनघट के पास घात लगाकर बैठ गए। पतझर के कारण जमीन पर सूखे पत्ते गिरे हुए थे।

दिन डूबने लगा। शायद आज खाली हाथ लौटना पड़ेगा। डॉक्टर और ठाकुर नदी के अलग-अलग किनारों पर थे। डॉक्टर के साथ एक रहनुमा और दो आदमी थे। आज शिकार नहीं मिलेगा यह सोचकर डॉक्टर के साथी बन्दूक पेड़ के तने के पास रख पानी पीने चले गए। डॉक्टर ने भी बन्दूक रख दी और आराम करने लगे।

पीठ पीछे भारी कदमों की आहट हुई। डॉक्टर ने लेटे-लेटे पीछे देखा और झट से उठ गए। डरने की आवाज सुनकर जानवर रुक गया। उसके बदन के सारे बाल झड़ गए थे और लाल चमड़ी दिखाई दे रही थी। दाएँ पंजे में एक काँटा चुभा हुआ था।

डॉक्टर के बन्दूक उठाकर निशाना साधने से पहले ही जानवर उन पर झपट पड़ा। बाघ को सामने देख उन्होंने बन्दूक से उसे रोकने की कोशिश की लेकिन बाघ के जोर से बन्दूक टूट गई और डॉक्टर ने आँखें मूँद लीं।

जोर से दहाड़कर वह भारी-भरकम बाघ डॉक्टर के शरीर के परे धड़ाम् से गिर गया था। उसकी गरदन में एक भाला घुसा हुआ था और वह पीड़ा से तड़प रहा था। एक लम्बा-तगड़ा आदमी सामने आ गया। उसकी लाल आँखों में तसल्ली का भाव था।

दूसरे किनारे से ठाकुर तख्तसिंग भागते हुए आ गए। डॉक्टर सदाशिव एक बार उस बाघ की ओर देख रहे थे दूसरी बार उस आदमी की ओर। कृतज्ञ भाव से।

डॉक्टर ने जेब से कुछ नोट निकालकर उस बहादुर के सामने धर दिए। बोले, "मैं तुम्हारा बहुत आभारी हूँ। यह छोटी-सी भेंट ले लो।"

उस आदमी ने ठाकुर तख्तसिंग को झुककर प्रणाम किया। डॉक्टर के हाथ जोड़ते हुए उसने कहा, "डॉक्टर साब, हमारे मालिक ने बताया कि आपने कई लोगों की जानें

बचाईं। आप और महाराज के इधर आने की खबर लग गई थी हमें। आदमी के खून का प्यासा जानवर इस पहाड़ी में घूम रहा है इसलिए हम भी उसका सुराग लगा रहे थे।

''महाराज, मैं टंट्या का बिजनिया हूँ। आज आपकी सेवा हो गई। मैं धन्य हो गया।'' बिजनिया डॉक्टर के सामने झुक गया। ठाकुर तख्तसिंग ने सामने आकर अपने गले से मोतियों का कंठा उसके गले में डाल दिया और कहा, ''बिजनिया सचमुच टंट्या का बहादुर सरदार है। टंट्या ने तेरा जिक्र किया था दो-एक बार। तेरे जैसे बहादुर इस निमाड़ की शान हैं। कभी भी घाटाखेड़ी आ जा। मैं तुम्हारा राजा हूँ।''

बिजनिया ने महाराज को झुककर नमस्कार किया और सुक्ता के किनारे चला गया।

इब्राहीम बेग के आ जाने से पुलिस की कार्रवाई में गति आ गई थी। इब्राहीम बेग ने टंट्या की मुहिमों का अध्ययन किया। पिछले महीने में लगातार अठारह मालगुजारों और साहूकारों को लूट लिया था टंट्या ने। सारे गाँव ब्रिटिश-होलकर सरहद के आसपास थे। हमले के बाद टंट्या होलकरों की हद में प्रवेश करता था। होलकर राज पुलिस का सहायक नहीं था। वह अनदेखी कर रहा था, इतना ही नहीं उसकी मदद भी कर रहा था।

पन्धाना के पश्चिम में बाबली गाँव में धूनीबाबा का हरिनाम सप्ताह चल रहा था। कल उसकी समाप्ति थी। आसपास के आठ-दस गाँवों के लोग कीर्तन के लिए आते थे।

धूनीबाबा का मुकाम हनुमानजी के मन्दिर में था। साथ में रामनारायणजी थे। कीर्तन के आखिरी दिन भीड़ बढ़ गई थी। धूनीबाबा मन्दिर के चबूतरे पर चढ़कर महाभारत सुना रहे थे। ''जब भी समाज को ग्लानि आ जाती है, लोग पस्त हो जाते हैं, तब हममें से ही कोई एक अर्जुन बन जाता है। कौरवों के अन्याय-अत्याचार को रौंद डालना है। हमें अर्जुन का साथ देना चाहिए।''

धूनीबाबा बेचैन थे क्योंकि खबर आई थी कि खंडवा के नए साहब ने कीर्तन सुनने के लिए अपना आदमी भेज दिया है।

कीर्तन के बाद रामनारायणजी का काम शुरू हो गया। श्रीगोपाल दगड़िया को ले आया।

''मास्टरजी, यह दगड़िया अम्बा गाँव का रहनेवाला है। साहूकार ने सूद के नाम पर इसका एक बैल ले लिया। एक बैल से काम रुक गया खेती का।''

''किसलिए रकम ली थी रे दगड़िया ?''

''जी, घरवाली की जचगी थी। बच्चे का माता के सामने मुंडन कराना था। बकरे की बलि देनी थी।''

''एक बैल के बदले में यह सब हो गया ?''

"नहीं जी, मालिक को खेत लिख दिया और एक बैल दिया।"

"कितनी रकम ली थी ?"

"कुछ पता नहीं। उसने दुकान से सामान दिया और बकरा भी दे दिया।" दगड़िया मालिक के अहसान से दबा हुआ था।

"अच्छा, यह श्रीगोपाल तुम्हारे साथ जाएगा। बैल की और जमीन की रकम टंट्यामामा तुम्हारे लिए दे देगा। टंट्यामामा के रकम देने के बाद जमीन और बैल किसके होंगे ?"

"टंट्यामामा के।"

"नहीं दगड़िया, टंट्या क्या करेगा तुम्हारी जमीन और बैल लेकर ?"

दगड़िया कुछ समझा नहीं। ऐसा भी कहीं हो सकता है ?

सब समेटने के बाद रामनारायणजी धूनीबाबा के पास आ गए। आसपास देखकर दबी आवाज में बोले, "नए इंस्पेक्टर इब्राहीम बेग ने लगता है ठान ली है। पन्धाना पुलिस थाने का एक आदमी आया था कीर्तन में।"

"हम जानते थे। इसीलिए कीर्तन में रंग नहीं भरा।...टंट्यामामा को सन्देश देना। कल समाप्ति के कार्यक्रम में न आए।"

बाबली गाँव की हरिनाम पूजा सम्पन्न हो गई। जेवनार के लिए लोगों की पंगतें बैठ गईं। भक्तिभाव से प्रसाद ग्रहण किया जाने लगा।

इंस्पेक्टर इब्राहीम बेग ने गाँव को चारों ओर से घेर लिया। हथियारबन्द पुलिस देखकर लोग भागने लगे।

धूनीबाबा सामने आ गए।

"टंट्या कहाँ है ?" इंस्पेक्टर बेग ने डाँटकर पूछा।

"खुदा जाने। और साहब टंट्या हमें बताकर थोड़े ही कहीं जाता है !"

"देखो ! हर एक घर की तलाशी लो। एक भी भील को मत छोड़ो।"

धूनीबाबा और रामनारायण शान्ति से बेग की कार्रवाई देख रहे थे। सभी भीलों को बन्दूक की नोक पर पकड़ लिया। लेकिन टंट्या हाथ नहीं आया।

इब्राहीम बेग ने तेज मुहिम के तहत गाँव-गाँव के भीलों को पकड़ना शुरू किया था। जिन भीलों पर शक होता उनको पकड़कर खंडवा ले आने लगे। उनकी जबानी ली जाने लगी। उन पर मुकदमे दायर किए गए। टंट्या की मदद करनेवालों में दहशत पैदा करना उसका मकसद था।

पकड़े गए भीलों से कोई ठोस जानकारी न मिलने से बेग नाराज था। उसे इस बात का अचरज था कि पकड़े गए भील कुछ बोलते ही नहीं थे।

इंस्पेक्टर बेग की कार्रवाई का पता चलते ही टंट्या ने अपना ठिकाना होलकर की

हद में शिवना गाँव में बदल दिया। उसे यह जगह पसन्द थी। शिवना के मालगुजार माधवराव पाटिल टंट्या के दोस्त बन गए थे। टंट्या और साथियों के लिए भोजन सामग्री पाटिल मुहैया करते थे। माधवराव के सम्बन्धियों से भी टंट्या की मदद होती थी। पुलिस के बारे में पता चल जाता था।

टंट्या को शिवनी गाँव इसलिए भी पसन्द था कि यह प्राकृतिक रूप से सुरक्षित था। तीनों ओर पहाड़ों की अभेद्य दीवारें थीं। पूर्व की तरफ उन्द्री नदी थी। उसकी घाटी से होते हुए ही गाँव में आ सकते थे। सात पहाड़ों को यहाँ के लोग सात बहनें कहा करते थे। शिवनी की टोह लगाने के लिए मानो सात बुर्ज थे। इन पर खड़े रह जाने पर शिवनी गाँव हरी थिगलियोंवाली गूदड़ी ओढ़े जैसा लगता था और उन्द्री के किनारे से होती हुई जानेवाली सड़क गूदड़ी की काले धागे से की गई सिलाई की टीप लगती थी। नैऋत्य दिशा की पहाड़ी को महादेव का डोंगर कहा जाता था। वहाँ महाशिवरात्रि को बड़ा मेला लगता था। चट्टान से बनी पिंडी के दर्शन करने आसपास के गाँवों से लोग आते थे।

माधवराव पाटिल का बाग पहाड़ी के पास ही था। बाग की मेड़ पर जानवरों का गोठ था। उसके पास और एक छत थी जहाँ पर बैठने से उन्द्री के किनारे से आनेवाली सड़क दिखाई देती थी। वहाँ से आने-जानेवाले पर नजर रखी जा सकती थी। उन्द्री के पीछे पहाड़ की ढलान पर घनी झाड़ी थी। मिट्टी बह जाने से पहाड़ में एक खोंडर बना हुआ था। पहाड़ के माथे से एक बड़ा पत्थर लुढ़कता हुआ आकर साग के पेड़ के तने से टकराकर थम गया था। उसकी आड़ में बैठकर चार-पाँच लोग सड़क की टोह लगा सकते थे। वहाँ से पाटिल के खेत की झोपड़ी भी दिखाई देती थी। इधर के लोग उधर लाल कपड़े या सीटी से संकेत दिया करते थे।

इंस्पेक्टर बेग को खबर मिल गई थी कि टंट्या ने अपना मुकाम बदल दिया है। शिवना गाँव में टंट्या के पीछे जाने का मतलब था बाघ के जबड़े में सिर देना।

इंस्पेक्टर बेग ने माधवराव पाटिल को सन्देशा भेजा और मिलने के लिए खंडवा बुलाया। शिवना गाँव खरगोन जिले में था और खरगोन पर हुकूमत होलकरों की थी। माधवराव समझ गए कि क्यों बुलाया होगा।

''माधवराव, आप मालगुजार हैं होलकर सरकार के और होलकरों पर गवर्नर जनरल की हुकूमत है। कानून और बन्दोबस्त के लिए होलकर मुल्क के मालगुजारों-पटेलों की मदद नहीं मिल रही है। उलटे रैयत को सतानेवाले डाकुओं की आप खुलेआम मदद करते हैं। इसलिए मुझे आपके बारे में होलकर सरकार में शिकायत करनी पड़ेगी।''

''साहब, आपका इतना बड़ा पुलिस का महकमा है। टंट्या को आप काबू में नहीं कर सकते ? टंट्या की मदद करने का जो इल्जाम मुझ पर है वह कोई नया नहीं है। वह जिस जंगल में रहता है, घूमता है, छिपता है उस पर तो मेरी हुकूमत नहीं है। और मेरी बात को टंट्या थोड़े ही माननेवाला है। साहब, सरकार उसे जरूर पकड़ ले। लेकिन

वह मिलता नहीं इसलिए हम गरीब मालगुजारों को दोष देने से क्या होगा ?''

माधवराव की बातों से बेग को मिर्ची लग गई।

''याद रखो पाटिल, मुझसे मुकाबला है।''

''साहब, दो कौड़ी की मालगुजारी का फन्दा निकालने की सिफारिश कीजिए तहसीलदार के पास। वह निकल गया तो मैं आजाद हो जाऊँगा।''

माधवराव की हिम्मत और गुस्ताखी से बेग को गुस्सा आ गया।

''ठीक है, बेग अपनी बात साबित करेगा तब आपकी आँखें खुल जाएँगी।'' फिर बोले, ''ठीक है। आप जा सकते हैं।''

माधवराव चल पड़े। बेग ने उसके पीछे एक खुफिया आदमी लगा दिया।

जबलपुर रेलवे स्टेशन से एक मील की दूरी पर सेंट्रल जेल में सुबह की नीरवता थी। पहरेदार सुस्ता रहे थे। अचानक खतरे की घंटी बज उठी। जेल में शोरगुल हुआ। पलीते लेकर पहरेदार दौड़ने लगे। इसी वक्त स्टेशन से खंडवा जानेवाली गाड़ी की सीटी सुनाई दी। गाड़ी स्टेशन से निकल पड़ी थी।

छह कैदियों के साथ दौल्या जबलपुर सेंट्रल जेल से भाग गया था। दौल्या शैतान है या हैवान ? खंडवा जेल की दीवारों को नाखून के भाले बनाकर तोड़ दिया। अब सेंट्रल जेल से फरार हो गया।

इस घटना से मुख्य जेलर और अधिकारी काँपने लगे। सड़कों पर पुलिस दौड़ने लगी। पुलिस थानों को तार दिए गए। पंछी पिंजरे से उड़ गया, उसका एक भी पंख हाथ नहीं आया।

दौल्या और हीरा को सामने देख टंट्या दौड़ता हुआ आ गया। अपने लाड़ले बहादुर सरदार को देख उसकी आँखों से आनन्दाश्रु बहने लगे। उसने दौल्या को सीने से लगाया। दूसरे हाथ से हीरा को पास ले लिया।

''कमाल कर दिया बहादुर ! मैं जानता था कि एक न एक दिन मेरा शेर काले टोप का पिंजड़ा तोड़कर बाहर आ जाएगा। सरकार भी समझ जाएगी कि इस जंगल के शेर को चारदीवारी में बन्द नहीं किया जा सकता।''

''टंट्यादादा, मैंने अब तय किया है कि पेड़ की टहनियाँ तोड़ने से अच्छा है उसका तना ही तोड़ देंगे। टहनियाँ-पत्ते तोड़ने का मतलब अपने ही लोगों को मार डालना है।'' यह प्रस्ताव टंट्या को मंजूर था।

''क्या करेगा तू ?''

''खंडवा जाके साहब को मार डालूँगा।''

''नहीं दौल्या, एक साहब को मारने से कुछ नहीं होगा। हमने जो काम शुरू किया है वही ठीक है। गोरे साहब के खिलाफ हम पाँच-पचास लोग ही लड़ रहे हैं लेकिन अब धीरे-धीरे इस इलाके की ताकत हमारा साथ देने लगी है। वह बढ़ जाएगी तो साहब के लिए मुश्किल होगी। अपने साथ लोगों के लिए बगैर काम ठीक नहीं होगा।''

"मैं उस थानेदार के कपड़े उतार लेता हूँ। दौल्या क्या चीज़ है ये उसे दिखाए बिना मुझे चैन नहीं।"

"ये काम तो मैं करनेवाला हूँ। पता चला है कि तुझे पकड़नेवाला साहब पन्धाना थाने पर बदलकर आ गया है। हर एक से कहता रहता है कि टंट्या को पकड़े बगैर वह चुप नहीं बैठनेवाला।"

"तुम ये काम मत करो दादा। मेरे होते हुए तुम क्यों जोखम उठाते हो ?"

"दौल्या, जब तक मेरी खातिर जान देनेवाले मेरे साथ हैं तब तक मुझे कोई डर नहीं है। उस बड़बोले थानेदार को पता तो चले।"

एक-दूसरे के लिए जान देने की बात करनेवाले बहादुर साथियों की बातें सुन रहे थे माधवराव पाटिल।

"हो गया हाल पूछना। अब पेट-पूजा कर लो और फिर बातें करते रहो अगले कामों की। वर्ना चूल्हे पर पक रहा मुर्गा उड़ जाएगा।"

"पाटिल, दौल्या को देखा और मेरा पेट ही भर गया।"

"सच है टंट्याभाऊ, लेकिन पिछले छह दिनों से दौल्या भूखा रहकर तुमसे मिलने भागता आया है, कुछ उसके पेट का भी तो खयाल करो।"

"हाँ, ये बात तो मेरी अकल में नहीं आई।" उठते हुए टंट्या ने कहा। रेंकू दारू लाया था, उसका नशा भी आज नहीं चढ़ रहा था।

खंडवा से चौदह मील पर पन्धाना पुलिस थाना था। थाने के पीछे थानेदार का तीन कमरोंवाला पत्थरों का निवास था। आज बाजार का दिन। थानेदार जल्दी से थाने जाने की हड़बड़ी में था।

"अरे ए, कौन है रे उधर ?" सामने सिपाही मौजूद होने पर भी उसका नाम नहीं पुकारने की उसकी आदत थी।

हथेली पर खैनी रगड़ रहा सिपाही चुटकी मुँह में डालकर आया।

"जी साब ऽ।"

"अरे क्या वो उसका नाम, बकल सोला सौ बीस। साला हजाम को लाने गया है, दो घंटे हो गए। नया हजाम बनाकर ला रहा है क्या ? तब तक तो हमारी दाढ़ी-मूँछें बढ़कर साधू जैसी बन जाएँगी।"

सिपाही कुछ बोले इससे पहले ही बगल में किसबत सँभाले छरहरे बदन का तलवार कट मूँछोंवाला ठिगना-सा नाई सामने आ गया। सिर पर सफेद साफा लपेटा हुआ था और उसका एक सिरा गले से लिपटाकर पीछे छोड़ दिया था।

"राम-राम साब ! जरा-सी देर हो गई। माफ करें हुजूर।"

नए हजाम की ओर देखकर थानेदार ने सिपाही से पूछा, "यह नया नमूना कहाँ से ले आए ? और कितनी देर लगा दी। तुम सब एक जैसे हो। एक काम ढंग से नहीं करोगे। बीमार को देखने बैद को बुलाओ कहने पर मय्यत में ही हाजिर होनेवाले।"

साहब की डाँट पी जाने के बाद सिपाही ने कहा, "हमेशा का नाई गाँव छोड़ गया

है। उसका भाई बीमार है। बेटा उसका ससुराल गया हुआ है। ये मेहमान बैठा था वहाँ उसी को पकड़ लाया हूँ। कहा, चल भाई साब की हजामत बनानी है।''

''कौन-से गाँव का है रे तू ?''

''साब, मैं उधर पहाड़ी की तरफ का। घाटाखेड़ी गाँव है ना।''

''महाराज तख्तसिंग का गाँव ?''

''हाँ साब, उसकी परली ओर मेरा गाँव है बिरडा।''

''बिरडा...'' साहब का दिमाग नाम सुनकर कुलबुलाने लगा।

''टंट्या का गाँव !''

''हाँ साब, मैंने उसका नाम नहीं लिया। मुझे लगा कि उसका नाम लेने पर आप मुझ पर ही शक करेंगे।''

''साला इस टंट्या ने बड़ा ऊधम मचाया है। उसका वो राक्षस—क्या नाम उसका दौल्या, उसको पकड़कर मैंने ही जेल भेज दिया है।''

''पर साब, मैंने तो सुना है...'' बोलते-बोलते नाई रुक गया। बताए कि न बताए जैसा भाव दिखाते हुए पास के सिपाही की ओर नजर डाली।

''दौल्या फरार हो गया जबलपुर जेल से। कल ही उसकी और टंट्या की हजामत बनाई मैंने। आपको यूँ ही बता दिया, मगर कहीं बोलना नहीं साब, वर्ना टंट्या मेरी टाँग तोड़कर रख देगा।''

सुनकर थानेदार की आशा पल्लवित हो गई। उत्साह से रक्त-संचार बढ़ गया।

''देख, तुझे पता है, सरकार ने बड़ा बख्शीश रखा है। टंट्या डाके डालता है, लूटमार करता है। साहूकारों को मार डालता है। उसको पकड़ने के लिए जो कोई मदद करेगा सरकार उसको बड़ी रकम और सारे गाँव का मालिक बनानेवाली है।'' नाई के चेहरे के भावों को परखते हुए पूछा, ''हजामत करने से तेरी महीने-भर की कमाई कितनी होती है ?''

''कौन हिसाब रखता है साब। आदमी सामने आ गया तो बनाना हजामत। घर का धान खतम हो गया तो फैलाना दामन किसी के सामने। मगर हाँ, कभी भूखा नहीं रहना पड़ा।''

''थोड़ा-सा काम करेगा तो जिन्दगी-भर आराम करेगा।''

''गरीब के भाग में भीख माँगना ही होता है साब। जो हाथ नहीं आएगा उसके लिए कूदने का मतलब...''

''भाग की बात क्या करते हो। मौका तेरे दरवाजे पर आया है। देख, तू हमें सिर्फ उसके मुकाम की जगह दूर से दिखा दे। बाकी सब हम देख लेंगे।''

''देखो साब, मैं गरीब आदमी, टंट्या को पता चला या उसने मुझे देख लिया तो...''

''अरे हम रहेंगे ना साथ में। चल, जल्दी से दाढ़ी बना और टंट्या का ठिकाना दिखा दूर से ही।''

थानेदार कुर्सी पर बैठ गया। नाई ने साहब की दाढ़ी को साबुन लगाया। उस्तरा निकालकर उलटा-सीधा पीटकर चटचट आवाज की और खरखर दाढ़ी के खूँटों पर चलाने लगा। बाएँ गाल की दाढ़ी के बाल बाएँ हाथ के तलुवे पर पोंछते हुए नाई ने पूछा, "टंट्या को पकड़वाकर क्या करेंगे साब ?"

"साला ये टंट्या शैतान है कि हैवान है ? सबकी नींद उड़ा दी है। उसे पकड़ूँगा तो मेरी तरक्की हो जाएगी। बख्शीश मिलेगा।"

नाई ने थानेदार की तरफ देखा। उसकी ठुड्डी को पकड़कर बोला, "टंट्या को साला बोलता है और तुझे बक्शीश चाहिए। ये ले तेरा बक्शीश।" थानेदार की नाक की नोक उस्तरे से काटते हुए उसने कहा, "थानेदार साब, इस टंट्या को आप पकड़ना चाहते हैं ना ? अब उधर पहाड़ में जाने की जरूरत नहीं है। टंट्या आपके सामने खड़ा है पकड़ो उसे।"

टंट्या ने छलाँग लगाई। थानेदार चिल्लाने लगा। पकड़ो-पकड़ो की आवाजें सुनकर दो सिपाही भागते आए। थानेदार की नाक से खून की धार बह रही थी। दोनों हाथों से नाक को पकड़कर वह पैर पटक रहा था।

"पकड़ो, पकड़ो, साले को, साब की नाक काटकर टंट्या इधर से भाग गया है।" टंट्या ने पास आए सिपाहियों को घर के पीछे की ओर हाथ से इशारा करते हुए कहा और पुलिस थाने की दीवार फाँदकर चम्पत हो गया।

टंट्या शिवना लौट आया था। माधवराव के बाग के अड्डे पर रामनारायणजी आ चुके थे। साथ में ठाकुर नारायण और श्रीगोपाल भी थे।

"राम-राज मास्टरजी, आपके आशीर्वाद से एक और काम फतह हो गया।"

टंट्या की पोशाक देखकर ठाकुर नारायण ने कहा, "टंट्यादादा, ये पोशाक तो बहुत जँचती हुई है तुमको। इस साफे से हमारे राजा का रोब बढ़ता है।"

"ठाकुरजी, तुम्हारे इस राजा ने अभी-अभी पन्धाना के थानेदार की हजामत की है। दौल्या को पकड़ा तब से बड़ा रुआब कर रहा था।"

"क्या झमेला किया ?" बिजनिया ने उत्सुकता से पूछा।

"नाक काट के आ गया हूँ।"

"अरे, अरे ! ऐसे कड़े थानेदार की नाक काटकर तो तुमने अच्छा मज़ा चखाया। पता चलेगा तब बेग इंस्पेक्टर छम-छम नाचने लगेगा।"

"हाँ, नाक पकड़कर बेग कल सुबह इधर आएगा। हीरा को मौके की जगह पर टोह लगाने को बोल दो। इशारा मिलते ही इस झोपड़ी को छोड़ देना है। सड़क छोड़कर अन्दर आने की हिम्मत नहीं करेंगे उसके आदमी।"

"टंट्या दादा, हमें भी कुछ काम दो ना।"

"दौल्या, सबर से काम ले। एक साथ कितनी बातें करेगा।" ठाकुर नारायण ने कुर्ते की जेब से कागज़ निकालकर कहा, "दौल्या के साथ जबलपुर जेल के अपने लोगों

को पकड़वा देनेवाले साहूकारों, मालगुजारों के नामों की जानकारी मिल गई है। अगले हफ्ते का कार्यक्रम इन गद्दारों को सबक सिखाना है।''

''इस बार एक ही दिन सात गाँवों में कार्रवाई करेंगे। छेगाँव पुलिस थाने के पास के बरूड़ के मालगुजार की दोस्ती थानेदार के साथ इधर काफी बढ़ गई है।''

''तो फिर वह काम मैं ही करूँगा।'' टंट्या ने रामनारायणजी से कहा।

''नहीं टंट्यादादा, मैं और दौल्या ये काम करेंगे। चाहे तो आप हमारे साथ चलो।'' बिजनिया ने कह डाला।

दूसरे दिन सुबह हथियारबन्द पुलिस दल को साथ लेकर बेग घोड़े पर सवार होकर शिवना गाँव की घाटी से जा रहा था। दौल्या के फरार हो जाने की खबर से उसके छक्के छूट गए थे। पन्धाना के थानेदार की नाक काटी जाने की खबर से उसकी हिम्मत और पस्त हो गई। शिवना की ओर जाते हुए मन में टंट्या का डर बस गया था। जैसा सोचा था काम उतना आसान नहीं था। डर था कि जिन भीलों को सबूत न होने से अदालत ने छोड़ दिया था वे भी अब टंट्या से जा मिलेंगे।

टंट्या के खिलाफ कोई ठोस कार्रवाई न कर पाने से बड़े साहब नाराज थे।

इंस्पेक्टर बेग ने टिटहरी की आवाज सुनी। घोड़ा रोक दिया। कान खड़े हो गए। फिर वैसी आवाज। आसपास बारीकी से देखा। पेड़ से एक पंछी उड़ गया। बेग शिवना के पास आ गया। फिर एक सीटी बजी। जवाब के रूप में दूसरी सीटी बजी।

बेग और पुलिस दल को देख माधवराव सामने आ गए।

''पाटिल, हम पहाड़ी के पासवाला बाग देखना चाहते हैं।'' बेग ने कहा।

''आइए मेरे साथ,'' कहकर पाटिल चलने लगे।

गोठ में भूरे रंग की गाय बँधी हुई थी। पाटिल का बूढ़ा नौकर खाँसता हुआ बैठा था।

''मैं आपको पहले ही बतानेवाला था साहब, लेकिन आप मुझ पर भरोसा क्यों करते ? हम पर आपका वहम दूर नहीं होता, इसका दुख है।''

''कहाँ है वह बदमाश ?''

''पहले भी बताया था साहब कि वह मुझे पूछकर नहीं आता-जाता कहीं।''

कुछ हाथ नहीं आया। नाहक चक्कर लगाया। बेग झुँझलाकर लौट गया। अँधेरा हो जाने से पहले वह जंगल से बाहर निकल आना चाहता था।

फिर एक बार टिटहरी की आवाज सुनी बेग ने लेकिन बिना ध्यान दिए वह सीधे चल दिया।

शहापुर के बाज़ार में टंट्या के आने की खबर फैल गई। टंट्या सोच-समझकर ही निहाल के मामा के घर नहीं गया। पुलिस पटेल को खबर मिल गई। कोतवाल ने टंट्या को देखा लेकिन अपनी झोपड़ी में मुँह चुराके छिप गया जैसे कुछ पता ही न हो।

दो बार हाथ जल चुका था इसलिए पटेल ने चुप बैठना ही ठीक समझा।

टंट्या बाजार में वीर की तरह घूम रहा था। कन्धे पर बन्दूक लटकाए बिजनिया और कमर में तलवार लटकाए दौल्या साथ में थे।

टंट्या चौपाल के सामने आ गया। रामनारायणजी और श्रीगोपाल ने अपना काम शुरू कर दिया। टंट्या को देखने जवान-बूढ़े आ गए थे। एक बहादुर को देखने का सन्तोष उनके चेहरों पर था।

निहाल के मामा को आते देख टंट्या ने उठकर उनके पैर पकड़ लिए।

''आपने क्यों तकलीफ़ की मामा साब ! मैंने सन्देश भेजा था कि मैं आ जाऊँगा।''

टंट्या को दोनों हाथों से कन्धे पकड़कर खड़ा किया मामा ने। उनकी सफेद नोकदार मूँछें खुशी से काँप उठीं। तीखी आँखों में पानी भर गया।

''मेरे जाने के बाद वो कुत्ते आपको तकलीफ़ देंगे इसलिए कहा था कि आप मत आओ।''

''क्या तकलीफ़ देंगे इस ढाँचे को ? दस में से नौ चले गए, बेटा, तेरी बहादुरी को देख चैन से मर जाऊँगा।''

श्रीगोपाल चिंचखेड़ी के रामलिंग को ले आया था। फटेहाल रामलिंग डरा-डरा-सा खड़ा था।

''टंट्याभाऊ, रामलिंग तुमसे नहीं कहेगा। उसका बेटा साँप के काटने से दो साल पहले मर गया। दो लड़कियों की शादी की उम्र हो गई है। एक से बात हो रही है लेकिन घर में फूटी कौड़ी नहीं इसलिए बात अड़ गई है।

टंट्या ने पलभर सोच लिया।

''तुम बैठो यहाँ, मैं अभी आ जाता हूँ।'' टंट्या चल दिया, उसके पीछे दौल्या और बिजनिया भी चल पड़े।

मालगुजार नाथा पटेल के घर के सामने वे खड़े हो गए।

''पटेल है क्या घर पर ?'' दौल्या ने आवाज दी।

पटेल की घरवाली ने दरवाजे से बाहर झाँका। बन्दूक, तलवार लेकर आए लोगों को देख काँपने लगी। गले का हार, हाथ के कंगन, नाक की नथनी सब निकालकर टंट्या के सामने आँचल फैला दिया।

''ले जाओ भाई इन सबको ! और भी हैं घर में। निहाल देती हूँ। लेकिन कम ज्यादा कुछ मत करो मेरे भाई। ये तुम्हारी बहन तुम्हारे सामने आँचल पसारती है।''

टंट्या दो कदम पीछे हट गया। अपने काम की दहशत का अहसास उसे हो गया।

''माफ करना बाईसाब, तुम मेरी माँ जैसी हो। तुम्हारे गहने-सोना टंट्या को नहीं चाहिए। मैं एक बात बताने आया हूँ। चिंचखेड़ी का गरीब रामलिंग है, उसके घर ब्याह है। ब्याह का सामान देने के लिए घरवाले से बोल देना। उस गरीब के काम आ जाओ तो टंट्या को सबकुछ मिल गया।''

पटेलनी इस दुनिया के निराले डाकू की ओर देखती रह गई।

“हम जा रहे हैं। रामलिंग की लड़की का ब्याह हो जाने के बाद मैं तुमसे मिलने आ जाऊँगा।”

“रुको बेटो, ऐसे ही मत जाना। दरवाजे पर आए भाई को मैं ऐसे थोड़े ही जाने दूँगी।” कहती हुई वह अन्दर चली गई। गुड़ की बड़ी-सी डली लेकर बाहर आ गई। “मुँह मीठा करो भाई।” कहते हुए टंट्या के हाथ पर डली रख दी।

टंट्या ने दोनों हाथ जोड़ दिए। पटेलन के स्थान पर उसे अपनी कृशकाय माँ की सूरत दिखाई देने लगी।

उंकार ने जल्दी-जल्दी आकर टंट्या के कान में कुछ कह दिया।

“हम चलते हैं मालकिन। हमारी वजह से तुमको पुलिस की परेशानी मोल न लेनी पड़े। हमारी टोह में ही हैं वो सब।” टंट्या चल पड़ा।

पटेलनी उसको जाते हुए देखती रही।

चिंचखेड़ी के रामलिंग के आँगन में विवाह का मंडप सजा हुआ था। नए कपड़े पहन रामलिंग बारात का इन्तजार कर रहा था। उंकार और फूलसिंग गठरी लेकर पहुँचे।

“राम-राम तात्या, मैं उंकार हूँ पोखर का।”

रामलिंग कुछ समझा नहीं। पोखर में तो कोई सगे-सम्बन्धी नहीं हैं अपने।

“टंट्या मामा ने ब्याह के लिए मामेजा भेजा है। वही आनेवाला था लेकिन दूसरा काम आ गया। इसलिए हम दोनों को भेज दिया है।” तिलक लगाते हुए फूलसिंग ने कहा, “ये कपड़े का जोड़ा एक तुम्हारे लिए और दूसरा दूल्हा-दुल्हन के लिए। कुछ रकम भी भेजी है। टंट्यामामा ने असीस दे दिया है दोनों को।”

रामलिंग गठरी लेकर खड़ा था। दुनिया से निराला मायरा उसे मिल गया था।

“हे शिवबाबा, मेरे टंट्यामामा को मेरी बची हुई उमर दे दे रे बाबा।” ऐसे बोलकर वह नीचे बैठ गया।

टंट्या को अपनी बढ़ती हुई ताक़त का अन्दाजा लग गया था। जहाँ भी जाता भील, कोरकू, रामोशी, निहाल आदि उसके पास उम्मीद से आ जाते थे। अब गाँव के आम आदमी का भी समर्थन मिलने लगा। टंट्या सिर्फ उन मालगुजारों और पटेलों के खिलाफ था जो गरीबों को सताते थे। जिनके बारे में शिकायतें नहीं थीं ऐसे पटेल-मालगुजार छिपे तौर पर टंट्या को समर्थन देने लगे थे।

टंट्या को न पकड़ पाने के पीछे यही सबसे बड़ी वजह थी कि आम आदमी से पुलिस को कोई मदद नहीं मिल रही थी। इसलिए टंट्या ढीठ बन गया। दिन-दहाड़े घूमने फिरने लंगा। पुलिस के आ जाने की खबर उसे पहले ही मिल जाया करती थी। उसके आ जाने से पहले ही टंट्या जंगल में फरार हो जाता था।

टंट्या की हिम्मत बढ़ गई थी। सरकार को एक और धक्का देने का खयाल

उसके मन में आ गया। इससे जनमानस में उसकी इज्जत बढ़नेवाली थी।

जून का महीना बीत रहा था। धूप ने निमाड़ के इलाके को भून रखा था। मृगशिरा नक्षत्र चला गया। बारिश की एक बूँद नहीं गिरी थी। मटमैले बादल निमाड़ को नजरअन्दाज कर आगे बढ़ रहे थे।

शिवना के गुप्त स्थान पर सब बैठे हुए थे।

''टंट्याभाऊ, आज बादल काले दिखने लगे हैं। लगता है एक-दो दिन में बारिश शुरू होगी। फिर अपना काम ठप हो जाएगा।'' ठाकुर ने काले बादलों की ओर इशारा करते हुए कहा।

''ठाकुरजी, आज दोपहर में ही मुहिम पर निकलना है। जैसा पक्का किया है वैसा ही करना है। आज की रात सात गाँवों में जाना है। छह लोग छह गाँवों में और मैं जाऊँगा बरूर। मेरे साथ बिजनिया और दौल्या होंगे।''

''जय शिवबाबा की जय'' कहते हुए दल चल पड़ा।

सन्ध्या का समय था। सुबह बादल छाए हुए थे लेकिन अब आसमान साफ था। सब तरफ सुनहली धूप फैली हुई थी।

टंट्या-बिजनिया-दौल्या बरूड़ से एक कोस की दूरी पर आम के पेड़ के पास बैठे हुए थे। कुछ ऊपर जाने पर छेगाँव के घर झाड़ियों से घिरे दिखाई दे रहे थे। यहाँ से डेढ़ कोस पर पुलिस थाना था।

कुछ सोचकर टंट्या खड़ा हो गया। पूरब की तरफ उसकी लम्बी परछाईं पड़ी हुई थी। अचरज से उसने कहा, ''बिजनिया, देख तो मज़ा। मैं ठिगना लेकिन परछाईं कितनी लम्बी।''

''दादा, गोरे साहब को तू इस परछाईं जैसा दिखाई देता है।''

''अरे तू तो लम्बू है, तेरी परछाईं कितनी लम्बी होगी। यही तो वजह है डरने की। गोरी सरकार अपनी परछाईं से डरने लगी है।''

पगडंडी से एक आदमी बरूड़ की ओर जा रहा था। टंट्या ने कहा, ''दौल्या, पुकार तो उस मुसाफिर को।''

''अजी ओ भाई।'' दौल्या की पुकार सुनकर राही रुक गया।

''इधर आओ, काम है जरा।''

बीस-पच्चीस बरस का लड़का था। बन्दूक-तलवारें देखकर उसका कुतूहल बढ़ गया। बगैर डर के उसने पूछा, ''तुम टंट्या के आदमी तो नहीं ?''

''वाह ! शाबाश बेटे ! कैसे पहचाना हम लोगों को ?''

टंट्या के साथियों से मिलने की खुशी थी उसके चेहरे पर।

''मुझे टंट्यामामा से मिलना है। बहुत दिनों की चाह है। हमारे गाँव में एक मास्टरजी हैं। टंट्या के बारे में बहुत कुछ बताते रहते हैं। कहते हैं जो कह रहा हूँ वह

किताब में नहीं छपा है लेकिन कभी-न-कभी टंट्या का नाम छप जाएगा इस किताब में।''

''कहाँ रहता है तू ?''

''भीखनगाँव''

''यानी होलकर सरकार के राज में। क्या नाम है मास्टरजी का ?''

''रामप्रसादजी। मास्टरजी कहते हैं कि टंट्या बहुत अच्छे काम करता है। अच्छे काम करनेवाले की मदद करनी चाहिए। तब से मैं टंट्या से मिलना चाहता हूँ।'' टंट्या उसके पास आ गया।

''क्या नाम है तेरा ? और बापू क्या करता है ?''

''बापू खरगोन के पुलिस का सिपाही था। तात्या टोपे आए थे तब बड़े थाने पर था। तात्याजी ने स्कूल के मैदान में सभा बुलाई थी। तात्या को पकड़ने का काम जिस टुकड़ी को दिया गया था, उसमें बापू था। बापू ने गुपचुप यह खबर तात्या को दी और पुलिस के आने से पहले ही तात्या चले गए। गोरे साहब ने देशद्रोह के इलजाम में चार सिपाहियों को दस साल की सजा दी उसमें से एक मेरा बापू था।''

टंट्या झट सामने आया। वीर के बेटे को सीने से लगा लिया।

''बेटा, तू बड़े भागवाला है। ये टंट्या तेरे बापू के काम के सामने किस झाड़ की पत्ती है।''

लड़के के चेहरे पर आश्चर्य, आनन्द और अद्भुत को देखने के भाव आए और अन्त में सन्तोष का भाव।

''मुझे नहीं लगा था टंट्यामामा कि तुमसे भेंट होगी। मास्टरजी कहते थे कि आदमी को सपना देखना चाहिए। सपने से इच्छाशक्ति बलवान होती है। मास्टरजी कहते थे कि टंट्या गरीबों को लूटनेवाले साहूकारों-मालगुजारों के खिलाफ है। उनको बचानेवाली गोरी सरकार के खिलाफ है। मुझे भी कुछ काम बताओ ना।''

''तू पढ़ना मत छोड़। पढ़े बगैर साहब नहीं बनेगा। तेरे जैसे साहब बनेंगे तो गरीबों की मदद करेंगे। अच्छा नाम क्या है तेरा और इधर कहाँ जा रहा था ?''

''बलवन्त नरहरि काले। खंडवा जा रहा था। रेलवे बोर्ड में अर्जी दी थी नौकरी के लिए। कल बुलाया है।''

''बीच की गली में राजाभाऊ वकील रहते हैं खंडवा में। उनसे मिलना। मदद करेंगे।'' टंट्या ने सोचा लड़का काम का है।

''बलवन्त, हमसे मिलने का मतलब है सिपाहियों की किरकिरी।''

''टंट्यामामा वे भी अपने ही लोग हैं। पेट के लिए साहब के गुलाम।''

टंट्या ने जाना कि लड़का समझदार है। ''अच्छा, बलवन्त तू खंडवा जा रहा है ना, रास्ते में एक कोस पर बरूड़ है, वहाँ के मालगुजार ने सिपाहियों को बताकर अपने लोगों को पकड़वाया था। यह आदमी पुलिसवालों का मुखबिर है। उसको खबर कर दे। कहना, संझा को टंट्या आ रहा है, तैयार रहो।''

टंट्यामामा ने काम बताया इससे बलवन्त फूला न समाया।

बारह सौ की बस्तीवाले बरूड़ गाँव में टंट्या ने प्रवेश किया। सिवान के पास पाँच-छह लोग बातें कर रहे थे।

टंट्या ने प्रवेशद्वार में खड़े होकर कहा, ''मैं टंट्या हूँ। पुलिस को खबर करनेवाले मालगुजार और पटेल को देखने आया हूँ। बाकी लोगों से कुछ लेना-देना नहीं है।'' लोगों में घबराहट नहीं हुई। बिजनिया ने पूछा, ''पटेल का घर किस तरफ है ?''

चिलम फूँकने की तैयारी में बैठे बूढ़े ने बूढ़ा हाथ नीचे लेकर कहा, ''सीधे चले जाओ भाऊ, फिर दाएँ मुड़ जाओ। सामने टीन के छतवाला मकान है। उसके पीछे पटेल की हवेली है।'' बूढ़े ने बताया और अब क्या होगा इस चिन्ता में डूब गया।

टंट्या आगे चलने लगा। पीछे-पीछे दौल्या और बिजनिया। टंट्या के आने की खबर गाँव में फैल गई थी। लोग दरवाजों के पीछे से इन दोनों को देख रहे थे।

टंट्या मालगुजार के घर के सामने खड़ा हो गया।

''अरे ऐ पटेल के बच्चे, बाहर आ, सिपाहियों को खबर देने में बहादुरी दिखाई थी तूने। अब आ जा आमने-सामने और दिखा अपनी बहादुरी।'' बिजनिया गरज पड़ा।

बड़ा दरवाजा आवाज के साथ खुल गया। मालगुजार की बूढ़ी माँ सामने आ गई। उसके पीछे बहू और दो बच्चे थे।

''पटेल कहाँ है ?'' दौल्या ने पूछा।

''घर पर नहीं है।''

''सचमुच नहीं है या टंट्या आ गया इसलिए भाग गया ? कब तक भागेगा और कहाँ तक भागकर जाएगा ?'' टंट्या ने दौल्या से कहा, ''इन सबको बाहर निकालो और बिजनिया तू आगे का काम कर।''

पटेल-मालगुजारों के लोगों को घर के बाहर निकाल घरों को आग लगा दी और टंट्या गाँव के बाहर निकल गया।

सहायक पुलिस अधीक्षक स्किप्टन साहब अपने कार्यालय में दिङ्मूढ़ होकर बैठे थे। डायरी उठाकर लिखने लगे :

''23 जून 1880, आज टंट्या ने और एक प्रहार किया। इस घटना से जनमानस में उसकी इज्जत बढ़ जाएगी। उसे पकड़ने में नाकामयाबी की बड़ी वजह है लोगों की उसके प्रति सहानुभूति। टंट्या-बिजनिया-दौल्या तीनों आज बरूड़ गाँव में गए। जिन मालगुजारों-पटेलों पर मुखबिरी का शक था उनके घरों को आग लगाकर चल दिए।

''टंट्या ने धावा बोला, इससे किसी को अचरज नहीं हुआ। न किसी ने उसका विरोध ही किया। डाकू खुलेआम गाँव में घुस गए। उन्होंने अपने नाम बताए और आने की वजह भी बता दी। विनाश का काम उन्होंने शान्ति से किया। बारह सौ की बस्ती में से एक भी हाथ उनके खिलाफ नहीं उठा। हमारा छेगाँव का पुलिस थाना यहाँ से मात्र तीन मील की दूरी पर है।

''इस घटना की खबर जान-बूझकर बड़ी देर से पुलिस थाने को दी गई। डाकुओं

को सुरक्षित स्थान पर पहुँचाने हेतु या हो सकता है कि उनकी दहशत से पुलिस को बताने की किसी ने हिम्मत नहीं की। जिला पुलिस अधीक्षक ने इस स्थान का दौरा किया। जिनकी हानि हुई उन्होंने कहा कि वे गुनहगारों को नहीं जानते।''

स्किप्टन साहब ने उस दिन की डायरी पूरी कर दी।

बरूड़ की खबर आई नहीं कि इतने में और छह गाँव के मालगुजारों के लूटे जाने की खबरें आ पहुँचीं। इंस्पेक्टर बेग रपट देख रहे थे।

भीलों को पकड़वाने में मदद करनेवालों के घरों पर ही हमले हुए थे। जिनका किसी गुनाह से सम्बन्ध नहीं था ऐसे मालगुजारों पर हमले नहीं हुए थे।

साहब ने इंस्पेक्टर बेग को बुला लिया। साहब के सामने निमाड़ का नक्शा था। एक ही दिन जिन सात गाँवों पर हमले हुए थे उनको लाल रेखाओं से घेरा गया था।

''मि. बेग आपने देखा, टंट्या के आदमियों ने जिन गाँवों पर हमले किए हैं वे अपनी और हिज हाइनेस होलकर की सरहद के पास के गाँव हैं। हमला करके डाकू पश्चिम की ओर भाग गए हैं। इसका क्या मतलब है ?

''सर, मैंने पहले भी अपना शक जाहिर किया था। होलकर पुलिस इस मामले में हमारी मदद नहीं कर रही है बल्कि टंट्या को ही सपोर्ट कर रही है।

''यह देखो, यहाँ शिवना गाँव है। यहाँ बिजनिया का गाँव खजूरी। इस क्षेत्र में कड़ा बन्दोबस्त कर दो। पचास हथियारबन्द घुड़सवार सिपाहियों का एक अलग निमाड़ पुलिस फोर्स आज से बनाया गया है। मैं स्वयं अब इस मामले में ध्यान दे रहा हूँ यह बताने के लिए टंट्या के बढ़ते कारनामों को रोकने के लिए कारवाई कड़ी हो।''

इंस्पेक्टर बेग ने कमर कस ली।

स्किप्टन साहब को एक महीने से डायरी लिखने की फुरसत नहीं मिली। 23 जून 1880 के बाद 23 जुलाई को ही डायरी का पन्ना खोला।

''ठीक एक माह पहले 23 जून को बरूड़ और अन्य छह गाँवों में हादसा हुआ था। अब टंट्या ने कुंडवाड़ गाँव पर हमला किया। मालगुजार से नौ सौ रुपए की खंडनी वसूल की। घटना से मात्र दो मील दूरी पर सिरसूद में सरहद के पास बन्दूकधारी सिपाही तैनात थे। उन्हें खबर नहीं मिली। हमलावरों के जाने के तीन घंटे बाद चार मील दूरी पर स्थित छेगाँव पुलिस थाने को सूचना मिली। अपराधी के इन्दौर क्षेत्र में चले जाने के बाद उनका पीछा करना बेकार ही था।

''इधर सभी हादसों में एक बात बार-बार हो रही है। पुलिस वारदात के मौके पर बहुत देर से पहुँच रही है। स्थानीय जन तफ्तीश में ज़रा-सी भी मदद नहीं करना चाहते। अपराधी तब तक छूमन्तर हो जाते हैं।

''इंस्पेक्टर बेग की सहायता के लिए आए इंस्पेक्टर शेर अली की कार्रवाई पर पानी फिर गया। ताज़ा दम शेर अली की मदद के लिए बारह जवान भीलों का दल दिया गया था। शेर अली ने सारा इलाका छान मारा।

"इंस्पेक्टर बेग का दल अंग्रेज-होलकर सरहद पर निगरानी कर रहा था। पुलिस अधीक्षक ने मध्यवर्ती गाँव रुस्तमपुर छावनी में मुकाम किया था। सब तरफ पुलिस को होशियार कर दिया गया था।"

अब तक पुलिस की मदद कर रही हवा एकदम-से बदल गई। साफ आसमान का रंग बदल गया। निमाड़ में अब तक डाकुओं ने धूमधाम मचाई थी, अब तूफानी बारिश का तांडव शुरू हो गया। पुलिस की मुहिम ठंडी पड़ती गई।

बारिश ने दो-एक दिन आराम किया। नदी-नालों का पानी उतरने लगा। ठाकुर नारायण का सन्देश था। घाटाखेड़ी के महाराज तख्तसिंग ने मिलने के लिए कहा था।

तख्तसिंग महाराज के सन्देश से टंट्या का मन बेचैन हो उठा। महाराज को उसने दूर से ही देखा था। कभी मिला नहीं था।

टंट्या, मंगल्या, दौल्या, बिजनिया, हिरा, महादू सब सुबह ही निकल पड़े। शिवना में रुक गए। ठाकुर नारायण और रामनारायणजी सीधे आनेवाले थे।

बिरडा गाँव पार कर टंट्या और साथी घाटाखेड़ी के लिए चल पड़े। बिरडा गाँव में प्रवेश करते ही टंट्या को अपना बचपन याद आया। माँ-बाप की याद आई। वह पलभर के लिए ठिठक गया। मंगल्या ने उसे आगे बढ़ने के लिए कहा। बोला, "चल, चलता रह। चलने से पैर तले की सोच पीछे पड़ जाती है और सामने का आसमान पुकारता रहता है।"

घाटाखेड़ी की पहाड़ी की ओर राजवाड़ा था। गाँव में से होता हुआ सीधा रास्ता राजवाड़े जाता था। दूसरा रास्ता पश्चिम से होता हुआ राजवाड़े की बाईं दीवार की ओर जाता था। टंट्या और साथी इस दूसरे रास्ते से चल पड़े।

लाल-लाल ईंटों की ऊँची दीवार के पास जाकर बाईं ओर मुड़ गए। बीच में बड़ा दरवाजा था। दरवाजा बन्द था और हरे रंग का यूनिफार्म पहने हथियारों से लैस एक पहरेदार वहाँ खड़ा था।

बन्दूकें और हथियार लेकर आए गिरोह को देखकर पहरेदार गड़बड़ा गया।

"मैं टंट्या हूँ। महाराज ने बुलाया है। राजा साब को खबर कर दो।"

टंट्या शब्द सुनते ही पहरेदार बेफिक्र हो गया। अन्दर सन्देश भेजा गया। अन्दर से दरवाजा खुल गया। दरवाजे पर ठाकुर नारायण और रामनारायणजी खड़े थे। सबने उन्हें नमस्कार किया।

"आप कब आ गए मास्टरजी ?"

"मैं यहीं था।"

"मतलब ?"

"महाराज के पास आ गया था। बारिश शुरू हो गई। महाराजजी ने कहा, रहो

कुछ दिन। ठाकुर को बुला लिया। महाराज बहुत दिनों से तुमसे मिलना चाहते थे।''

''मास्टरजी, मैं बड़भागी हूँ। जिस राजा के दरसन के लिए हम तरसते थे...''

''चलो अन्दर चलो, बातें करने के लिए बहुत वक्त पड़ा है।'' ठाकुर नारायण ने कहा और चल पड़े।

''ठाकुरजी, इन हथियारों का बोझ क्यों हो साथ में।'' कहते हुए टंट्या ने बन्दूकें, तलवारें, भाले कोने में रखवा दिए।

दीवानखाने के प्रवेशद्वार पर महाराज तख्तसिंग खड़े थे। रामनारायणजी सबके आगे थे। सब हाथ जोड़कर राजा के सामने झुक गए।

''महाराज, ये टंट्या है।'' रामनारायणजी ने टंट्या का हाथ पकड़कर उसे सामने खड़ा किया। टंट्या ने झट झुककर महाराज के चरण छू लिए। महाराज ने उसे पकड़कर उठाया। उनके चेहरे पर खुशी, गर्व और कौतुक के भाव थे।

''शाबाश बहादुर, निमाड़ का नाम मशहूर कर दिया। निमाड़ का शेर है तू। बाकी हम सब तो नकली बाघ हैं।''

टंट्या के मुँह से शब्द नहीं निकल सके। क्या बोले राजा के साथ। एक मामूली डाकू को राजा ने शेर कहकर पुकारा। टंट्या सँभला।

''आपके असीरवाद रहे हम पर। आपके दरसन हो गए। हमारे भाग।'' टंट्या ने कहा, ''महाराज, ये बिजनिया है।''

''इसे मैं कैसे भूल सकता हूँ। असीरगढ़ के जंगल में इसी ने तो हमें बाघ के मुँह से बचा लिया। टंट्या, तुमने बड़े बहादुर साथी चुने हैं। हमारे साथ ऐसे जवाँमर्द होते तो...''

''हम आप ही के हैं महाराज, आधी रात हुकम कीजिए। टंट्या दौड़ा-दौड़ा चला आएगा।''

''सबके भाग ऐसे नहीं होते टंट्या। तुम जंगल के राजा हो। रामनारायणजी ने हमें सबकुछ बताया है। तुम्हारे आने की ओर गाँव के लोग आँख लगाए बैठे हैं। तुमने जो दीन-दलितों की मदद की है वैसी करने की बात हमारे मन में कभी आई ही नहीं। यह राजा का लबादा ओढ़ लिया और हम जनता से दूर होते गए। इधर सरकार ने हमारे हाथ-पैरों को जकड़ दिया है। क्या मतलब है इस जिन्दगानी का ?''

''नहीं महाराज, ऐसा न कहिए। आप जैसे लोगों की हमदर्दी, आपका हमारा साथ देना बड़ा सहारा है हमारे लिए।'' महाराज सबको लेकर भीतर चले गए।

''टंट्या, अब तुम लोगों को जो भी मदद चाहिए उसके लिए हमारे पास बेझिझक आया करो। घाटाखेड़ी रियासत तुम लोगों के साथ है।''

इंस्पेक्टर शेर अली अभी-अभी खंडवा से छेगाँव थाने पहुँचा ही था कि एक आदमी ने आकर खबर दी कि संगवारा के सगवारे में बिजनिया करौंदे की झाड़ी में छिपा हुआ है।

छेगाँव पुलिस थाने के तगड़े सिपाहियों को लेकर शेर अली ने संगवारा की ओर कूच किया।

बेम्बली नदी के दूसरे तीर पर संगवारा गाँव था। एक कोस पहले बेम्बली नदी में एक दूसरी नदी मिलती थी। दो नदियों के संगम के बीच में करौंदे की घनी झाड़ी थी। एक पगडंडी नाले के किनारे से होती हुई झाड़ी में गायब हो गई थी।

इंस्पेक्टर शेर अली इस स्थान पर पहुँच गया। खबर देनेवाला स्थान दिखाकर भाग गया।

पुलिस ने उस जगह को घेर लिया। बिजनिया और महाद्या एक झाड़ी के नीचे सो गए थे। बाहर से कुछ भी नजर नहीं आता था।

शेर अली ने नदी किनारे से दो चक्कर लगा लिए। घनी झाड़ी में घुसने की कोई राह नहीं थी। इस खबर के पीछे टंट्या की कोई चाल तो नहीं है ? शेर अली को शक होने लगा।

आखिरी कोशिश करने के लिए शेर अली ने करौंदे की झाड़ी की दिशा में बन्दूक दाग दी। फिर पुकारकर कहा, "बिजन्या बाहर आ जा ! पुलिस ने तुझे घेर लिया है। शरण आ जा नहीं तो गोली से मार दिया जाएगा।"

बन्दूक की आवाज से आधी नींद से बिजनिया जाग पड़ा। सिरहाने रखी तलवार उठाई। साथी महाद्या तलवार लेकर तैयार ही था।

शिकार को सामने देखकर बाघ जिस तरह खौल उठता है उस तरह बिजनिया खड़ा हो गया। पुलिस की आवाजें आ रही थीं। पन्द्रह बन्दूकधारी सिपाहियों के साथ पगडंडी के रास्ते शेर अली अन्दर घुस गया। पुलिस ने घेर लिया है यह देख बिजनिया-महाद्या उछलकर बाहर आ गए और तलवारें भाँजने लगे।

चार-पाँच सिपाहियों को घायल कर महाद्या स्वयं भी घायल होकर नीचे गिर गया। बिजनिया अकेला मुकाबला करने लगा। कोई सिपाही उसके पास आने की हिम्मत नहीं कर रहा था। इसी समय और आठ सिपाही दौड़े चले आए और थका-हारा शेर घायल होकर गिर पड़ा।

मोटी जंजीरों से बाँधकर सिपाही बिजनिया-महाद्या को लेकर खंडवा आ गए। बहुत दिनों बाद पुलिस को सफलता मिली थी।

स्किप्टन साहब ने डायरी में दर्ज किया–

"13-9-1880, आज बिजनिया पकड़ा गया। शायद गिरोह बनाने की कोशिश में हो क्योंकि उसके पास पाँच तलवारें और कुछ हथियार बरामद हुए हैं। मुहिम में शामिल सिपाहियों और मुखबिर को इनाम दिए जाएँगे।"

इन्दौर की तरफ से अफवाहें फैलने लगीं कि टंट्या बिजनिया के बन्दी बनाए जाने का बदला लेने की तैयारी में है।

स्किप्टन ने डायरी में आगे लिखा–

"पुलिस को पक्की खबर मिल गई है कि टंट्या अपने गिरोह को संगठित कर रहा

है। महाराजा होलकर की पुलिस की मदद सन्देहास्पद है। इन्दौर से टंट्या को हमेशा सुरक्षा मिलती रही है।''

बिजनिया-महाद्या का मुकदमा शुरू हो गया और इधर टंट्या ने चोट करना शुरू किया। पुलिस थाने पर सन्देशा जाता कि कल टंट्या किसी गाँव पर धावा बोलनेवाला है। इंस्पेक्टर बेग और शेर अली अपने दल-बल के साथ उस गाँव में छिप जाते। उधर टंट्या दूसरे ही गाँव जाकर मालगुजारों को लूटकर आग लगाकर चम्पत हो जाता। आकाश में धुएँ के बादल देखकर इंस्पेक्टर उस गाँव पहुँचता तब तक टंट्या वहाँ से निकल जाया करता।

छेगाँव और बोरगाँव पुलिस थाने के सिपाहियों की मदद करनेवाले मालगुजारों के घर लूटे गए।

खंडवा अदालत में भीलों की भीड़ थी। बिजनिया और महाद्या के मुकदमे का फैसला सुनाया जानेवाला था। सब जानते थे कि सरकार बहादुर सजा देकर रहेगी। पूरे निमाड़ में मशहूर हो गए बिजनिया को देखने दूर-दूर से लोग आ गए थे।

मोटी जंजीरों से बाँधकर बिजनिया को अदालत में लाया गया। बलवान बिजनिया को पुलिसवालों ने बदहाल बना दिया था।

अदालत ने महाद्या को आजीवन कारावास की सजा सुनाई। भुईफल का डाका और हिम्मत पाटिल की हत्या के आरोप में बिजनिया को फाँसी की सजा सुनाई गई। यह भी आदेश दिया गया कि जिस गाँव में बिजनिया ने खून किया उसी भुईफल गाँव में फाँसी दी जाए।

सुबह से ही चारों दिशाओं से भील आने लगे। भीलों के वीरबहादुर को फाँसी दी जानेवाली थी। अपने बहादुर का वीरमरण देखने के लिए लोग भुईफल की ओर आ रहे थे।

भुईफल में भीलों का ताँता लगा है, यह खबर खंडवा पहुँच गई। हज़ारों भीलों के सामने बिजनिया को फाँसी दी गई तो शायद मामला बिगड़ सकता है, बिजनिया को छुड़ाने के लिए भील हमला भी कर सकते हैं। इसी डर से पुलिस अधीक्षक ने सेना का सुरक्षा दल भी मँगवाया। होशंगाबाद से सेना की टुकड़ी भुईफल आ पहुँची।

बिजनिया को लेकर पुलिस के आते ही आँखों में प्राण भरकर बाट जोहनेवाली भीड़ सहसा खड़ी हो गई। उस बहादुर को देखने के लिए दौड़ने लगी। बन्दूकें लेकर खड़े सिपाही भी दौड़ने लगे। बन्दूक का निशाना देखकर भीड़ तितर-बितर हो गई।

भुईफल की सीमा पर नीम का एक पेड़ था। उसकी शाखा से फाँसी का फन्दा लटका दिया गया था। बिजनिया को लेकर पुलिस उस तरफ चल पड़ी। भीड़ बिजनिया की जय बोलने लगी।

बिजनिया के गले में फाँसी का फन्दा कसा जाने लगा। पैर तले का लकड़ी का तख्ता हटाया गया और हज़ारों भील आर्त स्वर में चीख पड़े।

इंस्पेक्टर बेग के साथ सुन्न होकर डॉ. सदाशिव राऊत जा रहे थे। नियति मानो बदला ले रही थी। बिजनिया की फाँसी की खबर सुनकर डॉ. सदाशिव के पैर तले की जमीन ही जैसे खिसक गई थी।

जिस बिजनिया ने उन्हें बाघ के जबड़े से बचाया था उसी की फाँसी के बाद उसके मर जाने की घोषणा करने का काम नियति ने उन पर सौंपा था। सरकारी डॉक्टर होने से उन्हें यह काम करना अनिवार्य था।

नीम के पेड़ पर बिजनिया का शव लटक रहा था। डॉ. सदाशिव निस्तब्ध थे। इंस्पेक्टर बेग ने धीरे से कहा, "डॉक्टर साब, डेथ डिक्लरेशन करके..."

डॉ. राऊत ने अपने आपको सँभाला। बिजनिया की नाड़ी देखी। डेथ सर्टिफिकेट पर दस्तखत करके वहाँ से हट गए। जेब से कोरा कागज़ निकाला। दो पंक्तियों में त्यागपत्र लिखकर सरकारी नौकरी ठुकरा दी।

बिजनिया के ऋण से मुक्त होने का अहसास हो गया।

इंस्पेक्टर बेग और अन्य अधिकारी दंग रह गए।

भुईफल में बिजनिया को फाँसी दी गई और शिवना में टंट्या अपने जानी दोस्त के खून का बदला लेने के लिए बेताब हो उठा।

जिस बदमाश ने बिजनिया को पकड़वाया था उसे सजा दिए बिना अब वह चुप नहीं बैठेगा। बन्दूक उठाकर जा रहे टंट्या को देख दौल्या ने कहा, "टंट्यादादा, अभी हम हैं। जब तक दौल्या जिन्दा है, तुम्हें आगे बढ़ने की जरूरत नहीं।"

"आज मैं उन लोगों को मजा चखाऊँगा। हमारे लोगों ने उस गाँव के किसी भी आदमी को तकलीफ नहीं दी थी। न वहाँ से तिनका भी लूटा था। बिजनिया ने तो उनकी मदद ही की थी। कैसे उलटे कलेजे के लोग निकले ?" टंट्या को रोकना किसी के लिए सम्भव नहीं था। टंट्या ने उंकार से कहा, "तू जा आगे संगवारा और पाटिल को बता कि टंट्या आ रहा है। बिजनिया को पकड़वा देनेवाले को उसके सामने हाजिर करो नहीं तो पूरा गाँव जला दिया जाएगा। पुलिस में खबर कर दी तो एक-एक को गोली से भून डालूँगा।"

उंकार संगवारा पहुँच गया। टंट्या की धमकी से पूरा गाँव काँप उठा। बिजनिया संगवारा में पकड़ा गया लेकिन मुखबिर कौन होगा ? उस एक की वजह से गाँव पर आपत्ति आ गई थी।

पाटिल, पटवारी, मालगुजार चौपाल पर आ गए। कोतवाल दौड़ता-भागता सबको चौपाल पर आने के लिए कहने लगा। लोग जमा हो गए। सबके चेहरों पर खौफ और फिक्रमन्दी के भाव थे।

"भाइयो, एक आदमी की वजह से गाँव पर आफत आ गई है। अपने सगवारे में बिजनिया को पकड़ा गया। किसी ने पुलिस को जानकारी दी। टंट्या का हुकुम है कि

खबर देनेवाले को उसके हवाले कर दिया जाए नहीं तो वह पूरे गाँव पर हमला कर देगा।'' नाना पटवारी ने संकट की सूरत बता दी।

''इस तरह डरकर कब तक रहेंगे ?'' चैनसिंग रजपूत ने उछलकर कहा, ''पुलिस को खबर कर दो।''

''पुलिस कब तक हमारे साथ रहेगी ? भाइयो, इतने दिनों तक टंट्या ने अपने गाँव के किसी का भी बाल बाँका नहीं किया था। उसका झगड़ा पुलिसवालों के साथ है। हम क्यों बीच में उसमें उलझें ?''

''कैसे पता चलेगा कि मुखबिर कौन है ?''

''अभी गाँव से कौन लापता है इसकी खोज करो। देखो कि टंट्या के डर से कौन छिप गया है। वह सामने नहीं आया तो टंट्या गाँव को जलाए बिना नहीं मानेगा।''

लोगों में फुसफुसाहट शुरू हो गई। शोर बढ़ने लगा।

एक ने दबी आवाज में कहा, ''सुनार का गम्प्या नहीं दिखाई देता आजकल। उसका घर बन्द है। बीवी-बच्चे भी कहीं चले गए हैं।''

''भीलखेड़ी में उसकी ससुराल है। वहीं गया होगा।''

''लेकिन अब यह मुसीबत कैसे टलेगी ? टंट्या के आदमी ने खबर दी है कि टंट्या आ रहा है। हमारे पास क्या सबूत है कि गम्प्या ने ही यह काम किया है। एक आदमी की वजह से गाँव के बेचिराग होने की नौबत आ गई है।'' हताशा में नाना पटवारी ने कहा।

टंट्या के आ जाने की खबर सुनते ही लोग अपने-अपने घरों की ओर भागने लगे। पाटिल, पटवारी, मालगुजार और दो-चार बुजुर्ग पथराकर खड़े हो गए। टंट्या ने कहा, ''पाटिल, टंट्या ने कभी तुम्हारे संगवारे से तिनका भी नहीं उठाया। फिर बिजनिया की खबर देकर गद्दारी क्यों की ? कौन है वो भाड़े का टट्टू ? मेरे सामने हाजिर कर दो नहीं तो पूरे गाँव को जलाकर सबको भून डालूँगा। उसके बाद ही यहाँ से जाऊँगा।''

''टंट्या, हमें तुमसे कोई शिकायत नहीं है। लेकिन हमें पता नहीं है कि यह बेईमानी किसने की। एक आदमी है जो इधर गाँव से गायब है। सुनार का गणपत इधर दिखाई नहीं देता।''

''गाँव का एक आदमी गद्दारी करता है और गाँव को इसकी खबर नहीं। ऐसे नाटक बन्द करो।'' दौल्या की ओर मुड़कर टंट्या ने कहा, ''पाटिल, पटवारी और मालगुजार को जरा मज़ा चखा।''

पाटिल काँपने लगा। पटवारी गिड़गिड़ाने लगा।

''आज तुम तीनों को ही सजा देता हूँ। चार दिन के अन्दर उस आदमी को हाजिर करो नहीं तो गाँव के सब घरों को आग लगा दूँगा।''

दौल्या, हीरा और फूलसिंग ने तीनों के घरों को आग लगा दी। तीनों अपने जलते

हुए घरों को देखते रहे।

"हम चलते हैं। पुलिस को खबर करने की तकलीफ मत उठाओ। और उस आदमी को जल्द-से-जल्द हाजिर करो। नहीं तो टंट्या इस गाँव की एक भी छत को छोड़ेगा नहीं।

आज टंट्या ने घर की किसी चीज को हाथ नहीं लगाया था। एक पैसा भी लिए बिना गिरोह गाँव के बाहर चला गया।

दो दिन से टंट्या ने पानी नहीं पिया था। बिजनिया जैसे साथी के जाने का दुख उसके लिए असहनीय हो गया था। तीसरे दिन वह भड़क उठा तो माधवराव पाटिल ने कहा, "इस तरह से कैसे काम चलेगा ? टंट्या, तू गिरोह का मुखिया है। तू ही इस तरह बिगड़ गया तो बाकी के लड़के क्या करेंगे ?"

"पाटिल, मेरी खातिर बिजनिया फाँसी गया। उसके उपकार का बदला मैं इस जनम में कैसे चुकाऊँगा ?"

माधवराव पाटिल ने उसके हाथ से बन्दूक लेकर उंकार को दे दी। उसका हाथ पकड़कर उसे झोपड़ी की ओर ले आए।

"तूने दो दिन से कुछ खाया नहीं। तूने नहीं खाया इसलिए तेरे साथियों ने भी नहीं खाया। टंट्या, तू अब अकेला नहीं है। तेरे लिए जान की बाजी लगा देनेवाले अपने साथियों और बीवी-बच्चों के बारे में भी तो सोच ले। बिजनिया के जाने से क्या हमें दुख नहीं हुआ ? लेकिन इस तरह खाना-पीना छोड़कर उदास हो जाने का मतलब है शिवबाबा की शपथ को भुला देना। टंट्या, सरकार के खिलाफ खड़े हो जाने का मतलब जंगल की आग से गुजरना है। क्या मुझे यह बात तुझे बतानी पड़ेगी। आग पर चलेंगे तो झुलसेंगे भी।"

सबकी नजरें टंट्या की ओर लगी हुई थीं। मंगल्या घुटनों में सिर देकर मायूस बैठा हुआ था। टंट्या ने उसके पास जाकर कहा, "मंगल्यादादा, उठ। तूने ही हाथ-पाँव फुला दिए तो हम किसकी तरफ देखेंगे। तू ही हम सबका आसरा है।" टंट्या ने मंगल्या को खड़ा किया। उसकी बुझी-बुझी आँखों में रोशनी फैलने लगी। उसके सूखे चेहरे पर सफेद मूँछ फिर एक बार थर्रा उठी।

इंस्पेक्टर शेर अली खंडवा डाक-बँगले के अपने कमरे में बिछौने पर लेटे हुए थे। बिजनिया की फाँसी की खुशी में कल रात पार्टी हुई थी। उसका खुमार अभी बाकी था।

डाक-बँगले का चौकीदार सुबह की सफाई हस्बमामूल कर रहा था। कमर से झुका एक बूढ़ा लाठी टेकता हुआ उसके सामने आ गया। उसने "राम राम" कहा।

"क्या काम है बाबा ? साब के जागने से पहले सारी सफाई हो जानी चाहिए।" बूढ़े से कन्नी काटने के उद्देश्य से चौकीदार ने कहा।

"दूर से आया हूँ। नए साब से मिलना है। इसे रख लेना बीड़ी-वीड़ी के लिए।" कहते हुए बूढ़े ने एक रुपए का सिक्का चौकीदार के हाथ में थमा दिया। चौकीदार आनाकानी करने लगा तो बूढ़े ने कहा, "अरे रख लो। हर एक को अपने हिस्से से मिलता है। लछमी अपने पैरों से चलकर आई है उसे मत ठुकराओ।"

दो रुपए की तनखा पानेवाले चौकीदार ने इधर-उधर देखकर रुपया कमर की धोती में खोंस दिया।

"साब उठे कि नहीं, देखता हूँ।" फिर आकर बोला, "बाबा आ जाओ अन्दर। साब ने आने को कहा है।"

बूढ़ा खाँसता, लाठी टेकता डरी-डरी नजरों से साब के कमरे में चला गया। लकड़ी के पलंग पर शेर अली बैठे हुए थे।

"सलाम अलैकुम, साब।"

हक्का-बक्का होकर इधर-उधर देखकर बूढ़े ने अपने साफे के पल्लू से पसीना पोंछ लिया।

"बोलो, क्या काम है बाबा ?"

"कैसे बोलूँ साब, मैं तो हिम्मत हार गया। मगर सरकार ने जो कार्रवाई की उससे मेरा हौसला बढ़ गया।" बूढ़े ने खाँसते हुए कहा।

"अरे ऐ चौकीदार..." साहब ने आवाज दी। चौकीदार दौड़ा चला आया।

"पानी ला एक गिलास। आप नीचे बैठ जाइए।"

"बहुत-बहुत शुक्रिया हुजूर।" बूढ़े की ढाँस कम हो गई। आँखों की कोरों में जमा पानी उँगलियों से पोंछ डाला।

"मैं खजूरी से आया हूँ साब। कासिम मेरा नाम है।"

खजूरी का नाम सुनते ही शेर अली के कान खड़े हो गए।

"खजूरी ! बिजनिया का गाँव ?"

"जी हाँ साब, बिजनिया खजूरी का था। छेगाँव में मेरे चचेरे भाई की थोड़ी खेती है। मैं वहाँ रहता हूँ। बाकी लोग खजूरी में हैं।"

"आपके आने की वजह ?"

"आपको दुआ देने आया साब। आपने एक गद्‌दार को फाँसी पर लटकाया। सब लोग आपको दुआ दे रहे हैं साब।"

शेर अली के चेहरे के भाव बदले नहीं यह देखकर लाठी को जमीन पर खटखट बजाते हुए बूढ़े ने कहा, "हुजूर अगर आपको इस नाचीज़ पर भरोसा है तो वो टंट्या का ठिकाना भी बता सकता है। जब तक वह बदमाश पकड़ा नहीं जाता, मेरी तमन्ना पूरी नहीं होगी। उस शैतान ने मेरा घर उजाड़ दिया। मैंने कसम खाई है कि जब तक टंट्या को सबक नहीं सिखाऊँगा तब तक नवगजाबाबा को चद्‌दर नहीं चढ़ा पाऊँगा।"

इंस्पेक्टर शेर अली का खून गर्माने लगा।

"कहाँ है वो शैतान ?"

''बरुड़ा के पीछे खाई है। वहाँ उसका अड्डा है। मेरा आदमी पक्की खबर लाया है।''

''मगर आप इतनी दूर कैसे चलेंगे ? जहाँ तक रास्ता ठीक है, बैलगाड़ी चलेगी। आगे...''

''अल्ला की दुआ है तब तक चलूँगा हुजूर।''

इंस्पेक्टर शेर अली दल-बल के साथ चल पड़े। पन्धाना पुलिस थाने से कुछ और सिपाही आ मिले। एक बैलगाड़ी में बूढ़ा बैठा था। दूसरी में शेर अली। घाटाखेड़ी पार कर कारवाँ बिरडा की पहाड़ी की तरफ जाने लगा। बिरडा गाँव के पास बैलगाड़ी की सड़क समाप्त हो गई। सब पैदल चलने लगे। जंगल, घाटी, पहाड़ लाँघने लगे। सूरज माथे पर आ गया। धूप गर्माने लगी। सबकी साँसें फूलने लगीं।

''थोड़ा ही फासला रह गया है हुजूर। वह सामने पहाड़ दिख रहा है।'' सामने पहाड़ के पीछे पहाड़ ऐसे खड़े थे जैसे आदमी के पीछे ऊँचा आदमी खड़ा हो। ''उस पहाड़ के पार घाटी में वो बदमाश होगा साब। जरा सँभलकर जाना। मैं वो घाटी दूर से ही दिखाऊँगा।'' बूढ़े की बात से शेर अली चौंक गया।

शेर अली के साथ सिपाही भी थककर चूर हो गए थे। लेकिन साहब के हुकुम पर बिना कुछ खाए-पिए आगे बढ़ने लगे। बूढ़ा ऐसे रास्ते से ले आया था कि रास्ते में एक झरना भी नहीं दिखाई दिया। प्यास से विकल सिपाहियों का जोश धीरे-धीरे ठंडा पड़ने लगा था।

तीसरे प्रहर में मुश्किल चढ़ान चढ़ते हुए शेर अली ने पूछा, ''कहाँ है वो जगह ? तुम कब तक हमें इन पहाड़ियों में घुमाते रहोगे ?''

''साब, माफ़ कीजिए। आपने कहा इसलिए मैं तैयार हो गया। मैं तो डरता हूँ टंट्या से।''

''तुम क्यों डरते हो ? मैं हूँ ना तुम्हारे साथ। साला टंट्या मिलना चाहिए।''

बूढ़ा सहसा रुक गया। मुड़कर शेर अली के सामने आ गया। सिपाही काफी पीछे रह गए थे। सामने घनी झाड़ी में घाटी छिप गई थी।

''साब,'' बूढ़ा अब सीधा खड़ा हो गया। ''टंट्या इस घाटी से अभी ऊपर आ गया तो क्या करोगे ?''

शेर अली पलभर के लिए कुछ बोल न सका। सचमुच टंट्या आ गया तो हम क्या कर सकते हैं ? इस विचार से उसके पैर काँपने लगे। उसने पीछे मुड़कर देखा। चलकर थके सिपाही आराम कर रहे थे और पेड़ से फल तोड़कर अपनी भूख का इलाज कर रहे थे।

झूठ-मूठ हिम्मत दिखाकर शेर अली ने बूढ़े किसान से कहा, ''यह क्या मज़ाक करने का वक्त है कासम ? अल्ला करे ऐसा न हो। लेकिन मेरी तमन्ना है कि साला टंट्या मिल गया तो उसके हाथ-पाँव बाँधकर...''

''शेर अली साब।'' बूढ़े की बदली हुई आवाज सुनी शेर अली ने लेकिन उसकी

तरफ देखने से पहले ही बूढ़े ने उनके हाथ से बन्दूक छीन ली थी।

''साब, करो अपनी तमन्ना पूरी। टंट्या आपके सामने खड़ा है।''

उधर थके-हारे सिपाहियों पर चारों ओर से एक साथ हमला हो गया। जान बचाकर भागनेवाले सिपाहियों ने पीछे मुड़कर भी नहीं देखा।

''इंस्पेक्टर शेर अली साब, अब आपको क्या इनाम दूँ। सामने घाटी में फेंक दूँगा तो भेड़िए-कुत्ते हड्डी भी नहीं छोड़ेंगे। लेकिन साब मैं तुम्हें ऐसे मारूँगा नहीं। चलो, कपड़े उतार दो। कान पकड़ लो और अपनी जान प्यारी है तो टंट्या के रास्ते मत आओ। दूसरी बार मिलेंगे तो...''

इंस्पेक्टर शेर अली ने काँपते हुए कपड़े उतार दिए और लगे भागने। अपने जिन्दा होने पर उन्हें भरोसा नहीं हो रहा था।

पन्धाना पुलिस थाने पर पहुँच गए तब उन्हें लगा कि किसी दुःस्वप्न से बाहर आ गए हैं।

महाराज की सीमा के खुरगाँव में दौल्या का साला रहता था। दौल्या वहाँ आता-जाता था। खुरगाँव का नाई उसे पुलिस की हलचल का पता देता था।

दौल्या के साले ने बताया कि नाई की दाल में कुछ काला है। आजकल पाटिल के साथ काफी उठना-बैठना है।

हीरा को साथ लेकर दौल्या सुबह ही खुरगाँव पहुँच गया। नाई घर के सामने ही ओटाले पर बैठा किसी की हजामत बना रहा था। दौल्या को देखकर काम आधा छोड़कर उठ खड़ा हुआ।

''दौल्याभाऊ का हुकुम है ?''

''चम्प्या, हुकुम देनेवाला मैं महाराज का आदमी नहीं हूँ। मैं एक चोट में दो टुकड़े करना जानता हूँ। मस्ती चढ़ी है क्या ? हमारे साथ मीठी बातें करता है और उधर पिछले दरवाजे से गोबर खाता है।''

''नहीं, दौल्याभाऊ, ऐसा शक करना ठीक नहीं। मैंने अपना ईमान बेचा नहीं है। किसी ने आपके कान भर दिए हैं। किसबत की कसम है। झूठ बोलूँगा तो अनाज को मोहताज हो जाऊँगा।''

''बकवास बन्द कर। महाराज के आदमी को किसने खबर दी है ?''

चम्प्या झूठी हँसी हँस पड़ा। फिर घबरा गया। आधी हजामतवाला पाटिल का बेटा कान लगाकर उनकी बातें सुन रहा था।

चम्प्या ने दौल्या के पास आकर दबी आवाज में कहा, ''भीलखेड़ी के सुनार ने भाड़ खाई। उसने थाने पर खबर दी।''

''झूठ साबित हुआ तो जबान खींच लूँगा, याद रख।''

दोनों हथेलियों से गाल को थपथपाते हुए चम्प्या ने कहा, ''मुझे गाँव में रहना है, भाऊ।''

दौल्या हीरा को लेकर भीलखेड़ी चल पड़ा। दो कोस की दूरी वह जल्दी लाँघना चाहता था।

''चम्प्या, बाकी हजामत रहने दो, मेरे पेट में दर्द होने लगा है। निपटे बिना चैन नहीं।'' पाटिल के बेटे ने टोपी पहन ली और निकल गया। चम्प्या उसकी ओर देखता रह गया। पाटिल के बेटे ने बड़े भाई को बता दिया। दौल्या-हीरा भीलखेड़ी की तरफ गए थे। पुलिस को खबर देने का अच्छा मौका था। पाटिल के बड़े बेटे ने घोड़े पर बैठ पुलिस थाने का रुख दिया। छोटा भाई फिर हजामत करवाने लौट आया।

कुछ काम न होने से सुनार कनखुदनी से कान साफ करने में मशगूल था। आँखें बन्द कर मैल निकाल रहा था।

''नान्या,'' उसने गर्जना सुनी।

चौंककर कनखुदनी के साथ हाथ नीचे आ गया। आँखें फाड़कर देखा। सामने दौल्या। हाथ में नंगी तलवार। साथ में हीरा था।

''बाहर क्यों खड़े हैं। अन्दर आ जाओ।''

''पुलिस को खबर पहुँचाता है। गाँड़ में बड़ा दम है रे तेरे। खोपड़ी तोड़कर कूड़े पर फेंक दूँगा तब कौन आएगा ?''

''नहीं जी, मैं ऐसे झमेले में क्यों पड़ूँगा ? न ऊधो का देना न माधो से लेना। बड़े लोगों के बीच हम गरीब...''

''बकवास बन्द कर। तोते जैसा पिटर-पिटर करता है। याद रख, जो किया सो किया। उसकी सजा के तौर पर सौ रुपए निकाल।''

''इतनी रकम नहीं है घर में। दस-पाँच होंगे।'' सुनार के दिमाग में एक खयाल आया, ''तुम रुको यहीं पर दुकान में। मैं एक-दो जगह पर जाकर रुपयों का बन्दोबस्त कर देता हूँ।''

सुनार घर के बाहर निकला। खुरगाँव के पाटिल के बेटे ने खबर कर दी तो पुलिस पार्टी भीलखेड़ी पहुँच गई।

सुनार की दीवार के पास दौल्या बैठा था। दोनों पैरों के बीच तलवार खड़ी थी। हीरा पेशाब करने गया था।

हथियारबन्द सिपाही ने झपट्टा मारकर दौल्या को पकड़ लिया। दौल्या ने आँखें खोल दीं। समझ गया कि पुलिस ने घेर लिया है। जोर से दहाड़ पड़ा। सिपाही के हाथ से छूटकर पास में पड़ी तलवार उठाने लगा तो सिपाही ने हाथ पर वार कर दिया। जख्मी शेर आठ-दस सिपाहियों से मुकाबला करने लगा। गड़बड़झाला सुनकर हीरा लौट आया। पुलिस की बन्दूक देखकर दीवार फाँदकर भाग गया।

जख्मी दौल्या पर सब टूट पड़े। रस्से से हाथ-पाँव बाँध दिए। फिर सिपाही ने पूछा, ''क्या नाम है तेरा ?''

“मैं टंट्या हूँ। पीछे से छिपकर हमला करते हो ? डरपोक कहीं के। खुले मैदान में आ जाओ और दिखाओ अपनी ताक़त। सबको ऊपर भेज दिया तो टंट्या नहीं कहलाऊँगा।”

टंट्या को पकड़ लिया इससे सिपाही खुश हो गए। टंट्या के पकड़े जाने की खबर हवा की तरह फैल गई।

टंट्या को महाराज की पुलिस ने पकड़ा था। डिप्टी कमिश्नर ने प्रार्थना की कि टंट्या को निमाड़ पुलिस को सौंप दिया जाए।

खरगोन की कोठरी में रखे अपराधी को लाने के लिए खंडवा से खास पुलिस दल रवाना हो गया।

टंट्या की शिनाख्त के लिए उसके रिश्तेदारों को खरगोन की पुलिस ले आई थी। उन्हें देखकर रिश्तेदारों ने कहा, “साहब, ये टंट्या नहीं है।”

“मैं टंट्या ही हूँ। ये लोग झूठ बोल रहे हैं।” शिनाख्त के लिए आए लोगों की ओर आँखें तरेरकर दौल्या ने कहा, “मैं टंट्या नहीं हूँ तो कौन हूँ ? इतनी जल्दी मुझे भूलकर पुलिसवालों का साथ देने लगे ?”

यह सब देखकर पुलिस चकरा गई।

अपराधी को बड़ी सावधानी से खंडवा लाया गया। पुलिस कोठरी में अपराधी को देख उसे पहचाननेवाले अधिकारियों ने कहा, “अरे, ये तो दौल्या का एक और नाटक है।”

रावेर के वायव्य की ओर आठ कोस पर घने जंगल में पाल नाम का छोटा गाँव था। नदी तीर के टीले पर बढ़िया डाकबँगला था। पाल से उत्तर की ओर लँगड़ा आम्बा से एक कोस दूरी पर आम्बा गाँव था और उससे एक कोस दूरी पर बागड़ा गाँव था। पहाड़ की दूसरी ओर होलकरों का मुल्क था। कुछ आगे जाने पर सुक्ता नदी के किनारे शिवबाबा की घाटी थी।

आम्बा गाँव से खानदेश जाने के लिए पगडंडी का रास्ता था। पुलिस को पता चला कि पाल का मालगुजार टंट्या का दोस्त बन गया है। वह इसी रास्ते पाल आता-जाता रहता है। इस रास्ते पर आम्बा गाँव में निमाड़ पुलिस की चौकी बन गई थी। उसकी मदद के लिए गाँव के युवा रजपूतों की टुकड़ी बनाने का काम बापूमाँग नाम के सिपाही ने किया था।

पिछले हफ्ते टंट्या पाल में था। वहाँ का लकड़ी का सौदागर बशीरभाई उसका अच्छा दोस्त था। बशीर के लोग टंट्या को खान्देश से रसद देते थे। पुलिस की हलचल के बारे में बताते थे।

"टंट्यादादा, आम्बा के मालगुजार ने गद्दारी की। मुझे शक है क्योंकि पुलिस ने यहाँ चौकी क्यों बनाई होगी ? जरूर उसने खबर दी होगी।"

"मालगुजार से भी बढ़कर बापूमाँग का काम है यहाँ। उसको भी देखना पड़ेगा पहले। आम्बा के मालगुजार की दाल में काला है। उसको सीधा करना पड़ेगा। आम्बा तो अपनी नाक है। यहाँ से आपके पास आने की और होलकरों के मुल्क में जाने की राह है। वे लोग इसी को रोकना चाहते हैं। इस इरादे को तोड़ना पड़ेगा। दूसरा कोई रास्ता नहीं है।"

"सँभलकर। रजपूतों के लड़के उनका साथ दे रहे हैं।"

भोर में खबर मिल गई कि आम्बा के दो सिपाही खंडवा गए हैं। दो दिन नहीं लौटेंगे। कल मालगुजार के यहाँ कन्दूरी है। दोपहर को खेत में जेवनार है।

टंट्या चल पड़ा। साथ में हीरा, भावल्या, उंकार थे। दोपहर तक आम्बा के सगवारे में पहुँच गए। देखा, खेत में बड़ी हंडी में बकरे का मांस पक रहा था। चूल्हे का धुआँ झाड़ियों से ऊपर उठ रहा था।

"हीरा, तू खेत के नीचे की तरफ जा। मैं और भावल्या गाँव में जाएँगे। पहले सिपाहिड़े को देखेंगे। जब तक लोग खाना नहीं खाते, खेत में मत जाना।"

मालगुजार के पास टंट्या का आना-जाना था। पहले मदद भी करता था। लेकिन इधर व्यवहार में कुछ बदलाव आया था। शायद बापूमाँग ने उसे उकसाया होगा।

टंट्या को दरवाजे पर देख मालगुजार की सिट्टी-पिट्टी गुम हो गई। अपने को सँभाल नाटकीय ढंग से उठकर बाहर आ गया।

"अच्छा हो गया आज तुम आ गए। टंट्याभाऊ, आज देवता का परसाद है। तुमको सन्देश भेजनेवाला ही था लेकिन पक्का ठिकाना मालूम नहीं था।"

"और कौन है अन्दर ?" टंट्या के पूछते ही मालगुजार सहम गया।

बाहर की आवाज सुनकर सिपाही ने झाँका। हथियारों से लैस लोगों को देखकर फिर भीतर मुड़ने लगा। भावल्या ने गरदन पकड़कर उसे बाहर खींचा। उंकार ने झट से अन्दर जाकर उसकी बन्दूक पर कब्जा कर लिया।

शराब पीकर लड़खड़ानेवाले सिपाही ने बन्दूक छीनने की कोशिश की।

"साबुत घर जाना चाहते हो तो खंडवा का रास्ता पकड़ ले।" सिपाही को पकड़कर टंट्या ने कहा, "मेरा तुझसे कोई टंटा नहीं है। टंटा है उस बड़े गोरे साहब के साथ। तुझे मारने से क्या फायदा। चुपचाप भाग जा नहीं तो मेरे लोग धुनाई करेंगे।"

शराब के नशे में सिपाही उछल-कूद करने लगा। रेंगू, कोरकू ने उसके हाथ बाँध दिए। पाँव को भी बाँधकर उसे कोने में ढकेल दिया।

"पाटिल, तुम हमारे पुराने दोस्त हो। टंट्या जिसे एक बार दोस्त मानता है उसके बाल को भी धक्का नहीं पहुँचाता। लेकिन किसी के मन में खोट हो तो उसका पता भी मुझे लग जाता है। तुम क्यों अपने पैरों पर पत्थर पटक रहे हो ? बापूमाँग के कहने

पर आग से बैर लेना बड़ा महँगा पड़ेगा तुमको। कहाँ गए तुम्हारे गाँव के पहलवान बहादुर ? मुफ्त का खाकर डराँव-डराँव करने लगे।'' टंट्या ने भावल्या को इशारा किया।

''ऐसा नहीं है टंट्याभाऊ, सरकार के सामने मेरा बस नहीं चला। मैंने कुछ नहीं बताया। ऐसा-वैसा कुछ मत करो।''

''आज तुम्हारी बारी है। आज तुमने गाँव को जेवनार दिया। इस खुशी में मैं नमक नहीं डालूँगा। चुपचाप घर में जो कुछ है उसे लाकर मेरे सामने हाजिर कर दो। और याद रखो, मेरे कान पर अगर कुछ आया...''

''अब कुछ नहीं करूँगा।'' मालगुजार भीतर गया। रुपए-गहने सब लेकर बाहर आ गया।

''अपने बागदा के दोस्त को भी बता देना। टंट्या से बैर महँगा पड़ेगा ? आज से पुलिस से दोस्ती छोड़ देना।'' टंट्या ने रेंगू से कहा, ''उस सिपाहिड़े को छोड़ दे। बेचारे का क्या कसूर ? दो जून की रोटी के वास्ते बिलबिलाता है।''

रेंगू ने सिपाही को रस्सी से मुक्त किया।

''सीधे पुलिस थाने जाना। पीछे मुड़कर देखा तो कपड़े उतार दूँगा। और फिर इधर आना हो तो घरवाली का सिन्दूर पोंछ के आना।'' टंट्या ने कहा।

गिरता-पड़ता सिपाही भागने लगा।

''भावल्या, इतना बस हो गया। अब अपने साथियों से कहना कि कम-ज्यादा कुछ न करे। देवता के नाम जेवनार है। ऐसे वक्त में हमें इज्जत करनी चाहिए। अच्छा पाटिल, हम चलते हैं।''

''टंट्याभाऊ खाना तैयार है। दो निवाले खाते जाओ।''

''आज नहीं, पाटिल। हम तुम्हारे पास जरूर आ जाएँगे खाना खाने। अभी हमने तुम्हें पराया नहीं माना है। इसके पहले भी टंट्या ने नमक खाया है। लेकिन भूलो मत कि इसी पहाड़ी में रहना है और टंट्या इस मुल्क को छोड़कर कहीं जानेवाला नहीं है।''

टंट्या बागड़ा की ओर चल पड़ा।

खंडवा पुलिस मुख्यालय में परेशानी का माहौल था। सरहद पर खास जगहों पर चौकियाँ बनाई गई थीं। गश्त बढ़ा दी गई थी। लेकिन टंट्या एक के बाद एक धमाके करता जा रहा था।

स्किप्टन साहब ने जिले के पुलिस अधिकारियों की एक बैठक बुलाई थी। साहब ने कहा, ''पुलिस के अब तक के काम से मैं खुश नहीं हूँ। साटपुरा माउंटेन और जंगल की बाधा हाय। नेचर टंटिया का साथ देता हाय।

''इतने बड़े माउंटेन जंगल में टंटिया का पीछा करना डिफिकल्ट हाय। जंगल का लोग टंटिया का साथ देता हाय।

''हमें दो बाट करना परेगा। एक टंटिया का लोग मदद करता हाय उसे बन्द करना और दो भील कोरकू के हलचल पर नजर रखना होगा। शाम के बाद ये लोग बाहर नहीं आएगा। अपना डिटेक्टिव को होलकर राज में भेजकर टंटिया की जानकारी लाना होगा। होलकर पुलिस कहटा कि टंटिया उसके मूलख में नई हाय।''

इंस्पेक्टर बेग ने कहा, ''टंट्या हमारे मुल्क में नहीं है ये महाराज के अधिकारियों का हमेशा का कहना हमारे काम पर पानी डालता है। उन्हें लगता है कि टंट्या की ओर ध्यान नहीं दिया तो वह उनको नहीं सताएगा। लेकिन जल्द ही उनकी आँख खुलेगी। मेरे सामने महाराज के अधिकारियों की रपट है।

''टंट्या और उसके साथियों ने 6 सितम्बर 1881 को खरगोन के खुरगाँव पर हमला किया। वहाँ के एक नाई का निमाड़ के जासूस से सम्बन्ध था। उसे टंट्या ने पीटा, लूटा और सजा दे दी। महाराज के अधिकारियों ने तुरन्त भीलखेड़ी के सुनार के घर पर छापा मारा और टंट्या के एक साथी को पकड़ा। बदले में टंट्या ने आठ घरों को आग लगा दी। अंजनगाँव और बिरुड़ पर हमले किए।

''अब तक टंट्या कहा करता था कि उसे महाराज के अधिकारियों से सुरक्षा मिलती है। वह महाराज के मुल्क में डाके नहीं डालता था। लेकिन अब वह महाराज से भी लड़ने की बात करने लगा है क्योंकि अधिकारियों ने अपना वचन पालन नहीं किया।''

इंस्पेक्टर बेग ने फिर कहा, ''सर, यह घटना हमारे लिए बड़ी अच्छी है। टंट्या का महाराज को चुनौती देना अपने लिए फायदे का ही होगा।'' बेग अपनी खुशी को छिपा नहीं सका।

''हाँ, मिस्टर बेग, लेकिन इस खबर से हमें बहुत खुश नहीं होना चाहिए। क्योंकि टंट्या इतना सीदा नहीं हाय। महाराज को चुनौती देना उसका नाटक भी हो सकटा हाय। हमें होशियार रहना होगा।''

बशीरभाई की पाल की बस्ती में खबर आ गई कि डाकबँगले पर बुरहानपुर का नया साहब हवा-बदल के लिए आया है। बशीरभाई के चचेरे भाई का बूढ़ा बाप बँगले पर खानसामा था। साथ में और भी एक इन्दौर का साहब है।

मि. नेलर की नई नियुक्ति थी। इस युवा अधिकारी को डाकुओं के खिलाफ चल रही मुहिम का प्रमुख बनाया गया था। चीफ कमिश्नर ने होलकर महाराज से सहायता की प्रार्थना की थी। महाराज ने विशेष अधिकारी के रूप में कैप्टन मोहम्मद खान की नियुक्ति की।

मि. नेलर ने डाकबँगले पर कैप्टन मोहम्मद खान को भी बुला लिया था। गाँव के बाहर टीले पर सुन्दर डाकबँगला था। नेलर को परिसर बहुत पसन्द आया।

पाल के कर्टुले खास थे। रात में कर्टुले के पकौड़े खाते हुए नेलर ने खानसामा से खुश होकर कहा, ''चचा, बहुत बढ़िया खाना खिलाया। ये वेजिटेरियन मटन कहाँ से ढूँढ निकाला। आज भी हम वही खाना पसन्द करेंगे।''

मि. नेलर और कैप्टन खान बातें कर रहे थे।

"कैप्टन, हमारी शिकायत नहीं है लेकिन जो हो रहा है, आपके सामने है।"

"सर, आप कोई फिक्र न करें।"

मि. नेलर को महाराज के अधिकारियों पर शक था। रपटें यही बता रही थीं।

"टंट्या तो खुलेआम बताता है कि उसे महाराज के अधिकारियों से सुरक्षा मिली है।"

"सर, ऐसा होता तो उसने हमारे मुल्क में हमले किए होते। उसने भीलखेड़ी के पटवारी के दस्तावेज़ जला दिए। महाराज को खुली चुनौती दी।"

मि. नेलर संजीदा हो गए। खंडवा पुलिस कार्यालय में बनी योजना सामने रखकर बोले, "इसका रिज़ल्ट हमें मिल जाएगा।"

खानसामे ने आकर पूछा, "खाना लगा दूँ साब ?" साब के हाँ कहने पर वह अन्दर मुड़ गया। डाकबँगले की दीवार के पास अँधेरे में छिपे बशीरभाई का खास आदमी धीरे-से खिसक गया।

बिजनिया के दुख से टंट्या अभी उबर नहीं पाया था कि दौल्या के पकड़े जाने की खबर सुनकर उसे लगा कि किसी ने उसका दाहिना हाथ ही काट दिया है।

बदले की भावना से टंट्या बन्दूक लेकर निकल रहा था कि उसे ठाकुर नारायण ने सब्र से काम लेने को कहा। रामनारायणजी ने भी समझाया, "टंट्या यह जंगल के लोगों का यज्ञ है। इसमें कुछ आहुतियाँ पड़ेंगी। गुस्सा करने, चिढ़ने से अपनी ही हानि होगी। हम खुलेआम लड़ाई जीत नहीं सकते। छापामार नीति ही अपनानी पड़ेगी। कुछ दिन के लिए चुप रहना ठीक होगा। तब वे ढीले पड़ जाएँगे। फिर हम धमाका करेंगे।"

"मास्टरजी, मेरा शेर जैसा साथी दुश्मन के जबड़े में चला गया। उसने दो बार दुश्मन को हैरान किया था।"

"जो हुआ सो हुआ। धीरज रखो। हमें उसे छुड़ा लाने के बारे में कुछ सोचना चाहिए।"

टंट्या ने गुस्सा पी लिया। बोला, "मास्टरजी, कुछ दिनों के लिए हम मालगुजार, पाटिल और साहूकारों की तरफ ध्यान नहीं देंगे। बोआई के दिन हैं। मजबूर किसान के साहूकार के दरवाजे पर जाने से पहले हमें उनकी कुछ मदद करनी चाहिए।"

"उंकार, तू और भावल्या जाकर दौल्या के बीवी-बच्चों को ले आ। ठाकुरजी, बिजनिया के बापू से आ मिले थे न पिछले हफ्ते ?"

"हाँ मैं और श्रीगोपाल खजूरी हो आए। उनकी मदद की।"

"हथेली पर जान रखकर दोस्त चले गए। हमें उनकी सारी फिक्र करनी चाहिए।"

ठाकुर ने कहा, "कुछ फिक्र की बात नहीं है टंट्या, हम अपने हर एक आदमी के घर-बार की फिक्र करते ही हैं। हमारे न होने पर भी उन्हें जिन्दगी-भर चिन्ता नहीं करनी पड़ेगी ऐसा काम कर दिया है।"

बशीरभाई ने बड़ा खाना बनाया। खाने से पहले महुए की दारू ले आए।

''बशीरभाई आज मन नहीं करता। दो दिन से कुछ ठीक नहीं लग रहा है।''

''अरे भाई यह तो होता ही रहेगा। आदमी जब पैदा होता है तब से सुख-दुख दोनों साथ ही आते हैं। दो घूँट पेट में जाने पर सब ठीक होगा।''

''नहीं बशीरभाई, आज दिल नहीं करता। तुम सब लोग पी लो।''

''ऐसा नहीं होगा। तुम्हारा दिल नहीं करता तो उसे नहीं छुएँगे।'' कहते हुए बशीरभाई ने दारू का तुम्बा उठाकर खम्बे पर टाँग दिया।

रात बीत रही थी। टंट्या बाहर पत्थर पर बैठा सोच रहा था। किसी की आहट हुई। पास में भिकी खड़ी थी।

''कब तक इस तरह बैठा रहेगा ?''

टंट्या ने देखा। उसका चेहरा सूख गया था। भिकी के बारे में सोचते हुए सहसा उसे जसुदा की याद आ गई। क्यों आ गई ?

टंट्या ने तावीज को छू लिया। मन का तूफान थम गया।

''मैं क्या पूछ रही हूँ ?''

टंट्या ने असहाय होकर भिकी की ओर देखा।

''इस सबसे क्या मिलनेवाला है ? कब तक पहाड़ों-घाटियों में भटकता रहेगा ? बिजन्या देवर का क्या हुआ ? दौल्या को...''

भिकी ने रोना रोकने के लिए आँचल मुँह में ठूँस लिया।

''मैं कुछ नहीं समझती। पर तुझे कुछ हो गया तो...''

टंट्या के भीतर बिजली कलेजे को काट गई। भिकी का हाथ पकड़कर उसने उसकी आँखों में कसमसाती पीड़ा को देखा।

''मेरा कुछ नहीं होगा। और तू फिकिर क्यों कर रही है ? किसन्या है, मंगल्यादादा है। सगे भाई से बढ़कर मेरे साथी हैं। तू अपने बारे में ही सोचती है। ठाकुरजी घर-बार छोड़कर क्यों आए हैं। रामनारायणजी को इस उम्र में क्या मिलनेवाला है ? भिकी, अपने बारे में सोचने पर मुझे भी नींद नहीं आती पर इनको देखता हूँ तो इनका भी अपना घर-बार है, बीवी-बच्चे हैं। हम अपना ही दुख देखेंगे तो दूसरा कुछ दिखेगा ही नहीं। दूसरे के दुख को अपना मान लिया तो अपने दुख का कुछ भी पता नहीं लगता।

भिकी ने आँखें पोंछ लीं।

''मैं कुछ नहीं समझती। पर जान की परेशानी से बोल गई।''

टंट्या का मन साफ हो गया था।

पुलिस को खबर मिली कि पन्धाना के बाजार में घाटाखेड़ी के महाराज के आदमी ज़रूरतमन्दों को तगाई बाँट रहे हैं। खंडवा के तहसीलदार ने गिर्दावर को पन्धाना भेजकर छानबीन करने को कहा। इससे पहले कभी नहीं सुना था कि घाटाखेड़ी के महाराज ने

इस तरह की मदद की है। बल्कि तख्तसिंग तो साहूकारों को अभय देते थे। ऐसे में किसानों को बीज और रुपए देना शक पैदा करनेवाली बात थी।

बाजार के दो दिन पहले आसपास के गाँवों में डौंडी पीटकर लोगों को बताया गया था कि घाटाखेड़ी रियासत की ओर से पन्धाना के बाजार में जरूरतमन्द किसानों को बीज, बैल आदि की मदद की जाएगी।

रामनारायणजी गुलाब लोहार के छोटे से कमरे में बैठे हुए थे। श्रीगोपाल, ठाकुर नारायण, निहाल और दो-एक लोग सहायता के लिए थे।

गोंद्री का भीसनसिंग दरवाजे पर आ गया। गुलाब सँड़सी में गर्म हाल पकड़े हुए था। गुलाब ने पूछा, ''बोलो भाऊ।''

''तगाई का काम है।''

भीतर जाने का इशारा करते हुए बोला, ''घुस जाओ अन्दर इस दरवाजे से।''

भीसनसिंग दबे पैरों से अन्दर आ गया। रामनारायणजी ने दरवाजे पर किसी को आते देख कहा, ''आ जाओ अन्दर। बैठो कम्बल पर। कहाँ से आए हो ?''

''मैं गोंद्री का हूँ जी।''

''क्या काम है ?''

''कल रात गाँव में डौंडी हुई। सुना है कि घाटाखेड़ी के महाराज तगाई देनेवाले हैं।''

''अब तक कहाँ से रुपए लेते थे ?''

''पटेल नहीं तो हमारा साहूकार तो है ही।''

''जुताई को सौ लिए तो खलिहान पर कितने देने पड़ते थे ?''

भीसनसिंग चकरा गया। तगाई के बदले बेकार की पूछताछ। उसको परेशान देखकर रामनारायणजी बोले, ''मत बताओ चाहे तो। जबर्दस्ती नहीं है। कितने की जरूरत है ?''

भीसनसिंग हाथ मलता रहा। कितना बताए ? उसकी परेशानी भाँपकर ठाकुर नारायण ने पूछा, ''कितने खेत की बोआई है ? और क्या बोना चाहते हो ?''

''दो बीघा मकई और तीन बीघा मूँग। एक बैल बूढ़ा हो गया है उसकी जोड़ी नहीं है।''

''इन्हें अठारह रुपए दे दीजिए।'' निहाल ने हिसाब लगाकर आँकड़ा बताया। रामनारायणजी ने उसके हाथ पर रकम रख दी।

''अपना, अपने वालिद का और गाँव का नाम बताओ।''

भीसनसिंग ने बता दिया।

''अब जाओ तुम। खलिहान पर रुपए चुकाने को न भूलना। बिना सूद की रकम दी जा रही है।''

''पर भाऊ, कोई कागद किए बिना ही ?...और अँगूठा भी नहीं लिया।''

''उसकी जरूरत नहीं है भीसनदादा। टंट्यामामा का अपने लोगों पर भरोसा है।

तुम्हारा ही रुपया साहूकारों-पटेलों ने लूटा था। उन्हीं को लूटकर तुम्हें फिर दिया जा रहा है। एक बात गाँठ बाँध लेना। पुलिस या साहब ने अगर पूछा कि रकम किसने दी तो कहना कि घाटाखेड़ी के महाराजा ने दी। टंट्यामामा का नाम नहीं लेना।''

''अठारह रुपयों में से पाँच फीसदी रकम नहीं निकाली ?'' भीसनसिंग ने चकराकर पूछा, ''साहूकार रकम देता है तब काटकर देता है और लेता है तब दुगुना वसूल कर लेता है।''

''यही फर्क है टंट्यामामा और साहूकार में।'' और किसी को आते देख रामनारायणजी ने कहा, ''अब तुम चलो। काम हो गया न तुम्हारा। और हाँ, अच्छी जगह से बीज खरीदना।''

भीसनसिंग बाहर आ गया।

दो लोगों ने रोक लिया।

''किसने रुपए दिए ?'' एक ने पूछा।

मिर्जई की रकम को हाथ से सँभालते हुए भीसनसिंग चुप खड़ा था। ''गूँगा है क्या ? हम पूछ रहे हैं, रकम किसने दी ? हम खंडवा के सरकारी मुलाजिम हैं। टंट्या डाके की रकम लुटा रहा है। डाके की रकम लेना गुनाह है। जेल की हवा खानी पड़ेगी तब पता चलेगा तुमको।''

''आप कह रहे हैं वो ठीक है साब। गरीब की जरूरत है। आपकी सरकार उसे क्यों नहीं पूरा करती ?'' भीसनसिंग के पूछने पर दोनों सकपका गए। उनका सरकारीपन जाग पड़ा।

''तुम्हारे पास रकम है। टंट्या ने नहीं दी है तो कहाँ से लाए हो ?''

''साहब, गरीब को क्यों सता रहे हैं। रकम बाँटने के लिए टंट्या कहाँ बेकार बैठा है। देनेवाला देता है तो देखनेवाले के पेट में क्यों दुखता है ?'' भीसनसिंग को लगा कि वह जरूरत से ज्यादा ही बोल गया। दोनों की ओर देखकर दबी आवाज में बोला, ''सच कहूँ साहब, हमें किसी ने भी कोई रकम नहीं दी है। किसी ने अफवाह फैला दी है बाजार में। हाँ, लेकिन एक बात सच है, साहब ऐसी अफवाहें फैलाने में टंट्या बड़ा माहिर है। अच्छा, मैं चलता हूँ बाजार हाट करना है।'' भीसनसिंग ने कहा और दुलकी चाल से चल पड़ा।

दोनों ने सोचा, हो न हो टंट्या ने सचमुच ऐसी अफवाह फैला दी होगी।

नवगजाबाबा के परिसर में किसी ने पन्द्रह वर्ष पहले देवी की स्थापना की थी। कल नवरात्रि का पहला दिन है। इसलिए गजा वहाँ छप्पर बना रहा था। हर साल लोग यहाँ आते थे।

जसुदा कपड़े धोने के लिए नदी की ओर जा रही थी। साथ में गजरी चाची की लड़की तारा थी। नवगजाबाबा के टीले के पास उसके पैर ठिठक गए। बोझ वहीं पर डालकर वह पीरबाबा के सामने आ गई। मत्था टेककर आँखें मूँद लीं।

आज पीरबाबा से क्या माँगे ? हर बार मन में आनेवाले विचारों को पीर के आँगन में छोड़ दिया करती थी। आज कुछ भी माँगने की इच्छा नहीं थी।

आहट सुनकर उसने देखा। गजा पेड़ की टहनियाँ लेकर आ गया था। उसको देखकर जसुदा फिर वर्तमान में आ गई।

''छत क्यों छा रहा है रे गजा ?''

''वा ऽ तुम तो ऐसे पूछ रही हो जैसे इस गाँव की नहीं हो। जसुदा, इतना भूल जाना अच्छा नहीं।...उधर तात्या एक के बाद एक बहादुरी का काम कर रहा है और इधर तुम...''

बबूल का बड़ा काँटा चुभने जैसा दर्द हुआ जसुदा को। लेकिन इस टीस में भी एक तरह का सुख था।

अपने को अपराधी महसूस कर गजा ने कहा, ''जसुदा मुझसे ग़लती हो गई। नाल टूटे घोड़े जैसी पुरानी आदत छूटती नहीं। मुझे ऐसा नहीं कहना चाहिए था।''

''गजा, सभी ऐसा बोल रहे हैं तो तुम क्यों न बोलो। लेकिन देखो, गजा, अब मैं निसंग हो गई हूँ। किसी की बात का बुरा नहीं मानती। पहले आग लगती थी। जी तिलमिला जाता था। रातभर नींद नहीं आती थी। लगता था सारे बदन में घाव हो गए हैं।

''एक दिन मैंने सपना देखा। सपने में नवगजाबाबा ने कहा, तेरा मन जो कहेगा वही सच है बाकी सब हवा है। जो कर नहीं सकते वह मन करता है। बाबा की बात सुनकर मैंने कलेजे पर पत्थर रख दिया।'' पेड़ के पत्तों की मर्मर सुनाई दी।

''वह देखो, टहनी हिल गई। पत्ते मेरे साथ बातें कर रहे हैं। मैं उनकी आवाज को पहचानती हूँ। वह देखो, सामने कन्हेर का फूल मुस्कराने लगा। उसकी मुस्कान में मुझे तात्या की मुस्कान दिखाई देती है।''

गजा चौंक पड़ा।

''जसुदा, मैं कुछ नहीं समझता लेकिन लगता है तुम्हारे दिमाग पर असर हो गया है। नवगजाबाबा, सँभाल रे बाबा, मेरे तात्या के नाम से पगला गई है।''

''गजा, न मैं पगला गई हूँ न मेरा सिर फिर गया है। मैं जानती हूँ टंट्या आम लोगों जैसा नहीं है। वह निराला है। ऐसा आदमी हज़ारों में एक भी नहीं मिलेगा। मैंने अपनी बची हुई जिन्दगी उसके नाम कर दी है नवगजाबाबा के चरनों पर। एक टंट्या बचा तो छप्पन जसुदा मिल जाएँगी। मैं इतना ही चाहती हूँ कि मेरे मन का राजा सुखी रहे।'' नवगजाबाबा के सामने एक निश्चय में दाँतों तले होठों को दबाकर वह टीला उतरने लगी।

''कल नवरात्रि का पहला दिन है। दौल्या के पकड़े जाने का बदला लेकर ही पूजा करेंगे।'' अमावस की संध्या में टंट्या ने निश्चय किया। ''भीलखेड़ी के सुनार ने गद्दारी की। उसको और इन्दौर के महाराजा को भी पता चलने दो कि टंट्या से भिड़ना बेकार है।''

शाम को ही टंट्या शिवना से चल पड़ा। दिन निकलते ही भीलखेड़ी पहुँचने की योजना थी। हीरा, उंकार, भावल्या और फूलसिंग साथ में थे।

अमावस की रात थी। उनके पाँव में आँखें निकल आई थीं। पगडंडियाँ और उतार-चढ़ाव सब जाने-पहचाने थे। अँधेरे की झूल ओढ़कर जत्था निकल पड़ा।

सुबह होते-होते भीलखेड़ी के खपरैल मकान दिखाई देने लगे। नाले के पास कुछ समय बिताकर तरोताजा होकर निकल पड़े। नाले के पास झाड़ी में टंट्या को नेवलों की जोड़ी दिखाई दी। उनके दर्शन से वह हुलस गया।

पूरब की लाली कम हुई और सूरज का उजाला फैल गया।

भीलखेड़ी में टंट्या के आगमन की खबर से गाँव में भागमभाग शुरू हो गई। खुले दरवाजे बन्द होने लगे।

सुनार ने घबराकर दरवाजा बन्द कर दिया और अन्दर छिप गया। उंकार ने दरवाजे पर लात दे मारी। भीतर से साँकल लगा दी थी। दरवाजा खुल नहीं सका।

''फूलसिंग, तुम पीछे से देखो। न खुला तो छत के खपरे तोड़ देंगे।''

फूलसिंग पीछे धक्के देकर लौट आया।

''लोगों को लूटकर पक्का बन्दोबस्त कर लिया है सुनार ने। उंकार चढ़ जा मेरे कन्धे पर और खींच ले बल्ली को।''

उंकार ऊपर चढ़ गया। आठ-दस खपरैलों को खींचकर नीचे फेंक दिया। साग के बाँस को खींचते ही वह टूट गया और छत में बड़ा-सा छेद हो गया। कोने में बिल्ली की तरह बैठा सुनार ऊपर देखकर काँपने लगा।

उंकार घर के अन्दर कूद गया। डर के मारे सुनार के घर के लोग चीखने लगे। उंकार ने साँकल को हटाकर दरवाजा खोल दिया। सुनार का गला पकड़कर उसे खींचकर बाहर ले आया।

''बहुत इन्तजाम किया था रे बड़े-बड़े किवाड़ लगाकर। तूने क्या सोचा, बेमानी करने के लिए इन्दौर की सरकार तेरे लिए पालकी भेज देगी ? मेरे एक शेर को पकड़वा दिया सिपाहिड़े को बताकर। बहुत मस्ती भर गई है क्या तेरे बदन में ! गरीबों की दौलत की गर्मी है ये।'' टंट्या की आँखें अंगार बरसाने लगीं। क्रोध के मारे।

सुनार को अपनी आँखों के आगे मौत दिखाई देने लगी। डर के मारे उसकी घिग्घी बँध गई। टंट्या ने आँखों से इशारा किया। फूलसिंग सुनार को लातों-मुक्कों से पीटने लगा। बाकी लोगों ने घर में घुसकर सामान निकाल लिया और घर को आग लगा दी।

पटेल, मालगुजार और चार लोगों की पिटाई कर टंट्या चौराहे पर आ गया। सबके घर की लूट को चौराहे पर जमा कर दिया।

''रेंगू, गाँव के माँग को डफली के साथ बुला। कहना गाँव में डौंडी दे गरीबों को कि जो चाहे चौराहे पर आकर ले जाए।''

मुश्कें बँधे सुनार, पटेल, मालगुजार घोंघे की तरह बदन को चुराकर दीवार के पास

बैठे हुए थे। दबे पाँव गाँव के लोग एक-एक कर चौराहे की तरफ आने लगे। टंट्या ने डौंडी देकर बुलाया है। नहीं गए तो टंट्या से मुकाबला है। हर एक के मन में यही डर था।

''भावल्या, हर एक के पल्लू में चार-चार आढ़क धान डाल दे।''

टंट्या के बताने पर भावल्या ने काम शुरू कर दिया।

कपड़े की थैली में रुपए लेकर रेंगू खड़ा था। टंट्या थैली में हाथ डालकर सामने आनेवाले के हाथ पर रुपए रखता गया। डरी हुई नजरों से हाथ सामने फैल रहे थे।

''डरो मत इस टंट्या से और इन बदमाशों से भी। अब तक इन लोगों ने तुम्हारा खून चूस लिया। मैं जानता हूँ, तुम इसलिए डर रहे हो कि टंट्या के जाने के बाद ये जंगली भेड़िए फिर दबकने आ जाएँगे।'' सुनार, पटेल की तरफ मुड़कर टंट्या ने कहा, ''याद रखना, किसी को हाथ भी लगाया तो ये टंट्या जिन्दा नहीं छोड़ेगा तुम लोगों को।''

धान-दौलत का बँटवारा हो गया।

''बाकी बचे हुए पाँच घरों को आग लगा दो। मैं पटवारी को देखता हूँ। टंट्या आया है यह सुनकर मुँह छिपाकर बैठ गया होगा किसी कोने में।'' जाते हुए बोला, ''दौल्या का साहब ने कुछ भला-बुरा किया तो मैं तुम लोगों को जिन्दा नहीं छोड़ूँगा। तुम्हारे साहब को पता चले इसलिए मैंने आज तुम लोगों को बख्शा है। उठो, भागो और अपना काला मुँह मुझे मत दिखाओ।''

बाघ के जबड़े से छुटकारा मिला हो जैसे, वे अपने जलते हुए मकानों की ओर लौट गए।

टंट्या पटवारी के घर के सामने आ गया। दरवाजे को बन्द देखकर टंट्या ने आवाज दी।

''कब तक मुँह चुराकर छिपा रहेगा। तेरे भेजे में झूठे हिसाब-किताब और गरीबों का रुपया कुलबुला रहा है। चुपचाप किवाड़ खोल दे नहीं तो ये दीवारें बचेंगी नहीं।''

फिर भी दरवाजा नहीं खुला तो गुस्से में टंट्या थोड़ा पीछे हट गया। जरा तिरछा होकर दाएँ कन्धे से दरवाजे को धक्का दे दिया। दीवार झुकी और मिट्टी गिर गई। सफेद धुआँ कमरे में भर गया। डरा-सहमा पटवारी दीवार की दरार में काँपता हुआ खड़ा रह गया।

''कितने झूठे दस्त बनाए और कितनों की हाय लगी तुझे निपूतिए, कहाँ है तेरा दफ्तर ? ले आ बाहर, नहीं तो तेरे साथ उसे भी जला दूँगा।''

उंकार भीतर घुस गया। पटवारी के दफ्तर और कागजों को सड़क पर फेंक दिया। फूलसिंग ने उसी के चूल्हे से अंगार लाकर कागजों की होली जला दी।

जलते हुए कागजों के सामने दोनों पैरों को फैलाकर टंट्या सेंकने लगा। दोनों हाथों को आग पर धरकर बोला, ''बता दे अपने महाराज को, अब तक टंट्या ने इन्दौर के

इलाके में हाथ नहीं लगाया था। मैंने सोचा था कि महाराज के साहब मेरी मदद कर रहे हैं। क्योंकि टंट्या की दुश्मनी तो गोरे साहब के साथ है। इन्दौर का महाराजा तो अपने घर का राजा है।'' टंट्या को लगा कि घर के राजा को गोरे साहब के साथ दोस्ती तोड़ देनी चाहिए।

''अब तक टंट्या ने अपने वचन का पालन किया। महाराज के इलाके के तिनके को भी नहीं छुआ। ऐसा होते हुए भी तेरे साहब ने दौल्या को क्यों पकड़ लिया ? तेरे लोगों ने यह गद्दारी की है।

''तेरे महाराज को मेरे खिलाफ साजिश में शामिल नहीं होना चाहिए था। अब बता दे महाराज को, ये टंट्या अपनी तलवार का पानी चखाए बिना नहीं रहेगा।'' और टंट्या भीलखेड़ी से बाहर चल पड़ा।

मि. नेलर बड़ी देर तक कार्यालय में बैठे हुए थे। खंडवा आने के बाद उन्होंने टंट्या के खिलाफ जबर्दस्त मोर्चे खोल दिए थे। उतनी ही हिम्मत से टंट्या ने उनके दाँवों को उलटा दिया था और हाथ मलते बिठा दिया था।

मि. नेलर ने इंस्पेक्टर बेग को बुलावा भेजा। बोरगाँव पुलिस थाने के नए इंस्पेक्टर नाथे खाँ पास में ही खड़े थे। होलकर सरकार के कप्तान मोहमद खान भी हाजिर थे।

''कैप्टन यू डू वन थिंग। टंट्या के सभी रिलेटिव्ज़ को कैद करके ले आओ। टंट्या के जो रिश्टेदार तुमारे खरगोन में होगे उनकी पहले एक लिस्ट बनाओ। खंडवा का काम इंस्पेक्टर नाथे खाँ करेगा। एक दिन में ऐक्शन होना माँगटा। सबको पकड़कर हेडक्वार्टर ले आओ।''

''येस् सर। आपने बिलकुल अच्छा आर्डर दिया है। इससे जरूर कुछ रिज़ल्ट मिल जाएगा।''

''हम ऐसी उम्मीद करटा है। तुम और नाथे मिलकर ऐक्शन प्लान बनाओ। हम एक हफ्ते के अन्दर सब लोग को खंडवा में होना माँगटा।''

''आप मुझ पर छोड़ दीजिए सर।'' कैप्टन मोहमद खान ने ज़िम्मेदारी ले ली।

बिरडा और पोखर के भीलों से टंट्या के दो-एक रिश्तेदारों के नाम मिल गए। जासूसों को टंट्या के रिश्तेदारों की सूची का काम सौंपा गया। टंट्या के रिश्तेदार नहीं लेकिन सम्बन्धित हैं, ऐसे लोगों की भी सूची बनाई गई।

निश्चित दिन जगह-जगह से टंट्या के रिश्तेदारों और मित्रों को पकड़कर पुलिस खंडवा लाने लगी। दोपहर तक बासठ लोगों को लाया गया।

एक बड़े हॉल में सबको बिठाया गया। दरवाजे पर बन्दूकधारी पहरेदार था। मि. नेलर और कैप्टन खान हॉल में आ गए।

''सरकार ने अब तक तुम लोगों को हाथ नहीं लगाया था। लेकिन अब हमारे ध्यान में आ गया है कि तुम लोग टंट्या की मदद करते हो। उसे रसद पहुँचाते हो। टंट्या

कहाँ छिपता है इस बात को तुम जानते हो। टंट्या खूनी है, लुटेरा है, डाकू है उसकी मदद करना गुनाह है। इसलिए तुम सब गुनहगार हो। सरकार ने तुम लोगों के खिलाफ मुकदमा बलाने की बात सोची है। अदालत तुम्हें काले पानी की सजा देगी।'' कैप्टन मोहमद खान ने शुरू में ही सबको डाँट पिला दी।

''साहब, हमारा गुनाह इतना ही है कि हम टंट्या के गाँववाले हैं।'' निहाल ने साफ-साफ कह दिया। मि. नेलर और कैप्टन की भौंहें तन गईं। बोलने का साहस कौन कर रहा इसे देखा।

''हमने ठीक सोचकर डिसीज़न लिया है। हमारे पास तुम्हारे अगेन्स्ट सबूत है। क्या नाम है टुमारा ?''

''निहालसिंग।''

''आँ, तो टुम हो निहाल। टुम टो टंट्या का खास ब्रेन। हमारे पास टुमारे सारे कारनामे हैं। टुम ने टंट्या को कोर्ट में मदद की। राजाभाऊ वकील के पास ले गया। टुमारे खिलाफ सॉलिड कुच्छ नहीं मिला। नहीं तो जबलपुर भेज देते।''

''आप ऐसा कर सकते हैं, साहब क्योंकि राज आपका ही है।''

''हाँ हाँ ! हमारा ही राज है। मगर हम भी कानून मानता है। हमारा हाथ कानून से बँधा है।'' फिर कहा, ''टुमारा केस अलग से हैंडल करना पड़ेगा। कैप्टन टुम आगे बढ़ो। निहाल टुम आओ हमारे साथ।'' निहाल को लेकर मि. नेलर बाहर चले गए।

''तुम्हारे गाँव के पटेलों, पटवारियों और मालगुजारों ने तुम लोगों के खिलाफ रपट दिया है। तुम लोग चोरी करते हो, डाके डालते हो। आज तुम लोगों को इसलिए पकड़ा है कि तुमने और भी बड़ा गुनाह किया है। कल तुम्हारे बीवी-बच्चों को भी पकड़ा जाएगा। तुम्हारे बाकी रिश्तेदारों की भी लिस्ट बन गई है। एक हफ्ते के अन्दर उनको भी पकड़ेंगे।

''तुम सालो टंट्या की मदद करते हो। मार-मार के चमड़ी उधेड़ दूँगा तब नानी याद आ जाएगी। टंट्या, वो बदमाश, दो टके का डाकू, तुम लोगों की वजह से जंगल में छिपा रहता है। उसकी मदद करनेवाले एक-एक को हाथ-पाँव बाँधकर शिवबाबा के दर्रे में फेंक नहीं दिया तो मोहमद खान नाम बदल डालूँगा।''

आवाज चढ़ाकर वह बोला, ''कहाँ से जोर चढ़ गया है तुम लोगों को ? हाथ-पाँव तोड़कर कुत्तों के सामने फेंक दूँगा।'' पहरेदार की ओर देखकर बोला, ''बुलाओ अपनी पार्टी को।''

दस-बारह हट्टे-कट्टे सिपाही हॉल के अन्दर घुस गए। कैप्टन मोहमद खान ने कहा, ''आज यह शुरुआत है। हमारा जमालगोटा क्या है इसका पता चल जाएगा धीरे-धीरे।'' इशारा करके वे हॉल के बाहर आ गए। बाहर के पहरेदार ने दरवाजा बन्द कर दिया। लठैत पुलिस इन लोगों पर टूट पड़ी। जानवरों की तरह पीटने लगी। चीखने-चिल्लाने के शोर से हॉल गूँज उठा।

आधे घंटे के बाद दरवाजा खुल गया। मारपीट से घायल और दहशत से आतंकित सबने दरवाजे की तरफ देखा। कैप्टन खान के पीछे इंस्पेक्टर नाथे खाँ बन्दूक ताने अन्दर आ गए।

''कैसा लगा हम लोगों का परसाद ? पेट नहीं भरा होगा। ये इंस्पेक्टर नाथे खाँ हैं। अब तक पचास डाकुओं को भेड़ियों की तरह बन्दूक से उड़ा चुके हैं। उड़ता पंछी बच नहीं सकता उनके निशान से।'' कैप्टन खान धीरे-धीरे एक-एक के सामने चलते रहे। हर कोई अपनी मौत को सामने देख काँप रहा था।

''खान एक गोली से एक बार कितने लोग मरते हैं ?''

''दस साब।''

''तो ठीक है दस-दस की कतारें बनाएँगे और दस गोलियों में काम तमाम होगा।''

''सरकार हमारा क्या गुनाह ? हमने तो बरसों से टंट्या को नहीं देखा। मदद भी नहीं की। ये भील हमारा रिश्तेदार कैसे बन गया।'' एक अधेड़ लेकिन मजबूत काठी के भील ने साहस से कह दिया।

''वो साला तुम्हारा दुश्मन है ना ? फिर पुलिस की मदद क्यों नहीं करते ? अपनी जान प्यारी हो तो...'' कैप्टन खान ने सबकी ओर एक नजर से देख लिया।

''तुम लोग टंट्या को पकड़ने में पुलिस की मदद करोगे ?''

''हाँ साब, मैं तैयार हूँ। जिस बदमाश ने पूरी भील जात के गले में रस्सी बाँध दी उसे पकड़ाए बगैर मैं चुप नहीं रहूँगा।'' उस भील ने कहा।

''हाँ, ये ठीक है।'' खान को जाल में मछली फँस जाने की खुशी हो गई। ''क्या नाम है तेरा ?''

''मैं सोम्या हूँ, सरकार।''

''सोम्या, अब तू इस मुहिम का लीडर बनेगा। आज से सरकार ने तुझे नौकरी दे दी। इनमें से और उन्नीस लोगों को चुन ले। तुम्हारे साथ पुलिस पार्टी रहेगी। मैं साहब से कह आता हूँ। तब तक तू अपने साथियों को चुन ले।'' योजना का पहला चरण सफल हो जाने की खुशी में वह साहब को रपट देने बाहर आ गए।

कैप्टन मोहमद खान ने सोमा की सहायता से बीस भीलों की एक टुकड़ी बना ली। पाँच-पाँच के चार गुट बनाए गए। उनके साथ आम कपड़े में दो सिपाही देकर टंट्या का सुराग लगाने उन्हें भेज दिया गया।

एक गुट खबर ले आया कि टंट्या होलकर मुल्क में तिनसा गाँव में आया है। कैप्टन मोहमद खान ने तिनसा के मालगुजार को भीखनगाँव बुला लिया।

''पटेल, आजकल टंट्या तुम्हारे यहाँ बार-बार आता-जाता है। तुम जानते हो कि महाराज और अंग्रेज सरकार ने टंट्या को पकड़ने की मिलकर मुहिम शुरू की है। तुम मालगुजार हो तो तुम्हारा यह फ़र्ज़ बनता है कि उनके हुक्म की तामील करो।

''हम टंट्या को पकड़ने के लिए जाल बिछा रहे हैं। टंट्या जब कभी तुम्हारे यहाँ मुकाम के लिए आएगा तब खास आदमी भेजकर फ़ौरन पास के गाँव में आम पोशाक में तैनात सिपाही को खबर कर दो।''

मालगुजार के चेहरे पर नाराजी को देखकर कैप्टन बोले, ''तुमने मदद नहीं की और दग़ाबाजी की तो मुझसे पाला पड़ेगा।'' कैप्टन खान से मालगुजार ने कहा, ''ऐसा शक भी मन में मत लाइए सरकार। मैंने तो पहले ही बता दिया कि टंट्या आजकल इधर नहीं आ रहा है।''

''बार-बार मुझे वही रट मत सुनाओ। तुम जो कहते हो वह सच भी हो, तो भी मेरा हुकुम मानना पड़ेगा। कैप्टन की आवाज में बदलाव आ गया। ''ऐसी नौटंकी तुमको महँगी पड़ेगी। जितना बताया उतना करो। ज्यादा कुछ मत बोलो और चलते बनो।''

मालगुजार भीखनगाँव पुलिस थाने से बाहर आ गए। पचासेक कदम चलकर सहसा उलटे पाँव थाने में आ गए। उन्हें देख कैप्टन खान के कान खड़े हो गए।

''सरकार, टंट्या कल मुकाम के लिए आ रहा है। आप तैयारी करें। मैंने अपना काम कर दिया साहब।'' और थाने के बाहर आकर जल्दी से चलने लगे।

''इंस्पेक्टर, इसकी दाल में कुछ काला है जरूर। उसके तिनसा पहुँचने से पहले हमें वहाँ पहुँचना चाहिए। जरूर कुछ झमेला है।''

''आप ठीक कहते हैं सर, अभी शाम के चार बजे हैं। तिनसा पहुँचने के लिए चार घंटे चाहिए। रात में पहाड़-जंगल में जाने से बेहतर है सुबह चलें तो...''

''हम भोर में ही चल पड़ेंगे गाड़ी के लिए कह देना।''

मालगुजार पुलिस थाने से निकलकर सीधे बलवन्त काले के घर पहुँच गए।

''जोखम का काम है। फौरन तिनसा भाग जाओ। टंट्यामामा से कहना, जल्दी से मुकाम बदले, पुलिस पीछे से आ रही है।''

''पटेल, आप बेफिक्र रहो। मैं अभी जाता हूँ। पुलिस मेरे बराबर भाग नहीं सकती। टंट्यामामा का काम मेरा काम है।''

बलवन्त काले की माँ चूल्हे के सामने बैठी रोटियाँ सेंक रही थी। खाट पर बूढ़ा बाप सोया हुआ था। नरहरि ने उन दोनों के बोलने की आवाजें सुन ली थीं।

''कौन आया है रे बलवन्त ?''

''तिनसा के मालगुजार हैं बापू !''

''तेरे पास उनका क्या काम है ?''

''उनका नहीं, मेरा ही काम है। तू सो जा बापू। मैं जरा बाहर जा रहा हूँ। कल सुबह तक लौटूँगा।''

माँ ने कहा, ''रोटी बन गई है। दो निवाले खाते जाना।''

''माँ, भूख नहीं है, दोस्त के पास खाना भी है।'' बलवन्त ने झूठ ही कह दिया।

फिर सोचकर बापू के पास जाकर धीरे से बोला, ''बापू, टंट्यामामा को सन्देस पहुँचाने जा रहा हूँ। किसी से मत कहना कि मैं कहाँ गया हूँ। तू फिक्र करेगा इसलिए बता रहा हूँ।''

टंट्या का नाम सुनते ही नरहरि उठ बैठे। तन रोमांचित हो गया।

''तुझे टंट्या कहाँ मिलेगा ? पीछे एक बार मिला था न।''

''आने पर सबकुछ बता दूँगा। तुम दोनों खाना खा लो। दिन उगने से पहले ही मैं आ जाऊँगा।'' बलवन्त ने कहा और दुलकी चाल में दौड़ने लगा।

नरहरि फिर लेट गया। उसे बड़ी खुशी थी कि बेटा बाप के रास्ते पर ही चल रहा है।

बलवन्त तिनसा के सगवारे में पहुँच गया। सड़क के किनारे झोपड़ी से किसी ने उसे रोका, ''कौन भाग रहा है ? जहाँ है वहीं खड़ा रह जा, नहीं तो सिर फोड़ दूँगा।''

बलवन्त अँधेरे में ठिठक गया। झोपड़ी में फूलसिंग बाहर आ गया। हाथ में तलवार थी। फूलसिंग के पीछे उंकार भी था कुल्हाड़ी लेकर।

''तुम किसके आदमी हो ?''

''तू कौन पूछनेवाला है ? पहले यह बता कि कहाँ से आया है और कहाँ जा रहा है ?''

''भीखनगाँव से आया हूँ। मालगुजार ने भेज दिया है।''

''सच कहता है ?''

''मैं बलवन्त काले। इससे पहले मिला था टंट्यामामा से। कहाँ हैं मामा ? जरूरी सन्देस देना है।''

''आ मेरे पीछे।'' उंकार ने कहा। फूलसिंग अपनी गश्ती झोपड़ी में लौट गया।

''राम-राम मामा, मैं बलवन्त नरहरि काले।''

''पहचानता हूँ बलवन्ता, टंट्या अपने आदमियों से एक बार मिलता है तो फिर भूलता नहीं। इतनी रात क्या काम निकला है ?''

''पटेल घर आए थे। बड़े साहब को तुम्हारा पता चल गया है। रात को पुलिस पार्टी निकलनेवाली है। उसके पहुँचने से पहले तुमको खबर देने के लिए पटेल ने भेजा है।''

''बड़ी जल्दी में मिलना हुआ तुझसे। फिर कभी आराम से मिलना और हाँ, तेरा बापू कैसा है ? टंट्या का राम-राम बोलना उसे। कहना कि टंट्या कभी भी दरसन करने आ जाएगा।''

''कह दूँगा, मामा। अच्छा, मैं अब जाता हूँ। और तुम यहाँ से निकल जाओ।''

''हाँ बेटे, टंट्या को आदत हो गई है अब गिरस्ती को पीठ पर लादकर भटकने की।'' हँसते हुए टंट्या ने बलवन्त की पीठ थपथपाई। बलवन्त लौट गया।

बड़े तड़के घर लौट आया तो नरहरि आकाश की ओर देखते हुए जाग रहा था।

''आ गया, बेटे का काम फतह ?''

''हाँ बापू, मामा ने तुझे राम-राम कहा है।'' खुश होकर बलवन्त ने कहा, ''और

एक दिन तुझसे मिलने भी आनेवाला है।''

''ऐसा कहा, अरे मेरी जिनगानी तो सोना हो गई।'' नरहरि का गला भर आया।

इस समय पूरब में रोशनी फैलने लगी थी और भीखनगाँव के पुलिस थाने के अहाते में कैप्टन मोहमद खान तिनसा जाने की तैयारी में थे।

ताप्ती नदी के दक्षिण किनारे पर साग का घना जंगल था।

पतझर के कारण पेड़ बीमार आदमी के उघड़े पिंजर जैसे दिखाई दे रहे थे। बड़ी थाली के आकार के पत्ते ज़मीन पर चारों ओर फैले हुए थे। साग के किनारे और बीच-बीच में अंजन के हरे-भरे पेड़ आँखों को हरियाली का सुख दे रहे थे। करंज का कोई पेड़ अपने काले हरे रंग से बन में किसी खाते-पीते अमीर की तरह साफ नजर आ रहा था। उसके पत्तों की कान्ति सुन्दरियों को शरमानेवाली थी।

आठ दिनों से टंट्या का मुकाम यहाँ पर था। बुरहानपुर के पूरब की ओर का पहाड़ी इलाका। दो पहाड़ों के बीच से बहती ताप्ती और उसके किनारों पर घना जंगल। ताप्ती के पार उसकली गाँव था। धूपकाल आनेवाला था। ताप्ती में कमर तक पानी था।

टंट्या जहाँ बैठा हुआ था वहाँ से झाड़ी में छिपा गाँव के बाहर का हनुमानजी का मन्दिर दिखाई दे रहा था। नदी का पाट लाँघकर मवेशी गाँव की ओर बढ़ रहे थे। दिनभर जंगल में चरकर जानवर नदी का पानी पी रहे थे। थोड़ी देर में गोधूलि में मवेशी और गड़रिए धुँधले होते गए।

तीन पत्थरों के चूल्हे पर मकई की रोटी पक रही थी। टंट्या के साथी खाना बना रहे थे।

ताप्ती की रेती ठंडी हो गई थी। हनुमानजी के मन्दिर के सामने बाजे सुनाई दिए। दो-तीन मशालें उजाले की नक्काशी बना रहे थे। सिर पर छोटी-सी गठरी लादे पानी की धारा को लाँघकर एक आदमी जा रहा था। टंट्या ने अपनी जगह से ही पूछा, ''क्यों भाई, मन्दिर के सामने क्या है आज ?''

''माली पटेल के बेटे का ब्याह हुआ कल। आज बारात है।'' इतना बताकर वह आदमी आगे चल पड़ा।

बाजे सुनाई दे रहे थे। अब आठ-दस मशालें थीं। बारात गाँव की तरफ जा रही थी।

''मंगल्या दादा, मैं बारात देख आता हूँ।''

''सँभलकर जाना बेटे। साथ में दो-एक को लेते जाना।''

टंट्या ताप्ती को लाँघकर गाँव में आ गया। बारात चौपाल के सामने आई हुई थी। बाजेवाले मज़े में बजा रहे थे। बन्ना-बन्नी बैलगाड़ी में सवार थे। बैलों की पीठ पर लाल झूलें थीं। उनमें आईने जड़े हुए थे। बाजों और बैलगाड़ी के बीच में एक बहुरूपिया लकड़ी के घोड़े पर बैठ बेतहाशा नाच रहा था। चारों ओर चक्कर लगा रहा था। कोई

नटखट बच्चा उसकी पूँछ को छूने लगता था तो वह पैरों को पीछे लेकर पेट पर हल्की लात लगाता था। बच्चा खिलन्दड़ेपन से भाग जाता।

बहरूपिए के नाच के बाद हाथ में पलीते लेकर तीन आदमी दौड़ते हुए आ गए। ढोल बजानेवाले ने दुलकी चाल में ढोल को पीटना शुरू किया। तीनों ने ताल में ताल मिलाकर चक्कर लगाया।

''पकड़ो–धरो–भाग जाएगा साला। भाग गया तो हमरी नौकरी जाएगी। वो बड़ा साब हमारी खाल निकाल देगा।''

काले डगलेवाले दो सिपाही एक तगड़े आदमी को खींचकर ले आए। उसको रस्सियों से बाँधा गया था। कमर में धोती, गले में बड़े-बड़े तावीज और बाजू में कड़ा था। लच्छेदार मूँछें। लाल और बड़ी-बड़ी आँखें।

उस आदमी ने दोनों हाथों से रस्सियों को झटक दिया तो काले डगलेवाले एक-दूसरे पर गिर पड़े। उठने के लिए प्रयास करने लगे।

''अरे साला, टंट्या, तू शैतान है कि हैवान है रे ?'' कहते हुए जमीन पर लोटपोट हो गए।

उस कैदी ने धक्का देकर काले डगलेवालों से रस्सा खींच लिया। अपने आपको छुड़ाकर एक सिपाही के कपड़े उतार दिए। उसे रस्सी से बाँध दिया, दूसरे के भी हाथों को पीठ पीछे बाँध दिया और अड़गोड़ा लगाकर नीचे गिरा गया।

सिपाही के कपड़े पहन लिए और चिल्लानेवाले सिपाहियों से बोला, ''फिर कभी आओगे टंट्या को पकड़ने के लिए ?'' और वह कूदता-फाँदता चला गया। भीड़ ने नारा लगाया, ''टंट्यामामा की जय।''

अँधेरे कोने में खड़े होकर टंट्या बारात में हो रहे स्वाँग को देख रहा था। टंट्या का स्वाँग खत्म हुआ और भीड़ के जयजयकार के नारे से टंट्या रोमांचित हो गया।

लोगों के सामने जाए या न जाए ? उसके मन से द्वन्द्व उभर आया।

''उंकार, तू माली पटेल के पास जा। कहना–टंट्या आ गया है। बन्ना-बन्नी को देखना चाहता है, उनको असीरवाद देना चाहता है।''

उंकार ने भीड़ के एक आदमी से माली पटेल का पता पूछ लिया। चौपाल के ओटले पर माली पटेल पालथी मारकर बैठे हुए थे। उनके पास एक तरफ पटवारी तो दूसरी तरफ छोटे भाई बैठे हुए थे। बारात के सामने स्वाँग देखने में सब खो गए थे।

''राम-राम भाई, मैं टंट्या का आदमी हूँ। टंट्यामामा आया हुआ है। वह बन्ना-बन्नी को मामेजा देना चाहता है।''

माली पटेल ऐसे चौंक पड़े मानो सामने बाघ को देखा हो। अभी-अभी तो टंट्या का स्वाँग देखा था। टंट्या की बहादुरी की तारीफ कर रहे थे और तभी टंट्या के आने की खबर से वह असमंजस में पड़ गए। पलभर के लिए कुछ नहीं सूझा।

"तुम नहीं चाहते तो वह नहीं आएगा ऐसा मामा ने कहा है।" उंकार ने फिर कहा।

उंकार की बातें आसपास के लोगों ने सुन ली थीं और टंट्या के आने की खबर चारों ओर फैल गई।

माली पटेल ऐसे उठे जैसे सिर पर मनों बोझ हो।

"चल भाई, टंट्यामामा को 'नहीं' कौन कह सकता है ?"

टंट्या को साथ लेकर माली पटेल दूल्हा-दुल्हन की गाड़ी के सामने आ गए। सब आँखें फाड़कर टंट्या की ओर देख रहे थे। दूल्हे ने मौर बाँध लिया था और दुल्हन ने घूँघट काढ़ लिया था।

"पटेल, तुम भागवान हो। शंकर-पारबती का जोड़ा लगता है। दोनों को टंट्यामामा का असीरवाद है। पटेल, टंट्या को बहन नहीं है। तुम्हारी ये बहू आज से टंट्या की बहन हो गई। मैं बहन का मुँह देखना चाहता हूँ।"

"ससुरजी, उससे कहिए, मैं मुँह नहीं दिखाऊँगी।"

माली पटेल ने सुन लिया और बहू के ढीठपन से चौंक गए। टंट्या भी सुनकर चौंक गया।

"बेटी, टंट्यामामा ने तुझे बहन माना है। वो भला आदमी है।"

"उससे पूछिए ससुरजी, टंट्या की बहादुरी तो हमने सुनी है। माँ-बहनों की कदर करता है। लेकिन जामली गाँव में उसने साहूकार की बेटी को छेड़ा था। ऐसा आदमी कैसे मेरा भाई हो सकता है ?"

टंट्या के सीधे मन को अंगार छू गया।

"बहना, मैंने तो तुझे बहन मान लिया। मैं डाकू हूँ, लुटेरा हूँ। मेरी दुश्मनी सरकार के साथ है। पर यह टंट्या झूठा नहीं है। बदमाश नहीं है।" भावल्या की ओर मुड़कर टंट्या ने पूछा, "कौन गया था उस गाँव के साहूकार के पास ?"

पलभर के लिए जानलेवा खामोशी फैल गई। सिर नीचे झुकाए लछमन सामने आ गया।

"लछमन, तू था। तूने तो टंट्या के मुँह पर कालिख पोत दी। इस बात का पता अब तक हमें क्यों नहीं लगा ?" गुस्से में चीखकर टंट्या ने कहा, "कौन से हाथ से छेड़ा तूने ?"

"मामा, जान-बूझकर कुछ नहीं हुआ। मैं साहूकार को बाहर खींच रहा था तो वह लड़की बीच में आ गई। उसका हाथ पकड़कर उसे बाहर निकाला।"

"उस हाथ को सामने करो।"

लछमन ने निश्चयपूर्वक हाथ आगे किया। कमर के तंगिये से कलाई पर प्रहार कर दिया टंट्या ने। कलाई कटने से खून का फव्वारा फूट पड़ा। लछमन ने दाँतों तले होंठों को दबाकर आँखें मूँद लीं।

"उंकार, लछमन को गाड़ी में डालकर खंडवा ले जा। डॉक्टर सदाशिव राऊत को बोलना, टंट्या का आदमी है।"

टंट्या के दुनिया से निराले इंसाफ को देख सब दहल गए थे।

''बहना, टंट्या को माफ़ कर दे। मेरे आदमी ने ग़लती की। उसको सजा दे दी तुम सबके सामने। यही टंट्या का इंसाफ है। चलता हूँ मैं।'' कहकर टंट्या जाने लगा।

''टंट्यादादा, बहन मान लिया और बिना उसका मुँह देखे ही चला जाएगा ?'' आवाज सुनकर टंट्या के कदम ठिठक गए। दोनों आँखों से आँसू निकलकर गालों पर बहने लगे मानो चट्टान से झरने निकल पड़े।

''बहना, टंट्या भी आदमी है। मुझे सबकुछ मिलता है मगर एक दुख है। बहुत दिनों से कलेजे के दाग जलते हैं। माँ बहुत तड़प-तड़पकर चल बसी। तब से किसी बारात में दुलहिन को देखता हूँ तो आँखों के सामने बहन दिखाई देती है। लेकिन लोगों के लिए तो मैं टंट्या डाकू हूँ। इसीलिए बारात में आने की हिम्मत नहीं कर रहा था। आज मन ने कहा, चल आगे बढ़ और मैं यहाँ आ गया। अब मैंने तुझे बहन मान लिया है। पूनो आऊँगा राखी बँधवाने।''

टंट्या ने आँखें पोंछ लीं। दूल्हे की ओर देखकर मुस्कराते हुए बोला, ''तुम हमारे बहनोई बन गए। देवी जैसी दुल्हन मिल गई है। उसको ठीक से सँभालना। बख्त जरूरत पड़े तो हुकुम करना, टंट्या जहाँ भी होगा दौड़ा चला आएगा।''

टंट्या ने जेब में हाथ डालकर अँजुरी-भर रुपए दुल्हन की गोद में डाल दिए।

''पटेल, मेरी वजह से देर मत करो। बाजेवालो बजाओ बाजे।'' टंट्या ने कहा। बाजे बजने लगा। बारात चल पड़ी। आसपास के लड़के टंट्या के जयजयकार के नारे लगाते हुए नाचने लगे। टंट्या सन्तोष के साथ बाजे के पीछे चलने लगा।

नेलर साहब ने टंट्या के चुनिन्दा रिश्तेदारों की बीस लोगों की एक टुकड़ी बनवा ली थी। शुरू में उन्हें डाँट-डपटकर काम पर जोत दिया। उनमें से कुछ लोगों द्वारा पुलिस की मदद करने की इच्छा दिखाने पर उनके सामने नौकरी और शानदार पुरस्कारों के प्रलोभन रख दिए।

पहाड़ों की पगडंडियों, दर्रे और घाटियाँ आदि टंट्या के सम्भाव्य आश्रयस्थलों की खोज जारी थी लेकिन पाँव तोड़ने के सिवा और कुछ हाथ नहीं आया।

उधर टंट्या ने निश्चित अन्तराल के बाद साहूकारों, मालगुजारों को सबक सिखाने का काम जारी रखा था इसलिए पुलिस की कार्रवाई बेकार साबित हो रही थी।

आज हीरापुर का बाजार था। दिसम्बर मास होने से बाज़ार में माल इफरात में आया हुआ था। इसी का अनुमान लगाकर व्यापारियों ने माल के भाव बेहद घटा दिए थे।

हीरापुर की चारों सड़कों पर टंट्या के कहने से ठाकुर नारायण ने अपने आदमी खड़े कर दिए थे। सामने से दो बैलगाड़ियाँ आती हुई दिखाई दीं। बलवन्त काले झट गाड़ी के पास पहुँच गया।

''राम-राम काका ! क्या लाए हो बेचने के लिए ?''

अनजाना नौजवान क्यों पूछताछ कर रहा है यह सोच एक अधेड़ आदमी ने गाड़ी रोक दी। बलवन्त की ओर निहारकर बोला, "किसी बेपारी का आदमी हो ?"

गाँव के बाहर ही व्यापारी के आदमी गाड़ी रोककर अपने मालिक के पास ले जाया करते थे।

"मैं किसी भी बेपारी का दलाल नहीं हूँ काका ! मैं टंट्यामामा का आदमी हूँ। टंट्या का नाम सुनकर चौंक गए ना ?" हँसते हुए बलवन्त ने कहा, "टंट्यामामा ने तुम लोगों का माल खरीदने के लिए बाजार में दुकान लगा दी है।"

गाड़ी हाँकनेवाले के पीछे बैठे बुजुर्ग ने सुनकर धूल-सना गमछा झटक दिया। पसीना पोंछते हुए बोला, "हम न ऊधो के देने में न माधो के लेने में। हमें क्यों इस टंटे में घसीटते हो ? सरकार और टंट्या के झगड़े में हम नहीं उलझना चाहते। टंट्या आज है लेकिन कल हमें इन्हीं बेपारियों को माल बेचना है।"

"आपकी मर्जी दादाजी। टंट्या की किसी से कोई जबर्दस्ती नहीं है। हमारा काम है बताना। अच्छा नहीं लगा तो कोई बात नहीं। लेकिन इतना ध्यान में रखिए दादाजी, कि आज उन लोगों ने भाव बहुत गिरा दिए हैं। मकई पाँच रुपए और बाजरा दो रुपए मन का भाव है आज।"

गाड़ी हाँकनेवाले ने चौंककर पूछा, "इतना बाजार गिर गया है ? ऐसा कैसे हो सकता है ?..."

"हाँ, और एक मन के लिए अढ़ाई सेर का जोत लगाता है बेपारी। पलड़े में अढ़ाई सेर का वजन बाँध देता है। तोलाई के खर्चे के लिए। तुम चालीस सेर बेचते हो लेकिन वो लेता है साढ़े बयालीस सेर। तुमने कभी जाँच-परख की है क्या कि तराजू के दोनों पलड़े बराबर तुलते हैं या नहीं ? नहीं ना ? क्योंकि उसे जाँचने का हक तुम्हें नहीं है। जिस पलड़े में वजन रखा जाता है उसके नीचे पलड़ा ज़मीन पर घिसने से खराब न हो इसलिए लोहे का एक आठ-दस सेर का टुकड़ा लगाया जाता है। तो यह आठ-दस सेर भी छाँट लिए जाते हैं।" बलवन्त रुक गया।

अब तक और पाँच-छह गाड़ियाँ आकर रुक गई थीं। क्या हो गया देखने के लिए सब इकट्ठा हो गए थे।

"तुम लोग बाज़ार के लिए माल ले आते हो। कभी तोलकर लाते हो ? नहीं। क्योंकि तुम बेपारियों का भरोसा करते हो। और वह बनिया इसी का लाभ उठाता है। तुम्हारी आँखों के सामने दस-बारह सेर को कैंची लगा देता है। फिर साफ-सफाई, छानना आदि के नाम पर और डेढ़-एक सेर काट लेता है। नापनेवाला भी अपनी कला दिखाता है। सब मिलकर कितना माल जाता है इसका कभी हिसाब किया ?" बलवन्त ने सबकी ओर नजर फेरकर फिर कहा, "इसके बावजूद तुम लोगों को जो करना है वह करो। लेकिन टंट्यामामा की दुकान की एक बात पक्की है। दोनों पलड़ों को परख लो और अपने हाथ से तोल लो। किसी प्रकार की कोई कटौती नहीं और बाजार भाव से तीन रुपए ज्यादा ले जाना।"

गाड़ीवाले और सिर पर बोझा उठाकर लानेवाले किसान असमंजस में पड़ गए। लड़का जो कह रहा था झूठ नहीं था। दुकानदार बरसों से इस तरह काटते आ रहे थे। किसी ने शिकायत नहीं की थी। और शिकायत करते भी तो कहाँ करते ? मालगुजार, पटेल और अधिकारी सब एक ही थैले के चट्टे-बट्टे थे।

टंट्यामामा ने आज यह नेक काम शुरू किया है लेकिन कल टंट्यामामा के न होने पर इन्हीं बनियों के दरवाजों पर आना पड़ेगा।

बरसों से शोषण हो रहा है। खुलकर बोलने की हिम्मत नहीं थी। आज टंट्यामामा ने हिम्मत से काम लिया है और इसमें अपना भी तो लाभ है।

गाड़ियाँ आ रही थीं लेकिन सब तरफ एक ही चर्चा होने लगी। बनियों-बेपारियों के सिर गर्म होने लगे। आज पहली बार उन्हें किसी ने चुनौती दे दी थी।

टंट्यामामा की दुकान में माल बेचोगे तो अच्छा नहीं होगा। वे धमकाने लगे। बेपारियों के गुंडे डाँट-डपट करने लगे। दुपहर तक हवा गर्म हो गई।

''हमारा बनियों, बेपारियों से कोई झगड़ा नहीं है। जिनको उन्हें माल बेचना है वे जरूर बेच सकते हैं। जो हमारे पास आना चाहते हैं, निडर होकर आ आवें। उन्हें किसी ने रोकने-सताने की कोशिश की तो टंट्या जरूर सबक सिखाएगा।'' ठाकुर नारायण बाज़ार में कहते घूमने लगे।

माल की खरीद शुरू हो गई। टंट्यामामा की दुकान पर भीड़ उमड़ पड़ी। कुछ लोग बनियों-बेपारियों के पास भी गए।

उंकार फूलसिंग तोलाई कर रहे थे। रामनारायणजी रुपए अदा कर रहे थे। एक ने माल बेचा। पैसे लेकर बाहर आ गया। बनिए के गुंडे ने उसे रोककर उसकी रकम लूट ली। वह गरीब चिल्लाने लगा। तनाव में चिनगारी में पड़ गई। टंट्या के आदमियों ने बनियों-बेपारियों के साथ मारपीट शुरू की। बाज़ार में भगदड़ मच गई।

टंट्यामामा बाज़ार में आ गया है इस खबर से गरीबों में उमंग की लहर दौड़ गई। खरीदा हुआ माल जहाँ का तहाँ छोड़कर बनिए-बेपारी डर के मारे भागने लगे।

''भावल्या, बाज़ार के लोगों से कह दे कि डरें नहीं, न भागें। टंट्या किसी को हाथ नहीं लगाएगा। लेकिन जो गरीब को टोकेगा उसको मैं देख लूँगा। सब धन तुम्हारा है। जिसके पास जो नहीं, वह ले जाओ।'' टंट्या हाथ में बन्दूक लेकर विजयी वीर की तरह बाज़ार में घूमने लगा।

टंट्या के आदमी बाज़ार का सामान सबको बाँटने लगे। टंट्या देख-रेख कर रहा था। भीड़ उसकी तरफ शूर सरदार की तरह कौतुक से देख रही थी।

रेंकू दौड़ता हुआ आ गया था। ठाकुरजी और रामनारायणजी को कान में खबर सुना दी। ठाकुर टंट्या के पास आकर बोले, ''टंट्याभाऊ अब तुम चले चलो। रेंकू खबर लाया है कि पुलिस एक कोस की दूरी पर पहुँच चुकी है।''

टंट्या और उसके साथी बाज़ार से बाहर आ गए। ठाकुर, नारायण और श्रीपाल दुकान समेटने लगे।

कैप्टन मोहमद खान और इंस्पेक्टर बेग के सिपाही हीरापुर पहुँचने से आधा घंटा पहले ही हमेशा की तरह टंट्या नौ दो ग्यारह हो गया था। सबकुछ लुटे बनिए-बेपारी घबराकर मानो जम गए थे। उनकी तो जैसे घिग्घी ही बँध गई थी।

"पहले खबर क्यों नहीं दी ?" थानेदार पटेल और हवलदार पर गुस्सा उतारने लगा।

"डाकू के आने से पहले खबर कैसे देते सरकार ?"

"कौन आया था ? टंट्या था ?"

"हम टंट्या को नहीं पहचानते साहब।" पटेल का जवाब सुन पटेल की बेईमानी भाँपकर थानेदार ने कहा, "मतलब आप अन्दर से उसका साथ दे रहे हैं।"

लुट चुके बनिए से थानेदार ने पूछा, "कौन आया था ? कितना नुकसान हो गया तुम्हारा ?"

"नहीं साब, हमारी किसी के खिलाफ कोई शिकायत नहीं है। कुछ भी नुकसान नहीं हुआ है हमारा। झूठ क्यों बोलें, सरकार। हम टंट्या को पहचानते ही नहीं।"

बनिए की बात सुनकर थानेदार चकरा गया। जिसका सबकुछ लुट गया था वह बोलने को तैयार नहीं था।

ठाकुर नारायण, रामनारायणजी और श्रीपाल को पकड़कर थाने लाया गया। कैप्टन मोहमद खान ने गुस्से से पूछा, "दुकान के लिए इतना रुपया कहाँ से ले आए ? और बाज़ार भाव से ज्यादा दाम किसानों को कैसे दे रहे थे ?"

"कप्तान साहब, आपकी सरकार बनिए-बेपारियों का साथ कब से देने लगी ?" रामनारायणजी बोले।

"किसके सामने बोल रहे हो ? जेल की हवा खानी पड़ेगी तब आँखें खुल जाएँगी तुम्हारी।"

"यही एक रास्ता आपको दिखाई देता है कप्तान साहब। और हम जेल से नहीं डरते। सरकार गरीबों का खून चूसनेवालों का साथ देने लगी है। हमने बाज़ार भाव-माल नहीं खरीदने का गुनाह किया है।"

"तुम नहीं बोल रहे हो रामनारायणजी, टंट्या की ताक़त बुलवा रही है। अच्छी बात है, एक दिन आएगा जब हम देख लेंगे और तब टंट्या नहीं आएगा तुम्हें छुड़ाने।" कैप्टन मोहमद खान ने तीनों को निकाल दिया और जरूरी सबूत न मिलने से हाथ मलते बैठ गया।

मि. नेलर ने इंस्पेक्टर जनरल ऑफ पुलिस को चिट्ठी लिखी। टंट्या के बन्दोबस्त के लिए कुछ उपाय करने के लिए उन्हें अनुमति चाहिए थी। जिस गाँव में डाके पड़े, लूटमार हुई वहाँ अलग पुलिस थाने बनवाए जाएँ तथा इस खर्च को गाँव से दंड के रूप में वसूल किया जाए। जिन गाँवों के मालगुजार या लोग टंट्या की मदद करते हैं, उन गाँवों को भी सामूहिक दंड दिया जाए। ग्राम सुरक्षा दलों की स्थापना की जाए। इनमें

सरकार की सहायता करनेवाले विश्वसनीय लोगों की भर्ती की जाए। उन्हें बन्दूकें और अन्य हथियार मुहैया किए जाएँ।

आई.जी.पी. ने मि. नेलर की योजना को तुरन्त मंजूरी दे दी। होलकर मुल्क में भी इसे लागू करने के लिए चीफ कमिश्नर ने होलकर महाराज से प्रार्थना करने की सिफारिश की।

नेलर उत्साह से काम पर डट गए। तहसीलदारों की मदद से ग्राम सुरक्षा दल स्थापित किए जाने लगे। विश्वासपात्र मालगुजारों और पटेलों को इसका प्रमुख बनाया गया।

खंडवा में ग्राम सुरक्षा दलों के प्रमुखों की सभा बुलाई गई। पटेल-पटवारियों को भी बुलाया गया।

मि. नेलर ने अपनी योजना समझा दी :

''टंट्या और उसके डोस्टों ने इधर ज्यादा गड़बड़ शुरू कर दी है। उसके बंडोबस्ट के लिए बड़े साहब ने अपने खास प्लैन को मंजूरी दे दी है।

''अकेला टंट्या गाँव पर हमला करटा है और गाँववाले उससे डरटे हैं। टुमने टय किया तो उसको पकड़ना मुश्किल नहीं हैं। टुमारे गाँव की हिफ़ाज़ट टुम ही करेगा। टंट्या के बन्दूक से डरने की बाट नहीं। अब सरकार टुमको मुफ्त में बन्दूक देगी। टंट्या या उसका साथी गाँव में आ गया तो उसको पकड़ो नाईं तो गोली मार दो। सरकार टुम्हें इनाम देगा। और एक स्कीम के बारे में हमारा कैप्टन साब बटाएगा।''

कैप्टन मोहमद खान खड़े हो गए।

''भाइयो, इधर कुछ दिनों से तुम लोग अच्छी हिम्मत दिखा रहे हो। टंट्या की कार्वाइयों में कमी आ गई है। लेकिन टंट्या का भरोसा नहीं कर सकते। वो बदमाश कुछ दिन चुप बैठता है और फिर सिर उठाता है।

''अपनी माई-बाप सरकार ने तुम लोगों को टंट्या के खिलाफ पूरी हिफ़ाज़त और मदद देने की बात की है। अब तक डाकू-लुटेरे के गाँव में आने पर लोग घबराकर घरों में छिप जाते थे। कोई उनका मुकाबला नहीं करता था। क्योंकि टंट्या के पास हथियार थे। गाँववाले एक साथ नहीं थे। लेकिन अब गाँव हिफ़ाज़ती दस्ता उसका मुकाबला करेगा। टंट्या के आने की खबर मिलते ही लाल रंग के कागज पर इस खबर को लिखकर पटवारी इस तबक को पड़ोस के गाँव में पहुँचा देगा। एक तबक पुलिस थाने पर भेज देगा। गाँव ऐसे ही लाल तबक पर सन्देसा पड़ोस के गाँव भेजकर होशियार करेगा। खबर आते ही गाँव हिफ़ाज़त दस्ता टंट्या से मुकाबला करने के लिए तैयार होगा।

''इस साल तबक से टंट्या की हलचलों की जानकारी आसपास के गाँवों में पहुँच जाएगी। लोग होशियार रहेंगे। एक गाँव का दूसरे गाँव से राब्ता रहेगा।

''खबर मिलते ही पुलिस आपकी मदद के लिए दौड़ पड़ेगी। तुम लोगों को हिम्मत से काम लेना चाहिए। फिर देखना टंट्या को कैसे काबू में किया जाता है।''

मि. नेलर ने हर एक ग्राम सुरक्षा दल को एक-एक बन्दूक और कुछ तलवारें तथा बर्छियाँ दे दीं। बारूद दिया गया। बन्दूक चलाने का प्रशिक्षण भी।

उस दिन रात को मि. नेलर साहब चैन की नींद सो सके। उन्होंने नींद में सपना देखा। टंट्या एक गाँव में आया है। हिफ़ाज़ती दस्ते के बहादुर नौजवान उसका मुकाबला कर रहे हैं और भागते-दौड़ते टंट्या का दम टूट रहा है।

खंडवा में नेलर साहब ने जो बैठक बुलाई थी उसमें उपस्थित एक पटवारी टंट्या का मुखबिर था। उसने निहाल को बताया। निहाल ने बलवन्त को और बलवन्त ने टंट्या तक खबर पहुँचा दी।

हरसवाड़ के नाले के पास तीन पत्थरवाले चूल्हे पर जरमन के भगोने में उदुम्बर के फल उबल रहे थे। बलवन्त को देख टंट्या ने पूछा, "आज क्या खबर लाए हो ?" बलवन्त के अब तक के काम पर टंट्या खुश था। "बलवन्त, इस झमेले में पड़कर लिखने-पढ़ने और नौकरी को अनदेखा मत कर।"

टंट्यामामा को उसकी पढ़ाई की फिक्र है इसे देखकर बलवन्त मन-ही-मन हरख गया। जो काम वह कर रहा था उसमें उसे खुशी थी। उसे भीखनगाँव के मास्टरजी की याद आ गई। रामप्रसादजी की याद से वह खिल उठा।

"आँ ऽ, आज बहुत खुश लग रहा है। चुपचाप मुस्कराता है। बात क्या है ?"

"मामा, तुमने पढ़ाई और नौकरी के बारे में कहा तो मुझे भीखनगाँव के मास्टर रामप्रसादजी की याद आ गई।"

"बलवन्त, तेरा ये मास्टर क्या कहता है रे ? उसके दरसन के लिए एक बार मुझे ले चल भाई।"

टंट्या की बात से बलवन्त फूला न समाया। उमंग से बोला, "मामा, सचमुच आओगे मास्टरजी से मिलने ? मैंने मास्टरजी को सबकुछ बता दिया है। यही कि तुम्हारे काम में मदद करता हूँ। खंडवा गया था रेलवे की नौकरी के लिए। वह भी बता दिया था लेकिन सच कहूँ मामा, दीवारों के पीछे बैठकर टिकट काटने का काम मुझे अच्छा नहीं लगता। मास्टरजी को बताया तो बोले–'जिस काम से आनन्द नहीं मिले वह काम मत कर।' मास्टरजी की यही बात याद आ गई मामा, और मैं हँस पड़ा।"

"तुझे यह काम अच्छा लगता है लेकिन इसमें खतरा बहुत है।"

"इसमें आनन्द भी बहुत है मामा। मैं आज खंडवे की खबर ले आया हूँ। नेलर साहब ने मीटिंग बुलाई थी। गाँव-गाँव में तुम्हारे खिलाफ दल खड़े किए गए हैं। उन्हें बन्दूकें और तलवारें दी गई हैं। तुम्हारी खबर पहुँचाने के लिए लाल तश्तरी शुरू की है पटवारियों की मदद से।"

"मतलब सरकार ने तो अपना ही काम कर दिया। उतने ही अपने लोगों के

हथियार बढ़ जाएँगे।''

टंट्या की बात का मतलब बलवन्त कुछ देर से ही समझ पाया।

बलवन्त भगोने में उबल रहे उदुम्बर के फलों को देख रहा था। मालगुजारों-साहूकारों से सैकड़ों रुपए लूटनेवाला टंट्यामामा उबले हुए उदुम्बर के फल खाता है। क्यों खाता होगा ? उलझन कुछ सुलझ नहीं रही थी। सोच में डूबे बलवन्त से टंट्या ने कहा, ''क्यों बलवन्त, अपने आपको भूलकर किस सोच में डूब गए हो ?''

मामा ने बराबर पकड़ लिया यह सोचकर वह झेंप गया।

''मामा सोच रहा था कि पूछूँ या न पूछूँ तुमसे।''

''पूछ ले बेटे। टंट्या का भीतर-बाहर एक ही होता है।''

''मैं सोच रहा था मामा कि गरीबों को, जरूरतमन्दों को बीसों मन अनाज बाँटनेवाला मामा उदुम्बरों को उबालकर क्यों खाता होगा ? यही सवाल मेरे मन को परेशान कर रहा था।'' बलवन्त की बात पर टंट्या खिलखिलाकर हँस पड़ा।

''अच्छा तो ये बात है। टंट्या वही खाता है जो वह और उसके लोग पहले से खाते आ रहे हैं। उदुम्बरों को खाने से मुझे उनकी याद आती रहती है। बलवन्त अभी अच्छे दिन हैं लेकिन कल का क्या भरोसा ? दिन बदल गए तो उदुम्बर फल के खाने की आदत काम आ जाएगी।''

टंट्या के जीने के अजीबोगरीब दर्शन से बलवन्त रोमांचित हो गया।

बलवन्त को लेकर टंट्या थोड़ी दूर एक कुएँ के पास आ गया। वह प्यासा था। कुएँ के पास आम का एक छतनार पेड़ था। काश्तकार कुएँ के बाँध पर बैठकर रोटी तोड़ रहा था। मालिक नारायणराव भाटे आम की छाँव में लेटे हुए थे।

''राम-राम मालिक,'' टंट्या की आवाज सुनकर नारायणराव भाटे ने करवट बदल दी।

''पानी पिलाओ मालिक।''

''कौन है रे तू ?''

''मैं टंट्या हूँ।''

टंट्या का नाम सुनते ही नारायणराव के हाथ-पाँव ठंडे पड़ गए। फिर डर का स्थान क्रोध ने ले लिया। सनातनी ब्राह्मण ने सिर उठाया।

''मैं ब्राह्मण हूँ। तेरे जैसे डाकू-लुटेरे को मैं अपने हाथ से पानी नहीं पिलाऊँगा।''

टंट्या को अपने कानों पर भरोसा नहीं हुआ। डाकू-लुटेरों को अछूत मान लिया !

''मालिक, मैं डाकू हूँ तो सरकार की नजरों में। हाँ, मैं डाके डालता हूँ। लेकिन गरीब को कभी हाथ नहीं लगाता। कुनबी किसान तो मेरे भाई हैं। मैं उनकी मदद करता हूँ। टंट्या ने अब तक तुम्हारे जैसे बामन देवता का सम्मान ही किया है। अच्छी बात है। टंट्या तुमको बुरा नहीं कहेगा। यह तो दुनिया है। जो नसीब में होगा उसे तो भोगना ही होगा।''

भारी मन से टंट्या जाने लगा। शेरदिल टंट्या के दिल में कहीं गहरा घाव हो गया

था।

"टंट्यादादा, पानी पिए बिना नहीं जाओगे। मैं तुम्हें पानी देती हूँ।" नारायणराव की बड़ी बहू की आवाज सुन ली टंट्या ने। माई के हाथ में पानी का लोटा देखकर टंट्या ने कहा, "बहना, ससुरजी ने नहीं कहा तो उनके खिलाफ जाकर पानी मत पिलाओ।"

"बाट चलते बटोही को पानी पिलाना धर्म है, टंट्यादादा। और तुम्हें तो गरीब-गुरबा की दुआएँ मिलती हैं।"

टंट्या ने नारायणराव की ओर देखा।

"मालिक की इजाजत हो तो ही ये टंट्या पानी पिएगा। नहीं तो नहीं। माफ़ कर दे बहना।"

नारायणराव के छोटे मन को उदात्त के दर्शन हो गए। बोले, "टंट्या, मेरे भीतर के ब्राह्मणत्व से मैं पलभर के लिए भटक गया था। तुमने मेरी आँखों में अंजन डाल दिया। पानी को नहीं मत कहो।"

टंट्या बड़ी बहू के सामने अँजुली बनाकर घुटनों पर बैठ गया। बहू ने पानी पिला दिया। लोटा-भर पानी पीकर टंट्या खड़ा हो गया। खाली लोटे में टंट्या ने मुट्ठी-भर रुपए डाल दिए।

"रुपए किसलिए ? पानी पिलाना पुण्य का काम है। उसके पैसे लेना ठीक नहीं।"

"बहन, पानी पिलाना पुन्न का काम तो है, लेकिन एहसान का बदला चुकाना जंगल के इस आदमी का धरम है। जंगल कितना देता है बिन माँगे। हमीं लोग हैं फटी झोलीवाले।"

टंट्या बोल गया और उसके इस नए जीवनदर्शन से नारायणराव रोमांचित हो गए तो साथ का बलवन्त भी फूला न समाया।

मि. नेलर के हाथ में आई.जी.पी. का पत्र था। मि. नेलर को गुनहगारों को सजा देने के लिए न्यायाधीश के अधिकार दे दिए गए थे। टंट्या को पकड़वाने का इनाम पन्द्रह सौ से बढ़कर पचीस सौ कर दिया गया था।

और एक पत्र चीफ कमिश्नर का भी था। टंट्या से सम्बन्धित कार्रवाई की हर पन्द्रह दिन की रपट भेजने के लिए कहा गया था तथा इस बात पर आश्चर्य प्रकट किया गया था कि टंट्या को पकड़ने के बारे में घोषणापत्र अब तक जारी क्यों नहीं किया गया।

मालगुजारों-साहूकारों के घरों पर लगातार पड़नेवाले डाकों की अब पुलिस को आदत हो गई थी। जो लुट गए थे वे मुँह नहीं खोल रहे थे। पूछताछ के लिए आई पुलिस के हाथ कुछ नहीं लगता था।

आई.जी.पी. मेजर सरीन ब्रुक ने खंडवा में एक जरूरी मीटिंग बुलाई। बैतूल-होशंगाबाद

के पुलिस अधिकारी भी निमन्त्रित थे।

होशंगाबाद जिले में डाकुओं का बन्दोबस्त इंस्पेक्टर जीवनसिंग कर रहे थे। निजी जासूसों की बदौलत उन्हें कुछ कामयाबी भी मिली थी।

''इंस्पेक्टर जीवनसिंग हम टुम पर ज्यादा जिम्मेदारी डाल रहे हैं। चावरा हिलसाइड में टुमारा हेडक्वार्टर होगा। वहाँ से टुम निमाड़, बेटूल और होशंगाबाद की डकैती को कंट्रोल करेगा। मि. नेलर और मि. हिगिंस के लोग टुमारा मदद करेगा। मि. जीवनसिंग, आइ वांट रिज़ल्ट्स।'' आई.जी.पी. मेजर ब्रुक्स ने कहा।

मि. नेलर ने अपना प्लैन बता दिया और कहा, ''सर, अपने कुछ सिपाही बेकार हैं। डाउट है कि वो अपनी नौकरी करता हाय या टंट्या की।''

''टुम एक्शन लो। उनको घर भेज दो।''

''घर भेज देने पर टो वह टंट्या का और भी साथ देंगे।''

''तो उन पर केस कर दो।''

''सर और एक सजेशन हाय। जबलपुर-नागपुर जेल में टंट्या के पुराने साथी हैं। उनमें से जो टंट्या को पकड़ने में मदद करेगा उसकी सजा कम कर दी जाए।''

''अच्छा सजेशन हाय, मि. नेलर। जेल के कैदियों के बारे में हम चीफ कमिश्नर का परमिशन लेगा। असली फैक्ट तो ये है के टंट्या इस मुल्क में है इसका कोई प्रूफ नहीं हाय। टुमारे पास क्या प्रूफ हाय ?

पिछले एक साल से हम सुनटा हाय कि टापी और नर्मदा में एक आदमी डाके डालता है। अफ़वा है कि वो टंट्या हाय। मैं पूछटा हूँ कि इसका क्या प्रूफ़ हाय ?

''सुना था कि गाटाखेरी के राजा ने टंट्या की मदद की थी। अब मकडाई का राजा भी ऐसी ही मदद करता हाय।

''मकडाई की रियासट में अपना फोर्स रखने के लिए हम चीफ कमिश्नर से परमीशन लेगा। टब तक टुम मकडाई के मुल्क में टलाश करो। टुमारे वापस आने टक मैं खंडवा कैम्प को नहीं हटाऊँगा।''

भिकी रात में ही शिवबाबा के दरबार में मंगल्या के साथ पहुँच गई थी। साथ में उंकार, ताडी, किसन भी थे। सुक्ता के दक्षिण तीर पर महादेवजी का छोटा-सा मन्दिर था। वहाँ से पाट में उतरने के लिए पत्थर की सीढ़ियाँ थीं।

सुबह हो जाने पर भिकी ने खाने-पीने की तैयारी शुरू कर दी थी। ताडी ईंधन लाने गई थी। उंकार मेले में भटकने चल पड़ा था। किसन सुक्ता के छल-छल जल में डुबकियाँ लगा रहा था। सूरज सिर पर आ चुका था।

किसन कुछ देर के लिए पानी के बाहर आ गया। धूप से बदन सूख गया। धूप की गर्मी को कम करने वह फिर पानी में पीठ के बल लेट गया।

जसुदा अपनी ही धुन में जा रही थी। आसपास की भीड़, शोर, गन्ध किसी का भी ध्यान

नहीं था।

सुक्ता का किनारा लोगों के आने-जाने से कीचड़ से भर गया था। जसुदा के तलुवों को कीचड़ के स्पर्श से गुदगुदी होने लगी, वह होश में आ गई। नदी में लोग नहा रहे थे। भीड़ को देख उसकी बेचैनी दूर हो गई।

सुक्ता के कल-कल करते जल को देख उसके मन में उमंग उठी। फिसलन की वजह से वह गिरने ही वाली थी कि उसने अपने-आपको सँभाला। गिर गई होती तो लोग हँसते। या कोई हाथ आगे बढ़ाकर उठाने भी आता।

बरसों पुरानी हाथ की पकड़ उसके मन से छूटने को राजी नहीं थी। यादों को भुलाने की कोशिश करो तो अजगर की तरह और भी जोर से जकड़ लेती हैं।

कितने बरस हो गए इस बात को ? पाँच-दस-पन्द्रह...जसुदा के सामने गिनती फिरनी की तरह घूमने लगी। रंग-बिरंगी फिरनी घूमने लगती है तब पंखुड़ियों का मिलकर एक ही धुँधला रंग बन जाता है। उसकी आँखों के सामने भी धुँधली यादें बची हुई थीं।

हर साल की तरह नवगजाबाबा के पड़ोस में नवरात्रि का दस दिनोंवाला कार्यक्रम चल रहा था। अन्तिम दिन दशहरे का। तीसरे पहर बेम्बली के किनारे से दूर की सीमा तक लोग उलाँघने के लिए जा रहे थे। सहसा मूसलाधार बारिश शुरू हो गई। आसमान फटकर चारों ओर पानी ही पानी हो गया। बारिश के रुकने का कोई नाम नहीं था। बेम्बली का पानी बढ़ने लगा।

गाँव की आठ-दस लड़कियों के साथ जसुदा भी होड़ देखने आई हुई थी। बेम्बली की बाढ़ की वजह से रुक गई थी। बारिश का जोर कम हो जाने पर लोग लौटने लगे थे।

जसुदा और तीन लड़कियाँ एक-दूसरे का हाथ पकड़कर हँसती-खिलखिलाती बेम्बली की धारा से धीरे-धीरे जा रही थीं। झपट्टा मारनेवाले साँड़ की तरह बाढ़ का पानी उछल रहा था। जसुदा को लगा कि पैर में कुछ लिपट गया है। हाथ छोड़कर वह नीचे झुक गई और सन्तुलन खोकर बहते पानी में पीठ के बल पर गिर पड़ी। नाक-मुँह में पानी भर गया। दूसरे ही पल उसके हाथ को किसी की कलाई ने मजबूती से पकड़ लिया था। वह जमीन पर खड़ी हो गई थी। सामने देखा एक ठिगना-सा छरहरा लड़का खड़ा था। बेम्बली के ठंडे पानी में उसके हाथ की गर्माहट उसने महसूस की और वह सिहर उठी। लड़का उसे खींचकर किनारे ले आया।

"बहते पानी के साथ क्या बह जाना चाहती थी ?" हाथ छोड़ते हुए लड़के ने पूछा था।

एक बार उसकी तरफ देखकर कलाई पर वह दूसरे हाथ की उँगलियाँ फेरने लगी। आसपास भीड़ बढ़ गई थी। उसने इधर-उधर देखा। उसको बचानेवाला तात्या कब का जा चुका था।

जसुदा सुक्ता की आधी धारा तक पहुँच चुकी थी। दो अँजुरी पानी पीकर उसने हाथ-मुँह

धो लिया। पल्लू से भीगा चेहरा पोंछने लगी।

कुछ दूरी पर उसने किसन को देखा और उसके हाथ-पाँव काँपने लगे। दिल धड़कने लगा। आसपास देखा, सब अजनबी चेहरे।

सुक्ता के तीर पर पन्द्रह बरस पहले की घटना याद आ गई और आँखों के सामने टंट्या का साक्षात्।

जसुदा असमंजस में पड़ गई। बिथरे मन में तूफान साँय-साँय करने लगा। टंट्या ने देख लिया तो क्या होगा ? टंट्या अब पहलेवाला टंट्या नहीं रहा। निमाड़ में उसके नाम पर लोग हरख जाते हैं। उसकी मदद करने के लिए जान की बाजी लगा देते हैं। जंगल का राजा गरीबों के गले का तावीज़ बन गया है।

इस टंट्या के बारे में मैं क्यों सोचती हूँ ? कौन है वह मेरा ?

जसुदा ने अपने आपको सँभाला। टंट्या अब किसी एक का नहीं, पूरे निमाड़ का है। फिर भी मन का एक कोना उसकी याद से अब भी कभी-कभार भीग जाता है।

उसने मन-ही-मन शिवबा को हाथ जोड़ दिए।

टंट्या जाने लगा। जसुदा के उस तीर पर पहुँचने से पहले वह चला गया तो। फिर कब मिल सकेगा ?

''टंट्या...'' उसने मन मजबूत कर पुकारा।

किसन ने झट से मुड़कर पीछे देखा।

जसुदा उसकी ओर देख रही थी। हूबहू टंट्या जैसा। वही सूरत, वही कद-काठी लेकिन चेहरे पर साँवला-सलोनापन।

''तू किसन है ना ? कितना बड़ा हो गया रे बाप जैसा।'' पास आते हुए जसुदा ने कहा।

भिकी ने जसुदा को किसन के पास देखा तो उसका कलेजा दहल उठा। इसी के बाप की वजह से टंट्या की जिन्दगी भटक गई थी।

जसुदा भिकी के पास आ गई। भिकी बेमन से जरमन के भगोने में पानी भर रही थी। ध्यान हट जाने से भगोना धारा में बहता चला गया।

''कैसी है रे तू भिकी ? बहुत दिनों से तुम लोगों से मिलना नहीं हुआ।'' जसुदा किसन को एकटक देखती जा रही थी। उसे उसमें टंट्या दिखाई दे रहा था।

भिकी होश में आ गई। पानी में बहते भगोने की ओर देखकर चीख पड़ी।

''किसन्या, देख वो बहता जा रहा है।''

किसन ने दो छलाँग लगाकर भगोना वापस माँ को ला दिया।

भिकी की जान में जान आ गई। जसुदा की नजर तो नहीं लग जाएगी मेरे बेटे को ? भिकी के मन में यह बात आ गई।

''भिके कितनी सूख गई है री ! कुछ खाती-पीती नहीं क्या ! तेरे हाथ में ताकत रहेगी तभी तो आदमी को दो जून रसोई बनाकर परोस सकेगी।''

सीढ़ियों पर बैठे मंगल्या ने देखा भिकी किसी से बातें कर रही है। उसकी धुँधली

नजरों ने जसुदा को नहीं पहचाना। वह पास आ गया।

''मंगल्या मामा, मैं जसुदा हूँ।''

''कैसी है जसुदाबाई, अकेली कैसे आ गई ?''

''गजरीबुआ के साथ में। गाड़ीवान भी है। मंगल्या मामा तू भी तो सूख गया है।''

''मुझे क्या हो गया है। दो जनों का खाता हूँ और खूब भटकता हूँ।''

''मगल्या मामा, तुम लोगों को मेरे बाप और चाचा के कारन बहुत भुगतना पड़ा।''

मंगल्या ने आश्चर्य से जसुदा की ओर देखा।

''हरेक के नसीब की आड़ी रेख को कोई नहीं पोंछ सकता, बेटी। जो होना है वह होकर रहता है। उसमें दोस तेरे बाप का नहीं, न किसी और का। यह तो होना ही था। तेरा बाप कारन हो गया इतना ही।'' शिवबाबा की घंटी बजी। ''देख, शिवबाबा ने भी इशारा किया। जसुदा माय, अपने बाप से कह दे कि न टंट्या को, न हमें उससे कोई शिकायत है। टंट्या का गुस्सा तो गोरे साहब के खिलाफ है और साहूकारों के खिलाफ।

मालिक कैसे हैं ? और बाईसाब ?''

''बापू की तबीयत इधर ठीक नहीं रहती। घर में ही बैठे रहते हैं। कहीं आते-जाते नहीं। खेत पर भी नहीं जाते। माँ ही देखती है।''

''सँभाल री अपने बाप को। अच्छा आदमी है। भावड्या कहा करता था। लेकिन ये साढ़ेसाती सताती है आदमी को। यह भी दिन जाएँगे और फिर सबकुछ ठीक-ठाक हो जाएगा। जसुदा, अकेला होने पर टंट्या हमेशा याद करता है...''

जसुदा ने चौंककर मंगल्या की ओर देखा। लम्बी आह भरकर वह धीमे स्वर में बोला, ''टंट्या अकेले में मुझसे कहता है कि पटेल की कोई ग़लती नहीं थी। मैंने ही कुछ ज्यादती की। गाँव के लड़कों ने झूठी तोहमत लगाकर तेरे नाम से दाग लगा दिया तो वह चिढ़ गया। फिर बात से बात बढ़ती गई। तुझे और मालिक को तकलीफ उठानी पड़ी।''

''जसुदा बेटी, तेरे दिए हुए तावीज़ से टंट्या को जोस आता है।''

जसुदा अपने आपको भूलकर मंगल्या की ओर देख रही थी।

नदी पार से गजरीबुआ ने आवाज देकर पूछा, ''जसुदा दरसन हुआ कि नहीं अभी तक ?''

''सँभलकर जा बेटी और मालिक को मंगल्या का राम-राम बोल दे।''

जसुदा लौटने लगी। भिकी के पास आकर उसके हाथ हाथों में लेकर बोली, ''किसन की नजर उतार माय, और हाँ, किसन के ब्याह में मुझे बुलाना, भूलना नहीं।''

भिकी नदी पार चली गई जसुदा की ओर देख रही थी। उसका मन सुक्ता के पानी

की तरह निथर गया था।

टंट्या ने होशंगाबाद जिले में धूम मचा दी थी। मालगुजारों और साहूकारों के लूटे जाने की वारदातें देर से पुलिस थाने पर पहुँच रही थीं।

नर्मदा विभाग के कमिश्नर ने चीफ कमिश्नर को पत्र लिखकर स्थिति बता दी।

''लोगों का सरकार से भरोसा उठ गया है। टंट्या और भी ढीठ बन गया है। इस स्थिति पर काबू करने के लिए चार ज़िलों के लिए एक विशेष अधिकारी की नियुक्ति की जाए और इनाम की रकम पाँच हज़ार कर दी जाए।''

चीफ कमिश्नर ने इसे नामंजूर करते हुए लिखा, ''होशंगाबाद जिले की परिस्थिति चिन्ताजनक है। लूटमार की घटनाओं के बारे में लोग पुलिस को इत्तला नहीं करते यही मुश्किल बात है।

''इंस्पेक्टर जीवनसिंग ने अब तक क्या किया ? उलटे इस क्षेत्र में टंट्या की हरकतें और बढ़ गई हैं। जीवनसिंग ने कोई कार्रवाई नहीं की और टंट्या की हलचलों के बारे में कोई रपट नहीं दी।

''इंस्पेक्टर जीवनसिंग के स्थान पर इंस्पेक्टर दीनानाथ की नियुक्ति की जाती है। पुलिस अधीक्षक को चारवा भाग में जाकर तुरन्त टंट्या को इस क्षेत्र से हटाने की कार्रवाई करनी चाहिए या उसे पकड़ना चाहिए। तब तक यहाँ से आपका कैम्प हटेगा नहीं।

''निमाड़ के सभी पुलिस थानों, खासकर हरदा तहसील के अस्थायी पुलिस थानों का नक्शा भेज दिया जाए और इस बात की भी रपट दें कि क्या इतने थाने कार्रवाई के लिए काफी हैं ?''

चीफ कमिश्नर के कड़े पत्र से पुलिस दल फिर से जागरूक बन गया।

होलकर स्टेट रेल ने चोरल स्टेशन पीछे छोड़ दिया था।

सर्पिल मोड़ पार कर छुक-छुक आवाज करती रेल दौड़ने लगी। विन्ध्य पहाड़ी के तट पर वह मानो रेंग रही थी। दाईं ओर पहाड़ों की ऊँची कतार थी। हरे-भरे वृक्षों से पहाड़ ढँक गए थे।

चोरल स्टेशन दो पहाड़ियों के बीच की घाटी में था। स्टेशन के पीछे गहरी नदी थी। नदी के पुल को पार करती हुई रेल दूसरे तीर पर धीरे-धीरे पातालपानी स्टेशन की ओर जा रही थी। पहाड़ी से गोह की तरह चिपककर आगे रेंगती चढ़ती हुई वह अर्धगोलाकार चूड़ी की तरह दिखाई दे रही थी। अन्तिम सिरा पहाड़ को तोड़कर बनाई गई दरार में खो गया था।

पातालपानी स्टेशन तक मुश्किल चढ़ान थी और दोनों तरफ की पहाड़ी को काटे जाने से खोंडर बने हुए थे।

चार लोगों ने चोरल स्टेशन से गाड़ी के छूटने की सीटी सुन ली और वे आनेवाली

रेल की राह देखने लगी। पेड़ों के सिर पर धुआँ दिखाई देने लगा। लोग होशियार हो गए। पीठ पर बोझ लादकर पहाड़ चढ़नेवाले आदमी की तरह हाँफती हुई गाड़ी को उन्होंने दूर से देख लिया।

"आखिर से पहले का डब्बा है साहब का। उसे छोड़कर अन्दर घुसना है।" एक ने कहा। सब तैयार हो गए।

सामने से रेल इंजन गुजर गया। चारों ने कूदकर डब्बा पकड़ लिया। खिड़की को पकड़कर फिर अन्दर आ गए।

पातालपानी स्टेशन आते ही रेल की गति कम हो गई। चारों गाड़ी के रुक जाने से पहले ही कूदकर बाहर आ गए।

खास अधिकारियों के लिए जो कोच था उसमें पीछे की तरफ बाईं खिड़की के पास एक युवा गोरा साहब बैठा हुआ था। हाथ के कागज पर नाम पढ़कर वह बाहर के रेलवे स्टेशन का नाम पढ़ने लगा।

लाल डगलेवाला दुबला-पतला कुली बाहर खड़ा था। घुटनों तक धोती और सिर पर किरमिच के रंग का मुँडासा।

"ये पाटालपानी हाय ?" गोरे साहब ने तलवार कट मूँछोंवाले कुली से पूछा।

"हाँ साब। आपको कुली... ?"

"अन्दर आव।"

सामान बाहर लाकर कुली साहब की ओर देखने लगा। गाड़ी ने स्टेशन छोड़ दिया।

"कहाँ जाना है साब ?"

"नई पुलिस छावनी है ना स्टेशन के बाहर ?"

"वो तो पड़ोस में है साब। वो देखो। सफेद टेंट लगा हुआ है।"

"चलो, सामान उठा। मुझे वहाँ टक पहुँचा दो।"

कुली ने सामान सिर पर उठा लिया। पटरी के किनारे से चलने लगा। सिगनल के आगे ढलान थी।

"साब, आप पहली बार आया इस मुलुक में ?"

"हाँ, इधर टो पहला टाइम है। बाँबे में था कुछ दिन। हिज हायनेस ने बुलाया है। एक खास काम के लिए।"

कुली ने रुककर कुछ अचरज से अपने आपसे कहा।

"होलकर सरकार ने बुलाया तो काम खास ही होगा।"

"कुली, टुमने टंट्या का नाम सुना है ?" गोरे साहब के सवाल पर कुली चौंक पड़ा।

"अरे...रे... ! उसका नाम मत लो साब। उसको कौन नहीं जानता ! बहुत खराब आदमी।" साहब के चेहरे की ओर देखकर कुली ने कहा, "लेकिन कुछ भी कहो साब,

टंट्या गरीबों का साथी है।''

''वोइ टो मुस्किल हाय। लोगों का साट हाय उसको।''

''जाने दो साहब, अपन क्यों फिकर करें। टंट्या और उसको पकड़नेवाली सरकार देख लेंगे।'' कुली की बात सुनकर साहब होशियार हो गया।

''मैं खास इसी ड्यूटी पर आया हूँ। टंट्या को पकड़ना है।'' कुली ने अचरज से साहब की ओर देखा, ''टुम जानता हाय, उसको पकड़नेवाले को सरकार ने बड़ा इनाम रखा हाय।''

रावटी के सामने कुली ने सामान रख दिया। साहब ने पैसे दिए। पैसे लेते हुए कुली ने कहा, ''मेरे पहचान का एक आदमी है। वह टेकरी है ना सामने वहाँ से झरने को लाँघकर आगे जाने पर एक छोटा गाँव है। कहते हैं, वहाँ उसके पास टंट्या आता रहता है।'' कुली की बात पर गोरे साहब की आँखें चमक गईं।

''अभी तक चुप क्यों था ?''

''क्या है साहब, मैं ठहरा कुली। आपको कैसे बताता ! छोटा मुँह बड़ी बात हो जाती।''

''अच्छा, टुम हमारी मदद करेगा ? काम फतेह हो गया तो टुमको इनाम और हमको टरक्की मिलेगा।''

कुली ने थोड़ी देर सोचकर कहा, ''मैं आज कुछ नहीं बोल सकता। उस आदमी से मिलता हूँ। उसकी राय लेकर कल आपको बताऊँगा। पर इसकी खबर किसी को नहीं होनी चाहिए, नहीं तो टंट्या मेरा भुर्ता बना डालेगा।'' कुली ने आसपास देखकर कानाफूसी करते हुए कहा, ''साब, तुम्हारी पुलिस ही टंट्या को होशियार करती है, इसलिए इस बारे में किसी से कुछ नहीं कहना।''

''कल मैं टुमारे खबर का इन्टजार करूँगा।'' साहब ने कहा।

सामने शुभ्र जल का प्रपात देखकर साहब खुशी से चीख पड़ा। चलते हुए प्रपात के पास आ गया। नीचे गहरी घाटी में पानी गिर रहा था। उसके हज़ारहा फाहे उड़ रहे थे। प्रकृति की इस रमणीय छटा को देखकर साहब अपना काम भूल गया।

सामने देखा।

रेल स्टेशन से सामान लानेवाला कुली प्रपात के परे घाटी उतर रहा था। और तीन लोग उसके साथ चल रहे थे। उन्हें देखकर साहब आपे में आ गए।

रात साहब ने सपने में देखा कि कुली राह दिखाता हुआ आगे बढ़ रहा है।

पातालपानी प्रपात के पासवाली छावनी में नए साहब कुर्सी पर बैठे हुए थे। खंडवा से इन्दौर जा रही रेल रेंगती हुई जा रही थी। साहब प्रपात को देखकर प्रसन्नचित्त थे।

हरी-भरी पहाड़ी की ढलान पर उन्होंने एक लाल कपड़ा देखा। कल का कुली आ रहा था। साहब उत्सुक और अधीर हो उठे। कुर्सी पर से उठकर दो-चार कदम आगे बढ़

गए।

"राम-राम साब।" कुली के चेहरे पर आत्मविश्वास देखकर साहब हुलस गए। "साब, आपकी तकदीर जोर पर है।"

"ठीक से बटा, क्या हुआ ?" उतावले होकर साहब ने पूछा।

"वह आदमी मिल गया। मैंने उसको आपके काम के बारे में और इनाम के बारे में बता दिया। पहले वह नहीं बोला। कहा कि टंट्या बहुत बुरा आदमी है। उसके मुखबिर बड़े जालिम हैं। उसे अभी तक आपके आने की खबर नहीं है। इसलिए फिकिर की बात नहीं। लेकिन साब उसकी एक शर्त है।"

"कैसी शर्त ?"

"इनाम की आधी रकम पहले माँगता है।"

"इतना पैसा पहले देने का ?" साहब ने सोचा, फिर ऐसा अवसर शायद नहीं आएगा। झट से बोले, "ठीक हाय, ठीक हाय ! दे देंगे।"

"और एक शर्त है साब।"

"और क्या ?"

"उस आदमी ने कहा कि टंट्या को पकड़ने साहब को अकेले आना पड़ेगा। ज्यादा लोग आ गए तो उसे शक हो जाएगा। तुम अपना तमंचा साथ में रखना। कल सुबह टंट्या सामान ले जाने आनेवाला है। आज इनाम की रकम मेरे हवाले कर दो। उसे रकम देकर मैं कल फिर हाजिर हो जाऊँगा। तुम उस झोपड़ी में छिप जाना। टंट्या के आते ही उसे फायर करके घायल कर देना। चाहो तो थोड़ी दूरी पर अपने सिपाहियों को तैनात करो। वो मदद के लिए आ जाएँगे।"

कुली की योजना सुनकर साहब को शक हो गया। टंट्या को पकड़ने अकेले जाने में खतरा था। कुली ने भाँप लिया कि साहब को योजना पसन्द नहीं आई।

"आपको भरोसा नहीं है तो इस झंझट में क्यों पड़ते हो साब ? मैं अपने काम से जाता हूँ ? खंडवा गाड़ी का टैम हो गया है।" कुली ने जाने का नाटक किया।

"ठीक हाय। मैं टैयार हूँ। शाम तक पैसे का बन्दोबस्ट करेगा। टुम पैसा लेकर जाओ। कल सुबह हम टुमारे साथ आएगा।"

सुबह साहब जल्दी ही जाग गए। सिर्फ अपने एक सहायक को योजना के बारे में बताकर कुली के साथ प्रपात के किनारे से घाटी उतरने लगे। तलहटी पर जाकर पीछे मुड़कर देखा। पानी की बड़ी धारा गिर रही थी, उसकी आवाज से घाटी गूँज रही थी।

नदी के दूसरे तीर से दूसरा पहाड़ चढ़ना था। "वो पहाड़ है ना साहब, उसकी पसलियों में एक टेकरी दिखाई देती है। उसकी दाहिनी ओर जो काली खोह दिखाई देती है, बस, वहाँ जाना है।" कुली ने जानकारी दे दी।

पसीने से कपड़े तर हो गए थे। जीवित लौट आने का साहब को अब भी विश्वास नहीं

हो रहा था। छावनी की कुर्सी पर लेटकर साहब ने आँखें मूँद लीं। कितना बड़ा खतरा उठाया था। किसी को भी साथ लिए बिना एक अनाम मोह के शिकार हो गए थे।

''कहाँ गए थे साब ? हम आपको ढूँढ़ रहे थे।''

थानेदार के इस सवाल पर साहब चौंक गए। ''ऐंसे ही घूमटे-घूमटे गया था। जंगल में रास्ता भटक गया।'' साहब की गप पर थानेदार ने भरोसा कर लिया।

''साब ये जंगल और पहाड़ खतरनाक हैं। इधर के किसी साथी को लिए बिना बाहर जाना ठीक नहीं। अच्छा हुआ आप लौट आए वरना...''

''मेरी भी समझ में नहीं आया कि उन्होंने मुझे जिन्दा कैसे छोड़ दिया।''

''क्या बोले साब ?''

''कुछ नहीं, कुछ नहीं। मैं बहुत टायर्ड हूँ। आराम माँगटा है।'' थानेदार साहब की ओर अचरज से देखता रहा। हाथ में पिस्तौल होते हुए भी टंट्या ने शूट क्यों नहीं किया, इस उलझन को वह सुलझा नहीं पा रहे थे।

पोखर में निहाल की छोटी बहन की शादी थी। खबर थी कि टंट्या शादी में जरूर आ जाएगा।

छेगाँव पुलिस थाने का मुखबिर खबर लाया था कि टंट्या ने बरुड़ के मालगुजार को अपने आने की सूचना दे दी थी। मालगुजार खुलकर पुलिस का साथ दे रहा था तो टंट्या ने भी उसे खुली चुनौती दी थी। पुलिस का कयास था कि टंट्या खुलेआम शादी में नहीं आएगा। फिर भी दो सिपाहियों को पोखर में तैनात कर दिया था।

दोपहर से पहले इंस्पेक्टर दीनानाथ बिरडा में घात लगाए बैठ गए। इंस्पेक्टर जीवनसिंग के स्थान पर आ जाने के बाद उन्हें अपना काम दिखाने का अवसर नहीं मिला था। आज अगर टंट्या मिल जाए तो...दीनानाथ रोमांचित हो गए।

टंट्या को चारों ओर से घेरने की योजना बनाई थी। ग्राम सुरक्षा दल के नौजवान तैयार थे। टंट्या के आने का समय बीत गया। पास के बड़गाँव से धुएँ के बादल आकाश में जाते हुए दिखाई दिए।

कुछ सिपाही बड़गाँव की तरफ भागे। मालगुजार, पटेल, पटवारी और साहूकारों के घर लूटकर आग लगाकर टंट्या भाग गया था। इंस्पेक्टर दीनानाथ बड़गाँव पहुँचते इससे पहले डाकू अपना काम निबटाकर पश्चिम की तरफ होलकर सरहद पार कर चुके थे।

पोखर में निहाल के घर के सामने मेहमानों का खाना लगा हुआ था। निहाल खातिरदारी कर रहा था। बैलगाड़ी से आए बारातियों की गाड़ियाँ नवगजाबाबा के टीले की तलहटी में खोल दी गई थीं।

खाना हो गया। निहाल के मामा के पास उनके हमउम्र बैठे बतिया रहे थे।

भीलखेड़ी के रास्ते पर एक ताँगा आ रहा था। हनुमानजी के मन्दिर के पीछे से

नवगजाबाबा की तलहटी के पास आ गया। ताँगेवाले ने ताँगा खोल दिया।

"नीचे आओ मामू, आगे से उतरना नहीं तो ताँगा ऊपर हो जाएगा। ताँगे का पर्दा हट गया। जमीन पर लाठी टेकते हुए सुलतानभाई बाहर आ गए। लखनवी पैजामा और घुटनों तक लम्बा मखमल का सेवार रंग का कुर्ता। सिर पर गोल लाल टोपी। उस पर काला गुच्छा। आँखों पर चाँदी के फ्रेमवाला ऐनक। ऐनक को उँगली से पीछे हटाकर, गर्दन को तिरछी बना आसपास देखा।

"मुमताज, बाहर आओ।"

सुलतानभाई की बीवी ताँगे से नीचे उतर आई। मेहमानों को देखने निहाल के मामा बाहर आ गए। सुलतानभाई को नहीं पहचाना।

"आदाब अर्ज मामासाब।" मामा ने मेहमान को देखा।

"आइए भाईसाब, आँखें कमजोर हो गई हैं, पैछाना नहीं।"

"आपका कहना ठीक है मामासाब, हम पहले कभी मिले ही नहीं। निहाल मिलता रहता है खंडवा की दुकान पर। उसने शादी के बारे में बताया था। हमने कहा, आ जाएँगे। बहुत दिनों से नवगजाबाबा को चादर भी नहीं चढ़ाई थी।" सुलतानभाई ने कहा।

"अरे ओ ताँगेवाले, सामान तो ला। चलो बीवीजान।" सुलतानभाई मजार की ओर चले गए। चादर और फूल चढ़ाकर घुटने टेक सिर नवा दिया।

शादी का वक्त हो गया था। दूल्हा घोड़े पर बैठा हुआ था। छेगाँव के बैंडवाले आए हुए थे। मेहमानों के साथ सुलतानभाई बातें कर रहे थे। जुलूस श्रीनिवास पांडे के घर के सामने आ गया। ओटले पर पांडे बैठे हुए थे। पुलिस के सिपाही खैनी दबाते हुए बातें कर रहे थे।

"भाऊसाहब, खबर है कि तीसरे पहर बड़गाँव पर हमला हो गया और पुलिस पार्टी बरुड़ में घात लगाए बैठी थी।"

"हमारे लोग बेवकूफ हैं।"

"मतलब ?" पटवारी ने अचरज से पूछा।

"बरसों से टंट्या का पीछा कर रहे हैं। कभी किसी को टंट्या मिला ? सच कहूँ, हमारे लोग टंट्या को पकड़ना चाहते ही नहीं।"

"क्या कहते हो तुम ? चढ़ाके तो नहीं आए ? शादी में लोग आए हैं, किसी ने सुन लिया तो मेरा सिर फूटेगा और तुम्हें निकाल दिया जाएगा।"

कुछ समझाने-डाँटने के सुर में श्रीनिवास पांडे बोले, "सरकार से दुगुनी तनखा हम पुलिसवालों को टंट्या से मिल जाती है। और सच कहिए भाऊसाहब, टंट्या का गुनाह क्या है ? उसने साहब की नाक काट डाली, कपड़े उतार लिए, गरीबों में दौलत बाँट दी। किसी बहादुर ने ऐसा काम किया है ?" पांडे ने सिपाही के मुँह पर हाथ धर दिया क्योंकि ओटले के पास से सुलतानभाई जा रहे थे।

पटेल की गली से जुलूस आगे बढ़ने लगा। शिवा पाटिल घर के ओटले पर बैठे हुए थे।

खाँसी का जोर था। चेहरा खिंचा हुआ और फीका। उदासी का माहौल था। निहाल सामने आ गया।

''राम-राम भाऊ, शादी में जरूर आ जाना।''

''आऊँगा बेटे। बाप का नाम रोशन किया तूने।''

निहाल आगे बढ़ गया। पटेल ने दरवाजे में खड़ी लड़की से काँपती हुई आवाज में गरदन टेढ़ी करते हुए कहा, ''जसुदा, तू अपनी माँ के साथ शादी में जा। अब मुझसे उठना भी नहीं होता और कोई चाह भी बाकी नहीं रही।''

ब्याह के बाद लोग बिखरने लगे। गजा की घरवाली ने जसुदा से कहा ''बाईसाब, गरीब के घर आ जाना कभी।''

जसुदा अपने में ही खोई हुई थी। गजा की घरवाली ने फिर कहा, ''मैं क्या कह रही हूँ बाईसाब, कहाँ खो गई हैं आप ? मैं कब से पूछ रही हूँ, आपका ध्यान कहाँ है ?''

जसुदा झेंप गई। अपने से नाराज होकर बोली, ''आज मन ठिकाने पर नहीं है।''

''घर तक चलिए आप।''

''आज नहीं, फिर कभी आ जाऊँगी। मैं अकेली ही ब्याह में आई हूँ। घर पर माँ, बापू के पास कोई नहीं है।''

''पलभर के लिए आ जाइए। इन्होंने कहा...''

जसुदा के कान खड़े हो गए। मुरझाई आशा पानी के छिड़काव से खिल गई।

''वो आए हैं आपसे मिलने।''

जसुदा का दिल धड़कने लगा। पैरों में पंख निकल आए। गजा की झोपड़ी में कदम रखते ही वह चौंक पड़ी।

''जसुदा...'' जानी-पहचानी आवाज से उसका कलेजा काँप उठा। मन पर पत्थर रखकर वह अन्दर आ गई।

''तुम्हारे स्वाँग के बारे में बहुत सुना था। इतना हूबहू कि दूल्हे के साथ दरवाजे के सामने से चले गए तो मैंने सोचा होगा कि कोई निहाल का दोस्त।''

''मालकिन कैसी है ? और मालिक ?'' पूछने पर जसुदा की पलकों के किनारों पर आँसुओं की लहरें उमड़ने लगीं। उसने पल्लू से आँखें पोंछ लीं।

''मेरे कारण तुम लोगों को बहुत तकलीफ उठानी पड़ी।''

''नहीं, नहीं टंट्या, ऐसा मत कहो। ग़लती किसी की भी नहीं थी। अपने-अपने कर्मों का भोग है।''

''एक के बाद एक बातें होती गईं। मैं ठेलता चला गया। पहले ध्यान में नहीं आया लेकिन अब पीछे नहीं लौट सकता। अब लोगों का इतना दबाव है कि मेरे हाथ कुछ नहीं रहा।''

''भिकी और किसन मिले थे शिवबाबा के पास।''

''बताया था उन्होंने मुझे।''

"तुम्हारे बारे में सुनने पर माँ बहुत गुन गाती है। कहती है, टंट्या ने नाम कमाया। इस मुल्क में किसी का इतना डंका नहीं बजा था।"

"मालिक-मालकिन की देखभाल कर। मेरे भाग में नहीं था लेकिन जसुदा तेरे भाग में है। बेटा बनकर उनकी सेवा कर।"

दरवाजे पर काले बुर्केवाली औरत ने कहा, "चलो मामा, लोग शक करें उससे पहले निकल जाना चाहिए।"

जसुदा ने बुर्का पहने उंकार को देखा। उसके खिलखिलाकर हँसने से सारा तनाव दूर हो गया।

टंट्या ने उठकर जेब से कपड़े में लपेटा नोटों का पुलिन्दा उसके सामने धर दिया।

"यह किसलिए ? मैंने सुना है तुम बड़े दानी हो गए हो। लोगों को रुपए बाँटते रहते हो। गरीबों का असीरवाद पाते रहते हो।"

जसुदा की बात सुनकर टंट्या दहल गया। हाथ पीछे हटा लिए।

"मैंने ऐसा नहीं सोचा था। तुझे ठीक नहीं लग रहा है तो मत लेना।" टंट्या ने दुखी सुर में कहा।

"ऐसा क्यों कहते हो। मैंने मजाक किया था।"

"सब पता है मुझे। पटेल काम-धन्धा नहीं करते। मालकिन ही खेत का कारोबार देखती है। लेकिन तू फिकर न कर। टंट्या कुछ नहीं सुनेगा। अब तुझे किसी के सामने हाथ फैलाने की नौबत नहीं आएगी इतना तो मैं कर ही सकता हूँ। कल मैं मर गया तो..."

"ऐसी बुरी बात न करो टंट्या।"

"मर गया कहा तो भी टंट्या थोड़े ही मरनेवाला है। चलता हूँ मैं। इसे रख ले और मालकिन बाई से कहना कि टंट्या ने भेजा है। मेरे कारन बहुत तकलीफ हुई उनको। मुझे बहुत बुरा लगा।"

जसुदा ने हाथ आगे बढ़ाया। पुलिन्दा लेकर झोपड़ी के खम्बे पर खोंस दिया।

टंट्या के चले जाने के बाद बड़ी देर तक जसुदा वहीं पर खड़ी रह गई।

"जसुदा बाईसाब घर जाना है ना ? माँ राह देख रही होंगी।"

जसुदा होश में आ गई। किसी सुन्दर सपने से जाग पड़ी हो जैसे, वह घर की ओर जाने लगी।

माधवराव पटेल के पहाड़ के पासवाले बाग में टंट्या भोर में ही नाले से लौट रहा था तो एकदम से सहम गया। झोपड़ी के खम्भे के पास एक लहीम-शहीम आदमी खड़ा था। टंट्या ठिठककर खड़ा हो गया। पीछे मुड़कर देखा, पहाड़ों के माथे पर आग की तरह लालिमा फैल गई थी। फिर झोपड़ी की ओर देखा। कानों पर हनुमानजी की आरती की आवाज आ रही थी। टंट्या ने फिर उस आदमी की ओर देखा जो मंगल्या के पास

खड़ा था।

बिजनिया कैसे हो सकता है ?

बिजनिया की याद से टंट्या की रगों में लहू गर्म होने लगा। चार बरस बीत गए। एक पल ऐसा नहीं गुजरा जब बिजनिया की याद आई न हो। टंट्या को हमेशा उसका आभास होता रहता था जो टंट्या को जोश में ला देता था।

बिजनिया ही लगता है !

टंट्या तेजी से दौड़ते हुए झोपड़ी के पास आ गया। मंगल्या सामने बैठा हुआ था। टंट्या की तरफ उस आदमी की पीठ थी। टंट्या की साँसों की गति बढ़ गई। कहीं सपना तो नहीं देख रहा हूँ ?

''वो आ गया टंट्यामामा।'' मंगल्या बाएँ हाथ की लाठी पर जोर देकर खड़ा होता हुआ बोला।

वह आदमी झट से मुड़ गया। टंट्या से उसकी नजरें मिल गईं। टंट्या को अपनी आँखों पर भरोसा नहीं हुआ। महीनों माँ से दूर रहे बेटे की तरह वह दौड़ते हुए उसके गले लग गया। भावों पर काबू पाकर उसने उसके पैर पकड़ लिए।

''कहाँ गए थे इतने दिन ? टंट्या को बीच रास्ते छोड़कर ?''

उनके बदले हुए रूप को टंट्या अचरज, कौतुक और आनन्द से देखते हुए बोला, ''महाराज, दौल्या-बिजनिया चले गए। तब से मानो गाड़ी के पहिए ही छूट गए। हर पल उनकी याद आती है। फिर आप भी कहाँ गायब हो गए पता नहीं।''

''मैं खुद ही समझा नहीं टंट्या कि मैं कहाँ-कहाँ भटकता रहा। धार का जंगल, मांडवगढ़ का पहाड़, सेन्धवा की तराई, बिजासनगढ़ के ताजुद्दीनबाबा का मजार, वहाँ से त्र्यम्बकेश्वर पैदल यात्रा की। पता नहीं मैं किसलिए भटक रहा था। एक मन कह रहा था कि एकान्त में जाकर अध्यात्म की साधना कर। दूसरा मन कह रहा था कि गोरों को रौंदनेवाले की मदद कर। सच कहूँ टंट्या, अनिश्चय में मैं पागल की तरह भटक रहा था। मन में घुटन थी। अपने से ही गुस्सा था। आखिर एक दिन ओंकारेश्वर घाट पर जाकर दाढ़ी-मूँछें मुँडवा लीं। जटा उतार दी। तुम्हारे यज्ञ में साथ देने का निर्णय फिर लिया।''

''नहीं महाराज, ऐसा नहीं हो सकता। आप हमारे पीठ पर हाथ फेरनेवाले ही रहो। आपका असीरवाद मिलने पर हमारे हाथ-पाँव में बाघ की ताक़त आ जाएगी।''

''सूखे आशीर्वाद से कुछ नहीं होता। मैं इस बात को देर से समझ पाया। आशीर्वाद से बढ़कर क्रिया करने से मेरा जीना सार्थक हो जाएगा।''

रेवापुरी के महाराज का बदला हुआ नया रूप टंट्या देख रहा था। महाराज के शब्दों से उसके मन की मलिनता दूर हो गई थी।

''महाराज...।''

''अब महाराज नहीं टंट्या। अब से मुझे बोंदरिया कहना।''

''आदत और हमारे दिमाग से महाराज की छबि जाने को कुछ दिन तो लगेंगे।

अच्छा बोंदरियाजी, बिजनिया और दौल्या मेरे दो शेर चले गए, उनकी याद बहुत सताती है।''

''टंट्या, मैंने पहले एक बार तुझसे कहा था पोखर में नदी किनारे की अमराई में, कि गुजरे हुए जमाने को बाँधकर नहीं रखा जा सकता। न ही उसे वापस लाया जा सकता है। तुझे समझाने की जरूरत तो नहीं है। तू बड़ा तीरन्दाज है। तीर छूट जाने पर उसे रोक सकता है ? ऐसा ही है बीती हुई बातों का। बिजनिया आज हमारे साथ नहीं है। अब वह नहीं आ सकता। उसको याद करके हमें और जोरदार हमले दुश्मन पर कर देने चाहिए। बिजनिया के बीवी-बच्चों को सँभालना हमारा फर्ज है।''

''टंट्या को बोंदरिया का साथ मिल गया तो किसी बात की फिकिर नहीं। अब साहब के सीने पर मारो दनादन गोली !''

मंगल्या, टंट्या और रेवापुरी के महाराज की बातों को मुँह बाए सुन रहा था।

टंट्या के नए साथी बोंदरिया ने निमाड़-खरगोन में ऊधम मचा दिया। बिजनिया से भी खतरनाक बोंदरिया के नाम का बोलबाला हो गया। निमाड़ के घर में टंट्या के नए साथी की कल्पनाप्रसूत कहानियाँ भी सुनाई देने लगीं।

बापूमाँग अम्बागाँव का रहनेवाला था। सुरगाँव बंजारा में कांस्टेबल के पद पर नियुक्त था। मालगुजार को पता था कि टंट्या बापू से नाराज है। सुरगाँव के साहूकार देवथारा से मालगुजार की दुश्मनी थी। मालुगजार ने काँटे से काँटा निकालने की योजना बनाई।

उसने टंट्या को न्योता दे दिया। बापू से मुकाबला करने के इन्तजार में ही टंट्या था। गाँवों में सुरक्षा दल बनाकर सरकार से मुफ्त में मिली बन्दूकों को चलाने की प्रशिक्षा बापू ही दे रहा था।

''बोंदरिया, भाई आज मैं भी तुम्हारे साथ आता हूँ बापू की कटाई के लिए। निमाड़ होशंगाबाद में तुम्हारी बहादुरी बहुत मशहूर हो गई है। मुझे भी देखने दो तुम्हारी करामात को।'' टंट्या ने कौतुक से कहा।

''क्यों शर्मिन्दा कर रहे हो टंट्यामामा। हम किस झाड़ की पत्ती हैं। टंट्यामामा का तूफान आते ही भूसी जैसी हालत हो जाएगी हमारी। तुम मुझे ले चलो तो मेरा भाग लेकिन इस तरह तारीफ के पुल बाँधना अच्छा नहीं, मामा।''

सूरज डूब रहा था। दो पहाड़ों के बीच ताप्ती नदी पूर्व-पश्चिम बह रही थी। सूरज की लम्बी किरणें पानी पर चमक रही थीं। मार्च के आखिरी दिन थे। पश्चिम की तरफ आठ कोस पर शहर बुरहानपुर था। पूरब की तरफ नदी घाटी में ही बह रही थी। दस-पन्द्रह कोस के फासले में दोनों तीरों पर चार गाँव थे।

ताप्ती के उत्तर तीर पर बीस-पच्चीस साथियों के गिरोह को लेकर टंट्या ललकारता हुआ

गाँव में घुस गया। हनुमानजी का छोटा-सा मन्दिर था। वहाँ एक बूढ़ा दिये में तेल डाल रहा था। मन्दिर के बाहर पीतल की घंटी थी। घंटी बजाकर टंट्या ने हनुमानजी के सामने हाथ जोड़ दिए। दर्शनार्थी जनों को बन्दूकों, तलवारों से लैस देखकर बूढ़ा हकलाता हुआ मूर्ति के पीछे छिपने लगा।

''राम-राम दादाजी, तुम्हें घबराने की जरूरत नहीं। मैं टंट्या हूँ। पटेल का घर किधर है ? मैं उस सिपाहिड़े को देखना चाहता हूँ।''

''चौराहे से मुड़ना। बड़ी हवेली है। उसके सामने पीपल का पेड़ है। पीपल के नीचे बावड़ी है।'' बूढ़े ने जानकारी दे दी और नाम जपने लगा।

''बोंदरिया, तुम नीचे की तरफ जाओ। उंकार तू उधर से जा। अपने आ जाने की खबर लगते ही वह दुम दबाकर भाग जाएगा।''

मालगुजार की बुलन्द हवेली के अहाते में बापूमाँग चिलम फूँक रहा था। धुएँ से गाल फूल गए थे। सामने बन्दूकधारी बोंदरिया को देख धुआँ निगलने लगा तो एकदम से साँस फूल गई। बन्दूक की तरफ उसका हाथ जाने से पहले ही बोंदरिया ने एक झपट्टे में उसे पकड़ लिया। बापू अब तक सँभल गया था। झटका देकर बोंदरिया के हाथ से छूट गया और हवेली के बीचवाले चौक में कूदकर दीवार के पीछे छिप जाने की कोशिश करने लगा।

''कहाँ भाग जाएगा रे तू ?'' बोंदरिया ने बन्दूक के दस्ते से उसे पीटना शुरू किया। मार से बचने के लिए कोने में छिप जानेवाले बापू की टाँग उंकार ने पकड़ ली और उसे खींचते हुए हवेली के बाहर ले आया।

''बाप्या बहुत दिनों से इसका इन्तजार था। अम्बागाँव की सड़क बन्द करता है तू ? मेरे हीरा को दगाबाजी से पकड़वा देगा ? गाँवों के आवारा लड़कों को हमारे खिलाफ भड़काता है ? तेरे हाथ-पाँव में बड़ा जोर भर गया है रे।'' बोंदरिया की तरफ मुड़कर टंट्या ने पूछा, ''उस्ताद, इस बिलन्दर का क्या करेंगे ?''

''तरबूज की तरह टरटर चीर डालता हूँ और नदी में फेंक देता हूँ।''

''उसको मार डालेंगे तो उसके साहब को इसके काम का पता कैसे चलेगा ? नाक चढ़ाकर बड़ी बहादुरी दिखाता फिरता है ना ? इस बेटे की नाक को ही काट डालते हैं। पहले उसका कपड़ा और पट्टा निकाल लो।''

बापूमाँग डर के मारे काँपने लगा !

''टंट्या, मैं आज से नौकरी छोड़ देता हूँ। लेकिन ऐसी सजा मत दो। मैं आज से तुम्हारी मदद करूँगा।''

''नौटंकी अच्छी कर लेते हो बापूजी। लेकिन तुम्हें पता है ऐसी नौटंकी करने में टंट्या का हाथ पकड़नेवाला कोई नहीं है। तुमने आज तक जो किया उसका इंसाफ तुम्हें मिल जाएगा।''

दोनों ने बापूमाँग के हाथ-पाँव पकड़ लिए। बोंदरिया ने उसकी नाक की नोक

काट दी !

आई.जी.पी. ने डिप्टी इंस्पेक्टर जनरल ऑफ पुलिस का अलग पद बना लिया। नर्मदा घाटी में चल रही टंट्या की कार्रवाइयों को रोकने का काम उसे सौंपा गया। मि. हैमिल्टन की इस पद पर नियुक्ति हो गई। मुख्यालय खंडवा में बनाया गया।

हैमिल्टन साहब 26 अप्रैल 1885 को दुपहर बाद खंडवा में काम पर आ गए। घंटे भर में ही पुलिस अधीक्षक कार्यालय में पहली बैठक बुलाई।

''डोस्टो, टंटिया आपरेशन की नई जिम्मेदारी को लेते हुए मैं तुम सबका इस्टकबाल करटा हूँ। पिछले कुछ दिनों से हमारे लोगों ने अच्छा काम किया हाय। टंटिया का जोश कम हो गया हाय।

''चीफ कमिश्नर साहब ने मुझे यहाँ भेज दिया हाय। चारवा ट्रैक, जहाँ टंटिया रहता, उसके लिए स्पेशल फोर्स मंजूर हो गया हाय। एक चीफ कांस्टेबल, पाँच हेड कांस्टेबल, एक लांस कांस्टेबल और बट्टीस कांस्टेबल होंगे।

''आज से टंटिया पुलिस फोर्स नाम से एक खास फोर्स शुरू किया जा रहा हाय। एक चीफ कांस्टेबल, छह हेड कांस्टेबल और एक सौ तीस कांस्टेबल्स होंगे। इसमें घुरसवार भी होंगे।

''अपना रेगुलर पुलिस फोर्स हाय। उसको ये फोर्स मदद करेगा। कंट्रोल के वास्ते आई.जी.पी. ने मोरटक्का, पन्धाना, बुरहानपुर, पिपलोद वगैरा चार विभाग मंजूर किया हाय।

''इसके साथ नर्मदा विभाग का जो मालगुजार सरकार को मदत करटा हाय उनको ऑनररी मैजिस्ट्रेट बनाया जाएगा। ऐसे एक सौ दस ऑनररी मैजिस्ट्रेटों को बन्दूकें दी जाएँगी।

''मुझे यकीन है कि इस कार्रवाई से टंटिया आपरेशन में हम कामयाब होंगे। टुमारा अब तक का काम अच्छा है। इस नई जिम्मेदारी में टुम जरूर मदट करेगा।''

मि. हैमिल्टन ने जोश में काम शुरू किया। नई पुलिस भरती में और ऑनररी मैजिस्ट्रेट के पदों पर अपने निकट के लोगों तथा मालगुजारों की नियुक्ति करने के मंसूबे पुलिस अधिकारी बाँधने लगे।

सुक्ता नदी के किनारे धूनीबाबा का आश्रम था। दक्षिण की ओर दो कोस पर बोरगाँव था। गाँव के बाहर पुलिस थाने में खामोशी थी। इंस्पेक्टर दीनानाथ अभी-अभी खंडवा से आए हुए थे। पिछले तीन वर्षों से टंट्या के गिरोह के एक भी आदमी को पकड़ने में पुलिस को सफलता नहीं मिली थी। तीन वर्ष पहले बोरगाँव पुलिस ने हीरा को पकड़ा था। इस काम में बापूमाँग की बड़ी सहायता हो गई थी। लेकिन अब उसकी नाक काटी जाने से इंस्पेक्टर मन-ही-मन गुस्से से भर गए थे।

अपने सहकारियों को खंडवा के नए साहब की योजना के बारे में बताकर वे

पेट्रोलिंग के लिए बुरहानपुर की ओर चल दिए।

धूनीबाबा के आश्रम के ऊपर के जंगल में टंट्या का मुकाम था। इधर कई दिनों से धूनीबाबा के दर्शन नहीं हुए थे। बाबा के पास जाने पर रामनारायण और ठाकुरजी का सन्देश भी मिल जाता था।

बोंदरिया को लेकर टंट्या सुक्ता के किनारे चल रहा था। अप्रैल मास में पत्ते काफी गिर गए थे और चलते हुए पत्तों की झिर-झिर आवाज आ रही थी।

आश्रम निकट आ गया। घंटी और झाँझ की आवाजें सुनाई देने लगीं।

बोंदरिया ने थैली से भगवे कपड़े बाहर निकाले और पहलेवाले कपड़े उतार दिए। भगवी कफनी पहन ली। बड़े रुद्राक्षों की माला गले में डाल दी। दाढ़ी-मूँछें लगा लीं। एक हाथ में कमंडल और दूसरे हाथ में छाँटी। टंट्या की ओर मुड़कर पूछा, ''अब मैं कैसा लगता हूँ ?''

''बिलकुल पहले जैसे रेवापुरी के महाराज जैसे। महाराज, आपका यही रूप अच्छा लगता है। क्यों बेकार बोंदरिया का स्वाँग लेते हो ?''

''बात यह है टंट्या कि रेवापुरी महाराज से तो नहीं लेकिन बोंदरिया के नाम से पुलिस काँपती है।'' टंट्या के हाथ में थैली सौंपकर वह अकेले ही आश्रम की ओर चले गए। आश्रम का दीया दिखाई देते ही उन्होंने नदी का किनारा छोड़ दिया और बाईं ओर मुड़कर खंडवा-बुरहानपुर रास्ते पर चल पड़े।

रेवापुरी महाराज भवानी माता के मन्दिर में आ पहुँचे। माता के दर्शन कर बाहर आ गए। धूनीबाबा ने जैसे ही रेवापुरी महाराज को देखा अपने स्थान से उठकर आगे बढ़े और उनसे गले मिले।

''कितने दिन हो गए। कहाँ गायब हो गए थे ? कुछ खबर नहीं।''

''इस बार जल्दी इसलिए नहीं आया कि आपको राह देखनी पड़े।''

''नटखटपना आपका गया नहीं।'' धूनीबाबा ने कहा। महाराज को झोपड़ी के भीतर ले गए। ''अच्छा हुआ आप आज आ गए। हैमिल्टन साहब ने आज से खंडवा में नई मुहिम छेड़ दी है। टंट्या से कहना, आगे से सँभलकर काम करना। बाहर जो बैठा है, वह बोरगाँव पुलिस थाने का सिपाही है। अपना भक्त है।'' धूनीबाबा ने आँखें मिंचकाईं।

''थोड़ी दूर पर टंट्या रुका हुआ है।''

''उससे कहना, आज इस तरफ मत आओ। साहब बुरहानपुर की तरफ चला गया है और किसी भी वक्त लौट सकता है।''

रेवापुरी महाराज ने धूनीबाबा से विदा ली। आगे-पीछे कोई नहीं है यह देख खंडवा-रास्ते के बाईं ओर जंगल में घुस गए।

''ऐसा है क्या ? कल ही हैमिल्टन साहब को मजा चखा देंगे। मालेगाँव का लछमन गूजर अपना दोस्त है। साहूकार गोविन्द तेली पुलिस का मुखबिर है। उसको चरबी चढ़ी है।

लछमन पर नजर रखने के लिए एक सिपाही लगा दिया गया है। कल उसी को निपटा देते हैं। नए साहब को सलामी भी होगी।'' टंट्या ने तुरन्त योजना बना दी।

''महाराज, कल आप बढ़िएगा आगे।''

''महाराज नहीं, बोंदरिया। टंट्या ये महाराजवाले कपड़े फेंक दो सुक्ता नदी में। जब तक ये पोशाक साथ में है, तब तक तुम महाराज को भूल नहीं सकोगे।''

''आदत पड़ गई है और भीतर कहीं महाराज ही हैं। तो ठीक है, बोंदरिया, तुम कल के सरदार।''

अँधेरा छा गया था। हमेशा की तरह गिरोह चल पड़ा। मालेगाँव का लछमन गूजर टंट्या का दोस्त ही था इसलिए सीधे उसके घर के सामने पहुँच गए। गिरोह को देख लछमन का बेटा बाहर आ गया।

''कहाँ है रे तेरा बापू ?'' टंट्या ने पूछ लिया।

''धरमशाला में।'

सात लोगों को गोविन्द तेली के घर की ओर भेज दिया। छह लोगों को साथ लेकर टंट्या धरमशाला की ओर चल पड़ा। लछमन का बेटा कन्दील लेकर आगे चल रहा था।

लछमन धरमशाला की सीढ़ियों पर दो-एक लोगों के साथ बातें कर रहा था। पाँच-छह लोगों को आते देख वह सामने आ गया।

''राम-राम, लछमन पटेल।''

मालगुजार ने टंट्या को राम-राम कहा।

''अन्दर कौन है ?''

''बापूराम, बाहर आ।'' बोंदरिया ने आवाज दी।

बापूराम खाना छोड़ दरवाजे में आकर खड़ा हो गया। बोंदरिया ने उसके सीने पर गोली चला दी।

उधर पहली टोली ने गोविन्द साहूकार का मकान साफ़ कर डाला। साहूकार को पकड़कर चौराहे पर ले आए। टंट्या भी वहाँ पहुँच गया। टंट्या के आने की खबर गाँव में फैल गई थी। लोग उसके स्वागत के लिए चौराहे पर भीड़ करने लगे।

टंट्या उनको विजयी वीर लग रहा था। बूढ़ों के चेहरों पर खुशी थी। गरीबों के राखनहार को युवा आदर से देख रहे थे।

टंट्या ने चबूतरे पर चढ़कर लोगों से कहा, ''मैं तुम लोगों का टंट्या हूँ। गोविन्द तेली ने मेरे और लछमन के बारे में सरकार से चुगली की थी। इसलिए सरकार ने सुराग के लिए बापूराम सिपाही को भेज दिया था। टंट्या साहूकार को आखिरी ताकीद करता है कि मालगुजार के साथ इज्जत से पेश आए। नहीं तो उसकी गत भी बापूराम जैसी होगी।'' साहूकार की ओर मुड़कर कहा, ''साहब को जाकर बता देना कि टंट्या ने

ऐसा कहा है।''

लछमन पटेल ने टंट्या को तमाखू दिया और गिरोह चल निकला।

हैमिल्टन साहब ने दूसरे दिन इंस्पेक्टर दीनानाथ को मालेगाँव भेजा। गोविन्द तेली और उसके भाई ने कहा, ''हम कुछ नहीं जानते। न हमारे घर डाकू आए न कुछ लूटपाट हुई।'' इंस्पेक्टर को लछमन मालगुजार पर शक आया। गाँव के अन्य लोगों से दीनानाथ ने रात के बारे में पूछा लेकिन सबका जवाब एक जैसा।

''लछमन, बापूराम का मर्डर तुमने किया ?'' इंस्पेक्टर ने डाँटकर पूछा।

''साहब मैं तो सुबह खेत गया था। लौटकर देखता हूँ तो धरमशाला की सीढ़ियों पर बापूराम ढेर हुआ पड़ा था। मैंने पुलिस पटेल को खबर कर दी। उसने पुलिस थाने खबर पहुँचा दी। बाकी मैं कुछ नहीं जानता।''

लछमन और पटेल को साथ लेकर इंस्पेक्टर दीनानाथ बुरहानपुर चल पड़े।

ठाकुर नारायण और रामनारायणजी पन्धाना बाजार में लोहार के घर बैठे हुए थे।

''ठाकुरजी, हैमिल्टन साहब ने आते ही गाँव सुरक्षा समिति के कामों पर जोर दिया है और मामा ने दूसरे ही दिन जो मज़ा चखा दिया उससे साहब बहुत चिढ़ गया है।''

''मास्टरजी, जैसा कि टंट्यामामा ने बताया था, मैंने अपने आदमियों को सन्देश भेज दिए हैं। यह देखिए, योजना का कागज।'' ठाकुर ने सफेद कागज ज़मीन पर फैला दिया। ''इन चार जगहों पर साहब ने जोर दिया है। हम वहीं पर काम शुरू करेंगे। आधे पटवारी हमारी मदद करने को तैयार हैं। उनका मेहनताना पहुँचा दिया है।''

''शुरुआत नीमाखेड़ी से करेंगे। वहाँ का पटवारी लाल तश्तरी लिखकर टंट्या के आने की खबर देगा। तीसरे दिन बोरगाँव, पाँचवें दिन पन्धाना, सातवें दिन शाहपुर, नौवें दिन खालवा गाँव में तश्तरी घूमेगी। जिले के तीन तहसीलों में अठारह पुलिस थाने हैं। एक महीने तक यही कार्यक्रम होता रहेगा।''

''इसके साथ और एक काम करेंगे। खंडवा तहसील में टंट्या के आने की लाल तश्तरी घूमती रहेगी तब टंट्या या अपने दूसरे आदमी दूसरी तहसील में जाकर गाँव में पटेल-मालगुजारों को धमकाकर चले जाएँगे।''

''अच्छा, इससे टंट्या के आने की अफवाह और टंट्या के स्वयं पुलिस थाने आने की खबर से अफरातफरी मच जाएगी।''

श्रीपाल के आने पर उन्होंने बात बदल दी।

''दक्षिणा पहुँचा आया। अब तिथियाँ बतानी हैं। हरेक के नाम और तिथि का कागज बलवन्त के पास दे देने पर वह तीसरे पहर बाँट डालेगा।''

''मामा की कुछ खबर ?''

''तापी पार एलिचपुर जानेवाला है इस हफ्ते।''

''तो अब बरार में धावा बोलना है क्या ?''

''बुरहानपुर में गुलझारी का नया इंस्पेक्टर आया है। उसने ताप्ती घाटी के मेलघाट

में गश्त बढ़ा दी है। एलिचपुर के नवाब ने अब तक मामा को छेड़ा नहीं था लेकिन खबर है कि पिछले हफ्ते नवाब के सिपाही ने मामा के एक आदमी को पकड़ा है। इससे मामा आगबबूला हो गया है। मेलघाट के जमींदार से भिड़ने की ठानी है उसने।''

''ठाकुरजी, ताप्ती-बरार मामा के छिपने का इलाका है। वहाँ के लोगों से दुश्मनी मोल लेना हमारे लिए अच्छा नहीं होगा।''

''मैं मामा को बता दूँगा। लेकिन मास्टरजी, जमींदार को एक धक्का लगने दो और इस बहाने इंस्पेक्टर गुलझारी को भी टंट्या की करतूत का पता चल जाएगा।''

बलवन्त काले ने आकर बता दिया, ''जैसा कि सोचा था, सब मिल गए, मास्टर जी।''

''शाबाश, अब यह कागज़ पकड़ो। इन चिट्ठियों पर गाँव और तिथियाँ लिखी हुई हैं। उन्हें पहुँचा देना।''

लाल तश्तरी से टंट्या के आ जाने की खबर से चारों ओर हलचल मच गई। पुलिस स्टेशन को तश्तरी पहुँच जाने पर पुलिस जाकर देख आती तो वहाँ कुछ भी नहीं होता था। टंट्या के लोग दूसरे गाँव जाकर पटेलों-मालगुजारों को धमका जाते थे। यह खबर फिर पुलिस थाने पहुँच जाती थी।

सच्ची-झूठी वारदातों से पुलिस चकरा गई।

हैमिल्टन साहब के पास अलग-अलग पुलिस थानों की रपटें आ रही थीं और पुलिस भाग-दौड़ कर रही थी।

''इंस्पेक्टर, ये प्लानिंग टंटिया का कैसे हो सकता है ? हमें बताओ, टंटिया को लिखना आटा है ? वो तो अनपर है ना इल्लिटरेट। हमें ये मामूली काम नहीं लगटा। किसी दिमागवाले आदमी का काम है। पहले नीमाखेड़ी से खबर आई। दूसरे दिन दूर गाँव से। और ये देखो, टंटिया गाँव में आ गया, पटेल-मालगुजार को धमकाकर चला गया। ये भी दूर है गाँव। इन सबके पीछे बड़ा प्लानिंग लगता है।

''तुम्हारा विलेज डिफेंस ग्रुप भी यूजलेस हाय। हमने उनको हटियार दिया टो भी काम ठीक नहीं करटा हाय।''

टंट्या की धूमधाम से हैमिल्टन की नाक में दम आ गया। निश्चित अन्तराल पर साहूकारों-मालगुजारों के लूटे जाने की खबरें पुलिस थाने पर देर बाद ही सही पहुँच जाती थीं।

''टुम एक काम करो। लाल तश्तरी का सिस्टम बन्द करो। जिनको हटियार और तनखा दी है उनको अल्टिमेटम दे दो। हम रिज़ल्ट चाहता है। जिस गाँव पर टंटिया ने हमला किया और गाँव ने डिफेंस नहीं किया उस गाँव को जुर्माना करो। नहीं तो ये गाँववाले टंटिया को पकड़ने में हमारी मदद नहीं करेंगे।''

''लेकिन साहब, पूरे गाँव को जुर्माना ? धीरे-धीरे गाँव के सब लोग हमारे खिलाफ हो जाएँगे। लॉ-आर्डर का मामला मुश्किल बन जाएगा !''

"अभी कहाँ लॉ एंड आर्डर हाय ? टंटिया खंडवा जेल से भाग गया। कितने बरस हो गए ? साट बरस हो गए। दिसम्बर 1878 में भागा था। इटना बरस में हमारा पुलिस ने क्या किया ? टंटिया ऐलान करके गाँव में आटा है। मालगुजारों-बनियों-साहूकारों को लूटटा है, चला जाटा है। पुलिस आराम से पहुँचटी है। टंटिया के सेफ निकल जाने पर।"

"ये सब शर्मनाक है हमारे लिए। मुझे शक हाय। हमारी पुलिस टंटिया की फौज तो नहीं बनी ? नहीं तो साट साल हो गए, टंटिया दिखता नहीं ? टंटिया नाम का कोई शैतान है भी या नहीं ?"

हैमिल्टन गुस्से से लाल हो गए थे। इंस्पेक्टर दीनानाथ असहाय होकर साहब की बेचैनी को देख रहे थे।

हैमिल्टन साहब ने डिप्टी इंस्पेक्टर जनरल ऑफ पुलिस, विशेष अधिकारी, टंट्या आपरेशन की हैसियत से काम शुरू किया था। उनकी कार्रवाई के परिणामस्वरूप टंट्या कुछ समय के लिए निमाड़ से कालीभीत के जंगल की तरफ हट गया था। फिर हैमिल्टन साहब की नियुक्ति मूल ओहदे पर की गई।

चीफ कमिश्नर के सामने इंस्पेक्टर जनरल ऑफ पुलिस से फाइल आ पहुँची। टंट्या के बारे में शाया किए जानेवाले इश्तिहार का मसौदा वह पढ़ने लगे :

इश्तिहार

NOTIFICATIONS

JUDICIAL DEPARTMENT : ज्युडिशियल डिपार्टमेंट

बामुजिब हुक्म जनाब साहिब चीफ कमिश्नर बहादुर सी.पी. एंड बेरार,

जनाब साहिब चीफ कमिश्नर बहादुर को मालूम हुआ है कि ज़िला निमाड़ में ऐसे बहुत-से गाँव हैं जहाँ के लोग टंटिया भील की गिरफ्तारी में पुलिस की मदद करने के बदले खुद उसी डाकू को खबर और मदद किया करते हैं। जनाब चीफ कमिश्नर बहादुर ने यह पक्का इरादा कर लिया है कि ऐसे कुल गाँवों में पुलिस तैनात की जाए और उसका खर्चा मालगुजारों और गाँव के रहनेवालों से वसूल किया जाए। मौजा पोखर पर 378 रुपया सालाना खर्च की पुलिस तैनात हो चुकी है। जो मालगुजार यह चाहते हैं कि उन पर पुलिस का खर्चा न लगाया जाए उनके लिए यह बेहतर होगा कि वे पुलिस को टंटिया के बारे में खबर देने का इन्तजाम करें और जब टंटिया के आदमी आएँ उस वक्त उनको रोकें जिससे यह मालूम हो कि वे लोग टंटिया से मिले हैं या नहीं। गाँव पर हमला करने के वक्त अगर कोई शख्स टंटिया या उसके साथियों पर बन्दूक चलाएगा या उनको जख्मी करेगा तो उसे किसी किस्म की सजा नहीं दी जाएगी बल्कि टंटिया और उसके साथियों को पकड़ने के बदले में नीचे लिखे मुताबिक 10,500/- तक का इनाम दिया जाएगा।

इनाम

जो कोई टंटिया को पकड़ेगा उसे तीन हज़ार रुपया नकद इनाम दिया जाएगा और उसके अलावा मौजे नान्दगाँव होशंगाबाद में एक हज़ार एकड़ जमीन की हकीयत मालगुजारी दी जाएगी।

जो कोई बोंदरिया को पकड़ेगा उसको तीन हज़ार रुपया नकद और चारहा में पाँच सौ एकड़ जमीन (जो आगे तजवीज की जाएगी) की हकीयत मालगुजारी दी जाएगी।

जो शख्स टंटिया के नीचे लिखे हुए किसी साथी को पकड़कर सरकार में हाज़िर करेगा उसे हर साथी के पीछे पाँच सौ रुपए का इनाम दिया जाएगा।

1. देवल्या वल्द बांगा भील साकिन दाभी जिला निमाड़।
2. भावल्या वल्द उघड्या भील साकिन टेंभी जिला निमाड़।
3. उंकार वल्द विट्ठल भील साकिन पोखर जिला निमाड़।
4. लछमन वल्द विट्ठल भील साकिन टेंभी जिला निमाड़।
5. भावल्या वल्द हीरा भील साकिन चिंचखेड़ा जिला निमाड़।
6. ठाकुर वल्द नारायण कुनबी साकिन टाकली जिला निमाड़।
7. उंकार वल्द बन्या भील साकिन चिंचखेड़ा जिला निमाड़।
8. फूलसिंग बंजारा साकिन मांजरादे जिला निमाड़।
9. रेंगू कोरकू साकिन सोनखेड़ी जिला होशंगाबाद।

यह भी जाहिर किया जाता है कि नीचे लिखे गुनहगारों के गुनाह माफ किए जाएँगे।

(1) देवल्या वल्द बांगा (2) भावल्या वल्द उघड्या (3) उंकार वल्द विट्ठल (4) लछमन वल्द विट्ठल (5) भावल्या वल्द हीरा (6) रेंगू कोरकू।

ऊपर लिखी हुई माफी इस शर्त पर दी जाएगी कि वह खुद सरकार में हाजिर होकर इस कदर हाल बतलाए कि ऊपर लिखे हुए इश्तिहारी गुनहगारों में से कोई दूसरा मुलजिम गिरफ्तार होकर सजा पाए।

अगर कोई शख्स टंटिया को पकड़ेगा या पकड़ाएगा, नकदी रुपए के बदले में जमीन या माफी लेना पसन्द करेगा तो जनाब साहिब चीफ कमिश्नर बहादुर उसे जमीन या माफी देंगे।

यह हुक्म पहले ही हो चुका है जो गौली या बंजारा टंटिया को पकड़ने में पुलिस की मदद करेगा या उसे पकड़कर लाएगा उसे पाँच हज़ार ढोरों के चरने की जगह दी जाएगी।

यह भी मालूम रहे कि अगर कोई शख्स आज की तारीख से चार महीने के अन्दर ऐसी खबर देगा कि जिससे टंटिया पकड़ा जा सके तो उसने इसके पहले टंटिया की मदद और पनाह देने या उसके बाबत रपट न करने में कुछ कुसूर किए होंगे तो वह सब माफ कर दिए जाएँगे।

चीफ कमिश्नर ने दस्तखत किए और तिथि लिखी 23-11-1885।

हरसूद बाजार में रतनसिंग और इस्माइल भाई जरा जल्दी ही पहुँच गए थे। व्यापार के बहाने नागपुर छोड़े बीस दिन हो गए थे। बाकी दस दिनों में बुरहानपुर-खंडवा तहसील के बड़े गाँवों में जाकर व्यापार का काम करना था।

हरसूद पुलिस थाने पर खामोशी थी। तीन सिपाहियों के छुट्टी पर चले जाने से हेड कांस्टेबल बलवन्तसिंह चौहान बचे हुए सिपाहियों से काम लेने की फिक्र में था।

रतनसिंह और इस्माइल भाई को थाने में आते देख बलवन्तसिंह ने बेफिक्री से उन्हें सामनेवाली बेंच पर बैठने के लिए कहा और आराम से कान का मैल कुरेदता रहा। फिर रोजनामचे पर तिथि लिखकर पूछा, ''हाँ, कहो क्या शिकायत है सुबह-सुबह ?''

''हमारी कोई शिकायत नहीं। हम दूर के मुसाफिर हैं।''

''तो ?''

''हम नागपुर के बेपारी हैं। थोक बेपार है। इधर कामधन्धे की बात के लिए आए हैं।''

''तो यहाँ पुलिस थाने में क्या मिलनेवाला ?''

''उसका क्या है, हैड कांस्टेबल साब, हमें हरसूद के चारवा-बलडी-खालवा गाँवों में जाना है। वहाँ माल खरीदनेवाले बड़े बेपारी की तलाश है।''

बलवन्तसिंग ने आवाज दी, ''कौन है रे उधर, इन लोगों को सीताराम सेठ के पास ले जा। सीताराम सेठ तुम लोगों को सारी जानकारी दे देगा।''

''आपको कामधन्धा जरूर मिलेगा। लेकिन इधर वो टंट्या है ना, आपने कभी सुना है नाम ? हाँ...वही। टंट्या के लोग पूछते कि हम माल कहाँ से लाते ?''

''वो कौन पूछनेवाला ? क्या है उसे पूछने का ?''

''अरे मालिक, आपको पता नहीं, आप उधर रहते या नागपुर में। इधर टंट्या का राज है। हम दुकानदार टंट्या के हुकुम को मानते। नहीं माना तो जीना ही मुश्किल हो जाएगा हमारा।'' सीताराम सेठ ने कहा, ''अरे, आप खड़े क्यों हैं ? मेहमान हैं आप। आइए बैठिए। अरे ए भानू, लोटा भर पानी तो ले आ। बाद में चायपानी के लिए बोलके आ।'' फिर मुड़कर बोले, ''सच कहूँ, टंट्या का कानून अच्छा है। नहीं तो वो अंग्रेज सरकार हमारी खाल खींचने में पीछे नहीं रहेगी। सात साल से टंट्या ने इधर बहुत अच्छा काम किया है। टंट्या सरकार और मालगुजारों के खिलाफ है। साहूकारों ने बहुत खून पी लिया किसानों का और इन जंगल के लोगों का। अंग्रेज सरकार टंट्या पर गुस्सा क्यों है, पता है ? साहूकारों-मालगुजारों की कमाई कम हो गई तो उनकी मुश्किल हो गई। अब सतपुड़ा के भील और कोरकू हिम्मत से काम लेने लगे हैं। यह है टंट्या की करामत।''

''सेठजी, आपको टंट्या ने तकलीफ नहीं पहुँचाई ?''

''अरे मालिक, ये क्या कहते हो। टंट्या जैसा राजा आदमी नहीं हुआ इस निमाड़ में। वह बेकार में किसी को तकलीफ नहीं देता। तीन बरसों से हमारी उसकी दोस्ती है।'' सीताराम सेठ ने इधर-उधर देखकर धीमे से कहा, ''लेकिन कहीं बोलना नहीं।'' फिर कहा, ''साले पुलिस के कुत्ते भी टंट्यामामा के टुकड़ों पर पूँछ अन्दर डाल लेते हैं।

फिर गोरे साब टंट्या के बहुत खिलाफ हैं।''

''सीताराम सेठ, धन्धे की बात तो रह ही गई।''

''अरे भाई, तुम्हें इधर धन्धा चाहिए ना तो ठाकुरजी से मिलो। उनके साथ एक मास्टरजी भी होते हैं। वो लोग तुम्हारी मदद करेंगे। कोई बेपारी उनकी बात नहीं टालता।''

रतनसिंग के कान खड़े हो गए।

''अच्छा, कहाँ मिलेंगे ये लोग ?''

''ठीक वक्त पर आए तुम लोग। चारवा में बड़ा मेला लगनेवाला है दो दिन बाद। दूर-दूर से लोग आते हैं। चारवा के पास कालियाबाबा की टेकरी है। वहाँ मेला लगता है। मकड़ाई का राजा भी आ जाता है कालियाबाबा के दर्शन करने।''

''कितनी दूर है ? बैलगाड़ी मिलेगी किराए पर ?''

''आठ-नौ कोस होगा। दो-तीन घंटे का सफर है।'' नौकर की ओर मुड़कर सीताराम सेठ बोले, ''किसन पटेल को बताना मेहमान है। कालियाबाबा ले जाकर फिर वापस लाना है। अपने आदमी समझकर किराया लेने को बोल।''

किसन पटेल की बैलगाड़ी दौड़ रही थी। वह सोच रहा था कि कौन होंगे ये लोग ? काफी देर तक चुप रहने से ऊबकर आखिर रतनसिंग ने बोलना शुरू किया, ''पटेल, सीताराम सेठ बहुत तारीफ कर रहा था तुम्हारी।''

किसन पटेल के मन में शक के बादल घुमड़ने लगे।

''सेठ सबको अच्छा कहता है। किसी का दिल नहीं दुखाता।''

''पटेल, बैलगाड़ी का क्या भाव होगा आजकल ? कहाँ क्या बिकता है यही हम देखते रहते हैं इसलिए पूछा।'' पटेल कुछ ढीला पड़ गया, बोला, ''मुझे ठीक से पता नहीं लेकिन तीस-बत्तीस तक हो सकती है।''

''ऐसा कैसे बोलते हो ? तुमने गाड़ी खरीद ली और कीमत का पता नहीं है ?'' इस्माइल भाई ने अचरज से पूछा।

''मेरे पास कहाँ रुपए थे बैलगाड़ी खरीदने के लिए।''

''हम कुछ समझे नहीं।''

''समझकर करोगे भी क्या ? टंट्यामामा ने इस मुल्क में पचास बैलगाड़ियाँ बाँट दी हैं, यही जानकारी तुम लोगों को मुझसे चाहिए थी न ?''

किसन पटेल की बात सुनकर दोनों अवाक् हो गए। फिर खामोश बैठ गए।

चारवा गाँव के आगे टेकरियों की भीड़ में कालियाबाबा की टेकरी ने माथा सबसे ऊपर उठा रखा था।

किसन पटेल ने चारवा में गाड़ी रोक ली।

''यहाँ से दो कोस कालियाबाबा की टेकरी तक पैदल जाना होगा। बैलगाड़ी की सड़क नहीं है।''

"और मेला कहाँ लगता है ?"

"गाँव के बाहर अमराई है, माचक नदी के किनारे। नदी के दूसरे तीर पर डुंगरिया देवता का मन्दिर है।"

"ठाकुर नारायण कहाँ मिलेंगे ?"

"डुंगरिया देवता के पीछे ही उनका अड्डा है। मैं गाँव में रुक जाता हूँ। कल सुबह तुम लोगों के लौट आने पर वापस जाएँगे।"

रंग-बिरंगे कपड़े पहने बंजारा महिलाएँ और रंगीन साफे पहने पुरुष आसपास दिखाई देने लगे। माचक नदी का किनारा भीड़ से खिल उठा। चावरा पुलिस की चेक पोस्ट रापटी नदी के किनारे बनी हुई थी। दो-तीन सिपाही खैनी रगड़ रहे थे।

डुंगरिया देवता के मन्दिर के परे तीन तम्बू बने थे। बाहर तीन खाटें पड़ी थीं। रतनसिंग और इस्माइल भाई के सामने एक गोरा युवक खड़ा था।

"गुड मार्निंग साब, कुछ मदद चाहिए ?"

दोनों ने श्रीपाल की ओर देखा। "मेला कमेटी ने मेहमानों के लिए एक सहायता केन्द्र शुरू किया है। खंडवा बुरहानपुर से और भी साहब लोग आ गए हैं। आपकी तारीफ साहब ?"

"मैं रतनसिंग हूँ। ये इस्माइल भाई हैं। नागपुर से आए हैं।"

"बहुत टेढ़ी राह चलके आए हैं आप लोग।" हँसते हुए श्रीपाल ने पूछा।

"हम बेपारी लोग। चींटे को गुड़ की राह दिखाने की जरूरत नहीं पड़ती।" बातें करते हुए वे तम्बू के पास पहुँच गए। लोग खटियों पर बैठे हुए थे। बीच की खटिया पर बैठे खाकी रंग का सूट पहने अधिकारी उठकर सामने आ गए।

"सर, ये नागपुर के मेहमान हैं। बेपारी हैं। मेला देखने आए हैं।" श्रीपाल ने बता दिया।

"अच्छा हुआ आप वक्त पर ही आ गए। मैं सुखदेव राजपूत ! ज़िला फारेस्ट अफसर हूँ। इसी महीने आया हूँ। हम रहनेवाले उधर सेन्धवा की तरफ के हैं।"

दोनों मेहमान बैठ गए।

"कैसा लगा हमारा फारेस्ट आपको ? नागपुर तो बहुत बड़ा गाँव है।" अधिकारी ने चश्मा उतारकर साफ किया और फिर आँखों पर चढ़ा दिया।

"बहुत अच्छा मुल्क है। भगवान ने बहुत दिया है।" रतनसिंग ने कहा।

मेहमानों के साथ खाना हो गया। हाथ धोते-धोते अधिकारी ने पूछा, "बड़े गाँव में माल बेचना छोड़ इधर पहाड़, जंगल में कौन-सा ग्राहक ढूँढ़ने आ गए हैं आप लोग ?"

इस सवाल पर दोनों एक-दूसरे की तरफ देखने लगे।

"नहीं, मुझे शक हुआ इसलिए पूछा। बेपार की बातें हमारी समझ में नहीं आतीं। अच्छा जाने दीजिए। अब आप आए हैं तो बंजारों, कोरकुओं के नाच देखकर जाना। अभी थोड़ा वक्त है। तब तक मेले में घूम आओ। बेपार की क्या बात होती है, देखो।"

दोनों चल पड़े तो टंट्या ने अपने एक साथी से कहा, ''उनके पीछे अपना एक आदमी लगा लो। इनके बेपार की बातों में मैं कुछ दूसरी ही बात सूँघ रहा हूँ।''

इंस्पेक्टर रतनसिंग और इंस्पेक्टर इस्माइल एक माह बाद नागपुर लौट गए और उन्होंने अपनी रपट आई.जी.पी. को पेश की :

''हमने बेपारी का भेस बनाकर दिसम्बर के माह में होशंगाबाद, बैतूल, खंडवा, खरगोन से होते हुए इन्दौर तक सफर किया। गाँव-गाँव में जाकर टंट्या के बारे में लोगों से बातें कीं। पुलिस से भी मिले। जंगलों, पहाड़ों, घाटियों के भील, कोरकू और किसानों पर टंट्या की अतिमानुषी शक्ति का बड़ा प्रभाव है। इसलिए इस क्षेत्र के लोग सरकार की मदद करने के लिए बिलकुल ही तैयार नहीं हैं।

''टंट्या का इन लोगों पर एक तरह से अधिराज्य ही है। गरीबों की वह दिल खोलकर मदद करता है। इसलिए उन्हें वह अपना दोस्त और तारनहार लगता है। थोड़ी-सी मदद करनेवालों को भी उदारता से पैसे देता है। छोटे बच्चों और महिलाओं के साथ उसका बर्ताव बहुत शालीन है। सब माँ-बहनों को वह अपना भाई ही लगता है। उसकी जनप्रियता देखकर हम तो दंग रह गए। टिड्डी दल के हमले से हुई हानि की उसने स्वयं क्षतिपूर्ति कर दी। वह अद्‌भुत है। उसके दुस्साहसों में यहाँ के बंजारों, कोरकुओं और भीलों का खुल्लमखुल्ला साथ उसे मिल रहा है। निस्सन्देह वह इस क्षेत्र का सर्वाधिकारी है।

''जंगलों में तम्बू तानकर वह अधिकारियों का स्वाँग रचता है और बंजारों के नाच में हिस्सा लेकर उनके साथ नाचता भी है। उसकी यह कला दुनिया से न्यारी है।''

नए वर्ष का आगमन नए हादसों के साथ ही हुआ। होशंगाबाद, बैतूल जिलों में लूटमार-डाकों का सिलसिला जारी था। समय-सारणी की तरह साहूकारों-मालगुजारों के घरों पर डाके की नियमित वारदातें होती रहीं। हस्बमामूल खबर पुलिस थाने पर देर से पहुँच रही थी। हमलावरों के चम्पत हो जाने के बाद तफ्तीश करने पुलिस मौक़ए-वारदात पर पहुँच रही थी।

कर्नल वार्ड की विशेष नियुक्ति नर्मदा वैली में हुई। नर्मदा घाटी डाके-लूटमार निरोधक स्पेशल कमिश्नर का नया पद बनाया गया। उनके आते ही टंट्या ने उनको मज़ा चखा दिया।

सर लेपेल ग्रिफिन मध्य प्रान्त के गवर्नर जनरल के प्रतिनिधि थे। चीफ कमिश्नर और गवर्नर जनरल के एजेंट के बीच टंट्या के बारे में पिछले छह महीनों से पत्राचार चल रहा था। टंट्या को पकड़ने के लिए महाराजा होलकर के अधिकारियों से जरूरी सहयोग नहीं मिल रहा था बल्कि वे टंट्या की मदद कर रहे थे। गवर्नर जनरल महाराजा होलकर से कुछ कहें इसलिए कर्नल वार्ड को भोपाल भेजा गया।

सर लेपेल ग्रिफिन कर्मनिष्ठ अधिकारी थे। टंट्या को पकड़ने के लिए उन्होंने योजना बनाई।

''कर्नल, हम आपके साथ हैं टंट्या की हंटिंग के मामले में। गवर्नर जनरल ने आपको महाराजा होलकर के एरिया में एक्शन लेने का अधिकार दिया है। चीफ कमिश्नर की भी सम्मति है। नाऊ, यू कैन गो अहेड।''

''सर, मेरी एक ही तकलीफ है, नेटिव फोर्स लॉयल नहीं लगता।''

''आप ऐसा कैसे कह सकते हैं ? यू कांट चेंज ऑल।'' सर लेपेल ग्रिफिन सोच में पड़ गए। ''अगर सचमुच ऐसा है तो टंट्या के खिलाफ मुहिम एक फ़ार्स बनकर रह जाएगी। कर्नल, अब हम दो बातें करेंगे। हमारी तरफ से रिसालदार ईश्वरीप्रसाद इंचार्ज होगा कार्रवाई का और दूसरी बात, सभी जिलों के नर्मदा वैली एक्स्ट्रा फोर्स को हम डेप्युट करते हैं।''

''थैंक यू सर।''

''अब हम आपको अपने नए साथी का परिचय करा देते हैं। सिपाही, रिसालदार मेजर परसाद को बुलाना।''

सिपाही चला गया।

''ये हैं कर्नल वार्ड। स्पेशल कमिश्नर फॉर दि सप्रेशन आफ डेकॉइटी इन दि नर्मदा वैली और ये हैं रिसालदार मेजर ईश्वरीप्रसाद।''

छह फुट लम्बे, साँवले ईश्वरीप्रसाद ने वार्ड को सलाम किया।

''रिसालदार मेजर अपनी तरफ से काम करेंगे। उनकी सहायता के लिए राज्य के रेगुलर इनफ़ैंट्री के अफसर और सिपाही, रिसाले के अफ़सर और सिपाही तथा रेसिडेंट के भोपाल बटालियन के फोर्स के साथ मध्य इन्दौर के घुड़सवार भी रहेंगे। इसके अलावा आपका अलग स्टाफ तो है ही। मुझे पूरा भरोसा है कि रिसालदार मेजर ज़रूर यह शिकार करेगा। मेरी शुभकामनाएँ।''

कर्नल वार्ड खंडवा लौट आए। दो दिन बाद ईश्वरीप्रसाद योजना बनाने के लिए खंडवा पहुँचे।

नर्मदा घाटी के पुलिस अधिकारियों की बैठक में महाराजा होलकर के खरगोन और एलिचपुर के अधिकारियों को भी गवर्नर जनरल की अनुमति से उपस्थित रहने को कहा गया था।

''टंट्या हम सबका एक बड़ा प्राब्लम हो गया है। गवर्नर जनरल सेंट्रल प्राविंस हमारे काम से नाराज हैं। एक अकेला आदमी आठ बरसों से सरकार के खिलाफ लड़ रहा है और हमारा पुलिस फोर्स सिर्फ भागदौड़ कर रहा है। ये हमारे अंग्रेज राज के लिए शर्म की बात है।

''दोस्तो, हमने सोचा है कि एक महीने के अन्दर तुम अच्छा रिज़ल्ट दे सकते हो। अब हमारे साथ गवर्नर जनरल के स्पेशल अफसर पद पर लेपेल ग्रिफिन ज्वाइन हो गए हैं

और उनके साथ हैं रिसालदार मेजर ईश्वरीप्रसाद। हमने जो प्लान बनाया है उसके बारे में मेजर आपको बता देंगे।''

रिसालदार मेजर अभी-अभी सेवानिवृत्त हुए थे। कानों के पास बाल थोड़े सफेद हो गए थे। वे एक कार्यक्षम अधिकारी के रूप में मशहूर थे। उन्होंने कहा, ''दोस्तो, अब तक टंट्या के खिलाफ आपने अच्छा काम किया है। मैंने सारी रपटें पढ़ ली हैं। चर्चाएँ की हैं। सार की बात यह है कि अपना दुश्मन बहुत चालाक है। सतपुड़ा की पहाड़ी और जंगल उसका आधार है। इतना ही नहीं इस मुल्क के लोगों का पूरा साथ उसको मिल रहा है।

''सर लेपेल ग्रिफिन साहब ने जो प्लान बनाया है, उसे मैं आपके सामने रखता हूँ। उसे कड़ाई से अमल में लाएँगे तो टंट्या घिर जाएगा और पहाड़ के बाहर निकल पड़ेगा। इससे हमारा काम आसान हो जाएगा।

''हम हर एक गाँव में ऑनररी पुलिस की नियुक्ति कर रहे हैं। टंट्या की मदद करनेवाले ग्वालों, बंजारों को पकड़कर सजा देनी पड़ेगी। गाँव से मिलनेवाली रसद टूट जाने पर वह बौखलाकर बाहर आ जाएगा।

''हर जिले से ज्यादा पुलिस फोर्स, घुड़सवार नर्मदा वैली में भेजने का इन्तजाम हो रहा है। मकड़ाई के जंगल और काली भीत की पहाड़ी जहाँ टंट्या छिपा हुआ है—चारों ओर से घेरने के लिए हर सड़क पर चौकियाँ बनाई जाएँगी। हम सब साथ मिलकर काम करेंगे तो फल जरूर मिलेगा। मैं आप सबसे सहकार्य की अपेक्षा करता हूँ।''

एक महीने के भीतर सेंट्रल प्राविंस के सभी जिलों से अतिरिक्त पुलिस सिपाही और घुड़सवार निमाड़, होशंगाबाद-बैतूल में दाखिल हो गए। पुलिस फोर्स के बढ़ जाने से स्थानीय पुलिस के काम बढ़ गए।

टंट्या की कार्रवाइयों पर ध्यान देने से पहले ही वह तनावग्रस्त थी, अब बाहर की पुलिस के आ जाने से स्थानीय पुलिस में अनजाने में ही नाराजगी का स्वर उभरने लगा।

हैमिल्टन और सरदार रतनसिंग जैसे अधिकारियों ने टंट्या के खिलाफ काम करने में काफी मेहनत की थी लेकिन बदनसीबी के कारण उन्हें सफलता नहीं मिली थी। लगातार तबादलों और वरिष्ठ अधिकारियों के टालमटोल की वजह से वे भी कुछ नाराज ही थे।

टंट्या और बोंदरिया का मुकाम कालियाबाबा की टेकरी की एक अनोखी गुफा में था। टेकरी के बीच में एक चौड़े चबूतरेनुमा पत्थर के पास सब्जे का कमर तक लम्बा पेड़ था। उसके पास ही एक ऊँचा सेमल का पुराना वृक्ष था। चबूतरे पर छोटे-छोटे पत्थरों का एक मज़ार था। यही कालियाबाबा के मज़ार के नाम से मशहूर था।

सेमल के तने के पीछे एक बहुत बड़ी काली चट्टान थी। इस चट्टान के बीचोबीच एक दरार थी। उसमें से मुश्किल से एक आदमी अन्दर जा सकता था। अन्दर जाने

पर दाईं ओर मुड़ते ही एक गुफा बनी हुई थी। ऊपर एक आड़ा लम्बा पत्थर था, वहाँ टेकरी जितना बड़ा छेद था। ऊपर से उस पर नागफनी फैली हुई थी। छेद दक्षिण की तरफ होने से दिन-भर रोशनी अन्दर आती रहती थी। दरार के बाहर दो आदमी यदि एक चपटा पत्थर उठाकर रख दें तो अन्दर जाने का रास्ता बन्द हो जाता था। दरार के ऊपर दस फुट की दूरी पर एक पेड़ था जिसके तने के नीचे बारिश का पानी गिरते रहने से एक गड्ढा बन गया था। उसमें दो लोग आराम से बैठ या सो सकते थे। मज़ार की तरफ से गुफा की ओर जानेवाले को ये लोग दिखाई नहीं दे सकते थे। पहरा देने, टोह लगाने के लिए यह बेहतर जगह थी।

टंट्या के दो साथी यहाँ हमेशा पहरा देने के लिए बैठे रहते थे।

''टंट्या दादा, बलवन्त ने चिट्ठी भेजी है। खंडवा में नया साहब आ गया है। इस साहब की मदद के लिए गवर्नर जनरल ने मेजर ईश्वरीप्रसाद को भेज दिया है। दो दिन पहले दोनों ने खंडवा में मीटिंग ली।''

''हर बार नया साहब आता है तो कुछ-न-कुछ नया करना चाहता है। इस साहब ने भी ऐसा ही सोचा होगा।''

''नाम क्या है नए साहब का ?'' टंट्या ने पूछ लिया।

''कर्नल वार्ड।''

''हाँ, सुन रखा है मैंने। मंडलेश्वर में अपना दोस्त है, महमूद खान। उसके पीछे लगा था ये वार्डसाहब पिछले एक साल से। वहाँ उसकी दाल नहीं गली इसलिए इधर आ गया। अच्छा, और क्या लिखा है मास्टरजी ने ?''

''मास्टरजी ने बताया है कि नए साहब ने सभी ज़िलों से और पुलिस मँगवाई है। उनकी मदद के लिए घुड़सवार भी हैं। उनका इन्तजाम हो जाने से पहले ही हमारे लोगों के हमले की झूठी खबरें एक दिन बाद एक दूर-दूर के गाँवों से पुलिस थाने जानी चाहिए। हमने इस काम को शुरू किया है। इससे नई पुलिस को भागदौड़ करनी पड़ेगी और उनका दम टूट जाएगा। इसके लिए आपकी इजाज़त माँगी है।''

''ठाकुरजी, हम सोच-समझकर ही सारी बातें करते हैं ना ? फिर अच्छी बात के लिए मैं क्यों नहीं करूँगा ?''

''ऐसी बात नहीं है, आपके कान में बात डालनी थी और...''

''तुम सबको आगे यह काम करना है। आज टंट्या है, कल शायद नहीं रहेगा। तब तुम लोग किससे पूछोगे ?''

''मामा, ऐसी बुरी बात मत बोलो। कल की बात क्यों सोचते हो ? अभी हमारा राजा टंट्या है। बस यही बड़ी बात है।''

''राजा...'' टंट्या ठहाके मारकर हँसने लगा। ऊपर जहाँ से रोशनी आ रही थी उस ओर इशारा करते हुए टंट्या ने कहा, ''ठाकुरजी यह रोशनी देखी ? वो सूर्यनारायन कहाँ है ? दूर उधर आसमान में। पर यह रोशनी की माया उसी की है। वो है दुनिया का राजा। उसकी वजह से हम सब लोग जिन्दा हैं। वो सबको देता है करन जैसी

उदारता से। ठाकुरजी, राजा को ऐसा होना चाहिए। मैं तो एक कंगाल आदमी हूँ। जंगल में और ऐसे पत्थर के महल में छिपा रहता हूँ। मुझे राजा कहने से क्या होगा ? मैं गरीबों की कितनी मदद कर सकता हूँ ? मैं तो बहुत चाहता हूँ कि सबकुछ अपने भाई-बहनों में बाँट दूँ, लेकिन है क्या मेरे पास ?''

''मामा, तुम्हारा सोच कितना अच्छा है। तुम नहीं जानते, तुम क्या बोल रहे हो। जिनके पास है उनके हाथ से कौड़ी नहीं छूटती। सपने तो सब देखते हैं। स्वार्थ के सपने। लेकिन दूसरों की खुशी के सपने देखने के लिए आकाश जितना बड़ा दिल चाहिए और वह तुम्हारे पास है।''

''आज बड़े खुश नजर आ रहे हैं ठाकुर नारायनराव। बहुत तारीफ के पुल बाँध रहे हैं लेकिन मैं जानता हूँ कि मैं क्या हूँ।''

''नहीं मामा, हिरन के पेट में कस्तूरी होती है लेकिन उसे पता नहीं होता।''

''अच्छा, छोड़ो, काम की बात देखो। और क्या कहा है मास्टरजी ने ?''

''एक बड़ी काम की बात बता दी है। गोरे साहब का यहाँ के सिपाहियों पर भरोसा नहीं है। इसलिए कालीभीत जंगल के चारों ओर खास गोरे अधिकारियों को काम सौंपा गया है।''

''अच्छा, तो इस बार गोरा साहब टंट्या से मिलना चाहता है। हमें होशियार रहना होगा। इस जगह को भी जल्द ही छोड़ना पड़ेगा।''

''अपने मुखबिरों की नजर है साहब की हलचल पर। मामा, एक और खास खबर है। बैतूल के पुलिस अधिकारी सरदार रतनसिंग और होशंगाबाद के हानकिन साहब बाहर से पुलिस मँगाने की बात से नाराज हैं। इस हफ्ते दोनों छुट्टी पर जा रहे हैं।

''ठाकुरजी, यह तो अच्छी खबर सुना दी आपने। राजाबोरी जंगल के देवराबन्द गाँव के मालगुजार को आजकल बड़ी चरबी चढ़ गई है। सुना है दो बार गोरे साहब से मिलने गया था। टंट्या को पकड़वाने का सपना देख रहा है। उसे इस हफ्ते में उसका मजा चखा देंगे।''

देवराबन्द के मालगुजार के लूट लिए जाने की खबर सुनकर कर्नल वार्ड होशियार हो गए। होशंगाबाद के पुलिस अधिकारी छुट्टी पर गए हैं इस मौके का फायदा उठाया टंट्या ने।

कर्नल वार्ड ने अपनी डायरी में उस दिन दर्ज किया—

''इस वारदात से पता चलता है कि टंट्या के लोगों को पुलिस की खुफिया जानकारी बराबर मिलती रहती है और वह मौके का बराबर लाभ उठाता है। बैतूल के अधिकारी मि. हानकिन वारदात के दो दिन बाद लौट आए। उन्होंने आसपास के जंगल की खाक छान मारी लेकिन हमेशा की तरह कुछ भी हाथ नहीं आया।

दो दिन बाद घोरपड़ गाँव के हेड कांस्टेबल खामपुर जंगल के किनारे से जा रहे थे। साथ में दो सिपाही भी थे। सहसा उन पर धावा बोल दिया गया। अचानक हुए

हमले से सिपाहियों को बन्दूकें तानने का मौका ही नहीं मिला। एक पुलिसकर्मी ने गोली दागने की कोशिश की लेकिन उसका निशाना चूक गया। तीनों सिपाहियों के कपड़े उतारे गए। उनके हथियारों को छीन लिया गया और टंट्या के आदमी जंगल में रफूचक्कर हो गए।''

सिवना के माधवराव पाटिल के खेत में मंडवा छाया गया था।

किसनिया का ब्याह होनेवाला था। टंट्यामामा के बेटे के ब्याह की खबर चारों ओर फैल गई थी। टंट्या इस ब्याह के लिए जरूर आ जाएगा, यह सोचकर पुलिस ने मोर्चे बाँध लिए थे।

ब्याह का मुहूर्त नजदीक आने लगा तो भिकी की आँखें बार-बार रास्ते की ओर जाने लगीं। इकलौते बेटे का ब्याह था और अभी तक बेटे के बाप का कोई अता-पता नहीं था। भिकी का दर्द मंगल्या के ध्यान में आ गया।

लाठी पर जोर देकर खड़े होते हुए उसने कहा, ''भिके, दुख क्यों करती है बेटी। माधवराव पाटिल तेरा सहारा बन गए हैं। मैं तो कहता हूँ कि टंट्या को आज नहीं ही आना चाहिए किसन्या के ब्याह में।''

भिकी ने चौंककर मंगल्या की ओर देखा। अपनी आँखों का पानी पोंछते हुए पिता की पकी मूँछें बेटी के दर्द से काँप उठीं।

''बेटी, टंट्या के लिए साहब के लोग रास्ते में छिपे बैठे हैं। ब्याह में जो नए चेहरे दिखाई दे रहे हैं वो अपने मेहमान नहीं हैं। पुलिसवाले हैं। बगैर डरेस के। ऐसे में उसे नहीं आना चाहिए। बेटे का ब्याह जान का जंजाल नहीं होना चाहिए।''

टंट्या के संकट का पता तो चल गया भिकी को फिर भी उसका कलेजा तिलतिल टूट रहा था कि बाघ जैसे बेटे के ब्याह में बाप नहीं आ सकेगा।

''उठ बेटी। बखत कम है। तू ही ऐसी बैठ गई तो बाकी के लोग तो चकरा जाएँगे।''

''मामाजी, जसुदाबाई भी नहीं आई अभी तक। निहाल भाई ने उनसे कहा था और उन्होंने भी कहा था कि जरूर आ जाऊँगी।''

''आ जाएगी बेटी। वचन की पक्की है। दुल्हन के लिए उसने गहना भेजा ना गजरी के साथ।''

शिवबा पटेल का नौकर तुक्या गाड़ी हाँक रहा था। गाड़ी में जसुदा के साथ एक मँझली उमर की औरत भी थी। उन्दरी नदी के पास गाड़ी को पुलिस ने रोक लिया।

''तुक्या, गाड़ी क्यों रोक दी ?'' जसुदा ने जान-बूझकर कहा।

''गाड़ी कहाँ जा रही है ?''

''सिवना। औरत जात को कब से रोकने लगी पुलिस ?'' जसुदा ने मानो अपने आपसे कहा। बुजुर्ग सिपाही की ओर देखकर बोली, ''क्यों काकाजी, औरतों को भी

आजकल चोर-डाकू समझने लगे आप ?''

''बात ऐसी है बाई, हम पुलिसवाले क्या करें ? उस बहादुर का कोई भरोसा नहीं।''

''किस बहादुर की बात कर रहे हैं काकाजी ?''

''टंट्या को छोड़ दूसरा कोई बहादुर है इस मुल्क में ?''

''अच्छा, उसके बारे में बोल रहे थे। कहते हैं बड़ा सूरमा है। मैं भी उसे देखना चाहती हूँ। माधवराव पाटिल मेरे मामा हैं। आज टंट्या के बेटे का ब्याह है ना ? टंट्या आएगा जरूर। मैंने सोचा, शायद उसके दर्शन हो जाएँगे।''

''आप कौन-से गाँव से आईं बाई ?''

''पीर के पोखर से।''

''आपका नाम ?''

''मैं जसुदा, और ये मेरी बुआ गजरी।''

पुलिस चकरा गई। गाड़ी के जूए को छोड़कर सिपाही पीछे हट गया। उसके चेहरे पर खुशी, गर्व, आदर की मिश्रित भावनाएँ उमड़ीं। झट हाथ जोड़कर उसने कहा, ''जसुदाजी, पहले ही क्यों नहीं बताया। ऐ भाई, जल्दी हाँक ले गाड़ी। बाईसाब, टंट्यामामा को हमारा राम-राम बोल देना। कहना, हमें उस पर गर्व है।'' गाड़ी चल पड़ी। जसुदा पुलिस की बातों से खिल उठी। उसने तिरछी नजर से गजरी की ओर देखा।

दूर जाती गाड़ी में बैठी जसुदा को देख सिपाही भी अपना काम भूल गए।

''दुनिया से न्यारी प्रीत होतीं है ऐसी।'' बुजुर्ग सिपाही ने मानो अपने आपसे कहा।

जसुदा की गाड़ी ने सिवना की सीमा में प्रवेश किया तो कोतवाल ने पूछा, ''कौन से गाँव के हैं मेहमान ?''

''शहापुर से आए हैं भाई। शंकरराव माली पाटिल के रिश्तेदार हैं।'' तुक्या ने बता दिया।

''हमने सोचा, माधवराव पाटिल के यहाँ ब्याह के लिए...''

''कौन माधवराव पाटिल ? अच्छा वो, उनके यहाँ किसका ब्याह हो रहा है ?'' गाड़ी में बैठी बुजुर्ग औरत ने पूछा।

''जाओ बाई, अच्छा है, तुम्हें पता नहीं है।''

गाड़ी माली पाटिल के खलिहान में पहुँच गई। पीछे की तरफ से जसुदा और साथवाली औरत माधव पाटिल के खेत में पहुँच गईं।

ब्याह का मुहूर्त पास आ रहा था। जसुदा को देख भिकी सामने आ गई।

''मैं कब से राह देख रही थी बाईसाब आपकी।''

''भिके, किसन्या का ब्याह मेरे अपने घर का ही ब्याह है। कैसे नहीं आती ? और ध्यान में रख, बाईसाब नहीं कहना, मैं वही जसुदा हूँ बचपन की तेरी सहेली।'' सुनकर भिकी का दिल भर आया।

''भिके, बेटे का बाप आया कि नहीं ?'' सुनते ही भिकी का कलेजा काँप उठा।

उसका खिला चेहरा फिर मुरझा गया।

जसुदा ने आगे बढ़कर उसका हाथ अपने हाथ में लेकर कहा, ''पीछे देख कौन आई है ? गजरी बुआ।''

भिकी ने देखा। उसके चेहरे पर दुनिया की खुशियाँ एक साथ फैल गईं। पल्लू से आँखें पोंछ उसने कहा, ''जसुदा, बुआ को लेकर जल्दी आ जा। सब राह देख रहे हैं।'' और वह जल्दी से मंडवे की ओर चल पड़ी।

माधवराव पाटिल के चरणों पर सिर रखकर जसुदा ने कहा, ''मामा, बुआजी आई हैं।'' पाटिलजी ने देखा, ''तभी हम सोच रहे थे कि जसुदा अभी तक क्यों नहीं आई। बुआ की वजह से देर हो गई, है ना ?'' पाटिल ने जोर से कहा, ''अरे जल्दी करो, अब क्यों देर लगा रहे हो ?'' जसुदा की ओर मुड़कर कहा, ''बुआ को लेकर उधर औरतों में बिठा देना। इधर काफी अजनबी लोग इधर-उधर घूम रहे हैं।''

''ब्याह का वक्त हो गया। अब शायद वह नहीं आएगा। पुलिस बन्दोबस्त का पता चल गया होगा उसको।''

''कुछ कह नहीं सकते। ब्याह होते-होते आ जाएगा।''

''दुश्मन पर भी ऐसा वक्त न आए।''

''मतलब ?''

''अपने बेटे के ब्याह में आ नहीं सकता। नया साहब तो रात-दिन टंट्या के ही सपने देखता है।''

''टंट्या की जगह हम होते तो क्या सोचते ?'' सादे कपड़े में आए सिपाही ने दूसरे से पूछा।

''सरकार से गुस्सा करते।''

''मुझे लगता है, उसे ब्याह में आना चाहिए। क्या सोचती होगी उसकी घरवाली ?''

''क्यों बे, तुम अंग्रेज सरकार के नौकर हो या टंट्यामामा के ?'' हेड कांस्टेबल रतनसिंग ने सिपाहियों से पूछा।

''रतनसिंग, सच कहना, क्या तुम अपने मन की बात कहते हो ?''

रतनसिंग ने कहा, ''यहाँ खुले में ऐसी बातें मत करो। किसी ने सुन लिया और चुगली की तो जेल में हवा खाने भेज देगा नया साहब। कैसा न्याय है दुनिया का ! सतपुड़ा के मुल्क में टंट्या जैसा दूसरा आदमी नहीं। लेकिन क्या करें ? पापी पेट के लिए करना पड़ता है।''

''कभी-कभी लगता है, यह पेट नहीं होता तो अच्छा होता।'' ब्याह की हलचल शुरू हो जाने से उनकी बातचीत थम गई।

''तुम्हारे जैसा ही दिखता है किसन्या।'' जसुदा ने प्यार से किसन्या की ओर देखकर कहा।

''मेरे जैसा दिखता है लेकिन मेरे जैसा काम न करना पड़े उसको।''

''ऐसा क्यों सोचते हो ? रास्ते में जो बेटे की बड़ी तारीफ कर रहे थे कि कालीभीत के जंगल में उसने भेड़ियों को अकेले बकरे जैसे तोड़ दिया। अब क्यों इरादा बदल गया है ?''

''कब खतम होगी ये भागमभाग। मैं बारह बरसों से बस भागता रहा हूँ। जंगलों-पहाड़ों में। लोग तारीफ करते हैं। अच्छा कहते हैं। इसलिए जोश आ जाता है। गरीब-गुरबा तो मेरे साथ हैं लेकिन पटेल, पटवारी-साहूकार, मालगुजार मेरे खिलाफ हैं। उनकी नजरों में तो मैं वही भील हूँ। भील को चोरी करनी चाहिए, उनके खलिहान की हिफाजत करनी चाहिए। पटेल जो भी देगा उस पर दिन गुजार देना चाहिए। इसमें कोई बदलाव नहीं आया। माधवराव पाटिल जैसे दो-चार देवता आदमी साथ में हैं इसलिए कुछ करना चाहता हूँ।

''सरकार की नजरों में तो मैं गुनहगार हूँ। डाके डालनेवाला। इतनी बड़ी सरकार के सामने मैं कब तक लड़ता रहूँगा ? लगा था कि होलकर महाराज मदद करेंगे लेकिन वह भी अब हाथ धोकर पीछे पड़े हैं। घाटाखेड़ी-मकड़ाई के राजा डर-डर के मदद करते हैं। खुलकर सामने आने की हिम्मत नहीं हैं उनमें भी।''

''टंट्या, ये खुशी की घड़ी है। वह देख किसन्या नए कपड़े में कैसे खुश नजर आ रहा है। और दुल्हन भी कितनी अच्छी मिल गई है। शिव-पारबती की जोड़ी लगती है।''

''जसुदा, ब्याह के बाद ये शिव-पारबती भी भटकने लगेंगे। क्या सुख है ऐसी जिन्दगी में। मुझे इधर लगने लगा है कि लोग मेरी झूठी तारीफ करते हैं। मेरी बहादुरी उन्हें अच्छी लगती है लेकिन कहीं-न-कहीं उनको लगता है कि ये नीच जाति का है। नहीं तो क्या मैं तुमसे खुलकर नहीं मिल सकता था ? मैं भील हूँ। गुनहगार हूँ। इस बात को लोग कभी नहीं भूलेंगे।''

''टंट्या, तुम आओगे इसलिए बूढ़े-बच्चे तुम्हारी राह देख रहे थे। वे तुम्हें राजा मानते हैं। तुम्हारे नाम का जादू बोलता है निमाड़ के सिर पर चढ़कर, और क्या चाहिए ?''

''पहले से ही मुझे कुछ भी नहीं चाहए। नहीं तो टंट्या ने खंडवे में बड़ी हवेलियाँ बना ली होतीं अब तक। जो मेरा नहीं था, उसका लोभ मैंने कभी नहीं किया। बाँट दिया सब लोगों में। जो दूसरों का है वह दूसरों के ही काम आना चाहिए।''

''तुम जो बता रहे हो, वह सब लोगों को पता है। गाँव-गाँव में लोग अब तुम्हारे गीत गाने लगे हैं।''

''वह तो ठीक है, पर इससे टंट्या का मसला थोड़े ही हल होनेवाला है।''

''सारी बातें अपने मन-माफिक नहीं होतीं। तब हम क्या करते हैं ?''

''तुम ठीक कह रही हो जसुदा। पर मैं इधर सोचने लगा हूँ कि इस सबका आखिर में होगा क्या ?''

''जिसका पता नहीं है कि आखिर में क्या होनेवाला है, उसकी राह नहीं देखनी चाहिए। चलो आगे, दूल्हा-दुल्हन सजकर खड़े हैं।'' उसने कहा।

सिवना के हनुमानजी के मन्दिर के सामने बैठे खुफिया पुलिस के सिपाही ऊब गए थे। टंट्या शायद अब नहीं आएगा।

सिवना के ब्राह्मण नारायण पुरोहित से उन्होंने बातचीत शुरू की। गाँव में ब्राह्मणों के दो ही घर थे। एक पटवारी का था। दूसरा नारायण पूजा-अर्चा करता था। पटवारी की नियमित आय और इज्जत के कारण नारायण उससे जलता था। सिपाही ने गाँव की खबर-बात पूछी तो उसने कहा, ''हम क्या बताएँ ? अपना ही सिक्का खोटा है।''

उसकी बात से सतर्क होकर टोली प्रमुख ने पूछा, ''आप जो कहते हैं, वह सब तरफ होता है। फिर भी बीमारी का इलाज तो करना ही पड़ता है ना ?''

नारायण भट को लगा कि अच्छा अवसर है। इधर-उधर देखकर उसने कहा, ''तुम लोग जिन्हें सरकारी नौकर समझते हो वही भौंरे तने को खोद रहे हैं। हमारे यहाँ कहावत है कि बाड़ ही खेती को खाती है।''

''पहेलियाँ न बुझाओ। साफ-साफ कह डालो।''

''वो पटवारी मेरा चचेरा भाई, वही सरकार से गद्दारी करता है।''

''यानी क्या करता है ?''

''तुम लोगों की खबर टंट्या के लोगों को पहुँचा देता है। सामने टंट्या के खिलाफ होने का जोरदार नाटक करता है।''

''बस इतनी बात ! यही बताने जा रहे थे ? हमें लगा कि कोई दूसरी खबर होगी।''

पुलिस की बात से नारायण को लगा कि ग़लती हो गई जो इन लोगों को बता दिया। बैलगाड़ियों को आते देख सिपाही उधर मुड़ गए। हनुमानजी के चबूतरे के पास छिपकर उनकी बातें सुननेवाला एक लड़का माधवराव के खेत की ओर भागता हुआ चला गया।

दो लोग नारायण भट को बाँधकर ले आए। माधवराव नारायण के स्वभाव को जानते थे। पहले भी समझा चुके थे। बोले, ''क्यों नारायण देवता, आज फिर क्या कर बैठे ?''

''कुछ नहीं पाटिल, मन्दिर के चबूतरे पर बैठा था।'' एक आदमी ने उसके पेट में लात मार दी तो नारायण औंधे मुँह गिर पड़ा। आवाज सुनकर टंट्या उनके पास आ गया।

''कौन, नारायण देवता ?'' टंट्या ने दोनों हाथों से सहारा देकर उन्हें बिठा दिया। ''किसने मारपीट की इनके साथ ? बामन देवता पर हाथ उठाते शर्म नहीं आई ?'' टंट्या की मुद्रा देखकर सब सकपका गए।

''देवता, हमारे आदमी से ग़लती हो गई। टंट्या आपसे माफी माँगता है। टंट्या ने आज तक कभी किसी बामन पर हाथ नहीं उठाया। जो हमें देव-धरम का ज्ञान देते हैं उनकी इज्जत करनी चाहिए। बामन देवता, फिर ऐसा नहीं होगा।'' टंट्या ने हाथ जोड़ दिए। फिर उनके हाथ पर एक-सौ एक रुपए के नोट रख दिए और बोला, ''देवता, जो हो गया उसे भूल जाओ।''

काँपते हाथ से रुपए सँभालते हुए ब्राह्मण ने कहा, ''ग़लती मेरी है। तुम्हारे आदमी की कोई ग़लती नहीं।''

''ऐसा न कहिए। बामन कभी ग़लत काम नहीं करता और झूठ भी नहीं बोलता।''

नाले के पार गोरे साहब और उसके दल को देखकर टंट्या ने कहा, ''पाटिल, मैं अब चलता हूँ। गोरे साहब का अब अपने ही लोगों पर भरोसा नहीं रहा। लगता है, वह खुद आ गया है।'' उसने पाटिल के चरण छू लिए। किसन्या और दुल्हन के सिर पर हाथ रख दिया। भिकी की आँखों से गंगा-जमुना बह रही थीं। मंगल्या के पैरों को छुआ तो उसने टंट्या को उठाकर सीने से लगा लिया। टंट्या ने कहा, ''मंगल्या दादा, तुम सब लोग हो इसलिए मुझे कोई फिक्र नहीं है।'' पास में जसुदा खड़ी थी। टंट्या ने एक बार उसकी ओर फिर भिकी की ओर देखा।

''तुम चलो अब। वो लोग पास आने लगे हैं।'' जसुदा ने कहा और भिकी के पास आकर उसके काँपते हाथ को अपने हाथ में ले लिया। टंट्या ने साड़ी उतार दी। शंकु आकार की टोपी पहन ली। छत में लगी बन्दूक उठाकर पीछे के नाले में कूद गया।

भिकी ने साड़ी उठाकर उसे सीने से लगा लिया। आँख मूँदकर सिहरती खड़ी रही।

''भिके, यह क्या कर रही है तू ! लोग इधर आने लगे हैं और साड़ी पकड़कर क्या खड़ी है री तू ?''

भिकी चौंक पड़ी। उसे लगा कि उसने साँप की गेंडुली ही पकड़ ली है। उसने साड़ी फेंक दी। जसुदा ने उसे पुराने कपड़ों में छिपा दिया।

सामने आ रहे गोरे साहब को देख माधवराव पाटिल उठकर साहब के पास चले गए।

''राम-राम साहब।'' पाटिल ने झुककर नमस्कार किया।

साहब चौकस नजर से चारों ओर देख रहे थे।

''पटेल, तुम जरा ज्यादा ही इंटरेस्ट ले रहे हो। इसका क्या असर होगा जानते नहीं ?''

''साहब, हमारा जंगल-गाँव का रिवाज ही है। ब्याह हो या मौत हम सब जाते हैं। किसन्या के ब्याह के लिए भी हम आ गए। दुल्हन हमारे गाँव की है। होगा लड़के का बाप डाकू, इसमें लड़के का क्या कुसूर ?''

''पटेल, ज्यादा होशियार मत बनो। हम मेहमानों की जाँच करेंगे।''

''जरूर साहब, यह तो आपका काम ही है।''

गोरे साहब ने सिपाहियों को हुक्म दे दिया। तलाशी शुरू हो गई।

''ब्याह कब है ?''

''ब्याह तो हो चुका साहब, डेढ़ घंटा हो गया।''

साहब परेशान हो गए। गुस्से में बोले, ''हमारे लोग झूठी खबर देते हैं। कह रहे थे कि अभी ब्याह नहीं हुआ है। ब्याह हो गया मतलब खेल खत्म।''

निराश होकर पैर पटकते हुए गोरे साहब सिवना की ओर चल पड़े।

रिसालदार मेजर ईश्वरीप्रसाद और कर्नल वार्ड खंडवा गेस्ट हाउस में बैठे हुए थे।

"मेजर, इतना इन्तजाम किया फिर भी टंट्या के कारनामे जारी हैं। चीफ कमिश्नर ने नाराज होकर चिट्ठी लिखी है। कुछ भी करो मेजर, जब तक टंट्या को अरेस्ट नहीं करते अपनी बेइज्जती होती रहेगी।" कर्नल ने अपनी बेचैनी कह डाली।

"सर, हमने पूरा बन्दोबस्त कर दिया है। सभी बड़े रास्तों पर चौकियाँ बिठा दी हैं। हर गाँव में डिफेंस पार्टी तैनात है।"

"यह सब तो ठीक है, लेकिन रिज़ल्ट क्या है ? टंट्या हर बार हम पर ही दाँव उल्टा करता है। बाहर का फोर्स लाना ग़लत ही हो गया। यहाँ के फोर्स और बाहर के फोर्स के बीच गड़बड़ी है।"

"सर, मैंने एक नया प्लान बनाया है। कुछ बंजारों के जरिए टंट्या के लोगों से बातें शुरू की हैं।"

"क्या कहते हो ?"

"पीछा करने से टंट्या कभी हमारे हाथ नहीं आ सकता। एक तो पहाड़ी इलाका और दूसरे मुल्क उसका साथ देते हैं। अपने लोग ही उसकी मदद करते हैं। इसलिए मैंने कुछ लोगों से बातें करने के लिए कह दिया है। टंट्या खुद हाजिर होगा तो उसके गुनाहों की माफी दी जाएगी। और कुछ गाँवों की मालगुजारी भी दी जाएगी। पोखर की जसुदा से भी काम निकालने की कोशिश करेंगे। टंट्या भी मन में चाहता होगा कि इस तरह कब तक मारा-मारा फिरे।"

"सँभलकर मेजर, टंट्या बहुत चालाक है। वह एकदम से किसी पर भरोसा नहीं करेगा। हाँ, लेकिन तुम्हारा प्लान अच्छा है। उसको धोखा दिए बिना वह हाथ नहीं आएगा।"

"इस काम में मदद करनेवालों को हम नौकरियाँ देंगे तो काम आसान हो जाएगा।"

"तुम प्रपोजल भेज दो। कुछ भी करो, टंट्या को अरेस्ट किए बिना मैं चैन की नींद नहीं सो सकता।"

"बॉर्डर के गाँवों में रात की गश्त बढ़ा दी है। टंट्या को किसी तरह कालीभीत के जंगल से बाहर निकालना है।"

"मकड़ाई रियासत से उसे मदद मिलती है। उसका बन्दोबस्त हो जाना चाहिए। मैंने रतनसिंग को भेज दिया है।"

"अच्छी बात है सर, मुखबिरों को काम पर लगा देता हूँ। मुझे भरोसा है कि अपनी इस नई योजना के जाल में एक दिन टंट्या जरूर फँस जाएगा।"

सरदार रतनसिंग को मकड़ाई के राजा पर शक था। राजा कहते थे कि टंट्या के खिलाफ कार्रवाई हो रही है लेकिन जब भी टंट्या ने कालीभीत में लूटमार की वह मकड़ाई के जंगल में भाग गया था। इसका मतलब मकड़ाई के राजा की मदद उसे मिल रही थी।

रतनसिंग ने मकड़ाई के राजा को बिना बताए जंगल छान मारा तब उन्हें चार-पाँच

ऐसे स्थान मिल गए जहाँ खाने-पीने की सुविधा और सुरक्षा थी। टंट्या अथवा उसके आदमियों के लिए ही यह सुविधाएँ उपलब्ध कराई गई थीं। मकड़ाई के राजा ने चीफ कमिश्नर को बताया था कि टंट्या को पकड़ने के लिए पुलिस चौकियाँ बनाई हैं लेकिन हकीकत में कई जगह पर उनका नामोनिशाँ नहीं था।

कर्नल वार्ड ने चीफ कमिश्नर से इजाजत लेकर मकड़ाई की सभी सड़कों पर ब्रिटिश पुलिस की चौकियाँ खड़ी कर दीं। मकड़ाई और कालीभीत के जंगल में टंट्या को घेरने की कोशिश होने लगी।

मेजर ईश्वरीप्रसाद को खबर मिल गई कि शिवना के माधवराव पाटिल के खेत की झोपड़ी में टंट्या की घरवाली भिकी और कुछ महिला व बच्चे रहते हैं जिनसे मिलने टंट्या और उसके साथी आते रहते हैं। उन्होंने सोचा कि इन लोगों को पकड़ लेने पर टंट्या बौखला जाएगा और पकड़ा जाएगा। हवलदार किसनसिंग को शिवना पर छापा मारने के लिए कहा गया।

माधवराव पाटिल के खेत से दूर से सीटी की आवाज सुनाई दी। झोपड़ी के सामने मेमने को भून रहे सत्या के कान खड़े हो गए। उसने दो उँगलियाँ मुँह में डालकर सीटी बजा दी तो मंगल्या झोपड़ी के बाहर आ गया। एक हाथ में शराब का तुम्बा, दूसरे हाथ में कटोरा।

दूर से सीटी का फिर जवाब मिल गया।

''औरतों-बच्चों को लेकर तुम ऊपर की तरफ से घाटी में चले जाओ। लगता है कुत्तों का झुंड आ गया है।'' अनुभवी मंगल्या ने चढ़ी आँखों से झोपड़ी में देखते हुए कह दिया, ''मैं सत्या, सद्या और शिंगया करेंगे उनकी मेहमानी।'' सत्या की बीवी सरमाडी ने कहा, ''मंगल्या दादा, तुम क्यों आग से खेलते हो ? उधर से इशारा आया है तो हम सब ही चले जाएँगे घाटी में।''

''बहुत हो गया कुत्तों से डरना। हम जितना भागते जाएँगे उतना ही उनको जोर आएगा। उससे अच्छा है कि एक बार सामना हो ही जाए। उसके बिना उन्हें पता नहीं चलेगा कि मेरा झटका कैसा होता है।'' मंगल्या ने बची हुई शराब पी डाली।

''तुम देर मत करो बच्चो। चलो खिसक जाओ।'' मंगल्या ने झोपड़ी से दो औरतों और तीन बच्चों को बाहर निकाल दिया।

''इस मेमने को भी ले जाओ।'' सत्या ने कहा।

सरमाडी के साथ सब झोपड़ी के पीछे से घाटी की ओर जल्दी-जल्दी चल पड़े।

सत्या ने देखा, आठ-दस काले डगलेवाले सिपाही ऊपर चले आ रहे हैं।

''मंगल्या दादा, कुत्ते ऊपर आने लगे हैं। क्यों छेड़छाड़ करें, भाग जाते हैं पीछे की तरफ से।''

''कब तक पेंदे का पैर लगाकर भागते रहेंगे ? हम आगे भाग रहे हैं और वो पीछा कर रहे हैं, ऐसा नहीं चलेगा। उनको भी पता चले कि हम भी जंगल के जानवर हैं !''

मंगल्या पर मानो जवानी चढ़ गई थी।

"चल अन्दर। झोपड़ी का किवाड़ बन्द कर दे और सत्या भगवान का नाम लेकर एक-एक सिपाही को अपने तीर का निशाना बना।"

चारों अन्दर आ गए। झोपड़ी की दरारों से बाहर देखने लगे। सिपाही अब करीब आ गए थे।

वार्ताला पुलिस थाने के हवलदार किसनसिंग सबके आगे चल रहे थे। थानेदार भगवन्त ने पक्की खबर दी थी कि टंट्या की घरवाली और बच्चे शिवना में हैं। उन्हें कैद करने का दाँव था।

हवलदार किसनसिंग ने रुककर कहा, "यहाँ तो कोई नहीं दिखाई देता। साले टंट्या की कोई बात ही ठीक नहीं। शायद झूठी खबर मिल गई है।"

"हवलदार साहब, बरसों से टंट्या नहीं मिल रहा है तो उसके बीवी-बच्चे भी हमें कैसे मिल सकेंगे ?"

"चुप साले। बकवास बन्द कर।" किसनसिंग फिर चलने लगे।

"साहब यहाँ तो पूरा सन्नाटा है।"

किसनसिंग झोपड़ी के और पास आ गए।

सत्या ने निशाना साधा। तीर एक सिपाही के दाएँ कन्धे में घुस गया तो वह जोर से चिल्लाया और बाकी के सिपाही जानवरों की तरह तितर-बितर होकर पीछे भाग गए। किसनसिंग ने आवाज दी, "होशियार मैं बोला था न, ये जंगली कुछ भी कर सकते हैं।" किसनसिंग ने बन्दूक तानकर कहा, "मैं किसनसिंग तुमको आखिरी मौका दे रहा हूँ। जो अन्दर है वो बाहर आ जाए। तीर-कमान फेंक दे। वरना मुझे फायर करना पड़ेगा।"

"साले कितने होंगे अन्दर क्या पता ?" एक सिपाही फुसफुसाया।

किसनसिंग के सिपाहियों ने झोपड़ी को घेर लिया। शिकार के गले का फन्दा कसने की तरह आगे बढ़ने लगे।

एक साथ तीन दिशाओं से सन्सन् तीर चले। इस हमले से सिपाही कुछ पीछे हट गए। किसनसिंग ने गुस्सा होकर झोपड़ी की दिशा में गोली दाग दी। बन्दूक की आवाज से चारों कोने में खिसक गए।

"बच्चो, अब दम खाने का वक्त नहीं। यूँ भी हमें जिन्दा नहीं छोड़ेंगे। तो लो शिवबाबा का नाम और करो काम तमाम।" मंगल्या ने निश्चयपूर्वक कहा। झोपड़ी से चारों दिशाओं में तीर चलने लगे। सिपाहियों को निशाना बनाने लगे। बौखलाए किसनसिंग ने फायर का हुक्म दे दिया। चारों ओर से बन्दूकें चलीं और धीरे-धीरे अन्दर से तीरों का आना बन्द हो गया।

किसनसिंग बचे हुए सिपाहियों के साथ सावधानी से झोपड़ी की ओर बढ़ने लगा।

एक सिपाही ने किवाड़ खोल दिया। बन्दूक की गोलियों से सब मरे पड़े थे। खून से सना मंगल्या किवाड़ की ओर देखता बैठा हुआ था।

"साब सब खतम हो गए।" झोपड़ी के दरवाजे से भीतर झाँकते हुए सिपाही ने

किसनसिंग को बता दिया। बिलाव की तरह घात लगाए बैठा मंगल्या सहसा खड़ा हो गया और उसने हाथ की कुल्हाड़ी से सिपाही की गर्दन काट दी। सहसा हुए हमले से सब चकरा गए। किसनसिंग बन्दूक का घोड़ा दबाए उससे पहले मंगल्या पीछे की नाली से भाग गया।

झोपड़ी में पड़ी लाशों को और देखते-देखते ओझल हो रहे मंगल्या को किसनसिंग देखता ही रह गया।

गजा रात में पोखर से लौट आया था।

उसका उदास चेहरा देखकर टंट्या ने मजाक में पूछा, "एरंडी पिए जैसा मुखड़ा क्यों बना लिया है रे ?"

फिर भी उसने कुछ नहीं कहा।

"कुछ तो बिगड़ गया है, मामा वर्ना अब तक बकबक कर बोल दिया होता।" बोंदरिया गजा के पास आकर बैठ गया।

"जब तक तू नहीं बताएगा, हमें कैसे पता चलेगा ? इस तरह गुमसुम बैठने से अच्छा है बोल दे तो हम कुछ इलाज कर सकेंगे।"

"जब से जसुदा किसन्या के ब्याह के लिए आई थी तब से गजरी ने उसकी बदनामी शुरू कर दी है।" गजा ने कहा तो टंट्या के कान खड़े हो गए।

"तो फिर ?"

"एक दिन ऐसा नहीं गुजरता जिस दिन वह कुछ-न-कुछ कहकर जसुदा को परेशान न करती हो। भिलटे का हाथ पकड़कर भाग गई। पटेल जाति को बट्टा लगा दिया। सत्रह पीढ़ियों में ऐसी छिनाल नहीं देखी थी। धन्धे करने थे तो कम-से-कम जातवाला तो देखती। डाकू के नाम पर अकड़कर चलती है।"

"बस बस गजा, अब कुछ भी मत बोल। मुझमें सुनने की हिम्मत नहीं। मैं डाकू हूँ। नीच जाति का भील हूँ। लेकिन मेरा नाम लेकर जसुदा पर झूठा इलजाम लगाना..." टंट्या गुस्से से काँपने लगा। "उसकी क्या ग़लती है ? कौन-सा पाप किया है उसने ? गाँव के गुंडों का साथ नहीं दिया इसलिए बदनाम कर रहे हैं।"

टंट्या सहसा खामोश हो गया।

"टंट्या चुप क्यों हो गया ? बोलो ना।"

"नहीं बोंदरिया, क्या इस बात को मेरे माथे से पोंछा नहीं जा सकता कि मैं डाकू हूँ, भील हूँ, गुनहगार जाति का हूँ ? सारी दुनिया के सारे गुनाह माफ लेकिन हमारे माथे पर ये तिलक जिन्दगी-भर के लिए क्यों ? हमारे साथ जो लोग हैं वो भी रुपयों पर नजर रखकर चलते होंगे। क्या पता ?"

"देखो, इस तरह अपने जी को जलाने से..."

"हाँ, यही सोच रहा हूँ। दिमाग खराब करने से उनका सिर ही उड़ा देना ठीक रहेगा। इसके बिना उन्हें टंट्या की कीमत का पता नहीं चलेगा।" टंट्या फिर खामोश हो गया।

रातभर टंट्या सो नहीं सका। गजरी जसुदा को कैसी-कैसी यातनाएँ दे रही हैं और जसुदा को सबसे मुँह चुराना पड़ रहा है, यही सोच रहा था।

किसन्या के ब्याह में जसुदा आ गई तो ऐसा कौन-सा आसमान गिर पड़ा ? वह तो माँ-बाप को पूछकर आई थी। फिर भी गजरी क्यों उसकी बदनामी कर रही है ?

सुबह उठकर टंट्या नहा-धोकर शिवबाबा की समाधि के सामने आ खड़ा हुआ।

''शिवबाबा, आज तक तुमने टंट्या को राह दिखाई। ग़लती हो गई तो सँभाला। कभी ग़लत राह पर जाने नहीं दिया। अब मैं क्या करूँ ? जसुदा के पीछे वह डायन पड़ी है। आज तक टंट्या ने किसी औरत या बच्चे को हाथ नहीं लगाया। अब तुम ही मुझे राह दिखाओ।''

आँखें खोलकर टंट्या ने पीछे देखा। बोंदरिया, उंकार, भावल्या और गजा खड़े थे।

''बाबा ने आज्ञा की है। अभी निकलना है।''

''कहाँ जाना है, मामा ?''

''तुम चलो, रास्ते में बता दूँगा।''

बोंदरिया ने पूछा, ''यूँ ही पूछता हूँ कि कहाँ जाना है ?''

''यूँ ही क्यों ? टंट्या के तन में अभी जोर बाकी है। तुम सोचते हो तो, मैं अकेला ही जाकर काम कर आऊँगा।''

बोंदरिया ने जाना कि कहीं-न-कहीं बात कुछ बिगड़ गई है। टंट्या पहले इस तरह चिढ़ता नहीं था छोटी-छोटी बात पर। उसे टंट्या की फिक्र होने लगी।

शिवबाबा के सामने घाटाखेड़ी की तरफ टंट्या चल पड़ा। बाकी के पाँच उसके पीछे चुपचाप चलने लगे। कुछ दूर चलने पर टंट्या ने कहा, ''मुझसे ग़लती हो गई बोंदरिया। मन मैला हो गया है। तूफान चलता रहता है और पत्ती की तरह चकराता रहता है।''

तगड़े बोंदरिया ने टंट्या को सीने से लगा लिया।

''टंट्या, कभी-कभी ऐसा होता है। तूफान टिकता नहीं देर तक। जब तक तूफान है तब तक जमीन पर पैर गड़ाकर खड़ा रहना चाहिए।''

टंट्या का मन हल्का हो गया।

जाड़े के दिन थे। सूरज साढ़े छह बजे ही टेकरी के पीछे चला गया था। आसमान लाल-लाल हो गया था।

उन्दरी नदी को पार करते हुए बाँबी से जैसे सहसा नाग सरसराता हुआ बाहर आए, और पैरों को लपेट ले, वैसे ही पुरानी यादें आने लगीं। टंट्या का मन बेचैन हो उठा।

अनजाने ही वह नवगजाबाबा की टेकरी की तरफ मुड़ गया। नवगजाबाबा के सामने घुटने टेक आँखें बन्द कर टंट्या काफी देर तक बैठा रहा। आज सफेद घोड़े पर बैठा घुड़सवार नहीं दिखाई दिया, न ही अगरबत्तियों की महक आई।

आज तक कभी ऐसा नहीं हुआ था। आज बाबा नाराज क्यों है ? मुझसे कोई ग़लत बात तो नहीं हुई ?

''चल मामा, कब तक इस तरह बैठा रहेगा ?'' बोंदरिया ने कहा !

टंट्या ने आज किसी को भी नहीं बताया कि कहाँ जाना है और क्या करना है, न किसी ने पूछा। पोखर निकट आने लगा तो बोंदरिया ने सोचा कि जसुदा की याद से टंट्या बेचैन हो गया होगा।

टंट्या ने मन में निश्चय किया। दोनों हाथों की हथेलियों से तौबा किया। नवगजाबाबा की ओर देखकर हाथ जोड़ दिए।

''चलो अब।'' कहकर वह नवगजाबाबा की टेकरी से उतरने लगा।

अँधेरे का मुलम्मा गाँव पर फैलने लगा था। दूर पहाड़ी पर फैली लाली डूब गई। अँधेरे ने पहाड़ों को निगलना शुरू किया।

गजरी की बहू सरसी ने आँगन में चूल्हा जलाया था। कठौते में जवार का आटा लेकर रोटी बना रही थी। सास गजरी दो बच्चों को लेकर आँगन में बैठी हुई थी।

''कहाँ है मोहन और उसका बाप ?'' टंट्या को आँगन में देख गजरी झट खड़ी हो गई। बच्चों को पेट से लगाकर दीवार की तरफ हट गई। सरसी के हाथ से रोटी गिर गई।

''घिग्घी क्यों बँध गई है ? मैं पूछ रहा हूँ तेरा वह बहादुर बेटा कहाँ है जिसने इस टंट्या को धोखे से पकड़वा दिया और साहब ने जिसे पाँच सौ रुपयों का बड़ा इनाम दे दिया।''

''टंट्या, क्यों मेरे पीछे काल की तरह हाथ धोकर पड़ा है ? तेरे डर से बूढ़ा सूखकर मर गया और पन्द्रह दिन बाद बेटे को लकवा मार गया। मेरा पूरा सत्यानास हो गया। अब ये दो कच्चे-बच्चे बचे हैं। उनके लिए तो हमें मत सता।''

''अपने किए का फल भोगा उन दोनों ने। लेकिन उनके पीछे तुझे तो ढंग से रहना चाहिए था। डायन की तरह जसुदा के पीछे क्यों पड़ी है री तू ? साहब ने पाँच सौ का इनाम दिया था न ? और तेरे मर्द ने जसुदा को सौ रुपए जुर्माना किया था। वह रकम अभी निकाल दे नहीं तो यह टंट्या अब तुझे जिन्दा नहीं छोड़ेगा।''

गजरी डर के मारे थरथर काँपने लगी। सरसी ने चिल्लाना शुरू किया।

''दौड़ो रे, भाइयो, मैं मर गई रे, देखो रे, ये टंट्या मुझे जिन्दा मारने आया है। अरे कोई जसुदा को बुलावो रे, उसकी बात तो मानेगा ये टंट्या।''

''आवाज बन्द कर बुढ़िया, अब चिल्लाने से कुछ नहीं होगा। और तेरा चिल्लाना सुनकर गाँव का कुत्ता भी नहीं आएगा तेरी मदद करने। तुझे शायद पता नहीं है, जसुदा आज गाँव में नहीं है। उसका नाम पुकारने से कोई फायदा नहीं होनेवाला। टंट्या ने जो कहा है, वो रकम निकाल दे।'' बोंदरिया ने गजरी से कहा।

''सच्ची, मेरे पास अभी कुछ भी नहीं है। इत्ता पैसा मैं कहाँ से लाऊँ।''

''सरकार के पास जा और बता उसको। टंट्या को पकड़ा दिया इसका इनाम देती है ना ? अब कहाँ है तेरा वो साहब ? उंकार, चल घर का सामान बाहर निकाल।''

''टंट्या दादा, मेरे इन बच्चों पर तो दया कर।'' सरसी ने हाथ जोड़कर कहा।

''इस बात को तेरी सास को पहले सोचना चाहिए था। तेरे घरवाले ने और सास ने टंट्या का पूरा सत्यानास कर दिया। जो इंसान बनकर जीना चाहता था उसे इन्हीं लोगों ने जानवर बना दिया। फिर भी दस साल तक टंट्या ने इस गाँव में कदम नहीं रखा। टंट्या ने सोचा कि जो जैसा करेगा वैसा भरेगा। लेकिन इतना होने के बाद भी इस ससुरी की आँखें नहीं खुलीं। मेरा नाम लेकर हरदम जसुदा को सताती रहती है। क्या मिलता है तुझे उसे इस तरह सताकर ? क्या किया है जसुदा ने ? मेरा हाथ पकड़कर जंगल में मेरे पीछे तो नहीं चलती ना ? तुमसे तो हज़ार गुना बड़ा है उसका कलेजा।''

उंकार घर में घुसने लगा। सरसी ने दरवाजे में रोक दिया। बोंदरिया ने बन्दूक के दस्ते से दोनों पर दो प्रहार किए तो दोनों पीछे हट गईं। सामान घर के बाहर निकाला गया। दरवाजे की कुंडी चढ़ा दी गई।

''लगा बत्ती सामान को और घर को भी। बोंदरिया, दोनों को साथ लेकर चलो।''

टंट्या निकल पड़ा। आसपास के घरों से लोग देख रहे थे। लेकिन कोई भी बाहर नहीं आया।

बाहर स्वच्छ चाँदनी बिछी हुई थी। वे गजरी और सरसी को खींचकर उसके खेत की ओर ले गए। पास के खेत की मेड़ के पास एक आदमी मवेशियों को चरा रहा था। उनके गले के घुँघरू बज रहे थे।

''कौन है उधर ?'' टंट्या ने आवाज दी।

''मैं हूँ। आप कौन हैं ?''

''असरगरअली भाई, सलाम आलेकुम। कैसे चल रहा है तुम्हारा ? चचा नहीं दिखाई दिया आज नवगजाबाबा के मजार के पास।''

''कौन, टंट्या ?''

''हाँ, मैं टंट्या ही हूँ। इतने दिनों बाद भी आवाज को पहचाना तुमने, मेरे दोस्त। अच्छा हुआ तुम मिल गए। मुझे एक काम है तुमसे।''

असगरअली पास आ गया। फटे हाल में गजरी-सरसी को देखा तो उसे बुरा लगा। उनको खींचकर लाया गया था इसलिए हाथ-पैरों से खून बहने लगा था। लेकिन टंट्या से कुछ कहने की हिम्मत उसे नहीं हुई।

''असगरभाई, टंट्या ने अब तक किसी औरत जात पर कभी हाथ नहीं उठाया। इस दस्तूर को आज मैंने तोड़ दिया है और मैं यह तुम्हारी गवाही में कर रहा हूँ।''

बोंदरिया ने गजरी और सरसी के बदन से सारे गहने उतार लिए। सरसी के पैरों से पैंजन निकल नहीं रहे थे।

''पैर तोड़ डालो एड़ी के पास से।'' टंट्या ने कहा।

असगरअली काँपने लगा। सरसी के दोनों बच्चे अधमरे हो चुके थे। माँ के पैर तोड़े जाने के डर से वे जोर-जोर से रोने-चिल्लाने लगे। गजरी जान बचाने को इधर-उधर भागने लगी। उंकार ने बड़े बेटे के सिर से साफा उतारकर गजरी के हाथ-पैर बाँध दिए।

भावल्या ने पैर काटने के लिए तलवार उठाई। सरसी ने डर के मारे आँखें बन्द कर लीं।

भावल्या के हाथ को बीच में रोककर टंट्या ने कहा, ''भावल्या, इस जनम ऐसा पाप नहीं होगा। उठ बाई, तेरा गुनाह नहीं है। बच्चे रो रहे हैं उनको समझा दे।''

सरसी को अपनी आँखों पर विश्वास नहीं हो रहा था। पलभर के लिए उसे लगा कि सपना तो नहीं देख रही है। वह झट से उठी और दोनों बच्चों को पेट से लगा लिया।

''उंकार, गजरी को उधर झाड़ी में खींच ले जाओ। इन बच्चों के सामने ऐसा नहीं करेंगे।'' टंट्या ने कहा।

''गजरे, तू मेरे लिए माँ जैसी है लेकिन तूने जसुदा के साथ बहुत बुरा सलूक किया, उसका फल तुझे भोगना पड़ेगा।'' टंट्या ने कमर से तलवार निकाली और उसके नाक की नोक काट डाली। ''बस, टंट्या ने तुझे तेरा इनाम दे दिया।''

टंट्या असरगली की तरफ मुड़ गया।

''असरगरभाई, टंट्या का एक काम करो। इन दोनों को गाँव में ले जाना। पहले जसुदा के घर ले जाना। अब तक जसुदा बाहर गाँव से लौट आई होगी। शिवा पटेल से कह देना टंट्या ने इसे सजा दी है। अब टंट्या के मन में कुछ भी नहीं है।''

टंट्या जाने लगा। दो-चार कदम चलकर फिर रुक गया। पछतावा और अपराध बोध से वह घिर गया। लगा कि उसके पैरों ने जवाब दे दिया।

टंट्या को रुककर वापस आते देख गजरी डर से नीचे बैठ गई। उसे लगा कि अब जिन्दा नहीं बचेगी।

''गजरी माय, गुस्से में, ताव में आकर मुझसे जो नहीं होना चाहिए था वो हो गया। गुस्सा बड़ी बुरी बला है। मैं जानता था फिर भी आज गुस्से के सामने टंट्या हार गया और मुझसे यह ग़लत काम हो गया।''

टंट्या की बात सुनकर गजरी सँभल गई।

असगरअली ने आगे बढ़कर कहा, ''टंट्याभाई, जो हुआ सो हुआ। तुम्हें इस बात का अफसोस है यही बड़ी बात है।''

हारे हुए सिपाही की तरह टंट्या चल पड़ा। अब पीछे मुड़कर देखने का साहस उसमें नहीं था। स्वच्छ चाँदनी में भी उसे लग रहा था कि अँधेरा छाने लगा है।

कर्नल हैमंड चकित थे कि इधर ईश्वरीप्रसाद इन्दौर चला गया तो उधर दूसरे ही दिन टंट्या ने पोखर में गजरी की नाक काट ली। उलझन यह भी थी कि टंट्या आया तब हथियारबन्द सिपाही छेगाँव पुलिस थाने चला गया था।

''श्रीनिवास पांडेजी, दिन-दहाड़े गाँव पर हमला होता है और गाँववाले कहते हैं कि उन्हें कुछ खबर ही नहीं है। इसका क्या मतलब है ?''

पांडे की वाणी कुंठित थी, ''जिस औरत की नाक काटी गई उसकी बहू को बुलाओ।''

''साहब, कल रात ही हम दोनों से मिले। पुलिस थाने में शिकायत करने को कहा।

गजरी को रात में ही खंडवा दवाखाने ले गए। रास्ते में वह बार-बार यही कह रही थी कि उसे पुलिस में शिकायत नहीं करनी है न कुछ बताना है। नसीब में जो था वह हो गया, अब हमारी जिन्दगी से खिलवाड़ मत करो।'' पटवारी ने कहा।

''यह सब हुआ तब देखनेवाला एक भी आदमी गाँव में नहीं था ? यह गाँव है या जंगल ?'' भीड़ में खड़ा असगरअली चुपचाप पीछे हटकर खलिहान की ओर चल पड़ा।

''वो जसुदा कहाँ थी कल ?''

''घटना घटी तब वह गाँव में नहीं थी। देर रात लौट आई।''

''साला ये क्या गड़बड़ हो गया। ये सब टंट्या की प्लानिंग के बिना नहीं होनेवाला।''

कल बिना बताए जो ड्यूटी पर गैरहाजिर थे उन सिपाहियों को सस्पेंड करने के अलावा साहब कुछ नहीं कर सके।

टंट्या की चारों तरफ से नाकाबन्दी करनेवाले कर्नल वार्ड का सहसा तबादला हो गया। उन्हें भोपाल के बेगमों के वजीर बन जाने की जिम्मेदारी दी गई। उनके तबादले के साथ उनका पद भी रद्द कर दिया गया। कर्नल हैमंड निमाड़ के अधीक्षक बनकर आए। उन्होंने दूसरे जिले से आई पुलिस फोर्स को वापस भेज दिया।

आषाढ़ मास सूखा गया और निमाड़वासियों को पानी की फिक्र होने लगी। लगातार दूसरे वर्ष अकाल की आशंका से नर्मदा-ताप्ती घाटी के लोग आकाश की ओर असहाय होकर देखने लगे। सिर पर से सरकनेवाले भूरे बाँझ बादल ही उनकी आस थे, यह वे जानते थे।

प्रकृति के कोप को नसीब मानकर चलना यहाँ के लोगों की आदत बन गई। आपत्ति का शान्ति से मुकाबला करना और सहते जाना–इतना ही वे जानते थे।

बाजार में अनाज के भाव आसमान छूने लगे थे। गोदामों में अनाज को जमा करनेवाले दुकानदार ज्यादा कमाई के लालच से मन-ही-मन खुश थे।

कालीभीत की गुफा में टंट्या साथियों के साथ बैठा हुआ था।

''बोंदरिया, पिछले महीने अपने लोग इस मुल्क में घूम आए हैं। सब तरफ सूखा है। मेरे पास बुरी खबर आई है।''

''कौन-सी खबर, टंट्या ?''

''हमने पहले गरीबों को धान बाँट दिया था। इससे बेपारियों का पेट दुखने लगा है। उनसे मिलकर मालगुजारों ने धान बेचना ही बन्द कर दिया है।''

''मैं नहीं समझा।''

''ये उनकी चाल है। हमने किसानों और जंगल के लोगों की मदद की। इससे लोगों में हमारे लिए हमदर्दी बढ़ रही है। ये बात उन्हें अच्छी नहीं लग रही है। इसलिए अकाल में अनाज कोठारों में छिपाकर लोगों को भूखों मारने का उनका इरादा है।'' बोंदरिया ने कहा।

''टंट्या, रात में तुमने जो बताया वही अक्सीर इलाज है। बड़े बेपारियों के कोठारों पर ही हमला बोल देना। लोगों को साथ ले जाकर अनाज लूटना।''

''और एक रास्ता है। खंडवा से इन्दौर रेल से अनाज जाता है। नीमाखेड़ी के मोड़ पर मालगाड़ी पर कूदकर बोरे बाहर फेंक देना। आसपास के गाँवों को बैलगाड़ियाँ लाने को कह देना।'' टंट्या ने कहा। ''ठाकुरजी आप और बोंदरिया मिलकर ढाँचा बना लेना।''

अकाल से पीड़ित निमाड़वासियों को जगह-जगह पर कोठारों के लूटे जाने से कुछ राहत मिल गई और आम भूखा आदमी लूट की मुहिम में शामिल हो गया। टंट्या के साथ हमदर्दी रखनेवाले, छिपकर सहायता करनेवाले अब खुलकर सामने आने लगे।

दिन-दहाड़े बेपारियों के कोठारों के लूटे जाने की खबरें आने लगीं। लेकिन पुलिस थाने पर शिकायत करने के लिए कोई आगे नहीं आ रहा था।

टंट्या की इस मुहिम से पुलिस व्यवस्था चुँधिया गई।

मेजर ईश्वरीप्रसाद ने कालीभीत, चारवा और मकड़ाई का जंगल छान मारा। ताप्ती किनारे का जंगल रौंद डाला। सतपुड़ा से सेन्धवा तक दौड़ गया। खान्देश सीमा पर चौकियाँ बिठाईं लेकिन टंट्या का कोई सुराग नहीं मिला।

मलेरिया की बीमारी शुरू हो गई। ईश्वरीप्रसाद के दल के सिपाही बीमार पड़ गए। ईश्वरीप्रसाद ने खोज मुहिम रोक दी। सेना को भोपाल भेज स्वयं इन्दौर रवाना हो गए।

सेंट्रल प्राविंस पुलिस महासंचालक ने अपनी वार्षिक रपट में ईश्वरीप्रसाद की मुहिम का जिक्र किया था जिसमें पहले से मुहिम चलानेवाले अधिकारियों से बिना पूछे अपनी स्वाधीन मुहिम चलाने के लिए ईश्वरीप्रसाद के लिए आलोचना का स्वर था। चीफ कमिश्नर ने गवर्नर जनरल के एजेंट को पत्र लिखा था—

''गवर्नर जनरल के एजेंट के प्रतिनिधि के रूप में ईश्वरीप्रसाद और उसकी सेना के सेंट्रल प्राविंस में आने की न मैंने कल्पना की थी, न अनुमति दी थी। इससे यहाँ के अधिकारियों के लिए मुश्किल हो गई है। टंट्या की मुहिम में सर लेपेल ग्रिफ़िन हमारे अधिकारियों की सहायता करेंगे, ऐसा ही हमने सोचा था। उनकी स्वाधीन मुहिम के बारे में नहीं।

''ईश्वरीप्रसाद की सफलता के बारे में मैं अपनी राय अभी नहीं देता। मेरा अनुभव बताता है कि पहाड़ों-घाटियों में टंट्या के लिए भाग-दौड़ करना बेकार है। ऐसे हम टंट्या को नहीं पकड़ सकते। किसी मुखबिर या जासूस को टंट्या का प्रशंसक बना धोखे से ही उसे पुलिस के जाल में उलझाया जा सकता है। मुझे तो यही एक कारगर रास्ता दिखाई देता है।''

पोखर के हादसे को एक माह पूरा होने से पहले ही टंट्या ने एक और डाका डाला। कर्नल हैमंड स्वयं दूसरे दिन भुईफल हाजिर हो गए। उनकी रपट इस प्रकार थी—

टंट्या के क्रूर अपराध की विशेष रपट

जिला निमाड़

क्रमांक–15 (अ)

दिनांक : 29-11-1887

अपराध की जानकारी और पुलिस की कार्रवाई

1. इस माह की पच्चीस तारीख को करीब दस डाकुओं ने भुईफल गाँव पर हमला बोल दिया। खंडवा से पश्चिम की ओर बारह मील पर यह 183 घरों का गाँव है जो छेगाँव पुलिस थाने से मात्र तीन मील दूर है।
2. 1879 में इसी गाँव पर डाका पड़ा था। मालगुजार हिम्मत पटेल की हत्या हुई थी। इस अपराध के लिए टंट्या के गिरोह के डाकू बिजनिया को भुईफल गाँव में ही लोगों के सामने फाँसी दी गई थी। अब गोविन्द पटेल वल्द हिम्मत पटेल मालगुजार है और लुंगी तथा रुकरू उसके भाई हैं।
3. 25 तारीख को रात आठ बजे मालगुजार गोविन्द खाना खाकर हवेली के अहाते में अलाव के पास हाथ सेंक रहा था। तीन लोग आए और उन्होंने पूछा, गोविन्द पटेल कहाँ रहते हैं। उसने कहा कि मैं ही गोविन्द हूँ तो आठ-दस लोगों ने अन्दर घुसकर उसे बाहर खींचा। 'बिजनिया को तूने पकड़वा दिया इसलिए सरकार ने तुझे इनाम दिया, जमीन दे दी। वह सारी रकम हमें अभी चाहिए।' कहकर उन लोगों ने मारपीट शुरू की। बड़ी बेरहमी से उसे पीटा गया। फिर उसकी माँ, बीवी, बच्चों के बदन से गहने छीन लिए। घर के अन्दर जो दस्तावेज, सरकारी कागजात, बांड पेपर थे उन्हें बाहर निकालकर जला दिया।
4. कुछ डाकुओं ने लुंगी और रुकरू के घरों पर हमला किया, मारपीट की, गहने लूटे और कागज़ात जला दिए।
5. डाकू आधे घंटे तक गाँव में थे। फिर भाग गए।
6. छेगाँव पुलिस थाने को खबर मिलने पर आधे घंटे बाद हेड कांस्टेबल भुईफल पहुँच गया। पूछताछ की। सुराग लगाने की कोशिश की लेकिन अँधेरी रात होने से सुबह की प्रतीक्षा करते रहे। मैं जिले के दूसरे सिरे पर था। हेड कांस्टेबल ने इन हादसे के बारे में होलकर अधिकारियों से कुछ नहीं कहा। ऐसा ही हादसा इसके पहले पोखर और बरूड़ में हुआ था।
7. मि. पल्से, खंडवा हेड क्वार्टर पुलिस इंस्पेक्टर, तड़के ही सवा चार बजे भुईफल पहुँच गए। सुबह डाकुओं का सुराग लेने की कोशिश की। दो मील के आगे पत्थरों के टीले के बाद कोई सुराग नहीं मिला। मि. पल्से का अनुमान है कि डाकू होलकरों की सीमा में चले गए होंगे।
8. डाकुओं को शायद पता था कि पुलिस सुराग ढूँढती आएगी। इसलिए उन्होंने मिट्टी के रास्ते छोड़ दिए। सम्भव है कि सुराग लेनेवालों को उन्होंने पहले से ही हिदायतें दे रखी हों।

9. अब तक के तीनों हादसों में गुनहगार होलकरों की सीमा में चले गए हैं इस बात के सबूत मिल गए हैं। होलकरों के मुल्क में टंट्या की खोज करने की इजाज़त पुलिस को नहीं है इसलिए उसका पीछा नहीं किया जा सकता।

मध्य भारत अश्व दल (भील कोर) और होलकर-नियुक्त मिलिटरी टंट्या पुलिस के वापस जाने से अब सारा दारोमदार स्थानीय पुलिस पर ही है और वह अकार्यकुशल है तथा विश्वासपात्र भी नहीं है।

इस पृष्ठभूमि पर टंट्या का लगातार डाके डालना चिन्ता की बात है।''

इधर निराशा के बादल फिर सिर उठाने लगे थे। टंट्या को पहली बार लगने लगा कि मन की उमंग कम होने लगी है।

पता ही नहीं चला कि दस वर्ष कैसे बीत गए। कहाँ से शुरू किया था और कहाँ आ पहुँचे ?

पैंतालीस वर्ष की उम्र कुछ ज्यादा तो नहीं होती। सत्तर में पहुँचा मंगल्या आज भी तन-मन से ठीक-ठाक है। लेकिन मुझे ऐसा क्यों नहीं लगता ?

एक दिन बिना थके सालों पहाड़ों-घाटियों में दौड़ लगा सकता था। अब पन्द्रह-बीस मीलों में ही दम टूटने लगता है। पैरों में सुइयाँ चुभने जैसी पीड़ा होती है। शुरू में लगा था कि मन का वहम होगा लेकिन अब घुटनों और जोड़ों में भी दर्द महसूस होने लगा।

अगर मैं चल नहीं सका तो ?

सुन्न मन से बैठे टंट्या की हालत को बोंदरिया ने पहचान लिया। पास आकर बोला, ''मामा, क्या हो गया है ? तबियत ठीक नहीं है ?''

अकेलेपन और असहायता की लहर किनारे से टकराकर लौट गई। सँभलकर टंट्या ने सोचा, बोंदरिया ढाढ़स बँधाता तो है लेकिन ऐसे बैसाखियों से कब तक काम चलेगा ?

''इधर तुम खामोश रहने लगे हो। पहले जैसा खुलकर नहीं बोलते। बोलना चाहिए मामा। बोलने से मन का बोझ हट जाता है।''

''रेवापुरी के महाराज...'' टंट्या ने कहा और चुप हो गया।

''क्या हो रहा है तुम्हारे मन में ? देखो, निराशा के बादल आ जाते हैं और छँट भी जाते हैं। उसका क्या...''

''इधर मुझे डर लगने लगा है।''

''टंट्यामामा और डर ?'' बोंदरिया ठठाकर हँस पड़ा। फिर बोला, ''तुम्हारा चित्त ठिकाने पर नहीं है। शिवबाबा के दरबार में हो आओ एक बार। मन साफ हो जाएगा।''

''नहीं महाराज, मैं अब झूठ नहीं बोल रहा हूँ।''

''महाराज की क्या रट लगा रखी है ? मैं अब बोंदरिया हूँ। रेवापुरी के महाराज के वस्त्र फेंक दिए तब से मैं बोंदरिया ही हो गया हूँ।''

''आज मुझे बोंदरिया से बढ़कर रेवापुरी के महाराज का साथ चाहिए। दस बरस

पहले आपने मुझे इस आग में कूदने के लिए कहा था। आपने कहा और मैंने किया। बिना ठर्रे के नशा चढ़ता गया। भीतर से आवाज आती थी और मैं जोश में काम करता जाता था। दिन कैसे गुजर गए हवा की तरह, पता नहीं चला। आप जैसे जान के लिए जान देनेवाले साथी मिल गए। लेकिन अब रात में आँख नहीं लगती। एक ही बात सताती है कि अब आगे क्या ? महाराज, मेरे इन हाथ-पैरों में पहले जैसी ताक़त नहीं रही।

''दस साल हम लगातार भाग रहे हैं। अपने पीछे साहब के कुत्ते लगे हुए हैं। कब तक जंगलों में छिपे रहना ? न घर के दुआर। न अपना कहे जिसे ऐसा जमीन का एक टुकड़ा। न किसी बात की फिक्र की न किसी चीज का मोह किया। टंट्या ने कुछ लोगों के काम किए। गुस्से में कुछ ग़लत भी किया होगा लेकिन मन में किसी के भी बारे में साँप जैसा बैर नहीं पाला।

''धनवानों पर मेरा गुस्सा नहीं था। पर उन्होंने गरीबों को कभी सुख के चार कौर खाने नहीं दिए। इसलिए उनका धन गरीबों को दे दिया। वही बात पटेल-मालगुजारों के साथ हुई। गरीब किसानों-मजदूरों को कोई पूछनेवाला नहीं। अपने पेंदे को ठीक से ढँक भी नहीं सकते। उनकी फटी धोती को भी मालगुजार खींचने लगे। फिर वे बेचारे क्या करेंगे ? टंट्या से यह भी नहीं देखा गया। पटेल-मालगुजारों को लूटकर गरीबों में बाँट दिया। लेकिन आज मैं सोचता हूँ कि किसी को इस तरह मुफ्त का माल देकर हम उन्हें और भी लँगड़ा बना देते हैं। मुफ्त लेनेवाले की भूख और भी बढ़ती जाती है।''

बोंदरिया ने टंट्या के कन्धे को धीरे से थपथपा दिया। टंट्या ने असहाय होकर उनकी ओर देखा। उसे लगा कि बाढ़ से भरी ताप्ती की धारा में उलझ गया है और धारा के विपरीत तैरकर किनारे जाने की ताक़त उसके हाथ-पैरों में नहीं बची है।

बोंदरिया के कन्धे पर रखे हाथ का उसे सहारा मिला। डूबने की हालत से वह बच गया।

''बोलो मामा, जो कुछ बोलना है, बोल डालो। बोलने से मन निथर जाता है।'' बोंदरिया ने कहा।

''मुश्किल जगह का फोड़ा है, बहुत दिनों का। बोंदरिया, बहुत कसक हो रही है। न किसी से कहा जा सकता है न उसे काटा जा सकता है।''

''अपनी पीड़ा हर एक को न्यारी लगती है। लेकिन सच कहूँ, दुख और पीड़ा को सहलाने से आदमी मन में और भी दुबला बन जाता है। पीड़ा को पचाने की ताक़त हर एक में होती है। हरेक को उसे दाँव पर लगाना पड़ता है।''

''टंट्या यही कर रहा है, बोंदरिया। दस बरस में टंट्या ने कितने डाके डाले ? ठाकुरजी बता रहे थे, सौ से पाँच ज्यादा। मैंने कभी हिसाब नहीं रखा। कितना पैसा आया और किनको बाँटा। मुझे वो पैसा पालतू साँप जैसा लगता था।

''पिछले बरस अकाल पड़ा। गरीबों के खाने के लाले पड़ गए। इन्दौर जानेवाली गाड़ी लूट ली।

''बोंदरिया, क्यों किया यह सब ? आज टंट्या को गोरे साहब से बचते हुए

जंगलों-पहाड़ों में भागना पड़ रहा है। दो जून की रोटी के लिए पास के गाँव से आटा मँगाना पड़ता है।

''आज टंट्या के पास रस्सी का टुकड़ा भी नहीं। उसकी कोई बात नहीं लेकिन जानवरों की और अपनी जिन्दगी में क्या फर्क रह गया ? बोंदरिया, मुझे एक ही राह दिखाई देती है। अब तक इन्दौर के राजा ने अपने आदमियों को हाथ नहीं लगाया। अंग्रेज साहब तो पागल की तरह पीछे पड़ा है। इससे अच्छा है कि इन्दौर के राजा से मिल लूँ। मैं चाहता हूँ कि राजा से कह दूँ—यह टंट्या आपके कदमों पर बन्दूक रख देने को तैयार है। बोंदरिया, मैं इस जिन्दगी से ऊब गया हूँ। महाराज चाहे तो मुझे जेल में डाल दे या माफ कर दे।''

बोल देने पर टंट्या के मन का बोझ उतर गया। उसके सूखे चेहरे पर कुछ रौनक लौट आई।

''तुमने ठीक ही सोचा है टंट्या, लेकिन क्या महाराज होलकर कबूल करेंगे ?''

''मुझे भरोसा है बोंदरिया, इन्दौर के महाराजा टंट्या की पुकार सुन लेंगे। महाराज ने नहीं कहा तो भी चलेगा। अब तक टंट्या ने गोरे साहब को हाथ नहीं लगाने दिया। आखिर में उनके हाथ लगकर कुत्ते की मौत मर जाने से बेहतर है अपने इन्दौर सरकार के हाथों मर जाना। मुझे लगता है बोंदरिया कि इन्दौर के महाराज माफ कर देंगे इस टंट्या को। और सरकार के माफ करने पर मैं कहूँगा कि इस टंट्या को अपनी सेवा में रख लीज्यो। आखिरी दिनों में अपने गाँव में बीवी-बच्चों के साथ बेफिक्र होकर दो कौर खाना चाहता हूँ।''

''मामा तुम अब बेफिक्र हो जाओ। मैं आज भीखनगाँव जा रहा हूँ। देखता हूँ महाराज के पास बात को किस तरह पहुँचाया जा सकता है। लेकिन मामा ध्यान रखो कि इन्दौर सरकार पर भी अंग्रेजों की ही हुकूमत है और अंग्रेजों ने तो टंट्या को पकड़ने का बीड़ा उठाया है।''

''अंग्रेजों के हाथों कुछ भला-बुरा होने से पहले मैं अपनी सरकार के दरवाजे पर जान दे दूँगा। गोरे साहब के हाथ नहीं आऊँगा।''

टंट्या फिर खामोश हो गया। चारों ओर से फिर अँधेरा छाने लगा। आसमान काले बादलों से घिर गया। विकराल सूरतों ने उसे घेर लिया। वह अपने आपको बचाने की कोशिश करने लगा। उसने झट से आँखें बन्द कर लीं।

टंट्या को याद आया जंगल का बड़ा बड़ का पेड़। जब भी निराशा के बादल छा जाते थे बड़ का पेड़ उसकी ओर देखकर मुस्करा उठता था और धीरज बँधाता था। उसकी एक-एक बरोह उसे जीने की उमंग दे देती थी।

बोंदरिया भीखनगाँव की ओर चल पड़ा था लेकिन उसका सारा ध्यान टंट्या की ओर लगा हुआ था। उसे अकेला छोड़ आने को मन नहीं कर रहा था। मामा की दशा देख उसे फिक्र होने लगी थी।

अपना एक सपना था। निमाड़ से गोरे साहब को भगा देने का। टंट्या ने काम

तो बड़ा किया। दस साल पहले उसे एक भोले-भाले जवान के रूप में देखा था। उसकी आँखों में मैंने एक तूफान की आहट देखी थी। मैंने उसे फूँक दिया और राख से अंगारे की तरह टंट्या चमक उठा। उससे स्फूर्ति लेकर पूरे निमाड़ में उथल-पुथल मच गई।

पिछले कई बरसों के इतिहास में ऐसा कभी नहीं हुआ था। पिंडारियों ने इस मुल्क को लूटा। शिन्दे-होलकरों ने नोचा-खसोटा और इधर गोरे साहब ने यहाँ की वनसम्पत्ति को कच्चा माल समझकर रास्ते में लूटना चाहा।

जंगल की पुकार सबसे पहले सुनी टंट्या ने। पिछले हज़ार बरसों में ऐसा नहीं हुआ था कि यहाँ के बाशिन्दों को ही उखाड़ दिया जाए। बाहर से इस मुल्क में मुसलमान आए, राजपूत आए, मराठों की हुकूमत चली लेकिन सतपुड़ा के जंगल के लोगों को किसी ने हाथ नहीं लगाया था। एक रात में अंग्रेजों ने ऐसा किया।

बहुत दिनों के अपने अरमान को टंट्यामामा ने करीब-करीब पूरा किया। अंग्रेज सरकार के खिलाफ निमाड़ के गाँवों में, पहाड़ों और घाटियों में असन्तोष की आग सुलगा दी।

जब इन्दौर के होलकर, भोपाल के नवाब, हैदराबाद के निजाम, एलिचपुर के नवाब, नागपुर के भोंसले और घाटाखेड़ी-मकड़ाई जैसी रियासतों के राजे-महाराजे अपने सूबों और जागीरों को बचाने के लिए अंग्रेजों की जी-हुजूरी करने में धन्य हो रहे थे तब यह फटीचर सूरमा अपने पाँच-पचास साथियों के साथ बिजली की तरह चमक रहा था। दरअसल टंट्या अकेला नहीं था। अकेला होता तो इन दस बरसों में बली अंग्रेज सरकार ने कब की उसकी मुश्कें कस दी होतीं और बन्दी बना लिया होता। उसके साथ नर्मदा-ताप्ती का पूरा मुल्क था। गाँव-गाँव के किसानों, मेहनतकशों, आदिवासियों, मजदूरों आदि को टंट्यामामा अपना जननायक लग रहा था। और इस बहादुर राजा की मदद सारी जनता कर रही थी।

दुश्मन और दुश्मन के साथियों से घिरे मुल्क में वह अकेला अजेय योद्धा की भाँति घूम रहा था। पश्चिम-उत्तर में होलकरों की रियासत, उत्तर-पूर्व में नवाब का मुल्क, पश्चिम-दक्षिण में अंग्रेजों का खान्देश, दक्षिण-पूर्व में निजाम का राज और बाकी बचे क्षेत्र में भी अंग्रेजों की सरकार–इस तरह के मजबूत फौलादी चौखटे में टंट्यामामा जूझ रहा था।

लेकिन इस सबका अन्त क्या होगा ? बोंदरिया ठेस लग जाने से रुक गया और उसकी विचार-शृंखला खंडित हो गई।

बोंदरिया ने आसपास देखा। भीखनगाँव निकट आ गया था।

बलवन्त के झोपड़ीनुमा घर के सामने उसके पिता खटिया पर लेटे हुए थे। दायाँ हाथ आँखों पर रखा था और उँगलियों से कुछ गिनती कर रहे थे। खटिया पर चादर नहीं थी।

"बलवन्त है घर में ?" बोंदरिया की आवाज सुन पिता झट से उठ बैठे। पूछनेवाला सिपाही नहीं है यह देख आश्वस्त हो गए।

"राम-राम बाबा, मैं बोंदरिया। बलवन्त से मिलना है।"

बलवन्त के पिता खटिया से उतरकर नीचे आ गए। बोंदरिया के हाथों को हाथ में लेकर बोले, "आज तो हमारे परमभाग्य का दिन है। रेवापुरी के महाराज के चरन गरीब की इस झोपड़ी को लगे।"

"बाबा, धीरे से। आजकल चारों तरफ दीवारों के कान उग आए हैं। महाराज के वस्त्र मैंने शिवबाबा के आम की शाखा पर लटका दिए हैं।"

"मामा कैसा है ?" नरहरि ने पूछा, तभी बलवन्त हाथ पोंछते हुए बाहर आ गया। बोंदरिया ने कहा, "क्या है बलवन्त ?"

"राम, राम बोंदरिया भाई। आज बिना खबर किए ऐसे कैसे आना हुआ ?"

"बड़ा जरूरी काम है। तू ही कर सकता है इसलिए मैं खुद आ गया हूँ। चल मेरे साथ बाहर बात करते हैं।"

बोंदरिया की बात सुनकर बलवन्त ने कहा, "मैं ही आनेवाला था दो-एक दिनों में आपके पास। बाजार के दिन कोई एक घर आया था। अच्छा हुआ कि बापू घर पर नहीं थे। लगातार टंट्या की तारीफ किए जा रहा था। जाते हुए बोला, 'महाराज टंट्या से मिलना चाहते हैं। मामा से पूछ तो सही। मामा ने हाँ कहा तो मैं महाराज के लोगों तक यह बात पहुँचा दूँगा।' "

"बलवन्त, महाराज यानी ?"

"होलकर सरकार।"

"इसमें कुछ गड़बड़झाला लगता है।"

"नहीं, मुझे ऐसा नहीं लगता बोंदरिया भाई। महाराज के आदेश के बिना यहाँ की पुलिस हमें नजरअन्दाज नहीं कर सकती। ईश्वरीप्रसाद और उसकी फौज वापस चली गई इसके पीछे जरूर होलकर महराज की हमदर्दी होगी। अच्छा, अपनी बात कहो।"

"भीखनगाँव तहसील के वारला में एक नया थानेदार आया हुआ है। उसने मुझे मिलने के लिए बुलाया है।"

"क्या नाम है थानेदार का ?"

"मानाजी भगवन्त। मैं उससे मिलूँगा। मामा की बहुत तारीफ कर रहा था तो मेरे कान खड़े हो गए। जाते हुए बोला, 'टंट्यामामा जैसा बहादुर महाराज की सेवा में होता तो उसका भला हो जाता। ऐसे कब तक पहाड़ों-घाटियों में भटकता फिरेगा। कलेजा टूटता है उसके लिए।' "

"बलवन्त, मामा भी आजकल ऐसा ही सोच रहा है। आज मैं तेरे पास यही बताने आया था, तू भी वही बात कह रहा है।"

"कुछ दगा-वगा की तो बात नहीं है ना ?"

"आठ आने होगा, ऐसा सोचकर उस बात को दिमाग में रखना। दगा-धोखा तो अब अपनी जिन्दगी का हिस्सा हो गया है। थानेदार कहता है, वैसा हो गया तो मामा की चाह पूरी होगी। लेकिन उसके बोल-बतलाव में खतरा महसूस हुआ तो

के बारे में कभी नहीं पूछूँगा। जो होगा उसका सामना करने को मैं तैयार हूँ।''

''साहब ने कागज़ इन्दौर सरकार के पास भेज दिया है। अभी तक हुक्म नहीं आया है।''

''हूँ। ऐसा है क्या ? ठीक है, भाऊ, मैं अब चलता हूँ। मुझे पंसेरी से सामान भी ले जाना है। उंकार, तुझे बनिये की दुकान मालूम है ना ? नहीं तो मैं भी साथ ही चलता हूँ। मुझे भी उसका पिछला बकाया चुकता करना है।''

टंट्या जाने लगा तो गणपत दूर जा रहे शिकार की ओर देखता जम-सा गया।

''मामा, ऐसे ही मत जाना। गंगा ने बूँदी के लड्डू बनाए हैं तुम्हारे लिए।'' गणपत ने जोर से कहा।

टंट्या ने पीछे मुड़कर भी नहीं देखा। गणपत कोने की सड़क तक उसे जाते देखता रहा। उसने सोचा कि टंट्या को अब कभी लौटना नहीं चाहिए। मुट्ठी के तावीज को माथे से लगा वह ओटले पर निढाल हो गया।

''आपको ऐसे वक्त मज़ाक सूझता है ?''

''नहीं तो क्या करेंगे। रात-भर सोकर अभी भी खर्राटे लगा रहे हैं पंचमजी।'' पंचम प्रसाद ने मुस्कराकर कहा।

''साला एक सपना देखा। हम सब टंट्या की राह देखकर सो गए हैं और टंट्या सामने आकर खड़ा हो गया है।''

''बस ? इतना ही ख्वाब ? तुम्हारी बन्दूक नहीं छीन ली क्या उसने ?'' हट्टीराम ने पूछा।

पंचम प्रसाद भीगी हँसी हँस पड़े।

बन्द दरवाजे पर दस्तक की आवाज आई।

सब खामोश हो गए। दूसरे ही पल होशियार होकर अपने-अपने हथियारों को पकड़ लिया। चौबीस घंटे बाद पहली बार किसी ने दरवाजा थपथपाया था। बेजान हालत में जान आ गई।

बजरंगसिंग झट दरवाजे के पास आ गया। दरवाजा थोड़ा-सा खोलकर देखा। बाहर गणपतसिंग खड़ा था।

''टंट्या आ गया है।'' गणपत के शब्दों से झोपड़ी के अन्दर सिहरन फैल गई। बजरंगसिंग को लगा कि बाघ की दहाड़ को सुन लिया।

गणपत ने खबर दी थी कि शिकार सामने है। सबके मन में डर, अधीरता और अनिश्चय के भाव तैरने लगे।

''कहाँ है वो ?''

''बनिये के घर गया है।''

'गया है मतलब ? हमें इशारा किए बिना तुमने उसे जाने क्यों दिया ?''

गणपतसिंग पशोपेश में पड़ गया। अपनी असहायता को छिपाकर बोला, ''उसने

कहा कि बनिये के घर जाकर वापस आता हूँ।"

"साथ में कितने आदमी हैं ?"

"आठ।"

"हथियारों से लैस ?"

"हाँ।"

हाथ पर हाथ मलते हुए बजरंगसिंग सोचने लगे। अब क्या किया जाए ? सीधा हमला करें ? दफादार बक्षीसिंग से पूछा, "क्या करना नाइकजी ? वो बड़ा चालाक है। बनिये के घर से वापस नहीं आया तो ? मेरा इरादा है सीधे जाकर अटैक करेंगे।"

"टंट्या वचन का पक्का है। आता हूँ कहा तो जरूर आ जाएगा ? मैंने उसे बूँदी के लड्डू ले जाने को कहा है। उसकी बहन के बनाए हुए।"

गणपत की बात सुनकर बजरंगसिंग ने तुरन्त निर्णय किया, "पंचम, मीरदादा, बक्षीसिंग और नन्दसिंग तुम चलो मेरे साथ। बाकी यहाँ रहेंगे। हमारा इशारा पाते ही फायर करते हुए बाहर आ जाना।"

बजरंगसिंग चारों को साथ लेकर चले।

गणपत भी साथ चल पड़ा। अब बारिश का जोर कम हो गया था। बादलों के पीछे से आधा चाँद झाँक रहा था।

बजरंगसिंग और बाकी चार गणपत के घर के कोने में छिप गए। खाट को खड़ा कर उस पर कम्बल डाल दिया आड़ बनाने के लिए। गणपत बाहर आ गया। अब चाँद पूरा बाहर आ गया था। चाँदनी में धड़कते दिल से वह दूर की सुनसान सड़क को देखने लगा। मन में सोचा कि टंट्या नहीं आए तो अच्छा।

उंकार की आवाज से रतिलाल मारवाड़ी ने आँखें मलते हुए दरवाजा खोला तो सामने बन्दूकधारी टोली को देख धड़ाम् से बन्द कर दिया।

"रतिलाल सेठ ! डरकर दरवाजा बन्द मत करो। टंट्या को नहीं पहचाना क्या ?" टंट्या ने आवाज दी।

आवाज के साथ फिर दरवाजा खुल गया।

"नींद के जोर में नहीं पहचाना टंट्यामामा। गणपत पटेल को भेज देते तो भी माल रवाना कर देता।"

"सेठ, तुमसे मिलना चाहता था। बहुत दिनों से मिलना नहीं हुआ था। पिछली बार का बकाया भी तो चुकाना है।"

"पैसे की क्या बात है मामा, आदमी से बढ़कर कोई पैसा थोड़े ही है।"

"वह सब तो ठीक है लेकिन किसी का कर्ज सिर पर रखकर जाना..." टंट्या ने उंकार की तरफ मुड़कर कहा, "उंकार, सेठजी के पिछले दो बार के रुपए बाकी हैं। वो दे दो। आज का भी दे डालो। सेठजी ने हमारा साथ दिया है। देख इस बटुए में। नोट भीग गए होंगे। सेठजी, तवे पर सेंक लेना। उंकार माल लेकर आगे चलो, मैं गणपत

भाऊ से मिलकर अभी आया।''

''मामा, ठहरो, मैं भी आता हूँ।''

''उंकार, तू क्यों फिकिर करता है टंट्या की ? रघू और ननकू आएँगे मेरे साथ।''

टंट्या ने रतिलाल सेठ के हाथों को हाथ में ले लिया।

गणपत घर के दरवाजे पर बैठा सोच रहा था कि टंट्या नहीं आएगा, तभी सामने टंट्या को आते देख उसके मन में फिर तूफान उमड़ आया।

''भाऊ, एक मन कह रहा था कि मुझे उधर से लौट जाना चाहिए। लेकिन दूसरे मन ने कहा कि जाते वक्त बूँदी के लड्डू ले जाने को कहा है तो गंगामाय में जान अटक गई। सच कहूँ, अब मीठे में मेरी जान नहीं अटकी है। सिर्फ एक चाह रह गई थी। जाने से पहले बहन से मिलना नहीं हुआ।'' टंट्या गणपत की देहली पर बैठ गया। ''भाऊ पलभर चिलम फूँकता हूँ तब तक बूँदी के गोले बाँध दो कपड़े में।''

टंट्या ने पत्थर की सीढ़ी पर दोनों पैरों को फैला दिया। खड़े रहने और तैरने से घुटने अकड़ गए थे। कमर से बटुवा निकालकर चकमक से चिलम जलाई और लम्बा कश ले लिया। तमाखू के धुएँ ने दिमाग को तर कर दिया।

गणपत बाहर आकर भौचक खड़ा था। चिलम फूँक रहे टंट्या की तरफ और बन्दूकधारी रघू-ननकू की तरफ सहमकर देख रहा था।

''पटवारी ने जवार देने की बात की थी पिछली बार, उसका क्या हुआ भाऊ ? साला टंट्या को दिया सबद नहीं पाल रहा है।''

''मामा, मैंने दो-एक बार बता दिया। नहीं भी नहीं कहता और जवार भी नहीं देता। उसे बुलाने को भेज देता हूँ इन दोनों को।'' गणपत ने रघू और ननकू की ओर देखकर कहा।

''अच्छा, पटवारी से कहना, बार-बार माँगनेवाला भिखारी समझ रखा है क्या टंट्या को ? इनको उसके घर का पता मालूम नहीं होगा।''

''मैं इनके साथ आदमी देता हूँ।'' गणपत ने कहा। दो कदम चलकर गया और इकी को ले आया। ''ये इकी है।''

''इकी, इनको पटवारी का घर दिखा।''

''ननकू, तू मेरे साथ मत जा। तू रुक जा मामा के साथ।'' रघू ने ननकू से कहा और इकी के साथ चल पड़ा।

गणपत टंट्या और ननकू की ओर डरी-सहमी नजर से देख रहा था। टंट्या ने चिलम को छापी में लपेटकर फिर आँखें बन्द कर कश लिए।

शान्त मन से आराम से चिलम फूँक रहे टंट्या को देख गणपत के मन की परेशानी बढ़ गई। वह विचलित होने लगा। अधीर होकर घर में, घर के बाहर देखने लगा।

बाईं ओर की सड़क पर गणपत ने कुछ आवाज सुनी। मुड़कर देखा आवाज की दिशा में। सम्भा और गोविन्द भील आ रहे थे। अपने साथी गोविन्द को देख गणपत

को दिलासा मिल गया। उसने ननकू की ओर देखा। वह दीवार से सटा बैठा हुआ था।

दिल खोलकर चिलम फूँक रहे टंट्या को सम्भा ने एकदम से बाँहों में घेर लिया। ननकू की समझ में नहीं आया कि क्या हो रहा है, वह खड़ा हो गया। टंट्या को पकड़नेवाले सम्भा और गोविन्द पर ननकू ने बन्दूक चला दी। सम्भा की आवाज सुनते ही गणपत के घर में घात लगाकर बैठे बक्षीसिंग और बजरंगसिंग ने उसे झपट लिया।

टंट्या ने आँखें खोल दीं। जान गया कि अजगर ने घेर लिया है। दादाखान और प्रसाद ने ननकू की मुश्कें बाँध दीं और उसकी बन्दूक छीन ली।

''गणपत भाऊ,'' गणपत की ओर देखकर टंट्या ने कहा, ''इसके लिए इतना नाटक रचने की क्या जरूरत थी ? तुमने कहा होता तो टंट्या खुद अपने पैरों से चला आता। आज गंगामाय के लिए आखिरी तावीज निकाल दिया उसी बखत मेरी जीने की उम्मीद मर चुकी थी। अब तुम इस मरे हुए मुर्दे का क्या करोगे ?''

बन्दूक की आवाज सुनकर शंकर की झोपड़ी से फौज कूदकर बाहर आ गई और बन्दूकें चलाती हुई गणपत के घर की ओर दौड़ती गई।

हाथ की चिलम गणपत को देते हुए टंट्या ने कहा, ''बहुत दिनों बाद शान्ति से चिलम फूँकने को मिली भाऊ, तुम्हारे दरवाजे पर बैठकर। जाने से पहले गंगामाय से मिलता तो उसके वचन से छूट जाता एकबारगी।''

टंट्या की बात सुनकर गणपत को अंगार छू गया। वह विकल होकर इधर-उधर देखने लगा।

मीरादादा खान और नन्दसिंग ने टंट्या के दोनों हाथों को पकड़कर उसे खड़ा कर दिया। गाँव की पूरब की ओर रुके टंट्या के साथियों की दिशा में बन्दूकें दागने की आवाजें आ रही थीं।

बन्दूक की आवाजें सुनकर पटवारी के घर से वापस आ रहे रघू कोरकू के मन में शक का भूत जाग गया। गणपत ने जरूर दगा दिया होगा यह सोचकर उसने गणपत के भेजे आदमी इकी पर बन्दूक दाग दी। सावधान इकी निशाने से बचकर भाग गया।

रघू बन्दूक उठाकर गणपत के घर की तरफ भागता आ रहा था। लौटनेवाले रघू की ओर टंट्या का ध्यान गया। उसने झट से चिल्लाकर कहा, ''रग्घू इधर खतरा है। इधर मत आ।''

फिर भी रघू आगे बढ़ रहा था। आखिर जबर आवाज में टंट्या फिर से चिल्लाया, ''रग्घूऽ मेरी सौगन्ध है आगे बढ़ा तो। भाग पीछे।''

टंट्यामामा ने ग़लत वक्त पर सौगन्ध में उलझा दिया, इस पीड़ा से पागल रघू कोरकू बेतहाशा भागने लगा।

●●●

उसके दाँत उसके मुँह में ठूँस देंगे।''

''अच्छा, तो फिर मैं मानाजी थानेदार से मिल लेता हूँ।''

''हाँ, बलवन्त, काम मुश्किल है और उतना ही खतरनाक। लेकिन आग में हाथ डालकर जाँच करने के अलावा हमारे सामने दूसरा कोई चारा भी नहीं है।''

जब से बलवन्त मिलने आया था तब से मानाजी भगवन्त थानेदार को अपने पर ही भरोसा नहीं रह गया था। उसने अपने वरिष्ठों से बार-बार कहा था कि टंट्या को सीधे-सीधे पकड़ना असम्भव है। धोखा देकर पकड़ना ही एकमात्र रास्ता है। बलवन्त के मार्फत टंट्या तक सन्देश पहुँचाने का काम तो हो गया कि होलकर महाराज गुनाहों की माफी दे देंगे। टंट्या चालाक है, वह धोखे में नहीं आएगा और दाँव अपने पर ही उलटा पड़ जाएगा। इसलिए होशियारी से काम लेना चाहिए।

थानेदार ने रिसालदार मेजर ईश्वरीप्रसाद को सरकारी चिट्ठी लिखी—

''इधर कुछ दिनों से मैं टंट्या के खास लोगों के सम्पर्क में आने की कोशिश कर रहा था। अब इस मामले में उम्मीद जग गई है। मैंने टंट्या को सन्देश भेज दिया है कि उसे होलकर महाराज से मिलना चाहिए। महाराज उसके गुनाहों की माफी दे देंगे।

''मुझे पूरा भरोसा तो नहीं है कि टंट्या मेरी बात पर भरोसा करेगा। क्योंकि वह बहुत चालाक और होशियार है। हाँ कहने का नाटक भी कर सकता है। फिर भी मैं उसके आदमी के मार्फत कोशिश करता रहूँगा। इस हफ्ते मुझे और एक आदमी मिल गया है। उसका नाम है गणपतसिंग। बाणेर गाँव का रजपूत है। खरगोन के दक्षिण में उन्दरी नदी के किनारे नौ मील पर यह गाँव है। खबर मिली कि टंट्या कई बार गणपत के पास आ चुका है, इसलिए मैंने उसे बुला लिया। उसने कहा कि उसकी घरवाली टंट्या की मुँहबोली बहन है।

''गणपत की मछली फँस गई है। अब टंट्या पर जाल फैलाना आसान होगा। इसलिए गणपत और उसके कुछ साथियों को मुखबिर की नौकरी देनी होगी। टंट्या के पकड़े जाने पर होलकर और अंग्रेज सरकार द्वारा घोषित इनाम भी उसे दिए जाएँगे। इस दोहरे प्रलोभन में वह काम करने को राजी हो जाएगा।

''यदि आपको यह योजना पसन्द है तो मैं आगे की कार्रवाई जारी रखूँगा। आप अपना हेडक्वार्टर खरगोन में रखेंगे कुछ दिन तो कार्रवाइयाँ जल्दी से की जा सकेंगी।

''गणपत ने बताया है कि टंट्या इधर कई बार उसके पास आ चुका है। मैंने गाँव के मुखबिरों से इस बात की पुष्टि करवा ली है। गणपत झूठ नहीं बोल रहा था। इस सन्दर्भ में आपके त्वरित निर्णय की और आदेश की प्रतीक्षा रहेगी।''

थानेदार ने विशेष हरकारे के साथ चिट्ठी ईश्वरीप्रसाद के पास इन्दौर भेज दी और आदेश की प्रतीक्षा करने लगा।

माघ शुक्ल पंचमी को शिवबाबा का मेला शुरू हो गया। दस दिन चलनेवाला था मेला।

जसुदा का मन इधर उदास रहने लगा था। किसी काम में दिल नहीं लगता था। आनेवाला हर दिन अनजाने दुख का बोझ बढ़ा रहा था।

पिता का स्वास्थ्य गिरता जा रहा था। भीगे ढेले जैसी हालत हो गई थी। बदन पर कपड़े होने से ठठरी दिखाई नहीं पड़ती थी। आँखें धँस गई थीं और बातों में जिन्दगी के प्रति उदास भाव जाहिर हो रहा था।

आँखों के सामने बुलन्द हवेली के पत्थर गिरते हों उसी तरह जसुदा पिता के स्वास्थ्य को देख रही थी।

अँधेरी राह पर एक ही उम्मीद की किरन थी कि भाई ने काम देखना शुरू किया था। माँ दिनभर हाथ में माला फेरती रहती थी और जसुदा 'इस बोझ को उठाना ही है' इस भाव से जिन्दगी का सामना कर रही थी।

इधर टंट्या की कोई खबर न होने से उसके मन में खटका लगा हुआ था। शिवबाबा के मेले में मिलना होगा ? इसी सवाल ने उसके मन को फिर से भटका दिया था।

मई माह के आखिरी दिन थे।

धूप की सख़्ती से खेतों में दरारें पड़ गई थीं। पेड़-पौधों के पुराने पत्ते सूख गए थे। नए पत्तों से शाखाओं पर बहार आने लगी थी। खरगोन से निकले गणपतसिंग के मन में शाम से ही चाँदनी खिल उठी थी।

गोरे साहब ने गणपत को सरकारी नौकरी दे दी थी। अगले दो महीनों की तनखा भी दे डाली थी। उसके आठ साथियों को भी काम दे दिया गया था।

''पैंतालिस हजार रुपए और एक हजार पाँच सौ एकड़ जमीन की मालगुजारी तुम्हें मिल जाएगी।'' साहब का यही एक कथन उसके कानों में बार-बार गूँज रहा था।

गणपत ने नई बैलगाड़ी खरीद ली थी। हीरा-मोती की जोड़ी। बैलों का त्योहार अभी दूर था लेकिन उसने बैलों की पीठ पर आईनेवाली झूलें डाल दी थीं। गाड़ी को नए पर्दे लगा लिए थे। बाणेर की गली से गाड़ी जा रही थी और सारा गाँव चकित होकर देख रहा था।

गणपत गाड़ी से नीचे उतर गया। सामने हाथ जोड़कर आसामी गिड़गिड़ाने लगा।

''गणपत सेठ, इस बार दया कीजिए। अभी रकम का इन्तजाम नहीं हो सका है। मालगुजारी ला नहीं सका। एक हफ्ते की मोहलत दीजिए।''

गणपत ने हिकारत से आसामी की ओर देखा।

''शंकर, मेरा बाप बैठा है उधर खरगोन में। उसने मेरे सिर पर एक बाल बाकी नहीं छोड़ा है मालगुजारी की वसूली की खातिर। और तुम साले वही गाना गाते रहते हो। ठर्रा पीते हो भेंचो, उसके बदले घोड़े का मूत क्यों नहीं पीते ? कौन है रे उधर, लगा दो थप्पड़ साले को और निकालो सारे बर्तन घर के बाहर। गोठ में मवेशी होंगे उन्हें भी उठा लो।'' आसामी पैरों पड़ने लगा।

"अच्छा अच्छा, इस बार माफ कर दिया। पूरे गाँव को पता लगने दो कि गणपत सेठ कैसा आदमी है। तू भी क्या याद करेगा ? मैं अब पन्द्रह सौ एकड़ का मालिक हूँ। तेरे जैसे छप्पन मेरे पास भीख माँगने आते हैं। पर ध्यान में रख, दुबारा ऐसा नहीं चलेगा।"

रिसालदार मेजर ईश्वरीप्रसाद खरगोन की विशेष छावनी में बैठे हुए थे। थानेदार मानाजी भगवन्त, मध्य भारत गवर्नर के भोपाल के बटालियन के अधिकारी बजरंगसिंग होलकर, रिसाले के नन्दसिंग और विशेष कार्य दल के बक्षीसिंग उनके सामने बैठे हुए थे।

गणपतसिंग तीन माह का वेतन और अपने साथियों का नियुक्ति पत्र लेकर जब से गया था तब से ईश्वरीप्रसाद के मन में शक होने लगा था।

"मानाजी, आपको गणपतराव पर भरोसा तो है न ?" ईश्वरीप्रसाद ने अपनी बेचैनी को व्यक्त किया। "मुझे उस पर कुछ शक होने लगा है। वह नजरें चुराता है और उसकी आँखें बिल्ली जैसी लगती हैं।"

"सर हमने पचास फीसदी भरोसा करने की बात की है। टंट्या इतनी सहजता से बातें कबूल नहीं करेगा। लेकिन मेरे आदमी ने टंट्या को माधवराव पटेल के साथ बातें करते सुना है। खबर पक्की है।"

"टंट्या गणपत की घरवाली को अपनी बहन मानता है। टंट्या ने अपने आदमियों को भी पैसे देकर खरीदा था। फिर एक छोटी-सी नौकरी के प्रलोभन में गणपत क्या हमारी मदद करेगा ?"

"गणपत रुपए का बड़ा लालची है। शायद वह टंट्या से भी रुपए निकाल रहा होगा। फिर भी टंट्या तक पहुँचने का यह हमारा पहला ही जरिया है। हमें इसी रास्ते से कोशिश करनी होगी ?"

भोपाल बटालियन के नाईक बजरंगसिंग से ईश्वरीप्रसाद ने पूछा, "नाईक आपका पूरा फोर्स रेडी है ? थानेदार मानाजी की योजना के मुताबिक कार्रवाई करनी है।"

"येस सर। पूरा फोर्स तैयार है। साठ सिपाही और अफसर महाराजा होलकर की फौज से आए हुए हैं। एक अफसर और बारह जवान महाराज के रिसाले से आए हुए हैं। भोपाल बटालियन के दो अफसर और तेरह सिपाही हैं। पाँच कम सौ आदमी तैनात हैं।" नाईक बजरंगसिंग ने रपट दी।

"ठीक है। अब हम गणपत के सन्देश का इन्तजार करेंगे। लेकिन एक बात ध्यान में रखना। गणपत के बताए एक ही स्थान पर ध्यान रखना काफी नहीं है। अपने लोग भी गणपत की हलचल पर ध्यान रखेंगे। मानाजी, इस बात की ओर ध्यान दीजिए और गणपत की हर खबर की जाँच अपने मुखबिरों से करवाइए। इस बार चूक महँगी पड़ेगी।"

माधवराव पाटिल की शिवनागाँव की बैठक में रामनारायणजी और श्रीगोपाल बैठे हुए थे। पाटिल, टंट्या और बोंदरिया खेत की तरफ से लौट आए।

''राम-राम मास्टरजी,'' टंट्या ने रामनारायणजी के चरण छूने चाहे। रामनारायणजी ने कन्धे से पकड़कर उसे खड़ा कर दिया।

''क्या बात है मामा ? मामा का इतना सूखा चेहरा तो हमने पहले कभी नहीं देखा था।'' उसके चेहरे को निहारते हुए चिन्ता के स्वर में रामनारायणजी ने पूछा, ''तुम ठीक तो हो न ?''

''मास्टरजी, टंट्या ने कभी झूठ नहीं कहा। अब तक टंट्या ने बहुत स्वाँग रचे और आपने तारीफ की। आपके पीठ ठोंकने पर मेरा सीना तन जाता था। मैं जानता था कि मेरे साथ आप सब लोग हैं। बाप जैसे माधवराव पटेल, आप, बोंदरिया, कितने नाम ले लूँ ? आप सब हैं इसलिए मैं हूँ।''

टंट्यामामा को हाथ से पकड़कर रामनारायणजी उसे भीतर ले आए। उसे बैठक में बिठा दिया।

''मामा, मुझे ऐसा तो नहीं कहना चाहिए लेकिन हम सब एक ही तने के पत्ते, डगालें हैं। तना ही कुछ दूसरी बात सोचने लगे तो हम सब क्या करेंगे ? मैं जानता हूँ मामा, अपनी जिन्दगी एक नाटक है। तुमने इसमें जो काम किया उसे अपना काम मान लो तो दुख कम हो जाता है।''

''मन कभी-कभी साथ नहीं देता था लेकिन अब तन साथ नहीं दे रहा है। ऐसे में गुस्से की आग भड़क उठती है।''

''टंट्या, आदमी हर वक्त अपने मन की बात कहाँ कर पाता है ?'' बोंदरिया ने कहा।

''महाराज, आप आज मुझे बता रहे हैं ? दस साल पहले क्या बताया था ?''

''हाँ मैंने जो बताया था उसे टंट्या ने कर दिखाया है। मेरे सपने से भी बड़ा काम किया है तुमने। तुम्हें पता नहीं है, सौ साल से सुस्त पड़े निमाड़ में तुमने चेतना की लहर दौड़ा दी है। आज कहीं भी तुम्हारा नाम आता है तो लोग रोमांचित हो उठते हैं। इससे पहले इस मुल्क में कभी ऐसा हुआ था ?

''तुम्हें लगता है कि तन और मन का साथ नहीं मिल रहा है। यह सब मन का खेल है। तुम्हें कुछ भी नहीं हुआ है।''

''मैं क्या स्वाँग रच रहा हूँ। इधर मुझे स्वयं पर भी गुस्सा आ रहा है।''

''गुस्सा आदमी को सहज ही आता है। उस पर काबू पाना होता है। गुस्सा बढ़ जाने पर दूसरे विकार भी सिर उठाने लगते हैं। मन की बेचैनी बढ़ने लगती है। मन की शान्ति बिगड़ जाती है तो तन का नियन्त्रण भी खो जाता है। अपने आप पर गुस्सा आने लगता है। हम जैसा सोचते हैं वैसी अदृश्य शक्ति कार्य करती है। मन की दुविधा बड़ी बुरी दशा होती है। बिगड़ैल घोड़े को लगाम लगाने जैसी। उस पर काबू पाना मुश्किल होता है।

''टंट्या, मेरा हाल भी तुम्हारे जैसा हो गया है। तन-मन में पहले जैसी उमंग नहीं रही। मैं जानता हूँ अंग्रेजों-होलकरों को परेशान करनेवाला मामा आखिर तक ऐसा ही

नहीं रहनेवाला। लेकिन हमें ग़लत सोच को काबू में रखकर सही सोच को अंजाम देने की कोशिश करनी चाहिए।''

''मास्टरजी, आप बोलते हैं तो लगता है कि सुनता ही रहूँ। आप जो कहते हैं वह ठीक तो लगता है लेकिन फिर भी एक सवाल रह ही जाता है। आगे क्या ? और इसके आखिर में क्या होगा ?''

''वह मैं नहीं बता सकता मामा, लेकिन एक बात पक्की है। वह यह कि टंट्या आज एक अदृश्य शक्ति बन गया है इस निमाड़ के मुल्क में। तुम नहीं जानते मामा, लोग तुम्हारी वीरता की गाथाएँ गा रहे हैं, तुम्हारी अजीबोगरीब कहानियाँ ताप्ती-नर्मदा की घाटी के घर-घर में गूँज रही हैं। यह मामूली बात नहीं है, मामा। आज तुम रहो तो क्या और न रहो तो क्या, निमाड़ के इतिहास में इस काम को कोई भूल नहीं सकेगा।''

''मास्टरजी, मैं ठहरा अनाड़ी अनपढ़ आदमी। मैं नहीं समझता आप क्या कह रहे हैं लेकिन मुझे याद है, शिवबाबा की गवाही है, कि कहानी सिर्फ बड़े लोगों की लिखी जाती है। फिर टंट्या की कहानी कौन लिखेगा मास्टरजी ? टंट्या को झूठ-मूठ ना समझाइए। और मुझे लगता है कि क्या होगा मेरे बारे में बताकर ? टंट्या तो भील है और भील का काम है डाके डालना। यह बात जब तक लोगों के दिमाग में बसी रहेगी तब तक टंट्या तो डाकू ही कहलाएगा ना ? बड़े लोगों के मन की इस काले पत्थर की लकीर को मैं नहीं मिटा सकता।''

''जो भी होगा लेकिन पहाड़ों-दर्रों के तमाम लोगों के मन में तुम्हारे लिए अमिट जगह होगी, उसे कोई हटा नहीं सकेगा। जब तक आसमान में चाँद और सूरज रहेंगे तब तक निमाड़ के घर-घर में तुम्हारी गाथा को लोग नहीं भूलेंगे।''

''मास्टरजी, मुझे लगता है कि आप मेरी तारीफ के पुल बाँधने लगे हैं।''

''तुम जो भी समझो लेकिन टंट्या तुम कौन हो, इसे तुम नहीं जान सकते।''

माधवराव पाटिल ने आकर कहा, ''मास्टरजी सभी भूखे हैं, चलिए भीतर। थालियाँ परोसी जा चुकी हैं।''

रोहिणी नक्षत्र सूखा गया था लेकिन मृगशिरा में मूसलाधार बारिश हो गई। अकाल में जली धरती के पेट से नए अंकुर बाहर आने लगे। एक हफ्ते के अन्दर जमीन हरी-भरी हो गई।

उन्दरी नदी के दूसरे तीर पर टंट्या साथियों के साथ बैठा हुआ था। अँधेरा होने के इन्तजार में। दूर सबलगढ़ की पहाड़ी बादलों से ढँक गई थी और ठंडी हवा के झोंके बारिश के आने की आहट दे रहे थे।

अँधेरे ने नदी के किनारों को निगलना शुरू किया था। बाणेर गाँव के दक्षिण की ओर महादेव मन्दिर की घंटी सुनाई देने लगी। घंटी की आवाज थम गई। मन्दिर का टिमटिमाता दिया दिखाई देने लगा। एक दिया मन्दिर से दूर जाता हुआ दिखाई दिया तो टंट्या साथियों के साथ उठकर चलने लगा।

नदी का दूसरा किनारा दिखाई नहीं दे रहा था। अँधेरा हो गया था। नजर कमजोर हो गई। टंट्या ने भावल्या से पूछा, ''भावल्या, महादेवजी का मन्दिर दिखाई देता है तुझे ?''

''नहीं रे मामा। इतने अँधेरे में कैसे दिखाई देगा ?''

''अच्छा ! मुझे लगा...।'' मामा ने बोलना बन्द कर दिया। फिर भावल्या से बोला, ''तेरे बीवी-बच्चे कैसे हैं ? दो-तीन दिन में जाकर मिल आ। एक बार झड़ी शुरू हो गई तो फिर दो-चार महीने मुश्किल होगी। हाँ, और जाते वक्त उनके लिए रुपए लेते जाना। हमारे इस तरह भटकते रहने से बीवी-बच्चों को बड़ी तकलीफ उठानी पड़ती है।'' टंट्या की आवाज सर्द हो गई थी।

''राम राम मामा, मैं एक हफ्ते से आपकी राह देख रहा था। आपकी बहन बार-बार कह रही थी कि भैया कैसे नहीं आए।''

झोपड़ी में कदम रखते ही गणपत ने जोर से घरवाली से कहा, ''गंगे, सुनती हो ? मामा आ गया है। लोटा-भर पानी ले आ कमोरे से।''

भावल्या और तीनों आँगन में रुके हुए थे।

''तुम्हारा सन्देश नहीं आया इसलिए मैं ही चला आया। तुमने कहा था कि इस हफ्ते में आदमी को भेजता हूँ।''

''मैंने कहा तो था मामा,'' घरवाली के हाथ से लोटा लेकर गणपत ने आसपास सावधानी से देखकर कहा, ''ईसरीपरसाद साहब से मिलना हुआ।''

''क्या कहा सरकार ने ?''

''बड़े सरकार से कागज़ आएगा पन्द्रह-बीस दिनों में।''

''जीजाजी, मुझे एक बार खुद ईसरीपरसाद साहब से बात करनी है। लेकिन उनसे कैसे मिलना होगा ?''

''मैंने साहब से बात की है। साहब ने कहा—होलकर महाराज तुम्हें माफी देने को तैयार हैं। उसके कागद बड़े सरकार के पास चले गए हैं।''

''और क्या कहा सरकार ने ?''

गणपत की घरवाली पास ही अनमनी-सी खड़ी थी। अपने घरवाले का आज का बर्ताव उसे कुछ अजीब-सा लग रहा था। घरवाली सुन रही है, यह ध्यान में आते ही गणपत ने उसे डाँट दिया।

''मुँह ताकती खड़ी क्यों है ? जा गुड़-पानी का तो देख कुछ।''

गंगा को शक हो गया कि घरवाले का आज का चरित्तर कुछ ठीक नहीं दिखाई देता। पिछले कुछ दिनों से गणपत के व्यवहार से वह होशियार हो गई थी। बाहर ओटले पर कुछ लोग आकर बातें करते थे और गंगा के पास आते ही चुप हो जाया करते थे। उसने सूँघ लिया कि अन्दर-ही-अन्दर कुछ खिचड़ी पक रही है।

नाराज होकर गंगा चूल्हा जलाने लगी।

''टंट्यामामा, सरकार तुम्हारा काम करेगी। मुझ गरीब का भी खयाल रखना। नहीं तो मैं मुफ्त में ही मारा जाऊँगा।''

''गणपत जीजाजी, टंट्या का वचन जान से भी ज्यादा है। मैं किसी के उपकार नहीं रखता और तुम तो हमारे जीजाजी हो। तुमने मेरे लिए सरकार के पास बात की है। उसकी बिदागी रख लीज्यो, आज इतनी।'' कहकर टंट्या ने जेब से कुछ रुपए दे दिए।

गणपत ने घरवाली को पता न चले इस होशियारी से वे अपनी जेब के हवाले कर दिए।

''मेरे साथ मेरे आठ साथी भी भाग-दौड़ करते रहते हैं। उनको भी मुझे इसमें से देने पड़ेंगे।''

''और क्या कह रहे थे ईसरीपरसाद सरकार ?''

''महाराज सारी शर्तों को मान जाएँगे। मैंने कह दिया कि टंट्या कहता है कि जो कुछ होना है वह होलकर महाराज के हाथों हो जाए।''

''तुमसे खबर आने तक मैं सबलगढ़ पर मुकाम कर लेता हूँ। तुम आधे दिन में मेरे पास पहुँच सकते हो।''

''तब तक कुछ खबर नहीं आई तो राकी पूनम को तो तुम आ ही जाओगे।''

''हाँ, मैं उस दिन गंगामाय से राकी बँधवाने आ जाऊँगा।'' गंगा थाली में गुड़-पानी ले आई थी।

''राकी को तेरे लिए क्या ले आऊँ दीदी ?''

''टंट्या भैया, चार बरस पहले जचगी के वक्त तूने मेरी जान बचाई थी मेरे बाप के घर। खंडवा से किसी डाकदर को ले आया था अपनी पीठ पर बिठाकर रात में। इस जनम में मैं तेरे उपकार का बदला नहीं चुका सकती, टंट्या भैया, तू राकी को आ गया तो मुझे सबकुछ मिल गया।''

''गंगे, कभी-कभी मुझे लगता था कि अपनी तो कोई बहिन नहीं है। पर तू मिल गई और लगा कि सगी नहीं तो क्या टंट्या को एक मुँहबोली बहिन तो मिल गई। दीदी, अगली बार टंट्या राकी बँधाने आएगा तो इस तरह चोरी-छिपे नहीं आएगा।''

''मतलब ? मैं कुछ समझी नहीं ?''

''तू इतनी जल्दी समझेगी भी नहीं। औरत को अक्ल कम ही होती है।'' गणपत ने बीच में ही घरवाली की बात काट दी।

''अच्छा गणपत जीजाजी, मैं चलता हूँ।'' कहकर टंट्या चल पड़ा।

फूटे फोड़े जैसा आसमान बदबद गल रहा था। नदी-नालों में पानी समा नहीं रहा था। सतपुड़ा की अभेद्य कगार के कन्धे पर स्थित सबलगढ़ प्रकृति के इस रूप की ओर धीरोदात्त बनकर देख रहा था। पैरों तले उन्दरी नदी भर-भरकर बह रही थी। मानो अजगर ने किसी बड़े जानवर को अपनी कुंडली में पकड़ लिया था।

सबलगढ़ के माथे पर पाकड़ के तीन पेड़ थे। उनके तनों के सहारे एक झोपड़ी बनाई गई थी। उसका मुहाना पूरब की ओर था। गढ़ पर चढ़ने की एकमात्र राह सामने थी। बाकी तीनों ओर खड़ी काली चट्टानें थीं।

किसन्या की घरवाली के पाँव भारी हो गए थे और कभी भी उसकी जचगी हो सकती थी इसलिए टंट्या का मुकाम यहीं पर था। भिकी और झाड़ी उसके पास बैठी हुई थीं।

आनेवाला हर दिन टंट्या की बेचैनी को बढ़ा रहा था। गणपत से कोई खबर नहीं आ रही थी। बहू ठकी के चेहरे पर उसे फूल-पत्तों से खिले पेड़ का सन्तोष दिखाई दिया। कुछ देर के लिए बेचैनी दूर हो गई।

''मंगल्यादादा, कैसा जोग है देखो। दो साल सूखा पड़ा और अब भगवान ने शुरू से ही किरपा की है। ठकी का पैर अच्छा दिखाई देता है।''

''बेटे, ऊपर के बाप को सबकी फिकिर रहती है। हम लोग उसी के इशारे पर कोल्हू के बैल की तरह चलते रहते हैं।''

''मंगल्यादादा, मैंने अब तक तुमसे एक भी बात नहीं छिपाई। लेकिन इधर एक बात है जो मैंने तुम्हें नहीं बताई।'' टंट्या ने अपराध भाव से मंगल्या की ओर देखकर कहा।

मंगल्या ने चिन्ताभाव से उसकी ओर देखा।

''बेटे, तुझे अगर लगता हो कि नहीं बताना है, तो क्या बिगड़ा ? मैं बूढ़ा, सब जानकर करूँगा भी क्या ? अब मेरी हड्डियाँ तो श्मशान पहुँचने को हैं। तूने इस बूढ़े की आँखें निहाल कर दीं। सबकुछ ठीक हो गया। अब ठकी की जचगी हो जाए तो और एक फिकिर कम हो जाएगी।''

''आज्जा ! मैं आज्जा बननेवाला हूँ मंगल्या। मुझे भरोसा ही नहीं हो रहा था। दिन कैसे हवा की तरह फुर्र हो गए। मैं अपने आपको छोटा ही समझ रहा था। किसन्या को देखा तो पता चला कि बाप हो गया हूँ। अब ठकी के बच्चा हो जाएगा तो मैं बन जाऊँगा बुड्ढा आज्जा।'' खिलखिलाकर हँस पड़ा टंट्या और फिर खामोश हो गया। फिर बोला, ''मंगल्या, आदमी जवान होता है तब किसी बात को सोचता नहीं। किसी बात की फिकिर नहीं करता। लेकिन एक बार बूढ़ा हो गया तो...'' टंट्या ने बोलना बन्द कर दिया।

बारिश का जोर बढ़ गया था। गणपत ने ईश्वरीप्रसाद को खबर भेज दी। अब टंट्या का मुकाम सबलगढ़ में है।

ईश्वरीप्रसाद ने बजरंगसिंग से पूछा, ''नाईक, आज क्या तारीख है ?''

''उनतीस जून, सर।''

''और राखी पूनम ?''

''बयालिस दिन बाकी हैं। दस अगस्त को।''

"गणपत ने खबर दी है कि टंट्या का मुकाम सबलगढ़ पर है। बयालिस दिन राह देखने से अच्छा है कल ही अटैक क्यों न करें ? बारिश जारी है और इस बार शायद टंट्या मिल जाएगा।"

"राइट सर।"

"एक घंटे के अन्दर चल पड़ेंगे...फौज को तैयार करो।"

दोपहर का एक बजा था। भरी बारिश में ईश्वरीप्रसाद ने सबलगढ़ की ओर कूच कर दिया। तीन बजे के आसपास पार्टी बाणेर के परे राजपुर पहुँच गई।

"गणपत, सबलगढ़ यहाँ से कितनी दूर है ?"

"नजदीक है सरकार, दस-ग्यारह कोस होगा।"

"यानी उन्नीस-बीस मील। ठीक है, तुम और तुम्हारे लोग, साथ में चलो राह दिखाने को।"

अब बारिश कम हो गई थी। उन्दरी के किनारे-किनारे से अँधेरी रात में वे आगे बढ़ने लगे। तड़के एक चट्टान पर सब बैठे हुए थे। उन्दरी में बाढ़ आई थी और उस पार ऊँचा सबलगढ़ खड़ा था।

चालीस-पैंतालिस मील पाँव तोड़ने से सब थक गए थे। चट्टान से पीठ टेकते ही सुबह की ठंडी हवा से कुछ देर के लिए उनकी आँख लग गई। भूल गए कि टंट्या को पकड़ने आए हैं।

पूरब के आकाश में लाली फैल गई। ईश्वरी प्रसाद ने महसूस किया कि एक खतरनाक मुल्क में हम बेखबर सो गए हैं। अगर टंट्या ने इस मौके का फायदा उठाया होता तो...कल्पना से ही वह सिहर उठा।

"गणपत, अरे ओ गणपत, अरे तुम क्या सोने के लिए आए हो ?" ईश्वरीप्रसाद की आवाज से गणपत हड़बड़ाकर उठ बैठा।

"नदी के पानी में उतार नहीं है। पार कैसे जाएँगे ?" ईश्वरीप्रसाद के सामने सवाल था। "यहाँ आसपास कोई गाँव नहीं है ? नदी पार करने के लिए कोई मल्लाह या उसकी डोंगी हो तो..."

"नीचे एक कोस पर कट्टी बोरी है।"

"बक्षीसिंग, आप यहीं पर रुक जाओ। मैं आधा फोर्स लेकर कट्टी बोरी जाता हूँ। देखता हूँ नदी के पार किस तरह जाया जा सकता है।" ईश्वरीप्रसाद गणपत के साथ नदी किनारे से चल पड़े।

सुबह के आठ बज चुके थे। बक्षीसिंग एक बार सबलगढ़ के माथे की ओर देख रहे थे तो एक बार नदी की कलकल बहती धारा की ओर और हाथ मलते रहते थे।

सबलगढ़ के माथे पर झोपड़ी में सुनहली किरनों ने प्रवेश किया और उसका कोना-कोना

उजला हो गया। ठकी की प्रसवपीड़ा शुरू हो गई थी। भिकी उसके सिर पर हाथ रखकर उसे धीरज बँधा रही थी। पास में झाड़ी खड़ी थी। मंगल्या ने आँख बन्द कर हाथ जोड़ दिए।

''सूरजनारायन, बेटी का निपटारा कर दे बाप,'' मंगल्या होठों में ही बुदबुदाया।

टंट्या के मन में तरह-तरह के भाव आ-जा रहे थे। बेटा होगा कि बेटी ? सामने पेड़ पीले फूलों से खिल उठे थे। पेड़ के पास आकर टंट्या ने अँजुरीभर फूल तोड़ लिए। चलकर पूरब की ओर आया। उन्दरी नदी की ओर देखा। लगा कि चट्टान पर कुछ हलचल हो रही है।

''उंकार, नीचे देख तो, नदी पार कुछ दिखाई देता है ? या मुझे ही गलत भास हो रहा है ?''

उंकार ने नीचे देखकर कहा, ''मामा, पुलिस है।''

टंट्या होशियार हो गया।

''गणपत जीजा ने वचन दिया था। लगता है उसकी दाल में कुछ काला है।'' उंकार के पास फूल देकर उसने दोनों हाथों को शंखाकार बनाकर मुँह पर रखा।

''मैं टंट्या हूँ। तुम कौन हो ? टंट्या को पकड़ने आए हो तो टंट्या कभी हाथ नहीं आएगा।'' टंट्या ने चिल्लाकर कहा तो बक्षीसिंग सावधान हो गया।

''टंट्यामामा, हम तुम्हें पकड़ने नहीं आए हैं। तुम्हारे लिए ईश्वरीप्रसाद का सन्देश है। परसाद साहब तुमसे मिलने आए हैं।''

''ईसरीपरसाद साहब से कहना, टंट्या दो महीने बाद मिलेगा। पहले माफी की बात देखना।'' टंट्या ने चिल्लाकर कह दिया।

सामने पहाड़ की कगार पर टंट्या और उंकार खड़े थे। नीचे नदी पार बक्षीसिंग और बजरंगसिंग असहाय उनकी ओर देख रहे थे।

''बजरंग, क्या करें ? शिकार सामने है, मगर हम कुछ नहीं कर सकते।''

''गोली दाग दें ?''

''कोई फायदा नहीं भाई। टंट्या उसकी रेंज से बाहर खड़ा है। जैसे भी बन पड़े, ऊपर जाना होगा।''

''उंकार, तू यहाँ बैठ और पुलिस पर नजर रख। वे ऊपर आकर ही रहेंगे। ठकी के निबटार की मुझे फिकिर है। वे पहाड़ पर चढ़ने लगें तो तू हमें इशारा कर दे। पीछे की राह पर गुडुची की बेली की रस्सी तैयार रखने की भावल्या को बोल देता हूँ। पहाड़ उतरकर पीछे से ही चले जाएँगे।''

टंट्या ने उंकार के हाथों से फूल ले लिए और धड़कते दिल से झोपड़ी की ओर चल पड़ा।

सब झोपड़ी के सामने बैठे हुए थे। सबके चेहरों पर तनाव था।

''मामा तुम भागवान हो। अमावस के बाद तीसरा दिन है। इस दिन पैदा होनेवाला

बच्चा बड़ा भागवान होता है।'' बोंदरिया ने कहा।

''रेवापुरी के महाराज, कुछ भी हो ठीक से निबटारा हो इतना ही मैं चाहता हूँ। आपका मुँह मीठा करने के लिए आज गुड़ भी नहीं है इस जंगल में।''

''उसकी कोई जरूरत नहीं है मामा। इस जंगल ने हमें क्या कम दिया है जो गुड़ की जरूरत आन पड़ी।''

दूर से इशारे की सीटी सुनाई दी। टंट्या के हाथ-पाँवों में ताक़त का संचार हो गया। गुस्से से उसकी मुट्ठियाँ तन गईं। बन्दूक उठाकर वह निकलनेवाला ही था कि शिशु के रोने की आवाज सुनाई पड़ी।

मंगल्या कुल्हाड़ी उठाकर पागल की तरह नाचने लगा। टंट्या की आँखों में पानी आ गया। पलकों को पोंछकर टंट्या ने कहा, ''मंगल्यादादा, शिवबाबा की किरपा से इस बार भी हम जीत गए।''

झाड़ी भागती हुई झोपड़ी के दरवाजे के पास आकर बोली, ''मामा ऽ मामा ऽ तू आज्जा बन गया। और बच्चा बिलकुल आज्जा जैसा है।''

मंगल्या की फिकिर खतम हो गई और खुशी के मारे मूँछें काँपने लगीं।

खुशी से पागल की तरह झोपड़ी की ओर देख रहे टंट्या के हाथ से गुलदस्ता लेकर बोंदरिया ने झाड़ी के हाथ में दे दिया।

''खम्बे के पास रख दे इसे भगवान के नाम।''

बक्षीसिंग और बजरंगसिंग ने झोपड़ी को घेर लिया। बन्दूक तानकर वे धीरे-धीरे आगे सरकने लगे।

''टंट्या, आज तेरा खेल खतम हो गया। हम खून-खराबा नहीं चाहते। तू अब भाग नहीं सकता।'' बक्षीसिंग ने टंट्या को चुनौती दे दी।

झोपड़ी का दरवाजा बन्द था। बन्दूक की दुनाली से दरवाजे को हटाकर बक्षीसिंग ने अन्दर देखा और वह नीचे बैठ गया।

उसके सामने अँजुरीभर पीले जर्द फूलों की ढेरी पड़ी हुई थी।

जसुदा कुठले की आड़ में सन्दूक खोलकर बैठी हुई थी।

पीली साड़ी के टुकड़े में बँधी मुट्ठी के आकार की पोटली पर वह हाथ फेर रही थी।

बरसों से इस छोटी-सी पोटली को सँभाल रखा है। कितने बरस हो गए। उसने गिनने की नाकाम कोशिश की।

बरसों के जख्म भर तो आए हैं लेकिन जगह-जगह पर दाग बाकी हैं। अकेलेपन में दागों की पताकाएँ आँखों के सामने झूम उठती हैं।

"जसुदा, साँझ को अँधेरे में बैठ क्या कर रही है ?" उसने माँ की आवाज सुनी और झट से सन्दूक बन्द कर दिया।

"उठ बेटी, दिया जला। साँझ को इस तरह कोने में नहीं बैठते। और यह क्या लेकर बैठी है ?" जसुदा के छुटपन का सन्दूक देखकर नर्मदा का दिल काँप उठा। बरसों से कबाड़े में पड़े सन्दूक को आज ही बेटी ने क्यों निकाला होगा ?

जसुदा माँ की ओर देखने लगी। जैसे छोटा बालक सहारे के लिए दोनों हाथ फैलाकर माँ की ओर बढ़ जाता है ऐसा ही भाव उसके चेहरे पर था।

नर्मदा के ध्यान में बात आ गई थी कि इधर जसुदा बहुत भावुक बनती जा रही है। चालीस बरस की शापित जिन्दगी। गली में किसी की लड़की को दुलकी चाल से चलती, खेलती-कूदती देखती तो वह उसकी नजर उतार देती थी।

माँ ने जसुदा के कन्धे पर हाथ रखा। डूबते को तिनके का सहारा। ओटले पर सोए शिवबा पटेल की खाँसी ने जोर पकड़ा लेकिन बन से लौट रहे मवेशियों की गले की घंटियों की आवाज में वह आवाज डूब गई।

जसुदा ने भगवान के सामने दिया जलाया। हाथ जोड़ दिए।

माँ कन्दील के काँच को उपले की राख से साफ कर रही थी। जसुदा उससे चिपककर बैठ गई। माँ जानती थी कि जसुदा को जब भी कुछ खास पूछना होता है तब वह इसी तरह बैठा करती है। राख को नीचे डालकर वह धोती के पल्लू से दो उँगलियाँ डालकर भीतर की तरफ से काँच साफ़ करने लगी।

"मैं कल शिवना हो आती हूँ।"

बेटी की बात सुनकर माँ ने अपना ध्यान काँच से हटाकर उसकी ओर लगा लिया। उसे पता था कि जसुदा एक बार जो ठान लेती है वह किए बिना नहीं मानती।

"अब क्या बात निकल आई ?"

"निहाल भाई खबर ले आया है कि किसन्या की घरवाली को एक हफ्ते पहले बच्चा हुआ है।"

"किसन्या यानी भिकी का बेटा ?"

"जी।"

माँ ने लम्बी आह भर दी। आँखों के सामने काँच धर दी। काँच साफ हो गया था।

"साथ में किसे ले जा रही है ?"

"निहाल भाई की बीवी आ रही है और तुक्या है गाड़ी हाँकने के लिए।"

"बच्चे के लिए क्या ले जा रही है ? है क्या घर में ?"

"सन्दूक में ताँबे के कड़े और कान की बालियाँ हैं।"

"सन्दूक में ?" माँ ने कुछ अचरज से देखा, "कब ले आई ?"

"अभी नहीं ले आई। मेरे ब्याह से पहले ही तूने बनवाई थी। कहा था कि पहले बच्चे के लिए पहले से ही तैयार रखेंगे।"

बेटी की बात सुनकर माँ चौंक पड़ी। पपड़ी पड़ा जख्म फिर से हरा हो गया।

माँ के सफेद पड़ गए चेहरे की ओर जसुदा देख रही थी। भावनाओं का उफान कम हो जाने पर माँ उठी।

''उसके साथ बच्चे की माँ के लिए चोली का हरा कपड़ा ले जा बेटी और बेटे के कड़े-बालियों के साथ पंसेरी की दुकान से गुड़ खोपरा भी ले जाना मत भूल।''

जसुदा ने माँ के चेहरे की ओर देखा। माँ ने कन्दील जलाई तो आसपास घात लगाए बैठे अँधेरे का अब नामोनिशाँ नहीं रह गया था।

खरगोन से चार कोस दूर जामली पुलिस थाने में ईश्वरीप्रसाद बैठे हुए थे। गणपतसिंग को बुलाने गए सिपाही अभी लौटे नहीं थे।

''मानाजी, मेरा शक सही निकला। मुझे तो यह गणपत काइयाँ लगता है। उसने टंट्या को खबर दी होगी कि हम उसकी टोह पर हैं।''

''हाँ साब, टंट्या पन्द्रह दिनों से सबलगढ़ में है यह खबर उसने हमें देर से दी। इसके पीछे उसकी यही चाल दिखाई देती है। वह दोनों को खुश करने का दाँव खेल रहा है।''

एक सिपाही अन्दर आ गया। ईश्वरीप्रसाद को कड़क सैल्यूट ठोककर उसने कहा, ''गणपतसिंग आ गया है, सर।''

''उसे अन्दर भेज दे।'' ईश्वरीप्रसाद ने कहा और मन में सोचा कि अब इसकी हड्डी-पसली नरम करनी ही पड़ेगी।

''गणपतसिंग, तू किसकी नौकरी बजा रहा है ?''

ईश्वरीप्रसाद की आवाज से गणपत उनकी ओर देखता ही रह गया।

''तो घिग्घी क्यों बन्द हो गई है अब ? मैं पूछ रहा हूँ कि तू महाराज का नौकर है या टंट्या का ?''

''ऐसा क्यों पूछ रहे हैं सरकार ? गरीब से क्या कोई ग़लती हो गई ?''

''तू उलटा मुझसे ही पूछ रहा है ?'' थानेदार मानाजी की ओर मुड़कर बोले, ''थानेदार, उठा लो साले गणतिया को। नाटक करता है ? कोई जरूरत नहीं है हमें उसकी मदद की। ऐसे लोगों को काम पर रखने का मतलब है साँप को दूध पिलाकर उसे सिरहाने की गेंडुली बनाना। भाड़ में गया टंट्या और उसका इनाम। पहले इस बदमाश को अपना जमालगोटा खिलाना पड़ेगा। उसे अभी पता नहीं है कि ईश्वरीप्रसाद क्या चीज़ है।'' ईश्वरीप्रसाद के एक-एक शब्द से गणपत का कलेजा काँप रहा था।

''सरकार, मैंने एक बार आपके कदमों में अपना ईमान रख दिया तो रख दिया। उसमें कुछ ग़लत हो गया हो तो...''

''क्या तूने टंट्या को नहीं बताया कि फौज उसकी टोह में निकल पड़ी है ?''

''हाँ सरकार, मैंने बताया उसको। उसके बिना वह मुझ पर भरोसा कैसे करता ? मैंने उसको बताया–फौज तुम्हारा पीछा कर रही है। पर यह भी बता दिया कि परसाद साहब तुम्हारी सजा कम करने की कोशिश कर रहे हैं। ऐसा नहीं बताऊँगा तो वह मुझ

पर भरोसा कैसे करेगा सरकार ? और वह बड़ा चालाक है। एक बार भी उसे मुझ पर जरा-सा भी शक हो गया तो बन्दूक से मेरा सिर ही उड़ा देगा। तो ऐसे वक्त मुझे उसके सामने नाटक करना पड़ता है सरकार।''

''यह तो ठीक है।'' ईश्वरीप्रसाद की आवाज में बदलाव आ गया। चेहरे से गुस्सा कम हो गया और गणपत को और भरोसा देने के लिए बोले, ''गणपतसिंग, तुम काम के आदमी हो। यही जानकर तुम्हें और तुम्हारे आदमियों को सरकार ने इस काम पर लगा दिया है। तुम अब मामूली आदमी नहीं हो। इस बात को चौबीसों घंटे ध्यान में रखना कि पूरे निमाड़ में मशहूर टंट्या को पकड़ने के लिए तुम मदद कर रहे हो। टंट्या को जरा-सा भी शक हो गया तो फिर ऐसा मौका नहीं मिलनेवाला। तुम जानते हो ना ! पैंतालिस हज़ार रुपए और ऊपर से पन्द्रह सौ एकड़ जमीन के मालिक बनने जा रहे हो।''

ईश्वरीप्रसाद ने रुककर गणपत की ओर देखा।

''सरकार, इस बार ग़लती नहीं होगी।''

''शाबाश, तुमसे यही उम्मीद थी गणपतसिंग। तुम फंदा डालो। हम सब तुम्हारे साथ हैं और ध्यान में रखो, बारिश शुरू हो चुकी है अब। और देर हो गई तो काम और मुश्किल हो जाएगा।

''राखी पूनम तक धीरज रखिए सरकार।'' गणपत ने कहा।

महीने भर के आराम के बाद बारिश फिर से शुरू हो गई थी। दो बरसों के सूखे के बाद लोगों को तीसरे बरस की फिक्र पड़ी थी। एक महीने पहले दो-चार दिन जोरदार बारिश हुई थी और फिर टूट गई थी।

काले-काले बादल सतपुड़ा के माथे से आगे जा रहे थे। दूर जा रहे बादलों की ओर लोग उम्मीद लगाकर देख रहे थे।

सबलगढ़ के तले उन्दरी के किनारे टंट्या साथियों के साथ बैठा हुआ था। बादलों की ओर देख रहा था।

''ये बादल रुककर ऊपर से ही चले गए तो ?'' टंट्या के पूछने पर बोंदरिया चौंक पड़ा।

''ऐसा क्यों सोच रहे हो मामा ?''

''इधर मेरे साथ ऐसा ही हो रहा है बोंदरिया।''

''उलट-सुलट सोचना छोड़ दे।''

''यह तो अपने हाथ में नहीं होता।''

''ऐसा नहीं कहते मामा। सबकुछ अपने हाथ है। हमने बागडोर छोड़ दी तो हवादार-घोड़ा और भी छलाँग मारकर दौड़ने लगेगा। इसलिए हाथ से बागडोर को छोड़ना नहीं चाहिए।

''कहते हैं, समझता है पर बूझता नहीं आदमी। कल के डर से हाथ-पैर ठंडे पड़ जाते हैं।''

“मामा जिसे जानते नहीं उससे क्या करना ? कल क्या होगा इसकी फिक्र करने से इतना ही सोचना ठीक होगा कि अभी हम यहाँ उन्दरी के किनारे बैठे हैं और उधर उंकार उदुम्बर के फलों को पका रहा है। इससे बहुत-से सवाल हल हो जाएँगे।”

“कहना आसान है, लेकिन मन को लगाम नहीं दिया जा सकता उसे क्या करेंगे ?”

“भीतर से तय किया तो होता है मन-माफिक। इसलिए आदमी को आसपास देखना चाहिए। वह देखो, चट्टान की दरार से बाहर आने की कोशिश करनेवाला केकड़ा।”

टंट्या का ध्यान कहीं और भटक रहा था।

“राकी पूनम कितनी दूर है ?”

“चार दिन बाद।”

“उंकार, बाणेर जाकर सन्देश दे आना गणपत जीजा को। कहना, टंट्या आ रहा है राकी के लिए। और उसे यह भी पूछ लेना कि परसाद साहब से जो काम करवाना है, उसका क्या हुआ ?”

बारिश ऐसे होने लगी जैसे आसमान फट गया हो। काले बादलों को बिजलियों की तेज छुरियाँ काटती हुई चमक रही थीं। बादलों के अजीबोगरीब आकार के मुखौटे डरा रहे थे। टंट्या और साथी सबलगढ़ पर बारिश के रुकने का इन्तजार कर रहे थे।

पन्द्रह दिनों से बारिश की झड़ी बिना रुके चल रही थी। आसपास के गाँव में जा नहीं सके थे इसलिए आटा, नमक, मिर्च खत्म हो गए थे। जंगल के उदुम्बर के फलों से काम लिया जा रहा था।

भरी बारिश में उंकार को आते देखकर गणपत को खुशी हुई।

“मामा ने मुझे भेजा है। वह राकी को आ रहा है। यह खबर देने और आटा ले जाने आ गया हूँ।”

गणपत ने घर से आटा लाकर उंकार को दिया और बोला, “झड़ी ने दम उखाड़ दिया है। घर में इतना ही आटा है। उसे टोकरी से ढँककर सँभलकर ले जा और मामा से कह दे कि तुम्हारी बहन राह देख रही है। पिछले बरस आता हूँ बोला और नहीं आया। इस बार ऐसा मत करना।”

उंकार आटे की पोटली लेकर लौट पड़ा।

“उंकार, उन्दरी में पानी बढ़ा है। पानी को सँभलकर काटना।”

गणपत की बात सुनने से पहले ही उंकार महादेव के मन्दिर के पास पहुँच चुका था।

उंकार के ओझल होते ही गणपत घर से बाहर निकला। सम्भा को साथ ले लिया। अँधेरे से पहले उसे खरगोन पहुँचना था।

गणपत ने गाँव की सीमा लाँघ ली तो बारिश का जोर बढ़ गया। हवा और बारिश के थपेड़े आड़े-टेढ़े पड़ रहे थे। बिजलियाँ कड़क रही थीं। भरी दोपहरी में अँधेरा छा

गया। कहीं भी आसरा लिए बिना गणपत और सम्भा कीचड़ सनी राह को रौंदते हुए आगे बढ़ रहे थे।

हमेशा का परिचित रास्ता लेकिन आज वह अजनबी लग रहा था। कीचड़ रौंदने से पैर ऐंठने लगे थे।

''गणपत, अच्छी खबर लाए हो। हम रोज ही तुम्हारी राह देख रहे थे। आज सात अगस्त। राखी पूनम के तीन दिन बाकी हैं। दस अगस्त को शाम तक हमारे आदमी बाणेर पहुँच जाएँगे।''

रिसालदार मेजर ईश्वरीप्रसाद को तीन दिन का समय तीन वर्षों जैसा लगने लगा था। अभी दो दिन बाकी थे। और बारिश तो मानो सबका इम्तिहान ले रही थी।

''सर, मुझे एक बात की चिन्ता है।'' थानेदार मानाजी ने कहा।

''बारिश इसी तरह जारी रही तो टंट्या उन्दरी की बाढ़ से होते हुए नहीं आएगा शायद।''

''थानेदार, अभी से ग़लत मत सोचो। हम भगवान से प्रार्थना करेंगे कि दो दिन में बारिश रुक जाए और...''

''सर, मेरी योजना दूसरी है। इसलिए मैंने यह बात कह दी। मैं सोचता हूँ कि हमें एक ही दिन दोनों जगहों पर कार्रवाई करनी चाहिए। एक दल बाणेर में घात लगाकर बैठेगा और दूसरा सीधे सबलगढ़ जाएगा।''

''मुझे भरोसा नहीं है कि टंट्या का मुकाम सबलगढ़ पर होगा क्योंकि उसने अब तक अपने छिप जाने के ठिकानों के बारे में बहुत ध्यान दिया है।''

''ऐसी जानलेवा बारिश में वह जरूर मिल जाएगा।''

''मानाजी, बारिश हमारे लिए नई है। जंगल के लोगों को इससे कुछ फर्क नहीं पड़ता। फिर भी तुम्हारी योजना अच्छी है। तुम तैयारी शुरू कर दो।'' गणपत की ओर मुड़कर बोले, ''गणपत, इस बार शिकार हाथ से छूटना नहीं चाहिए।''

''देखिए साहब, नहीं तो मेरा गला काटे बिना नहीं रहेगा वह।''

''उंकार, आज आसमान का चलित्तर कुछ ठीक नहीं लग रहा है। लगा था कि आज तो आँख खुल जाएगी। दो हफ्ते से झड़ी ने बेजार कर दिया है। आज भी रुकने का आसार नहीं दिखता। साँझ तक बानेर पहुँचना है तो सुबह ही निकलना पड़ेगा।'' बारिश की ओर देख टंट्या ने कहा, ''मामा, बारिश नहीं रुकी तो मत जाओ।''

''गंगा बेचारी राह देखेगी। पिछले बरस हम दूर थे कालीबाबा की पहाड़ी पर। इसलिए नहीं जा सके। रात में गंगा मेरे सपने में आई थी। इस बार तो तू ही बता आया है कि आ जाऊँगा। अब नहीं गया तो बेचारी का दिल टूट जाएगा।''

''उन्दरी में पानी बहुत बढ़ गया है।''

''वह सब तो ठीक है उंकार, टंट्या के लिए इसमें नया क्या है। भरी नरमदा और

ताप्ती को मैंने कई बार पार किया है। उन्दरी तो उनके सामने छटाँक भर भी नहीं है।''

''वो बात नहीं मामा, तुम्हारे घुटने का दरद...''

''तू क्या कहना चाहता है ? टंट्या में ताकत नहीं बची ? मैं बूढ़ा हो गया हूँ ? मेरे हाथ-पाँव में दम नहीं रह गया ? नजर कमजोर हो गई है ? सच है तेरी बात उंकार। अब तुम लोगों को भी टंट्या बेकार लगने लगा है।'' टंट्या की इस बात से उंकार रुआँसा हो गया था।

''मामा इस तरह सिर में खाक डालना ठीक नहीं। मंगल्या को देखो, आज भी ऐसा जोश है कि जवान शरमा जाए। तुम्हें कुछ नहीं हुआ है। सारे तुम्हारे मन के खेल हैं।''

''तुमने ऐसा कई बार बताया है, बोंदरिया। और तुम क्या सोचते हो, मैं नहीं समझता ?'' टंट्या का आज का भाव देखकर बोंदरिया ने चुप बैठना ही ठीक समझा।

''अच्छा, जैसी तुम्हारी मर्जी है वैसे करना।''

''एक मन कहता है कि मत जाओ पर दूसरा मन नहीं मानता। सरकार का कागज़ आज आनेवाला है। वह काम हो गया तो...''

टंट्या ने दूर देखते हुए कहा, ''वह देखो, बादल छँट रहे हैं। बारिश का जोर भी कम हो गया है। आसार अच्छे हैं।'' टंट्या खड़ा हो गया। उसमें पहले जैसा जोश छा गया था।

आठों सबलगढ़ की पहाड़ी से उतरने लगे।

टंट्या ने सामने देखा। छह साथी काफी आगे आ चुके थे। उंकार उसके साथ चल रहा था। टंट्या ने बोंदरिया को पीछे रुकने के लिए कहा था। मामा ने साथ नहीं लिया इसलिए उसे फिक्र हो रही थी।

आगे बढ़ते हुए टंट्या सोच रहा था कि कब तक इन सब साथियों के सहारे जीना ! माना कि सब जानी दोस्त हैं लेकिन इस हालत में कब तक अपना साथ देंगे ?

घुटने में काँटा चुभा उसकी पीड़ा सिर तक पहुँच गई। एक दम में पचास-साठ मील की दूरी तय करनेवाले टंट्या का दम आज एक मील में ही उखड़ रहा था।

''मामा, बन्दूक दोगे मेरे पास ?'' उंकार ने धीरे से पूछा।

''क्यों पूछा तूने। मैं उठा नहीं सकता ?'' सहसा विस्फोटक होकर टंट्या जोर से बोला। ''मुझमें वह फुकनी उठाने की भी ताकत नहीं रही ?''

''ग़लती हो गई, मामा मुझसे। मुझे ऐसा नहीं पूछना चाहिए था।'' दुखी उंकार की ओर देखकर टंट्या का गुस्सा पानी हो गया।

''उंकार, टंट्या को सँभाल ले। इधर क्या हो रहा है मेरी कुछ समझ में नहीं आता। भीतर अंगार जलता है और फिर सिर फिर जाता है।'' टंट्या ने धीमे स्वर में कहा। उसका चेहरा अपराधबोध से सियाह पड़ गया था।

अमराई के पार बाणेर गाँव दिखाई देने लगा था। बीच में उन्दरी नदी आवेग में बह

रही थी। बारिश फिर जोर से शुरू हो गई। टंट्या को लगा कि उसके पैरों में कीचड़ के लोंदे चिपक गए हैं।

''उंकार, यह खेत की जमीन कब खत्म होगी। कीचड़ के लोंदों से पैरों में जकड़न होने लगी है।''

टंट्या की बात सुनकर उंकार चौंक गया। पत्थर-चट्टानों की धरती पर तो कीचड़ का पता ही नहीं था। उसने कहा, ''मामा, हम पलभर के लिए अमराई में रुक जाते हैं। नदी पार बाणेर हैं।''

सब आम के पेड़ के नीचे रुक गए। उन्दरी ने विकराल रूप धारण किया था। टंट्या बारिश की ओर असहाय होकर देख रहा था।

थोड़ी देर आराम करने से टंट्या की जान में जान आ गई।

''यह बारिश तो हमारा इम्तहान ही ले रही है। कोई बात नहीं, टंट्या ने ऐसे कई मौसम देखे हैं।'' टंट्या ने साथियों की ओर देखकर कहा। टंट्या के चेहरे पर पहले जैसा जोश और नटखट हँसी दिखाई दी। मुसीबतों में हँसकर तनाव कम करने की उसकी खासियत को सब जानते थे।

दिनभर बीस-एक मील चलने से सभी थके हुए थे। आराम करने से फिर तरोताज़ा हो गए।

''उंकार, पानी के उतरने की राह कब तक देखेंगे ? मैं लगाता हूँ पानी में छलाँग।''

''नहीं मामा, आज ऐसा जोखम न उठाओ। रात यहीं पर गुजार देंगे। सुबह देखेंगे नदी पार जाने की बात को। बारिश थम गई तो पानी भी कम हो जाएगा उन्दरी का।'' उंकार ने निश्चयात्मक स्वर में कहा।

''गंगामाय राकी के लिए राह देख रही होगी।''

''कोई इलाज नहीं मामा। ऐसे पानी में पाँव रखना ठीक नहीं।''

जामली पुलिस थाने में देर रात तक दिया जल रहा था। कल राखी पूनम थी और चुनी हुई फौज बिना कोई आवाज किए शाम तक बाणेर पहुँचनेवाली थी। टंट्या के लोग जासूसी करते हैं यह ध्यान में रखकर ईश्वरीप्रसाद किसी तरह का धोखा नहीं खाना चाहते थे। दो-दो सिपाहियों के गुट बनाकर अलग-अलग रास्तों से बाणेर पहुँचने की योजना बनाई गई थी। सभी सिपाही गँवई वेश में ही जानेवाले थे। किसी को शक न हो इसलिए। जामली-बाणेर का हमेशा का रास्ता छोड़कर दूसरे रास्तों से छिप-छिपकर बाणेर गाँव के दक्षिण में नदी किनारे के ताड़बन में छिपने की बात थी। एक जाकर गणपत को वर्दी देगा और बाकी के अपनी-अपनी जगह पर छिपे रहेंगे।

ईश्वरीप्रसाद स्वयं देखरेख कर रहे थे। योजना थानेदार मानाजी भगवन्त ने बनाई थी।

''नाइक बक्षीसिंग, तुम इस मुहिम के लीडर हो। तुम्हारे पन्द्रह से ज्यादा लोग साथ होंगे। मध्य भारत रिसाले के पाँच जवान, भोपाल बटालियन के आठ फौजी, दरबार फोर्स के दो दफेदार हट्टीराम उर्फ शेरबक्ष और शिवबालक तथा नाइक बजरंगसिंग और शेख

नबीबक्ष भी आपके साथ होंगे। कल कब निकलोगे तुम लोग ?"

"दोपहर दो बजे के बाद, सर। जल्दी पहुँचकर लोगों की नजरों में नहीं आना चाहते।"

"एक-दो घंटे का समय बचाकर रखना। रास्ते में दो-तीन नाले हैं, बाढ़ का पानी पार करना पड़ सकता है। थानेदार और पन्द्रह जवानों को लेकर तुम सबलगढ़ की ओर कूच करो। टंट्या इस तरफ नहीं आया तो बाणेर का दल तुम्हें बैकअप करेगा।"

ईश्वरीप्रसाद ने हरेक जवान से शेकहैंड किया और खरगोन की तरफ चल पड़े। डाकबँगले पहुँचे तब रात के तीन बज चुके थे।

आम के तने से पीठ को टिकाकर टंट्या बैठा हुआ था। पास में ढूँढ़ा लछमन था। उंकार और भावल्या आसरे की खोज में बाहर गए हुए थे। पूरब में चाँद बादलों में छिप गया था। धुँधली चाँदनी से वातावरण रहस्यमय बना हुआ था। टंट्या अपने ही ध्यान में डूब गया था। हवा, पानी से बेखबर।

पैरों के बीच बन्दूक थी जो बाएँ कन्धे पर टिकी हुई थी। टंट्या को लगा कि कमर के नीचे का हिस्सा बेजान हो गया है। अब बाणेर तक कैसे जाएँगे। बन्दूक के दस्ते से घुटने को टक्टक् पीटा तो पीड़ा का अहसास हो गया। दोनों पैरों को घुटनों में मोड़ दिया।

"लच्छू, चार बरस पहले तुम्हें लेकर मुझसे एक ग़लती हो गई।" सोच में डूबे टंट्या ने अचानक लछमन से कहा।

बेखबर लछमन ने झट कहा, "मामा, कितनी बार कहोगे ? तुम्हारी ग़लती नहीं थी। मैंने ही दस्तूर तोड़ दिया था उस दिन। मैं साहूकार को घर के बाहर खींच रहा था। तब उसकी बहू बीच में पड़ गई है, इसलिए उसे हटाने को उसका हाथ पकड़ना पड़ा।"

"और उसी की सजा देने को मैंने तेरा हाथ तोड़ने को कह दिया। यह कुछ ज्यादती ही हो गई। मेरी खातिर जान देनेवाले दोस्त का हाथ तोड़ने का जुल्म मुझे नहीं करना चाहिए था। उसी पाप का फल अब भोग रहा हूँ।"

"ऐसा मत सोचो मामा, तुमने कुछ भी पाप नहीं किया है। जो करता है वही भरता है।"

"बिलकुल ठीक कहा तूने। मुझे भी ऐसा ही लगता है। दस साल पहले रेवापुरी के महाराज ने कहा था, आदमी की जैसी करनी वैसी उसकी भरनी। और वह भी इसी जनम में। अगले जनम की बात नहीं। और जो नसीब में है उसे नहीं बदल सकता आदमी।"

'मामा, अमराई के कोने पर एक झोपड़ी है। उसके छत के नीचे चलेंगे।" उंकार ने कहा।

टंट्या को पता ही नहीं चला कि नींद कब आ गई। दिनभर की थकान से पीठ टेकते

ही वह सो गया था। उंकार पैरों के पास बैठकर पहरा दे रहा था।

भीगी छत पर बारिश की आवाज नहीं हो रही थी। बीच-बीच में बैलों के गले की घुँघरुओं की माला बज उठती थी।

उंकार बाहर आ गया। बारिश थम गई थी। बाईं ओर चाँद बादलों से झाँक रहा था। भोर हो रही है। मक्खियों को भगाने के लिए बैल सिर हिला रहे होंगे इसीलिए गले की घंटियाँ बार-बार बज रही होंगी।

सिर पर कम्बल ओढ़े गणपत साँझ में ही महादेव मन्दिर की सीढ़ियों पर बैठा हुआ था। सम्भा भील और गोविन्द को बाणेर सड़क पर गाँव के बाहर एक नम्बर पेड़ के नीचे बिठा रखा था।

"कौन ? गणपत ? यहाँ क्यों बैठे हो बारिश में ?" महादेव के दर्शन को आए पटवारी ने पूछा। पटवारी ने इससे पहले कभी गणपत को मन्दिर के सामने नहीं देखा था इसलिए उसे शक हो गया।

"कुछ नहीं। यूँ ही बैठा हूँ। राजापुर का मेहमान निपटने गया है। उसके आने तक बैठा हूँ।"

भवानीप्रसाद पटवारी समझ गया कि गणपत गप लगा रहा है। कुछ चलकर रुके। सोचा कि टंट्या के पास जवारी पहुँचाने की बात गणपत से कह दें लेकिन फिर सोचा कि नहीं, और फिसलन-भरी राह से सन्तुलन साधते घर की ओर लौट पड़े।

दूर से ही सम्भा को आते देख गणपत सीढ़ियाँ उतरकर नीचे आ गया।

"गणपतभाऊ, साहब के आदमी आकर ताड़बन में रुके हैं। उसकी कुछ खबर है ?"

"अभी तक नहीं। उन्दरी का कोप हो रहा है। ऐसी धारा में वह शायद नहीं आएगा।" गणपत ने कहा, "सम्भा, तू यहीं रुक जा। मैं शंकर की झोपड़ी में लोगों को छिपा देता हूँ।"

गणपत के घर के पास ही शंकर की झोपड़ी थी। गणपत ने उसे भी काम पर रख लिया था। दो दिन पहले ही शंकर के घर के लोगों को रिश्तेदारों के पास भेजकर झोपड़ी खाली करवा ली थी। गणपत और सम्भा रातभर मन्दिर से झोपड़ी तक आ-जा रहे थे। दूसरे किनारे पर अमराई में टंट्या थककर सोया हुआ था।

उंकार उन्दरी नदी की धारा को एकटक निहार रहा था।

पूनम की चाँदनी बादलों से घिर गई थी। रात धीरे-धीरे बढ़ रही थी। शंकर की झोपड़ी में अठारह सिपाही बन्दूकें ताने बैठे हुए थे। छत से पानी गिर रहा था। जमीन भीग गई थी। दीवारें फूल गई थीं। दफादार नाइक बजरंगसिंग ने शान्ति भंग करते हुए दबी आवाज में कहा, "नबीभाई क्या सोच रहे हो ?"

"और क्या सोचेंगे बजरंगभाई। बारिश की जंग जारी है बाहर और हम अन्दर अँधेरे में उसके रुकने की राह देख रहे हैं।" कोने में डिब्बे की खड़खड़ की आवाज आ गई। बन्दूक ताने हट्टीराम तुरन्त खड़ा हो गया।

दरवाजे के पीछे घात लगाकर बैठी बिल्ली ने कोने में छलाँग लगाई थी। दरवाजे के पास बैठे नन्दसिंग के बाएँ कन्धे को उसका जरा-सा स्पर्श हो गया और वह चौंक पड़ा।

"क्या हुआ ?" बजरंगसिंग ने पूछा।

बिल्ली चूहे के बिल के सामने आँखें घुमाती बैठी रही।

"साला, हमारी गत भी इस बिल्ली जैसी हो गई है। चूहा तो भाग गया और हम बैठे राह देख रहे हैं इस अन्धी कोठरी में।"

नबीबक्ष ने कहा और सबके मन का तनाव दूर हो गया।

सुबह हो गई। रातभर गणपत के इशारे का इन्तजार कर रही फौज ने कोने में बैठी बिल्ली की ओर उम्मीद से देखा। वह अब भी बिल की ओर नज़र गाड़े बैठी हुई थी।

सवेरा हो गया और बारिश ने फिर जोर पकड़ लिया।

टंट्या उठ गया। रातभर पहरा देनेवाला उंकार बैठे-बैठे ही सो गया था। टंट्या ने आसपास देखा। भावल्या बाहर से लौट रहा था।

"रात में बारिश थोड़ी-सी रुक गई थी लेकिन सुबह से फिर शुरू हो गई है।" बाहर देखते हुए भावल्या बोला। जेब से सफेद कन्द निकालकर टंट्या के सामने रख दिए। टंट्या ने उन्हें खाना शुरू किया।

"और ले लो मामा।"

"नहीं, बाकी लोगों के लिए रहने दो।"

"बहुत हैं उस तरफ। आज तो पेट की कोई फिक्र नहीं।"

"मुझे फिर लगता है कि इस पेट को ही काट देते तो कितने सवाल हल हो जाते।"

"मामा, रामपहर में ऐसा बुरा क्यों सोचते हो ?"

"बुरा सही लेकिन सोच तो भावल्या, पेट नहीं होता तो कितना अच्छा होता !"

"पेट है इसलिए तो हमें कुछ-न-कुछ करना पड़ता है। नहीं तो सब पड़े रहते पत्थर की तरह।"

टंट्या ने गम्भीर होकर कहा, "पेट नहीं होता तो साहूकार-बनिये गरीब का माल नहीं लूटते। कुनबी किसानों को पटेल-मालगुजारों के सामने दाँत नहीं निपोरने पड़ते। सारे झगड़ों का मूल तो ये पेट है भावल्या। आदमी की भूख बड़ी बेकार चीज है। किसी की भूख छोटी होती है। मुट्ठी-भर मिल गया तो पेट भर गया। लेकिन कुछ लोगों की भूख बड़ी होती है। भसमासुर जैसी। जितना खाएँगे उतनी बढ़ती ही जाती है। तू तो जानता है न आग एक बार जल उठी तो फिर आगे-पीछे नहीं देखती। सबको अपने अन्दर खींच लेती है। भूख भी ऐसी ही है। इससे कोई नहीं छूटता। साहूकार-बनिये के

सामने जो भी आता है उसे खाए जाते हैं। पटेल-साहूकार तो भसमापुर के अवतार हैं। उन्हें भगवान ने शाप ही दे दिया है। तब से उनकी भूख है कि मिटती नहीं। यह सब कब खत्म होगा ? जब तक नहीं होगा तब तक गरीब तो भटकता ही रहेगा।'' टंट्या ने कहा।

बारिश ने फिर जोर पकड़ा था और टंट्या को पता ही नहीं चला कि फिर कब आँख लग गई।

मूसलाधार बारिश के साथ एक-एक पल गुजर रहा था। शंकर की झोपड़ी में छिपी फौज खाए-पिए बिना गणपत के इशारे की राह देख रही थी।

चौबीस घंटे बीत चुके थे। एक ही जगह पर बैठने से अधीरता बढ़ गई थी। उनको लगने लगा था कि अब टंट्या नहीं आएगा।

टंट्या मानो कालनिद्रा से जाग पड़ा था। उसने आसपास देखा, सब उसकी तरफ ही देख रहे थे।

''उंकार, कितना वक्त हो गया ?'' टंट्या ने बाहर देखते हुए पूछा। ''बारिश थम गई ? और यह चाँदनी कैसी देख रहा हूँ मैं ? या सपना देख रहा हूँ ?''

''सपना नहीं मामा। सचमुच चाँदनी है। चाँद देखो कितना ऊपर आ गया है।''

''इसका मतलब रात हो गई ? कितनी देर तक मैं सोता रहा ? पूरा दिन टंट्या कभी सोया नहीं अपनी जिन्दगी में। और दिन के वक्त तो इन दस बरसों में भी कभी पीठ टेकी नहीं जमीन पर। तुम लोगों ने क्यों नहीं मुझे जगा दिया ? बारिश रुकते ही जगा देना चाहिए था।''

''मामा, तुम इतनी गाढ़ी नींद सो रहे थे कि तुम्हें जगाने की हिम्मत नहीं हुई।''

''टंट्या की यह आखिरी नींद तो नहीं है ?'' टंट्या बोल गया।

''साँझ के वक्त ऐसी ग़लत बात ना ही करो।''

टंट्या का हाथ गले के पास गया। एक-दो बार फिर टटोलकर देखा और उसके चेहरे की हवाइयाँ उड़ गईं। अँधेरे में भी उंकार और भावल्या ने देखा।

फिर एक बार टटोलकर देखा। नवगजाबाबा का तावीज नहीं है गले में। कब गिर गया ? टंट्या को लगा कि उसके हाथ-पाँवों ने जवाब दे दिया है। बाबा का तावीज सीने पर डोलने लगता तो टंट्या के तन में बाघ की ताकत का संचार हो जाता था। लेकिन तावीज गिरा कब ?

टंट्या को कुछ याद नहीं आया। कल-परसों तो नहीं गिरा होगा ? कब था गले में कुछ याद नहीं। हर बार तो याद आता था, अब क्यों नहीं याद आ रहा है ?

दस बरस से जो तावीज गले में था वह गिर गया और मुझे पता नहीं चला।

''उंकार उठो अब। यहाँ बैठने का कोई मतलब नहीं।'' टंट्या की आवाज सुन सब खामोश हो गए। मामा ने एक बार निश्चय किया तो फिर वह किसी की नहीं सुनता। सबको इस बात का पता था।

बाहर साफ रोशनी थी। नदी पार महादेव मन्दिर की घंटी सुनाई दे रही थी। टंट्या उन्दरी के किनारे आ गया। पानी में पैर डालने से पहले पानी को हाथ लगा लिया। उसे अपने माथे पर फेर दिया। बाईं ओर चाँद बादलों से बाहर आ गया था।

टंटया पानी में कूद पड़ा।

दरवाजे पर टंट्या को खड़ा देख गणपत चकित था। उसे अपनी आँखों पर भरोसा नहीं हुआ। सपना तो नहीं देख रहा हूँ ? उसने अपने आपको चिकोटी काटी।

''जीजाजी, क्या देख रहे हो मेरी ओर ? भरोसा नहीं हो रहा है क्या अपनी आँखों पर ?'' टंट्या ने पूछा तो गणपत को होश आ गया।

दो दिन से राह देख रहा था। दो रातों का जागा था। अब उसे लगा था कि टंट्या नहीं आएगा। सोच रहा था कि नसीब ने दगा दे दिया। लेकिन टंट्या को सामने देखते ही भय की एक बड़ी लहर उस पर दौड़ गई। नाक-मुँह में पानी जाने की छटपटाहट होने से पहले ही वह किनारे लग गया। जमीन पर पैर टिकते ही खुशी की लहर दौड़ गई।

''ऐसे खड़े क्यों हो, टंट्याभाऊ। मुझे लगा था कि–''

''टंट्या नहीं आएगा इस बार।'' टंट्या ने मज़ाक में कह दिया। ''इसीलिए मैं आ गया हूँ गणपतभाऊ। इधर लोगों का टंट्या से भरोसा उठता जा रहा है। तुमने भी ऐसा ही सोचा था ना भाऊ ?'' गणपत की आँखों में आँखें डाल टंट्या ने पूछा। ''मुझे नहीं लगा। लेकिन ये पानी पागल की तरह गिर रहा है ना दिन-रात। आदमी को टट्टी जाना भी मुश्किल कर दिया है। और उन्दरी माय तो आपे से बाहर हो गई है इतने बरसों बाद। मामा, तुमने कैसे हिम्मत की पानी में पैर डालने की ?''

''यह तो मैं नहीं बता सकता भाऊ लेकिन भीतर से आवाज आई और मैंने लगा दी छलाँग पानी में। नजर के सामने महादेव मन्दिर का कलश था और दरवाजे में खड़ी थी हमारी गंगामाय। अरे भाऊ, मेहमान को क्या इसी तरह दरवाजे पर खड़ा करोगे ? गंगामाय कहीं नहीं दिखाई दे रही ?''

गणपत गंगा का नाम सुनकर चौंक गया।

''है ना गंगा। कहाँ जाएगी। रात-भर सो नहीं सकी। दरवाजा खुला रखकर बैठी थी। बार-बार पूछती थी कि भैया आएगा कि नहीं।''

''गंगा बहन, अरी तेरा भाई आया है तुझे मिलने। मुझे नहीं लग रहा था कि मैं इस बरस आ सकूँगा। लेकिन बहना, तेरी राकी का धागा उन्दरी की धारा से तेरे भाई को खींच ले आया।''

झोपड़ी से कोई जवाब नहीं आया।

''बहना, रूठ गई क्या टंट्या से ?''

''भाऊ, आज दोपहर तक उसने पानी की एक बूँद भी गले के नीचे नहीं उतारी। तुम नहीं आए इसलिए। मैंने उसे समझाया भी कि अरी इतनी बाढ़ में जान को जोखम में डालकर तेरा भाई कैसे आ सकता है ? तो उसने कहा, मेरा भाई बाघ है। जंगल

की जान को किस बात का डर ?' "

"ऐसा कहा मेरी बहना ने ?" टंट्या गंगा के प्यार से रोमांचित हो उठा।

"लेकिन भाऊ, आज तीसरे पहर उसके पेट में दर्द होने लगा। मछली की तरह तड़पने लगी इसलिए गाड़ी में बिठाकर शहर के डॉक्टर के पास भेज दिया।"

"तो हमारा चक्कर बेकार ही गया।" टंट्या का जोश ठंडा पड़ गया। निराशा के बादल फिर छाने लगे।

"अभी आ जाएगी। उसके साथ शंकर के बीवी-बच्चे को भी भेज दिया है मैंने।"

"गणपतभाऊ, फिर मिलने की बात का क्या भरोसा ?" टंट्या ने दाएँ हाथ के अँगूठे के पास की उँगली बाईं भुजा के सोने के तावीज में अटकाकर उँगली टेढ़ी कर झटका दे दिया। भुजा का तावीज हाथ में आ गया। हथेली पर रख वह उसे देखने लगा।

गणपत मुँहबाए उसे देखता रहा।

"भाऊ, यह एक बचा हुआ तावीज है इसे गंगाबहन को दे दो। कहना तेरे भाई ने तुझे कलेजे का टुकड़ा निकालकर दे दिया है। शिवबाबा के दरबार से रेवापुरी के महाराज ने दिया था इस गंडे को। तब महाराजा ने कहा था, यह कवच कुंडल ऐसा है कि तू जो मन में लाएगा वह होकर रहेगा।"

"इस तावीज से टंट्या एक शेर आदमी बन गया था भाऊ और दस बरसों में कोई उसका बाल भी बाँका नहीं कर सका। जो काम मैंने करना चाहा था वह कर दिया। फिर अब इसे रखकर करना क्या है ? मैं इसे अपनी बहन को दे देता हूँ। तुम मेरा इतना काम करो भाऊ।"

टंट्या ने हाथ आगे बढ़ाया। गणपत का हाथ काँप रहा था।

"ऐसे क्या देख रहे हो जंगल में अचानक बाघ को देखा है जैसे।" टंट्या के पूछने पर गणपत को होश आ गया।

"भाऊ, आदमी की चाह खत्म हो जाती है तब उसके मन में कोई डर नहीं रह जाता। मुझे ऐसा लग रहा है। और तुम यह क्या कर रहे हो ?"

"जीजाजी, मेरी कुछ समझ में नहीं आ रहा है। कब तक इस तरह खड़े रहोगे। पलभर के लिए बैठ भी जाओ।"

"इस चीज को सँभालकर रख लो जेब के अन्दर।" टंट्या ने मुट्ठी का तावीज गणपत के हाथ पर धर दिया। "भाऊ, अब काम की दो ही बातें हैं। सरकार के काम का क्या हुआ ? उन्होंने कहा था कि राकी पूनम को कागज़ तैयार रखेंगे।"

गणपत को लगा कि हाथ पर रखा तावीज जोर से डंक मार रहा है। पूरे बदन में पीड़ा का संचार हो गया है। फिर भी बोला, "ईसरीपरसाद साहब ने कल ही आदमी को भेज दिया था। कहा कि सरकार तुम्हें माफी देने के लिए राजी हो गई है।"

"यही बात कितनी बार दोहराओगे भाऊ ? मैं पूछ रहा हूँ आगे क्या हुआ ? ईसरीपरसाद को बता दो। उसे लग रहा हो कि टंट्या उसके पीछे पड़ा है तो फिर कागज़

के बारे में कभी नहीं पूछूँगा। जो होगा उसका सामना करने को मैं तैयार हूँ।''

''साहब ने कागज़ इन्दौर सरकार के पास भेज दिया है। अभी तक हुक्म नहीं आया है।''

''हूँ। ऐसा है क्या ? ठीक है, भाऊ, मैं अब चलता हूँ। मुझे पंसेरी से सामान भी ले जाना है। उंकार, तुझे बनिये की दुकान मालूम है ना ? नहीं तो मैं भी साथ ही चलता हूँ। मुझे भी उसका पिछला बकाया चुकता करना है।''

टंट्या जाने लगा तो गणपत दूर जा रहे शिकार की ओर देखता जम-सा गया।

''मामा, ऐसे ही मत जाना। गंगा ने बूँदी के लड्डू बनाए हैं तुम्हारे लिए।'' गणपत ने जोर से कहा।

टंट्या ने पीछे मुड़कर भी नहीं देखा। गणपत कोने की सड़क तक उसे जाते देखता रहा। उसने सोचा कि टंट्या को अब कभी लौटना नहीं चाहिए। मुट्ठी के तावीज को माथे से लगा वह ओटले पर निढाल हो गया।

''आपको ऐसे वक्त मज़ाक सूझता है ?''

''नहीं तो क्या करेंगे। रात-भर सोकर अभी भी खर्राटे लगा रहे हैं पंचमजी।'' पंचम प्रसाद ने मुस्कराकर कहा।

''साला एक सपना देखा। हम सब टंट्या की राह देखकर सो गए हैं और टंट्या सामने आकर खड़ा हो गया है।''

''बस ? इतना ही ख्वाब ? तुम्हारी बन्दूक नहीं छीन ली क्या उसने ?'' हट्टीराम ने पूछा।

पंचम प्रसाद भीगी हँसी हँस पड़े।

बन्द दरवाजे पर दस्तक की आवाज आई।

सब खामोश हो गए। दूसरे ही पल होशियार होकर अपने-अपने हथियारों को पकड़ लिया। चौबीस घंटे बाद पहली बार किसी ने दरवाजा थपथपाया था। बेजान हालत में जान आ गई।

बजरंगसिंग झट दरवाजे के पास आ गया। दरवाजा थोड़ा-सा खोलकर देखा। बाहर गणपतसिंग खड़ा था।

''टंट्या आ गया है।'' गणपत के शब्दों से झोपड़ी के अन्दर सिहरन फैल गई। बजरंगसिंग को लगा कि बाघ की दहाड़ को सुन लिया।

गणपत ने खबर दी थी कि शिकार सामने है। सबके मन में डर, अधीरता और अनिश्चय के भाव तैरने लगे।

''कहाँ है वो ?''

''बनिये के घर गया है।''

'गया है मतलब ? हमें इशारा किए बिना तुमने उसे जाने क्यों दिया ?''

गणपतसिंग पशोपेश में पड़ गया। अपनी असहायता को छिपाकर बोला, ''उसने

कहा कि बनिये के घर जाकर वापस आता हूँ।''

''साथ में कितने आदमी हैं ?''

''आठ।''

''हथियारों से लैस ?''

''हाँ।''

हाथ पर हाथ मलते हुए बजरंगसिंग सोचने लगे। अब क्या किया जाए ? सीधा हमला करें ? दफादार बक्षीसिंग से पूछा, ''क्या करना नाइकजी ? वो बड़ा चालाक है। बनिये के घर से वापस नहीं आया तो ? मेरा इरादा है सीधे जाकर अटैक करेंगे।''

''टंट्या वचन का पक्का है। आता हूँ कहा तो जरूर आ जाएगा ? मैंने उसे बूँदी के लड्डू ले जाने को कहा है। उसकी बहन के बनाए हुए।''

गणपत की बात सुनकर बजरंगसिंग ने तुरन्त निर्णय किया, ''पंचम, मीरदादा, बक्षीसिंग और नन्दसिंग तुम चलो मेरे साथ। बाकी यहाँ रहेंगे। हमारा इशारा पाते ही फायर करते हुए बाहर आ जाना।''

बजरंगसिंग चारों को साथ लेकर चले।

गणपत भी साथ चल पड़ा। अब बारिश का जोर कम हो गया था। बादलों के पीछे से आधा चाँद झाँक रहा था।

बजरंगसिंग और बाकी चार गणपत के घर के कोने में छिप गए। खाट को खड़ा कर उस पर कम्बल डाल दिया आड़ बनाने के लिए। गणपत बाहर आ गया। अब चाँद पूरा बाहर आ गया था। चाँदनी में धड़कते दिल से वह दूर की सुनसान सड़क को देखने लगा। मन में सोचा कि टंट्या नहीं आए तो अच्छा।

उंकार की आवाज से रतिलाल मारवाड़ी ने आँखें मलते हुए दरवाजा खोला तो सामने बन्दूकधारी टोली को देख धड़ाम् से बन्द कर दिया।

''रतिलाल सेठ ! डरकर दरवाजा बन्द मत करो। टंट्या को नहीं पहचाना क्या ?'' टंट्या ने आवाज दी।

आवाज के साथ फिर दरवाजा खुल गया।

''नींद के जोर में नहीं पहचाना टंट्यामामा। गणपत पटेल को भेज देते तो भी माल रवाना कर देता।''

''सेठ, तुमसे मिलना चाहता था। बहुत दिनों से मिलना नहीं हुआ था। पिछली बार का बकाया भी तो चुकाना है।''

''पैसे की क्या बात है मामा, आदमी से बढ़कर कोई पैसा थोड़े ही है।''

''वह सब तो ठीक है लेकिन किसी का कर्ज सिर पर रखकर जाना...'' टंट्या ने उंकार की तरफ मुड़कर कहा, ''उंकार, सेठजी के पिछले दो बार के रुपए बाकी हैं। वो दे दो। आज का भी दे डालो। सेठजी ने हमारा साथ दिया है। देख इस बटुए में। नोट भीग गए होंगे। सेठजी, तवे पर सेंक लेना। उंकार माल लेकर आगे चलो, मैं गणपत

भाऊ से मिलकर अभी आया।''

''मामा, ठहरो, मैं भी आता हूँ।''

''उंकार, तू क्यों फिकिर करता है टंट्या की ? रघू और ननकू आएँगे मेरे साथ।''

टंट्या ने रतिलाल सेठ के हाथों को हाथ में ले लिया।

गणपत घर के दरवाजे पर बैठा सोच रहा था कि टंट्या नहीं आएगा, तभी सामने टंट्या को आते देख उसके मन में फिर तूफान उमड़ आया।

''भाऊ, एक मन कह रहा था कि मुझे उधर से लौट जाना चाहिए। लेकिन दूसरे मन ने कहा कि जाते वक्त बूँदी के लड्डू ले जाने को कहा है तो गंगामाय में जान अटक गई। सच कहूँ, अब मीठे में मेरी जान नहीं अटकी है। सिर्फ एक चाह रह गई थी। जाने से पहले बहन से मिलना नहीं हुआ।'' टंट्या गणपत की देहली पर बैठ गया। ''भाऊ पलभर चिलम फूँकता हूँ तब तक बूँदी के गोले बाँध दो कपड़े में।''

टंट्या ने पत्थर की सीढ़ी पर दोनों पैरों को फैला दिया। खड़े रहने और तैरने से घुटने अकड़ गए थे। कमर से बटुवा निकालकर चकमक से चिलम जलाई और लम्बा कश ले लिया। तमाखू के धुएँ ने दिमाग को तर कर दिया।

गणपत बाहर आकर भौचक खड़ा था। चिलम फूँक रहे टंट्या की तरफ और बन्दूकधारी रघू-ननकू की तरफ सहमकर देख रहा था।

''पटवारी ने जवार देने की बात की थी पिछली बार, उसका क्या हुआ भाऊ ? साला टंट्या को दिया सबद नहीं पाल रहा है।''

''मामा, मैंने दो-एक बार बता दिया। नहीं भी नहीं कहता और जवार भी नहीं देता। उसे बुलाने को भेज देता हूँ इन दोनों को।'' गणपत ने रघू और ननकू की ओर देखकर कहा।

''अच्छा, पटवारी से कहना, बार-बार माँगनेवाला भिखारी समझ रखा है क्या टंट्या को ? इनको उसके घर का पता मालूम नहीं होगा।''

''मैं इनके साथ आदमी देता हूँ।'' गणपत ने कहा। दो कदम चलकर गया और इकी को ले आया। ''ये इकी है।''

''इकी, इनको पटवारी का घर दिखा।''

''ननकू, तू मेरे साथ मत जा। तू रुक जा मामा के साथ।'' रघू ने ननकू से कहा और इकी के साथ चल पड़ा।

गणपत टंट्या और ननकू की ओर डरी-सहमी नजर से देख रहा था। टंट्या ने चिलम को छापी में लपेटकर फिर आँखें बन्द कर कश लिए।

शान्त मन से आराम से चिलम फूँक रहे टंट्या को देख गणपत के मन की परेशानी बढ़ गई। वह विचलित होने लगा। अधीर होकर घर में, घर के बाहर देखने लगा।

बाईं ओर की सड़क पर गणपत ने कुछ आवाज सुनी। मुड़कर देखा आवाज की दिशा में। सम्भा और गोविन्द भील आ रहे थे। अपने साथी गोविन्द को देख गणपत

को दिलासा मिल गया। उसने ननकू की ओर देखा। वह दीवार से सटा बैठा हुआ था।

दिल खोलकर चिलम फूँक रहे टंट्या को सम्भा ने एकदम से बाँहों में घेर लिया। ननकू की समझ में नहीं आया कि क्या हो रहा है, वह खड़ा हो गया। टंट्या को पकड़नेवाले सम्भा और गोविन्द पर ननकू ने बन्दूक चला दी। सम्भा की आवाज सुनते ही गणपत के घर में घात लगाकर बैठे बक्षीसिंग और बजरंगसिंग ने उसे झपट लिया।

टंट्या ने आँखें खोल दीं। जान गया कि अजगर ने घेर लिया है। दादाखान और प्रसाद ने ननकू की मुश्कें बाँध दीं और उसकी बन्दूक छीन ली।

''गणपत भाऊ,'' गणपत की ओर देखकर टंट्या ने कहा, ''इसके लिए इतना नाटक रचने की क्या जरूरत थी ? तुमने कहा होता तो टंट्या खुद अपने पैरों से चला आता। आज गंगामाय के लिए आखिरी तावीज निकाल दिया उसी बखत मेरी जीने की उम्मीद मर चुकी थी। अब तुम इस मरे हुए मुर्दे का क्या करोगे ?''

बन्दूक की आवाज सुनकर शंकर की झोपड़ी से फौज कूदकर बाहर आ गई और बन्दूकें चलाती हुई गणपत के घर की ओर दौड़ती गई।

हाथ की चिलम गणपत को देते हुए टंट्या ने कहा, ''बहुत दिनों बाद शान्ति से चिलम फूँकने को मिली भाऊ, तुम्हारे दरवाजे पर बैठकर। जाने से पहले गंगामाय से मिलता तो उसके वचन से छूट जाता एकबारगी।''

टंट्या की बात सुनकर गणपत को अंगार छू गया। वह विकल होकर इधर-उधर देखने लगा।

मीरादादा खान और नन्दसिंग ने टंट्या के दोनों हाथों को पकड़कर उसे खड़ा कर दिया। गाँव की पूरब की ओर रुके टंट्या के साथियों की दिशा में बन्दूकें दागने की आवाजें आ रही थीं।

बन्दूक की आवाजें सुनकर पटवारी के घर से वापस आ रहे रघू कोरकू के मन में शक का भूत जाग गया। गणपत ने जरूर दगा दिया होगा यह सोचकर उसने गणपत के भेजे आदमी इकी पर बन्दूक दाग दी। सावधान इकी निशाने से बचकर भाग गया।

रघू बन्दूक उठाकर गणपत के घर की तरफ भागता आ रहा था। लौटनेवाले रघू की ओर टंट्या का ध्यान गया। उसने झट से चिल्लाकर कहा, ''रग्घू इधर खतरा है। इधर मत आ।''

फिर भी रघू आगे बढ़ रहा था। आखिर जबर आवाज में टंट्या फिर से चिल्लाया, ''रग्घूऽ मेरी सौगन्ध है आगे बढ़ा तो। भाग पीछे।''

टंट्यामामा ने ग़लत वक्त पर सौगन्ध में उलझा दिया, इस पीड़ा से पागल रघू कोरकू बेतहाशा भागने लगा।

●●●